역자 서문

내가 『신유식론』을 처음 읽은 것은 중국의 대표적인 현대신유학자인 웅십력 철학을 박사학위 논문 주제로 잡으면서부터이다. 당시 나는 '전통철학의 현대화'라는 문제에 관심을 가지고 현대신유학 공부를 수년간 해오고 있었다. 그 과정을 통해 동양의 전통철학—유학·불교·도가 사상—은 결코 전적인 비판의 대상이거나 전적인 존중의 대상일 수는 없다는 생각을 하게 되었다. 대학의 〈신명심보감〉 같은 강의를 통해 강조되는 수신의 덕목은 보수의 다른 이름일 뿐이지만, 그렇다고 '진보적인' 칸트나 맑스, 『신약성서』를 무조건적으로 받아들이기에는 왠지 모를 거부감을 느끼고 있었다. 『판단력비판』이나 『신약성서』에서는 『맹자』나 『중용』을 읽을 때와 같은 신명이랄까, 감동이랄까 하는 것이 전혀 느껴지지 않았기 때문이었다. 결국 우리의 전통철학을 현대화하는 작업이 필요하다는 생각이 들었고, 앞서 그러한 작업을 한 일군의 학자들을 중국 근현대의 현대신유학자들에서 발견했던 것이다. 중국학자들이긴 하지만 우리의 현대철학을 해나가는 데 중요한 참고 자료가 될 수 있다는 생각에서, 나는 현대신유학자들 중 최초로 그 철학의 틀을 만들었다고 하는 웅십력 철학을 박사학위 논문 주제로 삼기로 마음먹었다.

그런데 실제로 이러한 문제 의식을 가지게 된 데는 더 깊은 개인적 체험이 있었다. 내가 대학을 다녔던 1980년대는 한창 민주화 운동과 학생 운동이 활발하던 시기였고, 당시 지식인 사회의 거의 모든 구성원들은 사회 혁명을 제일의 절대적인 가치로 삼고 있었다. 하루가 지나면 또 한 명의 열사가 탄생하고, 학생 식당에서는 유인물이 뿌려지며, 학생회관의 높은 옥상 위에서 빨간 확성기를 든 선배가 '독재 타도'를 외치며 투신하던 시대였다. 많은 동료와 선후배들이 공장으로 떠나며 혁명을 꿈꾸던 시기였다. 사회 변혁, 그것도 단 한 번의 항거로 이 사회의 모든 불의와 억압, 모순을 한꺼번에 뒤집어 바로잡겠다는 혁명에의 열정에 모두가 휘말리고 있었다. 이상을 추구하는 시대였고, 아름다운 청춘의 순수한 열정의 시대이기도 하였다. 그러나 그 뜨거운 열기에 개인적인 성향이나 인간 정신의 내면 가치들은 부차적인 것으로, 심지어 일종의 방해물이나 걸림돌로 치부되어 비판되는 어두운 면이 있기도 하였다. 어디까지나 전체적인 사회 진보, 역사 발전에 부합하는 것, 정치적으로 올바른 것만이 가치있는 것으로 받아들여졌고, 내면의 미묘한, 개인적인 차이들은 대의를 위해 희생되어야만 하는 소위 '거대담론의 시대'였다.

전형적인 소시민 중산층 부르주아지 출신이었던 나는 출신성분은 물론 취향이나 성향, 생활 방식, 사고방식 등이 이 진보적인 시대 조류를 따라가기 힘들었지만, 사회 정의와 사회 변혁의 당위성만은 부정할 수 없었다. 완전한 구경꾼은 아니었지만 그렇다고 주체는 못된 채 이 운동의 말미에서 허덕이며 겨우 따라가는 형국이었다. 한편으로 나는 자기를 준다는 구체적인 행위를 통해 생활 속에서 자기를 변화시켜 가자는 일종의 공동체 운동을 하는 사람들을 만나고 있었다. 공동체 운동 속에서 구체적인 생활의 변혁을 꿈꾸지만, 어떤 정해진 라인이나 방식은 없는 그런 '나이브한' 모임이었다. 각각 학생 운동과 공동체 운동을 거향하는 두 상이한 모임을 오고 가면서, 한동안 나는 여기 가면 이 말이 옳고 저기 가면 저 말이 옳은 것같은 의식의 분열 상태를 경험하고 있었다. 결국 사회 변혁이냐, 인간의 내적 변혁, 즉 수양이냐 하는 오랜 문제에 부딪혔던 것이다. 어느 것을 우선으로 해야 하는가 하는 문제는 오랫동안 나의 딜레마였고, 어떤 행동도 취하지 않는 자신의 소시민적 행태에 대한 좋은 변명거리가 되기도 하였다.

한참의 시간이 흐른 뒤 동양철학을 전공으로 정하고 『맹자』를 읽으면서 마침내 나는 이 오랜 문제의 해답을 발견하게 되었다. 전통 유학에서 말하는 '내성외왕(內聖外王)'이 바로 그 해답이었던 것이다. 유학에서는 내적으로 성인의 경지에 이를 만큼 도덕적으로 완성된 인간[內聖]이 외적으로 왕도정치, 도덕적 정치를 행하는 것[外王]을 가장 이상적인 치도로 삼았던 것이다. 인간의 내면적 · 도덕적 변혁[內聖]과 외적 · 제도적 · 사회적 변혁[外王]은 결코 둘 중 하나를 선택해야 하는 선택지가 아니라, 반드시 함께 가야할 공통의 필수지였던 것이다. 내면적 · 도덕적 변혁만을 강조하면 기존의 사회적 · 정치적 상황을 그대로 수용하게 되어 보수주의에 빠지고, 외적 · 사회적 변혁만을 강조하면 그 제도의 이상을 지켜줄 내면의 도덕적 힘이 없기 때문에 문제는 또 다른 형식의 틀을 쓰고 되풀이된다. 정치와 무관하게 순수 예술과 종교를 한다는 사람들은 자신도 모르는 사이에 가장 극도의 보수주의에 빠지기 마련이고, 제도의 변혁을 빌미삼아 권력욕이나 세속적인 욕망을 추구하는 사람들을 우리는 식상하게 보아왔다. 프롤레타리아 독재가 여타 다른 독재와 다른 점이 또 무엇이란 말인가? 결국 인간 내면의 변혁과 외적 · 사회적 변혁은 어느 하나도 빠져서는 안 될, 두 개의 수레바퀴와 같은 것이다. 『맹자』는 "有恒産者, 有恒心. 無恒産者, 無恒心[항상된 경제 수단이 있으면 항상된 도덕심이 있고, 항상된 경제 수단이 없으면 항상된 도덕심은 없다]"이라는 간결한 말로, 도덕심의 향상과 경제적 평등이 인간됨의 실현에 똑같이 중요한 두 기둥임을 표현하였다. 자기(다른 사람이 아니라!)의 내적인 수양, 공부를 통해 도덕적으로 자기를 완성해가고, 또 그 실현을 위한 전제 조건인 사회적 · 제도적 변혁을 위해 노력해가는 두 가지 길. 더욱이 이 두 가지 지향은 단순한 병렬이 아니라 유기적인 관련성을 가지고 있는 것이다. 도덕적인 자기 실현은 사회적 관계와 분리된 것이 아니며, 사회적 변혁의 노력을 통해 자기 극복과 변혁을 추구할 수 있는 것이다. 오랜 딜레마의 해답을 찾았던 기쁨을 어떻게 말로 표현할 수 있으랴! 누구든, 자기 삶의 장에서 이 두 가지 원칙만 지켜가는 한 그것이 어떤 방식이든 긍정될 수 있으리!

웅십력의 『신유식론』은 『맹자』의 현대적 해석이다. 웅십력은 자기 철학을 제시하기 위해 유식 불교를 끌어들였고 또 그것을 변형시켜 '본심(本心)' · '본체(本體)' 철학을 제시하였지만, 그 핵심은 바로 도덕심의 발현에 대한 이야기이다. 유식 불교는 서양 형이상학의 대체물이었으며, 유식 불교에 대한 비판은 서양 형이상학에 대한 비판이었다. 따라서 『신유식론』은 서양 형이상학을 비판하고 유학의 『맹자』를 현대적으로 재해석한 현대 전통철학의 명저라고 할 만하다. 내성과 외왕이 모두 중요한 것이기는 해도 전통철학은 모두 내성의 길을 통해 외왕의 길로 나아갈 것을 말한다. 두 가지 모두 중요하기는 해도 인간의 내면적 · 도덕적 변혁이 제도적 · 사회적 변혁보다 더 근원적이라고 인식하고 있는 것이다. 그 점에서는 『맹자』도 『신유식론』도 마찬가지이다.

이러한 문제 의식을 가지고 『신유식론』을 처음 손에 잡았던 때가 지금부터 거의 십오년 전이다. 첫 아이가 아직 뱃속에 있을 때, 서초동 국립도서관에서 난해하기 짝이 없는 『신유식론』의 첫 페이지를 읽었던 기억이 지금도 생생하다. 당시 나는 유식 불교는 커녕 불교에 대한 입문적인 지식도 거의 없다시피 했고, 어줍잖은 한문 실력에 의지하여 겨우 한 글자씩 읽어 나갈 수 있었다. 웅십력에 관한 박사학위 논문을 제출한 것은 그로부터 8년 뒤의 일이었다. 그러다가 본격적인 『신유식론』 번역 작업에 착수한 것은 5년 전인 2002년 학술진흥재단의 동서양 고전명저 번역 지원을 받게 되면서부터이다. 따라서 이 번역은 오랫동안 숙제로 남아 있었지만, 역주 작업에 시간이 걸려 출간이 늦어졌다. 믿고 기다려 준 학술진흥재단의 여러 선생님들께 고마움과 미안한 마음을 함께 전한다. 부족한 이 번역이 나오게 된 데는 모교인 고려대학교와 동국대학교의 여러 선생님들, 선후배 동료 선생님들의 도움과 가르침이 컸다. 일일이 거론하기 힘든 많은 선생님들이 가르쳐 주시고 관심을 가져 주셨고, 자료를 구해주시고, 오역을 잡아주셨으며, 중요한 지적들을 해주셨다. 이 자리를 빌어 감사의 말씀을 드린다. 좋은 책을 만들기 위해 애써주신 소명출판의 김혜원 과장님께도 고맙다는 말씀을 드린다. 물론 가족의 정서적인 지지가 가장 큰 도움이 되었다. 뱃속에서 이 책을 함께 읽었던 딸아이는 이제 중학생이 되었고, 엄마와 딱지치기하기가 소원이었던 아들아이는 이제 의젓해져 엄마가 게으름을 부릴 때면 "엄마, 왜 논문 안 써?" 하고 질책한다. 고맙고 사랑한다는 말을 전한다.

그러나 무엇보다, 부족한 이 번역글을 돌아가신 청명 임창순 선생님께 바치고 싶다. 청명 선생님께서는 신문에 나오는 한자도 제대로 읽지 못하던 제자에게 한문을 가르쳐 주셨고, 더불어 학문하는 자세와 삶의 자세도 함께 가르쳐주셨다. 늦깎이이지만 학문의 출발점에서 나온 첫 열매를 선생님께 바친다.

2007년 8월

김제란

해제

웅십력과 『신유식론』

『신유식론』이라는 책

이 책은 중국근대사상사에서 가장 중요하면서도 가장 난해하다고 평가받는 저서 중 하나인 웅십력(熊十力, 1885~1968)의 기념비적인 저서 『신유식론(新唯識論)』(語體文本, 上中下 완간 1944)을 번역한 것이다. (개인적인 생각으로 중국근대사상사에서 가장 중요한 저서를 세 가지만 꼽는다면, 강유위의 『대동서』, 장태염의 『제물론석』 그리고 웅십력의 『신유식론』을 들 수 있다고 생각한다.) 이 책이 중요한 이유는 이 책을 바탕으로 하여 근대 이후 '서양문화의 도전에 대한 동양의 철학적 대응'이자 '전통철학의 현대화' 작업이라고 할 수 있는 현대신유학이 본격적으로 시작되었기 때문이고, 이 책이 난해한 이유는 그러한 작업을 전통철학 중에서도 불교, 그중에서도 서양 형이상학인 헤겔이나 칸트에 비견될 만큼 난해하고 심오한 동양 형이상학의 정수인 유식불교 사상을 변형하고 비판함으로써 수행하였기 때문이다. 따라서 웅십력의 『신유식론』은 말 그대로 '새로운 유식불교 사상'인 것이다. 이 『신유식론』은 동서문화의 충돌, 구체적으로 말하여 서양 제국주의가 물밀듯이 동양을 침범하는 '서세동점'의 시대에, 그러한 서양의 세력에 대항할 동양의 힘을 불러일으키기 위한 철학적 작업이었다.

'현대의 새로운 유학'이라는 의미의 현대신유학은 중국 근대 5·4운동 시기 이후 형성된 신유학 학파를 지칭하고, 전통철학, 특히 유학과 서양 근대문화를 결합하여 현대에 맞는 동양의 새로운 철학을 성립시키려 했던 사상이다. 우리가 이름이라도 한번 들어본 중국의 철학자들, 예컨대 웅십력은 차치하고라도(熊十力이 사람 이름이라는 걸 아는 사람은 공부하는 사람들 중에서도 열 명 중 한 명이 될까말까였다!) 양수명(梁漱溟)이나 풍우란(馮友蘭)·당군의(唐君毅)·모종삼(牟宗三) 등이 모두 현대신유가에 속한다. 중국 현대철학자인 이택후는 현대신유가에 대해 "신해혁명, 5·4운동 이래의 20세기 중국 현실과 학술적 토양에서 공자·맹자·정자·주자·육상산·왕양명을 계승·발전할 것을 강조하고, 그것을 중국철학, 또는 중국 사상의 근본 정신으로 삼는 동시에, 그것을 주체로 하여 서양 근대 사상(민주와 과학 등)과 서양철학(베르그송·루소·칸트·피히테 등)을 흡수하고 받아들이며 개조하여, 당시의 중국 사회·정치·문화 등의 현실적인 갈 길을 찾아내려 한 것이 현대신유가의 기본적인 특징이다"라고 설명하고 있다. 즉 서양 제국주의가 동양을 침범해 들어오던 위기의 시대에, 그 서양 세력에 맞설 힘을 동양의 전통철학에서 길어내겠다는 것이 이들의 생각이었다. 따라서 서양철학 개념이나 논리를 활용하여 세련화시키기는 할지언정, 그 소재는 어디까지나 유학, 불교, 도가 사상이라는 전통철학이 된다. 그러므로 『신유식론』을 읽다보면, 우리는 유식불교는 물론이거니와 전통철학인 공자·맹자·정자·주자·육상산·왕양명 철학의 창조적 계승이나 변형을 발견하게 되고, 서양철학인 칸트나 헤겔 철학에 대한 통렬한 비판과 베르그송 철학처럼 동양 사상과 유사한 철학에 대한 비판적 수용을 발견하는 기쁨을 누리게 된다.

그러나 세계화라고 불리우는 전지구적 자본주의화가 치열하게 진행되고 있는 21세기인 지금, 전통철학을 바라보는 우리의 마음은 착잡할 수밖에 없다. 일반인들의 전통철학에 대한 평가인 "공자왈, 맹자왈 하다가 망했다"는 결론을 가져온 우리 근대의 역사적 경험 때문이 아니더라도, 과연 무조건 "우리 것은 좋은 것이여!"라는 전제에서 전통철학을 수용하거나 찬양하는 것이 바람직한지, 과연 전통철학이 서양 제국주의에 대해 어떤 방식의 저항을 해왔으며, 또 할 수 있는지에 대한 의문이 드는 것이다. 이 의문은 "전통은 아무리 더러운 전통이라도 좋다"는 김수영 싯구에 나타난, 우리 자신에 대한 애정과는 별개의 것이다. 『신유식론』의 배경이 되는 근대의 주요한 과제인 '반(反)봉건・반(反)제국주의'를 동시에 염두에 둔다면 더욱 그렇다.

현재도 전통철학은 반(反)서양주의 내지는 지나친 서양 경도에 대한 비판의 역할을 하는 듯 보이지만, 실제로는 자본주의나 제국주의에 대항적인 역할을 못하고 도리어 그에 철저히 봉사한다는 비판적 측면이 있다. 즉 노사관계에서 화해 논리라든가 하여 사실상의 종속을 합리화시키고, 인간관계의 계급성조차 전통이란 이름 아래 합리화한다는 비판이 있다. 이러한 의미의 전통철학이 오늘날 유행하고 있는 것은 전통철학이 현실 문제에 대한 지적인 사기, 또는 도피 수단을 제공하기 때문이라고까지 비판된다. 공자와 맹자, 노자와 석가가 오늘 우리 문제를 해결한다고 보는 것은 아예 시대착오이며, 오늘의 문제를 신비화・단순화시킨다는 점에서 지극히 위험하다는 오리엔탈리즘에 근거한 비판이다. 실제로 전통철학이 배태된 역사적 토대가 봉건주의이기 때문에, 전통을 무비판적으로 받아들일 때 이러한 위험은 상존하기 마련이다. 따라서 전통철학에 접근하는 우리의 자세는 어디까지나 '비판적 계승'이어야 한다. 그를 위해서 전통철학에서 비판할 측면과 계승할 측면에 대한 명확한 구분이 필요한 것이다. 그렇다면 근대의 급박한 상황에서 전통철학에 바탕한 『신유식론』의 의미는 무엇인가? 전통철학에 대한 소위 '비판적 계승'의 의미는 무엇인가?

시대가 요구하는 새로운 철학이 과거 고전에 대한 재해석을 통하여 나온다는 것은 놀라우면서도 당연한 일이다. 서양 근대철학이 고대 그리스철학에 대한 재해석에서 시작되었던 것은 차치하고라도, 현대 서양철학 역시 서양 근대 고전에 대한 철저한 독해와 재해석에서부터 나왔다. 모든 학문이 다 그렇지만 동양의 전통철학 또한 의미를 가지려면 현재성을 가져야 할 것이다. 다시 말해서 현실사회와 어떤 방식으로든 연결되어야 한다. 그렇다면 전통철학에 대한 접근 방식은 각종 전통철학들을 잘 정리해서 깊숙한 서랍 속에 넣어두는 것만으로는 부족하고, 그것이 원 사상가의 본래의 의도이든 아니면 후대인들의 오해든, 또는 의도적인 창조적 오해든간에 현실과의 접점을 만드는 쪽으로 나아가야 한다. 전통철학이 그러한 현실적인 힘을 갖기 위해서는 고전에 대한 철저한 독해를 통해 새로운 의미 부여가 되어야 할 것이다. 그러한 자세를 다른 말로 '비판적 계승'이라고 할 수 있겠다. 근현대철학은 그래서 더 중요해진다. 근현대란 어찌 되었던 현실과의 접점을 싫어도 찾아야 했던 시기이고, 그 과정을 통해 현재에 수많은 참고 문헌들을 제시해주는 시대이기 때문이다. 『신유식론』의 의미도 이와 같다.

저자 웅십력의 생애

웅십력은 현대신유학의 제창자라고 할 만하다. 중국 호북성의 가난한 집안의 6남매 중 셋째로 태어났으며, 아버지가 일찍 돌아가셔서 아버지 친구 한 사람의 문하에서 반 년간 정주학을 공부한 것이 공식적인 학문의 전부였다. 18세 되던 해 동료들과 공모하여 혁명을 도모했고, 무창 개자영에 병사로 들어가 군대에서 운동을 모색하려 하였다. 화흥회라는 단체를 설립하고, 과학보습소를 세우고, 잡지를 발간하는 등의 방법으로 혁명을 도우려 하였다. 무창 봉기가 성공한 뒤에는 무창도독부의 참모로 부임하기도 했다. 이렇게 웅십력은 처음에 군사・정치적 혁명가로 활동을 시작하였으나, 29세 되던 1913년 이차혁명이 실패한 뒤에는 절에 들어가 선진 제자학과 서양철학 번역본들을 읽었다. 그러다 마침내 34세인 1918년 혁명에 회의를 느끼고 학문에 뜻을 두어 철학자로 인생의 방향을 수정할 것을 결심하였다.

웅십력이 혁명가에서 철학자로 인생의 방향을 바꾸게 된 것은 혁명에 참여하는 이들이 심신상의 공부(수양)에 관심을 기울이지 않는다는 사실에 문제 의식을 느꼈기 때문이다. 웅십력은 혁명에 참여하는 과정에서 “저렇게 자기 심신상의 공부에 관심을 기울이지 않으려면 왜 혁명에 참가하는 것일까?”라는 의문을 느끼는 일이 많았다고 한다. 다시 말하여 도덕 의식이 그만한 높이에 도달하지 못한 사람들이 인간을 외적으로 변혁시키고 해방시키자는 혁명에 참가하는 일이 무의미하게 느껴졌던 것이다. 그럴 경우 혁명이 성공한다고 해도 인간의 도덕 의식이 고양되지 않는 한 체제가 바뀔 뿐 문제는 여전히 지속될 것이기 때문이다. 사회 제도라는 외적인 변혁에 못지 않게 중요한 것은 인간 자신의 변혁, 내면적인 도덕적 고양임을 소용돌이치는 역사의 현장에서 절감하였던 것이다.

인간의 내적인 자기 변혁이 따르지 않는 외적인 사회 변혁이 문제를 해결할 리 없다는 문제 의식은 우리의 역사 경험에서도 무척 낯익은 것이다. 우리 사회에서도 1980~90년대 민주화 운동에 투신했던 이들의 동기가 사회 정의나 못가진 자에 대한 연민, 평등에의 추구와 같은 고매한 이상을 추구해서가 아니라 깊이 숨겨진 내면의 권력욕이었음을 하루 아침에 알게 되는 일들이 심심치 않게 일어났기 때문이다. 인간의 행태는 어느 곳에서나 다르지 않은 모양이어서 웅십력 역시 혁명 운동 과정에서 자기 변혁, 즉 내적인 도덕적 변혁의 중요성을 깨달았고, 그 동력을 전통철학 내에서 찾을 수 있다고 생각하였던 것이다. 동양의 전통철학은 기본적으로 '위인지학'(爲人之學, 다른 사람을 위한 학문)이 아니라 '위기지학'(爲己之學, 자기 자신을 위한 학문), 더 나은 인간이 되기 위한 수양의 학문이기 때문이다.

밥벌이를 위해 천진의 한 중학교에서 잠시 교편을 잡기도 했지만, 웅십력은 36세인 1920년 양수명의 소개로 구양경무(歐陽竟無)의 남경내학원에 들어가면서 인생의 전환기를 맞게 된다. 남경내학원은 당시 근대불교 부흥 운동의 핵심적인 역할을 하였던 곳으로, 유식 불교가 중심인 곳이다. 웅십력이 본격적으로 공부를 시작한 것은 이렇게 불교를 공부하면서부터인데, 웅십력 자신도 자기의 학문 여정에 대해 "평생 양대 불교(중관 불교와 유식 불교) 사이에서 노닐었다"라고 말하곤 하였다. 이는 근대불교 부흥 운동의 영향 때문이라고 할 수 있는데, 중국 근대불교 부흥 운동은 단순히 불교의 부흥만을 목적으로 한 것이 아니라 서양의 충격에 대응하여 당시 무너져내리고 있던 청 나라를 정치·사회적으로 변혁할 필요성, 그리고 서학(西學)에 대응하여 과학적 사고방식을 키울 필요성 등으로 시작된 것이다. 웅십력은 바로 그러한 운동의 영향하에서 유식 불교로 학문의 여정을 시작하였으나, 결국 유식 불교의 세계관을 받아들이지 않았다. 유식 불교가 본체와 현상을 이분(二分)한다고 보는 입장이 그가 비판하였던 서양철학과 동일한 주장이라고 여겼기 때문이다. 그러나 이는 몇 년 뒤 일이고, 이 당시에 웅십력은 유식 불교에 몰두하였다. 3년 뒤인 38세에 북경대학 교수로 초빙되었을 때 『유식학개론』을 저술하여 강의본으로 삼았을 정도였다.

그러다가 유식 불교의 교리에 대해 회의하게 되면서 4년 뒤인 1926년에 『유식학개론』을 재간행하여 제2종 강의본으로 삼았고, 이 책이 사실상 『신유식론』의 근간이 되었다고 한다. 그리고 불교와 유학 그리고 서양철학 사이에서 오랜 고민과 탐색의 과정을 거쳐 1932년(48세)에 『신유식론』 문언본이 출간되었으며, 어체본이 완성된 것은 1944년(60세)의 일이다. 『신유식론』 어체본은 문언본에 비해 분량도 3배 이상이 되고 내용면에서도 크게 확대되고 발전된 것으로, 웅십력 철학의 결정판이라고 할 수 있다. 『신유식론』은 단순히 중국 근현대철학의 대표적인 저서 중 하나일뿐만 아니라, 동서문화의 핵심인 동서철학적 사유의 비교와 충돌, 그리고 융합을 살펴볼 수 있는 좋은 모델을 제공한다. 따라서 서양 사상의 충격에 대항하여 중국의 전통철학이 어떻게 대응하였는가 하는 것을 『신유식론』을 통해 파악할 수 있을 것이다. 『신유식론』은 웅십력이 여러 차례의 개작을 거쳐 확정지었으며, 이후 현대신유학의 기본적인 사상이 이에서 비롯하였다고 볼 수 있는 저작이다. 이후 웅십력은 『불가명상통석(佛家名相通釋)』(1937), 『신유식론(新唯識論)』 어체본(1944), 『독경시요(讀經示要)』(1945), 『십력어요(十力語要)』(1945), 『원유(原儒)』(1956), 『체용론(體用論)』(1958), 『명심편(明心篇)』(1959), 『건곤연(乾坤衍)』(1961) 등의 저서를 84세인 1964년에 사망할 때까지 지속적으로 저술·출간하였다.

『신유식론』은 '새로운 유식 사상'이라는 뜻의 제목에서도 알 수 있듯이 유식 불교에 대한 비판을 통해 이루어졌다. 이때 웅십력이 본 유식 불교의 가장 큰 문제점은 바로 현상 세계의 본체(實體, Substance)와 현상

(現象, Phenomena)을 이분하여 완전히 별개의 영역으로 파악한다는 것이다. 그런데 본체와 현상을 이분하는 것은 서양철학의 전형적인 특징이다. 따라서 『신유식론』의 유식 불교에 대한 비판은 사실은 서양철학에 대한 비판을 함축한다. 웅십력이 『신유식론』을 통해 유식 불교를 비판하는 지난한 과정은 결국 서양철학을 비판하는 과정이었던 것이다. 따라서 『신유식론』에 대한 이해가 웅십력 철학을 파악하고 중국 근현대 사상의 틀을 이해하는 지름길이라고 할 수 있다. 『신유식론』은 단순한 전통철학의 재생에 불과한 것이 아니라, 그 속에는 서양의 도전에 대한 동양 전통철학의 대응, 그리고 전통철학 중에서도 불교(중관 불교, 유식 불교, 선 불교)와 도가, 유학 사상(주자학 · 양명학)의 갈등과 융합이 숨어 있기 때문이다. 이 책 한 권 속에 근대 이전부터 현대에 이르기까지 동양의 전통적 사유의 발전 과정이 압축되어 들어 있다고 할 수 있다.

시대적 배경

중국의 사상사는 외래문화의 도전으로 인해 크게 두 번의 변화를 경험하였다. 첫 번째는 불교의 도입으로 이루어진 인도문화의 충격이고, 두 번째는 근대에 이루어진 서양 문명의 도전이다. 중국을 포함한 동아시아는 이 두 번의 상이한 문화의 충돌로 인해 창조적인 새로운 사상과 철학이 싹텄다. 중국 고유의 유학 사상은 불교의 도전에 대하여 송명 성리학으로 응답하였고, 서양문화의 충격에 대해서는 현대신유학으로 대응하였던 것이다.

후한 말에 인도에서 불교가 도입되었을 때 전통 사상 중 도가 사상은 불교를 환영하였지만 유학은 이에 대응하여 불교의 형이상학과 철학적 개념들을 차용하여 성리학(性理學)이라는 새로운 유학을 만들어냈다. 물론 유학도 불교에 영향을 미쳐 수당 시대의 천태 · 화엄 · 선 불교라는 중국화된 불교를 만들어냈다. 중국 불교는 인도 불교가 중국에 들어와 천 년간의 시행착오 끝에 성공적으로 중국화한 불교를 가리키며, 이때 중국화하였다는 의미는 바로 인도 유식 불교의 아라야식 연기가 중국 불교의 진여연기로 변화하는 과정이라고 할 수 있다. 또 서양철학이 도입되었을 때 묵가(墨家)는 과학의 이름으로 환영하고 수용하였지만 유학은 이를 비판하였다. 근현대 유학은 서양철학 개념들을 차용하여 현대 신유학으로 발전하였고, 근현대 불교 역시 서양에 대응하여 새로운 길을 모색하였다. 이처럼 전통철학과 외래문화는 상호 영향을 미치면서 대응해왔다고 할 수 있다.

유학은 성선설(性善說)을 그 이념으로 한다. 송명 성리학은 원시 유학의 이념을 바탕으로 불교에 대항해서 성선설의 이념을 형이상학적으로 규명하려는 노력에 치중하였다. 현대신유학 역시 성선설을 형이상학적으로 규명하여 서양문화에 대응하려고 한다는 점에서 송명 성리학과 유사한 구조를 가진다. 그리고 이러한 노력의 시작점에 웅십력의 『신유식론』이 있다.

서양 사상이 중국에 처음 알려지고 동서문화가 교류되기 시작한 것은 17세기 이래의 일이지만, 당시에는 큰 관심을 끌지 못하였다. 그러다가 19세기 들어 아편전쟁(1840년)과 청일전쟁(1894년)을 겪으면서 서양 문명이 본격적으로 들어오게 되는데, 이러한 서양 문명의 본격적인 유입은 동양을 식민지화하려는 제국주의적 침탈의 형태를 띠고 나타난다. 중국의 근대는 이처럼 제국주의의 침략과 그로 인한 민족주의의 위기를 본질로 한다. 서양문화의 충격, 제국주의의 침략에 어떻게 대응하였는가가 바로 이 시기 역사의 파노라마로 펼쳐지는 것이다. 그것은 혁명과 보수, 변혁과 안존, 전통과 신문화의 충돌이며, 구 봉건왕조와 자본주의, 사회주의라는 전적으로 상이한 새로운 흐름의 충돌이자 선택이었다. 이 시기에 중국은 서양 문명에 맞서 독자성을 지키면서 동시에 개혁을 해내야 하는, 반(反)외세 · 반(反)봉건이라는 이중의 과제를 짊어져야 했다. 그러는 가운데 지식인들은 서양 문명의 힘과 우수성에 놀라 서양을 배우기 시작하고 한편으로는 서양에 대응하기 위해 자신을 정리하기 시작하였으니, 이것이 바로 중국 근현대 사상의 시작이다.

당시에는 물론 서양의 세력과 문화를 무조건 배척하는 완고 보수파도 있었지만, 이들은 아무런 힘을 쓰지 못하는 상황이었다. 서양의 문화를 받아들여 중국을 근대화시키려는 청말의 근대화 운동은 당시의 상황에서 피할 수 없는 조치였다. "힘있는 서양의 학문을 배우자"는 중국의 독자적인 노력은 과학 기술, 정치, 문화라는 세 단계를 거쳐 이루어졌고, 그것은 역사적으로 양무 운동, 무술변법 · 신해혁명, 5 · 4운동의 형태로 나타났다.

양무파인 증국번(曾國藩, 1811~1872) · 이홍장(李鴻章, 1823~1901)은 "전통 사상을 중심으로 한 중국의 정신 문명을 근본[體]으로 하고, 과학 기술을 중심으로 한 서양 물질 문명을 보조[用]로 하자"는 그 유명한 '중체서용론(中體西用論)'을 제기하였다. 이 중체서용론은 근대 중국이 서양의 제국주의적 침략에 대항하면서 서양 문명을 받아들이는 최초의 형식이라는 면에서는 의미가 있지만, 내용면에서는 유학의 봉건 강상윤리의 옹호와 봉건제를 전제하는 개혁에 국한되어 실패로 돌아가고 만다. 무술변법파인 강유위(康有爲, 1858~1927) · 담사동(譚嗣同, 1866~1898) · 엄복(嚴復, 1853~1921) · 양계초(梁啓超, 1873~1927) 등은 서양 사상, 특히 진화론을 받아들이고 그것을 동양 사상과 융합하여 그를 기반으로 개혁을 통해 정치 체제를 변혁하려고 시도하였다. 이 또한 기본적으로 외적인 면에서 서양의 정치 · 경제 제도를 받아들이고 응용하는 것일 뿐, 내적인 면에서 민족 정신을 지탱하는 전통 사상은 그대로 고수하려는 입장을 취하였다. 현대신유학 역시 전통철학을 근본으로 한다는 점에서 양무운동 이래의 중체서용론의 재현이라고 할 수 있다. 현대신유학의 틀을 만들고 형이상학적 기초를 놓는 역할을 최초로, 그리고 성공적으로 시도한 이가 바로 웅십력이라고 할 수 있다.

5·4운동 시기에 이르러서는 서양과 동양문화가 물과 불처럼 근본적으로 대립하는 것으로 여겨졌다. 이때는 사회 변혁을 위한 불길이 높이 치솟았던 격동의 시기이고, 전통철학은 반봉건의 기치 아래 철저한 부정의 대상이 되었다. "공자의 가게를 때려부수자[打倒孔家店]", 즉 "공자가 제창한 유교를 타도하자"는 구호가 중요한 의의를 갖게 되었고, 진독수(陳獨秀, 1879~1942), 호적(胡適, 1891~1962) 등은 전통, 특히 낡은 유학의 도덕에 대한 철저한 타도와 사회의 전반적인 서구화를 주장하였다. 이것을 계기로 사상계는 전통문화의 근본적인 단절을 주장하는 진보파와 전통문화 옹호를 주장하는 보수파로 첨예하게 나누어지게 된다. 이때 진보파는 주로 서구문화의 수용을 주장하는 서화파이고, 보수파는 전통문화의 존속을 주장하는 국수파라고 할 수 있다.

철학적 배경—'동서문화논쟁'과 '과학과 형이상학 논쟁'

이러한 시대적 배경에서 철학계의 두 가지 논쟁이 『신유식론』의 탄생에 큰 영향을 끼쳤다. 그것은 동양과 서양의 문화 성격과 우월성을 논하는 '동서문화 논쟁'과 과학과 형이상학을 같은 차원에서 파악할 수 있는가를 논하는 '과학과 형이상학 논쟁'이다. 이 논쟁들은 서양문화를 어떻게 받아들일 것인가 하는 문제와 연관되어 발생한 것이다.

동서문화 논쟁은 동서문화의 본질과 차이라는 문제를 놓고 동방문화파와 서방문화파가 나뉘어 논쟁한 것이다. 동방문화파의 기본 입장은 동양문화를 우월한 정신문화로 보고 서양문화를 저급한 물질문화로 파악하여 동양문화의 우월성을 강조하는 것이었다. 아직도 이러한 생각을 가진 사람들이 있어서 전통의 우월성을 강조하는 경우를 가끔 볼 수 있다. 이들은 동양이 물질적으로 뒤떨어진 것이 마치 정신성에만 치중했기 때문인 것으로 합리화하기도 한다. 이에 반해 서방문화파의 기본 입장은 동양문화는 아직 고대문화에서 벗어나지 못한 고대의 유물이고 서양문화만이 진정한 근대문화라는 것이다. 이렇게 사회 발전의 척도를 서구화에서 찾는 사람들도 역시 많이 남아 있다. 이들은 사회 발전은 고대문화에서 근대문화로, 결국 동양문화에서 서양문화로의 이행으로만 가능하므로, 동양은 전적으로 서양문화를 받아들일 필요가 있다는 견해로 이어진다. 동양의 봉건적 잔재를 철저히 뽑아없애고 깨끗한 바탕에 서양의 '우월한 문화'를 심어야 한다고 주장하는 철저재건론자들의 주장이 바로 그것이다. 웅십력 역시 동양문화를 우월한 정신문화로 파악하고 동양의 도덕을 바탕으로 서양의 과학문화를 조화해야 한다고 본 점에서는 동방문화파의 맥을 잇고 있다고 볼 수 있다.

과학과 형이상학 논쟁 역시 과학과 형이상학의 관계를 주제로 하여 과학파와 현학파로 나뉘어 논쟁한 것이다. 현학파는 기본적으로 자유의지적 인생관에 근거해 있고, 과학파는 과학적 인생관에 근거해 있다. 현학파에 따르면, 인생관은 절대 통일될 수 없고 변화하는 것이며 살아 있는 것[活] 자체이다. 인간의 삶은 아름답고 신비한 것이어서 결코 계산적, 수량적으로 계측할 수 없는 것이다. 거기다 이들은 철학과 과학의 영역을 구분하여, 가치 세계는 철학의 영역일 뿐 과학은 아무런 도움도 되지 못한다고 주장한다. 이러한 이원론은 철학과 과학의 영역을 구분하여 과학파의 과학만능주의에 대항하려는 논리적 기초가 된다. 『신유식론』에서도 과학과 철학의 영역을 분명히 구분하는 데서 논의를 시작하고 있는데(「명종」편), 그런 면에서 보면 웅십력 철학은 분명히 현학파의 계승이다. 과학파는 현학파의 주장이 본체론이라는 '검증불가능한 영역'으로 도망치는 것이라고 규정하고, 형이상학적 본체론을 부정하였다. 즉 우리는 감각 범위 밖에 있는 어떠한 정신 실체나 물질 실체에 대해서 알 수 없으며, 따라서 증거를 제시할 수 없는 본체론은 모두 신앙이나 교조에 불과한 것이라고 정면으로 비판하였다.

『신유식론』의 입장은 기본적으로 현학파를 계승한 것이다. 현학파가 웅십력이 주장하는, 본체와 현상이 둘이 아니라고 보는 '체용불이(體用不二)'의 이론적 배경을 제시하였다고 볼 수 있기 때문이다. 이 본체(Substance)와 현상(Phenomena)의 관계는 철학, 특히 형이상학의 중요한 주제이기도 하다. 본체는 현상 너머 어딘가에 있으면서 현상을 현상이게 하는 근본이고, 서양철학의 이데아나 신과 같은 것이 이에 해당한다. 현상이란 물론 감각 경험이 가능한 감각 세계를 말한다. 과학파는 주체의 직접적 감각지 외에 모든 것은 실재성이 없다고 본다. 과학파의 이러한 실증주의 관점과는 상대적으로, 현학파는 물질 현상 배후에 신비한 우주 본체가 존재하며 이 본체는 과학으로 해석할 수 없는 것이라고 보았다. 이 둘은 모두 서로 다른 각도에서 본체와 현상을 이분하는 것이다. 『신유식론』에서는 과학파는 실체를 인정하지 않는다는 점에서, 현학파는 실체가 있지만 현상을 초월하여 존재한다고 보는 점에서, 두 가지 관점을 모두 비판한다. 그러나 실제로는 우주 본체는 과학이 아니라 형이상학으로 접근할 수밖에 없는 것임을 인정함으로써 기본적으로 현학파의 입장을 계승·발전시켰다고 할 수 있다.

근대불교의 세 갈래 길

중국 근대에 이러한 논쟁들을 거치면서 서양 사상이 시대적인 사조로 대두하게 되자, 전통철학 중에서도 주자학에 눌리고 있던 불교와 양명학이 그 누르던 힘의 약화를 계기로 반발하여 일어나게 된다. 그러므로 근대에 들어와 대승 불교가 발전하고, 특히 유식 불교에 대한 연구가 활발히 일어나게 되었다. 인도 유식 불교는 845년 불교 박해 이후 거의 천 년 이상 묻혀 있다가 1900년 이후에 일본에서 다시 역수입되어 새로운 관심을 불러 일으켰다. 체계적이고 정밀하며 분석적인 유식불교 사상은 서양의 칸트나 헤겔 사상에 못지 않은 관념론 사상이라는 점에서 관심을 집중시키지 않을 수 없었을 것이다. 서양의 관념론철학이 중국에 소개되고 중국 전통철학은 인식론이나 논리적인 부분이 약하다고 비판받는 상황에서, 서양의 관념론 못지않은 인식론과 논리로 무장한 이 동양의 관념론은 열광적으로 받아들여졌다. 그러나 유식 불교는 원래 인도 사상에 속하는 것이고, 중국의 전통은 어디까지나 유학이라고 할 수 있다. 따라서 전통을 중시하는 입장에서는 유학, 그중에서도 양명학을 주된 사상으로 받아들이는 경우가 많았다. 그리하여 동방문화파와 그 뒤를 이은 현대신유학은 양명학을 자신들의 사상의 근간으로 삼게 된다.

그런데 실제로 웅십력뿐 아니라 중국 근대 불교의 발전과 현대신유학의 태동은 오직 유식 불교를 매개로 한 것이다. 구체적으로 중국 근대에서 유식 불교를 부활시킨 주된 인물은 양문회(楊文會, 1837~1911)이다. 그는 우연히 『대승기신론(大乘起信論)』의 복사본을 발견하고 깊은 인상을 받아, 유학자 가정에서 태어났지만 불교 연구에 몰두하였다. 런던에서 서양인 불교학자 막스 뮐러 교수를 만났고, 그를 통해 중국 대장

경의 목록을 준비하고 있던 난지로를 알게 되었다. 난지로를 통해 대장경에 들어 있지 않은 수백 권의 문헌들을 수집하였고, 그 속에서 중국에서 오래동안 일실되었던 유식 불교 문헌들을 발견하였다. 현장의 『성유식론』에 대한 규기의 주석인 『성유식론술기』가 대표적이다. 그 후 양문회는 구양경무(歐陽竟無)와 매광희(梅光羲) 등을 격려하여 유식 불교를 연구하게 하였고, 여기에 태허(太虛)·한청정(韓淸淨) 등의 학자들이 합류하였다. 이러한 활동은 강유위(康有爲)·장태염(章太炎)·여징(呂澂)·담사동(譚嗣同)·양계초(梁啓超)·양수명(梁漱溟)·웅십력(熊十力) 등과 같은 당시 학자들에게 큰 영향을 주었고, 그들 모두 유식 불교의 연구에 관심을 기울이게 되었다.

그러나 유식 불교는 원래 인도 사상에 속하는 것이고, 중국 불교 전통은 『대승기신론』 계통의 천태·화엄·선 불교라고 할 수 있다. 『대승기신론』 계통의 법성종은 맹자의 성선설을 흡수하여 인간이 본래 불성을 가지고 있고 종교적 실천을 통하여 그 불성의 깨달음에 도달할 수 있다고 주장한다. 즉 불교에서 엄격한 논리 체계를 가진 철학적 측면보다 수양과 관련된 종교적 측면을 강조하고 있다. 따라서 근대라는 시기에 불교가 서양철학과 대응할 수 있는 철학적 논리 체계에 비중을 두어야 하는지, 아니면 중국 불교 전통의 깨달음에 기반을 둔 종교성을 강조해야 하는지의 문제가 대두하게 되었다. 여기에서 인도 유식 불교의 계보를 이은 현장—규기 계열의 유식 불교를 진정한 불교철학으로 볼 것인가, 아니면 중국적 전통을 이은 『대승기신론』의 이론을 진정한 불교철학으로 볼 것인가 하는 논쟁이 생겨나게 되었다.

이러한 논쟁은 당시의 지적 분위기와 연관된다. 서양문화의 충격으로 동양의 전통철학을 반성하게 되는 지성적이고 비판적인 분위기에서 지적인 이해가 없는 신앙은 의미가 없다고 생각하는 지식인들은 신앙을 강조하는 『대승기신론』을 비판하였다. 따라서 『대승기신론』과 완전히 대조적인 성격을 지닌 유식 불교가 관심을 끌게 되었던 것이다. 반면에 『대승기신론』이 중국 불교의 핵심이라고 생각하는 학자들은 그를 비판하는 것은 중국의 정신 자체를 비판하는 것이라는 생각에서 이러한 비판에 대항하였다. 실제로 1920년대 이래 중국 불교학계는 『대승기신론』을 둘러싼 격렬한 논쟁을 전개하였다. 이처럼 중국 근대 불교는 구양경무가 재생시키려 한 유식 불교, 태허의 『대승기신론』을 중심으로 한 전통 중국 불교의 옹호, 그리고 유식 불교에서 시작했지만 이를 비판하고 유학과 결합하여 근대화된 새로운 철학을 시도한 웅십력의 『신유식론』이라는 세 갈래길로 나뉜다.

『신유식론』과 다른 학문의 관계

웅십력 『신유식론』은 한마디로 서양철학의 충격으로 인해 야기된 전통철학의 변화이다. 따라서 『신유식론』과 서양철학의 관계, 전통 불교와의 관계, 유학과의 관계를 통해 볼 때 그 내용을 분명히 파악할 수 있을 것이다.

『신유식론』의 서양철학에 대한 관계는 전면적인 비판과 부분적인 수용으로 나타난다. 우선 『신유식론』에서는 서양 형이상학에서 본체계와 현상계를 완전히 이분하여 별개의 영역으로 파악하는 시각을 비판한다. 여기에는 플라톤이나 아리스토텔레스는 물론 칸트・헤겔 등의 근대철학도 포함된다. 본체계와 현상계를 이분하여 보는 시각은 결국은 기독교 등의 종교 사상과 다를 바가 없이 이 현실 세계를 평가절하하는 것으로 이어진다고 보았기 때문이다. 이러한 사고방식은 인간의 도덕적 실현을 최대 목표로 삼고 있는 웅십력으로서는 정면으로 비판할 수밖에 없는 것이다. 그리고 그렇게 잘못된 방향으로 나아가게 된 근본적인 원인은 본체를 탐구하는 방법으로 내부의 반성적 지각인 성지(性智)가 아니라 외부 대상에 대한 대상화된 사고방식인 양지(量智)를 활용하기 때문이라고 본다.

또한 양지를 본체의 탐구에 활용하였을 때 나타날 수 있는 잘못된 모습으로 칸트의 불가지론을 들고 있다. 칸트는 인간 정신이 궁극의 실재인 물(物) 자체를 감지할 능력이 없으므로, 실재의 영역인 형이상학의 영역은 영원히 인간 지식으로 접근할 수 없는 미지의 영역으로 놓아 둔다. 더욱이 칸트는 도덕률이 존재하기 위해서는 필연적으로 자유 의지, 영혼의 불멸성, 神의 존재라는 세 가지 실재가 요청된다고 하지만, 웅십력의 입장에서 보면 이러한 견해는 '지리할 뿐이다.' 본체와 현상이 일치한다는 입장에서 보면 이러한 중간 매개체는 필요하지 않기 때문이다.

『신유식론』에서 서양철학 중 가장 높이 평가하는 것은 베르그송의 생명철학이다. 베르그송 철학은 우주를 생명으로 파악하고 직관을 중시하는 등 많은 부분이 웅십력 철학과 일치하지만, 도덕적 성향이 없는 맹목적인 생명 충동을 중시한다는 면에서 역시 크게 다르다고 본다. 베르그송의 우주는 비도덕적인 우주인 반면 『신유식론』에서 보는 우주가 도덕적이라는 점은 동서양철학의 특징을 가장 분명하게 보여준다.

다음으로 『신유식론』과 불교와의 관계를 살펴보면, 『신유식론』은 외도, 소승 불교에 대해서는 실재론적 견해를 비판하고, 중관 불교에 대해서는 현상을 공(空), 즉 환상으로 파악하는 허무주의 견해를 비판하는 것으로 나타난다. 실재론이나 허무주의는 둘 다 본체를 파악하지 못하게 하는 방해물로 작용하기 때문이다. 그러나 웅십력이 가장 심혈을 기울여 비판한 것은 유식 불교, 현장—규기의 유식 불교에 대하여서이다. 현장 유식에서 가장 문제는 종자계와 현행계를 구분함으로써 본체와 현상을 이분할 뿐 아니라, 진여 외에 종자를 본체로 파악함으로써 이중 본체의 문제를 야기하였다는 것이다. 그런데 현장 유식에 대한 이러한 비판은 사실상 서양 형이상학에 대한 비판을 함축하는 것이다. 두 경우 모두 본체와 현상의 이분을 근본 사상으로 하기 때문이다. 이러한 과정을 거쳐 웅십력은 자신의 본체철학을 확립한다. 그것은 '본래의 마음[本心]' 또는 '우주의 마음[宇宙心]'이라는 본체가 현상으로 현현한다는 사상이다. 이것은 본체와 현상의 일치를 말하는 거대한 관념론적 체계이다. 그런 의미에서 근현대 유학을 관념론적인 축과 실재론적인 축 둘로 나눈다고 볼 때, 웅십력이 전자에 해당한다고 보는 평가는 당연한 것이다.

『신유식론』은 불교의 입장에서 보자면, 진제(眞諦)의 무상 유식의 입장에서 현장의 유상 유식을 비판하는 것이며, 중국 불교의 입장에서 인도 불교를 비판하는 것으로 나타난다. 그것은 진여연기의 입장에서 아라야식 연기를 비판하는 것과 같은 논리이다. 『신유식론』 역시 진여 본체의 현현을 말함으로서 일종의 진여연기에 해당한다고 볼 수 있기 때문이다. 『대승기신론』의 진여연기 사상은 중국 불교의 핵심 사상인데, 이 진여(眞如)·진심(眞心)은 진실무망한 본체로서 웅십력이 말하는 본체에 해당된다. 그리고 그와 동시에 유학의 성선론과 연결되는 고리가 된다.

마지막으로 『신유식론』과 유학과의 관계는 다음과 같다. 불교와 유학은 견성(見性), 즉 자기의 본성을 인식한다는 점에서는 공통점을 지니지만, 본체의 성격을 각각 '텅 비고 고요한 것[空寂]'과 '쉬지않고 생성하는 것[仁]'이라는 대조적인 성격으로 보기 때문에 결국은 전혀 다르다. 그리고 웅십력 철학은 불교가 보는 본체의 적멸적정은 결국 세상을 벗어나는[出世] 반사회·반문화로 귀결된다는 비판을 통하여 결국은 유학으로 정착하게 된다. 인(仁)으로 대표되는 사회 윤리 질서를 완전히 부정할 수는 없다고 보기 때문이다. 웅십력의 본체론을 인(仁)의 본체론, 생명의 본체론이라고 정의한다고 할 때, 그 근본 사상은 유학, 특히 송명 성리학을 그대로 계승한 것이다.

이때 웅십력 철학은 유학 중에서도 주자학이 아니라 양명학 계열에 속한다. 양명학은 마음과 본성을 일치시켜 보는 심성일원론적 입장을 취하고 있는 반면, 주자학은 마음과 본성을 이분하여 보는 심성이원론적 입장을 취하고 있기 때문이다. 웅십력은 심성이원론적 입장에서는 도덕 주체성을 확립할 수 없다고 보고, 주자학을 버리고 양명학적 견해를 택한다. 믿을만한 표준이 없는 과도기의 시대에는 모든 것을 양지라는 도덕적 주체성에 맡기는 철학이 가장 좋은 방법이라고 보았기 때문이다. 내면의 도덕적 결단을 중시하는 양명학이 도덕면에서의 동양의 우위를 주장하려는 웅십력의 의도에 더 적합했다고 할 수 있다. 유가의 성선론 전통은 주로 맹자 계열의 유학에서 찾을 수 있으며, 이 전통을 계승한 것이 주자학보다는 양명학이기 때문이다. 따라서 웅십력의 철학 사상은 양명학을 근본으로 하고, 거기에 양명학이 결여한 우주-본체론적 사고를 보충한 것이라고 볼 수 있다. 그리고 도덕 본체를 추구하는 양명학 위에 지식의 획득을 추구하는 주자학을 보조적으로 결합하여 근대에 걸맞는 '새로운 양명학', '새로운 심학[新心學]'을 추구하려 하였다.

『신유식론』의 서술 방식

『신유식론』의 내적인 서술 방식은 크게 다음 세 과정으로 이루어진다. 첫째, 인도 유식 불교를 중국 불교의 입장에서 비판하는 것, 둘째, 중국 불교를 유학, 그중에서도 양명학의 입장에서 비판하는 것, 마지막으로 그러한 바탕 위에서 유식 불교의 용어와 논리를 활용하여 자신의 철학 체계를 형성하는 것이다.

물론 이 세 과정은 각각의 단계마다 강조점이 다르다. 인도 불교를 중국 불교의 입장에서 비판하는 첫 번째 과정에서는 '본체와 현상이 둘이 아니라는 것[體用不二]'을 특히 강조하였다. 본체와 현상의 이분으로 나타나는 유식 불교를 비판하고, 본체와 현상의 일치를 강조하는 중국 불교의 입장으로 되돌아간 것이다. 그것이 바로 진여연기관(眞如緣起觀)이다. 웅십력이 중국 불교를 칭찬하는 것도 그의 철학이 일종의 진여연기에 해당한다고 볼 수 있기 때문이다. 이 본체와 현상의 일치는 현상계 자체의 가치를 인정한다는 의미를 지닌다. 현상이 바로 본체가 드러난 것이므로, 본체(진여)가 가진 선성(善性)이 그대로 현상으로 나타나고 있기 때문이다.

불교를 유학의 입장에서 비판하는 두 번째 과정에서 웅십력은 주체적이고 사회적인 실천을 강조하였다. 웅십력이 송명 성리학 중에서도 양명학을 선택하게 된 것은 물론 양명학이 성선론 전통을 보다 적극적으로 계승하고 있기도 했지만, 주체성과 실천이라는 면을 보다 강조한다는 것도 작용하였을 것이다. 과학과 철학을 분리하고, 도덕적 자아의 주체성을 강조한다는 두 가지 조건을 모두 만족시키는 것이 양명학 밖에 없었기 때문이다. 과학과 철학을 분리해야만 철학, 즉 윤리적인 측면에서의 동양의 우위를 주장할 자리가 생기기 때문이다. 과학과 철학이 분리되지 않는 상황(주자학)에서는 과학이 무너지면 철학도 함께 무너질 수 밖에 없기 때문이다. 과학과 철학을 분리하면 과학이 무너져도 철학은 자신의 영역은 지킬 수 있게 된다. 따라서 양명학의 선택은 서양문화의 도전으로 동양의 가치 체계가 뿌리째 흔들리는 '근대'라는 상황에서는 필연적인 선택이었다고 할 수 있다.

세 번째 성리학에서 현대신유학으로 넘어오는 과정을 통하여 웅십력은 서양문화의 도전이 불러일으킨 '현대'가 가진 특수성을 강조하였다. 그것은 전통철학의 현대화라는 작업을 통하여 이루어졌고, 그러한 작업을 다시 유식 불교의 용어와 논리를 활용하여 시행하고자 하였다. 웅십력 철학에서 유식 불교가 기본적으로 비판의 대상이기는 하지만, 서양 관념론과 등가의 위치에 있는 동양 관념론인 유식 불교의 용어와 논리를 활용하여 유학 사상을 재정립한 것이다. 여기에서 유식 불교는 동서 문화를 연결시키는 고리 역할을 하였다. 즉 웅십력은 『신유식론』에서 전통의 현대화 작업을 '서양화'를 통해서가 아니라 내용이나 방법 모두 전통철학의 계승을 통하여 시도한 것이다.

『신유식론』의 의의와 남은 문제들

이 난해하고 복잡한 『신유식론』이라는 책은 도대체 어떤 의미를 가진 걸까? 『신유식론』은 기본적으로 전통철학의 부흥·발전을 통하여 민족 정신을 일으켜 세우고, 그것을 기반으로 현실적인 문제들을 해결해나갈 힘을 키우고자 하였다. 현대신유가가 중국 근대에서 본 것은 가치 체계의 붕괴, 의미 구조의 해체 그리고 자아의 상실, 웅십력의 표현으로 하자면 인간 존재의 진정한 기초인 '본체'·'본심'을 잃은 것이다. 동양의 근대는 서양의 정치·경제·문화적 침탈로 전통적인 가치 체계가 해체되어 가는 상황이었다. 이러한 상황에서 아무리 경제·정치 등 제도면에서의 변혁을 시도해도, 그것은 이미 '못난' 동양이 '잘난' 서양을 뒤따라가는 일에 불과하고, 이런 열등감 속에서 현실적인 변혁을 성공시키기 어렵다고 여겼다. 따라서 민족적 자존심을 살리기 위해서는 서양은 물질, 동양은 정신이라는 도식으로 이분화하고, 정신문화라는 측면에서만은 동양이 우월하다는 입장을 고수할 필요가 있었다. 이것이 양무운동 이래의 중체서용, 동방문화파가 견지하였던 입장인데, 이것을 웅십력도 그대로 수용하였던 것이다.

웅십력 사상이 유학의 테두리 안에 들게 되는 것은 '내성(內聖)'으로 '외왕(外王)'을 제어하며, 내성으로 전체를 관통하려는 입장을 견지하기 때문이다. 이러한 견지에서는 정치 실천이란 도덕 실천의 확충에 지나지 않으며, 이것이 바로 본체로부터 응용에 도달하는 공부이다. 따라서 웅십력과 그 이후의 현대신유가는 유학 내성학의 가장 핵심적인 부분인 심성론(心性論)을 계승하여 발전시키고, 도덕 실천과 도덕 의식의 고양을 현대적인 용어로 해석하려고 노력하게 되었다. 그것이 바로 서양에 대한 동양의 우월을 증명하는 길이고, 그렇게 해서 민족적 자존심을 지켜 내면 말엽적인 것에 불과한 제도적 변혁은 쉽게 따라올 것이라고 믿었기 때문이다. 이렇게 현대신유가가 과학 세계, 사실 세계를 넘어선 형이상학 체계, 그리고 도덕 의식의 근거를 제시하는 '도덕적 형이상학의 확립'을 시대 문제에 대한 근본적 해결 방안으로 제시하게 되는 것도 바로 웅십력의 영향이다.

『신유식론』은 한마디로 동서문화의 충돌이라는 시대적 산물이다. 그 철학은 전통철학의 맥을 그대로 이어 발전시켜나간 것이지만, 거기에는 서양의 도전에 대한 동양의 응답이 숨어 있다. 웅십력이 서양의 도전에 대하여 동양의 전통철학으로 대응한 작업은 동양적 형이상학, 즉 본체론의 확립을 통하여 이루어졌다. 그 핵심은 바로 '본체와 현상의 不二[體用不二]' 사상인데, 그 의미는 성선론(性善論)과 그를 통한 현실 긍정이다. 즉 제국주의라는 서양의 도도한 악의 물결이 동양을 침범한다고 해도 동양의 바탕은 성선론을 통한 인간 긍정과 현실 긍정에 있으며, 동양은 결국 도덕의 측면에서 서양보다 우월하다는 것이다. 이것이 전통철학, 특히 유학의 핵심적인 정신이고, 웅십력은 『신유식론』에서 바로 이러한 정신을 계승한 것이다.

유학의 이러한 정신은 현실에 대한 평가절하를 거부하고 현실에 대한 긴장 대립을 절대적으로 극소화시킨 '합리적인 윤리'라고 평가되는 것이다. 유학자에게 현세는 있을 수 있는 세계 중에서 최선의 세계이며, 인간의 본성은 그 바탕에서 윤리적으로 선하다. 그리고 이 세계 속의 인간들은 모든 사물에서와 같이 정도에서는 차이가 있지만 원칙적으로는 모두 동일한 본성을 지녔으며, 무제한한 완성의 능력을 지녔고, 도덕을 실행하기에 충분하다. 교양의 부족과 그 주요 원인인 불충분한 경제생활이 모든 부덕의 유일한 근원일 뿐이다. 『신유식론』도 이러한 현실 긍정의 정신을 그대로 계승하였다. 『신유식론』의 '본체와 현상의 불이(不二)' 사상은 지금 여기에서 우리가 경험하는 이 현실 세계가 본체 세계 그 자체가 나타난 것이라고 봄으로써, 이 현실 세계를 무가치하거나 덜 중요한 것으로 보고 평가절하하는 모든 사고방식을 부정한다. 이 현실 세계 외에 피안의 또 다른 세계는 없으며, 따라서 이 세계 속에서 이루어지는 모든 도덕적 행위는 최대의 가치를 획득하게 된다. 그리하여 도덕적 주체성의 확립이 중요한 과제로 대두하게 된다.

웅십력은 '본체와 현상의 불이(不二)'라는 주장을 통해 도덕적 주체성의 확립과 그에 의거한 지금 이 세계에서의 도덕적 결단을 해답으로 제시하였다. 그 도덕적 결단은 주어진 길을 따라 가는 것[性卽理]이 아니라, 자기 마음이 이끄는 대로 최선을 다함으로써 본성을 알고 천의 의도를 아는[盡心知性知天], 마음의 길에서 가능하다[心卽理]. 온 정성을 다하면 그것이 바로 우주의 근원인 본체에 해당한다는 것이다[卽工夫卽本體]. 그것이 바로 웅십력이 제시하는 길이고, 현대신유학이 걸어가는 길이다. 그리고 그 길은 전통철학에서 한 줄기로 이어져 내려온 길인 것이다.

결론적으로 웅십력 철학 사상은 맹자 성선론의 현대적 해석이라고 할 수 있다. 이와 같은 성선론의 강조는 도덕면에서의 동양의 우위를 주장함과 동시에 역사적 변환기에 개인들 각각의 도덕적 결단을 강조하는 민족주의적 동기를 지닌다. 그리고 이는 자기 변혁에 근거한 사회 변혁을 추구하는 유학의 오랜 전통[內聖外王]에 기반한 것이다. 따라서 서양의 도전으로 위기에 처하였던 전통철학은 『신유식론』으로 새롭게 부활하였다고 할 수 있다.

그러나 근현대라는 격변의 시기에 '본체와 현상의 불이[不二]'라는 주장을 통해 '존재하는 모든 것들이 선하며 가치있다'고 강조하는 것이 무슨 의미를 지니는가? 『신유식론』의 의도는 성선론과 그를 통한 현실 긍정을 통하여 동양의 도덕적 우위를 강조함으로써 민족적 자부심을 북돋우고자 한 것이었다. 그러나 이러한 무조건적인 현실 긍정은 다른 측면에서 볼 때 있는 현실을 그대로 인정하는 보수주의로 나타날 가능성이 많다. 있는 현실이 모두 좋은 것이므로 다른 변화는 필요없다는 주장과 관련될 수 있기 때문이다. 그런 면에서 웅십력 철학을 포함한 현대신유학을 '문화적 보수주의'라고 규정하는 것은 일면 타당성이 있다. 그러나 웅십력 철학은 분명히 반봉건·반외세의 변혁 사상을 내포하고 있으므로, 보수주의와는 거리가 멀다. 오히려 그의 전 철학 체계를 꿰뚫고 있는 힘은 민족주의이다. 존재하는 모든 것들이 선하며 가치있음을 받아들이게 되면, 눈앞에 나타나는 오염된 현실이 그 본래의 모습이 아님을 꿰뚫어볼 혜안을 가지게 된다. 그럴 경우 성선론은 변혁의 원동력이 될 수 있다.

웅십력 철학은 처음 의도대로 중국 전통철학의 가치를 높임으로써 동양문화의 자존심을 지키는 데 일조하였다. 그러나 일반적으로 도덕의식의 고양을 중시하는 사상은 정치·경제적인 보수주의와 손잡을 때, 보수주의의 도구로 떨어져 버릴 위험이 다분하다. 인간의 내면 세계만에 극단적으로 몰입하게 되면 사회에 대한 비판적 의식을 가지기 어렵고, 따라서 쉽사리 정치적인 보수주의 경향을 가질 수밖에 없게 되기 때문이다. 이것은 현대신유학이 왜곡된 형태로 장개석 등에 의해 이용되었던 데에서도 알 수 있다. 더욱이 웅십력은 중국 전통철학을 지나치게 긍정적으로 이해하였다. 즉 유학이나 불교가 실제 역사에서 도덕적 의식을 고양하는 역할만 한 것이 아니라, 봉건 전제정치나 가부장제의 이데올로기로 작용한 점에 대한 반성이 부족하였다. 따라서 이러한 점들을 간과하고 전통철학의 계승을 말하게 되면, 봉건 전제정치 같은 비근대적인 요소들을 강화하는 결과를 가져온다. 전통철학을 보는 자세에서 '비판적 계승'이 가장 바람직한 것이라면, 웅십력 철학도 전통철학에 대해 비판과 계승의 측면이 균형이 맞을 필요가 있다. 그러나 웅십력은 과학을 보조적으로 인정하는 것 외에는(그것도 공자의 이름을 빌어 수용하였다) 전통철학을 거의 그대로 인정하고 있으므로, 비판적인 측면이 약하다는 비판에서 벗어나기 어렵다.

무엇보다 웅십력의 의도대로 도덕 의식의 고양이라는 내성(內聖)의 방법을 통하여 민주와 과학이라는 새로운 외왕(外王)의 결실을 성공적으로 맺을 수 있을지가 의심스럽다. 이것은 도덕 수양이라는 미명 아래 사회적 실천에 무관심하다고 관념론을 비판하는 견해와 관련된다. 상식적으로 생각해보아도, 개개인의 도덕적인 양심의 발전을 통해 과학과 민주의 발전도 함께 이루어진다는 웅십력의 결론은 타당하지 못하게 느껴진다. 그러나 도덕적 결단을 바탕에 둔 인간의 자기 변혁만이 진정한 역사의 발전을 가져온다고 볼 때, 도덕적 변혁[內聖]을 통해 사회적 변화[外王]를 지향하는 웅십력의 방향성은 올바르다고 여겨진다. 인간의 내적인 자기 변혁 없는 외적인 변혁은 생명력이 없기 때문이다. 그것은 이미 실제 역사 과정에서 검증된 일이기도 하다. 사실 개인의 도덕적 변혁이 우선인가, 사회·제도적 변혁이 우선인가 하는 문제는 인류의 오랜 딜레마이다. 개인의 도덕적 변혁에 근거한 변화의 추구는 아주 소규모 집단일 경우에만 효과가 있고 또 아주 오랜 시간이 필요한 일이다. 반면에 사회·제도적 변혁에 근거한 변화의 추구는 그것이 외적인 변화에만 그치고 동일한 문제의 재생산에 그치게 될 경우가 많다. 따라서 웅십력이 도덕적 변혁[內聖]을 통하여 사회 변혁[外王]을 추구하는 근본적인 방식을 택한 것은 당연한 일이다.

그러나 이때 이 내적인 자기 변혁과 외적인 사회, 제도의 변혁을 어떻게 적절히 조화시킬 수 있는가 하는 문제는 여전히 남는다. 두유명의 표현대로, 인(仁)과 예(禮)의 창조적 긴장이 현대의 전통철학에 남겨진 핵심적인 과제가 된다는 것이다. 『신유식론』이 제기한 이러한 과제는 아직 열린 물음으로 우리에게 남겨져 있으며, 그 답은 이 책을 읽을 독자들의 몫이기도 하다.

『신유식론』의 내용

제1장 명종

일상 생활 중에서 우리는 외부를 향해서 사물을 구하며, 우리의 인식은 외부의 사물을 향한다. 우리는 외부 사물이 내 자신의 의식과 독립적으로 존재한다고 여기고, 외부 사물에 대한 관찰·분석·추론 등의 방식을 통해 객관 세계를 인식한다. 이러한 인식 방법이 바로 대상화된 인식 방법이다. 그것은 보통의 행동에는 유효하고 또 오래되면 자연히 습관이 되므로, 우리는 늘 이러한 습관 위에서 문제를 대하고 처리하게 된다. 웅십력은 이러한 대상화된 인식 방법을 '습심(習心)'이라고 불렀다.

유식 불교에서는 인식을 '양(量)'이라고 하고, 인식의 대상을 '경(境)'이라고 한다. 양의 원래의 의미는 도량 · 분량이고, 경의 원의는 경계 · 구역이다. 이 때문에 사람들은 쉽게 인식 대상을 마치 어떤 구역을 재는 것과 같은 것이라고 연상한다. 유식 불교의 사고방식에서 어떤 구역을 재는 것은 능량(能量) · 소량(所量) · 양과(量果)라는 세 가지 측면을 포괄한다. 여기에서 자와 같은 공구는 능량에 해당하고, 토지는 소량에 해당하고, 도량의 결과에 대한 이해는 양과에 해당한다. 이와 상응하여 어떤 대상을 인식하는 것도 세 가지로 나누어 볼 수 있다. 견분(見分, 인식의 행위)는 능량이고, 상분(相分, 인식의 대상)은 소량이고, 자증분(自證分, 인식의 행위에 대한 인식)은 양과이다. 상분은 견분을 통해 인식되는 것이고, 견분은 자증분을 통해 인식되는 것이고, 자증분은 자기를 통해 자신을 인식한다.

외부 사물에 대한 인식은 견분이 상분을 인식하는 것이고, 외부를 지향하는 인식 관계이다. 그러므로 이를 '외연(外緣)'이라고 한다. 견분에 대한 인식은 자증분 자신이 자기를 인식하는 것이고, 내부를 지향하는 인식 관계이다. 그러므로 이를 '내연(內緣)' 또는 '반연(返緣)'이라고 한다. 외연과 내연은 아주 다르다. 외연은 등불이 다른 사물을 비치는 것과 같고, 내연은 등불이 자기 자신을 비치는 것과 같다. 이 때문에 내연을 '되돌아 보아서 자신을 비추는 것[反觀自照]'이라고도 한다. 인식 활동의 능동적인 측면이나 인식 활동의 본질은 견분과 자증분에 있다. 이 때문에 인식 활동의 본질을 파악하려면, 반드시 반관자조의 방법을 활용해야 한다.

「명종」편에서는 유식 불교의 이러한 방식을 받아들여 '본심(本心)'과 '습심(習心)' 또는 '성지(性智)'와 '양지(量智)'를 구분하였다. 양지는 물화(物化)된 사고방식, 즉 대상화된 사고방식이다. 철학자들은 보통 양지를 통해 본심을 인식하려고 하는데, 웅십력이 보기에 이것은 잘못된 길이다. 본체의 자성은 객관 대상 속에서 나타나는 것이 아니라 나 자신의 마음속에서 나타나기 때문이다. 본체를 인식하기 위해서 우리는 반드시 성지를 통해 본체를 인식해야 하며, '반관자조'의 방식으로 본체를 체인해야 한다는 것이 웅십력의 기본적인 주장이다. 이때 양지는 외부 사물에 대한 인식 방법으로 외부를 지향하는 인식 관계이므로 '외연'이라고 부르고, 성지는 진정한 자기 자신을 향한 인식 방법으로 내부를 지향하는 인식 관계이므로 '내연' 또는 '반연'이라고 부른다. 양지는 과학의 영역에 활용하는 과학의 방법이고, 성지는 철학의 영역에 활용하는 철학의 방법이라고 할 수 있다. 양지는 현상계의 대상, 즉 공용을 탐구하는 방법이고, 성지는 본체를 탐구하는 방법이다. 이러한 내용은 다음과 같은 도식으로 구분해볼 수 있다.

본체	(철학의 영역, 철학의 방법) 性智=本心 : 內緣, 返緣의 방법 → 本體를 탐구하는 방법
현상	(과학의 영역, 과학의 방법) 量智=習心 : 外緣의 방법 → 功用을 탐구하는 방법

그리하여 웅십력은 "모든 사물의 본체가 자기 마음과 분리된 외부 세계가 아니고, 지식이 통하는 경지도 아니며, 오직 자신에게 되돌아가서 실증하는 것에 상응하는 것임을 깨우쳐주고자 한 것"이 이 책을 쓴 의도라고 선언한다.

제2장 「유식(상)」 – 대상의 공(空) : 대상은 마음에 의존한다

『신유식론』은 유식 불교를 새롭게 개조한 것이라는 뜻이다. 그렇다면

『신유식론』에서 '유식(唯識)'이 가지는 의미는 무엇인가? 첫째, 웅십력은 마음과 대상이 분리될 수 없는 두 부분이라고 본다. 마음과 대상은 일종의 상관 관계 속에 있고, 이러한 상관 관계 때문에 마음을 능지(能知)라고 하고 대상을 소지(所知)라고 한다. 능지는 주동적이고 소지는 피동적이므로, 대상이 마음에 속한다고 할 수 있다. 둘째, 웅십력은 본심과 습심을 구분하였다. 본심만이 자주적 실체이고, 습심은 자주적 실체가 아니며 대상도 자주적 실체가 아니라는 것이다. 본심만이 유일한 자주적 실체이므로, 유식설을 주장하는 것이다.

1) 실재론에 대한 비판 – '응용불무계'에 대한 비판

웅십력은 유식 불교의 유심주의 입장을 견지하여 대상이 마음에 의존하는 것이라고 주장한다. 실재론의 관점을 배척하고 유식설을 논증하였다. 고대 인도에도 실재론과 유심론 사이의 논쟁이 있었는데, 유식 불교는 유심론의 관점을 견지하였고 소승불교의 일부와 외도인 승론파 등은 실재론의 관점을 견지하였다. 웅십력은 이 장에서 외도와 소승 불교의 실재론의 관점을 비판함으로써 자신의 사상을 논증하려 하였고, 실재론을 비판할 때 유식 불교의 논증을 활용하였다. 대상은 공하며, 그 자체로 객관적이거나 독립적으로 존재할 수 없고 마음에 의존한다는 것이다. 그는 외도와 소승 불교가 주장하는 소박실재론을 '응용불무계(應用不無計)'라고 부르고, 비판의 가장 중요한 논거를 객관 대상이 본체의 현현이라는 자신의 학설에 두었다.

웅십력이 보기에, 실재론의 첫 번째 논증은 다음과 같이 이루어진다. 실재론에서 각 대상은 속성의 총화와 같고, 속성의 실재성이 대상의 실재성을 결정한다는 것이다.

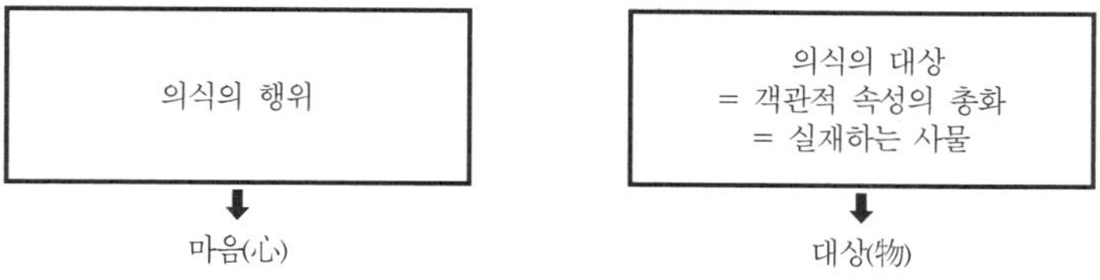

웅십력은 이러한 논증에 대해 의식이 일어나야 속성의 총화로서의 대상도 일어나게 된다고 반박한다. 의식의 행위가 없으면, 의식의 대상도 없다는 것이다.

실재론의 두 번째 논증은 다음과 같다. 실재론은 감각적으로 알게 되는 속성과 대상 자체를 구분하고 마음에 나타나는 상[影像相]과 객관 대상의 본래의 상(외부의 원인)을 구분하여, 대상 자체는 의식에서 독립된 것이라고 본다. 개별적인 대상이 실재하지 않는다고 해도 그 대상의 상은 외부 객관 대상이 원인[因]이 되지 않는다면, 나타날 수 없다는 것이다. 그러므로 객관적으로 독립한 물질 우주가 실재한다고 볼 수 밖에 없다고 한다.

웅십력은 이 두 번째 실재론의 견해가 첫 번째에 비하여 합리적이지만, 원인인 객관 세계가 결코 마음을 떠나 독립적으로 존재하는 것은 아니라고 주장한다. 이것은 객관 세계와 주관적인 마음이 별개의 것이 아니라 하나의 전체가 서로 다른 두 측면으로 나타난 것이기 때문이다. 이렇게 볼 때, 그 의미는 객관 대상이 '본래의 마음[本心]'과 떨어져 외부에 존재하지 않으며 객관 대상이 본체의 현현이라는 것이다. 웅십력이 보는 마음과 객관 대상의 관계는 다음과 같다.

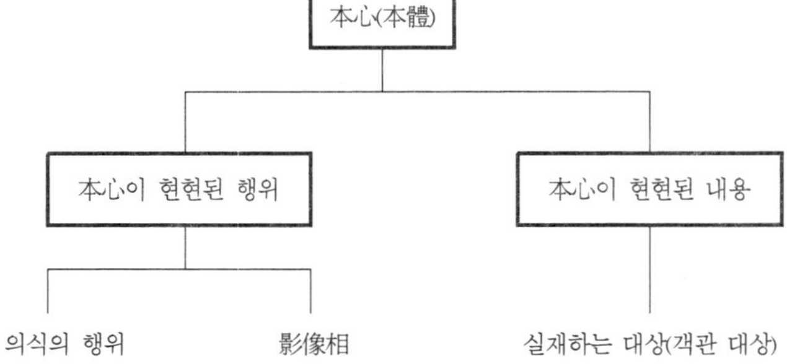

2) 실재론에 대한 비판 – '극미계'에 대한 비판

실재론의 세 번째 논증은 객관 대상이 수많은 극미(極微)로 이루어져 있다고 보는 것이다. 극미론은 크게 다음과 같은 두 가지로 나눌 수 있다.

① 의식의 행위 — 영상상(影像相) — 극미가 외부의 작용력이 됨
② 의식의 행위 — 영상상(影像相) — 극미로 구성된 물체가 외부의 작용력이 됨

웅십력은 ①에 대해서, 극미가 마음에 직접 작용하여 물체의 영상상을 낳게 된다면 우리는 극미의 영상상은 가지지 못한다고 반박한다. 극미의 영상상이 없으면, 극미가 확실한 존재임을 알 수 없다는 문제가 제기된다. ②에 대해서, 웅십력은 유식 불교의 논리를 빌어서 실제 대상이 존재한다는 비바사사의 주장을 반박한다. 유식 불교에서는 실재하는 극미를 인정하지 않으므로, 극미라는 실재론이 성립할 수 없고 극미는 마음을 떠나 독립적으로 실재하는 것이 아니라는 목표를 달성하게 된

다. 그러나 당시 소승 불교에 속한 살바다사(薩婆多師, sarvāsti-vāda), 경부사(經部師, Sautrāntika, 經量部라고도 함)와 외도인 정리사(正理師) 세 학파는 유식 불교의 이러한 비판에 승복하지 않았다.

웅십력은 외도와 소승 불교의 실재론을 유식 불교의 논리를 빌어 논파하려 하였다. 단지 유식 불교에서 외부 사물을 식의 현현으로 보는 대신 본체의 현현이라고 보는 점만 다를 뿐이다. 유식 불교는 주관적인 마음만 실재할 뿐 외부 객관 세계는 주관적인 의식의 산물이라고(유식무경 唯識無境) 주장한다. 그러나 일체를 의식의 산물이라고 보는 것이 모든 존재를 가환(假幻)으로 파악한다는 것을 의미하지는 않는다. 엄밀히 말해서 유식 불교가 주장하는 것은 인식에 대해 독립적인 존재는 없으며 오직 인식 상관적으로만 존재한다는 것이다. 그렇게 본다면 외부 세계를 보는 데에서 유식 불교와 웅십력 철학이 크게 다를 것이 없다. 웅십력은 외부 객관 대상이 주관적인 마음과 떨어져 독립적으로 존재하는 것이 아니라는 것[境識不二, 즉 心物不二]만을 재차 강조하고 있기 때문이다. 웅십력에게 주관적인 마음과 객관적인 대상은 동일한 본체의 서로 다른 두 측면의 현현일 뿐[體用不二]이므로, 어느 한쪽의 존재를 부정하고 다른 쪽의 존재만을 인정할 수는 없다. 외도나 소승 불교의 주장대로 실재론이 받아들여진다면 본체가 없을 것이며, 극미가 존재한다면 그 극미가 만물의 본원이 될 것이기 때문이다. 웅십력은 실재론이 인정되면 본체의 존재가 성립될 수 없다고 보기 때문에 실재론을 비판하였던 것이다.

第3장 「유식(하)」－마음의 공(空) : 식은 연생이므로 자체가 없다

「유식(상)」에서 외부 객관 대상을 논파한 데 이어, 이 장에서는 마음을 실재하는 것으로 보는 견해를 논파하였다. 웅십력은 마음을 헛되이 집착하는 마음과 본래의 마음, 두 종류로 나눈다. 본래의 마음은 절대적이고 진실한 것이지만, 헛되이 집착하는 마음은 객관 대상을 취하는 식(識)이다. 이 마음을 실재한다고 보는 것은 잘못이다. 사람들은 대체로 본래의 마음이 있음을 인정하지 않으므로, 헛되이 집착하는 마음이 본심의 지위를 빼앗고 헛되이 집착하는 마음을 실재하는 것으로 간주하게 된다. 이렇게 되면 외부 객관 세계가 실재한다는 견해와 똑같은 전도가 일어난다. 헛되이 집착하는 마음, 또는 객관 대상을 취하는 식에는 근본적으로 자체(自體)가 없다. 인도 불교에서는 이 마음이 연생(緣生)이라고 보며, 따라서 이 마음은 당연히 자체를 가지고 있지 않고 실재하지 않는다. 수많은 연들을 하나하나 제거해가면, 이러한 마음은 공이고 존재하지 않기 때문이다.

이러한 마음이 나타나는 데에는 인연(因緣) · 등무간연(等無間緣) · 소연연(所緣緣) · 증상연(增上緣)이라는 네 가지 연이 있어야 한다. 인연은 모든 사물의 발현이 갑자기 나타나는 것이 아니고, 반드시 원인으로 말미암는 것이 있다는 의미이다. 인도 유식 불교에서는 능생(能生)의 작용을 가진 것은 그 자신의 결과를 직접 낳게 되는데, 이러한 경우에만 인연이라고 보았다. 그리하여 종자를 식의 인연으로 세우고 식은 종자의 결과라고 말하였다. 구 논사들은 세간에서 말하는 종자의 의미를 형이상학에 응용해서 식의 발생을 억측한다. 즉 능생의 세력이 따로 있으며, 이러한 세력을 종자라고 부른다는 것이다. 각각 구별되는 종자가 각자의 결과를 직접 낳게 되므로, 그들이 정한 인연의 범위는 직접 각자의 결과를 낳는다는 의미를 특히 중시하게 된다. 웅십력은 구 논사들의 종자론은 근본적으로 배척되어야 하며, 구 논사들의 인연에 관한 주장에 절대 찬성할 수 없다고 본다. 인연의 범위를 다시 고쳐 정해야 한다. 식이 일어나는 것은 옆의 연들에 의거하지만, 그것은 일종의 내재적이고, 살아 움직이며, 부족하지 않고, 자발적인 힘을 갖추고 있음에 틀림없다. 우리는 이러한 자발적인 힘이 식을 일어나게 하는 인연이라고 가정한다. 따로 실재하는 종자가 있어서 식의 인연이 된다고 말해서는 안 된다는 것이다. 그들은 자신의 마음이 자주적이고, 자유롭고, 스스로 창조한다는 사실을 깨닫지 못하였다. 여기에서 말한 자발적인 힘은 실은 성지(性智)의 발용이다. 성지의 발용이라는 점에서 말하자면, 자발적인 힘은 본래부터 존재하는 것이며 허망한 것이 아니다. 감각 기관의 영명함을 이룬다는 점에서 말하자면, 이 자발적인 힘은 뒤에 일어난 것이고 허망한 것이라고 해야 한다. 그러나 내가 존양(存養) 공부를 하여 성지가 항상 속을 주재하고 감각 기관에 부려져서 함부로 행동하지 않는다면, 모든 발용이 본래 존재하는 참된 메카니즘이 아닌 경우가 없게 될 것이다.

등무간연은 차제연(次第緣)이라고도 부른다. 이전 순간의 식이 다음 순간의 식을 이끌어낼 수 있으므로, 이전 순간의 식이 다음 순간의 식에 대해 차제연이 된다고 한다. 또한 능연인 식은 자기 혼자서는 독자적으로 일어날 수 없고 반드시 소연인 대상에 의탁해야만 일어날 수 있으므로, 객관 세계를 소연연(所緣緣)이라고 부른다. 소연연은 분명히 자체를 가진 존재이고, 식이 의탁하는 대상이자 식이 휴대하는 대상이며, 식이 사려하는 대상이라는 의미를 가진다. 증상연(增上緣)은 그 위에 더한다는 뜻이다. 을이 갑에서 직접 생겨난 것은 아니지만 꼭 갑에 의거해야 존재하는 경우에, 갑이 없으면 을도 없게 된다. 이때 갑은 을에 대해서 증상연이 되고 을은 갑의 결과가 된다.

식이 일어나는 것이 그 자신에 내재하는 자발적인 힘을 갖추었기 때문이라는 점에서 '인연'이 성립하였다. 식이 일어나는 것이 이전 순간이 다음 순간을 이끌어낼 수 있기 때문이라는 점에서, '등무간연'이 성립하였다. 식이 일어나는 것이 소연 대상에 의탁할 수 있기 때문이라는 점에서, '소연연'이 성립하였다. 앞의 세 가지 연 외에도 감각 기관과 작의

(作意) 등과 같이 식이 일어나는 데 아주 밀접한 수많은 관계들이 있다. 이러한 관계들이 없다면 식도 일어날 수 없다는 점에서 '증상연'이 성립하였다. 어째서 이들 연을 분석하였는가? 보통 사람들은 헛되이 집착하는 마음을 독립적이고 실재하는 것으로 간주하기 때문이다. 불교에서는 이러한 집착을 타파하기 위하여, 그들이 독립적이고 실재하는 마음이라고 보는 것을 하나하나의 연들로 분석하여 이 마음이 연에서 생겨난 것임을 보여주었다. 마음이라는 것은 번갯불처럼 번쩍번쩍하며 그 모습이 거짓으로 나타난 것일 뿐 결코 실재하는 것이 아니라는 것을 사람들이 알게 하려는 것이다. 만약 마음이나 식이 실재하는 것이라면, 그것에 자체가 있을 것이다. 지금 그것을 분석해보면, 수많은 연들이 서로 기대어서 마음이라는 모습으로 잠시 나타난 것일 뿐이다. 마음에 자체가 없으므로, 결코 실재하는 것이 아님을 알 수 있다. 이 장에서 웅십력은 연을 떠나서는 마음이라고 할 것도 없다는 사실을 논증하였다.

제4장 전변—본체의 전변 : 흡벽성변과 찰나생멸설

웅십력은 정신 현상[心]과 물질 현상[物]이 모두 본체가 한 찰나마다 생멸하고 부단히 변화하는 과정에서 나타난다고 보았다. 웅십력은 본체를 본심이라고 부르고, 무형의 것이라고 생각하였다. 일체의 사물은 모두 본체의 '용(用)'이고 모두 본체의 현현이다. 본체의 전변으로 각양각색의 사물들이 태어난다. 웅십력 철학에서 본체의 전변은 '흡(翕)'과 '벽(闢)'이라는 두 측면으로 이루어진다. 본체가 공용인 우주 만물로 현현될 때, 그 발전 변화가 본체의 두 작용인 흡과 벽으로 실현된다고 보는 것이다. 즉 우주의 두 가지 힘을 생명 에너지와 물질 에너지로 구분하고, 흡벽의 활동을 통해 변화를 이룬다고 보았던 것이다[흡벽성변 翕闢成變]. 흡은 물질적인 사물을 생성해내는 특징을 나타내고, 벽은 정신적인 마음을 생성해내는 특징을 나타낸다. 본체는 수렴하고 응집하는 힘인 흡과 확산하고 항전의 자성을 지키는 강건한 힘인 벽의 이러한 밀고 당기는 두 상반된 힘을 통하여 전변을 실현한다. 만약 흡과 벽이 없다면, 만물은 생겨날 수 없고 세계도 발전·변화할 수 없다. 따라서 본체와 흡과 벽은 서로 분리할 수 없다. 본체는 흡과 벽의 기초이고, 흡과 벽은 본체의 작용이다.

현상계의 모든 물체는 고정되어 불변하는 죽은 사물이 아니다. 어떠한 구체적인 사물 중에도 흡과 벽이라는 두 작용, 즉 만물과 마음이라는 두 종류의 공용이 긴장 상태를 유지하며 존재하기 때문이다. 수렴과 확산이 팽팽한 긴장 속에서 조화를 유지하고 있는 것이 바로 우주 만물이다. 그러나 이때 "벽이 본원적이고, 흡은 종속적이다." 벽은 우주 만물 전체를 관통하여 존재하며, 이 때문에 '우주의 마음[宇宙心]' 또는 '우주 정신'이라고 부른다. 이것은 만물에 영혼이 있다는 만물영혼설이 아니라, 만물에 '마음'이 있다는 것을 주장하는 만물유심론이다. 이 때문에 웅십력은 무기물 속에도 마음이 잠재되어 있다고 본다. 일체의 사물은 모두 본체의 공용이자 본체의 현현이며, 본체는 현상계의 모든 대상들을 생겨나게 하는 내재적 동력이자 원천이다. 그 특징은 영원한 전변[恒轉]이고, 현상계의 온갖 대상들로 변하여 나타나는 능력이라고 할 수 있다. 이 때문에 본체를 항전(恒轉) 또는 능변(能變)이라고 하고, 모든 현상은 소변(所變)이라고 부른다. 본체와 현상의 관계는 본체와 작용의 관계이자, 능변과 소변의 관계가 된다.

우리는 변화를 말할 때 그 변화가 텅 비어 아무 것도 없는 것이 아님을 알므로, 한번 흡하고 한번 벽하는 것이라고 하였다. 변화는 생동하는 활발한 힘이고, 내재적 모순을 갖추어 발전해나아간 것이다. 역학(易學)자들도 우주를 끊임없이 활동하는 과정으로 파악하였다. 따라서 웅십력은 변화를 말할 때 흡과 벽만 가지고 설명해서는 안 되고, 반드시 흡과 벽이 신묘하게 생멸하는 측면을 파악해야 변화를 깊이 안다고 할 수 있다고 보았다. 변화의 내용은 한편에서는 흡과 벽이며, 다른 한편에서는 생성과 소멸이다. 벽은 막히지 않고 유행하는 힘의 일종이므로, 찰나에 생성되자마자 소멸하여 잠시도 머무르지 않는다. 흡은 수렴 응집하는 힘의 일종으로 비록 만물의 모습으로 잠깐 나타나기는 하지만 실제로 고정된 형태를 가진 것이 아니므로, 역시 찰나에 생성되자마자 소멸하고 잠시도 머무르지 않는다. 이처럼 흡과 벽이 모두 갑자기 생멸하는 것이 마치 공중에 핀 꽃과 같다.

이 때문에 많은 철학자들의 우주를 보는 관점이 일치하지 않는다. 인도 불교는 현상 세계를 싫어서 떠나거나 초월하는 견해가 있기 때문에, 생멸하는 세계를 무상하다고 보고 존재하는 것을 은근히 폄하한다. 따라서 생멸을 초월하여 생멸하지 않는 실제에 안주하는 경향이 있다. 유학에서 절대적인 변화(太易)는 그 전체가 다양하게 분화된[分殊] 위대한 공용, 또는 생멸하는 온갖 형상으로 현현한다고 본다. 이 때문에 초월을 말하지 않고도 저절로 초월하고, 싫어서 떠나려고 생각하지 않으므로 싫어서 떠나는 일이 근본적으로 없다. 사물의 무상함을 인식하지만, 여기에서 날마다 새로워지는 성대한 덕도 본다. 옛 것이 사라지므로 새것이 생겨나고, 위대한 변화가 끝이 없어서 빽빽하게 온갖 형상이 나타난다. 이 모든 것은 하나의 진리[一眞]가 나타난 것이다. 웅십력은 우주 만상에서 형상을 취하지 않고 모두 진실이라고 보았는데, 이 점에서 공종의 학설과 공통점이 있다고 보았다.

제5장 「공능(상)」

공종(중관 불교)의 전체 사상은 한 마디로 '법상을 깨뜨려서 본성을 드러내는 것[破相顯性]'이라고 할 수 있다. 공종이 온 힘을 다해 법상을 깨뜨려 없애는 것이 바로 본성을 드러내는 방법이다. 공종의 인식론은 모든 사람의 지식과 정견을 치유하는 데 주력하기 때문이다. 따라서 법상을 깨뜨린다는 것은 바로 지식과 정견을 배척하자마자 확연히 실성(實性)을 깨닫는다는 것이다. 지식과 정견은 현실의 일상 생활에서 훈습되어 나오고 사물의 이치를 구하려 밖으로 치달리므로, 결코 천지만물과 한 몸을 이루는 내재하는 실성을 되돌이켜 파악하지 못한다. 그러니 지식과 정견을 배척하지 않으면 안 된다. 공종은 지식과 분별적인 견해를 깨끗이 쓸어버리려는 것이므로, 법상이나 우주 만상이 모두 공(空)이라고 말한다. 법상을 공으로 해야만 실성을 깊이 꿰뚫을 수 있지, 그렇지 않으면 거짓된 자취의 형상에 구애되어 진리를 궁구하지 못하게 된다는 것이 그 의도이다. 그러나 공종의 학설에 의거하면, 우주론이라고 할 것이 없게 된다.

공종에서 법상을 깨뜨리는 것[破相]은 현상계 대상들의 자성이 실재한다고 보는 견해를 깨뜨려서 사물의 공성(空性)을 드러내기 위한 것[顯性]이다. 따라서 법성이 공이 된다는 것은 자성이 존재하지 않는다는 의미이다. 그러나 웅십력은 '법성은 본래 공이 될 수 없다'고 단언한다. 대승 공종의 본원은 실상인(實相印)의 존재를 인정하는 것이라고 보기 때문이다. 공종에서는 본성이 존재하지 않는다는 것 자체를 본성으로 하는 반면에, 웅십력은 사물의 본성을 본체로 파악한다. 따라서 웅십력이 보기에, 공종은 파상현성에 실패하고 있다. 사물의 진정한 본성인 본체를 제대로 드러내지 못하고 있기 때문이다. 이같은 성격은 파상(破相)이라는 방법론이 파괴성이 지나치게 강하고 맹렬한 데서 야기된 것이다. 공종에서 이렇게 맹렬한 수단이 나타난 것은 법상뿐 아니라 법성의 개념까지도 일종의 법상으로 여겨서 사람들이 집착할 수 있으므로 '양자를 모두 버려야 한다'는 의도에서 나온 것이다. 즉 공종의 원의는 사람들이 공(空)을 표현된 말 이상의 것으로 이해하여 '제법의 실상을 완전히 깨닫게 하려는 것'이지만, 파괴가 지나쳐서 법성이 아예 파괴되는, 전도된 형세가 되어 버렸다는 것이 웅십력의 진단이다.

파상현성의 실패와 함께 웅십력이 공종의 최대의 문제라고 보는 것은 바로 본체와 현상을 일치시켜 보지 않고, 본체만을 추구하느라 공용, 즉 현상을 폐기하게 되었다는 사실이다. 이것은 공종이 법성을 적정(寂靜)으로 보는 사실과 연관된다. 웅십력은 공종은 성체가 적정하다는 점은 깊이 깨닫고 있지만, 그것이 지나쳐서 '끊임없이 생성 변화하며 유행하는 참된 메카니즘을 깨닫지 못한다'고 비판한다. 웅십력은 그것을 '공용을 폐기하여 본체를 구하는 잘못[遺用談體]'이라고 불렀다. 실재론을 견지하는 것도 현상에만 매여 본체를 부정하는 결과를 가져오지만, 그렇다고 현상을 완전히 폐기하게 되면 본체를 엿볼 방법이 없게 된다. 현상계의 존재 자체를 공으로 보는 데까지 가게 되어, 중관 사상 자체가 '악취공(惡取空)'에 빠져버렸다는 비판이다.

웅십력은 불교의 본체는 '공적(空寂)'한 것이고, 유학의 본체는 '인(仁)'한 것이라고 단언한다. 즉 불교는 본체가 공적하다는 인식에 빠져서 생성 변화를 모르게 되고, 따라서 본체만을 중시하고 그 본체의 구체적인 발현인 작용에는 관심을 기울이지 못하게 된다고 비판한다. 웅십력이 『신유식론』의 의도가 '작용에 나아가 본체를 드러내는 것[卽用顯體]'이라고 한 데서도 알 수 있듯, 웅십력 철학에서 작용은 중요한 위치를 차지한다. '작용에서 본체가 드러낸다'는 것은 본체를 구체적인 현상 속에서 전개되는 유행(流行)하는 과정으로 보는 방식이고, 주체는 이 유행의 과정 속에서 본체를 파악하게 된다. 이러한 방법은 논리적으로 작용, 즉 현상의 중요성을 승인할 것을 전제로 한다. 그러므로 '작용을 떠나 본체를 말할 수 없다'고 한 것이다. 생성 변화는 이미 형체를 갖춘 것에서 찾을 수 없다는 웅십력의 생각은 공적하면서도 전변하는 본체의 이중적인 성격에 기인한 것이다. 본체가 현현한 현상들이 찰나에 생멸한다는 것은 어느 한 순간도 그 현상들이 중간에 머무르는 시간이 없다는 것이다. 웅십력이 말하는 생명의 우주는 순간마다 생멸하는 사물의 자취의 형상이 번갯불의 번쩍임처럼 찰나에 새롭게 일어났다 사라지는 것이다. 따라서 본체의 원래 성격은 공적한 것이 되지 않을 수 없다. 공적에 바탕을 두지 않으면, 이 본체가 현상계의 대상들로 현현할 때 지속하는 것으로 나타나게 되기 때문이다.

제6장 「공능(하)」

웅십력은 이 장에서 주로 유종(유식 불교)의 문제점을 지적하였다. 우선 웅십력은 유식 불교가 종자를 본체로 상정함으로써 본체계와 현상계를 두 개의 세계로 구분하는 결정적인 잘못을 저질렀다고 본다. 유식 불교는 숨겨져 있는 저장된 세계(종자계)와 밖으로 드러난 세계(현행계)가 둘로 나뉘어 일원론으로 합치될 수 없다. 유식의 이러한 이원론은 우리가 경험하는 현상 세계를 본체 세계에 종속된 것으로 파악함으로써 본체 세계에 비해 무가치한 것, 또는 덜 중요한 것으로 보게 한다. 이러한 구도에서는 인간의 도덕적 행위의 가치가 떨어지게 된다. 그 때문에 웅십력은 본체와 현상을 이분하는 유식 불교를 비판하고, 결국 불교를 떠나지 않을 수 없었다. 그리고 유식 불교가 갖는 이러한 특성은 정확하게 서양 형이상학의 경향과 유사하며, 따라서 유식 불교에 대한 비판은 서양 형이상학에 대한 비판을 함축한다

본체와 현상의 이분이라는 유식 불교의 특성은 '인연(因緣)' 개념에 대한 새로운 해석 때문에 야기된 것이다. 웅십력은 유식 불교의 아라야식 연기설을 근본적으로 부정한다. 원시 불교의 인연의 의미가 심층의식,

또는 무의식(아라야식) 속에 저장된 종자가 현행(現行)을 낳는다는 것으로 바뀐 것이 바로 유식 불교의 아라야식 연기설이라는 것이다. 그러나 아라야식을 세워서 종자를 함장하고 제일연기로 삼는 것은 외도, 그중에서도 브라만교의 범아일체설에서 나오는 신아론(神我論)과 마찬가지라는 것이 웅십력의 판단이다. 유식 불교에서는 연기의 의미가 많은 연(緣)을 종자라는 하나하나의 분자로 간주하고 마음을 수많은 연이 화합하여 구성된 것으로 보는 구조론으로 변화하였다고 본다. 무착의 저서에 이미 그러한 경향이 있었고, 세친 이후, 특히 호법에게서 결정적으로 바뀌어졌다고 진단을 내린다. 그런데 구조론에서는 '현상을 뚫고 본체를 알아낼 수가 없다'는 것이 가장 문제가 된다. 연생을 구조론으로 해석한다는 것은 연생이 실재론으로 변화한 것이나 다름이 없기 때문이다.

웅십력이 보기에, 유식 불교의 또 하나의 중요한 문제는 이중 본체의 문제이다. 유식 불교에서는 종자를 마음과 현상 세계의 근본적인 원인으로 삼으면서도, 불교 일반의 논의에 따라 진여가 만법의 실성이라고 하여 '진여'와 '종자'라는 이중 본체를 주장하는 잘못을 범하였다는 것이다. 진여와 종자를 따로 설정하여 이중 본체를 가지게 된 것은 불변하고 항상되고 무위한 진여와 끊임없는 변화 과정[恒轉] 속에서 전변하는 종자라는 판이한 성격의 본체를 동시에 받아들일 수 없는 논리적 어려움으로 나타난다. 불교의 본체인 진여에 대한 이해에 의거해볼 때, 진여는 무위법이므로 절대 끊임없이 생성·변화하거나 유행하는 것이 될 수 없다. 그러면서도 유식 사상에서는 이러한 성격의 진여가 아라야식의 '실성(實性)'과 '체성(體性)'이라고 본다. 따라서 무위법인 진여와 생멸 변화하는 현상계의 모습은 서로 뛰어넘을 수 없는 다른 영역의 것이 되고 만다. 그리하여 진여와 현상계의 관계를 설명할 방법이 없게 된다.

또한 "유종의 최대의 오류는 습기를 공능으로 혼동한 것이다"라고 하여, 유식 불교가 공능과 습기를 분명히 구분하지 못함을 비판한다. 유식 불교가 공능(功能)·습기(習氣)·종자(種子)를 차별없는 한 가지로 보고 있는 반면에, 웅십력은 공능은 본체에 속한 것으로서 습기와는 전혀 관련이 없다고 주장한다. 유식 불교에서는 '본유공능(本有功能)'을 세워 그것이 본래적으로 존재하고 상대적이지 않은 것이라고 하는 한편, '신훈공능[新薰功能]'을 세우고 습기가 아라야식 중에 잠입하여 새로운 공능을 이룬다고 하였다. 호법은 본유와 신훈을 함께 세웠으며[本新幷建], 중국의 현장, 규기가 그 입장을 따랐다. 웅십력은 본유 공능과 신훈 공능을 함께 인정하는 주장이 옳지 않다고 여겼다. 웅십력은 공능과 습기를 구분하는 데 다음 세 가지 기준을 제시하였다.

① 공능은 활력(活力)이지만, 습기는 도구일 뿐이다.
② 공능은 오직 무루(無漏)이지만, 습기는 유루(有漏)이다.
③ 공능은 끊을 수 없지만, 습기는 끊을 수 있다.

공능은 인간이 본래부터 가지고 태어난 본성이며, 오염되지 않은 것[無漏性]이다. 그런데 사람이 이 세상 속에서 살아가는 것이 현실적으로 본성이나 본체 공능이 그대로 표현되는 것은 아니다. 따라서 어떻게 본성이나 본체를 구현할 수 있는가 하는 문제가 생겨난다. 이것은 습기의 차원에 해당하는 문제이다. 습기란 이처럼 인간의 역사 전체가 녹아 있는 강한 세력이고, 사회 전체 차원과 연관된 것이다. 따라서 공능이 본체로서 근원적인 부분과 관련되는 것이라면, 습기는 인간의 역사적이고 사회적인 부분과 관련된다. 따라서 습기 중 무루성인 정습(淨習)을 키워나가고 유루성인 염습(染習)을 제거하는 것은 개인적이고 도덕적인 의미를 가질 뿐 아니라 인류 전체의 역사적·사회적 의미를 지니는 것이 된다.

제7장 성물

이 장에서는 본체의 유행에 흡의 측면이 있으며 흡이 분화하여 소일(小一)의 계군(係群)을 이룬다는 사실에 의거하여, 물리 세계를 가설하였다. 웅십력이 보기에 객관 세계는 번갯불처럼 한 순간순간 나타났다 사라지는 형상의 자취가 있을 뿐이지 실재하는 사물로 존재하는 것이 아니다. 우리가 객관 세계의 사물이라고 보는 것은 각 소일의 계통이 찰나마다 생멸하며 끊이지 않고 이어져 형성되는 것이다. 그러나 사물이란 실재하는 것이 아니고 환상의 자취에 지나지 않는다. 이러한 작용으로 드러나는 웅십력의 본체는 '우주의 마음', 또는 '위대한 마음'이다. "소일(小一)을 떠난다면, 실제로 만물이라고 말할 것이 없다. 무한한 소일이 서로 비비고 부딪쳐서 자취의 상이 흩어져 나타나는 것을 만물이라고 부른다"는 것이다. 이렇게 정의되는 사물은 당연히 소박 실재론에서의 사물이 아니다. 이러한 변화무쌍한 상의 자취로서의 사물은 자연과학의 대상이 될 수 없고, 자연과학의 방법론으로 접근할 수도 없다. 사물의 리를 궁구해보면, 세속에서 생각하는 사물과 같은 것은 본래 없다. 그러나 진실의 유행에 의거하면, 세속에 따라 사물을 시설하는 것도 무방하다고 보았다.

웅십력은 화엄종이나 선 불교는 대승 공종(중관 불교)과 유종(유식 불교)이 결합하여 발전된 것이고, 진리에 보다 접근하는 것이라고 본다. 선 불교의 학설은 송명 성리학 중 양명의 '심외무물(心外無物)'설로 계승되며, 양명을 거쳐 웅십력의 '심물불이(心物不二)'설에도 그대로 이어진다. 선 불교의 '작용에서 본성을 본다'는 사상은 작용에 나아가 본체를 파악한다는 것이고, 유학의 '공부가 바로 본체이다'는 사상은 공부가 바로 작용이므로 역시 작용에서 본체를 인식한다는 것이다. 물론 이때의 유학은 공부가 바로 본체임을 말하는 양명학이다. 결국 웅십력은 본체를 인식하는 것, 또는 본성을 파악하는 것[見性]을 사상의 핵심으로 한다는 점에서 선 불교와 유학의 공통점을 보고 있는 것이다. 선 불교가 말하는 '참된 근원'은 진심(眞心)이고 유학에서 말하는 '마음의 근원'은 본심(本心)인데, 웅십력은 이 둘이 동일하게 본체를 가리킨다고 본 것이다. 선 불교와 유학은 다른 불교 종파와 유학의 관계에 비해 더욱 유사성을 지닌다고 한다.

웅십력은 본체의 속성을 '인(仁)'으로 규정한다. '인'이라는 쉬지 않고 생성하는 본체의 속성만이 현상계의 다양한 모습으로 나타날 수 있다고 보기 때문이다. "인은 본래의 마음으로, 나와 천지만물이 함께 지니고 있는 본체이다." 웅십력에게 본체는 본래의 마음[本心]이자 인(仁)으로 나타난다. 당연히 이 인은 송명 성리학에서와 마찬가지로 웅십력 철학에서도 사회 윤리 규범을 내포한다. 이 점이 바로 웅십력이 중국 불교가 본체를 공적하게 보는 것을 정면으로 비판하고 결국 유학을 선택하지 않을 수 없었던 결정적인 이유이기도 하다. 그리하여 웅십력 철학은 '인의 본체론' 또는 '인의 우주론'으로 요약할 수 있을 정도로 '인'을 핵심 개념으로 하여 전개된다. 웅십력은 인을 모든 변화의 근원이자 만유의 기초라고 보는 사고방식은 공자—맹자—정명도—왕양명을 통하여 자신에까지 면면히 이어져왔다고 본다. 우주를 생명의 자기 전개로 보는 이러한 사상은 정명도 사상을 거의 그대로 받아들인 것으로 보인다. 이 우주는 생명이 흐르는 살아 있는 생명체이며, 그 때문에 나와 대상, 주관과 객관, 자아와 현상계가 구분되지 않고 하나로 통일된다. 이렇게 통일적인 생명의 흐름 그 자체가 바로 인이며, 이 인의 체가 바로 본체이다. 웅십력의 본체론을 '생명의 본체론'이라고 정의내릴 수 있다면, 그러한 근거는 정명도 철학에서 온 것이다. 웅십력은 공부를 바로 본체로 보는 양명의 사고방식을 그대로 수용한다. 공부의 방법은 본심을 따르는 것, 즉 자신의 마음의 자연스러운 움직임에 그대로 맡겨 두고 사심과 습심이 일어나지 않도록 하는 것이다. 일상 생활에서 전 힘을 기울인 이러한 공부를 통해 우리는 자신의 본체를 파악할 수 있다. 그것이 '공부가 바로 본체'라는 것이다. 이것은 도덕의 주체성을 최대한도로 강조한 사상이다. 양명의 이러한 입장을 웅십력은 그대로 받아들여, 유학·불교·도가 등 전통철학이 전심으로 추구한 핵심이 바로 공부가 본체라는 사상에 집약된다고까지 강조한다. 그것은 웅십력이 근대라는 위기 상황에서 개인과 민족의 도덕의 주체성을 최대한도로 강조하기 위한 의도라고 볼 수 있다.

第8장 「명심(상)」

이 장에서는 불교, 도가 두 학파의 사상을 융섭하여 본심과 습심을 구분하였다. 본심은 성지(性智)라고도 하는데, 나와 만물이 동일하게 갖추고 있는 본성이다. 도가의 도심(道心), 불교의 법성심(法性心)에서 왕양명의 양지(良知)까지 모두 본심의 또 다른 명칭이다. 습심은 양지(量智)라고도 하는데, 이 마음은 본심의 작용에 의거하여 존재하지만 본심 자체는 아니고 결국 하나의 대상이다. 이 마음을 살펴보면 본래부터 가진 영명함을 자동인(自動因)으로 삼지만, 근(根)이 경(境)을 취하는 것 때문에 쉽게 근본에서 어긋난다. 본심의 발현을 살펴보면 근에 의거하지 않을 수 없으므로, 근은 저절로 권능을 갖게 되고 마음의 작용을 빌어서 사물을 미혹하게 좇아간다. 따라서 본심은 근문(根門)에서 유행할 때마다 그 본연의 밝음을 잃어버린다. 이 마음은 근을 도구로 빌리지만, 도리어 근의 도구로 쓰인다. 근은 본심의 작용을 빌어서 자기의 소유라고 여기고, 미혹되게 사물을 좇는다. 즉 이 사물을 좇는 마음은 습관이 오래되면 날마다 깊어져서 근의 공용이 되므로, 본래부터 가진 영명함과는 확실히 다르다. 그런데도 사람들은 이를 마음이라고 인정하는데, 실제로 이것은 본심이 아니라 물화된 것이다. 무수한 습기가 기회를 타서 일어나는 것을 습심이라고 부른다. 도가의 인심(人心)이나 불교의 의타심(依他心)이 바로 습심을 가리킨다.

본심의 작용과 관련해서 웅십력은 다음과 같은 네 가지로 설명하였다.

① 작용은 보고 듣고 깨닫고 인식하는 것[見聞覺知]을 부르는 말이다.

② 이 보고 듣고 깨닫고 인식하는 등의 작용은 실제로 마음의 작용이 근문(根門)에서 발현된 것이다. 따라서 이것이 바로 심체는 아니다. 그러나 심체가 보고 듣고 깨닫고 인식하는 것과 떨어져서 독립적으로 존재하는 것은 아니다.

③ 마음의 작용이 근문에서 유행하고, 근은 그것을 빌어서 자신의 영명함을 나타낸다. 따라서 근은 권력을 잡게 된다. 그런데 마음의 작용이 막히고 또 근이 권력을 잡게 되면, 오염된 습기가 함께 나아가며 이 마음을 막아버린다. 근이 마음의 힘을 빌어서 자신을 나타내면서 습을 끼고 함께 간다면, 여기에서 발현되는, 보고 듣고 깨닫고 인식한다는 것은 작용이라고 하지만 실제로는 본체의 유행이 아니다. 근과 습이 주도권을 잡기 때문에 작용이 되지 않는다.

④ 본체는 차별이 없지만, 공용은 다양하게 분화된다. 따라서 공용은 본체의 본연 그 자체는 아니다. 그러나 본체는 유행한 것을 떠나 홀로 존재할 수 없고, 본체 전체를 들어서 공용을 형성한다. 따라서 공용을 떠나 본체를 찾아서는 안 된다.

선불교는 작용에서 본성을 보고[作用見性] 유학은 공부가 바로 본체라고 보는데[卽工夫卽本體], 이 점에서 두 학파가 서로 통하는 데가 있다. 그러나 유학에서는 인륜과 일상 생활에서 만물이 서로 응대하는 점에 노력을 기울였다. 가는 곳마다 천리(天理)를 체인한다고 하지만 정신은 쉽게 흩어지고 수렴하기가 비교적 어려우므로, 뛰어난 재질을 가지고 또 깊게 함양한 사람이 아니면 일상 생활에서 실천할 때 요행히 부끄러운 일을 면하는 정도가 된다. 불교에서는 사물을 다 버리고 맑고 한가한 데 홀로 처하면서 전일한 의식으로 정신을 수습하여 본래의 참됨[本眞]으로 들어가고 자성을 되돌이켜 구한다. 뛰어난 자질을 지닌 사람은 쉽게 진리를 깨닫고, 우둔한 근기를 가진 사람은 밝게 깨닫기 어렵다. 그 도는 세속 사회를 벗어나는 것[出世]이고 인생에 반하므로, 항상되다고 할 수 없다. 불교는 쉬지 않고 생성하는 본체의 덕을 거슬러서 막으려고 하는데, 웅십력이 보기에 이것은 인류 사상에서 가장 기이한 것으로서 항상된 도가 못 된다. 대승 불교는 일관되게 적막을 지향하는 본래의 의도를 계승하였고, 대승 불교의 인생관은 결국 유학과는 종류가 다르다. 단지 세속 사회를 버리지 않는다는 점에서 유학에 근접하는 경향이 있다고 말할 수 있을 뿐이다. 그러나 이 근접한다는 점에서 둘의 관계는 대단히 깊다. 이 장에서는 불교의 적막과 공자의 인을 회통한 뒤에야 본체의 전체 덕을 볼 수 있다고 하였다.

제8장 「명심(하)」

앞 장에서는 총상(總相)을 중심으로 습기를 가지고 심소를 설명하였고, 이 장에서는 별상(別相)에 대해서 설명하였다. 무수한 종자 세계를 탐구해보면, 힘이 서로 다르고 잠재되거나 나타나는 것이 아주 빠르며 변화에 단서가 많다. 한 생각이 마음에서 일어날 때마다 동일하게 연계된 수많은 종자들이 잠복해 있다가 갑자기 일어나고, 마음과 상응하여 다양한 힘을 나타낸다. 이와 같은 여러 가지 힘을 명상에 따라 나누어서 심소법이라고 부른다. 유식 불교에서는 수(數)의 별상을 대략 51 법으로 분류하였는데, 소승 불교 이래의 구학설을 계승한 것이어서 번쇄하다는 약점이 있다. 웅십력은 옛 어휘를 그대로 쓰되, 약간의 수를 생략하고 재분류하였다.

구학설에서 수를 6가지로 나누는 데 대하여, 웅십력은 다음 4 가지로 통합하였다.

① 항행수(恒行數) : 선하고 오염된 것을 막론하고 항상 마음과 함께 하는 것을 말한다. 구학설에서는 항행수가 5가지이나, 웅십력은 별경 중의 욕(欲)을 병합하여 육수(六數), 즉 촉(觸)·작의(作意)·수(受)·욕(欲)·상(想)·사(思)를 말하였다.

② 별경수(別境數) : 성질이 선하고 오염된 것을 통털어서 별경(別境)에 별도로 의거해서 일어나는 것을 말한다. 구학설에서는 별경수(別境數)가 5가지이나, 웅십력은 혜(慧)·심(尋)·사(伺)·의(疑)·승해(勝解)·염(念)의 6가지로 정하였다.

③ 염수(染數) : 성질이 오직 오염되어 선한 수를 막는 것을 말한다. 염수(染數)는 근본 번뇌인 본혹(本惑)과 그에 수반하는 번뇌인 수혹(隨惑)을 구분한다. 구학설에서는 본혹을 6가지로 나누었는데, 웅십력은 의(疑)를 별경에 넣었으므로 무명(無明)·탐욕(貪)·성냄(嗔)·게으름(慢)·악견(惡見)의 5가지가 된다.

④ 선수(善數) : 성질이 오직 선해서 오염된 것을 치유하고 단절시키는 것을 말한다. 구학설에서는 11법이 있다고 보았는데, 웅십력은 7법으로 병합하였다. 정(定)·신(信)·무치(無癡)·무탐(無貪)·무진(無嗔)·정진(精進)·불방일(不放逸)이 여기에 속한다. 참(慚) 등 다섯 가지 법을 생략하고, 별경 중의 정(定)을 합하였다.

신유식론(하)_ 차례

신유식론(상) _ 차례

제6장 「공능(功能)(하)」

본체와 공용(하)

여기까지 이르면 우주론 측면에서 유종의 학설을 상세히 살펴볼 필요가 있다. 나는 이전에 공종이 상을 파괴한 의도가 본체를 드러내는 데 있다고 자주 말하였다. 그러나 그들 공종에서는 한 번에 상을 파괴하기만 할 뿐, 즉 법상을 막고 뽑아버리기만 할 뿐 가설하지 않으므로, 우주론을 언급하지 않는다. 유종은 공종과 거의 상반된다. 유종을 처음 제창한 논사는 무착·세친 형제이다. 무착의 학설은 소승불교와 뒤섞여서 한 학파를 형성하였고,[1] 또 대승공종에 기대어 대승유종으로 크게 발전하였다.[2] 그 초기 학설은 삼성설(三性說)을 핵심으로 한다.[3] 삼성설

1) 소승불교는 원래 20부로 나뉘는데, 서로 차이점이 있기는 하지만 대략을 살펴보자면 이 20부는 모두 공종과 유종 두 학파에 지나지 않는다. 공종의 학파는 점차 대승공종으로 발전하였다. 유종의 학파는 무착·세친에서부터 대승유종이 성립되었다.

2) 有를 말하지만 소승불교를 초월하므로 대승유종이라고 한다.

3) (역주) 三性說은 인도 唯識佛教의 중요한 학설로서 법상종의 근본 교의이고, 후대에

은 본래 공종에서 시작되었다. 삼성은 첫째, 변계소집성(徧計所執性)이다. '변계(徧計)'는 의식을 가리키는데, 의식이 두루 헤아리므로 변계라고 부른다. '소집(所執)'은 변계가 집착하는 대상이다. 예를 들면 오온에 의거하여 그것이 나라고 생각하지만, 실제로 개별적인 온의 측면에는 본래 자아의 관념[我相]이 없다. 단지 자아가 있다고 의식이 함부로 집착할 뿐이므로, 이 자아의 관념을 의식이 집착하는 대상, 즉 '변계소집'이라고 부르는 것이다. 또 딱딱한 상과 흰 상 등에 의거하여 병 전체가 있다고 생각하지만, 실제로 이러한 상에는 병 전체가 없다. 의식이 함부로 헤아려서 병이 있다고 집착하는 것이므로, 이 병의 상도 '의식이 집착하는 대상'이 된다. 이 두 가지 예에서 나머지를 추측해볼 수 있다. 둘째, 의타기성(依他起性)이다. '타(他)'는 여러 연(緣)들을 말한다. 예를 들어 세간에서는 마음이나 의식이 실재한다고 집착하지만, 심법(心法)은 오직 연에서 일어나는 것임을 모르는 것과 같다. 무엇을 연이라고 하는가? 첫째는 인연이다. 이 마음은 원인 없이 아무 것도 없는 데서 일어날 수 없으므로, 인연이 있다고 한다. 둘째는 소연연(所緣緣)이다. 소연의 대상이 없으면 마음도 일어나지 않으므로, 소연연이 있다고 한다. 셋째는 차제연(次第緣)이다. 예컨대 이전 순간의 식이 다음 순간의 식을 이끌어내므로, 차제연이라고 한다. 넷째는 증상연(增上緣)이다. 예컨대 감각기관

화엄종이 채택하였다. 존재의 본성과 상태를 有無, 또는 假實의 입장에서 3가지 종류로 나누어본 견해이다. ① 변계소집성(遍計所執性, parikalpita-svabhāva)은 虛妄分別相·分別性으로서, 실체가 없는 존재에 대하여 實我·實法이라고 허망하게 집착하는 것이다. 인식되는 대상을 두루 헤아려서 마음 외에 실재가 있다고 오인하므로, 편계소집성이라고 부른다. ② 의타기성(依他起性, para-tantra-svabhāva)은 因緣相·依他性이다. '他'는 각종의 연에 의해 생기하는 법으로, 연이 합하면 생겨나고 연이 멸하면 사라지는 법이므로, 영원불변한 실재가 아니다. 따라서 '如幻假有'·'假有實無'라고 한다. ③ 원성실성(圓成實性, pariniṣpanna-svabhāva)은 第一義相·眞實相이라고 한다. 의타기성의 진실한 체[眞如]가 일체의 법에 두루 가득 차 있고, 불생불멸하며, 체성이 진실되므로, 圓成實이라고 부른다. 진여는 일체의 상과 떨어져 있고 일체법의 본체는 모두 진실이므로, '眞空妙有'라고 한다. 이상의 삼성은 서로 不卽不離의 관계에 있다.

은 식이 그에 의거하여 일어나는 대상이 되므로, 증상연이라고 한다. 증상이란 돕는다는 뜻이다. 이렇게 보면 심법은 본래 자체가 없고 단지 수많은 연에 의거하여 일어나는 것이므로, 의타기성이라고 부른다. 이때 공종의 학설에 의하면, 인연에는 후대에 유종에서 주장한 종자의 의미가 없으므로 광의의 뜻이 된다. 또 심법이 의타기성이지만, 색법(色法), 즉 물질 현상도 의타기성이라는 것은 말할 필요도 없다. 물질 현상에서도 인연 및 서로 관련된 수많은 증상연이 있다고 가정할 수 있다. 여기에 대해서는 나의 저서 『불가명상통석』을 참조하기 바란다. 셋째, 원성실성(圓成實性)이다. 이것은 진여를 말한다. '원(圓)'은 원만하다는 뜻으로, 진여의 체가 모든 곳에 두루 존재하고 조금도 모자라거나 흠될 것이 없으므로 원만하다고 한다. '성(成)'은 완성되었다는 뜻으로, 진여의 체는 항상된 것이지 생멸법이 아니라는 의미이다. 우주 만상은 모두 생성 소멸하는 것이므로 생멸법이라고 부른다. 지금 이 진여는 생멸법이 아니므로 완성되었다고 한다. '실(實)'은 진실이고, 진리라고도 부른다. 이 진여가 모든 사물의 진실한 본성이고 우주의 실체를 의미하므로, 만법의 진리라고 한 것이다. 이상에서 삼성의 의미를 설명하였다.

『대반야경』에 의하면, 자씨(慈氏)는[4] 변계소집이 결코 존재하는 것이 아님을 알아야 한다고 하였다.[5] 의타기성은 오직 명칭[名]과 표상[想]으로 가정한 말일 뿐이다.[6] 원성실은 공하여 자아의 본성이 없고 진실만

4) 붓다는 彌勒이라고 부른다.
5) 앞의 글을 자세히 살펴볼 것.
6) 표상[想]은 형상을 취한다는 의미이다. 예를 들어 파란색은 오직 파랄 뿐 희지 않다거나, 갑은 오직 갑일 뿐 을이 아니라는 것 등이다. 名은 해석해 명명한다는 뜻이다. 예를 들어 대상의 명칭은 그 대상을 부르면서 그것이 공간적 점유가 있는 사물이라고 해석하는 것이다. 나는 모든 사물에 대해 표상에서부터 명칭을 만들지만, 명칭에서 표상을 일으키기도 한다고 본다. 명칭과 표상 때문에 여러 가지 말들이 복잡하게 일어나고, 모든 情은 명칭과 표상이라는 말에 연하여 집착을 일으키고 현행계, 또는 우주 만상이 실재한다고 보게 된다. 실제로 일체의 대상은 마음이나 물질과 관련 없이 모두 뭇 연들에 의지하여 일어난다. 따라서 일체의 대상은 모두 自體가 없고 텅 비어 아무 것도 없

있는 것이다. 공종에서 처음 주장한 삼성설을 추적해보면, 그들 공종에서는 초성(初性)[7]이 헛된 정의 측면에서만 존재하지 실제로는 존재하지 않는다고 보았다. 이러한 견해는 그 자체로 성제(聖諦)인데, 어째서 또 의타기성을 말하는가? 헛된 정으로 집착하는 것은[8] 반드시 의거하는 대상이 있어야 가능하다. 비유하자면 눈앞에 탁자가 있다고 집착하지만, 헛된 정으로 집착하는 것일 뿐 근본적으로 집착하는 탁자가 없는 경우와 같다. 사실이 이와 같다. 그러나 사람 마음에 집착이 없을 수 없으므로 생각을 바꾸어서 "탁자가 집착의 대상이라면, 이 집착이 어떻게 의거하는 대상 없이 아무 것도 없는 데에서 일어나겠는가?"라고 말한다. 만약 안식이 검은 색만 얻을 수 있고 마찬가지로 신식이 딱딱한 정도만 얻을 수 있다고 한다면, 모두 탁자를 파악할 수 없다. 따라서 이 탁자는 현량(現量)으로 파악할 수 없고,[9] 집착에 대한 논의를 받아들일 수 없다. 그러나 검은 색 내지 딱딱한 정도는 색온(色蘊)에 통섭되는데, 이것들은 모두 현량으로 파악할 수 있는[現證] 사물이다.[10] 이 점에서

는 것이다. 다시 말하면 일체의 사물은 모두 서로의 緣에 의거해 존재하는 것이지, 독립적이고 실재하는 사물이 아니다. 즉 뭇 연들도 가설이고, 緣이라고 불리는 실재하는 사물은 본래 없다. 이는 『中論』 등에서 널리 말한 학설과 같다. 따라서 일체의 의타기법은 본래 텅 비어 없으며, 오직 情이 일으키는 명칭과 표상에 따른 것, 즉 명칭과 표상이 만들어낸 여러 가지 말일 뿐이다. 핵심을 말하면, 명칭과 표상과 말은 모두 상응하는 실제 사물이 없고, 순전히 허구에 속한다. 기이하고도 기이하다! 공종에서 의타기성에 대해 말한 내용은 원래 이와 같다. 이 점을 아주 분명히 인식해야 한다.

7) 偏計所執을 말한다.

8) 헛된 정은 偏計를 말한다.

9) 여기에서 말하는 現量은 세속의 해석에 따른 것으로, 감각기관의 경험적 지식에 의거한 것이다. 因明에서는 五識現量이라고 부른다.

(역주) 現量·比量·聖教量이라는 3종류의 인식 수단을 三量이라고 부른다. 즉 感覺知와 推理知·聖教에 의한 知가 이에 해당한다. 現量(pratyakṣam)은 여러 가지 사물에 대해 분별 추측하는 일 없이 그 자체를 직관하는 것, 즉 직접 지각을 의미한다. 직접적인 지식을 얻는 과정과 그 결과로 얻어지는 지식을 말한다. 보통은 감각기관과 외계 사물과의 접촉에서 생긴다고 생각된다. 陳那는 현량은 사고를 포함하지 않은 것이라고 풀이한다.

10) 現證은 모두 현량으로 파악하는 대상을 말한다.

모든 법상이 없는 것이 아님을 분명히 알 수 있다. 따라서 집착하는 상은 막아야 하지만, 법상을 막으면 안 된다. 그렇지 않으면 탁자라고 집착하는 상이 전혀 의거할 데가 없는데, 어떻게 일어나겠는가? 또 색온 등에 의거해서 실제 사람, 또는 실제의 자아라고 집착하는 상은 헛된 정으로 집착하는 것이다. 그러나 색온법을 없다고 하면 안 된다는 사실은 앞에서 이미 제시하였다. 수온(受蘊) 내지는 식온(識蘊) 등의 심법은 안으로 자각해서 인식하는 것이므로, 없다고 하면 안 된다. 이 때문에 색온 등 법상은 하나하나가 모두 실재한다. 따라서 사람이나 자아 관념처럼 집착하는 상이 그 법상에 의거해서 일어나게 된다. 정(情)으로 집착하는 과정이 대략 이와 같다. 종합하면, 사람 감정의 미혹한 집착은 깊은 뿌리를 가지고 있다. 초성이[11] 그 집착의 대상을 파괴한다고 하지만 파괴되는 것은 표피적인 층일 뿐, 대상에 대한 집착은 뿌리가 남아 있다. 이 뿌리를 뽑지 않으면 진리를 깨달을 방법이 없다.[12] 이 때문에 물질・정신과 같은 일체의 법상이 의타기적이라고 말하여, 물질과 정신이 모두 실재하는 것이 아님을 보여주는 것이다. 정신 현상을 분석해보면, 뭇 연들에 의거해 거짓으로 나타날 뿐 어디에 실재하는 마음이 있는가? 물질 현상을 분석해보면, 뭇 연들에 의거해 거짓으로 나타날 뿐 어디에 실재하는 물질이 있는가? 또 본래 물질과 정신에 의거해 연을 가정했다는 사실을 알아야 한다. 물질과 정신의 자성이 공이므로 연에도 자성이 없고, 따라서 일체의 법상은 본래 공이고 오직 명칭과 표상만 있을 뿐 실질적인 의미가 없게 된다.[13] 그러므로 초성에 이어 차성(次性)[14]을 말한 것에 깊은 의미가 있다. 초성으로 집착의 대상을 버리

11) 변계소집을 말한다.
12) 진리는 眞如를 말한다.
13) 불교 서적 중에서 '실질적인 의미가 없다'는 것은 실재하는 사물이 없다고 하는 것과 같다.
14) 依他起性을 말한다.

고, 차성으로 집착의 대상이 의거하는 일체의 법상을 버렸다. 그런 뒤에 일진(一眞)의 본체가 분명히 드러나므로, 제3성으로[15] 결말지었다. 법상에 대해서 법상이라고 생각하면, 본래의 진실(本眞)을 볼 수 없다.[16] 정(情)으로는 상이 있다고 보므로, 상의 실질이 없는 것이 아니다.[17] 차성에서 상을 버린 뒤에야 '원성(圓成)'이 나타날 수 있다. 이것이 『반야경』의 핵심적인 내용이다. 공종의 삼성설에서 초성과 이성은 버리는 대상과 관련되고,[18] 오직 제3성만 존재한다.[19]

어떤 사람은 "공종에서는 한 번에 상을 깨뜨리므로, 진여 열반도 환상과 같다고 말한다. 이 말은 삼성을 모두 버린 것인데, 어디에 제3성이 존재하는가?"라고 질문한다.[20] 이에 대한 답은 다음과 같다. 경전의 의도는 사람들이 원성실성에 대해 집착할까봐 환상 같다고 말하여 집착을 깨뜨리려고 한 것뿐인데, 어떻게 원성실성을 없앨 수 있겠는가? 그러나 상을 깨뜨리는 데 너무 치우쳐서 어조가 강하고 쉽게 잘못으로 흘러버렸다. 이 점은 비판할 만하다. 종합하면, 공종의 삼성설에서는 초성을 버릴 뿐 아니라 의타기성도 모두 버린다. 이와 관련된 내용은 대단히 중요하다. 의타기성을 버리지 않으면 법상이나 현상계가 존재한다고 집착하게 되고,[21] 이 때문에 원성실성이나 본체계와 대립하여 의타기성과 원성실성의 두 성이 하나로 융합될 수 없기 때문이다. 이렇게 되면 희론이 되어버린다. 『대반야경(大般若經)』과 『중관론(中觀論)』 등을 상세

15) 圓成實性을 말한다.

16) 본래의 진실[本眞]은 모든 대상들의 실체, 즉 圓成實性을 말한다.

17) 본체는 진실로 존재하지만, 형상이 없다.

18) 버리는 것은 버려서 제거하는 것이다. 다른 곳에서도 이에 준한다.

19) 이 문장에서 초성과 이성이 모두 버린다는 것은 일체의 상을 떠난다는 것, 즉 일체의 대상에 대해 모두 圓成實이라고 지목한다는 것이다. 과거 덕 있는 자는 "직접 손으로 만진 것 중 진여 아닌 것이 없다"라고 하였는데, 이러한 의미와 신묘하게 부합한다.

20) 진여 열반은 이중 단어로, 圓成實性이다. 『般若經』에서는 "열반이 환상과 같다"라고 하는데, 여기에서는 제3원성실성도 역시 버리는 대상과 관련된다.

21) 現界는 현행계라고도 하고, 현상계라고도 한다.

히 읽어보면, 일체의 법상을 막아 없애버림으로써 원성실성을 은밀히 제시하고 있음이 분명하다.[22] 따라서 공종의 삼성설에서는 의타기성과 집착의 대상을 모두 버린다.[23] 의타기성을 버리면 법상을 법상으로 보지 않고, 삼라만상이 원래 일진법계(一眞法界)임을 알게 된다.[24] 이처럼 신묘하다. 따라서 의타기성을 버리면 의타기성이 본래 원성실성임을 알게 되므로, 의타기성과 원성실성의 두 성이 대립하는 잘못은 없게 된다. 이것이 공종에 미칠 수 없는 점이다.

유종에서는 무착이 삼성설을 발전시켰는데, 유도 아니고 공도 아닌 중도(中道)의 가르침을 제시하여 공종의 잘못을 바로잡았다. 유종에서는 삼성 중 초성은 순전히 집착의 대상이고, 존재하지 않는다고 본다. 의타기성은 없다고 하면 안 되고, 원성실성은 진실로 존재한다. 따라서 의타기성과 원성실성이 둘 다 공이 아니라고 말한다. 유종은 스스로를 '공과 유를 함께 밝혔다[空有雙彰]'고 평가하는데,[25] 그 의도가 옳지 않은 것은 아니다. 유종의 삼성설은 원래 공종에 근본을 두었지만, 의타기성에 대한 유종의 학설이 공종과 근본적으로 다르므로 유종의 학설은 공종과 전혀 다르게 귀결된다. 이 때문에 두 학파의 차이는 넘을 수 없을 만큼 크다. 공종에서 말하는 의타기성은 원래 법상을 막아서 없애버리는 것이다. 유종에서 말하는 의타기성은 오히려 법상을 성립시키려는 것이다.[26] 법상을 없애면, 우주론을 말할 수 없다. 법상을 성립시키면, 우주론이 있게 된다. 두 학파의 분기는 단지 의타기성에서 시작한다.

---

22) 대상의 상이 空하지 않으면 원성실성을 볼 방법이 없으므로, 대상의 상을 막아 뽑아버림으로써 참된 본체를 꿰뚫어 깨닫게 하려는 것이다. 이것이 공종의 비밀스런 의도이다.

23) 집착의 대상은 初性을 생략하여 말하는 것이다.

24) 一眞法界는 圓成實性의 다른 이름이다.

25) 집착의 대상이 존재하지 않는 것은 공의 의미를 밝게 드러낸 것이다. 의타기성 · 원성실성이 공이 아니라는 것은 유의 의미를 밝게 드러낸 것이다. 따라서 공과 유를 함께 밝혔다[空有雙彰]고 한 것이다.

26) 앞 장에서 말하였듯이, 法相에 대한 두 종파의 학설은 다르며, 이 점에서 대조적이다.

유종에서는 우주론을 언급하기 위하여 공종의 의타기성의 학설을 근본적으로 변화시키려 하였다. 이러한 변화는 점차 이루어졌다. 처음에는 공종의 의도를 아주 잃지는 않았던 듯하다. 예컨대 유종의 소의 경전인 『해심밀경(解深密經)』에는 다음과 같은 구절이 있다. "눈앞이 잘 안 보이는 사람이 흐릿한 여러 가지 상이나 머리카락, 수레바퀴 등의 상들을 차별적으로 눈앞에서 보는 것과 같다. 의타기성도 이와 같다는 것을 알아야 한다. 해석은 '눈앞이 잘 안 보이는 사람이 본 머리카락・수레바퀴 같은 상들은 실재하지 않지만 실재하는 것처럼 보이므로, 의타기성이 존재하지 않지만 존재하는 것 같이 보이는 것을 비유한다'라고 되어 있다."[27] 여기에서 '존재하지 않지만 존재하는 것 같다'는 말뜻을 살펴보면, 환유(幻有)라고만 말하고 있을 뿐 상을 완전히 막아서 없애버리는 것은 아니다. 공종과 조금 다르기는 하지만, 그 다른 정도가 현저하지 않다. 그 이후 무착은 유식(唯識)의 학설을 창조하였으니, 의타기성에 있어서 공종의 차전(遮詮)의 의미를 완전히 변화시켰고 종자를 세워서 연기설을 구조론으로 변화시켰다.[28] 이렇게 하여 유종은 정견(情見)[29]의 구덩이에 빠져버리고, 공종의 정밀한 사상을 완전히 잃어버렸다. 지금 그 내용을 다음과 같이 살펴보겠다.

첫째, 유종은 제일 먼저 차전의 의미를 변화시켰다. 공종에서 말하는 연기는 본래 차전인데, 차전에 대해서는 상권 제3장 뒷부분에서 상세히

---

27) 「一切法相品」. 唐代 圓測의 疏를 참조할 것.
(역주) 『解深密經』「一切法相品」第四(大16, 693a). "如眩人眩衆相, 或髮毛輪蜂蠅巨勝. 或復青黃赤白等相, 差別現前, 依他起相, 當知亦爾. 釋曰, 謂眩翳人似毛輪相, 非實似實故, 喩依他起非有似有."

28) 緣起라는 말은 依他起라는 말과 그 의미가 완전히 똑같다. 依他起의 他는 뭇 연들을 지목한다. 여러 대상들은 뭇 연들에 의거하여 일어나므로, 緣起라고 하고 緣生이라고도 한다. 다른 곳에서 이 말을 쓸 때도 이에 의거한다.

29) (역주) 情見은 思量分別하는 마음으로, 진실과 일치하지 않는 분별 판단을 의미한다. 정견은 그 시작도 알 수 없는 과거로부터의 無明에 의해 일어난다고 한다.

설명하였으므로 독자들은 다시 찾아볼 수 있을 것이다. 나는 이해력이 있는 사람이라면 『반야경』과 『중론』 등의 경전을 읽을 때 공종에서 말한 연기의 의미가 차전일 뿐임을 분명히 알 수 있으리라 믿는다. 무엇을 차전이라고 하는가? 법상에 집착하면 진리를 인식하지 못하므로,[30] 분석의 방법으로 법상을 깨뜨려 없애고 모든 법상에 자체가 없음을 명시하는 것을 말한다. 자체가 없는 것이 바로 공이다. 법상이 모두 공이므로, 여기에서 원성실성을 꿰뚫어볼 수 있다. 이 점이 공종의 가장 훌륭한 부분이다. 공종의 연기설은 결코 표전(表詮)의 의미가 아니다. 바꾸어 말하면, 일체의 대상이 뭇 연들이 모여 구성되는 것임을 설명하려는 것이 아니다. 만약 일체의 대상이 연들이 모여서 구성되는 것이라면, 그 대상들이 존재한다고 집착하고 그러한 전제 하에서 해석하여 형성 과정을 밝히게 된다. 이렇게 상상으로 우주를 세우고 제멋대로 추측하면, 법상이 본래 공임을 꿰뚫어보지 못하므로 법상에서 그 근원을 통찰할 수 없게 된다.[31] 따라서 철학자들이 규정한 본체에는 장점도 있고 단점도 있는데, 무엇보다 우주론 측면에서 차전의 방식을 잘 활용하였는가 여부를 보아야 한다. 이 무한한 의미는 말로 표현하기 어렵다. 나는 공종이 차전에 편향된 것에 대해 전적으로 찬성하지는 않는다. 그러나 그 학설에서 법상을 단번에 없애버림으로써 실상(實相)을 증명한 것은[32] 확실히 둘도 없는 법문이다. 단점이 있지만,[33] 장점을 가릴 수 없다. 나는 철학을 탐구하는 이들은 모두 공종의 세례를 한 번 받기를 바란다.

연기설은 본래 석가에 근원을 두고 있는데, 소승불교 경론에서 더욱 발전하였다. 연기를 주장하는 이는 반드시 몇 종류의 연, 즉 인연·차제연·소연연·증상연의 의미를 분명히 정립해야 한다. 청목(青木) 논사

30) 진리는 圓成實을 말한다.
31) 근원은 본체를 형용하는 말로서, 圓成實性 대신에 사용한 말이다.
32) 實相은 本體를 말하며, 바로 圓成實性이다.
33) 우주 만상에 대해 遮詮으로 치우쳤다는 혐의가 있다.

는[34] "존재하는 연은 모두 네 가지 연에 포함된다. 이 네 가지 연으로 만물이 생성될 수 있다"[35]라고 하였다. 소승불교의 비담학설[36]에서는 마음[心法]이 네 가지 연에 의거해야 일어날 수 있다고 말한다.[37] 물질[色法]도 인연과 증상연이라는 두 가지 연에 의거해야 한다.[38] 소승불교 논사들은 연기에 대하여, 제법(諸法)[39]을 뭇 연이 모여서 일어나는 것으로 설명하였다.[40] 이러한 연기의 의미는 표전이고, 대상의 존재를 분명히 인정하고 연기설로 그 대상의 형성 과정을 설명하는 것이다. 이것과 후대의 대승공종에서 보는 차전의 의미는 천양지차가 있다. 나는 표전과 차전 두 가지를 다음과 같이 대비해보려고 한다.

표전에서는 대상의 존재를 인정하고, 연기설로 그 대상의 형성 과정을 설명하였다.

---

34) (역주) 靑目(Piṅgalanetra)은 賓伽羅·賓頭羅伽라고도 음역된다. 4세기 경 인도인으로, 불타 입멸 후 100년경에 나고 활동하였다. 『中頌』이라 불리는 龍樹의 간결한 게송을 靑目이 주석한 것을 중국 鳩摩羅什이 409년에 가필하여 한역한 것이 일반적으로 통용되는 『중관론』이다.

35) 「中論釋」을 볼 것.
(역주) 『中論』「觀因緣品」 第一(大30, 002c). "一切所有緣, 皆攝在四緣. 以是四緣萬物得生."

36) (역주) 阿毘曇(abhidharma)을 '毘曇'이라고도 약칭하는데, 법(dharma)에 대응한다는 의미를 가진다. 大法, 無比法, 對法이라고 한역한다. 부처님의 설법을 경, 경을 조직적으로 설명한 것을 논(論)이라 하는데, 이 논을 아비달마라고 부른다. 이 아비달마에 준거하는 논장에 의해 불교를 설명하는 종파를 비담종이라고 한다. 부파불교 전체가 거의 아비달마 시대였기에, '존재 분석'에 가치를 준 주장 모두가 비담학설이라고 할 수 있다. 원래 소승불교는 경장과 율장을 중요하게 여겼으나, 점차 논장에 중심을 두게 되었다. 시조는 불멸 후 300년 초의 인도 가다연니자로서, 『發智論』을 지어 소승불교철학을 구성하였다. 그 이전의 논장에는 『육족론』 6부가 있고, 그 뒤에는 『發智論』을 자세히 해석한 『阿毘達磨大毘婆沙論』과 이를 비평한 『俱舍論』이 있다. 중국에서는 비담종, 구사종이 함께 사용되었다.

37) 4가지 緣은 앞의 의타기성을 말한 문단에서 다시 살펴볼 수 있다.

38) 예를 들어 나무 한 그루가 생겨나서 자라는 데 그 자신에게 能生의 力用이 있는 것을 因緣이라고 가정하여 말한다.

39) 마음[心法]과 물질[色法]을 말한다.

40) '대개'라고 한 것은 소승불교 중에도 모두 이러한 견해를 지지한 것은 아니기 때문이다.

차전에서는 대상이 본래 공임을 사람들에게 알리기 위해서, 연기설로 대상을 깨뜨려 없애서 모든 대상에 자성이 없음을 나타내보였다.

이와 같이 차전과 표전, 두 가지 의미는 명확히 구분된다. 소승 유부에서 말하는 연기는 표전의 의미이므로,[41] 대승공종은 집착을 막기 위해 연(緣) 하나하나를 근본적으로 파괴하지 않으면 안 되었다. 연을 파괴하면, 연에 따라 생겨난 대상이 존재한다는 헛된 생각은 일부러 깨뜨리지 않아도 저절로 없어지기 때문이다. 참으로 벼락과 같은 방법이다. 용수(龍樹) 보살은 저서인 『중론(中論)』에서 네 가지 연 하나하나를 모두 깨뜨려 없앴다.[42] 여기에서 상세히 기술할 여유는 없지만, 그 요지는 다음 두 가지로 나타난다.

① 연(緣)은 말미암는다[由]는 뜻이다. 어떤 대상이 저것이 생겨난 데 말미암아 이것이 생겨난다면, 저것과 이것은 연이 되고 이것은 저것에 대해 결과[果]가 된다. 이와 같이 결과가 연에 의거하여 성립하면, 연도 결과에 의거하여 완성된다. 결과가 없으면, 연의 의미도 성립되지 않는다. 연이라는 명칭은 결과에 대하여 성립되는 것이기 때문이다.

연이 결과에 대하여 성립되는 것이라면, 지금 그대에게 묻겠다. 연 중에 먼저 결과가 있는가[緣中有果], 없는가[緣中無果]? 연 중에 먼저 결과가 있다면, 결과가 연에서 생겨난다고 말해서는 안 된다. 결과가 연 중에 이미 존재하고 있었기 때문이다. 연 중에 먼저 결과가 없다면, 연이 결과를 낳는다고 말해서는 안 된다. 연 중에 본래 결과가 없다면, 무가 유를 낳을 수 없기 때문이다. 그대의 생각대로라면 연 중에 먼저 결과가 없어도 결과를 낳는 능력이 있다는 의미가 되므로, 결과가 뒤에 생겨날 수 있다는 것은 이치에 맞지 않는다. 연 중에 결과를 낳는 능력이 있으면 항상 그 결과를 낳을 수 있어야 하지만, 세상에 이런 일은 없

41) 有部는 여러 대상들이 실재한다는 데 집착하므로, 유부라고 한다.
42) 「觀因緣品」을 참조할 것.

다. 예를 들어 씨앗에 싹이라는 결과를 낳는 능력이 있어도, 창고에 있을 때는 싹이라는 결과를 낳지 않는 것과 같다.

앞의 말을 종합하면, 연 중에 먼저 결과가 있거나 없는 두 가지 경우 모두 성립하지 않으므로, 연에서 생겨나는 결과가 없음을 알 수 있다. 연에서 생겨나는 결과가 없으면, 연의 의미도 성립하지 않는다. 무슨 까닭인가? 결과가 없으면 연도 없기 때문이다.

② 뭇 연들과 생성된 결과는 모두 자성(自性)이 없다. 무슨 까닭에 모두 자성이 없는가? 연은 결과에 대하여 성립하므로, 연에는 자성이 없다. 또 결과도 연에 의거하여 완성되므로, 결과에도 자성이 없다. 연들과 생성된 결과에 모두 자성이 없으므로, 연기는 오직 가설일 뿐 사실이 아님을 알 수 있다.

공종은 인과 관계를 막아서 없애버리는 데[43] 지극히 탁월하였다. 고대의 학자들은 모두 인과 관계가 실유한다는 데만 집착하였고, 또 원인이 결과를 창생한다고 보았다. 공종만이 그 잘못을 바로잡았다. 고대의 이 희귀하고 창조적인 견해는 참으로 사람들로 하여금 자신도 모르는 사이에 찬탄하게 만든다. 또 내가 이미 말하였듯이,[44] 모든 대상은 생성되자마자 소멸하여 한 찰나도 머무르지 않음을 알아야 한다.[45] 그렇다면 근본적으로 사물이라고 할 것이 없는데, 어떻게 실제의 인과 관계가 있다고 하겠는가? 인과 법칙은 정견(情見)에 따라 가정된 것일 뿐이다. 쉬지 않고 생성 소멸하는 것임을 인정하더라도, 자취의 형상이 거짓으

---

43) '뭇 연'이라는 말에서 '緣'은 일반적으로 말하는 원인에 해당하므로, 緣도 因이라고 부를 수 있다. 질문: 네 가지 연 중에서 처음에 인연을 둔 것은 무엇 때문인가? 답: 인연의 의미에는 넓은 범위의 것과 좁은 범위의 것이 있다. 넓게 말하면, 일체의 연을 모두 원인이라고 부른다. 좁은 의미로 말하면, 결과를 생성하는 가장 가깝고 유력한 것을 원인이라고 한다. 따라서 네 가지 연을 모두 인연이라고 부를 수 있지만, 처음의 인연이 특히 그 좁은 뜻을 지니게 된다. 배우는 이들은 이 점을 알아야 한다.

44) 본론에서 말한 내용이다.

45) 앞의 「전변」 장을 잘 살펴볼 것.

로 나타난 것을 정견에 따라 사물이라고 해석하고 인과 관계를 부여한 것에 불과하다. 자취의 형상이라고 하지만 그 상황에 해당하는 사물이 하나도 없는데,[46] 어떤 사물을 지목하여 원인으로 삼을 것인가? 또 어떤 사물을 결과라고 부를 것인가? 따라서 인과 관계는 오직 정견에 따라 가정한 것일 뿐, 실제 사실이 아님을 알 수 있다. 공종에서 차전의 의미로 말한 연기는 성제(聖諦)가 된다.

대승유종은 소승 유부의 학설에 근거하여 공종에 반대하였다. 그들 대승유종은 연기를 말할 때 첫째로 공종의 차전의 의미를 완전히 변화시켜버렸다. 대승유종은 소승 유종에 비해 변화가 더 심하다. 이렇게 변화가 심한 부분이 바로 인연의 의미를 개조한 부분이다. 연의 의미를 한 번 개조하여 유종은 지극히 체계적인 유식론으로 점차 완성되었다. 그 이론은 지극히 광대하고 정밀하지만, 구조가 정교해질수록 진리에서 멀어져서 결국 누에가 고치를 짓듯이 자승자박이 되어 변계소집에 떨어지면서도 스스로 깨닫지 못하는 상황이 되어버렸다. 나는 유종의 전반적인 잘못이 그들이 말하는 연기, 또는 의타기성에서 발견될 뿐이라고 본다. 그들이 말하는 의타기성이 잘못인 이유는 근본적으로 인연의 의미를 변화시킨 것과 관련된다. 원래 소승불교에서 말하는 연기론은 인연을 넓게 해석하지만, 일체법이 서로 관련되어 있다는 점에서 이론이 성립한다. 이 대상이 생겨나는 것은 저 대상에서 힘을 주었기 때문이므로, 저 대상은 이 대상에 대해 인연이 된다. 여기에서 말하는 인연은 실제로 증상연과 큰 차이가 없다.[47] 이와 같다면 일체의 법상을 공으로 하여 본래의 진실[本眞]을 꿰뚫지 못하더라도, 세속의 진리[俗諦]에 의거하여 그렇게 생각해도 잘못이 없다. 유독 무착 보살만이[48] 소승 유부에 의거하

46) 情見으로 어떠어떠한 것이 존재한다고 집착하는 데 해당하는 사물은 하나도 없다. 바꾸어 말하면, 본래 한 사물도 없다.

47) 소승불교에서는 6가지 종류의 원인이 있는데, 실제로는 모두가 增上緣에 해당한다. 窺基의 『唯識述記』 등의 책을 참조할 것.

는 한편으로 대승공종을 바로잡으려 하였다. 그가 말한 연기는 특히 인연의 의미를 개조하여 일종의 우주론으로 만든 것인데, 실제로는 억측과 상상으로 제멋대로 만든 논의이므로 공종과 나란히 논의할 만하지 못하다. 무착은 저서인 『섭대승론(攝大乘論)』에서 처음에 공능(功能)을 세워 종자(種子)라고 부르고,[49] 아라야식을 세워 모든 종자를 포섭하였다.[50] 이때 종자를 우주 만유의 인연으로 보았다.[51] 『섭대승론』에서는 아라야식 중에서 제일연기(第一緣起)에 대해 몽매하면,[52] 자성이나[53] 과거의 업[夙作]이나[54] 자유자재한 변화나[55] 실재하는 나를[56] 원인이라고 분별하거나, 원인이 없거나[無因] 연이 없다[無緣]고 분별하거나,[57] 또한 내가 창조자나[58] 수용자라고[59] 분별하게 된다고 말한다.[60] 비유하자면

---

48) 대승유종을 제창한 인물이다.

49) 종자를 줄여서 種이라고도 부른다.

50) 종자의 수는 무한하므로, 일체라고 한다. 불교학설에 따르면, 사람은 각각 하나의 우주이므로 각 사람마다 모두 8개의 識이 있다. 그중 제8식을 아라야식이라고 한다. 아라야는 함장한다는 뜻을 가지는데, 일체의 종자를 함장하기 때문이다.

51) 因緣 역시 因으로 줄여서 부른다. 우주 만유는 제행, 또는 일체 대상들의 총칭이다. 서양의 철학자는 우주의 본체를 구하고 그것을 제일원인이라고 하는데, 이 뜻과 같다. (역주) 『攝大乘論釋』 卷第二 「所知依分」(大31, 328a－b). "論曰, 阿賴耶識如是而生. 有能生彼功能差別, 名一切種子識. 應觀此中更互爲因道理亦爾. 如阿賴耶識爲雜染諸法因, 雜染諸法亦爲阿賴耶識因. 唯就如是安立因緣."

52) 緣起는 종자가 인연이 되어 모든 대상들이 일어날 수 있으므로, 연기라고 부른다. 이것은 바로 종자를 가리킨다. 아라야식 중의 종자가 일체법의 본래의 원인이므로, 第一緣起라고 하였다. 몽매하다[愚]는 것은 인식하지 못한다는 의미이다. 여기에서는 아라야식 중의 종자가 만법의 본래 원인임을 깨닫지 못하면, 다음과 같은 각종 미혹과 분별이 일어나게 된다는 의미이다.

53) 數論에서는 自性을 세워 마음과 물질 대상의 원인으로 삼는다.

54) 夙作은 숙세에 지은 것이라는 뜻으로, 先業이라고도 한다. 예컨대 尼乾子 등은 先業을 제행의 원인으로 보았다.

55) 바라문 등의 학설에서는 大自在天이 있어서 변화하게 한다고 보아, 제행의 원인으로 삼는다.

56) 僧法 등의 학설에서는 실재하는 神我가 있다고 보고 제행의 원인으로 삼는다.

57) 自然外道와 無因論의 대사들, 空見外道 등은 모두 일체의 대상에 인연이 없다고 주장한다.

58) 勝論에서는 神我를 세워서 창조의 力用이 있다고 한다.

코끼리를 보지 못하는 수많은 장님들에게 코끼리의 형상을 제시하는 것과 같다. 그들 장님들은 코끼리의 코·이빨·귀·발·꼬리 등을 각각 만진다. 그들에게 코끼리가 어떤 모양이냐고 질문하면, 어떤 사람은 밧줄 같다고 하고, 어떤 사람은 방망이 같다고 하며, 어떤 사람은 키·절구·비짜루·돌산 같다고 말한다. 연기성을 이해하지 못하면, 무명(無明)이 장님을 만들어서 이같은 상황이 된다.[61] 무착의 말에 따르면, 그가 말한 인연은 확실히 소승불교와는 의미가 다르다. 소승불교에서 말하는 인연은 모든 법상이 서로 관련된다는 점에 의거해서 이론을 세운 것인데, 무착의 손에서 형이상학의 가장 근본적인 원인으로 바뀌어버렸다. 그가 종자를 인연으로 삼은 것은 일종의 다원론이라고 할 수 있다. 그는 철학의 각 학파에서 우주 연기를 언급한 학설은 모두 어지러운 추측과 상상에 의한 것이고, 자신의 종자설만 성제(聖諦)라고 주장하였다.[62] 그의 주장에 따르면, 외부세계를 향해 원인을 찾는 것은[63] 잘못된 생각이고, 원인이나 연이 없다고 주장하는 것도 희론이다. 그는 아라야식이 종자를 함장한다는 이론을 세웠는데, 이 아라야식 중의 종자가 바로 정신현상과 물질 현상이 일어나는 원인이라는 것이다. 따라서 우주에 원인이 없는 것이 아니고, 외부 대상이 원인이 된 것도 아니다. 무착은 이로써 유식(唯識)의 이론을 완성하였으니, 참으로 정밀하기는 하다.

"아라야식도 팔식 중의 하나이다. 아라야식이 나머지 칠식의 각각의

---

59) 數論에서는 神我를 세워서 그가 모든 대상들을 수용한다고 말한다. 예를 들어 색·소리 등의 사물은 神我가 수용한 것이다.

60) (역주) 『攝大乘論釋』 卷第二 「所知依分」(大31, 328c). "論曰, 於阿賴耶識中, 若愚第一緣起, 或有分別自性爲因, 或有分別宿作爲因, 或有分別自在變化爲因, 或有分別實我爲因, 或有分別無因無緣."

61) 종자가 諸行의 원인임을 이해하지 못하는 것은 無明 때문에 장님이 된 것이고 올바른 이치를 깨닫지 못한 것이다. 우주의 본체, 또는 인연은 순전히 억측과 상상에 의한 것이어서 맹인들이 코끼리를 상상하는 것과 같다. 무명은 無知라고도 한다.

62) 앞에서 인용한 것과 같다.

63) 예를 들어 自性과 梵天·神我 등의 견해를 들 수 있다.

종자들을 함장하므로, 나머지 칠식이 생겨날 수 있다.[64] 그런데 아라야식도 자기 종자가 있는가?"라고 묻는 사람이 있다. 이에 대한 답은 아라야식도 자기 종자에서 생겨나는데, 누가 아라야식에 종자가 없다고 하는가 라는 것이다. 또 "아라야식이 소생(所生)의 결과라면 아라야식의 자기 종자는 능생(能生)의 원인인데, 어떻게 결과가 원인을 함장할 수 있는가?"라고 질문하는 사람이 있다. 이에 대한 답은 원인과 결과는 동시에 존재하고[因果同時],[65] 또 서로 주체[能]와 객체[所]가 되기 때문이라는 것이다.[66] 따라서 그의 생각이[67] 이론상 성립되지 않는 것은 아니다.

유종에서는 본래 중생이 모두 팔식을 갖추고 있고,[68] 하나의 식은 상분(相分)과 견분(見分)의 두 부분으로 나눌 수 있다고 본다. 예를 들어 안식에서는 소연인 푸른색 등의 색이 상분이고, 이 푸른색의 상을 인식하는 인식 작용이 견분이다.[69] 안식이 이와 같으므로, 나머지 이식에서[70] 제8아라야식까지 모두 상분과 견분의 두 부분이 있는 것도 유추해서 알 수 있다.[71] 그들 유종에서 말하는 일체의 식이나 상분·견분을 현행(現

64) 나머지 7식이란 제8식이 앞의 7가지 식을 바라본 것이라는 사실은 말할 필요도 없다. '각각'이란 두 글자에 주의해야 한다. 하나의 식마다 모두 자신의 종자가 있어서 서로 어지럽게 뒤섞이지 않기 때문이다.

65) 원인이 먼저이고 결과가 뒤라면, 결과는 원인을 함장할 수 없다. 지금 원인과 결과가 동시에 존재한다고 하므로, 결과가 원인을 함장할 수 있다.

66) 생성의 의미로 요약해 말하면, 아라야식은 所生이고 자기 종자는 能生이다. 함장의 의미로 요약해 말하면, 아라야식은 종자를 함장할 수 있고 아라야식의 자기 종자와 나머지 모든 종자들은 아라야식에 의해 함장되어진다. 따라서 서로 能과 所가 된다고 한 것이다.

67) 그는 無着과 그 후학을 가리킨다.

68) 각자에게 8개의 식이 있다. 이 학설은 소승불교에도 그 단서가 있기는 하지만, 요컨대 대승유종에 이르러 비로소 체제를 갖추었다.

69) 이 상분, 견분이라는 두 부분을 합쳐서 보통 眼識이라고 부른다.

70) 所緣의 소리가 相分이고, 이 소리의 상을 인식하는 것이 見分이다.

71) '~에서'라는 것은 비식 등의 식을 은밀히 함축한 것으로, 글자를 생략해서 쓴 것이다. 鼻識은 所緣인 향기가 상분이고, 이 향기의 상을 인식하는 것이 견분이라는 것이다. 舌識은 소연인 맛이 상분이고, 이 맛의 상을 인식하는 것이 견분이다. 身識은 접촉하는 모든 대상이 상분이고, 접촉하는 상을 인식하는 것이 견분이다. 의식은 모든 대상에 緣

行)이라고 통칭하고,[72] 현행계(現行界)라고도 부른다.[73] 그들은 현행계가 있음을 긍정하고, 나아가 현행계의 원인을 찾아 종자를 현행계의 근원으로 세웠다. 종자는 아라야식 중에 숨어 있으면서 종자계를 형성한다. 현행계는 종자에서 직접 생겨나지만, 현행계가 생겨나면 바로 종자를 떠나 따로 자체(自體)를 가지게 된다. 이것은 부모와 자식이 완전히 둘이 되는 것과 같다. 따라서 종자계와 현행계는 두 세계이고, 일체가 아니다. 무착은 이 종자에 여섯 가지 의미가 있다고 하였는데,[74] 그 첫 번째가 '결과가 함께 있는 것[果俱有]'이다. 결과[果]는 현행을 가리키며, 종자가 원인이 되어 현행이 일어나므로 종자에 대해 현행을 결과라고 부른다.

할 때에 그 대상과 비슷한 상으로 변화하는데 이를 상분이라고 하고, 모든 대상을 인식하는 것을 견분이라고 한다. 제7식이 아라야식의 견분을 緣하여 나라고 볼 때는 반드시 나의 상과 비슷하게 변하는데 이를 상분이라고 하고, 나의 상이 존재한다고 집착하여 생각하는 것이 견분이다. 이상에서 전7식 각각이 상분・견분 두 부분이 있음을 말하였다. 아라야식의 相分은 세 부분으로 나뉜다. 첫째는 器界, 즉 세속에서 자연계, 또는 사물세계라고 부르는 것이다. 둘째는 根身, 즉 청정한 色根으로서, 세속에서 말하는 육체가 아니다. 육체는 본래 器界에 속하지만 根身을 도우므로, 근신과 하나가 되는 듯하다. 셋째는 종자이다. 아라야식 자신의 종자와 나머지 7식 종자가 모두 아라야식 자체 안에 저장되어 아라야식의 所緣이 된다. 이상 세 부분이 모두 아라야식의 상분이다. 根器는 그 자체가 상분인데 어떻게 종자도 상분이라고 부르는가 라는 질문이 있다. 이에 대한 답은 이러하다. 根器는 각각 종자에서 생겨나고 종자는 본래 근기와 같은 종류로 응하지 않지만, 그것이 아라야식 견분의 所緣이 되기 때문에 상분이라고도 부른다는 것이다. 所緣이 되는 때는 바로 相이므로, 구 유식논사들의 견해는 이와 같다. 유종의 경전에서는 아라야식 견분을 極深細라고 하는데, 우리가 모르는 것이라는 말이다.

72) 現은 눈앞에 나타난다는 뜻이다. 行은 모습이 변화한다는 뜻이다.

73) 지금 철학 용어로 말하자면, 현상계이다.

74) (역주) 『成唯識論』에서는 梁譯, 『攝大乘論釋』 卷二의 학설에 의거하여 種子가 6가지 조항의 조건을 갖추고 있다고 한다. 이것이 種子의 六義이다. ①刹那滅 : 무상하기 때문에 생멸하는 변화가 있다. ②果俱有 : 果는 識과 根을 말한다. 식과 근은 동시에 함께 일어나고 서로 분리되지 않는다. ③恆隨轉 : 식이 일어날 때 종자도 따라서 전변하여 활동하고, 간격이 없다. ④性決定 : 식들이 연한 선・악 등의 성은 반드시 인과가 있지만 뒤섞이지는 않는다. 안식이 악한 대상에 연하면 악법을 이루고 선법을 이룰 수 없는 경우에 비유할 수 있다. ⑤待衆緣 : 식은 하나의 因에 의해 생겨나는 것이 아니라 반드시 수많은 外緣에 의거하여야 현행될 수 있다. ⑥引自果 : 물질과 정신은 각자 자신의 결과를 끌어낸다. 色法은 색법의 종자에서 생겨나고 心法은 심법의 종자에서 생겨나지, 서로 바꾸지는 않는다.

함께 있다[俱]는 것은 두 가지 사물이므로, 함께 있다고 말한 것이다. 종자와 거기에서 생겨난 현행이라는 결과가 하나는 능생이 되고 다른 하나는 소생이 된다는 의미이다. 피차가 상대적으로 존재하므로, '결과가 함께 있다[果俱有]'고 하였다. 종자계와 현행계가 대립하여 두 세계를 이룬다는 학설은 무착이 창시하여 세친에게 전수하였다. 그 이후 많은 논사들이 다투어 나왔지만, 이 점에 대해서는 이견이 없다.

┌ 현행계 : 일체의 식, 또는 일체의 상분, 견분……결과(果, 所生)
└ 종자계 : 일체의 종자 ……………………………………원인(因, 能生)

덧붙이는 말 : 유종의 학설에 의하면, 전7식[75]은 각각 자체가 있고 각각의 종자는 아라야식 중에 잠재되어 있으므로, 종자와 현행은 분명히 일체가 아니다. 아라야식 자신의 종자는 나머지 식의 종자들과 똑같이 아라야식 자신 속에 숨어 있지만, 아라야식 견분의 소연(所緣)이 되므로 상분이라고 부른다. 따라서 아라야식 자신의 종자와 나머지 식의 종자들은 현행하는 아라야식과 서로 의지하지만, 일체는 아니다. 따라서 종자와 현행은 대립하여 두 세계를 이룬다. 이러한 학설은 제멋대로 구성된 것임을 쉽게 알 수 있다.

무착은 『섭대승론』에서 모든 식이 각각 자기 종자가 있다고 하였고,[76] 또 하나의 식마다 상분 · 견분으로 이분하였다. 세친 이후 십대 논사들은 이 두 부분의 종자가 같은가 여부에 대하여 논쟁하였다.[77] 호법(護法)

---

75) 現行을 말한다.
76) 각각이라는 두 글자에 주의하라. 예컨대 안식에는 자신의 종자가 있고, 이식에서 아라야식까지 모두 이와 같다.
77) 世親은 無着의 이복동생이다. 처음에는 소승불교를 연구하다가 무착이 대승불교로 이끈 뒤 무착에게 전해 받은 唯識論을 발전시켰다. 십대 논사는 모두 世親의 후학이다.

은 여러 의견을 절충하여, 근기(根器)와 오진상(五塵相)[78]이 모두 견분과 다른 종자를 가진다고 하였다.[79] 중국의 규기(窺基)는 호법의 견해를 한결같이 따랐다. 상분과 견분이 서로 다른 종자를 가진다는 규기의 견해에는 이원론의 의미가 있다.

원인[因] : 모든 상분의 종자들 -------------- 결과[果] : 모든 상분
원인[因] : 모든 견분의 종자들 -------------- 결과[果] : 모든 견분

앞에서 말한 것과 같이 무착학파는 인연을 형이상학의 가장 근본적인 인연으로 변화시켰고, 종자를 세워서 인연을 설명하였다. 그러나 그들의 최대의 잘못은 종자계와 현행계라는 두 세계를 구분한 것이다. 명해(明解)의 깨달음에 의거해보면,[80] 두 세계의 존재를 인정할 수 없다. 만약 온갖 변화가 본래 은미한 것[隱]이 밖으로 나타난 것[顯]이라고 한다면, 종자계가 은미한 것이고 현행계가 밖으로 나타난 것이라고 한다

(역주) 十大論師는 世親의 『唯識三十頌』을 주석한 10명의 논사를 말한다. ①護法(Dharmapāla), ②德慧(Guṇamati), ③安慧(Sthiramati), ④親勝(Bandhuśri), ⑤歡喜(Nanda), ⑥淨月(Śuddhacandra), ⑦火辨(Citrabhśna), ⑧勝友(Viseṣamitra), ⑨勝子(Jinaputra), ⑩智月(Jñānacandra). 이 논사들은 四分說에서 火辨과 陳那(十大論師 아님)가 三分說을 주장한데 대하여, 親勝·德慧 등은 二分說을, 安慧는 一分說을, 難陀·淨月 등은 또 二分說을 주로 하였다. 이상의 두 논점은 후대에 玄奘·眞諦 등을 거쳐 중국에 전파되었다.

78) (역주) 根器에서 根은 식물의 뿌리로서 가지와 꽃을 생장시키는 역할을 하고, 器는 다른 사물을 담지만 크기와 다소가 다르다. 이와 마찬가지로 수도자가 능력에 고하가 있으므로 이를 근기로 비유하였다. 五塵은 色·聲·香·味·觸이라는 5종류의 대상이다. 사람의 본성을 더럽히기 때문에 塵이라는 명칭을 붙였다.

79) 根·器는 모두 아라야식의 相分이고 모두 色法이므로, 각각 자기 종자가 있다. 아라야식의 見分과 같은 종자에서 생겨난 것이 아니다. 五塵은 五識의 所緣인 色·聲·香·味·觸을 말한다. 이 五塵相은 각각 자기 종자가 있고, 오식의 見分과 종자가 다르다. 제6意識이 일체법에 의거할 때 所變이 되는 대상과 비슷한 상은 견분에서 變現한 것으로, 이 상은 견분과 같은 종자에서 생겨난 것이다. 따라서 見分과 相分의 종자가 같다는 견해와 다르다는 견해가 합하여졌다. 본론에서는 이에 대해 자세히 논할 여유가 없다. 『佛家名相通釋』을 참조할 것.

80) 明解는 心所法의 하나로서, 性智에 의거하여 일어난 것이다. 하권에서 상세히 다룰 예정이다.

면, 이러한 이치는 타당하다. 그러나 은미한 것과 밖으로 나타난 것을 주체[能]와 객체[所]로 구분하여 별도의 두 세계로 볼 수는 없다. 은미한 것은 변화의 작동이 쉬지 않고 계속 새로워지는 것이 아닌가?[81] 밖으로 나타난 것은 변화의 작동이 그치지 않는 자취의 형상이 아닌가?[82] 따라서 밖으로 나타난 것은 은미한 것의 자취이고, 은미한 것은 밖으로 나타난 것의 근본이다.[83] 은미한 것과 밖으로 나타난 것을 근본과 자취라고 가정할 수는 있지만, 주체와 객체로 구분하거나 별도의 두 세계로 보아서는 안 된다. 후대에 성인이 나오더라도 이러한 내 말은 의심하지 않을 것이다. 무착 등의 논사들이 종자와 현행을 주체와 객체의 두 세계로 구분한 것이 어찌 잘못이 아니겠는가?

본래 그들 무착학파의 종자설은 전적으로 정견(情計)에서 함부로 구성한 것이다. 바꾸어 말하면, 일상의 실생활 측면의 지식에 의거하여 변화의 근원을 상상하고 상투적인 우주론으로 구성한 것이어서 희론을 면치 못한다. 그들이 말하는 종자 또한 세속에서 익숙하게 보는 종류의 사물들, 예컨대 쌀 · 콩 등의 종자에 근거하여 우주 본체를 상상하고, 종자를 능작인(能作因)으로 세운 것이다.[84] 이것은 정견에 따라 제멋대로 조화(造化)를 추측한 것인데, 이치에 맞을 리가 있겠는가?[85] 그들의 학설

---

81) 변화의 작동[化機]은 잠깐마다 일어나는 움직이는 힘[動勢]이다. 움직이는 힘은 한 찰나에 일어나자마자 사라져서 잠시도 머무르는 시간이 없다. 찰나찰나마다 모두 그러하므로, 계속 새로워진다고 한다. 그치지 않고 사라지므로 쉬지 않고 생겨난다. 변화의 작동이 이렇게 새로우니, 이러한 이치가 매우 은미하다. 감각기관의 경험이 미치지 못하므로, 은미하다고 한다.

82) 향기로운 장작에 불을 붙여서 빠른 속도로 회전시키면 불의 바퀴가 보이게 되는데, 세속에서는 회전하는 불 바퀴라고 부른다. 이 회전하는 불의 바퀴는 본래 실재하는 것이 아니라, 찰나마다 끊어지지 않고 계속 새롭게 움직이는 힘이 잠깐 나타나는 것일 뿐이다.

83) 은미한 것이 나타난 것의 본래의 상이라고 말하는 것이지, 나타난 것이 은미한 것과 달리 따로 自體를 가진 것이 아니다.

84) 能作因이라는 말은 본래 소승불교에서 유래하였다. 여기에서 빌려 쓴 것이 반드시 그 본래 의미와 부합하는 것은 아니다. 作은 造라고 하는 것과 같은 의미이다. 종자가 만물을 만들어내므로, 能作因이라고 부른 것이다.

에 따르면, 종자는 개별적인 알갱이들로 이루어져 있으며 무수히 많다. 경의(輕意) 보살은 『의업론(意業論)』에서 "무수한 종자는 그 수가 빗방울처럼 많다"라고 하였다.[86] 이 무수한 종자들은 자체의 종류가 다를 뿐 아니라[87] 성질도 다르다.[88] 이처럼 다른 종자들이 모두 아라야식 중에 잠재되어 있다. 만약 어떤 한 종자가 결과를 낳으려고 한다면,[89] 자기 혼자의 힘만 가지고는 안 되고 수많은 연들의 힘이 합해져야 가능해진다. 따라서 마음 현상으로 말하자면, 인연에서만 생겨나는 것이 아니라 반드시 차제연 · 소연연 · 증상연 등의 연에 의지해야 한다.[90] 구 학설에서는 마음 현상이 네 가지 연을 가지고 있다고 본다. 물질 현상으로 말하자면, 인연에서만 생겨나는 것이 아니라 수많은 증상연에 의지해야 한다. 구 학설에서는 물질 현상도 두 가지 연을 가지고 있다고 본다. 이렇게 수많은 연들이 한 곳에 모여들어야 결과가 생겨난다는 학설은 이치상 통하지 않을 듯하다. 이 때문에 세친 이후의 유식 논사들은 '사용과(士用果)'의 의미를 제창하여,[91] 인연[92]을 주재자[作者]로 보고[93] 그 밖

85) 造化라는 말은 상권 「전변」 장에 자세히 보인다.

86) (역주) 遁倫, 『瑜伽論記』 卷第十三(大42, 591a). "若輕意菩薩意業論云. 無量諸種子, 其數如雨滴."

87) 종자들의 自體에는 종류가 다른 것이 있다. 예를 들어 眼識의 무한한 종자들은 같은 종류이지만, 耳識 등의 종자들에 대면 다른 종류이다. 또 상분과 견분의 종자들을 따로 보는 입장에서 말하면, 안식 見分의 무한한 종자들은 같은 종류이지만, 안식 相分의 종자들에 대면 다른 종류이다. 안식의 종자가 이와 같으므로, 나머지 다른 식의 종자들도 모두 이러한 예에 의거해 알 수 있다.

88) 종자의 성질의 종류가 다르다는 것은 종자 중에는 無漏性인 것도 있고 有漏性인 것도 있음을 말한다. 無漏는 청정하다는 뜻이고 순전히 선하다는 뜻이다. 有漏는 오염되었다는 뜻이다. 뒤에 따로 상세히 설명하겠다. 안식의 무한한 종자 중 그 성질이 같은 것은 같은 종류이고 성질이 다른 것은 다른 종류이다. 나머지 각 식의 종자들도 모두 이에 유추해 알 수 있다.

89) 果法은 여러 식, 또는 모든 상분과 견분을 지목하는 것이다. 예를 들면 안식 상분 · 견분의 종자가 안식 상분 · 견분을 낳으려고 하거나 아라야식 상분 · 견분의 종자가 아라야식 상분 · 견분을 낳으려고 하는 경우이다.

90) 이들 緣의 의미는 앞의 글에서 반복해서 살펴보았다.

91) 士用果에서 士는 사부이고 사람을 말하는 것이다. 결과가 되는 대상을 낳는 것은 인

의 연들을[94] 도구라고 불렀다.[95] 이와 같이 보면, 연기라는 것은 뭇 연들이 모여서 결과를 낳는 것이 아니다. 모였다는 것은 한 곳에 어지럽게 운집한 것에 불과하기 때문이다. 그 가운데 작용성을 갖춘 것이 없다면, 어떻게 결과를 낳는 뛰어난 작용을 할 수 있겠는가? 지금 인연을 주재자로 보고 그 밖의 연들을 도구로 삼은 것은 주재자가[96] 조작하는 작용을 갖추고 있고 또 그 밖의 도구에 의지해서[97] 작용을 나타낼 수 있기 때문이다. 따라서 결과를 낳을 수 있다. 이렇게 하면 주장에 이치가 있게 되므로, 무착이 이론을 처음 제시했을 때의 부족한 점을 보충할 만하다. 그러나 연기설은 무착 이후 분명히 구조론으로 변화하였다. 이것과 공종의 차전의 의미는 극단적으로 상반된다. 이 상반됨은 남과 북처럼 멀리 떨어져 있다는 비유로도 부족할 정도이다.

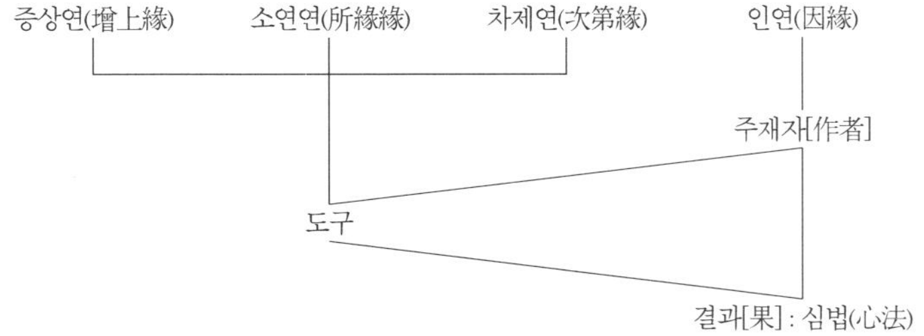

그림 1

연상 사람과 같은 造作의 力用을 갖추어야 하기 때문에, 이 결과를 낳는다는 것에서 이 결과를 士用果라고 부른다. 내 저서인 『佛家名相通釋』을 참조할 것.

(역주) 士用果는 인간의 행위에 의한 결과를 말한다. 인과 관계에 따른 모든 결과를 5가지로 분류한 五果 중의 하나이고, 六因 중 俱有因과 相應因에 의해서 얻어지는 결과이다. 능생의 원인을 6가지 종류로 나눈 六因은 能作因 · 俱有因 · 同類因 · 相應因 · 遍行因 · 異熟因이 해당된다.

92) 종자를 말한다.

93) 주재자는 조작력을 가진 사람을 말하는 듯하다. 인연에 결과를 조작해 일으키는 작용이 있음을 보여준다.

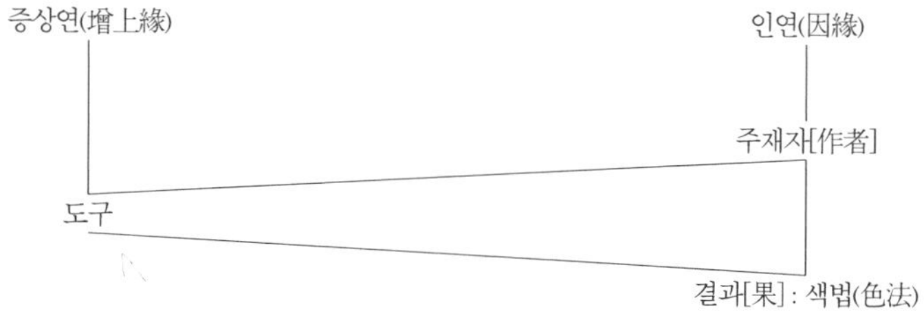

그림 2

무착은 종자를 일체법의 인연으로 세웠지만, 종자가 어디에서 왔는가 하는 문제는 당시에 아직 제기되지 않았다. 그러나 앞에서 인용한 『섭대승론』의 귀절을 자세히 살펴보면, 그는[98] 외도 각파의 철학에서 말하는 본체론이나 우주론의 잘못을 바로잡기 위하여 종자를 세워 만법의 근본으로 삼았다. 그가 말하는 종자가 저절로[法爾] 본래부터 존재하는 것임을 충분히 알 수 있다.[99] 후대에 세친 계열의 논사들은 종자의 유래를 탐구하고자 하였다. 이에 종자가 본래부터 존재하는 것이라고 주장하는 사람도 있고, 현행(現行)의 훈습(熏習)에서 일어나는 것이라고 주장하는 사람도 있었다.[100] 호법은 처음으로 두 학설을 절충하여 본유·신

---

94) 차제연과 수연연·증상연 등의 연을 말한다.

95) 作具는 공구라고 말하는 것과 같다. 作은 반드시 도구를 써야 조작하는 대상이 있게 된다. 인연은 반드시 차제연 등의 연에 의거해야 결과가 되는 대상을 낳을 수 있으므로, 차제연 등의 연이 인연이 의거하는 도구가 된다.

96) 因緣을 말한다.

97) 그 외의 연들을 말한다.

98) 無着을 말한다.

99) 法爾는 스스로 그러하다는 말이다. 그 유래를 따질 수 없는 것을 法爾라고 한다. 본래부터 존재한다는 것은 다른 데에서 생겨나는 것이 아니라는 것이고, 뒤에 일어나는 것이 아니라는 것이다.

100) 이 중의 現行은 전7식을 말한다. 熏은 熏發이고, 習은 여력이 끊이지 않고 계속 일어나는 것이다. 세속에서 관습, 또는 습관이라고 하는 것이 실은 여력이 단절되지 않은 것을 말한다. 이것은 전7식이 일어날 때 바로 소멸되지만, 계속 이어지는 여력이 단절되지 않고 다시 제8아라야식 중에 투입되어 종자가 된다. 이 종자는 因緣이 되어서 다음 순간의 식들이나 상분·견분을 일으킨다고 본다.

훈 병건설[本新幷建說]을 주장하였다. 현행 훈습을 주장하는 사람은 신훈종(新熏種)만 인정할 뿐 본유종(本有種)을 세우지 않는다. 그러나 그렇게 되면 처음 일어나는 현행에 종자가 없어 무인론(無因論)에 빠지므로, 본유종을 세워야 한다. 현행이 종자에서 생겨나면 세력이 있게 되고 훈습된 새 종자가 아라야식 중에 투입되므로, 신훈종의 학설도 성립되어야 한다. 또한 현행 훈습으로 새 종자가 생겨날 때 아라야식 중에 잠재되어 있던 본유종을 훈발하여 힘을 증장시킨다. 이렇게 본유종과 신훈종이라는 두 종류의 종자가 모두 마음에서 만들어지므로, 유식(唯識)의 이론이 완성된다.101) 무착학파 논사들의 학설에 따르면 종자가 현행을 낳고102) 현행이 다시 종자를 낳게 되므로, 무착 원래의 학설과 조금 달라진 듯하다. 세친 후대의 논사들이 제시하는 연기설에서는 종자를 잠재된 세계로 보는 한편, 현행을 밖으로 나타난 세계로 파악한다. 그러나 이 이중세계는 서로 연이 되어 생겨나는 것이다. 바꾸어 말해서, 잠재계가 현행계의 근원이 되지만 현행계도 잠재계의 근원이라는 것이다. 그들의 학설은 다양하게 발전되었지만, 종자계와 현행계의 두 세계를 대립시킨 측면은 그대로 유지되었다. 그 뿐 아니라 종자계가 개별적인 알갱이들이 하나하나 모인 것이고 현행계가 개별적인 조각들이 하나하나 쌓인 것이라고 본 점도103) 이전의 주장을 그대로 따른 것이다. 그들이

(역주) 本有種은 아라야식 중에 선천적으로 갖추어져 있는 종자로서, 有漏의 본유종과 無漏의 본유종 2가지 종류로 나눌 수 있다. 新勳種은 본유종과 상반되는 종자로서, 전7식의 힘에 의해 아라야식 가운데 훈습되어진 결과인 현상을 발생시키는 힘이 있는 종자를 말한다. 本有說은 종자가 선천적인 고유의 것, 즉 본유종이라고 하는 護月 계통의 유식설이다. 이 선천성에 근거하여 인간이 5가지 종류[五種各別]가 있음을 주장하였다. 신훈설은 종자는 모두 새롭게 훈습된 것이라고 하는 학설이다. 難陀, 勝軍이 주장한 학설이다. 이에 대해 護法은 두 학설을 합하여 本有・新熏 병합설을 주장하였다.

101) 現行은 마음을 다르게 부른 것이다. 현행은 새로운 종자를 훈습해 생겨나고, 또한 본유종을 훈습하여 자라게 할 수 있다. 따라서 일체의 종자가 모두 마음에서 만들어진 것이라고 한 것이다.

102) 現은 현행을 생략하여 말한 것이고, 뒤에도 이에 의거한다.

103) 8개의 識이라는 것도 각각 상분・견분 등으로 나누어지므로, 분명히 수많은 단편 조

종자계와 현행계가 서로 연이 된다고 말한 것은 단지 두 세계를 갈라서 현행계는 현현한 온갖 형상이고 종자계는 잠재된 주체라고 본 것이다.[104] 이것은 두 세계를 대립시켜 본 것이다. 억측하여 천착한 것이니,[105] 분명히 희론이다. 또한 그들이 말하는 신훈종은 습기(習氣)임을 알아야 한다. 이미 본유종을 세웠으므로, 뒤에 일어난 습기와 혼동해서 혼란만 더해서는 안 된다. 어떤 사람은 유종의 신훈종학설에 의거해서, 현행된 안식은[106] 푸른색 상을 식별할 때 푸른색의 상분 종자를 훈습 생성하여 아라야식 중에 투입한다고 본다. 이 종자가 인연이 되어 뒤에 오는 푸른색 상을 생성한다는 것이다. 이러한 주장은 지나치게 허황한 논의에서 벗어나지 못한다.[107] 단지 현행된 안식이 푸른색 상에 연(緣)하자마자 사멸된다고 하지만, 일종의 습기가 계속 생겨나 잠복해 있으면서도 자각하지 못한다. 이 때문에 뒤의 안식이 푸른색 상에 연할 때 습기가 더해지므로, 눈앞에 나타난 대상이 이전의 푸른색 상과 비슷하다는 것을 알게 된다. 아울러 습기 때문에 푸른색 상이 과일나무나 야채 등의 사물이라고 허망하게 생각하게 되고, 이 푸른색 등이 쉬지 않고 생성하는 신묘한 작용의 현현이라는 것과 이 현현의 아름다움을 보지 못하게 된다.[108] 이로써 우리는 습기 때문에 우주의 실상을 파악하지 못하고 항상 하나의 우주를 함부로 구상하게 됨을 알 수 있다. 따라서 습기의 힘을 부인해서는 안 된다. 그러나 유종 논사들은 습기와 그들이 말하는 본유종을 하나로 혼동하여 그것이 제법의 원인이 된다고 말함으로써[109] 허망한 논의가 되어 버렸다. 이상에서 서술한 내용을 나

각들로 나뉘고 이를 함께 쌓아놓은 것이다.

104) 최초의 현행은 본유종에서 생겨나므로, 결국 종자가 주체이다.

105) 천착은 이론을 세워 통하기를 구하지만 불합리한 것을 말한다.

106) 현행된 안식[現行眼識]은 중복된 말이다.

107) 유종에서 말하는 푸른색·노란색·흰색 등의 색상은 實塵法이다. 바꾸어 말하면, 실재하는 물질이다.

108) 작용을 신묘하다고 한 것은 그것이 헤아릴 수 없음을 말한 것이다.

는 진리를 제대로 파악한 것이라고 본다. 그들은 이미 본유종을 세웠으므로, 뒤에 일어난 습기와 혼동하면 안 된다. 유종의 이러한 학설은 이론적인 면에서 불만족스럽고 습기에 대해서도 절실한 깨달음이 결여되어 있으므로, 분별하여 바로잡아야 한다.

앞의 내용을 종합하면, 유종은 인연의 의미를 고쳐서 연기설을 구조론으로 변화시켰다. 이것은 불교철학사상의 일대 변천인데, 후대에 이를 잘 변별하는 사람이 없는 것은[110] 이상하다.

둘째, 유종은 이중 본체의 잘못에 떨어졌다. 유종은 종자를 현행의 인연으로 삼았는데, 이 종자가 현행계의 본체이다. 이것은 앞에서 인용한 무착의 『섭대승론』의 귀절에서 분명히 증명된다. 『섭론』에서는[111] 외도 각 학파들의 본체론을 논파한 뒤[112] 자신의 종자설을 제기하여 아라야식 중의 종자가 제행의 원인[因]이라고 하였다.[113] 이로써 무인론(無因論)과 외부원인론[外因論] 등의 잘못을 피하였다.[114] 본체론의 측면에서 그들의 종자설은 다원론, 또는 이원론이라고 할 수 있다.[115] 단지 아라야식을 세워 종자를 함장한다고 보았기 때문에, 외부의 원인이 아닐

---

109) 이상에서 말한 것은 푸른색의 상이 생기하는 원인이다.

110) 모두가 공종과 유종 두 학파에서 말하는 緣起가 다른 점이 없다고 보는 듯하다.

111) 『섭론』은 『섭대승론』을 줄여서 부르는 말이다.

112) 數論의 自性 등을 말한다.

113) 諸行은 마음과 사물의 만상을 말하는 것과 같다.

114) 自性 등의 학설처럼 외부세계를 향해 본체를 찾는 것을 외부 원인[外因]이라고 한다. 무인론자들은 제행에는 본래 원인이 없다고 말한다. 이와 같은 논의들은 모두 불교에서 힘껏 논파하는 것이다.
(역주) 無因論은 만물이 원인 없이 발생한다고 보거나 결과가 원인 안에 존재하는 것이 아니라고 주장하는 논이다. 인도 20종 外道의 하나이고, 無因生論·無因見論·無法外道라고도 한다.

115) 종자는 개별적이고 무수하므로, 多元이다. 종자의 성질이 각각 달라서 有漏性도 있고 無漏性도 있다는 것은 앞에서 이미 말하였다. 이것은 성질의 종류를 대략 구분한 것으로, 二元이라고 할 수 있다. 또 종자의 體가 각각 달라서 모든 상분과 견분이 각각 따로 종자가 있다는 것도 앞에서 이미 살펴보았다. 이것은 본체의 종류를 대략 구분한 것으로, 이 역시 二元에 해당한다.

뿐이다. 그들의 이론에 따르면, 종자 자신이 확실히 현상계의 본체이다. 그들은 분명히 종자를 현상계의 근원으로 보았고, 이는 서양철학자들이 본체를 말하는 사고방식과 아주 유사하다.[116]

어째서 유종은 이중 본체를 두게 되었는가? 그들은 종자를 세워서 제행의 원인으로 삼았으므로, 종자가 하나의 본체가 된다. 그러면서도 불교에서 일관되게 이어져오는 본체론, 즉 진여가 만법의 실체라는 학설도 그대로 따르려 하였다. 불교에서 말하는 진여는 무위법(無爲法)[117]이라고 부르며, 진여나 무위법 자신이 생성 변화하거나 끊임없이 유행한다고는 결코 인정하지 않고 단지 활동성이 없다고만 말한다. 이러한 생각은 불교 각 종파에서 일치해서 보는 점이다. 이 글에서도 공종을 평가할 때 그렇게 말한 적이 있다. 유종에서 언급하는 진여도 이러한 성격을 변화시키지 않았다는 점은 이전에 말한 것과 같다.

공종의 삼성론에서 의타기성은 버리는 대상이므로, 공종은 우주 만상을 모두 철폐해버렸다. 그들은 공적(空寂)의 측면에서만 진여를 나타내므로, 오직 형상을 깨뜨린 뒤에야 공리(空理)가 저절로 빛나게 된다.[118] 따라서 우주론의 관점에서 평가하면,[119] 이론상의 모순은 없다. 유종은 다르다. 유종이 언급한 의타기성은 공종의 차전(遮詮)의 의미를 변화시켜 구조론을 주장한 것이다. 그리하여 우주론을 말하는 한편, 다

---

116) 서양철학에서는 본체와 현상을 하나로 융합하는 법이 없다. 유종에서 종자계와 현행계를 두 세계로 구분해보는 것도 그렇다.
(역주) 熊十力의 유식불교에 대한 비판은 서양철학의 본체론에 대한 비판이기도 하다. 따라서 유식불교에 대한 웅십력의 비판은 서양철학과의 대리전 성격을 띤다고 볼 수 있다.

117) (역주) 無爲法은 생멸 변화를 떠난 常住絶對의 상태로서, 작용을 갖지 않는 것을 말한다. 인연의 지배를 받지 않는 열반 등 윤회로부터 해탈한 경지와 연기의 理 등을 말한다. 소승의 아비달마 교학에서는 虛空無爲 · 擇滅無爲 · 非擇滅無爲의 3종이 있고, 대승불교에선 진여 그 자체와 동일시된다.

118) 相은 法相이다. 空理는 眞如를 다르게 부른 것이다.

119) 空宗에 대한 것이다.

원적이고 부단히 생멸하는 종자를 세워서 제행의 인연으로 삼았다.120) 이러한 종자는 자연히 제행이나 우주의 본체가 된다. 다른 한편에서는 진여를 말하면서 생멸하지 않는다거나 활동성이 없다는 것만 인정하였다. 이것은 또 하나의 본체이다. 이와 같은 이중 본체가 어떤 관계에 있는가를 유종도 설명하지 못하였다. 진여 자체는 생성 변화하거나 유행하는 것이라고 할 수 없는데, 종자 중 본유종은 본래부터 있는 것이기 때문이다. 또 진여는 활동성이 없으므로, 진여가 일어난다고 할 수도 없다. 후대에 습기를 신훈종이라고 불렀는데, 이것이 진여가 나타난 것이 아님은 말할 필요도 없다. 이러한 학설에 의하면, 종자는 종자이고 진여는 진여일 뿐 이 이중 본체는 서로 관여하지 않는다. 이것은 진리에 맞지 않을 뿐 아니라 논리적으로도 말이 되지 않는다. 이후에 유종을 추숭하는 사람들은 모두 그 이론이 정밀하고 체계적이라고 말한다. 보통 사람들은 그러한 평가에서 벗어날 여지가 없다. 안목 있는 사람이 그 이론을 소통시키고 체계를 살펴본다면, 그 이론과 체계가 순전히 정견에 의해 제멋대로 구성된 것임을 발견할 것이다. 여러 항목으로 설명하여 복잡하고 엄밀하기는 하지만, 결국 희론에 불과하다. 진리에서 크게 벗어난 것이다. 종합하면, 유종에서 종자계와 현행계를 대립시킨 것도 잘못이지만, 종자를 제행의 원인으로 삼고 또 이 종자가 진여가 나타난 것이 아니라고 보았기 때문에 진여는 쓸모없는 것이 되어 버렸다. 따라서 유종은 이중 본체의 잘못을 저질렀다고 할 수 있다.

이상 두 가지 의미에서 유종 연기설의 잘못을 바로잡았다. 유종은 본체를 파악하지 못하여 본체가 반드시 공용으로 나타난다는 사실을 모르고, 마침내 희론에 떨어져버렸음을 알 수 있다. 이 점이 바로 이 글을

120) 그들이 말하는 종자 자체는 생겨나자마자 사라지고 사라지자마자 생겨나서 부단히 서로 이어지는 것이다. 『瑜伽』 등에서 말하는 種子의 6가지 의미를 참고할 것. 내 저서인 『佛家名相通釋』에서 상세히 설명하였다.

쓰지 않을 수 없었던 이유이다. 본체론과 우주론의 관점에서 공종을 살펴보면, 공종은 본체의 공적한 측면만 언급하고 있음을 알게 된다. 그 요지를 살펴보면, 본체가 생성 변화하며 유행하는 것이라는 사실을 결코 인정하지 않았다. 따라서 공종이 '공용을 버리고 본체만 말하는[遺用談體] 잘못'에서 벗어나지 못하였음은 앞에서 이미 말하였다. 그러나 공종은 우주 만상을 막아서 뽑아버림으로써 사람들이 공적한 참된 본체(眞體)를 저절로 알게 하였고, 본체와 현상을 하나로 융합하지 못하는 잘못은 저지르지 않았다. 유종은 진여 본체가 활동성이 없고 불변하다는 것을 말하는 한편, 종자를 현상계의 인연으로 세워서 종자계와 현상계의 두 세계를 대립시켰다. 후대의 논사들도 종자계와 현상계가 서로 연이 된다고 보므로, 두 세계의 대립은 계속된다. 그들 유종에서 말하는 종자계와 현상계는 결국 생멸하는 것과 변화하는 것의 이중세계이다. 지금 활동성이 없고 불변하는 진여와 이 이중세계가 어떠한 관계에 있는지를 설명할 방법이 없다. 또 이 이중세계는 서로 생성하는 주체와 생성되는 객체가 되며, 예컨대 볍씨가 벼를 낳고 벼가 또 새로운 볍씨를 낳는 것에 비유할 수 있다. 이러한 학설은 순전히 일상의 경험적 지식에 의거해서 우주를 그려본 것이다. 그들은 근본적으로 본체를 깨닫지 못하였고, 본체가 반드시 공용으로 형성된다는 것을 몰랐다. 그리하여 이러한 희론이 있게 된 것이다.

유종은 삼성의 의타기성에 대한 해석에서[121] 공종의 해석을 완전히 변경시켜 오류에 빠졌으면서도 그 잘못을 스스로 깨닫지 못하였다. 그들 유종은 공종에서 우주론을 언급하지 않은 것이 그렇게 큰 잘못이 아닌데도 반대하였고, 유감스럽게도 정견에만 의거한 사상을 그려내어 결국 오리무중에 빠져버렸다. 또 공종의 정밀한 학설은 법상에서 법성을

121) 緣起를 말한다.

인식하고[122] 현상에서 진여를 인식하는 것이지만,[123] 이러한 뛰어난 깨달음[勝解]에 도달하려면[124] 반드시 법상이나 현상에 집착하지 않고[125] 완전히 아무 상도 없게 된 뒤에야 상 없는 상[無相之相]을 깨달을 수 있다는 사실을 알아야 한다.[126] 따라서 공종이 의타기성을 막아버린 것에 최상의 깊은 의미가 있는 것이다. 의타기법이 실재한다고 집착한다면, 이것은 법상에 집착하는 것이다. 법상에 집착하면, 모든 법상에서 진여를 인식할 방법이 없고 변계소집의 상을 제거할 방법도 없다.[127] 유종에서는 공종의 견해를 깊이 탐구하지 않고, 단지 공종이 의타기성을 버려서 우주론이라고 할 것이 없다는 측면만 보고 극력 반대하였고 의타기의 의미, 즉 연기의 의미를 구조론으로 변화시켰다. 본유종을 현행의 원인으로 세우고 또한 현행을 실유법(實有法)으로 보아 신훈종을 낳을 수 있다고 주장하였다. 그리하여 종자와 현행이 서로 연이 된다는 학설로 우주가 형성되는 과정을 설명하였다. 그들 유종에서는 순전히 상상에 의거하여 우주론을 제멋대로 구성하였는데, 어떻게 진여를 깨달을 수 있겠는가? 나는 이전에 늘 유종의 삼성설을 비판하였고, 의타기에 대한 해석이 근본적인 잘못이라고 보았다. 이것은 당시 불교학자들의 수많은 비난을 불러 일으켰다. 당대(唐代)의 현장・규기 이래 유종은 발전하였고, 이백여 년간 시대를 대표하는 학문으로 불리웠다. 오대(五代) 이후에

---

122) 法性은 본체를 다르게 부른 말이다.

123) 현상은 법상을 말하는 것과 같다. 眞如는 법성이다.

124) 勝解는 가장 뛰어난 깨달음으로서, 심소법의 勝解와는 다른 뜻이다.

125) 取着은 집착이라고 말한 것과 같다.

126) 法性 眞如는 법상에 집착해서 구해서는 안 된다. 진여 자신은 본래 형상이 없기 때문이다. 그러나 형상이 없다고 하더라도 완전히 없는 것이 아니기 때문에, 상 없는 상이 있다고 해야 한다. 오직 법상에 대한 집착을 깨끗이 다 버린 뒤에야 이를 깨달을 수 있을 뿐이다.

127) 三性 중에서 처음 집착하는 상은 실제로 그 다음 性, 즉 의타기법에 의거해서 비로소 존재한다. 그 이유는 무엇인가? 의타기법, 즉 일체의 법상에 의거해서 그것이 존재한다고 보기 때문에, 의혹의 相이 점점 늘어나므로 所執이라고 불렀다. 이 점을 깊이 마음으로 깨달아야 한다.

는 강론하는 사람이 드물었지만, 불교 후학들 중 이 종파의 학설에 동의한 이들은 대대로 적지 않았다. 이들은 문자의 의미를 독실하게 그대로 지켜가기 때문에, 그 이론이 지극한 이치에 어긋난다는 사실을 몰랐다. 내가 살고 있는 이 시대는 올바른 법이 쇠퇴한 지 오래이다. 나 홀로 천 년의 어두움을 깨뜨리려고 하지만, 얼마나 어려운 일인지 모르겠다.

앞에서 공종과 유종 두 학파를 상세히 평가하였다. 본론과 두 학파의 일치점과 차이점에 대해서도 대략 살펴보았다. 이제 본론의 주지를 살펴봄으로써 이 장의 결론을 삼고자 한다.

본론의 의도가 '작용에서 본체를 드러내는 데[卽用顯體]' 있음은 상권에서[128] 이미 말하였다. 어째서 작용에서 본체를 드러낼 수 있는가? 많은 학자들은 매번 본체는 규정할 수 없고 단지 작용에 의해 나타날 뿐이라고 한다. 이러한 말은 아무 말도 안 하는 것과 같다. 우리는 먼저 '체용(體用)'이라는 두 글자의 뜻을 이해해야 한다. 체용을 두 조각으로 나눌 수 있는가의 문제는 참으로 중요하다. 체용을 둘로 나눌 수 있다면 본체는 그 자신 본체이고 작용은 그 자신 작용이 될 터인데, 어떻게 작용에서 본체를 드러낼 수 있겠는가? 학문을 좋아하고 깊이 사고하는 사람이라면 이러한 문제를 소홀히 하지 않기를 바란다.

여기까지 말하고, 체용이라는 글자의 뜻을 다시 한 번 해석해보려고 한다. 체(體) 자는 모두 우주 본체를 가리킨다.[129] 독자들은 문자대로만 이해해서 그 뜻을 오해하지 말아야 한다. 용(用) 자는 앞 장의 처음 몇 구절에서 뛰어난 능력(勝能) 등의 의미로 해석하였는데, 엄밀히 말해서 이 승능과 물리학의 능력이 전혀 의미가 다르다는 점은[130] 다시 말할 필요도 없을 듯하다. 그럼에도 내가 이 점을 분명히 하고자 한 것은 서

128) 제3장을 말한다.
129) 혹은 만법의 실체라고도 한다.
130) 독자들은 앞장의 처음 몇 구절을 다시 한 번 완미해보기 바란다.

양철학, 또는 형이상학에서 현상과 실체를 분별하고, 불교에서 법상과 법성을 구분하며, 우리나라 역학(易學)에서 형이상(形而上)과 형이하(形而下)를 구분하기 때문이다.131) 그들이 말한 이러한 글자의 뜻을 다시 한 번 판정해볼 필요가 있다.

서양철학	불교	역(易)
현상(우주만상, 또는 우주)	법상(法相)	형이하(形而下)
실체	법성(法性)	형이상(形而上)

내 생각으로는 서양철학의 실체라는 용어와 불교에서 말하는 법성,132) 역학에서 "형이상을 도(道)라고 한다"133)고 말한 것들이 모두 우주 본체를 가리키는 말이다. 본체에 대한 이해가 각각 다르고 이로 인한 학설도 다르지만, 실체・법성・형이상 같이 그들이 사용한 용어는 모두 우주 본체를 지칭하는 말이다. 명칭이 다르지만 가리키는 내용과 표시하는 영역이 같다는 점을 무시해서는 안 된다. 비유하자면 컵이라는 명칭이 나타내는 것은 보통 고정된 사물이라고 여기지만, 철학자들은 컵을 일련의 복잡한 사정으로 간주하는 경우와 같다. 그러나 해석이 아무리 달라도 컵이라는 말이 표시하는 영역은 여전히 동일하다.134) 컵을 해석할 때 철학자들이 컵이라는 사물을 떠나 설명하는 것이 아니고, 보통의 경우도 마찬가지이다. 두 쪽135) 다 컵이라는 말로 표시하는 영역이 다르다고 할 수 없다. 이러한 비유에서 실체와 법성, 형이상이라는 용어가 명칭은 다르지만 가리키는 내용이 같고 표시하는 영역이 같음

131) 형이상과 형이하에 대해서는 앞에서 주를 달았는데, 다시 완미해야 한다.
132) 法性은 일체 法相의 實性이라고 하고, 또 모든 사물의 본체라고도 한다.
133) (역주) 『易』「繫辭(上)」. "形而上者謂之道, 形而下者謂之器."
134) 영역[界域]은 바로 컵이 다른 것과 분명히 구분되는 것을 말한다.
135) 철학과 보통의 경우이다.

을 알 수 있다. 나는 서양에서 말하는 본체와 우리 유학·불교사상에서 말하는 본체가 내용이 다르므로, 본체의 '체' 자를 같이 쓸 수 없다고 주장하는 사람을 만난 적이 있다. 나는 그에게 이렇게 반박하였다. "그대의 사람됨에 대해서 갑은 군자라고 높여주고 을은 소인이라고 헐뜯는다고 해서, 그대의 이름을 갑과 을 두 사람이 함께 쓸 수 없는가?" 내가 여기에서 거리끼지 않고 말하는 것에는 이유가 있다.

현상·법상·형이하[136]가 명칭이 다르지만 가리키는 내용이 같고 표시하는 영역도 다르지 않다는 점은 더 이상 설명할 필요가 없을 것이다.

본론에서는 특히 실체와 현상, 또는 법성과 법상 등의 용어를 활용하여 본체와 공용을 표시하였는데, 여기에는 깊은 의미가 있다. 나는 실체와 현상, 또는 형이상과 형이하, 법상과 법성을 결코 두 조각으로 나누면 안 된다고 본다. 이 때문에 나는 현상·법상·형이하 등의 용어를 쓰는 것을 좋아하지 않지만, 때에 따라 그렇게 쓰는 것은 세속에 따르고자 하기 때문이다. 현상·법상·형이하라는 것은 이미 완성된 사물의 형상을 지칭하는 말이다.[137] 내가 생각 속에서 형상을 가진 우주가 있다고 집착하면, 바로 진리를 가리게 된다.[138] 바꾸어 말해서 온갖 형상이 바로 진리가 나타난 것임을 꿰뚫어볼 수 없게 된다. 왜냐하면 온갖 형상에서 그것이 형상이라고만 생각할 뿐, 형상을 벗어나서 진리를 깨닫지 못하기 때문이다. 이것이 바로 진리의 장애이다.[139] 철학자들은 본체와 현상, 또는 형이상과 형이하가 두 세계로 대립하는 모양을 이룬다고 생각한다. 이렇게 보는 것은 형상을 가진 우주를 모두 제거하지

---

136) 『易』에 "형이하를 가리켜 器라고 한다"는 구절이 있다. 여기에서 두 자를 소홀히 해서는 안 되는데, 그것은 형이하, 즉 器이다. 器는 법상을 말하는 것과 같고 현상을 말하는 것과 같다.

137) 이미 이루어진 사물의 상은 이 뒤로 成象이라고 생략해 말한다.

138) 진리는 본체를 말한다.

139) 진리를 막기 때문에 진리의 장애라고 부른다.

못하였기 때문이다. 이 점에서 나는 공종에 매우 찬성한다. 공종은 우주 만상을 다 없애버리고, 단칼에 바로 진리로 뚫고 들어갔다. 그러나 그들은 본체를 말하면서 공용을 버렸다는 이론상의 큰 약점을 가지고 있다. 이 때문에 형상을 없애버리는 데 치우쳐서 우주 만상을 가설할 방법이 없었다. 유종은 세간의 철학자들과 똑같이 정견이라는 함정에 빠져서 형상을 가진 우주를 함부로 구상하였고, 이 때문에 공리(空理)를 꿰뚫지 못하였다.[140] 본론에서 특히 공용의 의미를 강조하는 까닭은 확실히 깨달은[體悟] 뒤에야 감히 말할 수 있고[141] 여러 학파의 잘못을 피할 수 있다고 자신하기 때문이다.

용(用)이라는 말은 작용·공용·형세·변동·공능 또는 뛰어난 능력이라고 하고, 생성 변화하며 쉬지 않고 유행하는 참된 작동[眞機]이라고도 부른다.[142] 그것에는[143] 여러 다른 명칭들이 있는데, 예를 들자면 끝이 없다.

"어떤 뜻으로 사용되길래 공용이라고 부르는가?"라고 묻는다면, 다음과 같이 대답할 수 있다. 공용이라는 단어는 대략 두 가지 뜻을 나타낸다. 첫째, 한 번 흡하고 한 번 벽하는 움직임을 공용이라고 부른다는 것이다. 둘째, 이 한 번 흡하고 한 번 벽하는 움직임은 일어나자마자 사라지고 잠시도 머무는 경우가 없으며 계속 새롭게 일어나 쉬지 않고 유행하는 것이므로,[144] 공용이라고 부른다. 두 가지 의미를 종합해서 공용을 말하자면, 위대한 공용의 흐름은 공도 아니고[非空] 공이 아닌 것도 아니라고[非不空] 해야 한다. 무엇을 공이 아니라고 말하는가? 흡벽이 변화를 이루고 찰나에 갑자기 나타나기 때문이다.[145] 변화의 힘은 과거부

---

140) 空理가 진리를 다르게 부른 것임은 앞의 주에서 밝혔다.
141) 깨닫는 것[體悟]은 情見으로 추측하는 태도를 없애고, 진리와 고요히 계합하는 것이다.
142) 생성 변화라거나, 유행이라고 줄여서 부르기도 한다.
143) 用을 말한다.
144) 찰나마다 앞의 것이 사라지고 뒤의 것이 생겨나므로, 流行이라고 한다.
145) 상권「전변」장에서 상세히 살펴보았다.

터 현재까지 머무르거나 현재부터 미래까지 머무르지 않고, 찰나마다 모두 갑자기 나타난다.146) 비유하자면 번갯불이 번쩍번쩍하듯 변화의 힘이 왕성하기 때문에, 공이 아니라고 한다. 무엇을 공이 아닌 것이 아니라고 하는가? 흡벽은 실제 사물이 있는 것이 아니고 찰나마다 잠시도 머무르지 않는 것이기 때문이다. 잠시도 머무르지 않아서 실제 사물이 없는 상태는 번갯불이 번쩍번쩍하며 휘황하게 빛을 내지만 실제는 적막하기만 하고 아무 것도 없는 것에 비유할 수 있다. 따라서 공이 아닌 것이 아니라고 하였다.

체용이라는 용어의 뜻을 이상과 같이 대략 서술하였다. 우리는 체용이라는 명칭을 의미상으로만 나눌 수 있을 뿐, 실제로 두 가지 사물로 나누면 안 된다는 것을 알아야 한다. 본체[體]를 생성 변화가 없는 사물로 간주한다면, 이 본체는 딱딱한 공[頑空]인데147) 어떻게 진실하다고 할 수 있겠는가? 불교에서는 본체가 생성 변화와 연관된다는 것을 결코 인정하지 않으므로, 나는 불교가 공용을 떠나서 본체를 말한다고 하는 것이다.148) 우주론의 관점에서 공종을 보면, 공종은 이 측면에서는149) 공용을 언급하지 않고 있다. 그러나 어떻게 공용이 없는 본체가 있을 수 있겠는가? 결국 이 학설은 통하지 않는다.150) 유종은 우주론을 말하며, 종자와 현행을 세운다. 그들의 학설에 의하면, 종자 자신은 생성되자마자 소멸하고 소멸하자마자 생성되어 항상 계속 이어진다고 한다.151) 현행계는 하나의 현행이 그 자신의 종자에서 생겨날 때 잠시도

146) 상권 「전변」 장에서 상세히 다루었다.
147) 딱딱한 공[頑空]은 헤아릴 수 없는 생성의 신비함이 없는 것을 딱딱하다[頑]고 한다. 무궁한 변화의 덕이 없는 것을 空이라고 한다.
148) 앞에서 반복해서 살펴보았다.
149) 즉 우주론 측면을 말한다.
150) 공종은 본체가 空寂하다는 것만을 나타낼 뿐 생성 변화를 말하지 않으므로, 공용이 없는 본체이다.
151) 종자 하나마다 모두 이러하다.

머무르지 않는다. 그러나 계속 일어나는 현행은 각각 자신의 종자에서 생겨나고, 지나가버린 현행과 서로 이어진다. 따라서 현행계도 항상 계속 유행한다.[152] 이 종자와 현행이 본론에서 말하는 공용에 해당된다.[153] 그러나 그들의 학설에 따르면, 종자와 현행은 모두 생성 변화하며 유행하는 두 가지 세계이고, 본래 생성 변화하지 않고 유행하지 않는 진여와는 아무런 관계가 없다. 이것은 앞에서 여러 번 말했듯이 본체[154]와 공용[155]이 절연하게 구획지어지는 것이니, 희론이라고 하지 않을 수 있겠는가? 유종만 이러한 잘못을 저지른 것이 아니라, 철학자들이 실체와[156] 현상을[157] 둘로 나누어서 하나로 융합시키지 못하는 것도 유종과 동일한 잘못이다.

나는 사려하는 일을 그치고[158] 마음이 태초의 상태[無始]에서 노닌 적이 있는데,[159] 그때 본체와 공용을 둘로 분리하면 안 된다는 것을 알게 되었다. 분리하면 공용이 본체와 구별되어 독립적으로 존재하게 되므로, 공용에 자체가 있게 된다. 공용의 밖에서 다른 한 사물을 찾아서 본체라고 해서는 안 된다. 본체가 공용과 분리하여 독립적으로 존재한

---

152) 그러나 현행은 항상 서로 이어진다고 정해진 것은 아니다. 여기서 더 자세히 설명하지는 않겠다.

153) '대략'이라는 자가 아주 중요하다. 그 종자와 현행은 함부로 이루어진 생각에서 계획되었으므로, 본래는 참으로 공용이라고 볼 수 없다. 그러나 그것은 공용상에서 추측된 것이고 참된 견해가 없음을 아쉽게 여겨, 함부로 추측하여 종자와 현행을 두 세계로 논의한 것으로 발전하였다. 그것은 스스로 공용의 의미를 나타내지 않은 적이 없으면서도, 우스개논의가 되는 자신의 잘못을 모른다.

154) 眞如를 말한다.

155) 종자와 현행을 말한다.

156) 본체는 眞如이다.

157) 종자와 현행이다.

158) 사려하는 일[慮]은 세속에서 말하는 사상, 또는 추구하는 것 등이다.

159) 마음이 노닌다는 것은 虛에 마음을 풀어놓는 것이므로, 노닌다고 한다. 생각을 그친 뒤에 虛를 품어서 진리에 계합할 수 있다. 따라서 생각을 그친다는 것은 허망한 생각이 없는 것일 뿐 고요히 진리에 계합하므로, 생각이 없는 것이 아니다. 無始는 태초의 고요한 상태이므로, 이 말을 빌어서 아무 사물도 없는 경지를 형용했을 뿐이다.

다면, 본체는 공용이 없는 본체가 되므로 죽은 것일 뿐 아니라 쓸모없는 것이 되어버린다. 이렇게 미루어볼 때, 본체와 공용을 분리하면 안 된다는 것은 의심할 여지가 없는 사실이다. 이제 분리할 수 없는 이유를 두 가지로 설명해보겠다.

첫째, 본체에 나아가 말하면 공용은 본체에 있다[用在體]. 본체는 지극히 고요하지만 잘 활동하며,[160] 지극한 무[至無]이지만 신묘하게 존재한다[妙有].[161] 고요하고 무라는 것은 그 덕이 항상되어 변화하지 않는다는 것이다. 활동하며 존재한다는 것은 그 변화가 지극히 신묘하여 이전 것을 그대로 지키지 않는다는 것이다. 항상된 덕이 아니면, 어떻게 신묘한 변화가 있을 수 있겠는가? 신묘한 변화가 없다면, 어떻게 항상된 덕을 나타낼 수 있겠는가? 신묘한 변화와 항상된 덕을 둘 다 갖추고 있으므로, 본체라고 부른다. 본체는 절대적인 진실이라는 의미이다. 덕이 항상되고 변화가 신묘하므로, 궁극의 진실이 된다. 따라서 고요하고 무인 것은 본체의 본연의 모습이고,[162] 활동하고 존재하는 것은 본체의 신묘한 공용이라고 할 수 있다. 본연은 말로 따질 수 없지만 신묘한 공용은 형용할 수 있으므로, 본체는 반드시 공용에서 드러나게 된다. 활동에 원

---

160) 고요하다(寂)는 것은 고요하고 더러움을 떠나있어 시끄럽게 움직이는 상이 없는 것이다. 고요하다는 것은 움직인다는 것과 상대되는 말이 아니다. 이 본체는 항상 고요하기 때문이다. '잘'[善]이라는 것은 칭찬하는 말이다. 여기에서 말하는 움직임은 고요하다는 것과 상대되는 말이 아니다. 이 본체는 항상 고요한 동시에 항상 움직이기 때문이다.

161) 정해진 장소가 없고 정해진 시간이 없으며 정해진 형상이 없고 정해진 의도가 없으므로, 지극한 無라고 한다. 그치지 않고 움직여서 형상이 잠깐 나타나므로, 신묘하게 존재한다[妙有]라고 한다. 그치지 않고 움직인다는 것은 앞의 움직임이 뒤까지 연장된다는 것을 말하는 것이 아니라, 앞의 움직임은 일어나자마자 사라지고 뒤의 움직임은 계속 생겨나서 찰나마다 모두 오래된 것이 사라지고 새로운 것이 생겨난다는 것이다. 위대한 변화는 쉬지 않으므로, 그치지 않는다[不已]라고 한다. 움직임의 세력은 본래 형체를 띠고 막히는 일이 없지만, 그치지 않고 계속 이어지므로 잠깐 형상이 나타난다. 여기에 대해서는 뒤에 따로 설명하겠다.

162) 本然의 本은 본래이다. 然은 이와 같다는 의미이다. 본래 이와 같다는 것은 이치상 말이나 생각이 필요 없으므로, 본연이라고 한다.

래 머무르는 자취가 없음을 알면, 활동이 본래 고요하고 무임을 알게 된다. 따라서 '공용에서 본체를 나타낸다[卽用顯體]'는 것은 공용이 바로 본체이기[卽用卽體] 때문이다.[163] 그러므로 공용이 본체에 있다[用在體]는 말에서 '있다[在]'는 의미를 잘 살펴보아야 한다.[164] 그것은 공용이 바로 본체의 현현이라는 뜻이지, 본체와 구별되어 독립적으로 존재하는 공용이 있다는 뜻이 아니다.

둘째, 공용에 나아가 말하면 본체는 공용에 있다[體在用].[165] 이 말은 앞의 내용과 하나로 일관되지만, 그 의미를 분명히 드러내기 위하여 반복한 것이다. 앞에서 말한 본체는 본래 '절대의 진리[一眞]'이지만 온갖 변화를 함축하므로,[166] 공용이 본체와 다르지 않다.[167] 지금 공용에 나아가 말하면, 온갖 변화가 모두 절대의 진리이므로[168] 본체가 공용과 다르지 않다.[169] 본체가 공용과 다르지 않으므로, 능변(能變)과 항전(恒轉) 및 공능(功能) 등의 용어는 위대한 공용을 부르는 특수한 명칭이면서 본체나 진여를 달리 부르는 명칭도 될 수 있다. 본체가 공용과 다르지 않으므로, 공용에 따라서 명칭이 정해진다.

앞의 두 가지 의미를 종합하면 본체와 공용이 하나가 아닌 듯하지만, 실제로는 둘이 아님을 알 수 있다. 활동하는 유(有)를 모아 적막한 무(無)

---

163) 卽 자 두 개가 아주 중요하다. 바로 體用不二를 나타내기 때문이다.

164) 在 자를 잘 이해하지 못하고 공용이 본체에 있다고 한다면, 이것은 을이라는 사물이 갑이라는 사물 속에 있다고 말하는 것과 같다. 이렇다면 본체와 공용은 두 가지 사물이 되어 큰 잘못이 된다.

165) '있다[在]'는 자에 대해서는 앞의 주에서 자세히 말하였다. 그 의미는 본체가 온갖 다양한 공용으로 현현되므로, 공용과 달리 따로이 독자적으로 존재하는 본체는 없다는 것이다.

166) 一眞의 一은 절대의 의미이다.

167) 공용은 본체와 둘이 아니므로, 다르지 않다고 한다.

168) 온갖 변화[萬化]는 파도에 비유할 수 있다. 一眞은 큰 바닷물에 비유할 수 있다. 온갖 변화가 모두 一眞이라는 것은 파도 하나하나가 모두 큰 바닷물을 體로 삼고 있는 것에 비유할 수 있다.

169) 본체는 공용과 둘이 아니므로, 다르지 않다고 한다.

로 돌아가므로, 담박하고 상대적이지 않다. 적막한 무를 모아 활동하는 유로 돌아가므로, 온갖 다양함이 완연히 나타난다. 따라서 유와 무는 하나가 아닌 듯 보인다. 그러나 적막한 무는 활동하는 유가 아닌 경우가 없는데, 전체가 위대한 공용을 형성하기 때문이다. 활동하는 유는 적막한 무가 아닌 경우가 없는데, 위대한 공용이 바로 전체이기 때문이다. 그러므로 결국 '본체와 공용이 둘이 아님[體用不二]'을 알 수 있다.

본체와 공용의 의미를 오해하는 사람들은 본체가 어떤 작용을 하고 이 작용에 의해서 우주 만물이 생성된다고 생각하기도 한다. 이렇게 본체와 공용, 그리고 만물을 셋으로 나누는 것은 큰 잘못이다. 공용이 바로 본체가 현현한 것임을 알아야 한다.[170] 따라서 본체는 활동을 떠나 별도로 존재하는 사물이 아니다.[171] 본체는 전적으로 여러 활동을 형성한다. 바꾸어 말해서 본체는 전적으로 온갖 다양한 공용을 형성한다. 만약 활동과 분리하여[172] 본체를 구한다면, 종교인들이 만물을 초월하는 상제를 억측한 것과 동일한 잘못이 된다.

본체가 공용과 분리하여 별도로 존재하는 것이 아니라면, 본체가 생성하는 주체가 되고 공용이 생성되는 객체가 되는 것이 아니다. 본체와 공용은 의미에 따라 구별될 뿐이므로, 이 두 가지 명칭을 유종에서 말하는 종자와 현행처럼 주체[能]와 객체[所]로 완전히 구분해서는 안 된다. 유종에서는 원래 본유 종자를 현행이나 만유의 근원인 본체로 세우는데, 그 종자는 자체를 가지므로 현행에 대해 생성하는 주체라고 부르고 종자에서 현행이 생겨나면 실재하는 사물이 된다. 바꾸어 말해서 현

170) 본체라고 하는 것이 본래 정해진 장소나 형상은 없지만, 없다고 할 수 없고 또한 죽은 것이 아니다. 그것은 확실히 翕과 闢의 움직임으로 나타나므로, 현현한다고 한다. 이러한 움직임은 본래 찰나마다 생겨나자마자 사라지고 사라지자마자 생겨나서 이처럼 쉬지 않고 유행한다. 이 활동을 공용이라고 부른다.

171) 여러 활동들은 여러 가지 종류의 활동하는 힘을 가지고 있다.

172) 또는 온갖 다양한 공용이다.

행도 자체가 있으므로, 종자에 대해서 생성되는 객체라고 부른다. 그들은 종자와 현행을 하나는 주체, 다른 하나는 객체로 보아서 두 세계로 분리한 것이다. 본론에서 말하는 본체와 공용은 이와 다르다.

앞에서 말한 대로 본체가 바로 공용이므로[卽體卽用], 본체와 공용은 결국 둘이 아니다[體用不二]. 어떤 사람은 또 "공용으로 말하자면 오직 흡과 벽의 활동이 있을 뿐이고 거짓으로 나타나서 찰나도 머무르지 않는데, 어디에 의거해서 우주 만물을 가설할 수 있는가?"라고 질문한다. 이에 대한 답은 다음과 같다. 흡벽의 활동은 모두 실재하는 사물이 아니고, 찰나마다 생성 소멸하며 아주 빠르게 움직여서 자취의 형상이 돌아가는 불바퀴와 같이[173] 환상으로 나타나는 것이다. 이 자취의 형상을 우주 만유라고 가정한다.[174] 실제로는 계속 새롭게 일어나서 잠시도 머무르지 않는 활동이 있을 뿐인데, 어떻게 우주가 실재하겠는가? 만물은 본래 존재하지 않지만, 오직 활동하는 자취의 형상에 의거하여[175] 마음과 만물이라고 가설하고 우주라고 지칭하는 것이다. 따라서 공용의 의미를 참으로 이해하는 사람은 공용에서 만물이 발생한다고 함부로 집착해서는 안 된다. 만물은 본래 존재하지 않고, 오직 공용, 즉 활동에 의거해 가설한 것뿐이기 때문이다.[176] 앞에서 여러 번 말했듯이, 철학자들은 형상을 이룬 우주가 존재한다고 생각해서는 안 된다. 우주나 일체의 사물은 머무르지 않는 활동에 의거해서 가설한 군더더기말에 불과하기 때문이다.[177] 오직 명칭이 있을 뿐, 모두 실제 사실이 아니다. 본론에서 현상이나 법상 등의 용어를 즐겨 쓰지 않고 직접 공용이라고 부

173) 불타는 나무를 빠르게 돌리면 불바퀴가 보이는 것과 같다. 이 불바퀴는 본래는 실재하지 않지만, 완연히 실재하는 것처럼 보인다.

174) 이하에서는 우주, 또는 萬有라고 줄여 말한다.

175) 여기에서의 활동[動轉]은 흡벽의 활동을 말한다. 轉은 앞의 것이 사라지고 뒤의 것이 생겨나는 것이 서로 이어지고 流轉하는 것이다.

176) 주의할 것.

177) 군더더기 말은 앞에서도 나온 적이 있다.

르는 것에는[178] 깊은 의미가 있다.

여실하게 공용을 말하면,[179] 이 공용이 공도 아니고 공이 아닌 것도 아니라는 것은 앞에서 이미 말하였다. 공이 아니라는 측면에서 말하면 위대한 공용의 유행은[180] 근본적으로 실재하는 사물이 없고 자취의 형상이 거짓으로 나타난 것이지만, 이 자취의 형상에 의거하여 물리세계, 또는 외부세계를 시설할 수 있으므로 우주론을 말할 수 있고 과학 지식이 발 디딜 수 있는 기반도 줄 수 있다.[181] 이것이 본론과 공종의 다른 점이다. 유종에서는 우주론을 말하기는 하지만, 그들 유종의 종자와 현행을 두 세계로 보는 학설은 순전히 상상에 의해 함부로 구성된 것이며, 심지어 진여를 종자·현행 두 세계와 전혀 관계없는 또 다른 무위 법계로 파악하는 것은 더욱 이치에 맞지 않는다. 유종은 본체가 바로 공용이라는 뛰어난 의미를 근본적으로 이해하지 못하고, 희론으로 달려가 버렸다. 우리는 절대적인 것이 상대적인 것을 함축하고[182] 상대적인 것이 바로 절대적인 것임을 알아야 하지만,[183] 상대적인 의미 쪽으로만 보아서 우주를 가설해도 무방하다.[184] 생성함이 없는 생성[無生之生]은 계속 생성하면서도 존재하지 않지만,[185] 그치지 않고 생성한다는 측면

178) 앞에서 설명하였다.
179) 실질[實]에 의거해 말하면 오류가 없기 때문에 如實하다고 하였다.
180) 공용을 위대하다고 부르는 것은 찬사이다.
181) 완전히 물리세계를 없애버린다면, 과학 지식에는 발 디딜 수 있는 기반이 없게 된다.
182) 절대는 본체를 말하고, 상대는 공용을 말한다. 상대가 바로 절대에 포함되어 있다는 것이지 절대를 떠나 따로이 상대세계가 있다는 것이 아니다.
183) 상대에서 절대를 인식하는 것은 일체의 대상들이 모두 절대가 나타난 것이기 때문이지, 상대를 떠나 따로이 절대세계가 있는 것이 아니다.
184) '~쪽으로만'이라는 말이 중요한데, 상대를 직접 가리키는 말이기 때문이다. 흡벽은 상반되지만 변화를 이루고, 이에 의거해 우주를 가정하게 된다.
185) 본체는 다른 데서 생겨나는 것이 아니고, 본래 존재하지 않는데 지금 생겨난 것도 아니다. 따라서 '생성함이 없다[無生]'이라고 한다. 본체 자신은 각각 쉬지 않고 생성하는 사물이므로 생성함이 없지만 생성이 있게 된다. 즉 생성의 의미에 의거해서 공용이라고 부른다. 그러나 생겨나자마자 사라져서 어떤 사물도 존재하지 않으므로, 생성하지만 존재하지 않는다.

에서 말하면 유행은 완연히 존재하고 법칙이 있다.[186] 활동하지 않는 활동[無動之動]은 계속 활동하지만 머무르지 않는다.[187] 그러나 활동이 계속 이어진다는 측면에서 말하면, 형상을 완연히 볼 수 있고 이치에 맞는다.[188] 따라서 본론에서는 위대한 공용이 공이 아니라는 측면에서 우주 만상을 가설할 수 있으므로, 과학 지식도 발 디딜 수 있는 기반을 가지게 된다.

우리가 말하는 공용을 공이 아니라는 측면에서 볼 때는 위대한 공용이 생성 소멸하는 것이 완연하지만,[189] 실제로는 담박하고 공적하다(空寂). 무슨 까닭인가? 여실하게 생멸의 의미를 말하자면, 찰나의 끝에서 생성되자마자 소멸하는 것이다.[190] 생성되자마자 소멸한다는 것은 본래 생성이 없다는 의미이다. 생성되지 않으면 소멸도 없다. 이와 같으니 생멸의 성질이 공하고,[191] 생멸하는 모습이 완연하기는 해도 본래 공적한 것임을 알게 된다.[192] 그러므로 절대의 진리[一眞]는 항상 고요하되, 온

---

186) 생성되자마자 소멸하고 소멸하자마자 생성되므로, 그치지 않고 생성한다고 말한다. 생성하고 또 생성하는 流行은 잠깐 형상을 지닌 것으로 나타나기 때문에, 유행하는 형체[流形]라고 부른다. 형체가 있으면 법칙이 있게 된다. 이 점은 깊이 생각해보아야 한다. 流形이라는 단어는 『易』「乾卦」에 근거한 것이다.
(역주) 『易』「乾卦」. "彖曰, 大哉乾元. 萬物資始, 乃統天. 雲行雨施, 品物流形."

187) 본체는 상대되는 것이 없고 정해진 장소가 없으며 정해진 형상도 없다. 실제 사물처럼 이전하는 일이 없으므로, 움직임이 없다고 한다. 본체 자체는 각각 끝없이 변화하는 사물이므로, 움직이지 않지만 움직임이 있다. 움직인다는 의미에 의거하여 공용이라고 부른다. 그러나 움직이는 형세는 일어나자마자 사라져서 잠시라도 머무는 사물이 없으므로, 머물지 않는다고 하였다.

188) 앞의 활동은 사라지지만 뒤의 활동이 일어나서, 항상 계속된다.

189) 끊이지 않고 생멸하는 자취의 상은 형체를 가진 사물과 비슷하게 나타나므로, 완연하다고 하였다.

190) 상권 「전변」 장이 상세하다.

191) 하나의 사물이 생겨나지 않는 것은 생겨나는 것에 自性이 없는 것이다. 생겨나지 않으면 사라지지도 않는다는 것은 사라지는 것에 자성이 없는 것이다. 따라서 생멸의 성질이 공이라고 한다. 여기에서 나오는 空 자는 텅 비어 없다[空無]는 의미이다.

192) 여기에서 나오는 空 자는 텅 비어 없다는 공이 아니라, 형체나 오염이 없다는 의미에서 공하다는 것이다. 고요하다[寂]는 것은 청정하다는 의미로서, 어지러운 형상을 떠난 것이다. 이것은 생멸하는 法相이 본래 없는 것이 아니라는 것, 즉 법상에서 본래 空寂

갖 변화가 빈번히 일어나는 데 방해가 되지 않는다.193) 온갖 변화가 빈번하게 일어나는 것은 절대의 진리가 항상 적막한 것이기 때문이다. 온갖 가지로 변화하여 정해진 위치가 없는 신묘함에 이른다는 것이 실유하는 사물이 별도로 생겨나서 절대의 진리와 떨어져 독립적으로 존재할 수 있다는 의미는 결코 아니다.194) 따라서 온갖 변화에서 절대의 진리를 깨달을 뿐이다. 만약 사물의 세계가 존재한다는 데 집착한다면, 또 어디에서 절대의 진리를 깨닫겠는가? 따라서 상을 버릴 줄 알아야 실상(實相)이 존재하고,195) 변화를 보아야 불변을 인식하게 된다.196) 이것이 바로 깨달음을 초월한 지인(至人)의 경지이니, 정견으로 추측할 수 있는 것이 아니다. 우주 만물은 본래 텅 비어 없다.197) 철학자가 이 같은 것도 모르는데, 하물며 위대한 공용에 실질이 없음을 알겠는가? 참으로 난감한 일이다.198) 공용에 실질이 없음을 모르면, 신묘한 변화에 정해진 위치가 없다는 것, 즉 실상이 바로 상이 없는 것임을 모르게 된다.199) 따라서 본

한 眞如 法性을 깨닫게 된다는 의미이다.

193) 一眞의 一은 절대의 의미이지 산술의 一이 아니다. 본체가 항상 空寂하다는 것을 '항상 고요하다'고 하였다.

194) '결코 아니다'는 것이 여기에까지 걸린다. 無方은 정해진 위치가 없다는 것이다. 본래 사물이 없는데, 어떻게 정해진 위치가 있겠는가?

195) 상을 버린다는 것은 실제 사물의 세계, 또는 우주 만상이 존재한다고 집착하지 않는 것이다.

196) 변화는 공용이고, 불변은 德이다. 공용이 실재하지 않음을 참으로 알게 되면 사물에 집착하는 미혹이 없게 되므로, 공용에서 본체의 항상된 덕을 보게 된다.

197) 만물은 오직 위대한 공용의 흐름이 만들어내는 자취의 상에 의거하여 가설한 것일 뿐, 본래 만물이라는 것은 없기 때문이다.

198) '실질이 없다'는 것은 대단히 중요하다. 위대한 공용의 유행은 찰나마다 모두 잠시도 머무르지 않고 본래 형상이 없으므로, 실질이 없다고 한다. 실질이 없다는 것은 텅 비어 없는 것과 같으므로, 不空이 없다고 한다. 이러한 이치는 심오하므로, 독자들은 마음을 비우고 깊이 완미해야 한다.

199) '모르면'에서 여기까지 이른다. 實相은 본체의 다른 이름이다. 이 본체는 지극히 진실하고 형상이라고 할 만한 것이 없으므로, 상이 없다고 한다. 신묘한 변화는 바로 위대한 공용을 말한다. 정해진 위치가 없다는 것은 상이 없다는 의미와 같다. 이것은 정해진 위치가 없는 변화에서 상이 없는 본체를 알게 된다는 것이다. 실제 작용이 있어서 본체와 달리 독립적으로 존재하는 것이 아니라는 것은 공용이 바로 본체이기 때문

론에서는 위대한 공용이 공이 아닌 것이 아니라는[非不空] 측면에서, 공용에서 본체가 나타난다고 한 것이다. 이 때문에 과학의 측면에서 가설한 우주 만물이나 외부세계는 형이상학의 측면에서는 폐기되지 않을 수 없다. 이와 동시에 형이상학에서도 지식을 초월하여 깨달음으로 돌아가려고 한다. 이러한 내용은 『양론』에서 다시 상세히 다루겠다.

종래의 불교학자들은 연기설을 크게 주장하지 않는 경우가 없었다. 실제로 공종의 연기설은 법상[200]을 막고 없애는 것을 근본으로 삼는다. 바꾸어 말해서 만유가 본래 공임을 분명히 하는 것이다. 이러한 내용은 앞에서 여러 번 말하였다. 우주론의 관점에서 공종을 볼 때 공종은 공용을 언급하지 않지만, 법상을 막고 없앤다는 의도는 형이상학 측면에서 우리와 일치한다. 유독 유종의 연기설은 공종의 차전(遮詮)의 학설에 한결같이 반대하고, 연기론을 구조론으로 변화시켰다. 그들 유종에서는 확실히 법상이 실재한다는 데 집착하였다. 바꾸어 말해서 형상을 가진 우주가 존재한다는 데 집착하였다. 그들은 상상에 의거하여 우주를 그려내고, 종자계와 현행계의 이중세계로 구분하였다. 종자계와 현행계의 두 세계가 존재해야 연기설을 설명할 수 있다고 보았기 때문이다. 만약 이것이 저것에 연(緣)하여 생겨날 수 있으면, 저것도 이것에 연하여 생겨날 수 있다. 이렇게 하여 형상을 가진 우주의 존재를 구상하였고, 상이 없는 실제(實際) 이치의 깊은 경지를 인식하지 못하였다. 다시 말해서, 머무르지 않고 생성하고 또 생성하는 신묘함을 깨닫지 못하였다. 독실한 유종 학자들의 관점에서 볼 때, 본론에서 본체와 공용이 둘이 아니라고 한 주장을 이해할 방법이 없을 것이다. 그들 유종 학자들은 매번 내가 무지하고 삿된 견해를 가지고 있다고 매도하는데, 나는 그 말을 받아 논쟁하고 싶지 않다. 진리는 저절로 밝게 드러나지만, 어리석은 자는

이다.

200) 또는 현상계이다.

알지 못한다. 우리는 알 만한 사람이 함께 깨닫게 되기를 바랄 뿐이다.

어떤 사람은 또 이렇게 질문한다. "그대가 말한 것처럼 본체는 텅 비고 고요하여 형체가 없지만, 이 고요함은 말라죽은 고요함이 아니라 머무르지 않고 계속 생성하는 것이다. 이렇게 머무르지 않고 계속 생성하는 것을 공용이라고 부르고, 또 공용에 의거해 만유를 가정하였다. 실질을 말하면 만유는 본래 존재하지 않는데, 이러한 견해는 사람들에게 공견(空見)을 일으킨다. 어떻게 해야 하는가?" 이에 대한 답은 다음과 같다. 본체 전체의 위대한 공용이 원성실(圓成實)인데,[201] 어떻게 공하다고 하는가? 감정[情]에서 본래의 진실을 잃으면, 내가 없는데도 나라고 보고[202] 아무 사물도 없는데도 사물을 좇아[203] 마침내 본래 공한 것을 공하지 않다고 생각하고[204] 본래 공하지 않은 것을 공하다고 보게 된다.[205] 세존께서 중생이 거꾸로 엎어진 것을 불쌍히 여기신 것도 이 때문이다.

여기까지 오면 또 하나의 문제를 논의할 필요가 있다. 그것은 중국철

---

201) 본래 원만하여 조금도 부족함이 없는 것을 圓이라고 한다. 본래 나타나고 다른 존재에 의지하지 않는 것을 成이라고 한다. 절대적이고 허망함이 없는 것을 實이라고 한다. (역주) 圓成實性(Parinişpanna-svabhāva)은 圓成實相·圓成自性·第一義諦體性이라고도 하고 圓成實이라고 줄여서도 부른다. 유식불교 三性의 하나이다. 진여(제법이 의지하는 體性)가 圓滿·成就·眞實이라는 세 가지 성질을 가지고 있다는 것이다. ① 圓滿은 제 법의 相이 그 자신의 法에만 국한되고 나머지에 통하지 않는 것과 상대적으로, 진여의 신묘한 이치는 사방 어디에나 통한다는 뜻이다. ② 成就는 진여의 실체가 상주하고 생멸 작용이 없다는 의미이다. ③ 眞實은 제법의 체가 허망하고 참되지 않은 데 반하여, 진여의 성질은 진실하다는 의미이다.

202) 참을 깨달으면, 만물이 한 몸이다. 본래 小己, 또는 자아라는 것이 없지만, 사람들은 모두 무아에 대해서 나라는 것을 헛되이 주장한다.

203) 참됨을 깨우친다는 것은 오직 위대한 공용의 유행을 말한다. 본래 세속에서 보는 현실세계의 사물이란 것은 없지만, 사람들은 모두 아무 사물이 없는 데도 여러 종류의 사물들을 추구한다.

204) 내적인 자아와 외부의 사물이 있다고 생각하는 것이 모두 본래 공한 것을 공하지 않다고 여기는 것이다.

205) 참된 본체를 깨닫지 못하면, 본래 공하지 않는 것에 대해 공하다고 생각하게 된다.

학 중 양송(兩宋)시대 이래의 '이기(理氣)'에 관한 문제인데, 이 문제는 송명시대부터 지금까지 아직 해결되지 않았다. 후대 철학자들의 이기에 관한 논의는 매우 복잡하지만, 근본적으로 그 논쟁은 리와 기가 완전히 둘로 분리될 수 있는가의 문제에 지나지 않는다. 이러한 논쟁은 매우 많지만, 각 학파에서는 각자의 견해를 견지한다. 나는 지금 과거 유학자들의 학설을 일일이 인용하고 싶지 않고, 더욱이 그들의 장단점을 평가할 겨를도 없다.[206] 단지 내 학설에 근거하여 이기 개념을 새롭게 해석하고 싶을 뿐이다. 먼저 리와 기라는 두 글자의 의미부터 살펴보기로 한다.

기(氣)는 공기나 기체・기상 등에서 쓰이는 글자의 의미가 당연히 아니다. 보통 형기(形氣)라고 두 자를 이어서 쓰는데, 기 자가 형기를 가리키는 것이 아니라는 것은 앞으로 알게 될 것이다.[207] 나는 기(氣)는 계속 생성하는 활동이나 뛰어난 능력의 의미를 가진다고 본다.[208] 이 기는 활동하지만 쌓이는 것이 없다.[209] 활동하는 형상이 거짓으로 나타난 것이 기분(氣分)과 같으므로,[210] 기라고 부른다.[211] 이 기를 자세히 살펴보면, 본론에서 말하는 공용에 해당한다. 만유나 형기는 오직 활동하는 자취의 형상에 의거하여 임시로 부르는 명칭이지만, 활동을 떠나서 실제 형기가 있는 것은 아니다.

리(理)는 본래 조리, 또는 법칙의 의미를 갖지만, 송명 유학에서 말하는 기에서의 조리(條理)와는 다르다. 송명 유학에서는 많은 사람들이 기

---

206) 앞으로 그 외의 논의들을 받아들이려고 한다.

207) 形氣 두 자의 뜻은 때로 아주 광범위하게 쓰인다. 우주 만유를 모두 形氣라고 한다.

208) 여기에서의 '뛰어난 능력[勝能]'은 물리학에서 말하는 能力이 아니다. 앞장의 시작 몇 구절에서 이에 대해 언급한 구절이 있으므로, 다시 볼 수 있다.

209) 運은 활동한다거나 유행한다는 의미이다. 활동은 생멸이 계속 이어지므로, 유행이라고 부른다. 찰나에 생성되었다 소멸하고 잠시도 머무르는 사물이 없으므로, 쌓이는 것이 없다고 하였다.

210) 分은 분으로 읽는다.

211) 氣는 나타나기는 하지만 실제 사물이 없는 것이다.

를 실재하는 것으로 파악하는데, 그것은 리를 기에서의 조리라고만 보기 때문이다. 그렇게 되면 리 자체는 결국 내용이 없는 형식이 되고, 기만 실재하는 것이 된다. 명대 유학자들 중 이러한 견해를 가진 이들이 많고, 특히 양명학파 중에도 이러한 주장을 하는 이들이 있다. 그들 양명 후학들은 양지(良知)를 말하여[212] 마음이 주재하는 것임을 인정하지 않을 수 없었던 한편, 기가 실재하는 것이고 리는 도리어 기에서의 한 형식이라고 보았다. 이러한 견해는 심물이원론(心物二元論)에 가깝고, 양명의 본지에서 크게 벗어난 것이다. 나는 여기에서 많은 말로 비판하고 싶지는 않고, 다만 이기에 대한 내 해석을 말하고자 한다. 나는 리와 기는 완전히 둘로 분리하면 안 된다고 생각한다. 리라는 용어는 본체와 공용을 통칭하는 것이고, 기라는 말은 공용상에서만 부르는 명칭이다. 기가 바로 공용임은 앞에서 기 자를 해석했을 때 분명히 설명하였다. 리가 어떻게 본체와 공용을 통칭하는가? 본체에 나아가 말하면, 이 본체는 원래 고요하고 상이 없지만 흡벽의 온갖 형상으로 나타나는 듯하고,[213] 뭇 리가 찬란하게 갖추어져 있다.[214] 이 본체를 리라고 부른다. 또 본체를 온갖 변화의 근원, 만물의 근본, 온갖 리가 모인 곳이라고 하므로, 진리(眞理)라고 하고[215] 실리(實理)라고도 부르며[216] 궁극의 이치라

---

212) 즉 本心이다.
(역주) 良知는 明代 王陽明이 제창한 개념으로, 양명사상의 기반이 된다. 良知는 도덕적 판단, 행동의 주체가 되며, 또한 완전무결한 것이어서 수양에 의해 보충할 필요가 없이 現成한다. 그러나 현실에서 인간의 양지는 사욕으로 가려져서 일상생활 중 양지를 발휘하지 못한다. 사욕은 양지와 대립하지만, 자연의 발로에 따라 때로 양지의 활용으로 긍정하기도 한다. 이러한 양지는 모든 인간에게 선천적으로 내재하고 시간・공간을 뛰어넘는 보편적인 것으로 이해된다.

213) 흡벽이 바로 온갖 상이므로, 반복되는 말이다. 現은 현현한다, 또는 현기한다는 의미이다. 같다[似]는 말은 만상은 정해진 실질이 있다고 말해서는 안 되므로, 같다라고 표현한 것이다.

214) 온갖 상이 바로 뭇 리이다.

215) 불교에서는 眞如를 眞理라고 부른다.

216) 程子가 매번 實理라고 한 것은 바로 본체를 가리켜 말한 것이다.

고도 한다.[217] 공용에 나아가 말하면, 흡벽의 신묘한 공용은 뭇 형상들로 거짓 나타난다. 이 형상들은 정연하게 법칙이 있고 막히는 데 없이 신묘하게 통하므로, 리라고 부른다. 형상과 리가 둘이 아니거나[卽相卽理], 형상이 바로 리이기 때문이다[相卽理].[218] 앞에서 말한 리는 본체에 해당하고, 하나의 근본이 온갖 다양함을 함유한다는 말이다. 뒤에서 말한 리는 공용에 의거하는 것이고, 온갖 다양함이 하나의 근본으로 귀일한다는 의미이다. 리를 두 가지로 말하였지만, 그 둘은 하나도 아니고 다르지도 않다. 본체와 공용은 의미가 구별되므로, 하나가 아니다. 공용이 바로 본체이므로, 다르지 않다. 리에 대한 분석은 『양론』에서 더 자세히 다루겠다.

이 장의 끝부분에서 본론과 유종의 차이를 다시 한 번 살펴보겠다. 본론에서는 공용에서 본체를 나타내므로, 본체도 공능이라고 부른다.[219] 그러나 유종은 종자를 세우고 그것을 공능이라고 부른다. 무착이 유종을 창시했을 때부터 공능을 현상계, 또는 일체행의 본체라고 보았다.[220] 그들 유종이 공능과 현행을 두 세계로 보고 하나로 융합할 수 없다고 한 것,[221] 바꾸어 말해서 본체와 공용을 완전히 둘로 나눈 것은 더 이상 어찌할 수가 없다. 이러한 잘못은 앞에서 상세히 반박하였으므로, 이 글에서 더 이상 말하지 않겠다. 그러나 용어상으로 볼 때 내가 말한 공능은 본체를 가리키는 것이고, 무착 등이 말한 공능은 일체행의 본원이다.[222] 이것과 저것 두 가지가 결국 같다고 오해하는 사람이 있

217) 여기에서의 '道理'는 반복되는 말이다. 道 자는 理자로 해석한다.
218) 卽 자가 둘인 것은 그것이 둘이 아님[不二]을 밝힌 것이다. '相卽理'는 앞의 '卽相卽理'에 비해 비교적 직접 가리켜 말한 것이다.
219) 공능도 '뛰어난 능력'이라고 부른다. 뛰어난 능력이란 의미는 앞장 처음 몇 구절에서 살펴보았다.
220) 一切行은 마음과 사물을 말한다.
221) 공능은 줄여서 能이라고도 부른다. 현상계 역시 現이라고도 부른다.
222) 本原이라는 말은 본체를 다르게 부른 명칭이다.

을까 걱정된다.[223] 이제 몇 가지로 서로의 차이를 구별해보려고 한다.

첫째, 본론의 공능은 바로 진여이고, 이중 본체의 잘못이 없다. 유종의 공능은 현상계 배후에 숨어 있으면서 현상계의 원인이 되는 요소이다. 이렇게 보는 데서 그쳤다면 일반 철학자들과 동일한 잘못을 저지른데 그쳤겠지만,[224] 불행히도 유종은 불교 전통사상에 근거하여 생성하지 않고 활동하지 않는 진여법계를 따로 세웠으므로[225] 그 잘못이 더욱 크다. 본론은 공용을 거두어 본체에 귀착하므로[攝用歸體],[226] 공능이 바로 진여라고 말한다. 법성을 모아 법상으로 들어가므로[會性入相],[227] 진여도 공능이라고 한다. 따라서 본체를 이중으로 보는 잘못이 없다.

둘째, 본론은 공능에 의거하여 제행을 가정하므로,[228] 본체와 공용을 두 세계로 보는 잘못이 없다. 유종의 학설에 따르면, 공능은 본체로서 현행의 원인이 되고[229] 현행은 공용으로서 공능에서 일어난다. 그러나 현행은 생성되면 자체를 가지므로, 공능과 대립하여 두 세계가 된다. 이러한 학설은 앞에서 이미 비판하였다. 본론은 공능의 흡벽에 의거하여 마음과 물질을 가정하므로, 실유하는 제행계와 공능을 대립시키지 않는다.[230] 따라서 본체와 공용을 두 세계로 나누는 잘못이 없다.

---

223) 이것은 본론에서 말하는 공능이고, 저것은 무착 등이 말하는 공능이다.

224) 본체와 공용을 둘로 보는 잘못을 철학자들이 대체로 저지른다.

225) 無起는 생성하지 않음을 말하고, 無作은 활동하지 않음을 말한다. 眞如 法界는 반복되는 말이다.

226) 공용은 본체가 나타난 것이지 따로 본체와 달리 실재하는 사물이 아니다. 따라서 공용은 합하여 본체로 들어가고, 본체와 공용을 둘로 나누어서는 안 된다.

227) 법성은 본체를 다르게 부른 말이다. 법상은 공용을 말한다. 의미가 위와 같지만, 한쪽 극단으로 말한 것이다.

228) 行 자는 상권 「전변」 장에 나온다. 諸行은 마음과 사물의 여러 현상들을 말하는데, 세속에서 말하는 우주 만상을 의미한다.

229) 現行은 諸行을 다르게 부르는 말이다. 諸는 마음과 사물 제행이 번잡하게 하나가 아니므로, 諸라고 말하는 것이다. 現은 제행의 모습은 현저하게 現前하므로, 現이라고 한다.

230) 실제로에서 여기까지 한 문장이다.

유종
- 공능 : 種子라고도 한다. 종자는 상분종 · 견분종 두 종류로 나뉜다.
  - 원인[因]
  - 결과[果]
- 현행
  - 상분(相分) : 세속의 사물에 해당함.
  - 견분(見分) : 세속의 마음에 해당함.

덧붙이는 말 : 공능이 원인이고, 현행이 결과이다. 공능과 현행은 각각 자체(自體)를 가지고 있고 서로 대응하여 두 세계를 이룬다. 또 현행은 상분과 견분 모두를 지칭하는 것으로, 바꾸어 말하면 상분과 견분을 합하여 현행이라고 부른다.

본론 공능
- 흡(翕) : 사물[物]이라고 가정한다.
- 벽(闢) : 마음[心]이라고 가정한다.

덧붙이는 말 : 흡과 벽 이외에 공능이라고 할 것이 없고, 공능 이외에 흡벽이라고 할 것이 없다. 이 점을 잘 이해해야 한다. 흡벽은 동일한 공능의 다른 두 측면이므로,[231] 실재하는 두 가지 사물로 간주해서는 안 된다.[232] 흡벽에서 그것이 생성하면서도 소유하지 않는다는 것, 즉 본래 생성이 없다는 것을 알게 된다. 흡벽에서 그것이 활동하면서도 머무

231) 이 두 측면의 세력은 상반상성한다.
232) 이 점이 아주 중요하다.

르지 않는다는 것,[233] 즉 본래 활동이 없음을 알게 된다.[234] 그렇다면 생성과 활동의 극치는 완연한 공적(空寂)이고,[235] 공적의 극치는 유연한 생성과 활동이다.[236] 이것은 부정할 수 없는 사실이니, 헤아릴 수 없이 신묘하다![237]

셋째, 본론의 공능은 혼일한 전체이지만, 일합상(一合相)도 아니고 입자들이 모여있는 것도 아니다.[238] 유종에서는 공능이 입자성을 가지며 각각 독립적이고 무수히 많다고 본다. 이들 입자들을 저장할 곳이 꼭 있어야 하므로, 아라야식을 세웠다.[239] 이러한 주장은 다원론이라고 할 만하다. 그러나 일체 사물의 본체는 원래 절대적이고 전체적인데, 다원이라고 하면 상대적인 사물일 텐데 어떻게 본체를 다원이라고 할 수 있는가? 이 점은 깊이 논의할 필요도 없이 득실을 쉽게 알 수 있다. 본론의 공능은 위대한 공용, 또는 공용을 말하는 것이고, 쉬지 않고 유행하며 생성 변화하는 참된 메카니즘이다.[240] 이것은 원래 혼일한 전체이고,[241] 모든 시공간에 두루 펼쳐져서 항상 충만하여 조금도 모자라거나 흠될 것이 없다.[242] 그러나 이 전체는 결코 일합상이 아니라, 무궁무진

233) 애초에 사물이 존재하는 것이 아니므로, 머무르는 것이 없다.

234) 상권 「전변」 장을 자세히 살펴보기 바란다.

235) 공용에서 본체를 보는 것이다.

236) 본체를 들어 공용을 이룬다.

237) 공능을 떠나 따로 眞如가 있는 것이 아니라는 점을 잘 깨달아야 한다.

238) 一合相이라는 말이 반드시 원래 의미에 부합할 필요는 없다. 가령 널빤지라는 사물이 있을 때, 그것이 순전히 하나의 합동인 것처럼 보이고 그 사이에 분화가 없으면 일합상이 된다. 입자는 세간에서 말하는 쌀 등의 종자로 각각 독립된 것이지만, 서로 포함하여 혼일한 전체가 될 수는 없다.

239) 아라야식이 종자를 함장하고 있다는 것은 앞의 글에서 상세히 다루었다.

240) 流行한다는 말은 앞에서 나온다.

241) 渾은 전체이고, 一은 절대이다.

242) 이 중의 시공간은 그렇게 말함으로써 극히 원만함을 형용하고자 한 것이다. 실제로 원만한 절대를 언급한다면, 그것이 본래 절대적이고 시공을 초월한 것인데 어떻게 시공이 있을 수 있겠는가?

한 부분들이 서로 융섭하여 이루어진 혼일한 전체라고 해도 무방하다.[243] 비유하자면 큰 바닷물이[244] 실제로는 무수한 파도가[245] 서로 융섭하여 혼일한 전체 바닷물을 이루는 것과 같다.[246] 우리는 공능이 혼일한 전체라고 말하지만, 전체 중에서 부분을 보고 부분 중에서 전체를 볼 수 있어 결코 일합상이 아니라고 생각한다. 이것은 지극히 중요한 내용이다.

다음과 같은 질문이 있다. "전체 중에서 부분을 본다는 것은 큰 바닷물이 원래 개별적인 파도들이라는 데 비유하면, 그 의미를 이해하기 쉽다. 부분 중에서 전체를 본다는 의미는 무엇인가?" 이에 대한 답은 다음과 같다. 예를 들어 수많은 파도 중에서 파도 하나를 들면, 이것이 무수한 파도를 다 포함하는 것과 같다. 바꾸어 말해서 이 파도가 큰 바닷물 전체를 다 포섭하고 있다. 그대는 이 사실을 의심하는가? 의심하지 않는다면, 혼일한 전체의 공능 중에서 부분들을 가설할 수 있고,[247] 부분들 중 하나의 공능마다 모두 무한한 공능을 포섭하고 있음을 알아야 한다. 바꾸어 말하면, 아무렇게나 뽑아낸 하나의 공능에서 전체를 볼 수 있다. 이것이 "작은 티끌 하나가 법계 전체에 두루 펼쳐져 있다"[248]는

---

243) 이 중 부분이라는 말을 잘 이해해야 한다. 보통 부분이라고 하면 부분으로 나눌 수 있는 실제의 사물을 말한다. 이것은 실제의 사물로 간주해서 상상해서는 안 된다. 또 각각의 부분을 억지로 하나의 단위로, 바꾸어 말하면 하나의 공능으로 삼을 수 있다. 그러나 공능이 진짜 개별적인 사물이라고 오해해서는 절대 안 된다. 이러한 잘못된 생각을 잘 막아야 한다. 지극히 현묘한 경지를 말하는 이들은 대개 언어 문자가 죽은 도구임을 깨닫고 적용하지 않는다. 이러한 의미는 말하기 어렵다.

244) 혼일한 전체를 비유한다.

245) 무수한 파도는 각각의 부분을 비유한다.

246) 항해를 해본 사람은 큰 바닷물이 물방울들에 지나지 않음을 본다.

247) 하나하나, 또는 허다하게 많은 공능과 같다.

248) 여기에서 전체 법계는 전체 우주라고 하는 것과 같다.

(역주) 『大方廣佛華嚴經隨疏演義鈔』 卷第二十一(大36, 165c). "在一塵之中, 亦全法界之廣大"; 『大方廣佛華嚴經(八十卷)』 卷第六十九(大10, 373b). "於一微塵, 說法聲遍法界."

것이다. 이치가 실제로 이러하다.

또한 하나의 공능마다 모두 내재하는 모순을 갖추고 있어서 발전한다. 이 모순은 서로 상반된 두 극이라고 할 수 있는데, 하나의 극을 흡(翕)이라고 하고 다른 한 극을 벽(闢)이라고 가정한다. 흡은 물화되어 벽을 위한 도구가 되는 듯하고, 벽은 물화될 수 없는 본성을 지키고 있으므로 흡을 자기 마음대로 움직이는 정신이 된다.[249] 흡벽의 두 극은 상반되면서도 서로를 완성시키는 듯하니, 참으로 기이하다! 여기에서 변화는 기계와 같은 동작이 아니다. 그 사이에 완연히 자유로운 주재력이 있으며, 그것이 바로 벽극(闢極)임을 알아야 한다. 이 벽은 흡극(翕極)을 운행하여 그 주인이 된다. 이 벽은 밝은 지혜[明智]의 힘을 갖추고 있다.[250] 이 밝은 지혜는 지극히 미묘해서 알 수 없지만,[251] 벽에 이 밝은 지혜가 없다고는 결코 할 수 없다. 예를 들어 밝은 지혜가 아니라면 이 벽은 미혹하고 어두운 힘으로 간주될 뿐, 근본적으로 참된 조화(造化)를 인식하지 못할 것이다. 본래 주재자가 없으므로,[252] 위대한 공용의 흐름에 예정된 계획이 없음을 알아야 한다. 그러나 흡을 주재하는 벽이 있으므로, 계획이 없다고 할 수 없다. 벽 자신이 완전히 밝은 지혜이고 가는 곳마다 주재가 되며 결코 어지럽게 움직이지 않기 때문에, 계획이 있다고 할 수 있다. 단지 예정이라고 할 것은 없는데, 계획하는 주체가 없기 때문이다.[253] 종합하면, 하나의 공능마다 모두 흡벽이라는 두 극

249) 자기 마음대로 움직인다[隨轉]는 것은 흡도 벽을 따라 움직인다는 것이다. 벽만이 흡을 움직일 수 있으므로, 모순은 결국에는 소멸되고 그 본성을 회복하게 된다.

250) 밝은 지혜[明智]는 더러움이 없으므로 밝다[明]고 하고, 허령무애하므로 지혜[智]라고 한다.

251) 알 수 없다고 한 것은 이미 알고 있다는 것이다. 단지 중생들이 情見에 사로잡혀 있으므로 알 수 없다고 중생들에게 말한 것이다.

252) 주재자(作者)는 종교인들이 세상을 창조한 上帝라고 말하는 것이다.

253) 예정된 계획이 있다는 것은 계획할 수 있다는 것과 같다. 흡과 벽이 변화를 형성하는 것은 벽에서 말하자면 계획이라고 할 수 있지만, 흡벽의 변화 외에 따로 계획이 있는 것이 아님을 알아야 한다. 이 점은 깊이 체득해야 할 것이다.

을 가지고 있고, 어떤 공능도 순전히 흡만 있고 벽이 없거나 순전히 벽만 있고 흡이 없을 수 없다. 이제 내용을 좀 더 보충하기 위해 두 극의 의미를 설명해야겠다. 극(極)은 극단이다. 흡과 벽을 두 극단이라고 한 것은 상반된 성격을 형용한 것일 뿐, 한 물체의 양쪽 끝과 같다거나 양쪽에 같은 점이 없다는 말이 아니다. 물체는 위아래, 또는 남북의 양쪽으로 나눌 수 있는데, 그 양쪽은 위치가 다르고 멀리 떨어져 있다. 지금 여기에서 두 극단이라고 한 것은 두 가지가 전적으로 다른 힘이라는 의미이다.[254] 하나는 수렴하고, 물화되는 경향이 있는 것이다. 다른 하나는 강건하고, 밖으로 발전하며, 허령(虛靈)하며 막히지 않는 신묘함이 있고, 항상 위로 향하며, 물화되지 않는 것이다. 따라서 두 극단이라고 하였다.[255] 실제로 이 두 극단은 동일한 공능이 서로 다른 방향으로 나타난 힘에 지나지 않는데,[256] 이 서로 다른 힘은[257] 하나로 융합되므로 결코 완전히 분리될 수 없다. 공능 자체가 두 가지 종류의 힘이다. 이 두 가지 힘 외에 공능이라고 부를 만한 것은 없다. 형세는 다르지만,[258] 원래 서로 다른 몸이 아니다.[259] 따라서 흡벽 두 극단을 물체를 위아래, 또는 남북의 양쪽으로 나누는 것처럼 보면 안 된다. 위아래 등은 위치가 다르지만 이 경우는 위치의 차이가 없으므로,[260] 두 극단이라는 의미를 오해해서는 안 된다.

다음으로, 무수한 공능은 서로 융합하여 혼일한 전체를 이룬다.[261]

---

254) 힘[勢用]은 動勢라고 하는 것과 같다.
255) 兩極이라고 줄여서 말할 수도 있다.
256) 서로 다르다는 것은 고의로 이 상반된 움직임이 있다는 것이지 그 결과로 이러한 의미가 있다는 것이 아니다. 말이 비슷할 뿐이다. 공능이 자신을 표현하는 것은 대개 이와 같고, '저절로[法爾]'라는 말이 바로 이러한 의미이다.
257) 흡과 벽을 말한다.
258) 다르다는 것은 흡과 벽이 같지 않음을 말한다.
259) 단지 하나의 공능이다.
260) 근본적으로 실제의 사물로 간주해서는 안 된다. 어떻게 위치가 있겠는가?
261) 이것은 일체의 공능을 통틀어 말한 것이니, 바로 전체이다.

또 하나의 공능이 무수하고 무한한 공능을 다 포함한다. 바꾸어 말하면, 하나의 공능이 일체의 공능, 즉 전체를 포함한다.[262] 이 의미는 앞에서 말하였다. 다음으로 모든 공능은 서로 주된 것과 종속적인 것이 된다고 말해야 하겠다.[263] 예를 들어 공능 갑은 을과 그 밖의 무수한 공능에 대해 주가 되고, 공능 을은 공능 갑에 대해 종속이 된다. 동시에 공능 을은 공능 갑과 그 밖의 무수한 공능에 대해 주가 되고, 공능 갑은 공능 을에 대해 종속이 된다. 이처럼 공능 갑과 공능 을은 서로 주된 것과 종속적인 것이 되고, 나머지 공능도 이와 같다고 유추할 수 있다. 모든 공능은 서로 주된 것과 종속적인 것이 되므로, 일합상(一合相)[264]이 아니라 혼일한 전체이다. 주된 것과 종속적인 것은 원래 다르므로, 일합상이 아니다. 주된 것과 종속적인 것은 서로를 포함하므로, 혼일한 전체가 된다. 또 개별적인 것들이 모두 주가 되므로, 모든 것이 자유롭고 자재하다. 개별적인 것들이 모두 종속되므로, 산만하게 흩어져서 서로 함축하지 못하는 일이 없다. 결론적으로 모든 공능은 일합상이 아니라 혼일한 전체이고, 상대적인 것에서 절대적인 것을 인식하게 된다. 혼일한 전체이고 결국 일합상이 아니므로, 절대적인 것에서 상대적인 것을 파악하게 된다. 본체와 공용이 둘이 아니라는 학설을 여기에서 볼 수 있다. 앞의 내용을 종합하면, 본론의 공능은 일합상이 아닐 뿐 아니라 입자성을 띤 것도 아니다. 바꾸어 말해서 공능 각각을 독립된 입자로 보면 안 되고, 더욱이 저장할 장소가 있다고 억측해서도 안 된다. 이 점에서 본론과 유종은 하늘과 땅만큼 현격하게 다르다.

---

262) 이것은 각 하나의 공능에서 말하면, 각각이 모두 전체라는 것이다.

263) 종속은 주된 곳에 속하는 것이다.

264) (역주) 一合相(piṇḍa-grāha)은 여러 緣들이 화합하여 하나의 사물을 이루는 것이다. 불교의 관점에서 보면, 세간의 일체법은 모두 일합상이다. 『金剛般若波羅蜜經』(大8, 752b). "若世界實有者. 則是一合相. 如來說一合相則非一合相, 是名一合相."

덧붙이는 말: 공능은 일합상이 아니지만, 개별적인 것들로 이루어져 있다고 해도 무방하다. 그러나 결코 입자로 간주해서는 안 된다. 바꾸어 말해서 이 무한한 공능은 확실히 혼일한 전체이다. 어떤 사람은 "혼일한 전체라는 것은 개별적인 것들이 합해져서 이루어지는 것이 아닌가?" 라고 묻는다. 이에 대한 답은 다음과 같다. 전체 중에 수많은 부분들이 있다고 해도 무방하지만,[265] 전체가 부분들의 상이 더해져 화합한 것은 결코 아니다. 만약 각 부분들이 원래 독립적인 것인데 지금 한 곳에 모아놓는다면, 반드시 쟁반 위에 쌓인 모래더미처럼 될 것인데 어떻게 전체를 이룰 수 있겠는가? 그러나 "전체가 어째서 부분들의 합이 아닌가?"라는 질문의 답을 찾기는 쉽지 않다. 이러한 곤란을 해결하기 위해서 본체와 공용을 한 번 나누어보기로 하자. 본체가 하나이고 그 현현이 공용이므로 온갖 가지로 다양하지 않을 수 없다. 각각의 부분이라고 하는 것은 공용의 상이라는 측면에서 말하는 것뿐이다.[266] 공용의 상은 각 부분이 다양하지만 본체에 원래 차별이 없으므로, 각각의 부분에서 보면 이 부분들이 서로 융합하여 혼일한 전체가 된다. 무슨 까닭인가? 공용이 바로 본체이고, 공용이 본체와 분리되어 별도로 존재하는 것이 아니기 때문이다. 따라서 공용의 모습은 다양하지만,[267] 서로 융섭할 수 없는 것이 아니며 전체가 될 수 없는 것도 아니다. '공용을 융섭하여 본체로 돌아가는 것[攝用歸體]'은 개별적인 공용의 상 하나하나에 차별이 없기 때문이다. 이것은 대단히 의미심장한데, 큰 바닷물과 파도의 비유가 이를 가장 잘 형용한다고 할 수 있다. 첫째, 본체를 큰 바닷물에 비유할 수 있다. 둘째, 큰 바닷물 전체가 파도로 나타나므로, 본체 전체가 온갖 다양한 공용, 즉 개별적인 공능으로 나타나는 것에 비유할 수

265) 부분은 하나하나의 공능을 말한다.
266) 相은 모습이다.
267) 다양하다는 것은 一合相이 아니라 수많은 부분들이다.

있다. 셋째, 무한한 공능을[268] 파도에 비유할 수 있다. 넷째, 파도가 서로 융섭하여 전체를 이루므로, 개별적인 공능이 서로 융섭하여 혼일한 전체가 되는 것에 비유할 수 있다. 앞의 내용을 종합하면, 큰 바닷물과 파도의 비유가 본체와 공용의 관계를 잘 형용한다는 것을 알 수 있다. 이 점을 꿰뚫어보면, 전체가 어째서 부분들의 상이 더해진 화합이 아닌지 그 의미가 확연하여 의심할 여지가 없게 된다. 여기에서 '본체를 융섭하여 공용으로 돌아간다[融體歸用]'고 표현을 바꾼 것은 공용의 상이라는 측면에서 말한 것에 불과하므로, 부분들이 서로 융섭하여 전체가 된다고 말하는 것에서 그쳐야 한다. 전체가 어째서 부분들의 상이 더해진 화합이 아닌가 하는 것은 아마 공용의 상에 집착하는 사람은 공용을 융섭하여 본체로 돌아갈 수 없어서 반드시 함부로 살고 막히게 되기 때문인 듯하다. 따라서 본체와 공용을 한 번 나누어 본 것이니, 잘 배운 사람들이 깊이 사유해서 스스로 체득하기 바란다. 종합하면, 본론에서는 본체와 공용을 말할 때 분리할 경우도 있고[269] 융섭할 경우도 있는데,[270] 독자들은 문맥에 따라 이해해야 한다. 지극한 이치는 사물에 비겨서는 안 되고,[271] 억지로 설득해도 옳지 않다.

다음으로 공능은 혼일한 전체이지만 일합상이 아니다. 즉 전체 중에서 부분을 보면, 개별적이라고 할 수 있다. 그런데 하나의 공능마다 흡벽 두 극을 갖추고 있다는 것은 앞에서 이미 말하였다. 여기에 대해 다

268) 즉 각 부분이다.
269) 예를 들어 본체는 방향도, 형상도 없고, 공용은 모습이 잠깐 나타나며, 본체는 차별이 없고, 공용은 온갖 가지로 다양하게 나타난다고 말하는 경우를 들 수 있다. 또 본체가 공용으로 현현한다고 말하는 것과 같다. 이는 모두 본체와 공용을 둘로 나누어 본 것이니, 두 가지를 뒤섞어서는 안 된다.
270) 본체를 융섭하여 공용으로 돌아간다[融體歸用]는 것이나, 공용을 융섭하여 본체로 돌아간다[攝用歸體]는 것은 모두 융섭함을 의미한다.
271) 형체를 가진 사물에 비겨서는 안 된다.

음과 같이 논박하는 사람이 있다. "하나의 공능마다 흡벽 두 극을 갖추고 있다는 것은 공능 하나가 흡벽 두 세력이 함께 화합한 하나의 단위라는 의미이다. 그렇다면 갑 단위와 을 단위, 그리고 무수한 단위들이 각각 질서 있게 분립되어 있고, 그들 각 단위가 서로 융섭하여 전체를 이룬다고 말한 것이다. 그러나 다른 측면에서 볼 때 그 단위들은 각각 독립적이어서 쉽게 분리된다고 여겨지므로, 전체를 파악하기 어렵다." 이에 대한 답은 다음과 같다. 어렵다고 생각하면 막히게 된다. 지극한 이치는 현묘하므로, 일상생활에서 사물을 분석하던 관념을 가지고 논의하는 일은 용납되지 않는다. 바른 이치[如應]로 말하면,[272] 공능 자체는 본래 혼일한 전체이므로 일합상이라고 보면 안 된다. 공능은 분리해서 보아도 무방하지만, 수많은 알갱이들이 모인 것과는 다르다.[273] 이것을 정견으로 추측하면 안 된다. 흡의 측면에서 말하면, 그대가 말한 하나의 단위는 응축하여 물화되는 경향이 있고 지극히 작은 영역을 형성하는 듯하다.[274] 따라서 흡이라고 부른다. 동시에 이 흡 중에는 허령하여 걸림이 없는 정신이 존재하거나 강건한 힘이 그 사이를 운행하여 주인이 되고, 이를 벽이라고 부른다. 하나의 흡은 지극히 작은 영역을 형성하는 듯하므로, 입자성을 가진 것처럼 보인다. 이 때문에 흡 중에서 운행하는 벽의 힘도 이 흡과 동일한 작은 영역이 되는데, 이 영역은 실제로 하나의 활동 영역[動圈]에 지나지 않는다. 이처럼 한 번 흡하고 한 번 벽하는 것이 화합하여 하나의 영역을 형성한 것을 하나의 공능이라고 가정하고, 이것을 하나의 단위라고 부를 수 있다. 무수한 공능 모두 이와 같다. 우리는 공능이 일합상이 아닌 까닭이 흡의 신묘함과 관련된다는 것을 알

272) 불교 용어를 차용하였다. 應은 바른 이치에 계합하는 것을 말한다.

273) 이 점에서 유종은 크게 잘못이다.

274) '듯하다[似]'는 자에 주의해야 한다. 이 원은 처음에는 꼭 드러나지 않지만 뒤에는 점차 분명히 나타난다. 완전히 나타나게 되면 사람들에게 極微, 또는 전자 등으로 불리운다.

아야 한다. 흡이 있고 분화가 있어야 일합상이 아니게 된다. 흡이 없으면, 상대적인 것이 나타날 수 없고 다양한 분화도 없게 된다. 이에 의하면, 흡은 분화되는 것이고 흡마다 저절로 지극히 작은 한 영역을 형성한다. 이제 벽의 측면에서 말해보면, 이 벽이 흡을 따라 각각의 영역으로 분화되어 이루어진 것인가? 벽의 힘은 모든 흡을 운용하지만, 항상 흡을 따라 각각의 영역으로 분화되어 이루어진다. 그러나 벽 자신은 분명히 혼일한 것이다. 이때 분리될 수 있다는 말과 없다는 말을 모두 써도 무방하다.[275] "이렇게 말한다면, 벽은 둘이 되는 듯하다. 하나는 흡을 따라 각각의 영역을 이루는 것이고, 다른 하나는 통일된 것이다"라고 논박하는 이가 있다. 이러한 논박은 크게 잘못된 것이다. 통일된 벽은 흡을 따라서 각각의 영역을 이루는 벽이다. 마찬가지로 각 영역의 벽도 통일된 벽이다. 어떻게 둘이 있을 수 있겠는가? 그렇다면 흡은 어떻게 존재하는가? 흡은 별도의 내원이 있는 것이 아님을 알아야 한다. 이 흡과 벽은 동일한 본체이다. 흡 자신이 바로 벽이고, 벽의 힘을 드러내기 위한 도구라고 할 수 있다. 따라서 본체의 활동에는 수렴하는 수많은 힘이 자연히 있게 되고,[276] 수렴하면 바로 형체를 형성하는 경향이 있게 된다. 이것을 흡이라고 부른다. 따라서 흡은 일종의 반동이고, 벽과 다르다. 우리는 흡벽의 의미를 다음과 같은 몇 가지로 표시할 수 있다.

(--) 흡
(—) 벽

-- 은 짝수이고, 상대적인 것이 있다는 의미이다. 흡은 거의 물화에

---

275) 벽의 힘은 실제 사물과 다르므로, 나눌 수 없다고 해도 무방하다. 그것은 일체의 흡을 따르며 모두 그 사이에서 운행하므로, 나눌 수 있다고 해도 무방하다.
276) 무수히 많다는 자는 아주 중요하다. 흡이 하나의 덩어리만 되는 것이 아니다.

가깝기 때문에 상대적인 것이 있다. ─은 홀수이고, 상대적인 것이 없다는 의미이다. 본체가 공용으로 현현하지만 공용이란 한 번 흡하고 한 번 벽하는 것에 지나지 않으며, 흡은 물화에 가깝기 때문에 본체의 자성을 지키지 못하고[277] 공용을 거의 완성시키지 못한다. 벽만이 본체의 자성을 버리지 않으므로, 자성을 있는 그대로 나타낸다고 할 수 있다. 벽만이 위대한 공용의 흐름이 되므로, 벽이 바로 본체라고 할 수 있다. 이 때문에 벽에 상대적인 것이 없다고 하였다. 또 흡벽 두 힘은 결국 상반되면서도 서로를 완성시킨다는 것[相反相成]을 알아야 한다. 벽은 흡을 자기 마음대로[278] 움직일 수 있고 흡은 끝내 벽을 따르므로, 여기에서 혼일한 전체를 인식할 수 있다. 앞의 말을 종합하면, 전체 중에서 분화하는 데 장애가 되지 않고 분화되는 중에 전체를 인식할 수 있다. 저절로 이와 같이 되는데, 어떻게 의심할 수 있는가?

넷째, 본론의 공능과 습기를 혼동해서는 안 된다. 유종에서 세운 이론 중 가장 잘못된 것이 습기를 공능으로 혼동한 것이다. 그들 유종에서는 공능의 유래를 두 가지로 구별한다. 첫째는 본유(本有) 공능인데, 무시(無始) 이래 본래(法爾) 존재하는 것을 말한다. '무시'는 태초, 또는 처음 시작을 말한다. 부처님이 말한 무시라는 말은 모든 감정에 시초가 있지만 실제로 그 시작의 때를 알 수 없으므로, 그렇게 부른 것이다. '본래'라는 것은 저절로 그러한 것[自然]을 말한다. 저절로 그렇다는 것은 기대하지 않아도 그렇게 된다는 의미이다. 둘째는 신훈(新熏) 공능인데, 전7식이 한결같이 습기를 훈습하여 생성한 것을 말한다.[279] 전7식은 대승불교에서 사람마다 ① 안식(眼識), ② 이식(耳識), ③ 비식(鼻識), ④ 설식(舌識), ⑤ 신식(身識), ⑥ 의식(意識), ⑦ 말나식(末那識), ⑧ 아라야식(阿賴耶識)이라는

277) 이것을 반대된다고 한다.
278) 자기는 벽 자신을 가리킨다.
279) (역주) 『成唯識論』 卷二(大31, 8b)에 의거한다.

여덟 가지 식을 가지고 있다는 데서 나온 것이다. 이 팔식에 대해서는 하권에서 상세히 다룰 것이다. '한결같이'라는 것은 불교에서 사람의 생명을 항상 존재하는 것으로 인정하고, 그 앞을 추리해서 무시(無始)라고 하고 그 뒤를 궁구해서 무종(無終)이라고 한 것과 관련된다. 여기에서 한결같다고 한 말은 무시 이래를 말한 것이다. 습(習)은 습관이고, 기(氣)는 기세이다. 습기(習氣)는 습관으로 이루어진 세력을 말한다. 훈(熏)은 훈습하여 발생한다는 것으로, 향이 사물을 훈습하면 향기가 발생하는 것과 같다. 전7식 운운한 것은 전7식이 일어날 때 습기를 발생시키고 그것을 제8아라야식 중에 잠입시켜 받아들이고 잃지 않게 하여 다시 새로운 공능이 되게 한다는 말이다. 유종에서 말하는 전7식은 훈습하는 주체[能熏]이고, 제8아라야식은 훈습되는 대상[所熏]이다.[280] 예를 들어 전7식 중 안식 등 오식에서는 외부 대상을 취할 수 있으므로, 습기를 훈습하여 발생시킨다. 제6의식은 모든 대상을 끌어들여 독자적으로 사고할 수 있으므로, 습기를 훈습하여 발생시킨다. 제7말나식은 안으로 자아가 있다고 항상 집착하므로, 습기를 훈습하여 발생시킨다. 제8아라야식만 전7식에 의해 훈습되어 발생한 습기를 받아들이기 때문에, 훈습되는 대상[所熏]이라고 부른다. 습기는 아라야식 중에서 새로운 힘을 형성하여 미래의 모든 심물 제행을 생성시키므로, 신훈 공능이라고 부른다. 유종에

280) (역주) 유식불교에서 종자가 제법으로 變現하는 관계에서 가장 중요한 것은 '三法'으로 구성된 이중의 인과설이다. 三法은 '能生의 본유종자', '所生의 현행', '所薰의 신훈종자'이다. 2중의 인과는 '종자가 현행을 생성하고', '현행이 종자를 훈습하는 것'을 말한다. 이 삼법이 동시에 輾轉하여 서로 이중의 果를 형성하게 된다. 즉 한 종자가 한 찰나에 現行의 因이 되는 동시에 그 다음 찰나에 종자의 果가 되므로, '종자가 종자를 낳는다'고 할 수 있다. 여러 연들이 화합할 때 아라야식 중의 종자는 반드시 그 앞의 외부세계로 하여금 어떤 현상을 생성하게 한다. 이것이 바로 현행을 生起하는 것이다. 동일한 찰나에 그 현행의 법은 반드시 종자를 훈습하는데, 이것이 현행이 종자를 훈습한다는 것이다. 8식으로 말하자면, 제8식이 가진 종자는 因이 되어 안식 등 七轉識을 생기하고, 동일한 찰나에 七轉識의 현행법도 因이 되어 제8식의 종자를 생기한다. 따라서 七轉과 8식이 서로 因果가 되는 학설이 있게 된다.

서 말하는 공능의 유래는 세친 이후 어떤 사람은 본유(本有)만 있다고 보고 어떤 사람은 신훈(新熏)만 있다고 주장하다가, 호법이 여러 논의를 절충하여 본유와 신훈을 모두 세울 것[本新並建]을 주장하였다.[281] 중국의 현장과 그 제자인 규기가 본유·신훈의 병건을 종지로 삼았고, 이러한 주장이 마침내 정론이 되었다. 규기의 『성유식론술기(成唯識論述記)』를 참조하기 바란다.[282] 내 저서인 『불가명상통석』에서는 더 자세히 설명하였다. 그러나 이러한 주장은 전혀 이치에 맞지 않는다. 공능은 원래 본유만 있을 뿐 신훈과 구별이 없다. 그 까닭은 무엇인가? 공능은 혼일한 전체로서 모든 덕을 갖추고 있으며 태초부터 전체가 유행하여 조금도 모자라거나 어그러짐이 없는데, 어떻게 새롭게 생겨나서 번갈아 상(相)을 더할 것을 기대하겠는가? 본래 부족해서 더해지기를 기대한다면, 어떻게 공능이 되겠는가? 따라서 본유·신훈 병건론은 희론에 지나지 않음을 알 수 된다. 유종의 근본적인 오류는 습기를 공능으로 혼동하여 본유 외에도 신훈이 있다고 말하는 데 있다.[283] 실제로 유종에서 말하는 습기에 대해서는 나 역시 동의한다. 그러나 습기가 어떻게 존재하게 되었는지에 대해 유종은 설명이 부족하다. 유종은 단지 습기가 전7식에

281) (역주) 종자가 생기하는 상황에 대해서는 크게 3가지 학설이 있다. ① 본유설(本有說): 護月의 주장으로, 본유 종자는 태초부터 아라야식 중에 선천적으로 존재하고 있는 종자라고 보는 학설이다. ② 신훈설(新薰說): 難陀, 勝軍의 학설로, 신훈종자는 후천적으로 현행한 제법에 의해 훈습되어 생겨난 종자를 말한다. 習所成種이라고도 한다. ③ 신구합생설(新舊合生說): 護法의 주장으로 유식종에서는 이 학설을 정설로 삼아 종자에 두 종류가 있다고 본다. 제법의 발생은 처음 見道에 들어가는 찰나의 無漏智가 본유무루 종자에서 생기하는 것을 빼고는 그 나머지 일체법은 본유·신훈 두 종류의 종자가 화합하여 생겨난다.

282) (역주) 『成唯識論』에 의하면, 종자에는 無漏와 有漏가 있고 종자의 작용에도 無漏와 有漏가 있다. 卷二에 "有諸有情, 無始時來, 有無漏種, 不由薰習, 法爾成就.. 無漏法起以此爲因. 無漏起時, 復熏成種. 有漏法種類此應知"(大31, 9a)라고 되어 있다.

283) 習氣는 習이라고 줄여서 말하기도 한다. 功能도 能이라고 줄여서 말한다. 뒤에 나오는 것들은 모두 이에 의거한다. 공능과 습기가 다르기 때문에, 습기를 新熏 功能이라고 하여 本有 功能과 구별한다. 만약 습기를 공능과 혼동하지 않는다면, 공능에는 본유만이 있게 되고 신훈이라고 할 것이 없다.

서 각각 따로 훈습되어 생겨난다고 말할 뿐,[284] 그 원인을 상세히 설명하지 못한다. 이것이 유종의 약점이다.

나는 습기가 존재한다는 사실은 인정하지만, 내가 말하는 마음을 여덟 부분으로 쪼개는 것은 받아들일 수 없다. 이 때문에 전7식이 훈습한다는 일은 있을 수 없다. 나는 다음과 같이 생각한다. 사람의 생각이 막 움직이려는 기미와 그것이 신체・말・또는 일에 발동하여 드러나는 것을 조작(造作)이라고 부르고, 업(業)이라고도 부른다.[285] 모든 조작은 헛되이 낭비되지 않고 반드시 여력이 계속 이어져서 잠재 세력을 형성하는데, 이것을 습기(習氣)라고 한다. 이 천 갈래 만 갈래의 습기가 각각 등류(等流)로 끊어지지 않고 이어지는 까닭은[286] 사람이 살면서 지은 과거의 업을 모두 저장하여 장래의 욕구에 이익이 되고자 하기 때문이다.[287] 이러한 욕구는 눈에 띄게 드러나지는 않지만, 확실히 감정과 의식을 가진 생명체라면 모두 똑같이 가지고 있는 것이다. 만약 이러한 욕구가 없다면, 모든 작업은 일어나는 즉시 사라져서 계속 일어날 여력

---

284) 유종의 학설에 의하면, 眼識은 相分과 見分이라는 두 부분으로 나눌 수 있다. 상분은 객관 대상이고, 견분은 객관 대상을 인식하고 구별하는 작용이다. 이 두 부분을 합쳐서 안식이라고 부른다. 이 안식은 일어날 때 결코 아무 것도 없이 지나가 버리는 것이 아니라 일종의 習氣를 훈습하여 생겨나게 하고 이를 아라야식 중에 투입할 수 있다. 이것이 新熏 功能이다. 이것이 원인[因]이 되어서 뒷생각 안식의 상분・견분 두 부분을 생겨나게 한다. 따라서 本有 功能과 차이가 없다. 안식이 이러하고, 耳識에서 제7식까지 모두 이러한 예에 의해 알 수 있다.

285) 신체・말에 발동한다는 것은 다음과 같은 의미이다. 생각이 막 일어나려는 기미를 意業이라고 한다. 그리고 바로 意業이 강하게 전환하여 말에 나타나는 것을 語業이라고 한다. 신체의 동작으로 나타나는 것을 身業이라고 한다. 뒤의 두 가지 업은 눈에 보이는 일이다.

286) 각각이란 글자에 주의해야 한다. 等流는 각각의 습기 자신이 모두 고정적이 아니라, 찰나마다 생성하였다고 소멸하여 서로 계속 흘러가므로, 등류라고 말한다. 等은 似의 의미인데, 뒤에 일어난 것이 앞의 것과 비슷하다고 하여 等이라고 한다.

(역주) 等流習氣는 원인과 동등한 결과로서의 잠재 여력을 말한다. 名言種子라고도 부르며, 異熟習氣의 상대말이다.

287) 業은 作業이라고 하여 반복해서 쓰기도 한다.

이 없게 될 것이다. 그가 조작하거나 업을 일으킬 때 이러한 작업의 욕구가 저장되지 않으면, 업은 한 번에 소멸하고 여력이 없게 된다. 사람은 살면서 항상 과거에 의거하여 헤아리기 어려운 망망한 미래의 일에 나아가게 되므로, 과거가 남김없이 소멸하여 전혀 의지할 데 없는 상황이 되는 것을 반드시 달갑게 여기지 않는다. 따라서 업이 일어날 때는 반드시 보류해둔 욕구가 함께 일어난다. 이 때문에 지은 업은 생겨나자마자 사라지지만, 이 업이 사라지는 때가 바로 여력이 이어서 생겨나는 때가 된다. 이것을 습기라고 부른다.[288] 이 습기는 항상 등류(等流)로 잠복해 있으면서 내 생활의 잠재력이 된다. 다시 말해 모든 습기는 항상 서로 의지해서 내 생활의 내적 심연을 형성하므로, '습기의 바다[習海]'라고 할 수 있다. 습기의 바다는 나에게 도움이 될 수도 있고 나를 빠뜨려 죽일 수도 있다. 나의 본래의 생명은[289] 반드시 좋은 습기를[290] 빌어서 자신을 나타내는 도구로 삼아야 한다. 예를 들어 유학에서 말하는 '조존함양(操存涵養)'이나 '거경(居敬)'·'사성(思誠)' 등의 공부가 모두 깨끗한 습기[淨習]이다.[291] 생명은 반드시 이를 통해 나타나야 한다. 그러나 나쁜 습기[壞習][292]도 있어서 생명을 갉아먹고 또 그것을 대체하기도 한다.[293] 불행히 인생은 항상 나쁜 습기와 인연이 되므로, 비극적인 상

---

288) 업이 소멸하는 때에 바로 남은 세력이 이어서 생겨나서, 생성과 소멸의 사이에 틈이 없다.

289) 여기에서의 생명이라는 말은 바로 내가 생겨난 이치를 가리켜 하는 말이다. 바꾸어 말해서 나와 만물은 모두 한 몸인 대생명이다. 내 생명과 우주의 대생명이 실제로 둘이 아니다. 따라서 여기에서 말하는 생명은 절대적 진실을 말하는 것이다. 세속에서는 이 말을 쓰지만 그 의미가 구별되므로, 절대 오해해서는 안 된다. 뒤에서 생명이라고 말한 것도 모두 이에 의거한다.

290) 뒤에서는 淨習이라고 부른다.

291) (역주) '居敬'은 『論語』「雍也第六」. "仲弓曰, '居敬而行簡, 以臨其民, 不亦可乎. 居簡而行簡, 無乃大簡乎'"; 子曰, "雍之言然"에 처음 나오는 말이다. 정이·朱熹·張載 등 송대 성리학자들은 居敬을 위한 실제적인 방법을 찾으려 하였고, '主一'의 방법론과 결합시켰다. 내적으로 초점을 맞추는 과정과 자기 통제력을 중심으로 한 말이다.

292) 뒤에서는 染習이라고 부른다.

황에 빠지게 된다. 따라서 인생에 대한 철학의 공헌은 사람들이 습기의 영향을 조심하게 하는 데 있다.[294] 요약하면, 습기는 뒤에 일어나는 것[後起]이므로 공능과 혼동해서는 안 된다. 공능과 습기 두 가지를 이곳 말로 표현하면, 천(天)과 인간[人]의 구분이라고 할 수 있다. 인간이란 중생들이 태초에 생겨난 이래 스스로 공능을 완성하고 저장해서 자신의 생명을 완성해낸 것이다. 이를 불러 인간이라고 하는 것뿐이다. 공능은 천의 일[天事]이고, 습기는 인간의 능력[人能]이다. 인간의 입장에서 천을 논의하는 것은 뒤에 생겨난 것을 본래부터 존재하는 것과 동일시하는 것이다. 그리고 우리는 인류가 생겨난 이래 형기(形氣)에 구속되고 현실 생활에 빠져버린 상태에서 남겨진 모든 나쁜 습기를 천성(天性)이라고 인식한다.[295] 이 때문에 사람들은 스스로 본성의 진실(性眞)을 인식하지 못하여, 본성을 회복할 가능성이 없게 된다.[296] 이것은 참으로 인도(人道)의 큰 근심이다. 유종이 공능과 습기를 구분하지 못한 것은 천고의 큰 잘못이다. 본론에서는 다음 세 가지 의미에서 공능과 습기를 특히 엄밀히 구분하였다.

첫째, 공능은 활력(活力)이고, 습기는 도구에 불과하다. 공능은 우주의 본체이자 나의 본성이다.[297] 인간의 생명은 형기(形氣)로 제한된다. 이

293) 染習이 주가 되어서 생명을 바로 취하고 그를 대신한다.

294) 공자 문하의 '자기의 극복[克己]', 인도 불교의 '미혹을 끊음[斷惑]', 또는 '집착을 깨뜨림[破執]' 등이 모두 나쁜 습기를 제거하는 것이다. 동양철학의 정신은 사람들이 나쁜 습기를 제거할 것을 가르치는 데 있을 뿐이다. 나쁜 습기가 제거된 뒤에 참된 본성이 발현된다.

295) 여기에 나오는 形氣라는 말은 중생의 몸과 그 몸이 접촉하는 천지 만물을 모두 형기라고 부른다. 중생은 形氣에 집착하여 그 생명이 완전히 대상화되어 버린다.

296) 사람이 살면서 形氣에 의해 부려지고 染習에 사로잡히면 그 본성을 잃게 된다. 참으로 그 본성의 참됨을 회복하면, 스스로 자기 내부의 본성을 깨달아서 맹목적으로 사물을 좇는 근심이 없게 된다.

297) 본성[性]의 의미는 하나가 아니다. 그러나 董仲舒는 본성이란 생명의 실질[質]이므로, 그러한 의미가 타당하다고 하였다. 質이란 실질이다. 程子가 말한 實理가 바로 이것이다. 나의 생명은 진실한 도리에 근본을 두고 있으므로, 이 생명의 實理를 性이라고

말은 인생은 물화될 위험이 있어서 초탈하기가 아주 힘들다는 것을 나타낸 것으로, 근거 없는 말이 전혀 아니다. 인생의 본성에서 말하자면,[298] 결국 형기로 떨어지지 않고 전적으로[299] 초탈할 수 있음을 모른다. 본성상에는 조금도 장애와 오염이 없고[300] 막히는 곳이 없으며[301] 모자라거나 일그러짐이 없기 때문에[302] 그렇게 형용할 수 있고, 내가 본래 가지고 있는 활력이라고 한 것이다. 이러한 활력은 순수하고[精] 강건하며[建] 굳세고[勇] 견고해서[悍], 형기를 주도할 수 있고 형기에 의해 구애받지 않는다.[303] 우리는 위대하게 존재하는 무진장(無盡藏)[304]을 갖추고 있는데, 밖에서 구할 필요 없이 충분한 것이 이 활력이다.[305] 사

부른다. 이 性은 본래부터 존재하는 것이므로, 본성이라고 한다.

(역주) 「文言文本」(84면)에서는 다음과 같이 말한다. "공능은 중국 先哲들이 말한 '본성[性]'에 해당한다. 『中庸』에 '盡性'이라는 말도 있지만, '다한다[盡]'는 것은 절실히 이해하고 실천하여 그것을 실현한 결과가 자기의 본질을 조금도 막지 않게 되는 것이다. 공능은 性이고 인간이 살아가는 이치[理]이므로, 본래 固有의 것이다. 그러나 사람이 이것을 다하지 못하기 때문에 形氣에 의해 부림받게 된다. 즉 形氣에 의해 고통 받고, 본래 가진 고유의 理를 잃어버리게 된다. 그 사람은 이 理를 가지고 있지 못하므로, 그것이 존재한다는 것을 깨닫지 못한다. 세상 사람들은 인생을 말할 때 기계론적 태도를 지니고, 무한한 활력의 보물이 있음을 믿지 못하는 경우가 많다. 인간이 그 삶의 이치를 스스로 끊어버린 지 오래되었다."

298) 여기에서의 본성은 바로 공능을 말한다. 그것이 자신에게 있는 것을 말하여 본성이라고 하고, 뒤에 나오는 의미도 모두 이와 같다.

299) '전적으로'는 절대적이라는 의미이다.

300) 태양에 비유하자면, 구름과 안개가 일어나 막더라도 그 찬란히 빛나는 광명의 體가 항상 존재하는 것과 같다. 구름과 안개가 어떻게 그것을 막고 오염시킬 수 있겠는가? 본성에 장애와 오염이 없다는 의미도 이와 같다.

301) 쉬지 않고 유행하여서 머무르는 곳이 없다.

302) 德用이 원만하다.

303) 精은 순결하여 더러움이 없는 것이다. 建은 지극히 강건하여 구부러짐이 없는 것이다. 勇은 예리하고 지극히 신비한 것이다. 悍은 견고하여 이기지 못할 것이 없음이다. 이 4가지 덕은 일반인의 오염된 생활 중에서는 본래 발견하기 어렵지만, 본성 중에 본래 존재하는 것으로 없거나 부족하지 않다. 내가 깨닫기만 하면, 바로 드러난다.

304) (역주) 無盡藏은 무궁한 덕을 함장하고 있다는 의미의 불교 용어이다. 無盡藏海, 또는 無盡法藏이라고도 부른다. 眞如法性의 理海가 끝없이 광활하고 일체의 만상을 포괄하고 있음을 나타낸다.

305) '위대하게 실재한다[大有]'는 말은 『周易』에서 나온다. 有는 실제로 존재한다는 말

람들이 매번 형체에 구속되어 자기에게 저장된 보물을 잃어버리는 것은 애석한 일이다. 한 번 돌이켜보면, 가슴에 구애되는 것이 있으면[306] 원래 존재하는 활력을 잃지 않는가?[307] 이 활력을 함양하여 크게 발전시킨 다음에야 여기에서 자신의 본성을 볼 수 있다. 바꾸어 말하면, 여기에서 공능이라는 신묘한 본체를 인식하게 된다.[308]

덧붙이는 말 : 명대 왕선산(王船山)[309]의 시에 "땅에 내리꼽히는 번개 소리에 대나무가 꿈에서 놀라 깨네[拔地雷聲驚筍夢]. 하늘 가득 색색의 비가 내려 꽃의 신을 키우네[彌天雨色養花神]"라는 구절이 있다. 대나무의 생기(生機)는 뿌리에 있고, 땅 속 깊은 곳에 꿈꾸듯 저장되어 있다. 봄에 번개가 쳐서 대나무가 꿈에서 놀라 깨어나면, 생기가 쑥쑥 올라와 막을 수가 없다. 인생에는 본래 활력이 존재하는데, 이 활력이 막혀서 드러나지 못하는 것은 대나무의 꿈과 같다. 스스로 깨어날 수 있으면, 본래부터 존재하는 활력이 자라나 막을 수가 없게 된다. 번개 소리는 놀라게 하여 깨우는 공력을 비유한다. 봄기운이 만물을 생성하고 키우

이다. 大는 지극한 칭송이다.

306) 구애된다는 것은 대상화되는 것이다.

307) 활력을 어떻게 잃을 수 있는가? 이는 단지 내가 스스로 대상화를 달게 여겨서 본성을 발현하지 못하게 되므로, 잃었다고 한다.

308) 공능은 일체 사물의 본체이다. 이 본체는 신묘함을 여럿 갖추고 있으므로, 신묘한 본체[妙體]라고 부른다.

309) (역주) 王夫之(1619~1692)는 중국 명말 청초의 철학자이다. 자는 而農이고, 船山 선생이라고도 불린다. 그가 살던 시기에 송명 성리학에 대한 비판적 사조가 일어났고, 왕부지는 이러한 사조의 대표적 인물이다. 그는 박학하여 경학·자학·사학·문학·정법·윤리 등 각 부분에 저술이 있고, 西學에도 관심을 기울였다. 왕부지는『周易』사상과 王充에서 張載까지의 기일원론사상을 계승, 발전시켰다. 본체론 측면에서는 太虛가 一實이라고 주장하여 無의 사상을 발전시켜 氣 범주를 새롭게 해석하였다. 전통적인 道器 범주에 대해서도 형이상의 道와 형이하의 器가 나타내는 일반과 개별 모두 '統此一物'의 두 측면이고 분리될 수 없다고 새롭게 해석하였다. 후대에 대한 영향도 매우 크다. 주요 저작에『周易外傳』·『周易內傳』·『尙書引義』·『張子正蒙注』·『讀四書大全說』·『思問錄』·『老子衍』등이 있다.

며 비가 촉촉히 적시고 항상 짙은 구름이 흘러 드리우므로, 하늘 가득 색색의 비가 내린다고 하였다. 이것은 배우는 이들이 함양 공부를 충실히 함을 비유한다. 놀라 깨는 것은 진리[道]에 들어오는 처음 계기가 되니, 이것은 공력이 원숙한 것이다. 꽃의 신이 바로 활력이다. 두 구절이 다만 순서가 있으니, 여기에서는 활력을 함양하는 것을 감탄하는 의미이다. 깊이 완미하기 바란다.

습기는 좋든 나쁘든 모두 형체가 생겨나고 신경이 발달하는 데서 일어난다.310) 이 습기는 일어나면, 내 생명과 서로 긴밀히 연관된다.311) 생명은 본래 무위한 것이지만,312) 반드시 자신을 나타낼 도구를 필요로 한다. 이것은 전력(電力)이 반드시 전기를 전달하고 빛을 낼 도구가 있어야 자신을 드러내는 것에 비유할 수 있다.313) 전력은 없는 것이 아니지만, 도구가 없으면 자신을 드러낼 수 없다.314) 습기는 인위적인 것이지만, 생명이 빌어 쓰는 도구가 된다. 습기가 없으면, 생명도 자신을 드러낼 방법이 없다. 습기는 좋든 나쁘든 막론하고 공통된 한 가지 성질이 있는데, 그것은 잠재된 습기마다 모두 일어나서 장래를 좌지우지하는

310) 형체가 생겨나고 신경이 발달한다는 것에서 형체는 身이고, 신경은 心을 말한다. 이 신체가 생겨나고 마음 작용이 발현되면, 일체의 作業이 있게 된다. 모든 작업은 餘力의 等流가 남게 되는데, 이를 習氣라고 한다. 따라서 습기는 본래부터 존재하는 것이 아니다.

311) 생명이 바로 공능이고, 앞에서 말한 活力이다. 활력은 형용사일 뿐이다. 공능이 나에게 부여되어 있으므로, 나의 본성이 된다. 따라서 내가 본래부터 가지고 있는 충만한 활력을 말한다. 이 활력을 생명이라고 부른다.

312) 法爾에 대해서는 앞에서 살펴보았다. 여기에서 말하는 無爲는 생명의 운행이 스스로 이루어지고[自然], 고요한 가운데 쉰 적이 없지만 결국 작의적인 것이 없다. 따라서 무위라고 한다. 딱딱하게 굳어서 머무르는 것을 무위라고 부르는 것이 아니다.

313) 도구는 전선과 전등의 필라멘트 등을 말한다.

314) 因明學에서는 비유에서 작은 부분이라도 서로 비슷하면 취한다. 만약 이러한 비유에 집착하여 비유되는 이치와 완전히 부합할 것을 구한다면, 그 잘못을 다 감당할 수 없다. 배우는 이들은 이 점을 분명히 알아야 한다.

경향이 있다는 것이다. 이러한 경향이 바로 모든 습기의 공통된 성질이다.[315] 함양(涵養) 등의 공부를 하게 되면[316] 이러한 종류의 작업이 만들어내는 습기는[317] 막히거나 오염된 성질이 없고[318] 그 잠재력이 우리 생활을 날마다 더욱 향상되게 하므로,[319] 우리 본래의 생명은 항상 이 깨끗한 습기인 정습(淨習)에 의뢰한 뒤에야 나타날 수 있다. 따라서 습기를 도구에 불과하다고 한 것이다.[320] 인생이 형체에 구애되고 더러운 습기인 염습(染習)에 사로잡혀서 깨끗한 습기가 일어나지 않으면, 생명은 갇힌 데서 벗어나지 못하고 거의 완전히 물화되고 말 것이다.[321] 따라서 생명은 반드시 깨끗한 습기를 도구로 의지한 뒤에야 그곳에서 완전히 벗어나 더러움이 없게 된다[無漏]. 그렇다면 염습은 도구라고 할 수 없는가? 여기에 대한 대답은 그렇지 않다는 것이다. 더러운 것과 깨

---

315) '모든'이라는 것은 습기에 좋은 것과 나쁜 것이 있는데, 좋고 나쁜 것을 모두 통틀어 말한 것이다.

316) 操存·涵養 등은 모두 『孟子』에 근본을 두고 있다. 操는 잡는 것이고, 存은 보존하고 위주로 삼는 것이다. 나의 생명이 바로 이 본심이므로, 항상 이 마음을 지키고 잃지 않으면 일상생활하는 온갖 단서에서 모두 본심에 맡기고 본심이 주가 되어 사사로운 의견이나 사욕이 일어나서 본심을 막지 않게 할 수 있다. 이것이 바로 操存 工夫이다. 涵養은 存養이라는 것과 같은데, 본심을 체득하여 정성[誠]과 공경[敬]으로 보존하는 것이다. 사물과 감각이 아직 만나지 않을 때는 마음속에 항상 주된 바가 있어서 어지럽거나 어둡지 않다. 사물과 감각이 어지럽게 이를 때에도 마음속에는 항상 주된 바가 있어서 감응하면서도 고요하다. 함양 공부를 깊고 순수하게 하지 않으면, 이러한 경지에 도달하지 못한다. 함양과 조존은 의미가 서로 비슷하다. 미세한 차이점에 대해서는 따로 상세히 다루겠다.

(역주) 『孟子』「告子」. "操則存, 舍則亡, 出入無時, 莫知其鄕. 惟心之謂與."; 『孟子集注大全』 卷十一. "程子曰. 涵養氣質, 而薰陶德性."

317) 操存·涵養 등의 공부는 나 자신의 노력으로 향상시킬 수 있는 작업이다. 그것은 意에서 싹이 트고 몸짓과 말에서 드러나는데, 청정하지 않은 것이 없다. 이러한 작업의 여력이 잠재된 것을 淨習이라고 한다.

318) 淨習의 성질은 막히지 않고 더럽지 않다.

319) 오직 淨習만이 이러한 경향을 지닌다.

320) 여기에서 말하는 淨習과 유가의 操存·涵養 등의 예는 그 핵심을 살펴보면, 사람이 살아가는 일상생활에서 더욱 가깝다. 불교에서 말하는 수양 공부는 그 名相은 더욱 복잡하지만, 유가의 操存·涵養의 의미와 개요는 비슷하다. 단 그 귀결점이 다를 뿐이다.

321) 형체에 구애되고 染習에 사로잡히면, 생명은 갇히게 된다.

끗한 것을 구분하는 기미는 아주 작지만, 유행하였을 때의 모습은 차이가 크다. 염습이 오염을 만드는 까닭은 작업할 때 사적인 형체를 조금이라도 따르기만 하면 본래의 생명의 모습과 어긋나고 막히기 때문이다.[322] 이러한 작업의 여세가 잠재해 있다가[323] 우리 생활을 오염시키려는 경향이 있게 된다.[324] 이것이 염습이 정습과 판이하게 다른 이유이다. 그러나 모든 습기는[325] 생명에 대해 도구가 되고, 염습은 단지 좋지 않은 도구일 따름이다. 그러나 인생의 근심은 항상 도구를 본래의 생명으로 삼게 되는 데 있다.[326] 염습만 권력을 잡아 생명을 대신 취하는 것이 아니라, 정습도 주도권을 잡아 사람의 힘으로 천기(天機)를 막고[327] 뒤에 일어난 것을 본래의 면목으로[328] 오해한다. 이렇게 인생이 진실을 잃은 지 오래되었다. 따라서 과거 철학자들은 염습을 다스려서 없애는 데 힘썼고, 결국 정습과 하나로 합일하였다. 정자(程子)는 “밝음을 다할 때 찌꺼기는 하나로 합일된다”[329]라고 하였는데, 그 의미가 지극히 미묘하다. 정습은 본체가 나타나는 경지에 도달할 수 있는 수단이다. 본체가 나타나야 밝아지고, 본체가 조금도 막히지 않아야 밝음을 다할 수 있다. 이러한 단계에 이르면 정습이 혼융하여 자취가 없어지므로, 습기가 본성으로 전환된다. 정자가 말한 ‘찌꺼기’는 바로 습기를 가리킨다. 습기가 아무리 깨끗해도, 하나로 합일되지 못하면 바로 찌꺼기인 것이다. 맹자(孟子)는 ‘잊지도 않고 조장하지도 않는’ 공부를 궁극의 것으

322) 우리의 생명은 천지 만물과 혼연히 하나이지만, 애초에 小己인 자신의 형체가 사사롭게 얻을 수 있는 것이 아니다. 지금 우리가 小己의 형체에 구애되어 스스로를 사사롭게 하면, 본래의 생명에 어긋나고 막히게 된다.

323) 餘勢를 더러운 습기[染習]라고 부른다.

324) 더러운 습기는 이러한 경향을 가진다.

325) ‘모든’이라고 한 것은 더러운 것과 깨끗한 것을 합해서 말한 것이다.

326) 주의를 기울이기 바란다.

327) 사람의 힘은 깨끗한 습기를 말한다. 天機는 생명을 말한다.

328) 생명을 의미한다.

329) (역주) 『近思錄集註』 卷二. “明得盡時, 渣滓便渾化.”

로 여겼다.330) 조장하는 것은 습심이 아직 하나로 합일되지 못하였기 때문이다. 불교에서 말하는 수행도 그 궁극은 '아무 것에도 얽매이지 않는 경지[無所得]'331)로 돌아가는 데 있다. 이러한 경지에서 정습은 하나로 합일되어 자취가 없게 된다. 이러한 경지는 아주 의미심장하여 얕은 지혜로는 도달하지 못한다. 이와 같으면, 도구를 부리느라 진실을 잃어버리는 지경까지는 이르지 않을 것이다.

덧붙이는 말 : 맹자가 "잊지도 말고, 조장하지도 말라"고 말한 것은 함양 공부는 반드시 본심에 근본을 두라는 말이다. 그리하여 항상 생각하고 보존해서 잃지 말라는 의미에서 '잊지 말라'고 하였다. 또 보존하는 효과는 반드시 본심의 밝고 자유로운 공용을 그대로 따라야지, 의도적으로 지니려고 하고 발전하는 것을 도우려고 해서는 안 된다는 것이다. 조장하게 되면, 자신의 습기가 주도권을 잡게 되고 본심이 막혀서 드러날 수 없다. 이것은 매우 의미심장하다. 이 점에 힘쓰지 않는다면, 이 말의 의미를 모르는 것이라고 할 수 있다.

둘째, 공능은 오직 무루(無漏)이지만, 습기는 유루(有漏)인 경우도 있다.332) 순수하게 깨끗하다는 것과 향상된다는 것이 무루의 의미이다.

---

330) (역주) 『孟子』「公孫丑(上)」. "心勿忘, 勿助長也."

331) (역주) 無所得(aprāptitva)은 無相의 진리를 깨달아 내심으로 집착하고 분별하는 것이 없는 것을 말한다. 이와 반대로 제법의 차별의 상에 집착하고 유무의 변사견에 떨어지는 것을 有所得이라고 부른다. 제법은 모두 인연의 소생이므로 본래 자성이 없고 자성이 없으면 相도 얻을 수 없으므로, 無所得이라고 한다. 生滅·常斷·一異·來去 등 四雙八計에 떨어지지 않는 中道 正觀을 의미한다.

332) '오직'이라는 것은 이 외에는 없다는 것을 의미한다. 漏는 染法으로서, 새는 그릇에 비유하여 사물에 따라 추락하는 것을 나타낸다. 有漏·無漏는 서로 상반되는 이름이다. '—도'라는 데는 無漏 두 글자가 숨어 있다. 습기는 무루일 뿐 아니라 유루에도 통하기 때문이다.

(역주) 無漏(anāsravaḥ)에서 漏는 샌다는 뜻으로 煩惱를 달리 부르는 명칭이다. 탐진치 등의 번뇌는 매일 밤 六根의 門에서 그치지 않고 새기 때문에 漏라고 부른다. 번뇌와

복잡하게 오염되었다는 것과 추락한다는 것이 유루의 의미이다. 공능은 본래 헤아릴 수 없이 신묘한 공용의 전체이고 내가 그것을 품부받아 생겨났으므로, 본성[性]이라고 하고 본성의 바다[性海]라고도 부른다.333) 본성의 바다는 원래 밝고 휘황하게 빛나며 장애와 오염이 없으므로,334) 공능이 오직 무루성이라고 한 것이다.335) 따라서 사물[物]과 성스러움[聖]을 나란히 놓아도 비방하지 않고,336) 가는 길을 잃어도 되돌아올 수 있다.337) 유종에서는 공능이 유루와 무루를 모두 포함한다고 여기므로,338) 태어나는 일을 비천하게 보고 악근(惡根)에 굳게 집착한다. 이는 매우 어리석고 한심한 일이다.339) 따라서 본론에서 말한 공능은 유종과는 전적으로 다른 견해임을 배우는 이들은 알아야 한다.

저 습기는 내가 생겨난 이래 무한한 겁을 거치는 동안 이루어진 모든 작업의 여세인 등류이다. 천 갈래 만 갈래로 전전하며 악차취 열매처럼 한 곳에 모인 것이다[和集]. 그 성질은 하나가 아니어서 유루와 무루가 전적으로 종류가 다르다.340) 무루 습기는 정습(淨習)이라고 부르고, 유루

오염을 벗어난 清淨法을 無漏라고 한다. 예컨대 涅槃·菩提는 삼계의 번뇌를 모두 끊을 수 있으므로 無漏에 속한다. 有漏(sāsrava)는 無漏와 대칭되는 용어이다. 인간이 번뇌로 낳은 過失·苦果는 사람들이 미망의 세계에서 그치지 않고 유전되게 하므로, 生死苦海에서 벗어나기 어렵다. 따라서 有漏라고 부른다.

333) 이 본성은 지극히 커서 그 밖이 없고 온갖 덕을 함장하고 있으므로, 바다와 같다고 비유한다.

334) 자성은 막히는 것이 없으므로 장애가 없다고 하기도 하고, 다른 사물이 자성을 막을 수 없으므로 장애가 없다고 말하기도 한다. 자성은 더러운 때가 없으므로 오염이 없다고도 하고, 다른 사물이 자성을 더럽힐 수 없으므로 오염이 없다고 말하기도 한다.

335) 여기에서의 性 자는 德性의 性이다. 앞 문장의 性 자와는 다르다. 앞의 性 자는 공능을 다르게 부른 것이고, 여기에서의 性 자는 공능이 갖추고 있는 덕성이다. 뒤에 나오는 것도 이에 준하여 알 수 있다.

336) 작은 티끌과 먼지는 佛性과 같기 때문이다.

337) 인생에는 나쁜 뿌리가 없다.

338) 그들은 일체의 공능에 有漏性을 가진 것도 있고 無漏性을 가진 것도 있다고 생각하였으므로, 공능이 바로 이에 통한다고 개괄하였다.

339) 有宗의 공능은 本有와 新熏 두 종류로 구분된다. 그 본유 공능에도 유루성을 가진 것이 있다. 이것은 인간의 천성이 본디 惡根을 가지고 있다는 것이다.

습기는 염습(染習)이라고 한다. 습에 더럽고 깨끗한 서로 다른 성질이 있는 유래를 찾아보면, 내가 한 모든 작업이 더럽고 깨끗하여 다양하기 때문이다. 염업(染業)은 작의(作意)부터 여러 업을 일으키는 활동까지[341] 한결같이 형체의 사적인 욕망에 따라 일어난 것이다. 이 업은 헛되이 행해지지 않고 반드시 여세(餘勢)로 잠재해 있게 되는데, 이를 유루습(有漏習)이라고 부른다.[342] 모든 업은 찰나마다 옮겨지거나 소멸하더라도 반드시 여세가 남아서 끊이지 않고 계속된다. 예컨대 향은 사라져도 향기는 남아서 계속되고, 거문고 연주를 그쳐도 여음이 남는 것과 같다. 또 봄날이 오히려 추운 것은 혹독한 겨울의 여세가 남아 있어서이고, 가을날이 더운 것은 한여름의 여세가 남아 있어서인 것과 같다. 모든 사물에는 반드시 여세가 있는데, 사람과 같은 영장류의 작업의 여세가 강성한 것을 어떻게 물질 현상에 비길 수 있겠는가? 불교는 과거에 인간이 지식과 사고를 가지고 행한 행위 등의 조작을 의식[意]에서 싹텄다고 하여 의업(意業)이라고 불렀다. 의식에서 시작하여 신체·동작에 나타난 것을 신업(身業)이라고 하고, 의식에서 시작하여 입에서 나오는 말로 표현된 것을 어업(語業)이라고 하였다. 의업·신업·어업으로 구별하였지만, 요컨대 어떤 일을 행한 것을 통틀어 업(業)이라고 하였다.[343] 모

340) 劫은 시간이다. 輾轉은 서로를 가리킨다. 和集은 한 곳에 가깝게 모인 것을 和라고 하고, 일체가 아닌 것을 集이라고 한다. 무수한 습기가 서로 붙어서 일단의 세력이 된 것을 和라고 말한다. 그러나 섞여서 합쳐지기는 하지만 구별되지 않는 것이 아니므로, 集이라고 말한다. 악차취는 먹을 수 없는 열매 종류로서 無食子라고도 부른다. 땅에 떨어지는 때 수북이 쌓이므로, 산스크리트어로 악차취라고 한다. 수북이 쌓일 정도로 習氣가 그 수가 많다는 사실에 비유한 것이다.

341) 作意는 意業을 말한다. 이것은 意慾이 일어나는 것부터 사려·판단 등의 심리적 과정에 이르기까지를 作意라는 명칭으로 부른다. 심소법 중의 作意와는 뜻이 구분된다. 일으킨 것[動發]은 신체와 언어에 나타나고 事에서 표현된다. 이 業은 거칠다.

342) '남은 세력[餘勢]'이라는 자가 아주 중요하다.

343) (역주) 業(karma)은 造作의 의미로서, 인간의 모든 행위·작용·의지 등의 활동이나 생활이 인과 관계로 결합되면, 과거 행위가 연속되어 형성되는 역량을 뜻한다. 이 외에 業은 또한 행위에서 善惡苦樂 등의 인과응보사상과 윤회사상을 함유한다. 본래 인도

든 업에는 여세가 있고, 등류(等類)가 끊이지 않는다. 이 여세는 과거의 관습이 되므로, 습(習)이라고 부른다. 이 습은 종족에 남게 되므로 종족 경험이라고도 하는데, 심리학에서 말하는 본능에 해당된다. 이 습은 사회에 전파되므로, 풍조라고 한다. 총괄하면, 사람이 살면서 행한 모든 조작이나 업은 결코 과거에서 산실되는 것이 아니라 모두 등류의 여세로 남게 되며, 이를 습기라고 부른다는 것이다. 사람들은 이를 매번 소홀히 하고 잘 살피지 못하므로, 마음을 가라앉히고 심체(心體)를 스스로 깨닫도록 해야 한다. 뒤에서 언급할 정습의 의미도 모두 이에 준한다. 또한 모든 업 중에서 형체의 사사로운 욕심에 따라 일어나는 것은 모두 염습(染習)이 된다. 이 점을 잘 완미해야 한다. 염(染)은 바로 악인데, 악에 근본적인 뿌리가 없음을 알아야 한다. 그러나 우리 본성에 더러움이 없다면, 무슨 까닭으로 악으로 흐르는가? 형체의 사사로운 욕심만 따르면 악을 행하게 된다. 왕양명(王陽明)이 '신체를 그대로 따라 일어나는 생각'이라고 표현한 것이 바로 이 의미이다.[344] 사람의 생명은 형기(形氣)로 제한된다. 형체가 있으면 모든 것은 이 형체를 위해 계산되고, 모든 사려와 행위가 이 한 몸의 계산을 넘어서지 못한다. 천 갈래 만 갈래의 염업(染業)도 모두 여기에서 일어나므로, 자신을 반성하여 절실히 탐구해야 비로소 아픔을 느끼게 된다. 그렇지 않으면 마음을 함부로 하고 기가 흐려져서 멍하니 이 점을 반성하지 못한다. 정업(淨業)은 작의부터 여러 업을 일으키는 활동까지 한결같이 이치에 따라 행하고, 형체의 사사로운 욕심에 구애받지 않는 것이다. 이 업도 헛되이 지어지는 것이 아니라 반드시 여세가 잠재하게 되는데, 이를 무루습(無漏習)이라고 한다. 모든 정업은 이치에 따라 행해진다. 정(淨)이 바로 선이다. 이치를 따

에서 고대 이래 유행되어온 사상으로, 불교가 채택하여 인류가 미래를 향해 노력하는 근거로 삼았다. 일반적으로 업은 身·語·意 등의 三業으로 나누어진다.

344) (역주)『傳習錄』卷上. "隨順軀殼起念."

르면, 의업・신업 등의 모든 업이 한결같이 천성의 본연의 선에 따르고 미혹하지 않게 행해진다. 『중용(中庸)』에서 '본성을 따른다[率性]'고 한 말이 바로 이러한 의미이다.[345] 본성에 따르면, 소기(小己)인 신체의 사사로운 욕심에 좌우되지 않게 된다. 맹자는 "열심히 서(恕)를 행하는 것이 인(仁)에 가깝다"고 하였다.[346] 서(恕)는 자신을 초월하고 일신의 이해득실상의 타산을 뛰어넘어 오직 이치를 따르는 것이다. 자신의 신체와 만물을 상대적인 것으로 보지 않고 다른 대상과 나를 하나로 보기 때문에, 인에 가깝다고 한 것이다. 인(仁)의 덕은 생성하면서도 소유하지 않고 지극히 공평하여 사사로움이 없는 것이므로, 본성이라고 할 수 있다. 열심히 서를 행하면, 본성을 회복하는[復性] 효과가 있지만 바로 본성 그 자체가 되지는 않으므로 '인에 가깝다'고 한 것이다. '열심히[疆]'라는 자가 아주 중요하다. 의업・신업 등의 업은 모두 열심히 서를 행하는 방법일 뿐이다. 업은 깨끗하지 않은 것이 없고, 행하는 것이 모두 본성을 따르게 된다. 이러한 정업이 남긴 세력의 등류를 정습(淨習)이라고 부른다. 염과 정을 포함한 모든 습의 유래가 이러하다. 염습의 작용[行相]을 상세히 설명하기는 어렵다.[347]

정습의 작용도 궁구하기 어렵다. 그 요점을 들어보면, 염(染)과 정(淨)은 복잡하지만 모두 세 가지를 근본으로 한다. 세 가지 염습(染習)은 탐(貪)・진(嗔)・치(癡)라고 부른다. 이 세 가지가 모든 염업(染業)의 근본이고,[348] 옛부터 '삼독(三毒)'[349]이라고 불렀다. 탐(貪)은 더럽게 집착하는

345) (역주) 『中庸』 第一章. "率性之謂道."

346) (역주) 『孟子』 「盡心(上)」. "强恕而行, 求仁莫近焉."

347) 여기에 나온 '行相'이란 習氣가 나타나면 객관 대상에 나아가 그 모습이 있게 되므로, 行相이라고 한 것이다. 뒤에 나오는 行相은 모두 이에 의거해 알 수 있다. 染習의 行相은 하나가 아니므로, 상세하게 살펴보기가 어렵다.

348) 세 가지는 染業이다. 여기에서 그 밖의 다양한 染業들이 생겨나므로, 근본이라고 부른다.

349) (역주) 三毒은 탐욕(貪欲, rāgra)・분노(瞋恚, dveṣa)・어리석음(愚癡, moba)의 3가지

[染着] 모습으로, 자신과 추구하는 대상 모두에게 깊이 염착하여 매인 데서 전혀 벗어나지 못하는 것을 말한다.[350] 진(嗔)은 미워하고 화내는 모습으로, 다른 유정자(有情者)를 감정적으로 수용하지 못하는 것, 매번 증오하는 마음을 품는 것을 말한다.[351] 치(癡)는 미혹하고 어두운 모습으로, 진리를 깨닫지 못하는 것, 즉 우주 본원이나 인생의 참된 본성을 스스로 인식하지 못하는 것, 모든 일에 명석하지 못한 것, 행해진 일들을 거꾸로 보는 것[倒見]을 말한다.[352] 모든 염업이 이 세 가지 근본 미혹[353]에 의거하여 일어난다. 여기에 대해서는 하권에서 자세히 설명하겠다. 요컨대 이 세 가지는 청정한 본성의 바다[性海]에 본래부터 있었던 것이 아니라, 형체에 구애되어 비로소 있게 된 것이다. 바꾸어 말하면, 내 생명은 물질 중에 속박되어 있고 나 자신은 완연한 하나의 사물에 불과하므로, 아무 단서도 없이 여러 가지 미혹한 모습들이 일어난다.[354] 사물과 사물이 만나므로, 더러운 집착이 생겨난다.[355] 사물들이 서로 배척하므로, 미워하고 화내는 일이 생겨난다. 사물은 본래 구애되므로, 미혹과 어두움이 생겨난다. 종합하면, 내가 형체의 구속을 받거나 물질생활 속에 빠져버리면[356] 미혹한 업[惑業]이[357] 생겨나고 미혹한

煩惱를 말한다. 모든 번뇌를 毒이라고 부르지만, 이 3가지 번뇌는 삼계의 모든 번뇌를 포섭하고 중생들의 착한 마음을 가장 해치는 것이므로 특히 三毒이라고 부른다. 이 삼독은 身 · 口 · 意 등 三惡行의 근원이므로 3가지 不善根이라고도 하며, 근본 번뇌의 첫 번째에 해당한다.

350) 染着이라는 두 자는 스스로 절실히 반성해야 비로소 알 수 있다.

351) 有情者는 중생을 다르게 부른 이름이다. 淨識이 있기 때문에 그렇게 부른다.

352) 견해가 바르지 못한 것을 '거꾸로[倒]'라고 한다.

353) 3가지는 모두 미혹[惑]이라고 부른다. 모든 미혹의 근본이 되므로, 근본 미혹이라고 한다.

354) '단서 없이[無端]'라는 말이 아주 중요하다. 미혹에는 근거가 없다는 것이다.

355) 나는 형체에 구애되므로, 스스로 하나의 사물을 이룬다. 이 사물과 저 사물이 만나면 染着이 있게 된다. 얼굴에 물감을 묻히면, 더러워지지 않으려고 해도 할 수 없는 것과 같다.

356) 물질생활을 나무랄 것이 아니라, 여기에 빠져버리는 것이 큰 잘못이다.

357) 染業을 말한다.

습기[惑習]를 형성하게 된다.[358] 미혹한 업은 잠재해 있다가 기회를 보아서 일어나고 새로운 업을 형성하므로, 미혹이 더욱 증가하고 왕성해진다. 이것이 인생이 물화(物化)라는 비참함 속에 빠져버리고 그 본성을 회복할 방법이 없게 되는 이유이다.

정습 세 가지는 무탐(無貪) · 무진(無嗔) · 무치(無癡)를 말한다. 이 세 가지 정업도 나머지 정업들이 의지하는 것이다.[359] 무탐은 더러운 집착을 떠난 모습으로, 탐욕을 치유한 것이다. 무진은 부드럽고 온화한 모습으로,[360] 미워하고 성냄을 치유한 것이다. 무치는 분명히 깨달은 모습으로,[361] 미혹과 어두움을 치유한 것이다. 옛부터 이 세 가지를 '삼선근(三善根)'이라고 불렀다.[362] 이 역시 하권에서 상세히 설명하겠다. 유학자들은 삼선근에서 열심히 서(恕)를 행하는 데도 단계가 있다고 본다. 삼선근은 삼독을 치유하는 방법이다. 삼독은 신견(身見[363])에 의거하여 일어나므로,[364] 삼선근은 꼭 신견을 깨뜨려야 제거된다. 처음에는 오직 본

358) 染習을 말한다.

359) 나머지라는 것은 그 밖의 여러 가지를 말한다.

360) 혼연히 만물과 한 몸이므로, 마음이 항상 부드럽고 기쁘다.

361) 性智를 그대로 따르는 것, 마음을 허적한 데서 노닐게 하는 것, 항상 자기 자신을 정밀히 관찰하여 잘못된 점을 깨닫고 스스로 이를 바르게 하여 여기에 의거하여 밝은 깨달음으로 나아간다. 性智는 상권 「명종」 장에 나온다.

362) 일체의 淨業이 이 세 가지에 의거하여 일어나므로, 이 세 가지가 온갖 善의 근본이 된다. (역주) 三善根(trīṇikuśala-mūlāni)은 不善根의 세 가지 심소를 치유한 것을 가리킨다. ① 無貪善根(a-lobha-kuśala-mūla)은 오욕의 대상에 대해 탐착하지 않고 사랑하지도 즐기지도 않는 것이다. ② 無瞋善根(a-dveṣa-kuśala-mūla)은 모든 중생이 분노하지 않는 것을 말한다. ③ 無癡善根(a-moha-kuśala-mūla)은 일체 제법에 통달하여 善法 · 不善法 · 有罪法 · 無罪法 · 應修法 · 不應修法을 모두 인식한 것을 말한다. 삼선근이 마음속에 갖추어져 있으면, 六識과 有漏, 無漏에 통달하고 善心이 상응하여 일어나므로, 모든 선의 근본이 된다.

363) (역주) 身見은 五見(pañca-dṛṣṭayaḥ)의 하나로서, 자기와 자기의 소유물이 있다고 생각하는 견해이다. 자신을 我로 간주하며, 자신 속에 영원히 변하지 않는 실체, 주체로서의 我가 있다고 보는 잘못된 견해이다.

364) 身見은 불교 용어인데, 陽明이 '육체를 따라서 생각이 일어난다[隨順軀殼起念]'고 말한 것도 이와 같은 뜻이다.

성을 따라서 치유하고,365) 마지막에는 참된 본성[眞性]의 흐름에 그대로 맡긴다.366) 따라서 삼선근이 처음 작용할 때는 열심히 서(恕)를 행하는 것[疆恕]에서 시작하지 않을 수 없다. 열심히 서를 행하는 것은 신견(身見)을 복종시켜서 제거하는 방법이다.367) 삼독을 치유하기 위해서는 열심히 서를 행하는 것에서 시작하는 것이 가장 절실하고 가깝다. 탐욕을 치유하는 데는 서만큼 신묘한 방법이 없고, 서를 행할 수 있으면 반드시 자기에게 염착된 사적인 욕심을 극복할 수 있다. 성냄을 치유하는 데에도 서만큼 신묘한 방법이 없고, 서를 행할 수 있으면 자기가 바라지 않는 것을 남에게 행하지 않게 된다. 어리석음을 치유하는 데에도 서만큼 신묘한 방법이 없는데, 그 까닭은 무엇인가? 서를 행하면 형체 때문에 구애되는 일과 정견에서 벗어날 수 있고, 그 밖에도 신묘한 지혜가 홀로 펼쳐져서 어리석음이 저절로 없어진다. 따라서 열심히 서를 행하는 것이 삼선근의 순서이다. 열심히 서를 행하는 것과 무탐 등의 삼선근, 그 밖의 여러 가지 정업(淨業)이나 정습이 모두 본성을 따라 일어나는 수양이므로, 업(業), 또는 습(習)이라고 부른다는 것을 알아야 한다. 이 업, 또는 습이 본성에 도달하는 길이다.368) 또 업이나 습이라고 부르지 않아도 본성이 그 속에서 움직인다. 공덕의 행위가 순수하고 성숙해지면,369) 업 또는 습은 본성과 혼일하게 하나가 된다. 예를 들면 배

365) '본성을 따른다[順性]'고 할 때의 順 자는 아주 중요하다. 삼선근은 모두 淨業이고 이것이 바로 性은 아니지만, 단지 우리 자신의 본성을 따르고 형체에 의해 부려지지 않으며 삼독을 치유하려고 노력하는 것이다. 처음에 효과를 보는 것은 열심히 하는 것에 의해서이다. 열심히 하지 않으면, 육체를 따라서 생각이 일어나서 본성을 따를 방법이 없다.

366) 여기에 이르면 정업, 또는 정습도 자취 없이 혼일화되고 본성과 하나가 된다. 이 중의 깊고 신묘한 이치는 평범한 사람의 경지가 아니다.

367) 恕는 자기를 다른 사람에게까지 미루어가는 것이므로, 자기 한 사람의 사적인 욕심에 매이는 일이 없다.

368) 이 말의 의미는 말하기 어렵다. 만약 자신이 여기에 힘을 쓰지 않는다면, 그리고 중국과 인도의 선철들의 사상을 절실히 탐구하여 회통시킬 수 없다면, 이 의미를 분명히 할 방법이 없다. 이 부분은 따로이 언급하려고 한다.

안에서 키를 잡을 때 몸이 바로 키가 되는 것에 비유할 수 있다.370) 따라서 습에는 더러운 것[染]과 깨끗한 것[淨]이 있는데, 정습은 본성을 따르고 염습은 본성에 어긋난다. 염·정의 소멸과 성장으로 길흉을 판단할 수 있지만,371) 타고난 성품이 저열한 사람은 유루습(有漏習)만 한결같이 증강하고 정습은 거의 찾아볼 수 없다. 앞에서 말하였듯이, 공능은 천의 일이고 습기는 인간의 능력이다. 인간이 주도권을 잡으면 천은 은미해지므로,372) 형기에 막혀서 본래적인 것을 따르기가 쉽지 않다.373) 어리석은 자는 나타난 흔적에 매여서374) 그 근원을 탐구하지 못한다.375) 중생에게 염습이 유행한다는 것 때문에 생명의 이치에 본래 더러운 흠이 있다고 추측하게 된다.376) 과연 그렇다면, 나는 중생의 세계에 대해 끝없는 슬픔을 가지게 될 것이다. 그러나 인류를 살펴보면, 옛날과 지금을 통틀어 문학·역사·시가에 표현된 것은 결국 어두움을 슬퍼하고 밝고 숭고함을 기리는 보편적인 성향이다. 타고난 본성이 본

---

369) 功行은 淨業, 또는 淨習을 모두 통틀어 말한다. 순수하다는 것은 염습이 섞이지 않은 것이고, 성숙하다는 것은 스스로 그러한 경지[自然]에 도달하여 더 힘쓸 것을 기대할 필요가 없다는 것이다.

370) 키를 잡는 사람의 몸은 淨業, 또는 淨習을 비유한다. 키는 본성을 비유한다. 키를 잡는 사람의 몸은 움직일 때 항상 그 주재함을 잃지 않는다. 잡는 사람의 몸은 키를 운행하는 도구가 되고, 키와 완전히 하나로 합일된다. 따라서 몸이 바로 키라고 한 것이고, 그 몸과 키를 분리할 수 없다.

371) 染이 자라나면 淨은 소멸되어 그 生理를 잃게 되므로, 흉한 도이다. 淨이 자라나면 染은 소멸되어 바른 生理를 온전히 하게 되므로, 길한 도이다.

372) 우리가 품부받은 형체[形]와 그것이 만들어내는 습기[習]를 합쳐서 '인간[人]'이라고 한다. 인간으로 형성되면, 인간은 스스로 주도권을 가지게 되고 그 천성은 도리어 약해져서 드러나기가 어렵다. 바꾸어 말해서, 뒤에 일어난 것이 주인이 되고 고유한 생명은 침식당한다.

373) 習과 形氣가 함께 시작되므로, 형기상의 누적이다. 染習은 항상 형기와 서로 친하고 그 고유의 生理를 멀리 배척한다. 淨習은 천성과 서로 따르지만 인류가 染을 버리고 淨으로 나아가려는 것이 극히 어렵기 때문에, 본래적인 것을 모두 따르기가 쉽지 않다고 하였다.

374) 見迹은 染習을 말한다. 見은 現이다.

375) 중생의 본성이 모두 선하다는 것을 깨닫지 못한다.

376) 유종이 세운 本有의 有漏 功能 이론은 성악설을 말하는 유학사상과 동일한 邪見이다.

래 깨끗하고, 형체가 없는 중에 활동하며, 잠시도 쉬지 않는다는 것을 충분히 알 수 있다. 수많은 생명이 미혹하더라도 종극에는 회복한다. 길이 멀다고 한들, 어떻게 하겠는가? 험한 길이 끝이 없으므로, 그 강건함을 징험하게 된다.[377] 신묘한 변화가 끝이 없으므로, 박(剝)괘의 궁극이 있게 된다.[378] 소심한 마음으로 우주의 광대함을 보면, 공포에 질려 이해하지 못한다. 『주역』의 도가 미제(未濟)괘에서 끝나는 것을 어리석은 이들에게 설명할 길이 없다.[379]

셋째, 공능은 단절되지 않지만, 습기는 단절될 수 있다.[380] 공능은 만물을 체(體)로 하지만 만물이 아니고[381] 본래 정해진 위치가 없으므로, 존재하지 않는 곳이 없다. 시초를 궁구해보면 시초가 없고, 끝을 찾아보면 끝이 없다. 시작도 없고 끝도 없으므로, 항상되다. 따라서 공능은 영원히 단절이 없다.[382]

---

377) 染習의 험난함이 없다면, 어떻게 그것을 극복할 강건함을 볼 수 있겠는가?

378) 사물의 생성이 모두 영령하고 疵이 없을 수는 없다. 인간의 習이 모두 선하고 染이 없을 수는 없다. 疵과 染은 모두 부족함을 개탄하는 것인데, 『周易』에 나오는 「剝」괘가 바로 그러하다. 그러나 天道는 키우는 데 사사로운 은택이 없고 성인과 철학자들은 항상 가르침을 내리므로, 끝없이 신비스럽다.
(역주) 『易』의 剝卦(䷖)는 一陽이 벗겨져 떨어지려고 하는 상이다. 上九, 즉 제일 위의 陽爻에 대해 陰이 극성하므로 곤란의 극치를 보여주지만, 양이 밑에서 발생하는 復卦(䷗)로 변화할 것을 기대하는 괘이다.

379) 『大易』은 64괘로 되어 있고, '未濟'괘로 끝난다. 이 의미는 심원하다. 만물의 변화와 온갖 변화는 일률적이 아니다. 이것은 일체가 극히 좋은 경지에 도달하려고 하지만, 좋지 않은 곳이란 절대 존재하지 않는 것과 같다. 즉 절대는 있지만 상대는 없다. 절대에 이름을 붙일 때, 또 달리 무엇이라고 부르겠는가? 진리가 항상 존재하는 것은 바로 진리와 어긋나는 것을 통해서 진리가 쉬지 않고 존재하며 지극히 존귀함을 볼 수 있는 것이다. 인생의 희망은 보통 때 결핍감이 있을 때 끊임없이 희구하는 가운데에만 있다.
(역주) 未濟卦(䷿)는 미완성의 뜻이다. 『易』의 맨 마지막에 위치한 괘로서, 우주의 변화가 끝나지 않고 무한히 계속되는 것을 상징한다.

380) '~수 있다[可]'는 말은 겨우 가능하고 완전히 다하지는 못한다는 말이다.

381) 만물의 體가 된다는 것은 그것이 두루 펼쳐져 만물의 실체가 된다는 뜻이다. 만물이 아니라는 것은 공능 자신은 본래 형상이 없고, 모든 사물의 본체가 되더라도 결국 사물 자체는 아니라는 것이다. 따라서 공능이 눈에 보이는 사물이라고 추측해서는 안 된다.

382) 여기에 나오는 恒常되다는 것은 딱딱하게 굳어서 머무르는 것이 아니다. 공능 자체는

어떤 사람은 또 "사람이 죽어서 형체가 사라지고 본성이 다한다면,[383] 어떻게 사람이 갖추고 있는 공능이 단절되지 않을 수 있는가?"라고 묻는다. 이에 대한 답은 다음과 같다. 형체는 응집되어 독립적인 것이 되고 공간을 점유한다.[384] 본성은 본래 지극한 하나[至一]이지만, 정해진 위치가 없다.[385] 사람과 만물의 삶은 본성으로 말하면 하나의 근원이지만, 형체를 이루면 각각 독립적이 되지 않을 수 없다. 형체는 물질이 공간을 점유한 것이고, 본연의 본성을 회복한 것이 아니다. 그러나 이 본성은 결국 물화되지 않는다. 그것은 응집하여 만물의 형체를 형성하므로, 형체를 부여하고 그 본체가 된다. 형체의 측면에서 말하면, 형체는 각각 구별된다. 본성의 측면에서 말하면, 본성은 뭇 형체를 체로 하면서 운행되지 않는 곳이 없고, 지극한 하나이어서 분리할 수도 파괴할 수도 없다. 분리할 수도 파괴할 수도 없다는 것은 정(貞)이고, 본성의 덕이다. 사람이 생겨난 이래 형체는 본성에 의지해 시작되었고, 쉴 새 없이 그에 의지하였다.[386] 처음 생겨날 무렵에 품부받았을 뿐만 아니라 후일에도 날마다 그 옛 것을 쓰므로, 더욱이 새롭게 창조된 것이 없다.[387] 바꾸어 말해서 본성은 형체로 응집되지만 형체를 주재하고 운용

원래 쉬지 않고 생성 변화하며 유행하는 것이고, 쉬지 않기 때문에 항상되다고 한다.

383) 본성은 공능이고, 다한다[盡]는 것은 소멸된다는 것이다.

384) 독립된 것[獨]은 개체를 형성한 것이다.

385) 至一은 절대라는 의미이다. 정해진 위치가 없다는 것은 어떤 일부분에 제한되지 않는다는 것이다.

386) 의지하여 시작한다는 것은 형체로부터 말하는 것이다. 형체는 본성에 의지하여 시작된다. 형체가 처음 시작할 때는 본성에 의지하여 시작되었고, 형체가 생겨나고 나서는 쉴 새 없이 본성에 의지한다.

387) 본성은 만물의 한 가지 근원이다. 갑이라는 사물에서 말하면, 갑은 性體 전체를 얻어서 갑이 된다. 을이라는 사물에서 말하면, 을도 성체 전체를 얻어서 을이 된다. 병이라는 사물에서 무수한 수의 사물들까지 모두 이에 유추해서 알 수 있다. 여컨대 性體는 한 사물에 제한되는 것이 아니라, 모든 사물이 생겨날 때 어느 하나도 이 性體에 의지하여 생겨나지 않는 것이 없다. 性體는 끝이 없는 보물 저장소이다. 사물들은 쉴 새 없이 그것에 의거하여 생겨나는데, 처음 생겨날 때 한 번 의거할 뿐만이 아니다. 따라서 우리 생활이 날마다 새롭게 창조되는 것은 성체가 그 원천이 되기 때문이다.

하는데, 이것은 실제로 계속 새롭게 생성하는 것이어서 한 순간도 쉴 틈이 없다. 그러나 형체가 형성되면 독립적이고 공간을 점유한 사물이 되므로, 형성되기만 하고 소멸하지 않을 수는 없다. 그러나 형체가 독립적이고 공간을 점유한 사물이 되었다고 해서, 본성이 형체 중에 구속된다고 의심하고 형체가 소멸하면 본성도 함께 사라진다고 말해서는 안 된다.[388] 본성은 뭇 형체를 갖추어서 혼일한 전체를 이루며, 쉬지 않고 유행한다. 형체는 각각 독립되어 있지만, 본성상 원래 구별이 없다.[389] 형체는 공간을 점유하지만, 본성상 원래 정해진 모양이 없다.[390] 형체가 소멸하므로 본성도 형체와 함께 사라진다고 의심하는 것은 본성이 위대한 변화의 유행이고 내가 사적으로 소유하거나 형체를 가지고 추측할 수 있는 것이 아님을 모르는 것이다. 이것은 헛된 정으로 함부로 추측하여 천리(天理)의 공정함을 어지럽히는 것이다. 삶과 죽음의 원인이므로 밝히기 어려울 뿐이다. 따라서 공능이 단절되지 않는 것이 이치의 성실함[誠]이다. 단절된다면, 하늘과 땅도 사라지고 말 것이다. 어찌 그럴 수 있겠는가!

습기는 본래부터 갖추어져 있던 것이 아니고, 생명이 나타난 이후 여러 가지 조작(造作)의 여세(餘勢)가 더럽고 깨끗함에 관계없이[391] 새 것과 오래된 것을 구분하지 않고[392] 이리 저리 모여서 일단의 세력을 이룬 것이다. 그리하여 환상처럼 비어서 떠다니며 유유히 흘러간다.[393]

---

388) 매우 중요하다.

389) 나 자신과 다른 사람, 내지 사물들은 형체에 의거해 말하면 각각 독립되어 있지만, 본성으로 말하자면 오직 일체이다.

390) 정해진 모양[方相]은 형체이다. 본성은 이 형체를 이루는 원인이고, 본성은 본래 형체가 없다.

391) 더러운 행위를 하면 더러운 세력이 있게 되고, 깨끗한 행위를 하면 깨끗한 세력이 있게 된다.

392) 오래 전에 造作된 것들은 모두 餘勢가 잠재해 있다. 새롭게 造作된 것들도 모두 餘勢가 잠재해 있다.

393) '유유히[宛如]'는 흘러가는 모습이다.

실재하는 사물이 아니지만, 여러 세력이 서로 의지하여 머물고 항상 산실되지 않는다.[394] 무한한 능력을 가진 것이[395] 실로 조화(造化)의 공덕과 같고,[396] 기회에 신속히 대응하는 것이 자신과 사물에 통하는 감응이다.[397] 따라서 습기는 뒤에 일어난 것[後起]에 속하지만, 갈수록 항상 증강해가므로 그 힘이 성대하다. 우리의 생활 내용은 습기가 아닌 것이 없다.[398] 우리의 일상 우주도 습기가 아닌 것이 없으므로,[399] 습기를 생명이라고 불러도 괜찮다. 종교인들은 사람에게 영혼이 있어서 죽은 뒤에도 소멸되지 않는다고 말한다. 나는 영혼은 무수한 습기가 서로 결합한 체계에 불과하다고 본다. 『예경(禮經)』에 보면, 유학자들은 사람이 죽은 뒤에도 지기(知氣)가 존재한다고 말한다.[400] 지기가 바로 습기의 복합체이다. 지(知)라는 것은 습기가 저절로 허망 분별하는 힘이고 잠재되어 있어 밖으로 나타나지 않는 것인데, 분명히 인식하지는 못하더라도 무지하지 않으므로 지기(知氣)라고 하였다. 종합하면, 중생은 오직 유루습기에 자신을 맡기고 주인으로 삼으므로, 습기가 바로 생명이 되고 본

394) 이 점이 아주 중요하다.

395) 習氣는 산실되지 않으므로, 무한한 힘과 능력을 가지고 있다.

396) 王船山은 "習氣로 이루어진 것이 造化이다"라고 하였다.
(역주) 王船山의 이 말은 출처미상이다. 『尙書引義』「太甲二」에 이 내용이 나온다.

397) 사물이 자신에게 느껴지면 자신도 그에 대응하는 것은 習氣가 신속히 감응하는 것이다.

398) 우리 마음속에 있는 것이 밖으로 나타나는 것은 무엇이든 거의 習이 아닌 것이 없다. 이것은 자신을 되돌이켜 스스로 관찰할 수 있는 것이다. 명대 유학자인 唐一庵은 자신이 생겨난 이래 골수에 이르기까지 모두 習心의 운용이라고 하였다. 세속 사람들에게는 세속의 습이 있고, 학자에게는 학자의 습이 있다. 고금에 世習이 있고, 사방에 土習이 있다. 習化는 거의 天作이지만, 매번 자기를 향한 방편 중에서 엿볼 수 있다. 일상생활에서 보는 모든 기록이나 토론도 이 習을 배양시킨 것뿐이다. 중간에 새로 특이한 말을 들으면 번쩍 일어나 바로 서게 된다. 이 모두가 習이라는 기반을 벗어나지 못한 것이다.

399) 각 사람의 우주는 같지 않은데, 이것은 각 사람의 우주가 자기의 習氣가 형성한 것이기 때문이다. 내가 눈앞에 있는 고정된 사물을 책상이라고 인정하는 것도 習에서 연유한다. 만약 습을 버리고 말한다면, 이곳에 이처럼 책상이 있는지 없는지 무수한 의문이 있게 될 것이다.

400) (역주) 『禮記』「禮運第九」. "及其死也. 體魄則降, 知氣在上."

래의 생명은 도리어 침식당해버린다. 그렇다면 습기도 공능처럼 단절되지 않는 것인가? 대답은 다음과 같다. 공능이 결코 단절되지 않는다는 사실은 앞에서 이미 말하였다. 습기는 단절된다고도, 단절되지 않는다고도 규정되지 않는다. 그 이유는 무엇인가? 습기가 더러운 것[染]과 깨끗한 것[淨]으로 나뉜다는 것은 앞에서 이미 말하였다. 염과 정은 한쪽이 소멸되면 다른 한쪽이 성장하는 관계이므로, 둘이 함께 왕성한 상황은 있을 수 없다. 예컨대 두 귀신이 등장하여 이것이 일어나면 저것이 넘어지는 경우와 같다. 염습이 깊고 무거운 것은 정습을 막아 일어나지 못하게 하여 정습이 거의 끊어지기 때문이다.401) 또한 정습이 생겨나서 점차 강해진다면, 정습이 생겨난 이래 염이 항상 함께 있다고 하더라도 지금 정[淨]의 힘이 강하면, 염습을 점차 복종시켜 마침내 끊어버릴 수 있다.402) 이것을 끊으면 저것이 증장되므로,403) 습은 단절될 수 있다고 간신히 말할 수 있을 뿐 반드시 단절된다고는 할 수 없다. 자신을 위한 학문[爲己之學]404)은 본성에서는 할 일이 없고,405) 습에서 할 일이 있다.406) 정습이 증가하면 비로소 본성의 능력이 나타나고, 유위(有爲)를 끝까지 밀고 나아가면 무위(無爲)를 보게 된다.407) 사람의 일을 다한 뒤에 천의 덕과 합치되니,408) 습의 공덕이 위대하다! 그러나 사람이 습을

---

401) 마침내 단절되는 것이 아니므로, '거의'라고 말한 것이다.

402) 처음에 복종시키고, 나중에는 반드시 끊는다.

403) 染이 증강하면 淨이 끊어지고, 淨이 증강하면 染이 끊어진다.

404) 철학은 자기 자신을 반성하여 구하는 데 요점이 있다. 실제로 자기 생명과 우주가 원래 둘이 아니라는 사실을 절실하게 체득하면, 習으로 본성을 해치는 일이 없게 된다. 공자는 "옛날 학자들은 자기를 위한 학문을 하였다"라고 말하였는데, 바로 철학을 말한 것이다.

(역주) 『論語』「憲問」第十四. "子曰, 古之學者爲己, 今之學者爲人."

405) 본성상에서는 조금의 힘도 들지 않는다.

406) 수양이 바로 習이다.

407) 본성이 無爲이고, 습이 有爲이다. 깨끗한 습은 본성을 따라 일어나는 것이므로, 깨끗한 습을 끝까지 가면 본성이 나타나는 것을 징험하게 된다.

408) 사람의 일은 習을 말하는 것이고, 天의 德은 본성을 말하는 것이다. 이에 의거해 해

조심할 줄 알아서 정습으로 나아가고 염습을 버리는 것은 뛰어난 지혜를 가진 자[上智]의 일이다. 평범한 사람으로 이렇게 할 수 있는 자가 드문 지 오래되어서, 한결같이 염습이 증가하고 정습은 염습을 쌓는 중에 우연히 하나를 발현할 뿐이다.[409] 가지고 태어난 성품이 낮은 자는 한결같이 자신을 염습에 맡기고 속박하니, 습이 단절될 이유가 없다. 돼지와 같을진저! 이러한 상황은 철끈으로 자신을 동여맨 상황과 같은데, 요행히 끊을 날이 올 것인가? 따라서 염습의 유행은 정습이 끝까지 쌓여서 이 염습을 충분히 치유하지 않으면 결국 단절되지 않는다는 것을 알 수 있다. 요컨대 정습은 염습의 장애를 만나면, 거의 끊어진다.[410] 그러나 염습도 정습의 강력한 힘을 만나서 치유되면, 단절되지 않는 경우가 없다. 따라서 습기는 결국 공능과 다르다. 공능은 결코 단절되지 않는 것이기 때문이다.

앞의 내용을 종합해보면, 본성[性]과 습기[習]의 차이점은 비교적 분명하다.[411] 유종은 둘을 혼동하여 같다고 보는데, 이것은 지울 수 없는 잘못이다. 지금 이 글에서는 본성을 습기와 혼동하지 않고, 본성을 귀하게 여기고 습기를 천하게 여기지도 않는다.[412] 인생은 형기(形氣)에 제한되지만, 습관이 드는 것은 정만 있고 염이 없는 것이 아니다. 이것이 무서운 위험이다.[413] 그러나 우리가 자신을 반성하고 성실하면, 바로 어두움을 버리고 밝음으로 나아가게 된다. 본분은 원래 이지러지거나 부족

석할 수 있다.

409) 『孟子』에서 어떤 사람이 어린아이가 우물에 빠지려는 것을 보고 생긴 측은지심은 본성에 의거해 생긴 것이고 淨習이 우연히 발현한 것이다.

410) '거의'라는 자에 주의를 기울여야 한다. 淨習은 완전히 단절될 리가 없더라도 잠깐이나마 발현하여 주도권을 잡지 못하게 되면, 그 세력이 아주 약해져서 거의 끊어지게 된다.

411) 性은 공능을 말한다. 앞의 주에서 살펴보았다.

412) 본성은 진실이고, 습기는 본래 헛된 환상이다. 그러한 헛된 환상인 대상은 결국 진실의 대상에 의거하여 일어나고 일어나면 세력이 있게 되는데, 어떻게 천시할 수 있겠는가?

413) 한결같이 染으로 흘러가면, 위험에 빠진다.

한 부분이 없고, 오염은 결국 먼지[客塵]에 불과하다.414) 타락은 본래 다른 사람 때문이 아니고, 싸움의 승리도 자신에게 달려 있다. 인생의 가치는 오직 이 점에 있다. 살면서 두려운 함정이 없다면, '두려움 없는 위대한 영웅[大雄無畏]'이라고 부르는 부처님을 또 무엇이라고 부르겠는가?415)

이 글에서 말하는 공능과 유종의 근본적인 차이점은 앞에서 이미 살펴보았다. 이제 근본 대의를 다시 제시하여 이 글의 결론으로 삼고자 한다.

첫째, 체(體)와 용(用)이라는 두 용어는 상대적이지만, 의미에 따라 명칭이 다를 뿐이다.416) 이것은 실제로 인도 불교에서 무위(無爲)와 유위(有爲), 두 가지로 분리하는 것과 다르고,417) 서양철학자들이 실체와 현상을 서로 융합할 수 없는 두 세계로 보는 것과도 다르다.418)

둘째, 지극히 진실하고 무위하면서도 못하는 일이 없는 것을 체라고 한다. 이 체는 형체가 없고 형상이 없으며 의도적인 생각으로 조작한 것이 아니므로, 무위하다고 한다. 이 체는 텅 비어 아무 것도 없는 것이 아니라 생성 변화하며 쉬지 않고 유행하므로, 못하는 일이 없다고 한다.

생성 변화하고 유행하는 측면을 용이라는 용어로 나타내었다. 따라

414) 본분은 본성을 말한다. 염습이 본성을 막지만, 본성은 오염의 장애 때문에 바뀌지는 않으므로, 일그러지거나 부족한 부분이 없다고 하였다. 비유하자면 먼지[客塵]가 밝은 거울을 막지만 밝은 거울이 먼지의 방해 때문에 바뀌지 않으며, 따라서 먼지를 불어버리면 거울은 항상 밝게 비추는 것과 같다.

415) 부처를 '大雄無畏'라고 부른다. 그와 중생이 모두 위험 중에 있을 때, 그가 제일 먼저 위험과 싸워 이기고 스스로 탈출하였을 뿐 아니라, 중생을 버리지 않고 그들 모두를 구출하기를 원하였기 때문이다. 그는 자기 자신과 중생을 한 몸으로 여겼던 것이다. 孔子의 "자기가 서고자 하면 다른 사람을 세우고, 자기가 통달하고자 하면 다른 사람을 통달하게 한다"는 말도 부처와 한 마음의 일이다.

(역주) 大雄(mahā-vīra)는 위대한 영웅이란 의미로 부처를 부르는 호칭이다. 부처는 大智力을 가지고 있어서 마귀의 장애를 항복시킬 수 있으므로, 大雄이라고 부른다.

『論語』「雍也」第六. "夫仁者, 己欲立而立人, 己欲達而達人."

416) 주의해야 한다.

417) 有爲는 심물제행이 모두 일어나서 사라지고 변화하므로, 有爲라고 부른다.

418) 하나로 융합한다는 것은 서로 하나로 융합하고 통하여 하나가 된다는 것을 말한다.

서 용이 바로 체이다. 부모와 자식이 한 몸이 아닌 것과 같이 용이 별도의 사물로서 체와 서로 대립하는 것이 아니다.[419] 무슨 까닭인가? 생성하면서도 소유하지 않고, 변화하면서도 머무르지 않으며, 유행하면서도 지켜야 할 오래된 것이 없고, 형상이 없고 생각도 없는 본연(本然)이기 때문이다.[420] 용이 바로 체이니, 누가 체와 별도로 용이 홀로 존재한다고 말하는가?

형체가 없는 것이 공적(空寂)이다.[421] 형상이 없는 것도 공적이다. 생각이 없는 것도 공적이다. 공적하고 또 공적하여 막힌 곳을 벗어나고, 만유를 함장하며, 온갖 덕이나 온갖 리를 구비하고 있다. 무어라고 표현할지 몰라 지극히 신묘하다고 칭찬하였다. 신묘하므로 생성하고, 신묘하므로 변화하고, 신묘하므로 쉬지 않고 유행한다. 따라서 '위대한 공용[大用]'이라고 부른다. 용은 그 신묘함을 말하는 것이다. 체가 바로 용이니, 누가 용과 별도로 체만 홀로 존재한다고 말하는가?

따라서 용 밖에 체가 없고, 체 밖에 용이 없다. 체용은 단지 의미에 따라 명칭이 다른 것뿐이니, 둘로 나누면 옳지 않다.

셋째, 용은 한 번 흡하고 한 번 벽하며 끊임없이 유행하는 것이다. 흡벽의 힘은 찰나마다 갑자기 일어났다가 갑자기 사라져서, 본래 실재하는 사물이 없다. 그러나 찰나마다 형세가 신속하여 불바퀴와 같이 완연한 자취의 형상이 있게 된다.[422] 따라서 우주 만상을 가설해도 무방하다.

---

419) 아니라는 것이 문장 전체에 걸린다.

420) '지켜야 할 오래된 것이 없다'는 것은 발현하여 생성 변화하더라도 실제로는 아무 사물도 없다는 의미인데, 어디에 지켜야 할 사물이 있는가?

421) 空은 형체가 없고 오염이 없는 것을 공이라고 부르는 것이지 텅 비어 아무 것도 없는 것을 공이라고 부르는 것이 아니다. 뒤에도 이에 의거하여 알 수 있다.

422) 신속하다는 것은 앞의 찰나의 것이 막 사라지며 뒤의 찰나의 것이 막 생겨나서 계속 새롭게 생겨나는 형세가 신속하다는 것이다. 사라지면 새로운 것이 생겨나서 유행하고 머무르지 않으므로, 실재하는 사물은 없어도 자취의 상이 있게 된다. 이것은 불타는 연기가 나는 불을 맹렬한 힘으로 돌렸을 때 불바퀴가 보이고, 이 바퀴는 실재하는 것이 아니지만 완연히 없는 것이 아닌 것과 같다.

넷째, 우주 만상은 위대한 공용의 흐름에 의거해 가설한 것뿐이다. 따라서 모든 사물은 가명(假名)만 있고 실유하는 것이 아니다.[423] 그런데 어떻게 세간에서는 일상 우주가 존재한다고 집착하는가?[424] 실제 사물의 존재에 굳게 집착하는 태도를 버리지 못하는 것은 습기 때문임을 알아야 한다. 인생은 태초부터 염습이 치열하게 일어나서 신묘한 변화를 깨닫지 못하였기 때문에, 변화의 자취를 실제 사실이라고 헛되이 집착하는 것이다.[425] 따라서 정견에 따라 일체법을 가정하는 것은 무방하지만, 잘못 집착하면 큰 근심이 된다.

다섯째, 신묘함을 궁구하고 변화를 그대로 따르면, 유행하는 데에서 주재를 인식하고 자취의 상에서 진실과 항상됨[眞常]을 파악하게 된다. 따라서 적멸로 나아갈 것을 기대하지 않고도[426] 생성에 적멸이 없지 않게 된다. 생성하고 또 생성하는 신묘함은 머물거나 막히지 않고 생성하면서도 소유하지 않으므로, 생성이 바로 적멸이 된다.

앞에서는 공능을 가설하고, 그 방편으로 실성(實性)을 나타내었다. 여기에서 다시 앞 장[427]에서 말한 심·물의 학설을 취하였지만, 그 의미를 다 설명하지는 못하였다. 이 부분은 「성물」·「명심」편에서 다시 서술하려고 한다.

423) 눈앞의 탁자, 의자부터 해와 별, 대지에 이르기까지 모두 가명일 뿐 실재하는 사물이 아니다. 즉 원자, 전자 등도 모두 실재하는 것이 아니고 가명일 뿐이다.

424) 현실세계라고도 한다.

425) 변화의 자취는 위대한 변화가 유행한 자취의 형상이다. 실제 사실[實事]은 실제 사물[實物]이라고 말하는 경우와 같다.

426) 인도인들은 세간을 싫어하여 떠나고, 寂滅로 나아가고자 한다. 나는 이 점을 인정할 수 없다.

427) 「전변」 장을 말한다.

제7장 「성물(成物)」

만물의 형성

보통 물(物) 자를 제시할 때는 물을 물질, 즉 공간적 점유성을 가졌다[對礙]는 뜻으로 쓴다.[1] 인도 유식 논사들은 기계(器界)[2]와 오진(五塵)이 모두 공간적 점유성이 있다고 말하고, 세속의 진리[俗諦]를 그대로 따른다. 기계는 세속에서 자연계라고 부르는 것이고, 오진은 모양[色]·소리[聲]·냄새[香]·맛[味]·촉각[觸]이다. 그들의 학설에 따르면, 기계는 제8식의 견분이 변화하여 나타난 상분이다. 사람마다 제8식을 가지고 있는

1) 對는 礙의 의미이다. 모든 사물은 실질이 있으므로, 부피가 있다고 한다. 質이 바로 礙이다.

2) (역주) 器界(器世間, bhājana-loka)는 三世間의 하나로서, 器世界·器라고도 부른다. 모든 중생이 거처하는 국토세계, 사람들이 사는 세계를 가리킨다. 국토세계를 그릇과 같이 중생을 담을 수 있고 변화할 수도 파괴될 수도 있는 것으로 보아서, 기세간이라고 칭하였다. 중생과 중생이 거처하는 세계를 각각 중생세간과 기세간으로 구분한다. 중생세간은 유정세간이라고도 하고, 기세간을 국토세간이라고 부르기도 한다. 『大毘婆沙論』에는 일겁 중에 기세간이 형성되고, 19겁 중에 유정이 잠시 머문다고 되어 있다.

데, 모두 공통된 것이 아니다. 사람의 일생에는 죽는 때가 있지만, 이 제8식은 죽는 때가 없다. 멀리 태초부터 미래에 이르기까지 다하는 때가 있을지 알 수 없다. 기계는 제8식의 견분이 변화하여 나타난 상분이지 제8식을 떠나 독립적으로 존재하는 것이 아니므로, 유식(唯識)이 성립된다.[3] 오진은 오식의 견분이 각각 변화하여 나타난 상분이다. 예를 들어 모양은 안식의 견분이 변한 상분이고, 소리는 이식의 견분이 변한 상분이고, 촉감은 신식의 견분이 변한 상분이다. 그러나 여기에서 말하는 오진은 공간적 점유성을 가진 것이고, 바꾸어 말하면 실질을 갖춘 사물이다. 세속에서 오해하는 경우가 있는데, 잘 분별해야 한다.[4] 견분이 변화한 상분은[5] 원래 아무 것도 없는 데서 갑자기 일어난 것이 아니다. 구 유식 논사들은 근본식[本識]을 세워서 모든 종자들을 함장하였다. 제8식을 근본식이라고 부르고, 종자는 종(種)이라고 줄여서도 말한다. 여기에서 '모든'이라고 한 것은 제8식에 모인 각각의 견분, 상분이 각자의 종자를 가지고 있다는 뜻이다. 그 수가 무한하기 때문에 지금 합하여 말한 것이다. 또 상분종은 견분종에 의지하여 협대(挾帶)하는 힘이 있으므로[6] 상분을 낳을 수 있다. 이 말은 상분종이 직접 상분을 낳기는

3) 그러나 護法 등의 논사들은 이 상분에 자신의 종자가 있는 것이지, 견분과 동일한 종자에서 생겨난다고는 보지 않는다.

4) 護法 등의 논의에 의하면, 이들 상분도 각각 자신의 종자가 있는 것이지, 견분과 함께 하나의 종자에서 생겨난 것이 아니다.

5) 識은 8개의 모임이 있는데 이는 견분에 8가지가 있다는 것이므로, '여럿'이라고 한 것이다.

6) (역주) 玄奘은 인도에 유학하였을 때, 見分의 '變帶' 작용과 '挾帶' 작용을 구분할 것을 제기하였다. 변대는 유식불교의 일반적인 학설이지만, 여러 이론적 문제들을 해결할 수 없었다. 따라서 현장이 협대 개념을 제기하였다고 한다. 熊十力은 『成唯識論』에 나오는 '是帶己相'의 귀절을 변대와 협대라는 두 가지 작용으로 해석해야 한다고 본다. 견분의 변대 작용은 바로 유식사상의 인식 과정 자체를 의미한다. 반면에 '挾帶' 작용은 능연식이 所緣의 體相과 함께 일어나는 것을 말한다. 이때는 能과 所가 나누어지지 않고 하나인 듯 합치하게 된다. 협대라는 것은 변한다는 의미가 아니라, 그 자신이 변화하지 않고 나누어지지 않은 채 견분과 함께 나타난다는 것이다. 이때는 見分이 바로 相分이고, 둘은 서로 나눌 수 없다. 사람들이 원성실지의 경지에 도달하였을 때, 즉 진정한

하지만, 반드시 견분종을 협대해 일어나야 비로소 상분을 낳을 수 있다는 의미이다. 견분종은 상분종에 대해 주가 되기 때문이다. 따라서 결과[果]를 들어 원인[因]을 포함하고, 일체의 상은 식이 변화하여 나타난 것[變現]이라고 말한다. 구 유식 논사들의 학설은 대체로 이와 같다.[7) 인과(因果)에서는 상분과 견분 두 부분을 자신을 생성하는 각자의 종자에 대하여 결과라고 부른다. 상분 종자와 견분 종자를 자신이 생성하는 상분·견분에 대하여 원인이라고 부른다. 어떤 사람은 "상분종은 견분종을 협대해 일어나야 상분을 낳을 수 있다. 이 상분은 종자가 변하여 생겨난 것이라고 해야지, 어떻게 식이 변한 것이라고 하는가?"라고 묻는다. 이에 대한 답은 다음과 같다. 원인의 측면에서 말하면 종자가 변한 것이라고 해야 하지만, 결과를 합쳐서 말하면 식이 변한 것이라고 할 수 있다. 그러나 지금 여기에서는 결과를 들게 되면 이미 원인을 포함하고 있다는 점을 분명히 하고자 한다. 따라서 상분을 식의 변현(變現)이라고 할 때 종자의 변현의 의미를 은밀히 포함하고 있지 않은 것은 아니다. 또 이 이분(二分)의 학설에 의하면, 『유식삼십론(唯識三十論)』에서 말하는 인변(因變), 과변(果變)[8)과 조금 다르다. 그러나 회통하지 않는 것은 아니므로, 따로이 논의하겠다. 사람이 근본식을 가지고 있다는 것은 모든 종자들을 함장해서 심물제행을 낳는다는 의미이다.[9) 유식의

깨달음을 얻었을 때 열반은 見分이 협대하여 나온 것이 된다.

7) 여기에서 識은 바로 견분을 말한다.

8) (역주) 因變은 因能變(hetu-pariṇāma)을 말한다. 유식설에서는 식이 變現한 제법을 인능변과 과능변 두 가지로 분별한다. 제8아라야식에서 일체법의 원인이 되는 종자를 포섭하고 있고 이 종자가 轉變하여 제법으로 나타나므로, 因能變이라고 부른다. 인능변은 제8아라야식 중 等流·異熟 두 因의 習氣가 전변하여 제법을 생성하므로, 인능변이라고 부른다. 이때 等流習氣는 名言種子라고 부르고, 異熟習氣는 作業種子라고 부른다. 果變은 果能變(phala-pariṇāma)을 말하며, 因能變과 상대되는 말이다. 果能變은 제8식 중 等流習氣의 능변의 힘이 8식 전체의 三性(善·惡·無記)의 결과를 이끌어내는 것을 말한다. 종자로부터 생기한 八識은 自體로부터 變現하여 견분·상분으로 나타나므로, 果能變이라고 부른다.

9) 行 자의 의미는 「전변」 장에서 살펴보았다.

학설이 이와 같다면 외도의 신아론(神我論)과 근본이 같고,10) 또 극단적인 다아론(多我論)이 된다.11) 인도 유식학은 결국 종교사상에서 벗어나지 못하였다. 이 학파의 학설은 근본적으로 신아 관념을 변화시키지 못하였기 때문이다.12)

덧붙이는 말 : 불교는 사람마다 모두 8개의 식을 가지고 있으며, 식마다 상분과 견분의 두 부분으로 나눌 수 있다고 본다. 이 두 부분은 각각의 종자가 있다.13) 안식을 예로 들면 다음과 같이 도표로 나타낼 수 있다.

---

10) (역주) 神我(puruṣa)의 뜻은 사람, 즉 개인의 정신 본체를 말한다. 인도 數論學派가 세운 25諦의 제25번째로서, 나를 상주독존하는 實我라고 집착한다. 數論은 自性 등 25제 중에서 그중 최초의 自性諦(prakṛti)를 본성으로 하고 그 체가 상주하며 청정하고 독존하고 있고, 나머지 24제가 그 주위를 둘러싸고 있다고 본다. 근본 원질, 즉 자성이 신아와 결합하면, 근본 원질이 현상세계로 전개된다고 한다. 神我外道는 10종 外道의 하나이다. 예컨대 六派哲學 중의 數論·勝論 등의 학설에서 人·天이 각각 상주 독립하여 존재하는 것으로 보는 것이다. 만유를 주재하는 實我가 있다고 주장하는 학설을 불교는 神我外道라고 부른다.

수론학파의 학설에 따르면 神我의 존재는 5가지 상황에서 증명될 수 있다. ① 그것이 積聚(saṃghātaparārthatvāt)한다. ② 三德(triguṇādiviparyayāt)과 다르다. 三德은 喜·憂·闇 세 가지와 관련된다. ③ 의지한다(adhiṣṭānāt, 또는 지배라고도 한다). 신아에 의지하면 이 신체는 작용이 있게 되고, 의지하지 않으면 이 신체에는 작용이 없다. 신아는 물질성의 신체를 지배할 수 있고 나머지 24제는 신아에 의지하여야 의미를 가지므로, 신아는 실재한다. ④ 有食者(bhoktṛbhavāt)이다. ⑤ 홀로 존재하고 노력한다(kaivalyārtham pravṛtteḥ). 신아가 없으면 인과응보가 의미가 없게 되므로, 나의 여러 가지 노력들이 결국 무효가 된다. 따라서 신아가 반드시 나 자신 안에 실재한다는 것을 알게 된다. 불교는 이에 반대하여 신아는 '蘊을 떠난 나'라고 보고, '諸法無我'의 주장으로 신아설을 논파하였다.

11) 종래 佛法을 말하는 이들은 모두 불교가 我를 파괴한다고 말한다. 실제로 불교의 本識이 神我가 아니고 무엇인가? 중생들은 하나의 본식을 가지고 있으니, 이는 多我論이다. 我를 파괴한다는 데 이르러서는 내가 我에서 집착을 일으키므로 이를 파괴하고 배척할 뿐이지, 참으로 我를 파괴하는 것이 아니다. 我에 대해 집착을 일으키면 미혹이 일어나고 업을 지어서 영원히 苦海에 빠진다. 따라서 我를 파괴한다고 한 것이지, 실제로 我를 파괴하는 것이 아니다.

12) 따로이 논의하겠다.

13) 제6식 등은 그 상분도 견분과 같은 종자에서 생겨나는 경우가 있는데, 여기에서는 언급하지 않고 있다. 『佛家名相通釋』을 참조할 것.

안식의 견분종(원인) ⟷ 안식의 견분(결과)
안식의 상분종(원인) ⟷ 안식의 상분(결과)

안식은 앞의 도표와 같고, 이식에서 제8식까지 모두 이러한 예에 의거해 알 수 있다. 그러나 모든 식은 상분과 견분, 두 부분으로 나눌 수 있지만, 식의 상분이 모두 물질세계[物界]에 포함되는 것은 아니다. 따라서 여기에서는 논의하지 않겠다.14) 예컨대 제6식이 홀로 일어나 사고를 구성할 때도 반드시 생각의 대상과 비슷한 상분으로 변현한다. 상세한 것은 『불가명상통석』을 참고하기 바란다. 그러나 이 상분은 마음의 소연 대상이기는 하지만, 이 대상이 바로 물질은 아니다. 제7식은 자아의 존재에 집착하고, 반드시 나와 비슷한 상분으로 변현한다. 이 상분이 물질이 아닌 것은 말할 필요도 없다. 제8식의 상분에는 종자, 근신(根身),15) 기계(器界)라는 세 부분이 있다. 종자는 제8식 중에 함장되어 있는 것이지 변현한 것이 아니다. 그러나 제8식의 견분은 종자를 소연 대상으로 삼으므로, 상분이라고 부를 수 있다. 근신은 자신의 종자를 가지고 있으므로, 제8식의 견분이 변현한 것이라고 말한다. 그러나 청정색(淸淨色)은 극미가 신묘한 까닭에 보통 말하는 물질과는 다르다. 따라서 기계만이 세속에서 말하는 물질 우주에 해당한다. 제8식이 변현한 기계 외에 오식이 변현한 색(色) 등의 오진(五塵)도 모두 물질이다. 배우는 이들이 구 유식 논사들이 말한 상분의 의미를 상세히 탐구하고자 한다면, 『불가명상통석』을 참고할 만하다.

구 유식 논사들16)은 근본식의 종자를 물질세계가 일어나는 원인이라고 설명하는데,17) 참으로 희론이다. 그들이 집착하는 근본식은 신아

---

14) 여기에서의 物界는 물질 우주를 말한다.
15) (역주) 아라야식은 항상 종자・五根・器界 등의 세 종류를 所緣 대상으로 삼는다. 根身은 眼・耳 등의 五根身이 아라야식의 상분이 된다.
16) 인도의 唯識 논사들을 말한다.

(神我)와 같고, 근본식 중의 종자는 능생의 힘을 가졌다고 하여 만물의 근원인 실체계로 숨어 버린다.[18] 이 종자들이 생성한 모든 상분, 견분은 차별적으로 나타나는데, 이것이 바로 현행계이다.[19] 종자계와 현행계의 대립은 순전히 허망한 생각에서 나온 잘못된 이론이다. 중권에서도 여러 차례 비판하였으므로, 여기에서는 더 언급하지 않겠다. 종합하면, 구 유식 논사들의 견해와 입론의 근본 취지에 나는 찬성할 수 없다. 이 때문에 구 유식 논사들이 물질 우주를 설명하는 이론도 나는 희론이라고 본다.

덧붙이는 말 : "상분, 견분이라는 용어를 어떻게 해석하는가?"라고 묻는 사람이 있다. 여기에 대한 답은 이러하다. 견(見)은 식별하고 이해한다는 뜻이고, 상(相)은 모습, 또는 객관 대상의 모습이라는 뜻이다. 어떻게 구분할 수 있는가? 구 유식 논사들이 언급한 마음은 일종의 분석법을 활용한 것이다. 그들은 마음을 두 부분, 심지어 세 부분이나 네 부분까지 나눌 수 있다고 본다. 그러나 세 번째와 네 번째 부분은 견분에 들어간다. 결국 구 유식에서는 마음을 상분과 견분으로 대조시켜 이분한 것이다. 상세한 내용은 내 저서인 『불가명상통석』에 나와 있다. 견분은 능연(能緣)의 측면을 말한 것으로, 일반적으로 말하는 마음에 해당한다. 상분은 소연(所緣)의 측면을 말한 것으로, 일반적으로 말하는 사물에 해당한다.[20] 구 유식에서는 본래 마음과 분리되어 독립적으로 존재하는 사물을 인정하지 않는다. 따라서 외부 사물이라는 관념을 파괴하고, 사

---

17) 그들은 종자를 가지고 마음의 세계가 일어나게 되는 연유도 설명한다. 지금 이 장에서는 물질 측면에만 요약하여 말하겠다.

18) 種子界라고도 부른다.

19) 차별이라는 것은 온갖 가지로 다양하다[萬殊]는 말이다.

20) 그러나 구유식의 이론에 따르면, 8식은 각각 개별적이다. 따라서 意識 등의 상분은 보통 말하는 사물에 포함되지 않는다. 앞 단락의 덧붙이는 말에 나온다.

물을 상분이라고 불러서 마음의 한 부분으로 여긴다. 그러나 물질을 여러 조각들로 쪼개는 것처럼 분석법을 써서 마음을 부분들로 나누는 것은 잘못이다. 그들도 그것이 타당하지 않다는 것을 알기 때문에, 상분을 견분 속에 넣어서 하나의 식이라고 불렀다.[21] 그러나 쪼개고 난 뒤 다시 하나로 합하는 것은 자신들이 함정에 빠졌음을 스스로 인정하는 것이다. 구 유식의 이론상의 결점은 이와 같다.

앞에서 구 유식 이론을 대략 비판하였으므로, 이제 나의 본뜻을 서술하고자 한다. 나는 물질 우주가 본래 존재하지 않지만, 세속에 따라서 물질 우주에 대한 이론을 세워도 무방하다고 생각한다. 이러한 의도를 설명하려면, 우주의 진실한 경지[眞際]를 말하지 않고는 불가능하다.[22] 진실한 경지는 항전(恒轉)이다.[23] 항전은 지극한 무(無)이자 강건한 활동이다. 무는 형체가 없다는 뜻이지, 아무 것도 없다는 의미가 아니다. 형체가 없기 때문에 절대적이고, 절대적이기 때문에 지극히 진실하며, 진실하기 때문에 강건하다. 형체가 없지만 강건하고 끝없이 생성 변화하므로, 활동이라고 부른다. 형체가 있으면, 형체에 제한된다. 형체에 제한되면 딱딱하게 굳어서 죽은 사물이 되므로, 강건한 덕도 생성 변화도 말할 수 없다. 형체가 없으면서도 공하지 않은 것[不空]만 그 덕이 지극히 강건하고 생성 변화가 끝이 없게 된다. 이 생성 변화를 활동이라고 부른다. 강건하게 활동하므로, 머무르거나 막히는 일이 없다. 변화하며 항상 오래된 것을 버리고, 생성하며 완성된 것을 소유하지 않는다. 이것이 장자(莊子)가 "움직이면서도 쌓이는 것이 없다[運而無積]"고 한 것이

---

21) 窺基의 『述記』에 상세하다.

22) 한역된 불교 전적에서는 眞諦가 眞如를 달리 부르는 명칭이라고 본다. 진여는 또한 본체를 다르게 부른 것이다. 眞諦에서 眞은 진실이고 허망함이 없는 것이다. 이치를 궁구하여 이 경지까지 이른 것이 궁극의 경지이므로, 際라고 부른다.

23) 恒轉은 본체를 다르게 부른 이름이다. 상권 「전변」 장에 나온다.

다.[24] 항상 고요한 본성과 같기 때문에[25] 우리는 항전을 진여라고도 부르지만, 항전과 별도로 진여라고 부를 만한 무위법이 있는 것은 아니다. 또 이 항전은 구 유식 논사들이 말한 종자와 전혀 다르다. 구 유식 논사들의 종자는 사물에 기초한 관념이다.[26] 그것이 함부로 구성된 것임은 말할 필요도 없다. 본론에서 말하는 항전은 바로 쉬지 않고 생성 변화하는 실체이고 억지로 그렇게 부른 것에 불과하므로, 종자와는 다르다. 이러한 이론은 중권에서 여러 번 언급하였다. 이 장에서는 일반적으로 실재한다고 집착하는 물질 우주에 대해 정당하게 해설하고, 근본적인 원리의 측면에서 한 번 제기해보려고 한다.[27]

중권에서도 언급한 적이 있는데, 항전은 공능이라고도 부른다. 또 공능은 혼일한 전체이지만, 일합상(一合相)이 아니라 다양한 분화[分殊]라고 하였다.[28] 다양한 분화이지만 개별적인 입자와 같은 것이 아니라[29] 서로 융합하여 한 몸을 이루는 것이다.[30] "공능이 본래 혼일한 전체인데, 어떻게 다양하게 분화되는가?"라고 묻는다면, 공능 자체가 온갖 덕을 구비하고 온갖 신묘함을 갖추고 있으므로 모든 것이 원만하여 부족하거나 막힌 데가 없음을 알아야 할 것이다. 어떻게 딱딱하게 굳은 사물에 비길 수 있겠는가?

공능은 다양하게 분화되므로, 전체 중에서 임시로 나누어서 개별적이거나 다수의 공능이라고 해도 무방하다. 바꾸어 말하면, 하나가 무한

---

24) (역주) 『莊子』「天道」. "天道運而无所積."
25) 상세한 것은 「전변」 장, 「공능」 장에 나온다.
26) 그들이 말하는 종자는 실제로 세간의 초목 등의 종자에 비유해서 이러한 관념을 구성한 것이다.
27) 근본 원리라는 말은 眞諦를 가리켜서 한 말이다.
28) 즉 전체 중에 부분이 있는 것이다.
(역주) 『金剛般若經』(鳩摩羅什譯)에서는 "若世界實有者, 則是一合相"(大8, 752b)라고 한다.
29) 구 유식학의 종자와는 다르다.
30) 부분 중에서 전체를 보는 것이다. 상세한 것은 제6장 「공능(하)」를 참조할 것.

이다[一爲無量].[31] 또한 무한한 공능이 서로가 즉하고[相卽][32] 서로 포섭하여[相涉][33] 혼일한 전체가 되는 것이지, 개별적인 공능이 각각 독립적으로 서로 포섭되지 않고 서로 즉하지 않는 소립자가 되는 것이 아님을 알아야 한다. 따라서 무한이 하나라고[無量爲一] 해야 한다.[34]

이제 다양한 분화라는 측면에서 말해보기로 한다. 무수한 공능 중 개별적인 공능은 각각 흡벽의 두 측면을 가지고 있다. 바꾸어 말해서, 하나의 흡(翕)과 하나의 벽(闢)이라는 활동 영역[動圈]을 하나의 공능이라고 가설한다. 벽은 본래 형체가 없고, 흡도 애초에 실질을 가진 적이 없다. 흡벽은 동일한 활동력의 두 측면일 뿐이지, 원래 실재하는 것이 아니다. 따라서 활동 영역이라고 가정해 말하는 것이다. 이러한 활동 영역이 형성되는 것은 흡의 힘이 밤낮으로 응축하기 때문이다. 우리는 이 응축하는 힘을 하나의 단위로 간주한다. 이러한 단위는 응집하여 형성된 작은 입자라고 보면 안 되고, 한 영역을 이루는 모습도 아니다. 그러나 우리는 사람들이 그것을[35] 작은 입자라고 생각하는 것을 간신히 막고, '활동 영역'이라는 용어로 표현하였다.[36] 각 활동 영역에는 벽의 힘이 그 사이에 가득 차 있다. 벽은 제한되지 않고 정해진 위치가 없으면서도 존재하지 않는 곳이 없으므로, 흡이 벽과 분리하여 독자적으로 일어나

31) 그 전체에 대해 말하자면, 이것이 하나이다. 전체 중에서 다양하게 나누어진 것을 보고, 그 수많은 것들을 무한하다고 한다. 지극한 하나이면서도 무한한 수를 포함하므로, 하나가 무한한 수가 된다고 한다.

32) 일체가 바로 하나이다. 하나가 바로 일체이다.

33) 일체가 하나에 들어간다[入]. 하나가 일체에 들어간다.

34) (역주) 본문의 功能에 대한 설명은 華嚴 佛敎의 이론와 용어를 그대로 활용한 것이다. 예컨대 '相卽', '相涉', '一卽多, 多卽一' 등은 모두 화엄불교의 용어이다. 내용은 十玄緣起 중 '一多相容不同門'이나 '諸法相卽自在門'에 해당되는 내용이라고 할 수 있다. 따라서 太虛는 熊十力 철학을 '新華嚴學'이라고까지 평가한다.

35) 응축하는 힘을 말한다.

36) 영역(圈)이라는 자는 응축하는 힘마다 모두 하나의 단위로 간주한다는 의미이지, 응축하는 힘 각각이 하나의 작은 영역이 된다는 말이 아니다. 이 점은 말로 표현하기 어려우므로, 잘 이해해야 한다.

는 것이 아니라고 해야 한다. 다시 말해서, 흡 자체가 바로 벽이지 벽과 다른 별도의 내원이 있는 것이 아니다. 본체는 그 전체를 들어서 흡과 벽으로 현현한다. 벽은 고요하고 강건하며 정해진 위치와 모습이 없지만, 본체의 자성(自性)과 같다. 흡의 힘은 수렴 응축하는 것으로, 물화될 위험이 있고 본체를 거의 보존하지 못한다. 그러나 이 응축하는 힘은 본성이 벽과 다르지 않다. 본체가 둘이 아니기 때문이다. 그러나 벽이 그 자신을 표현하기 위해서는 도구가 없으면 안 된다. 그렇지 않으면 벽의 활동은 근거 없이 떠다닐 뿐인데, 어디에 의지해 자신을 표현하겠는가? 이 때문에 벽의 힘은 항상 응축하는 힘과[37] 함께 존재한다. 그러나 벽의 힘은 본래 차별이 없지만, 흡은 차별적이고 그 수가 무한하다. 개별적인 흡마다 모두 벽의 힘이 그 사이를 운용한다. 따라서 개별적인 흡의 측면에서 하나의 단위가 된다고 보고 '활동 영역'이라고 부를 수 있다. 실제로는 활동 영역 모두에 벽의 힘이 존재하므로, 순전히 흡만 있고 벽이 없는 활동 영역은 결코 존재하지 않는다. 벽은 원래 차별이 없으므로, 활동 영역이라고 불러서는 안 된다. 그러나 그것은 흡과 하나도 아니고 다르지도 않기[不一不異] 때문에, 흡을 따라 동일한 활동 영역이라고 부른 것이다.[38] 앞에서 말하였듯이, 한 번 흡하고 한 번 벽하는 활동 영역을 하나의 공능이라고 가설한 것이다. 실제로 공능이 다양하게 분화되고 개별적이라고 말할 수 있는 것은 단지 흡이 있어서 다양하게 분화되기 때문이다.

공능을 응축하는 측면에서 말하여 흡이라고 부른다. 흡은 본래 활동 영역을 형성한다. 활동 영역이라는 용어가 응축하는 활동력을 표시하는 하나의 단위로 간주되어야 한다는 사실은 앞에서 말하였다. 저 흡은 지

---

37) 즉 翕이다.

38) 다르지 않다는 것은 흡벽이 두 체가 없다는 것이다. 하나가 아니라는 것은 흡은 응축하여 사물을 이루려고 하고, 벽은 강건하게 운행하며 형체가 없기 때문이다.

극한 무(無)이면서 활동하는 중 처음 응축하여 존재하려는(有) 조짐이다. 지극한 무는 본체를 말한다. 지극한 무이면서 활동한다는 것은 본체가 다양하게 분화된 신묘한 공용[妙用]으로 현현한다는 의미이다. 신묘한 공용의 운행에는 반드시 응축이라는 측면이 있다. 이 응축이 바로 존재하려는 조짐이고, 바로 흡이라는 것이다. 활동하는 힘이 처음 응축할 때는 본래 형체가 없지만, 응축하고 나면 유의 조짐이 있게 된다. 형체를 가진 물체가 현저히 나타난 것을 유(有)라고 한다. 응축의 힘이 아직 형체를 이루지 못하지만 여기에서 형체를 가진 물체가 시작하므로, 처음 응축하여 존재하려는 조짐이라고 한 것이다.

앞에서 말하였듯이 물질 우주는 본래 존재하지 않으므로, 이러한 이론은 세속에 따라 세웠다고 해도 무방하다. 본체를 말하면,[39] 하나인 진리[一眞]로서[40] 의지하는 대상 없이 고요하고 청정하며, 형체도 형상도 없고, 소리와 냄새도 모두 사라진다. 말이 미치지 못하고, 마음의 활동으로도 잡지 못한다. 따라서 물질 우주는 본래 존재하지 않는다고 한 것이다. 이것이 여실한 말임을 알아야 한다.[41] 그러나 '본체를 칭하여 공용을 일으키는 것[稱體起用]'은[42] 큰 바닷물 전체가 파도를 이루는 것과 같다. 여기에서 '칭한다[稱]'는 자가 아주 중요하다. 개별적인 공용이 전체를 갖추고 있는 것은 개별적인 파도가 큰 바닷물을 체로 삼는 것에 비유할 수 있으므로, 칭한다고 하였다.[43] 수렴 응축되는 것이 없을 수 없는데,[44] 이것이 앞에서 '처음 응축하여 존재하려는 조짐'이라고 한 것이다. 응축하여 존재하려는 조짐이므로, 물질 우주를 세워도 무방하다.

---

39) 여기에서 칭한다는 것은 實相과 대응하는 것을 말한다.
40) 하나[一]는 절대의 의미이다.
41) 진리의 실상이 이러하므로, 이렇게 말하였다. 如實한 말이라고 부른다.
42) 본체의 모양을 無라고 한다. 모습도 없고 오염도 없는 것이지 텅 비어 없는 것이 아니다. 텅 비어 없는 것이 아니므로, 전체가 온갖 다양한 공용이 된다.
43) 다른 곳에서 이 말을 쓸 때에도 모두 이에 의거한다.
44) 收는 수렴하는 것이다. 凝은 응축하는 것이다. 다른 곳에서도 이에 의거해 알 수 있다.

응축은 무(無)에 근본을 둔다.[45] 무는 비어 있음[虛]이고,[46] 비어 있음은 지극한 하나이다.[47] 비어 있으나 응축하여[48] 마침내 많은 것들을 형성한다. 따라서 하나가 세워져서 많은 수가 일어난다.[49] 비어 있음이 만유를 함유하고, 수(數)가 포함되지 않는 경우가 없다.[50] 비어 있음과 응축함이 본래 일치하고[51] 하나와 많은 것들이 상즉하는 것[一多互相卽][52]에서 오묘한 조화(造化)가 밝게 드러남을 알 수 있다.

어떤 사람은 또 "비어 있는 본체는 지극한 하나이지만, 공용으로 드러날 때 다수로 응집하는 것은 무엇 때문인가?"라고 묻는다. 이에 대한 답은 다음과 같다. 응집한다는 것은 활동하여 수렴이 극(極)에 이르러 사물이 되려고 하는 것이다.[53] 수렴하여 사물이 되려고 하는 것은 기대하지 않아도 분화한다.[54] 분화가 없으면, 한결같이 이리저리 흩어져서 한 점으로 수렴할 수 없다. 따라서 수렴이 극에 이르면 반드시 분화하여 무수한 활동 영역을 형성하게 된다. 이것은 수증기가 공기 중에 있

---

45) 응축한다는 것은 수렴 응축한다는 말을 모두 표현하며, 翕을 대신하는 말이다. 뒤에서도 이에 의거한다. 無는 본체이다. 본체 전체가 공용을 이루므로, 공용은 홀로 가지 않고 반드시 응축의 측면이 있다. 따라서 응축 역시 공용이다. 공용이 본체와 둘이 아니라는 것이 '공용이 바로 본체[卽用卽體]'라는 의미이다. 어찌 無와 달리 별도로 응축이 있겠는가?

46) 至眞은 지극히 깨끗하고 화목하며 형체가 없으므로, 비어 있다.

47) 상대적인 것이 없으므로 '지극한 하나[至一]'이다.

48) 이 말을 잘 이해해야 한다. 비어 있으면서도 응축한다는 것은 응축하는 밖에서 비어 있음을 찾을 수 없다는 말이다. 응축하면서도 비어 있다는 것은 응축하는 안에서 비어 있음을 구할 수 없다는 말이다. 이 이치는 깊이 완미하여 체득해야 한다.

49) 하나가 있으면 둘이 있고, 둘이 있으면 셋이 있다. 이후로 그 수는 이루 다 헤아릴 수 없이 많게 된다.

50) 뭇 이치들을 모두 갖추고 있다.

51) 앞의 주에서 상세하다.

52) 하나가 많은 것이고, 많은 것이 하나이다[一卽多, 多卽一]. 그러므로 '서로 즉한다[相卽]'라고 한다.

53) 되려고 한다[將]는 자가 극히 중요하다. 결과적으로 실제 사물을 이루는 것은 아니다.

54) 기대하지 않는다는 것은 위대한 공용의 顯現은 사람들이 의식적으로 계산하는 것과 같지 않다는 의미이다.

을 때 유동하는 기체로 분포되어 있을 뿐인 상황에 비유할 수 있다.[55] 수증기가 점차 응집하면, 분화하여 무수한 물방울들을 형성한다.[56] 이러한 비유에서 응집 수렴하면 반드시 분화하게 된다는 것을 알 수 있다. 또한 분화와 연계되면 응집 수렴이 극에 달하게 된다. 이것이 조화(造化)의 신묘함이다. 응집하면 다수가 되는데, 이는 분화를 가리킨다. 우리가 세속에서 물질 우주라고 하는 것을 최후의 원소[太素]까지 쪼개보면,[57] 앞에서 말한 무수한 활동 영역이 될 것이다. 하나의 활동 영역이 하나의 단위이다. 이러한 단위가 물질 우주의 기본이므로, '태소(太素)'라고 부른다. 유학 경전 중 『중용(中庸)』에 "작은 것을 말하자면, 온세상도 그것을 깨뜨릴 수 없다"[58]라는 구절이 있다. 여기에서 말하는 '작은 것'이 바로 내가 말하는 활동 영역이다. 하나의 활동 영역이 극소까지 응집된 것이므로, 작은 것이라고 부른다.[59] 우리가 이러한 집적을 분석적 방법으로 쪼개 본다면, 결국 쪼갤 수 있는 것은 아무 것도 없을 것이다. 물질만 쪼갤 수 있기 때문이다. 지금 물질의 개념은 이미 사라졌고 궁극으로 극소의 집적까지 도달하였으므로, 형체를 가진 사물로 생각하면 안 된다. 어떻게 쪼갤 수 있겠는가? 이렇게 쪼갤 수 없는 활동 영역을 상권에서는 '형향(形向)'이라고 불렀다.[60] 형향은 아직 형체를 이루지는 않았지만 그러한 경향이 있는 것이다. 하나의 형향은 원래 지극히 미소

55) 기체가 이리저리 떠다니며 고정되지 않은 것을 유동하는 기체[游氣]라고 한다. 『正蒙』에 근거한 말이다.

56) 모든 비유는 적은 부분만 비슷할 뿐 비유에 완전 집착해서 그 전체가 비슷하다고 보아서는 안 된다는 점에 주의할 것.

57) 太素라는 말은 易緯에 나온다. 지금 이를 빌어 쓰는데, 대략 세속에서 말하는 元素에 해당한다.

(역주) 『易緯乾鑿度』 卷上에서는 존재의 발생을 太易－太初－太始－太素 라는 순서로 설명하고, 가장 근원이 되는 太易에 대하여 "태역이란 氣를 나타낸다"라고 한다.

58) (역주) 『中庸』 十二章. "語小, 天下莫能破焉."

59) 쌓인 것[積]이라는 말은 「전변」 장에서도 나오는데, 응집한다는 뜻만을 가진다. 그것이 이미 형체를 가진 사물을 이루었음을 의미하는 것은 아니다.

60) 「전변」 장에서 상세히 다루었다.

한 응집력이므로,61) '소일(小一)'이라고 부를 수 있다.62) 이 소일, 또는 응집력은 찰나마다 생성 소멸하고 빠르게 유행해서 형세를 생각하기 힘드므로, '세속(勢速)'이라고 부를 수 있다. 이들 세속은 천 갈래 만 갈래로 그 수가 지극히 많으며 끝이 없다. 다음과 같은 그림으로 표시할 수 있다.

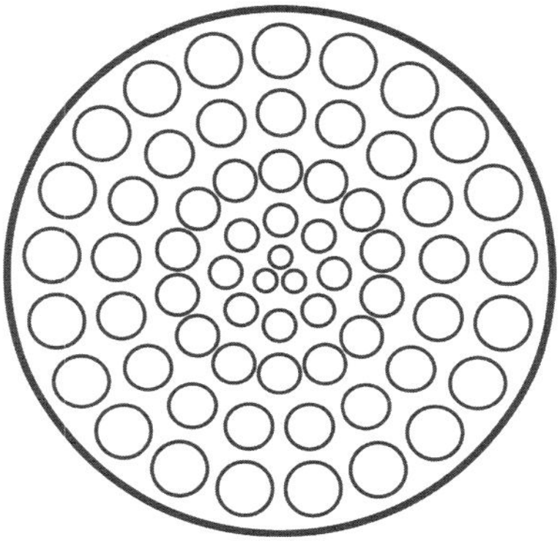

덧붙이는 말 : 그림은 하나의 큰 원으로, 혼일한 전체를 표시한다. 그것은 안에 다수의 작은 원들을 포함한다. 이것은 전체 중에 부분이 있다는 것, 즉 하나 중에 다수가 있음을 표시하며63) 동시에 각 부분들이 모두 전체를 갖추고 있음을 나타낸다.64) 원 안의 작은 원들의 수는 정

61) 아직 형체를 이루지는 않았지만 응집의 극단은 이미 형체를 이루는 힘이 있으므로, 응집 세력[凝勢]이라고 부른다.

62) 惠施는 "지극히 작아서 안이 없는 것[至小無內]을 小一이라고 한다"라고 하였다. 지금 이 말을 빌어서 형향을 다르게 부르는 말로 삼는다. 안이 없다는 것은 나눌 수 없다는 것이다. 만약 나눌 수 있다면, 이것보다 더 작은 것이 있게 된다. 지금 여기에서 나눌 수 없다고 하였으므로, 그것이 지극히 작아서 더 이상 이보다 작은 것이 없게 된다. 一은 최소의 응집 세력으로 모두 하나의 단위이다. 따라서 小一이라고 부른다.

63) 하나는 전체를 말한다. 많은 것들은 각각의 勢速, 또는 小一을 의미한다. 즉 전체 중의 부분이다.

64) 상권 「명종」 장에서 든 바다와 물방울들의 미유와 같다. 물방울들 각각은 모두 큰 바닷물 전체를 갖추고 있다.

해지지 않았지만,[65] 많은 수를 표시하려는 의도를 가지고 있다. 도표에서 원형을 택한 것은 「역전(易傳)」의 '원융하고 신묘하여 막히지 않는다'는 의미를 채택한 것이다.[66] 어떤 사람은 이를 순환의 의미로 해석하는데, 큰 잘못이다. 다른 곳에서도 원 모양을 쓴 것은 모두 이러한 의미이다.

어떤 사람은 또 다음과 같이 논박한다. "그대가 말하는 대로라면, 본체는 비어 있고 하나이지만, 공용은 응집하여 다수를 이룬다. 다수의 측면에서 말하면 응집 세력 하나마다 하나의 단위가 되고, 이것을 소일(小一)이라고 부른다. 무수한 소일은 물질 우주의 기본이다. 그렇다면 문제가 생긴다. 즉 이 무수한 소일들 각각이 계속 생성 소멸하며 쉬지 않고 유전하는 단위인가? 아니면 단위들 각각이 찰나마다 새롭게 창조되므로 새롭게 생성된 것이 소멸한 것 뒤를 꼭 이을 필요는 없는 것인가? 하는 문제이다."

앞의 주장에 따르면, 소일들은 정해진 수가 있는 듯하다. 예컨대 갑이라는 소일은 처음 찰나에 생성되자마자 소멸하고, 다음 찰나에 계속 일어났다가 또다시 소멸한다. 이때 이후 찰나마다 생성되자마자 소멸한다. 이러한 사실에서 소일 갑은 찰나마다 되돌아오지만 결코 사물로 머무는 것이 아님을 알 수 있다. 그러나 그 힘은 항상 앞의 것이 소멸하면 뒤의 것이 생성되며 이렇게 계속 흘러간다. 이것은 사람의 신체에서 신진대사가 계속 이어지는 것에 비유할 수 있다. 소일 갑이 이와 같고, 소일 을, 소일 병, 소일 정에서 무수한 소일들까지 모두 이러하다. 이렇게 보면, 모든 소일은 태초 이래 각각의 등류(等類)에 당연히 정해진 수가 있다고 할 수 있다. 이것을 그림으로 나타내면 다음과 같다.

---

65) 의도적으로 다소의 숫자를 안배한 것이 아니다.
66) (역주) 『易』 「繫辭傳(上)」. "蓍之德圓而神."

甲 乙 丙

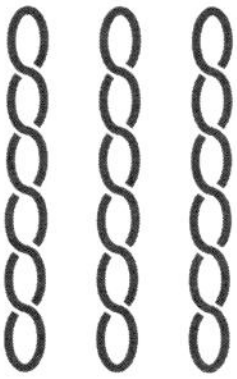

덧붙이는 말 : 그림 중 첫 번째 줄은 소일 갑이 처음 한 찰나에 생성되자마자 소멸한 것을 표시한다. 다음 그림은 다음 찰나에 계속 일어난 소일 갑은 처음 찰나의 소일 갑이 이전 그대로 연장된 것은 아니지만, 처음 찰나에 이어서 계속 생성된 것임을 보여준다. 세 번째 그림 이하도 모두 이에 유추해 알 수 있다. 첫 번째 줄의 소일 갑이 이와 같고, 두 번째 줄의 소일 을, 세 번째 줄의 소일 병도 모두 이와 같다.

그림에서 갑・을・병 계열로 보면, 갑・을・병과 같은 소일들 각각은 등류이다. 이렇게 보면, 태초부터 소일에 정해진 수가 있고 그 뒤에도 이 수가 영원히 계속되고 있음을 알 수 있다. 뒤에 일어난 소일들은 모두 과거에서 계속 이어진 것들이다. 예컨대 그림의 갑・을・병 계열과 같이 뒤에 일어난 것들이 앞에 일어난 것들을 계속 잇고 있다. 원시시대부터 가졌던 수 외에 새롭게 창조된 것은 없다. 따라서 정해진 수가 있다고 말한 것이다.

소일은 물질 우주의 기본이고, 그것에[67] 정해진 수가 있다. 또 소일은 한 찰나도 머무르지 않는다고 하지만, 수많은 찰나들을 통틀어 말하면 단절되지 않고 계속 이어지고 있다. 이렇게 볼 때, 소일은 정해진 수가 있고 또 항상된 성질을 갖추고 있다.[68] 이러한 견해는 소일을 물질

67) 小一을 말한다.
68) 소일은 단절되지 않으므로, 항상성을 갖추고 있다.

분자와 동일시하는 데서 벗어나지 못한 것이고, 기계론에 해당한다. 변화를 제대로 인식하지 못한 것이다.

실질을 말하면, 소일들은 모두 찰나에 거짓으로 나타난다. 한 찰나에 일어나자마자 소멸한다. 잠시라도 머물 수 있는 사물은 본래 없으므로, 거짓으로 나타난다고 하였다. 본래 자성은 없다.[69] 그것에서 알 수 있는 것은 고요한 진체(眞體)가 확실히 현현한다는 사실이다.[70] 진체의 메카니즘[眞機]인 활동은[71] 그 강건한 전진을 나타내기 위해서[72] 반드시 먼저 응집한다.[73] 만약 응집된 것이 없으면, 그 활동은 근거 없이 표류할 뿐이다. 또 의지할 대상이 없으면 그를 빌어 점차 발전하는 덕을 나타내 보일 방법이 없다. 오직 응집해야 분화하여 수많은 집적[積]을 형성하게 된다.[74] 그렇게 되면 강건하게 전진하는 힘이 집적 중에 분명하게 나타나 강건한 활동을 더욱 드러내고, 막히는 데 없이 모든 곳에 통하고 순수하여 굴복시킬 수 없게 된다. 이러한 활동에는 강건한 전진과 응집 두 가지 힘이 있다. 응집은 사물화되려고 하므로, 강건하게 전진하는 본체와 저절로 상반된다. 그러나 응집이 쌓이지 않으면 아무리 강건하게 전진하는 힘이 있더라도 의지할 도구가 없게 되고, 또한 그 강건한 전진을 나타내 보일 방법이 없게 된다. 따라서 응집은 진체의 작동인 활동이 저절로 이렇게 나타난 것이다. "여기에 의도가 있는가?"라고

---

69) 독립적으로 존재하는 自體가 없다고 말한 것과 같다.

70) 小一은 질량이 있는 것이 아니고, 단지 응집된 勢用에 불과하다. 이것이 바로 眞體의 현현이다.

71) 眞體는 寂靜하지만, 텅 비어 없는 것은 아니다. 어떻게 그것이 空이 아니라는 것을 아는가? 즉 그 활동이 그치지 않는다는 것에서 안다. 활동에서 본체를 인식하게 되므로, 활동을 떠나 본체를 찾을 수 없다는 것이 분명하다.

72) 강건한 전진이 바로 闢이라는 것이다.

73) 응집이 바로 翕이라는 것이다. 이 중에 '먼저'라는 말은 단지 의리로 선후를 말한 것이지 시간상의 선후가 아니므로, 잘 이해해야 한다. 상권의 「전변」 장을 다시 한 번 완미해보기 바란다.

74) 積 자는 앞에서도 나왔다.

묻는다면, 조화(造化)는 마음은 있지만 의도가 없다는 것이 대답이 될 것이다. 여기에 대해서는 뒤에 상세히 설명하겠다.[75] 종합하면, 응집과 강건한 전진은 혼일한 활동의 두 측면일 뿐이며, 두 측면의 상반상성(相反相成) 없이는 활동이라고 할 것도 없다. 또한 상반상성에 의거하므로, 응집된 힘은 물화된다고 해도 결국 강건함을 그대로 좇게 된다. 강건하면 순전히 강해지고 순전히 선해져서, 응집하여 물화되는 데 쏠리지 않는다. 따라서 공용이 활동하는 곳에서 그것이 바로 참된 본체가 현현한 것이고, 활동을 떠나 본체를 찾을 수 없음을 알게 된다.[76] 이상의 내용이 이 책의 근본 대의를 총괄한 것이다. 이 점을 안 뒤에야 응집하는 힘, 즉 무수한 소일이 원래 진체의 메카니즘이 가진 미묘함에 속하는 것임을 이해하게 된다.[77] 이것을 잡다한 실제 사물의 관념으로 추측하면 안 된다. 앞에서 서술한 어떤 사람의 의문 중에도 소일을 계속 생성소멸하며 쉬지 않고 유전하는 단위라고 인정할 수 있는가 하는 것이 있었다. 갑·을·병 등의 소일들은 각각의 등류(等流)라고 해야 한다. 이렇게 보면, 소일은 정해진 수와 항상된 성질을 가진 것이다. 이 점은 앞에서 언급하였다. 이러한 의문은 소일을 개별적인 한 알갱이의 실제 사물로 생각하는 데서 벗어나지 못하였기 때문에 생긴다. 따라서 소일도 각각 자신의 종류[自類]가 계속 이어지는 것이라고 생각하였다. 예를 들어 소일 갑은 찰나마다 앞의 것이 소멸하고 뒤의 것이 생겨나서 단절되지 않고, 소일 갑 자신의 종류가 계속 이어지는 것이다. 다른 소일들도 모두 그러하다. 그가 이 의문을 해결할 수 없는 것은 그의 양지(量智) 작용이 한결같이 사물을 향해 집착하므로, 여기에 막히지 않을 수 없기 때

75) 造化라는 단어는 「전변」 장에 보인다.

76) 이 점이 아주 중요하다.

77) 眞體가 공용을 이룬 것은 그 강건한 전진이 반드시 응집하여 무수한 소일이 되고, 강건한 전진이 비로소 자신이 의지할 도구를 가지게 된다는 것이다. 서로를 형성하므로, 미묘함이라고 한다.

문이다.[78] 양지는 사물의 측면에서 연마되어 발전해온 것이다. 이 때문에 양지에 근거하여 이치를 궁구하는 경우에는 물리세계의 경험에 의거해서 추측하고 사유하는 데서 벗어나지 못한다. 그러나 지극한 이치는 본래 사물로 보면 안 되는데, 이렇게 보게 되면 사물로 관측하게 된다. 이것을 사물에 집착한다고 한 것이다. 실제로 참된 본체가 공용이 되는 때에[79] 무수한 소일로 응집해서 나타나는 것은 우리나라 고대 철학자 노자(老子)의 책에 나오는 '뭇 신묘함의 문[衆妙之門]'[80]이라는 말을 빌어서 형용할 수 있다. 신묘하다는 것은 헤아릴 수 없이 신묘하다는 뜻이다. 신묘하면서도 많다고 한 것은 제한이 없음을 말한다. 형체를 지닌 사물은 모두 제한된 양이 있다. 지금 여기에서 형체를 지닌 사물로 보면 안 된다고 하였는데, 어찌 제한이 있겠는가? 문은 그것을 통한다는 뜻이다. 오직 신묘하므로, 만물이 그를 통해 형성된다. 위대한 공용의 유행에는 응집하여 강건한 전진의 도구가 되는 것이 없을 수 없다. 그러므로 응집에 의거하면 온갖 사물들이 존재하지만, 응집하지 않으면 한 사물도 없게 된다. 그러나 사물이라는 것은 환상의 자취일 뿐이고, 실제 사물이 있는 것이 아니다. 이 때문에 모든 소일은 각각 자신의 종류가 계속 이어지는 것이라고 할 수 없다. 만약 소일이 각각 독립적으로 존재하는 것이라면, 자신의 종류가 계속 이어지는 것이라고 인정해야 한다. 그러나 지금 소일은 개별적인 한 알갱이의 실제 사물이 아니므로, 계속 이어진다는 의미가 없다.

우리는 소일이 모두 갑자기 나타나는 것[頓現]임을 알아야 한다.[81] 앞

78) 사물에 집착한다는 것은 染着의 의미이다. 깊이 스스로 삼가야 한다.

79) 의리가 여기까지 이르면 본래 시간이라고 부를 만한 것이 없다. 그러나 말의 방편으로 하나의 '때'라는 글자를 썼다.

80) (역주) 『道德經』 第一章. "玄之又玄, 衆妙之門."

81) 한 찰나 경에 일어나자마자 사라져서 잠시도 머무르지 않기 때문이다. 따라서 '갑자기 나타난다[頓現]'라고 한다.

의 것이 뒤에까지 이르지 않고, 뒤의 것이 앞의 것을 잇지 않는다.[82] 따라서 소일은 모두 한 찰나에 갑자기 나타난 것이다. 실제로 하나의 사물로 간주할 수 있는 소일은 없고, 찰나마다 생성 소멸하며 자신의 종류가 계속 이어지는 것이라고 할 수 있다. 그것을 자신의 종류가 계속 이어지는 것이라고 미루어 생각한다면, 큰 잘못이다. 이러한 잘못이 생기는 이유는 소일을 실제 사물로 잘못 생각하여 시간상[時相]과 공간상[空相]을 부여하기 때문이다.[83] 그렇게 되면 소일은 비록 찰나에 생성되자마자 소멸하지만, 찰나마다 계속 생겨난다는 의미를 가지게 된다. 즉 찰나마다 모두 의거할 대상이 있다는 의미가 된다. 찰나마다 계속 이어지는 것은 시간상이고, 찰나마다 의거할 대상이 있는 것은 공간상이다. 앞의 그림에서 갑·을·병의 소일들은 자신의 종류가 계속 이어졌는데, 이러한 생각은 확실히 시공간 관념에서 나온 것이다.

이야기가 여기에 이르렀으므로, 시간과 공간에 대해 대략 언급해야겠다. 나는 시간과 공간이 본래 실재하지 않는다고 본다. 단지 양지(量智)가 한결같이 밖으로 이치를 찾기 때문에, 사람들이 그에 의거하여 외재하는 사물이 있다고 보고 추구하는 것뿐이다. 이처럼 사물의 상이 존재하면, 시간상·공간상도 사물에 연하여 함께 일어난다. 무슨 까닭인가? 사물의 상이 있으면, 이 사물이 연속된다는 것을 반드시 인정해야 한다. 연속되지 않는다면, 사물도 없기 때문이다. 그러나 사물이 연속된다고 보면, 시간상이 일어난다. 또 사물의 상이 있으므로, 이 사물이 확장된다는 것을 반드시 인정해야 한다. 확장되지 않는다면, 사물도 없기

82) 이때 이곳의 소일은 저 때 저곳에까지 이르지 않는다. 그때 그곳의 소일은 이때 이곳으로 인하여 존재하는 것이 아니다. 논의가 여기까지 이르면 본래 시간과 장소라고 할 만한 것이 없지만, 언어의 방편상 때와 곳이라고 가정하였을 뿐이다.

83) 小一이란 본래 사물이 있는 것이 아니고, 따라서 시간과 공간이랄 것도 없다. 지금 소일을 실제 사물로 잘못 생각한다는 것은 소일에 시간의 상과 공간의 상을 부여한다는 것이다.

때문이다. 그러나 사물이 확장된다고 보면, 공간상이 일어난다.[84] 따라서 시간상·공간상은 사물의 상에 의거하여 존재한다고 할 수 있다. 실제로 사물의 세계는 세속의 진리[俗諦]에 따라 가정된 것이다.[85] 참된 진리[眞諦]의 측면에서 보면 본래 사물이 없다.[86] 무슨 까닭인가? 모든 사물에서 본체를 명확히 깨달으면[冥證], 사물의 상이 텅 비어 없음을 알게 된다. 사물의 상이 사라지면, 시공간의 상도 함께 사라진다. 따라서 시공간이 본래 실재하는 것이 아니라고 한 것이다. 지금 소일에 대해 말할 때, 참된 진리[眞諦]에 의거하여 세속의 진리[俗諦]를 가정하였다. 그리고 방편으로 참된 본체가 공용을 형성하는 것을 보여주었다. 즉 본체가 강건하게 전진할 때 반드시 응집하는 것이 있어야 그를 빌어서 강건한 덕을 나타낼 수 있다. 응집하지 않으면 위대한 공용의 흐름도 근거 없이 떠다니고, 강건한 전진을 이룰 방법이 없게 된다. 오직 응집해야 무수한 소일을 이루고, 여기에서 수많은 유(有)의 조짐을 형성하게 된다. 이것이 세속의 진리를 가정해도 무방한 이유이다. 그러나 또한 소일은 위대한 공용의 흐름이고, 빠르게 응집한다는 것을 알아야 한다. 응집할 때에는 유행하는 힘이 아주 빨라야 응집하는 것이 있게 된다. 빠르게 도는 불바퀴와 같이 돌아가는 힘이 맹렬해야 바퀴처럼 응집하는 것이 완연히 있게 된다. 이 비유는 꽤 유사하지만, 만물의 시초를 탐구해보면 처음 응집할 때 맹렬하게 유행하였기 때문에 생긴 결과에 지나지 않는다. 한 찰나도 머무르지 않는데, 어떻게 그처럼 맹렬할 수 있는가? 이것이 위대한 공용이라고 부르는 이유이다. 응집하므로 분화하여 수많은 미세한 힘[衆微勢]을 이루는데, 이것을 '소일'이라고 부르는 것이다. 수많은 미세한 힘에서 '중(衆)'은 많다는 뜻이고 수에 제한이 없는

84) 확장은 형체를 가진 사물이 확대되어 펴진 것, 즉 공간의 상을 말한다.
85) 세속에서 실재한다고 모두 인정하는 것을 '세속의 진리[俗諦]'라고 한다. 또 '세상의 진리[世諦]'라고도 한다. 상식적인 견해에 따라 세워졌기 때문이다.
86) 세간의 상식적인 사고를 초월하여 진리와 계합한 것을 '참된 진리[眞諦]'라고 한다.

것이다. '미세한 힘[微勢]'은 하나의 소일이 응축하는 힘에 불과하다는 의미이다. 극단으로 응집하여 가장 미세한 일단의 힘을 이루므로, 소일이라고 부른다. 소일은 공용이다. 공용은 참된 본체가 현현한 것이므로,[87] 소일을 사물로 간주해서는 안 된다. 응축하는 힘이 있지만 아직 형체를 이루지는 못하였다. 형체가 없지만 분화는 있고,[88] 분화된 리(理)를 갖추고 있지만 결국 형체는 없다. 이것이 소일을 사물로 보아서는 안 되는 이유이다. 여기에서 우리는 소일에 시공간 관념을 개입하여 이해하면 안 되고, 단지 고요한 마음의 아무 사물도 없는 경지로 보아야 한다고 말한다. 사물의 상이 단절되면, 시공간의 상도 함께 버려진다. 지혜와 신묘함이 만나고[89] 사상과 변화가 통한 뒤에야[90] 희론을 면하게 된다.

어떤 사람은 또 이렇게 논박한다. "당신의 말대로라면, 모든 소일은 그 본제(本際) 이래 자신의 종류가 생성 소멸하며 계속 이어진 것이고, 찰나마다 갑자기 나타난 것[頓現]에 불과하다. 바꾸어 말해서, 찰나마다 모두 새롭게 창조된 것이다. 뒤에 나온 것이 앞에 나온 것을 이어가지 않는다. 참으로 이러한 의미이다. 모든 소일은 공중에 핀 꽃처럼 조금도 근거가 없다. 또 찰나마다 환상으로 나타난 것이므로, 모두 법칙이 없어야 한다."[91] 이러한 두 가지 논박에 대해 다음과 같이 답하려고 한다. 우선 처음 논박에 답하겠다. 지극한 이치는 말로 표현할 수 있는 것이 아니고, 더욱이 보통 상식으로 깨달을 수 있는 것이 아니다. 억지로 비

---

87) 공용은 본체가 현현하여 이와 같은 공용이 되는 것일 뿐이다. 따라서 본체는 공용의 본체이다. 어찌 공용 바깥에서 본체를 찾겠는가?

88) 응축하면 여러 가지 다양하게 흩어진 것들을 이루게 된다. 다양하게 흩어지지만, 질서 없이 함부로 혼란스러운 것은 아니다. 따라서 분화가 있다고 한다.

89) 신묘함[神]은 위대한 공용을 헤아릴 수 없음을 말한다.

90) 여기에서의 사(思) 자의 의미는 보통 말하는 사상이 아니다. 통한다는 것은 하나로 명확히 만난다는 것이지 이것과 저것이 통한다는 것이 아니다.

91) '찰나마다'라는 것은 수많은 찰나들을 통틀어 말한다.

유를 써서 밝혀보겠다. 항해를 하는 사람들은 모두 무수한 파도를 볼 것이다.[92] 무수한 파도를 떠나 따로 큰 바닷물이라고 할 것이 없다.[93] 그렇게 되는 까닭은 파도가 모두 큰 바닷물을 체(體)로 삼고 있기 때문이다. 큰 바닷물은 전체가 파도로 나타나기 때문이다.[94] 파도는 갑자기 일어나서 갑자기 사라진다. 어떤 파도도 앞의 것이 뒤에까지 이어지며 찰나마다 생성 소멸이 계속된다거나, 자신의 종류가 끊이지 않고 연장된다고 말할 수 없다.[95] 파도는 모두 갑자기 나타나고, 고정되거나 실재하는 것이 아니다.[96] 어떻게 자신의 종류가 앞에서 뒤까지 연장될 수 있겠는가? 그러나 파도가 실재하지는 않지만, 공중에 핀 꽃과 같이 체가 없는 것은 아니다. 개별적인 파도 하나하나는 전체 바닷물을 자신의 체로 삼기 때문이다. 따라서 파도와 별도로 근거를 구해서는 안 된다. 지금 소일이라고 하는 것도 개별적으로 갑자기 나타나지만, 어떤 소일도 환상[幻化]과 같이 자신의 종류가 생성 소멸하며 계속 이어지는 것은 없다. 그러나 소일은 공중에 핀 꽃과 같이 본체가 없는 것이 아니다. 하나의 소일마다 그 본체는 진여의 신묘한 본성이기 때문이다.[97] 따라서 소일은 체법(體法)이 없는 것이 아님을 알 수 있다.[98] 그러니 또 어떤 근거가 있는가를 따져서는 안 된다.

다음 논박에 대해 답하겠다. 법칙이라는 말은 규율·형식·조리·질

---

92) 파도는 모든 小一을 비유한다.
93) 큰 바닷물은 본체를 비유한다.
94) 어떤 파도를 들어도, 모두 큰 바닷물을 본체로 삼고 있다.
95) 여기에서 연장된다는 것은 하나의 파도마다 자신의 종류가 계속 이어진다는 의미를 가리킨다. 즉 연장된다는 것이다.
96) 고정되지 않기 때문이고, 실재하지 않기 때문이다.
97) 신묘한 본성[妙性]은 신묘한 본체[妙體]를 말한다. 窺基는 '眞如 妙體'라는 용어를 사용하였는데, 진여의 自體가 지극히 미묘하다는 것을 말한 것이지, 모습이나 소리, 냄새 등, 보고 듣고 냄새 맡고 맛보는 식으로 경험할 수 있는 것이 아니다.
98) 體法이 없는 것은 공중에 핀 꽃이나 거북이 털, 토끼 뿔과 같이 이름만 있고 실제로 그 대상은 없는 것이다.

서·범형 등의 의미를 포함한다. 이 법칙은 법상(法相)과 함께 존재하기 때문이다.[99] 법상이 일어난다는 것은 사물이 있고 법칙이 있다는 것이다. 예를 들어 사각형이나 원 등의 형식이 법칙이다. 반드시 사각형이나 원형의 법상, 또는 사물이 있어야만 사각형·원 등의 형식이 그와 함께 존재하게 된다. 법칙을 텅 빈 형식이자 모든 법상을 떠나 독립적으로 존재하는 별개의 세계라고 생각하면 안 된다. 법상이 사라지면 법칙도 함께 소멸된다. 따라서 법칙에 대한 언급은 법상과 분리되지 않는다. 우리는 소일이 찰나에 환상으로 나타나고, 고정된 상이 없음을 알아야 한다. 이 때문에 그것은[100] 고정된 법칙이 없어서 일어나자마자 소멸한다. 이처럼 특수한 변화[詭變]를 관리할 고정된 법칙은 없지만, 그렇다고 법칙이 아예 없다고는 할 수 없다. 앞에서 말하였듯이, 형체는 없지만 분화는 있다.[101] 그 분화는 각각 별도로 갑자기 나타나므로, 분화된 리(理)가 없지 않다. 그런데 어떻게 소일에 법칙이 없다고 하겠는가? 더욱이 우리는 그것이 일어나자마자 소멸하고 고정된 법칙이 없다고 말하였지만, 이 고정된 법칙이 없다는 것이 바로 법칙이 있다는 의미라고 말해도 무방하다. 우리는 경험세계 안에서 사물의 고정된 법칙을 습관적으로 찾고 이를 일상생활을 초월한 경지까지 미루어가려고 하기 때문에, 헤아릴 수 없이 신묘한 변화의 묘용에 고정된 법칙이 있다고 기대한다. 그래서 찾다가 얻지 못하면, 법칙이 없다고 여기게 된다. 신묘한 변화의 묘용이 저절로 그러한[自然] 자연의 법칙[天則]인데, 어떻게 없다고 할 수 있는가 라는 것을 모른다. 노자는 "도(道)는 '저절로 그러함[自然]'을 본받는다"[102]라고 하였다. 노자가 말하는 도는 지극한 것을 지칭한다.[103] 도가 '저절로 그러함'을 본받는다는 것이 어찌 도 위에 별도로

---

99) 法相이라는 말은 이 책 中卷에 나온다.
100) 小一을 말한다.
101) 分은 分理이다. 즉 법칙의 의미이다.
102) (역주) 『道德經』 二十五章. "人法地, 地法天, 天法道, .道法自然."

'저절로 그러함'이 있다는 의미이겠는가? 노자는 도가 기대하지 않아도 그렇게 발현된다는 점을 말하였을 것이다. 기대하지 않아도 그렇게 되는 것을 '저절로 그러하다'고 표현한 것이다. '저절로 그러하다'는 것은 도체(道體)가 천연적으로 갖추고 있는 법칙이므로, 도가 저절로 그러함을 본받는다고 말한 것이다. 어찌 도를 높이 초월한 위에 별도로 도가 취하는 법칙을 두었겠는가? 기대하지 않아도 그렇게 된다는 것은 특이하게 잘 들어맞는다는 뜻으로, 본래 그렇게 될 뿐이니 그렇게 되는 이유를 따져물어서는 안 된다. 그와 같은 것이 바로 법칙이 있다는 의미이다. 어찌 법칙이 없다고 하겠는가? 『역(易)』에 "반드시 따라야할 요체로 삼으면 안 되고, 오직 변화를 따라 간다"[104]라는 구절이 있다. '반드시 따라야 할 요체'가 일반적으로 말하는 고정된 법칙이다. 이러한 고정된 법칙은 내가 경험세계의 사물에 대해서 해석한 것일 뿐이다. 이것으로 위대한 공용이나 헤아릴 수 없이 신묘한 변화의 경지를 헤아리려고 하므로, 허망해진다. 따라서 '안 된다'고 하였다. 위대한 공용의 흐름은 오직 변화에 따라갈 뿐이다. 세속의 말로 표현하자면, 그것이[105] 어떻게 변화하려고 하면 바로 그렇게 변화한다는 의미이다.[106] 따라서 우리는 의도적으로 고정된 법칙이 있다고 보아서는 안 된다. 그러나 그것이 어떻게 변화하려고 하면 그렇게 변화하므로, 여기에서 '저절로 그러한' 자연의 법칙을 발견할 수 있다.[107] 그러나 경험세계의 정해진 법칙에 의거해서 구하려고 하면, 소일에 법칙이 없다는 것을 알게 된다. 이에 의하면, 소일이 환상으로 나타났다고 보고 고정된 법칙을 구해서는

---

103) 道는 만물이 여기에서부터 이루어지는 것이다. 즉 만물의 본체이므로, 지극한 理이다.
104) (역주) 『周易』「繫辭傳(下)」. "不可爲曲要, 唯變所適."
105) 변화를 말한다.
106) '怎生'이라는 말은 『朱子集』에서 항상 사용하는 용어로서, 당시 통용되는 白話이다. 지금 세속의 말로 '어떻게', 또는 '어떠한 모양으로' 하는 뜻이 여기에 가깝다.
107) 그것에는 기대하는 바가 없으므로 어떠한 구속도 받지 않는다.

안 된다. 따라서 법칙이 없다고 보는 것이 오히려 전도된 견해이다.

이처럼 두 가지 논박을 해결하였다. 어떤 사람은 또 이렇게 묻는다. "모든 소일은 자신의 종류가 계속 이어지지 않지만, 찰나마다 각각 갑자기 나타나므로 앞뒤 찰나 사이에 서로 계승하는 의미가 있다. 앞뒤의 소일이 서로 비슷하다는 의미이다. 다음 찰나에 계속 일어난 소일과 이전 찰나에서 소멸한 소일은 같은 종류가 계속 이어진 것이 아니다. 바꾸어 말하면, 다음 것이 이전 것을 자신과 같은 종류로 삼은 것이 아니라는 말이다. 그러나 다음 것은 이전 것과 상이 비슷하고 계속 이어진다는 의미가 없지 않다. 그대의 의견은 어떠한가?" 나의 대답은 다음과 같다. 의미면에서는 그대의 말대로 가설해도 무방하지만, 그것이 실질은 아니다. 그대가 앞뒤가 계속 이어진다고 한 것은 찰나를 시간으로 해석한 것이다. 실제로 찰나는 시간의 의미가 아니다.[108] 언어의 방편상 그렇게 가설한 것뿐이다. 이치대로[如理] 사유하면,[109] 소일은 각각 별도로 갑자기 나타난 것에 지나지 않는다. 그러나 각각 별도로 갑자기 나타난다는 것에 꼭 시간관념을 섞어서 계속 이어지는가 여부를 따질 필요는 없다. 그것이[110] 앞뒤로 서로 이어진다고 보는 것은 우리의 해석일 뿐이며, 실제와 꼭 부합하는 것은 아니다. 우리가 시간관념을 도입해서, 소일을 경험세계의 사물로 간주하는 것이기 때문이다. 여기에서 우리는 고대『시경(詩經)』의 "천의 명이여! 아, 심원하여 끝이 없구나![維天之命, 於穆不已]"라는 구절을 연상하게 된다.[111] 이 시는「전변」장에서도 한 번 인용한 듯하다. '천(天)'은 본체를 지목한다. '명(命)'은 유행한다는 의미이므로, 공용에 해당한다. '오목[於穆]'은 심원하다는 뜻이다. 본

108) 상권「전변」장에서 상세히 다루었다.

109) 사유가 미치는 것이 반드시 그 참된 이치와 합치되고 망상이 섞이지 않는다. 이를 '이치대로[如理] 사유한다'고 하였다.

110) 小一을 말한다.

111) (역주)『詩經』「周頌·淸廟之什·維天之命」. "維天之命, 於穆不已."

체가 위대한 공용으로 현현하므로, 이치가 지극히 심원하여 헤아릴 수 없다는 것이다. 그것이 그치지 않는 것을 감탄하여, '끝이 없다'고 하였다. 이 '끝이 없다'는 의미는 참으로 미묘하여서 수천 마디 말로도 표현할 수가 없다. 저 소일은 공용이다. 일어나자마자 소멸하고 소멸하자마자 일어나서 무궁무진한 것이 '끝이 없다'는 의미이다. 우리가 말하는 찰나는 단지 소일이 잠시도 머무르지 않는다는 것을 나타내기 위해 방편으로 가정한 것일 뿐, 시간으로 보아서는 안 된다. 우리가 위대한 공용의 미묘함을 실제로 이해한다면, 결코 그것이 항상된[常] 하나[一]라고 말해서는 안 된다.[112] 만약 그것이 항상된 하나라면 우주는 죽은 사물이 되는데, 그럴 리가 있겠는가? 우리가 말하는 소일은 하나에 집착하는 것을 막는다.[113] 소일이 찰나에 갑자기 나타나서 잠시도 머무르지 않는다는 말은 항상됨에 집착하는 것을 막는다.[114] 항상됨과 하나라고 보는 것을 막는 동시에, 위대한 공용의 흐름이 끝없이 생성 소멸함을 나타낸다. 바꾸어 말해서, 모두가 쉴 새 없이 이전 것이 사라지고 새로운 것이 창조되는 것이다. 우리는 고대 시의 사상에 이와 부합하는 구절이 있으므로, 이 이치를 시간관념에 끼워 넣어 이해하면 안 된다는 것을 깊이 믿는다. 단지 그치지 않고 계속 새로워진다고 말할 수 있을 뿐이다. 찰나마다 갑자기 나타나므로 항상 새롭고, 잠시도 과거의 것을 고수하지 않으므로 그치지 않는다. 오래된 것을 고수하면 생성의 이치가 끊어지는데; 어떻게 그칠 수 있겠는가? 앞뒤가 계속 이어진다는 관념에는 시간의 상이 있으므로, 정견으로 해석한 것이라고 할 수 있다.

112) 항상은 오래된 것이 사라지고 새로운 것이 창조되는 일이 없고, 변화도 없다. 하나라는 것은 一合相이다. 분화가 없음을 말한다.

113) 小一은 혼일한 전체 중에서 분화한 것이므로, 하나라는 잘못된 견해에 집착하는 것을 막게 된다. 여기에서 하나라는 말뜻은 혼일함만을 보고 분화를 깨닫지 못하였음을 의미한다. 절대로서 하나를 말하는 것과는 뜻이 다르다. 이 문단 앞뒤에서 나오는 하나라는 글자는 모두 이 뜻에 의거한다.

114) 생각하면 알 수 있다.

또 그대가 비슷하다고 한 말도 이치에 맞지 않는다. 그대는 세간의 정견(情見)으로 개별적인 실제 사물이 있다고 집착하고, 그것들이 비슷한가 여부를 말한 것이다. 만약 이러한 견해에 의거하여 소일을 추측한다면, 거꾸로 본 허망한 견해가 될 것이다. 소일은 모두 찰나에 환상으로 나타나므로, 소일이 실제 사물이라고 집착하면 안 된다. 만약 여실한 이치대로[如理] 위대한 변화의 흐름이[115] 응집하여 다수를 이룬다면,[116] 소일 각각이 모든 덕을 두루 갖추게 된다.[117] 소일 각각은 생겨나지만 존재하지는 않는다.[118] 따라서 소일들 모두가 본성이 일치함을 알게 된다.[119] 어찌 서로 비슷하다고 할 수 있겠는가? 비슷하다는 것은 사물에 비겨서 한 말이다. 사물의 상의 측면에서 비슷하다는 말은 세속의 진리에서는 가능하다. 소일은 공용이고, 위대한 공용이 다양하게 분화된 것[分殊]이다. 이것을 실제 사물이라고 집착하면 안 된다. 따라서 비슷한가 여부를 말해서는 안 된다.

앞의 논박에 대한 대답은 이미 다하였다. 그러나 모든 소일들은 상호 간에 주인과 종속이 된다는 것을 알아야 한다. 이 내용은 중권에서 상세하게 다루었지만,[120] 여기에서 다시 설명하겠다. 예를 들어 소일 갑은 소일 을과 그 밖의 무수한 소일들에 대해 주인이 된다. 이 경우 을과 무수한 소일들은 모두 갑의 종속이 된다. 이와 동시에 소일 을은 소일 갑과 그 밖의 무수한 소일들에 대해 주인이 된다. 이 경우 갑과 무수한 소일들은 모두 을의 종속이 된다. 소일들은 상호 간에 모두 이와 같다.

---

115) 위대한 변화는 위대한 공용을 말한다.
116) 일체의 小一을 말한다.
117) 한 공용의 勢用마다 모두 온갖 덕을 충분히 갖추고 있고, 일체의 것을 포함하고 있다.
118) 생겨나자마자 사라지고 잠시도 머무르지 않기 때문이다. 이것은 지극히 신비하여 머무른 자취가 없으므로, 존재하지 않는다고 하였다.
119) 일체의 小一은 그 본성을 말하자면 똑같이 眞如이다. 진여를 버리고 얻을 수 있는 대상은 하나도 없다.
120) 제6장 「공능(하)」를 볼 것.

화엄가(華嚴家)들은 주인[主]과 종속[伴]이 무궁무진하게 서로 겹치고,[121] 법계의 신묘함이 이처럼 불가사의하다고 하였다.[122] 『금강경(金剛經)』에서는 "진여는 일합상(一合相)이 아니다"라고 하였고,[123] 『주역』에서는 "용의 무리에는 머리가 없다"라고 하였다.[124] 이 구절들은 서로의 의미를 밝혀준다. 서로 주인이 된다면, 분명히 하나의 사물이 아니다. 빛들이 똑같이 밝게 빛나고, 온갖 정령들이 두루 펼쳐져 있는 것에 비유할 수 있다. 하나하나의 작은 먼지가 한 사람 한 사람의 부처이다.[125] 어찌 불평등한 원인을 상정하는 견해[不平等因計]에서 만물을 초월하여 홀로 그 주재자가 있다고 여기는 것과 같겠는가?[126] 또 서로 종속이 되므로,

---

121) 主伴은 주인[主]과 종속[屬]이라고 말하는 것과 같다. 伴은 종속의 의미이다.
(역주) 主伴은 華嚴宗에서 法界緣起를 말할 때, 이것이 주인이 되면 저것이 종속이 되고 저것이 주인이 되면 이것이 종속이 된다고 말하는 것이다. 주인과 종속이 具足되어 있고 온갖 덕이 포섭되어 있으므로, 주인과 종속이 모두 구족되어 있다고 말한다. 만물은 각각 주인이면서도 각각 종속이 되므로, 相卽相入하며 重重無盡한다. 이를 '主伴無盡'이라고 한다. 華嚴宗에서 말하는 十玄門 중의 '主伴圓明具德門'이 바로 이러한 의미이다. 또 禪宗 曹洞宗에서는 항상 주인을 正으로 종속을 偏으로 보아 '正偏回互'의 학설을 설명한다. 禪宗에서도 '主伴同會'를 말하는데, 주인(佛)과 종속(菩薩)이 한 자리에서 만난다는 의미로, 평등하고 무차별한 상태를 표시한다. 『華嚴經探玄記』 卷一; 『華嚴五教章』 卷一에 자세하다.

122) 여기에 나오는 法界라는 말은 본체를 말하지만, 본체가 바로 공용을 포함한 것이다.

123) 如는 眞如 妙體를 말한다. 一合相이 아니라는 것은 개별적인 대상들을 조절하여 그것들 모두가 진여임을 본다는 것이다.
(역주) 『金剛般若波羅蜜經』(大752). "如, 非一合相."

124) 서로 주인이 되고 서로 종속이 되는 것이 머리가 없는 것이다. 용은 신비하게 변화하는 동물이므로, 이를 위대한 공용에 비유하고 또 본체에 비유하였다. 공용이 바로 본체이기 때문이다. '무리[群]'는 일합상이 아니므로, 무리라고 표현하였다.
(역주) 『周易』 「乾卦」. "群龍无首."

125) 부처는 원만하고[圓] 밝고[明] 극히 신묘함[極妙]을 지칭한다. 여기에서는 본체를 형용하는 말로 쓰였다.
(역주) 이 구절은 화엄불교의 '一卽一切'사상을 나타낸 표현으로, 『華嚴經』에 자주 나온다. 예컨대 『大方廣佛華嚴經』 卷第九 「初發心菩薩功德品」 第十三. "一一微塵中, 一切諸佛刹."(大9, 452c)

126) 종교인들은 만물을 초월하여 홀로 존귀한 神이 있다고 생각한다. 이것을 '不平等因計'라고 한다.

각각 독립한 상태에서 한 몸을 형성하는 것이 아니다. 이것은 몸의 오관과 부분들이 서로 연속되어서 혼일한 한 몸을 이루는 것에 비유할 수 있다. 또 천제(天帝)의 그물이 거듭 겹치고 두루 펼쳐져서 전체 그물을 이루는 것에 비유할 수 있다.[127] 흩어진 모래알처럼 서로 분리된 무수한 알갱이들이 모여서 한 무더기를 이루더라도 결국 흩어진 모래로서 전체를 이루지 못하는 경우와는 다르다. 따라서 모든 소일은 서로 주인과 종속이 되고, 지극한 하나이면서도 하나가 아닌 것으로 나타난다.[128] 상대적인 것이 바로 절대적인 것이다.[129] 기이하고, 또 기이하다! 아무리 지혜로운 자가 있어서 신묘한 이치를 깨닫더라도, 이러한 이치를 뛰어넘지는 못할 것이다.

또 이렇게 논박하는 사람이 있다. "그대가 말하는 소일은 위대한 공용의 유행일 뿐이지만, 그 형세가 빨라서 응집하여 많은 것들을 이룬다. 응집은 아직 형체를 이루지는 못했지만, 이미 사물의 시작이다. 그렇다면 소일은 원자, 전자가 아닌가?" 이에 대한 답은 그렇지 않다는 것이다. 원자, 전자는 실측에 기반을 두고 있고 세속에서 물질 우주라고 보는 것인데, 이러한 해석은 아직 사물의 상을 버리고 온갖 변화의 진리

127) '天帝의 그물'에 대해서는 상권에 나온다. 불경에서는 天帝가 주옥으로 짠 그물은 거듭해서 겹쳐진 것이 무궁무진하다고 말한다. 한 겹으로 말하자면, 각각이 하나의 그물을 이루는 듯하다. 여러 겹을 통틀어 말하자면, 각각이 두루 펼쳐지고 가득 차서 전체 그물을 이룬다.

(역주) 여기에 해당하는 원문은 "帝網重重"이다. 帝網은 帝釋天(인드라神)의 궁전을 장식한 망인데, 그물망 한 코마다 보옥이 걸려 있다고 한다. 그 보옥들 하나하나가 다른 보옥들 모두를 비추고 그 보옥 가운데 모든 다른 보옥들이 비추어지듯이, 무한히 교착되는 것이 '重重'이다. '重重無盡'은 화엄종의 기본 교리이다. 法藏의 『華嚴五敎章』 卷四 「因陀羅網境界門」(大45, 506a)에 자세하다.

128) 지극한 하나는 본체를 말한다. 그것이 공용으로 현현할 때는 하나가 아니다. 하나가 아니므로, 모두가 주인이다. 따로이 존귀한 한 존재를 둘 수 없다.

129) 모두가 주인이 되므로, 상대적인 것이 아닌가 의심할 수도 있다. 그러나 서로 종속이 되므로, 서로 떨어지지 않고 원래 그대로 혼일한 전체가 된다. 즉 상대가 절대가 되는 것이다. 온갖 변화를 만나지만 현묘한 일치를 인식한다면, 거기에서 무엇을 기다리겠는가?

를 이해하지 못한 것이다. 원자, 전자를 말하는 사람들 중에는 입자라고 보는 이도 있고, 파동이라고 보는 이도 있으며, 파동이면서 동시에 입자라고 보는 이도 있다. 실제로 실측이 미치는 범위는 위대한 공용이 유행한 자취의 형상에 의거하여 해석하는 것에 불과하다. 이러한 해석은 결코 실리(實理)와 상응하지 못한다.[130] 따라서 자취에서 떠나서 완전히 형상을 잊고 사물이 없는 경지에 깊이 정신을 두지[冥神] 않으면, 본체를 깨닫지 못한다. 사물이 없는 경지에 깊이 정신을 둔다는 것은 정견이 그치고 허망한 인식이 사라지며, 찬란한 절대, 즉 본체가 그대로 드러나는 것이다. 본체가 드러나는 때는 저절로 밝고 저절로 깨닫게 되는데, 이를 '본체를 깨닫는다[證體]'고 한다. 별도의 마음이 있어서 이 본체를 깨닫는 것이 아니다. 이러한 내용은 『양론』에서 더 자세히 살펴보려고 한다. 본체를 깨닫지 못하므로, 위대한 공용을 인식하지 못한다. 무슨 까닭인가? 공용은 바로 본체가 현현한 것을 부르는 말이다. 공용은 본체와 달리 따로 실재하는 사물이 아니다. 따라서 공용이 바로 본체이고[卽用卽體] 본체가 바로 공용이라는[卽體卽用] 의미를 알게 되면, 본체를 깨닫지 못하면 공용도 인식하지 못한다는 것을 알게 된다. 이 일은 의심의 여지가 없다.

오직 본체를 깨달을 때만 공용을 알 수 있다. 공용을 알게 되면, 위대한 공용의 흐름이 응집하여 수많은 것들, 즉 소일들을 이루고, 이 소일은 지극히 신묘하여 생성되지만 존재하지 않고[131] 순응하지만 사물이 없는 것임을 알게 된다.[132] 따라서 사물로 보아서 실측할 수 없는데, 어

130) 여기에서 實理라는 용어는 위대한 공용이 유행한 眞相을 말한다. 또 온갖 변화의 진리라고도 한다.

131) 일어나자마자 사라지고 찰나마다 모두 이렇게 잠시도 머무르지 않기 때문이다.

132) 應은 순응이다. 응축은 翕이다. 翕은 위대한 공용에서 강건한 闢의 도구이므로, 벽에 대하여 순응한다고 본 것이다. 그러나 그 翕은 극단으로 응집한 勢用의 일종이고, 찰나마다 거짓으로 나타날 뿐 본래 실제 사물이 없다.

떻게 원자, 전자에 비길 수 있겠는가? 과학자들이 말하는 원자, 전자는 위대한 공용이 유행한 자취의 형상을 그처럼 해석한 것에 불과하다. 만약 그들이 위대한 공용에 통달하였다면, 그렇게 볼 리가 없다. 왜인가? 그들이 말하는 원자, 전자는 위대한 공용이 유행한 자취의 형상을 붙잡은 것에 불과하고, 공용의 본체를 깨닫지 못하였기 때문이다.

덧붙이는 말 : "여기에서 '궁극[極]으로 되돌아가서 본체를 깨닫는다'고 한 귀절이 참으로 그대의 말과 같다면, 우주의 진리를 궁구하는 것은 바로 본심으로 되돌아가야[反諸本心] 얻어질 수 있는 것이다. 나는 이 점이 의심스럽다"라고 질문하는 사람이 있다. 이에 대한 답은 다음과 같다. 그대는 이 글의 「명종」 장의 내용을 분명히 파악하지 못하여서 이러한 의문을 가지게 되었다. 양명(陽明) 선생은 양지(良知)에 대해 감탄하여 "소리도 없고 냄새도 없이 홀로 아는 때, 이것이 건곤 만유의 바탕이 되네"라는 시를 남겼다.[133] 이 의미를 철저히 안다면, 내 설명에 아무런 의심이 없어야 한다. 천지와 인간과 사물을 낳는 것이 동일한 리(理)임을 알아야 한다. 이 리가 나에게 있는 것을 본심(本心)이라고 부른다.[134] 애석하게도 우리는 이 본심을 잘 보존하지 못한다.[135] 고요함[靜]의 효능을 한 번 절실히 깨달으면, 본심이 거의 드러나고[136] 이 리(理)도 나타나게 된다. 머무르지 않고 쉴 새 없이 생성 변화하는 신묘함은 한결같이 저절로 분명해지고 저절로 깨우쳐진다. 이러한 경지를 어찌 추

133) (역주) 『王文成全書』 卷二十. "無聲無臭獨知時, 此是乾坤萬有基."

134) 양명은 良知라고 부른다.

135) 심리학에서는 그 형체에 의거하여 발현하고 사물에 감응하여 움직이며 習染을 이룬 것을 마음이라고 여긴다. 이것이 매번 그 본심에 어긋난다는 것은 변명할 필요도 없다.

136) 靜의 뜻은 심원하여 말로 표현하기 어렵다. 절실히 가까운 것으로 말하자면, 이 마음을 수렴하면 혼매하지 않고 어지럽게 흩어지지 않으며 무감각하지도 않아서 『禮經』에서 "청명함이 내 몸에 있고, 志氣는 귀신과 같다"고 말한 것과 같다. 이것이 바로 靜의 모습이다.

측으로 얻을 수 있겠는가?

어떤 사람은 또 "소일은 응축이 극에 달해 존재하려는 조짐이다. 이것이 그대가 말한 내용이다. 이렇게 본다면 유물(唯物)이 되어야지, 어째서 유식(唯識)이라고 하는가?"라고 묻는다. 이에 대한 답은 다음과 같다. 그대는 내가 한 말을 이해하지 못하였다. 저 응축이 극에 달해 사물을 이루는 경향이 있는 것은 본체의 자성이 본래 그런 것이 아니다. 본체에서 공용을 이룰 때 그 강건한 전진[健進]을 나타내기 위해서는[137] 먼저 응축되는 것이 있어 강건한 전진의 도구가 되어야 하기 때문이다.[138] 따라서 응축하여 사물을 형성하려고 하거나 그 본체가 공용으로 나타나는 때,[139] 저절로 그렇게 되는 작동[自然之幾]으로 인해 반드시 그렇게 되는 형세가 있게 된다. 이 응축의 형세는 본체의 자성과 상반되는 듯하다. 그러나 바로 상반되기 때문에 강건한 전진의 힘이 그것을 빌어 도구로 쓸 수 있다. 그렇지 않으면 강건함을 나타내기 위하여 빌어서 쓸 힘이 없게 된다. 여기에서 위대한 공용은 원래 혼일한 전체임을 알아야 한다. 그러나 응축하는 힘, 즉 소일을 따르면 그것이 다양하게 분화된 것[分殊]임을 보게 된다.[140] 하나의 소일마다 모두 강건한 전진의 힘이 포함되어 있어 그 사이를 운용한다.[141] 홀로 응축하여 강건한 힘을 가지지 못한 소일은 결코 없다.[142] 따라서 강건한 힘의 측면에서 말하면 본래 혼일한 전체이지만, 소일에 따르면 다양하게 분화된 것들이 된다. 그러나 강건한 전진은 위대한 공용의 본모습이다. 두루 유행

---

137) 강건한 전진은 闢의 의미이다.

138) 이 중의 '먼저'라는 말은 義理상에서 말한 것일 뿐 시간의 의미가 아니다.

139) 이곳에는 본래 시간의 의미가 없다. 다만 언어의 방편상 '때'라는 말을 사용하였다.

140) 중권 제6장 「공능(하)」를 다시 볼 것.

141) 포함된다는 것은 서로 떨어져있지 않다는 것이다. 운용한다는 것은 옆에 끼고 함께 변화한다는 것이다.

142) 강건한 세용을 줄여서 健勢라고 부른다.

하며 모든 곳에서 활동하고, 고정된 위치는 없지만 존재하지 않는 곳도 없다. 유행하고 응축하여 다수의 측면을 형성하므로, 무수한 소일이라고 할 수 있다. 그러나 이렇게 두루 유행하며 모든 곳에서 활동한다는 측면에서 말하면, 결국 소일에 따르는 제한된 영역이 있다고 할 수 없다. 따라서 혼일한 전체임을 잃지 않으며, 위대한 하나, 즉 '대일(大一)'이라고 부른다.143)

그러므로 하나의 소일은 응축과 강건함이144) 서로 함유되어 함께 존재하는 하나의 단위이다. 응축은 장자(莊子)가 말한 '형체의 근본(形本)'이다.145) 실제로 응축은 아직 형체를 형성하지는 못했지만 그러한 경향을 가지고 있다. 따라서 이 응축하는 힘을 '형향(形向)'이라고 부르고, 또 '활동 영역[動圈]'이라고도 부른다. 형향이라고 하고 활동 영역이라고 부르면, 마치 독자적인 변화[獨化]와 같다.146) 또 하나의 단위가 된다고 하므로 소일(小一)이라고 부르는데, 실제로 소일은 응축을 부르는 말이지만147) 응축은 환상(幻象)에 지나지 않는다.148) 이렇게 응축을 이루고 또 응축한 것을 운용하는 중에 그 주재자가 되는 것은 지극히 강건하고 지극히 신묘한 작용이다.149) 지극히 강건하고 지극히 신묘한 작용이 혼일

143) 惠施는 "너무 커서 밖이 없는 것을 大一이라고 한다"라고 하였는데, 지금 이 말을 빌어서 썼다. 여기에서 大는 작다는 것과 반대가 아니라, 절대를 지칭하는 것이다. 절대이기 때문에 밖이 없다.

144) 즉 흡과 벽을 말한다.

145) 『十力語要』 권2 중 意인이 『老子』의 의미를 물어본 데 대한 답을 참고할 것. 形本은 그것이 모든 형체를 가진 사물의 시작이 된다는 것을 말한다.
(역주) 『莊子』 內篇 「知北遊」. "老聃曰, 汝齊戒, 疏水瀹而心 (…중략…) 精神生於道, 形本生於精."

146) 獨化는 세속에서 개개의 사물을 이루는 것과 같다는 의미이다.

147) 응축이 없다면 단지 혼일하기만 하고 분화되지 않는데, 어떻게 小一이라고 부를 수 있겠는가?

148) 象이라는 자를 잘 살펴봐야 한다. 단지 상이 없는 상일 뿐이므로, 세속에서 形質이 있는 것을 말하는 경우와는 다르다.

149) 강건한 전진이라고 하고, 闢이라고 하고, 위대한 공용이라고 하는 것은 모두 그것을 다르게 부른 이름이다.

한 전체나 대일(大一)이 되는 측면에서 말하면, '우주의 마음[宇宙心]'이나 '위대한 마음[大心]'이라고 부른다. 그러나 여기에서 말하는 우주의 마음이나 위대한 마음은 원래 일합상이 아니다.[150] 그것은 하나이지만 다수에 구애받지 않고,[151] 다수가 바로 하나가 된다.[152] 전체이지만 부분에 구애받지 않고, 부분이 바로 전체가 된다.[153] 이러한 이치는 결코 희귀하거나 이상한 것이 아니다. 소일이 바로 위대한 하나, 즉 대일(大一)이 응축하여 다수를 이룬 것이기 때문이다.[154] 대일의 본래의 작용은 그것이 포함하는 무수한 소일들 중에서 두루 유행하며 모든 것을 운용하는 것이다.[155] 소일은 다수를 형성하므로 전체 중에서 부분이 되지만, 대일 자신은 제한된 영역이 없고 수량의 한계도 없다. 따라서 전체로서 부분에 구애받지 않고, 부분이 바로 전체가 된다. 하나지만 다수에 구애받지 않고, 다수가 바로 하나가 된다. 이것은 달이 수많은 강물에 비춰지는 것에 비유할 수 있다. 수많은 강물은 각각 달을 가지고 있지만, 달은 원래 하나이다.[156] 따라서 대일은 소일을 포함하고, 소일은 여기에

150) 이 뒤로는 위대한 마음이라고 생략해 말하겠다.

151) 이 마음은 상대적인 것이 없으므로, 하나이다. 본래 하나이지만 다수로 나타난다. 따라서 하나지만 다수에 구애되지 않는다고 하였다.

152) 다수로 현현하지만 다수가 바로 하나라는 것은 다수 외에 별도로 하나라는 것이 있다는 의미가 아니다. 따라서 다수이지만 하나에 구애되지 않는다고 하였다.

153) 하나와 많은 것들의 예에 기준해서 알 수 있다.

154) 따라서 大一은 小一을 포함한다.

155) 본래의 역용은 小一에 대하여 말한 것이다. 小一도 大一이 응축한 것이다. 그러나 대일의 본래의 역용은 덜거나 없어지는 일이 없다. 그것이 응축하여 소일이 되는 것은 바로 자신의 힘을 나타내기 위하여 스스로 자료를 만들어 그것을 내보내는 것이다. 이것은 이치의 형세상 저절로 그런 것이지 그럴 의도가 있는 것은 아니다.

156) 수많은 강들이 각각 달을 가지고 있다고 한 것은 무수한 小一들이 모두 각각 大一을 가지고 있고, 원래 혼일한 전체이며 차별이 없음을 비유한 것이다. 모든 비유는 적은 부분이 비슷한 것을 취할 뿐이므로, 융통성 없이 해석해서는 안 된다. 학자들은 이 점을 알아야 한다.

(역주) 달과 달그림자에 대한 비유는 불교, 특히 禪佛教에서 자주 차용하는 비유이다. 예컨대 『御禪語錄』「西江月十二首」(續68, 736a). "一輪月印萬川明, 方識萬殊一本."

서 대일을 인식한다.[157] 이처럼 신묘하다!

덧붙이는 말 : 철학상의 이원론(二元論)은 본래 이치에 맞지 않는다. 더욱이 다원론(多元論)은 근본을 파악하지 못한 이론이다.[158] 일원론(一元論)이 하나의 대상을 세우고 만물이 거기에서 시작되었다고 보는 것이라면, 일원론과 본론의 학설은 하늘과 땅만큼 다르다.[159] 과거의 철학자 혜자(惠子)는 대일과 소일의 학설을 제기하였는데,[160] 그 학설은 현재 살펴볼 수 없다. 『중용(中庸)』에도 "큰 것을 말하자면, 온 세상도 그것을 다 싣지 못한다. 작은 것을 말하자면, 온 세상도 그것을 깨뜨리지 못한다"라는 귀절이 있다.[161] 글귀는 간략하지만, 의미는 깊다. 요컨대 이 모두는 본론의 내용과 보완이 되면서 서로를 증명해준다.

"대일(大一)이 응축하여 다수를 형성한 것을 소일이라고 부른다. 그

---

157) 작은 것이 큰 것이고, 큰 것이 작은 것이다. 따라서 大一은 각 小一의 상을 합쳐서 모은 것이 아니다. 이치대로 생각해야 한다.

158) 현상계를 해석할 때에 일체의 사물들이 서로 의존하여 존재함을 밝히는 경우와 같다. 다원론이라고 가정해도 무방할 듯하다. 그러나 이러한 논의는 항상 본체를 깨닫지 못한다. 여기에서 잘못이 심해진다.

159) 본론 역시 一元이라고 해도 무방하다. 그러나 하나가 많은 것들을 포함하고, 많은 것들이 바로 하나이다.

160) 『莊子』「天下篇」을 볼 것.
(역주) 大一과 小一은 중국 戰國시기 惠施의 우주론의 한 범주이다. "惠施曰, 至大無外, 謂之大一. 至小無內, 謂之小一."(『莊子』「天下篇」) 이 범주는 우주 구성과 사물 大小의 상대성을 반영한다. 우주 구성의 측면에서 말하면, 형색이 각각 다른 만사만물이 끝없는 우주 중에 공존하고, 이 때문에 나와 너, 피차의 구별이 없는 '大一'을 볼 수 있다. 이와 동시에 이렇게 형색이 각각 다른 만물은 다시 小一로 나누어서 구성하여 피차가 서로 같다고 할 수 없다. 그러나 無外의 大一과 無內의 小一은 모두 一이고, 이 때문에 대와 소는 서로 같다. 혜시의 이러한 관점은 사물과 개념의 상대성과 가변성을 제시한 것이다. 이 점을 확대하면 상대주의적 결론에 도달하게 된다.

161) 커서 실을 수 없다는 것은 지극히 커서 밖이 없기 때문이다. 작아서 깨뜨릴 수 없다는 것은 지극히 작아서 안이 없기 때문이다.
(역주) 『中庸』 十二章. "語大, 天下莫能載. 語小, 天下莫能破焉."

응축에 의도가 있는가?" 이에 대한 답은 다음과 같다. 조화는 마음[心]은 있으나 의도[意]가 없는 것임을 나는 이미 말하였다. 강건하여 굽힐 수 없는 것을 마음이라고 하고, 신묘하여 헤아릴 수 없는 것을 마음이라고 하며, 순수하여 더러움이 없는 것을 마음이라고 하고,162) 그치지 않고 생성하는 것을 마음이라고 하며, 용감하여 타락하지 않는 것을 마음이라고 한다. 넓게 말하면 무한한 의미를 지니므로, 아주 복잡할 듯하다. 의도는 사람들의 동작, 의욕을 계산대로 하고, 자연스러운 운행[任運]에 맡기지 않는 것이다.163) 우리는 공용의 본체를 마음이라고 할 수 있지만, 그것에 의도가 있다고 할 수 없다. 위대한 공용의 흐름은 먼저 응축되는 것이 없을 수 없다.164) 그러나 이것은 신묘한 변화가 저절로 그렇게 된 것이지 의도적인 것이 아니다. 『역(易)』에 "신(神)은 빠르면서도 속도가 나지 않고, 가지 않으면서도 도달한다"라는 구절이 있다.165) 가서 도달하는 것과 빨라서 속도가 나는 것은 의도가 있는 행위이다. 도달하지만 간 적이 없고 속도가 나지만 빠른 적이 없는 것이, 무이면서 유이고 비어 있으면서 영령하고 행하지 않으면서 행하는 것이다. 여기 어디에 의도가 있는가?

앞에서 말한 것을 종합하면, 소일의 의미를 다 밝힌 것이다. 다음으로 세간에서 만물이 존재한다고 보는 것[現見]은166) 어떻게 성립되는가? 만물은 오직 소일에 의거해서 가설된 것임을 알아야 한다. 소일을 떠나서는 실제로 만물이라고 할 것이 없다. 무수한 소일이 서로 비비고[摩] 부딪쳐서[盪] 자취의 형상이 흩어져 나타난 것을 만물이라고 부른다.167)

---

162) 순수하다는 것은 순전히 善하다는 의미이다.
163) 自然스러운 운행에 맡기는 것을 任運이라고 한다. 의도가 있으면, 이처럼 될 수 없다.
164) '먼저'라는 것은 시간의 의미가 아니다. 이 주는 앞에서도 보인다.
165) 상권 「전변」 장을 참조할 것.
(역주) 『周易』 「繫辭(上)」. "唯神也, 故不疾而速, 不行而至."
166) 現見은 감각기관으로 보고 듣고 만지는 것, 내지 의식이 관찰하는 것들을 말한다.
167) 비비는 것[摩]은 양쪽의 상이 가까운 것, 즉 서로 가까이에서 합쳐진다는 뜻이다. 부

그 까닭은 무엇인가? 소일이 아직 형체를 이루지는 못했지만, 소일 하나하나는 찰나마다 갑자기 일어나서 극단으로 응축하는 힘이다. 이러한 힘들이 무수히 많으므로, 피차 시간과 위치의 상이 적당하고 서로 가깝게 있을 때 한 계열을 형성한다.[168] 또 적당하지 않으면, 서로 어긋난다. 이 때문에 모두 뒤섞여서 한 계열만 형성하지 않고, 서로 가깝게 있는 것들끼리 따로 다수의 계열을 형성한다. 비비고 부딪치는 정(情)은 그것과 이것이 서로 적당한가 여부에서 생겨날 뿐이므로, 반드시 서로 비비는 것이 사랑에서 시작되고 서로 부딪치는 것이 증오에서 나온다고 억측할 필요는 없다. 조화(造化)는 본래 작의가 없기 때문이다. 무수한 소일은 서로 비비고 가까운 것들끼리 합하여 하나의 계열을 형성한다. 서로 부딪치면 떨어지고, 이것들이 따로 합쳐져서 수많은 계열을 형성한다. 이것이 현묘한 변화[玄化]의 비밀이다. 각 소일 사이에 서로 비비고 부딪치는 일이 있는 것과 마찬가지로, 계열과 계열 사이에도 서로 비비고 부딪치는 일이 있다. 계열과 계열이 결합한 것을 계군(系群)이라고 부른다. 두 계열 이상이 서로 가까이 결합한 계군에는 점차 자취의 형상이 있게 되지만, 어떤 경우에는 그것이 현저하지 않다.[169] 다수의 계군들이 서로 가까이 결합하면, 거칠게나마 형상이 나타난다. 예컨대 내 눈앞의 책상도 수많은 계군들이 서로 비비고 부딪쳐 형상을 이룬 것을 책상이라고 부르는 것이다. 해 · 별 · 대지도 그렇고, 내 신체도 그렇다. 따

닺치는 것[盪]은 서로 맞부딪치는 것, 즉 서로 괴리된다는 의미이다. 여기에 나오는 '비비고' '부딪친다'는 두 말은 「易傳」과는 뜻이 다르다.

168) 이때의 시간과 위치는 원래 가정이다. 소일이 함께 일어나 서로 들어맞는다고 말하려면, 부득불 시간과 위치를 가정하여 형용할 수밖에 없다. 그 근원을 궁구하면, 시간과 위치는 없다.

169) 자취의 형상[迹象]을 줄여서 그냥 象이라고도 한다. 작은 것이 쌓여서 현저히 나타나므로, 상을 이룬다. 과학자들이 말하는 원자 · 전자 등은 수많은 소일들이 서로 가까이에서 결합하여 이루어진 系群의 자취의 형상에 매달리는 것에 불과하고, 실제로는 소일을 측정할 방법이 없다.

라서 만물은 소일을 떠나서 별도로 자체(自體)가 있는 것이 아니다. 저 소일은 지극히 작고도 작은 것이다. 작은 것이 쌓이면, 밖으로 드러난다.170) 『중용(中庸)』에 "은미한 것이 밖으로 드러나는 것을 참으로 가릴 수 없다"171)라는 구절이 있다. 이것은 진체(眞體)가 공용을 형성하는 것을 말한다. 응축한 것이 지극히 작지만, 작은 것이 쌓여서 만물로 드러나고 지극히 진실한 것에 근본을 두고 있음이 너무도 분명해서 가릴 수 없다는 것이다. 참으로 심원한 내용이다!

무수한 소일이 서로 비비고 부딪쳐서 만물을 형성한다는 것은 앞에서 말하였다. 또 "소일이 한 찰나도 머무르지 않는다고 하지 않았는가? 지금 서로 비비고 부딪힌다는 말을 누가 옳다고 하겠는가?"라고 묻더라도, 그 대답은 다음과 같다. 그대는 찰나도 머무르지 않는다는 말을 듣고 공견(空見)을 일으켰다.172) 이것은 큰 잘못이다. 저 소일은 본래 찰나의 또 다른 명칭이다.173) 찰나로 나아가 말하자면,174) 황홀하여 잡을 수가 없다.175) 이것은 다수의 찰나에 모두 해당하는 말이다. 이전의 찰나는 바로 소멸하지만 자취의 형상이 있는 것 같으므로, 전적으로 소멸한 것은 아닌 듯하다.176) 다음 찰나가 새로 생겨나 이전 것과 함께 존재한

170) 嚴又陵은 "微分의 방법은 무한히 작은 것이 쌓여서 존재하는 것들을 이룰 수 있다는 것에서 수가 시작한다는 것을 말한다"라고 한다.

171) (역주)『中庸』 十六章. "夫微之顯, 誠之不可揜, 如此夫."

172) 텅 비어 아무 것도 없다[空無]고 생각하는 것을 말한다.

173) 찰나의 의미는 상권에 보인다. 본론에서는 極小를 가정할 경우에 찰나라고 부른다. 그것은 지극히 작아서 한 순간에 비기기에도 부족하다. 그러나 궁극적으로 그러한 가정은 시간의 의미가 아니므로, 잘 이해해야 한다. 소일은 갑자기 나타나서 잠시도 머무르지 않으므로, 소일을 찰나를 다르게 부른 명칭이라고 할 수 있다.

174) 찰나는 刹로 줄여 말한다.

175) 恍惚은 고정된 모습이 없는 것이다. 없다고 보지만, 응축하여 생겨난다. 있다고 보지만, 생겨나자마자 사라진다.

176) 자취의 형상은 음악이 그치고 난 뒤에도 여전히 여음이 남아서 진동하고 있는 것에 비유할 수 있다. '있는 것 같다'는 말은 분명히 실제 사물이라고 집착하면 안 되기 때문이다. '—은 아닌 듯하다[似未]'는 말은 분명히 소멸하지 않는 것이 아니지만, 환상의 자취일 뿐이라는 뜻이다.

다.[177] 이러한 사실에 의거해서 말하면, 앞뒤 찰나간이 완전히 텅 빈 것이 아니다. 이전 것과 다음 것이 모두 머무르지 않지만, 텅 비어 아무것도 없는 것은 아니다. 비유하자면 번갯불이 번쩍번쩍하는 것과 같아서, 수많은 찰나들을 거치지만 한 찰나도 머무른 적이 없다. 그러나 그 앞뒤 사이에 엄연히 이전 찰나에서의 한 번의 번쩍임이 있고, 다음 찰나에서의 한 번의 번쩍임이 함께 존재한다. 그런데 어떻게 공(空)이라고 하겠는가? 이렇게 비유해보면, 이전 찰나와 다음 찰나의 소일은 서로 상이 인접한 것끼리 함께 존재한다고 할 수 있다.[178] 또 무수한 소일이 동시에 나타난 것을 개별적인 저것과 이것이라고 가정해도 무방하다.[179] 소일은 앞과 뒤, 저것과 이것이 각각 별도로 존재한다고 가설할 수 있기 때문인데, 여기에서 한걸음 더 나아가 서로 비비고 부딪친다고 가설한 것이다. 그대는 찰나도 머무르지 않는다는 말을 듣고 공견을 일으켰고, 이 때문에 소일이 서로 비비고 부딪힐 수 없다고 허망하게 논박한 것이다. 이것은 그대의 실수이지 내 잘못이 아니다.

소일은 서로 비비고 부딪혀서 각 계열을 형성한다. 계열과 계열은 서로 비비고 부딪혀서 각 계군을 이루고, 여기에서 만물이 나타난다. 따라서 만물은 자성(自性)이 없고,[180] 단지 무한한 응축의 힘이 온갖 자취의 형상으로 거짓 나타낸 것을 만물이라고 부르는 것뿐이다.[181] 어떤 사람은 "그대의 말과 같다면 만물은 본래 공(空)하므로, 세간의 견해와는 다

---

177) 뒤의 찰나가 바로 생겨나는 때는 앞의 자취의 형상이 아직 사라지지 않은 때와 만난다. 이것을 '함께 존재한다[俱有]'고 한다.

178) 여기까지 말하면, 본래 시간의 의미가 없음을 알아야 한다. 지금 앞뒤라고 말한 것은 언어의 방편상 그렇게 쓰고 부득불 그렇게 가정한 것뿐이다.

179) '가정'이라는 두 글자에 주의해야 한다. 만약 실제 시간이 있다고 생각하고, 또 소일이 저것과 이것을 구분할 수 있는 개별적인 實物이라고 생각한다면, 큰 잘못이다.

180) 독립적으로 존재하는 自體가 없다는 말과 같다.

181) '응축하는 힘'은 小一을 다르게 부른 것이다. 소일은 형체가 없고 단지 수렴하는 힘만 있으므로, 응축하는 힘이라고 부른다.

른 것 같다. 세간에서는 만물이 존재한다고 보기 때문이다"라고 질문한다. 이 질문에 대한 답은 이러하다. 본체를 칭하여 말하면, 만물은 본래 공하다.182) 정(情)에 따라 이론을 세우면, 응축의 힘이라는 것은 원래 본체의 유행이다.183) 즉 이 유행의 자취의 형상이 만물이 된다고 한 것은 의미 면에서 틀리지 않는다. 정에 따라 이론을 세운다는 것은 세속의 상식적인 견해에 그대로 따른다는 말이다. 유행은 본래 흡벽을 통칭한다. 지금 응축의 힘을 말한다면, 흡만 언급하는 것이다. 그러나 흡은 벽과 분리되지 않고 표현하는 용어만 다를 뿐이다. 흡의 세력이 유행하여 자취의 형상이 환상으로 나타나고, 이 유행한 환상을 만물이라고 가설한 것이다. 이 점은 이론상 성립하므로, 폐기할 이유가 없다.

어떤 사람은 또 이렇게 질문한다. "그대가 말한 것과 같이 유행(流行)에서 본체를 인식한다면, 유(流)는 유가 아니고 행(行)은 행이 아니다. 무엇 때문인가? 유행이란 쉬지 않고 생성한다는 의미이다. 그러나 쉬지 않고 생성하면 찰나마다 과거의 것을 지키지 못하고, 본래 머무르고 축적하는 일이 없게 된다. 이것은 종교인들이 상제(上帝)가 세계를 창조했다고 주장하는 학설과 다르다. 노자가 '생성하면서도 소유하지 않는다'고 한 말은 유(流)가 유가 아니고 행(行)이 행이 아니라는 논지와 묘하게 부합한다. 쉬지 않고 생성한다는 것은 실제로 생성한 적이 없다는 의미이기 때문이다. 참으로 '하나인 진리[一眞]'는 깊고도 고요하여, 사물이라고 할 것이 없다! 그러나 본체를 인식하면 본체의 유행에서 그 형상을 거짓으로 취하여 만물이라고 부르게 되므로, 의미 면에서 통한다.184)

182) 칭한다[稱]는 것은 계합하고 진리를 체득하는 것이다. 본체[體]는 만물의 본체이다. 이치를 지극히 하여 말하면, 보통 생각을 아주 뛰어넘는다. 본체에 통달하면 고요한 가운데 그와 계합한다. 여기에 이르면 一眞 絶對가 있을 뿐이므로, 一理가 평등하게 펼쳐 있다고도 말한다. 어떻게 세속에서 생각하는 만물이 있겠는가?

183) 실제의 힘이 있어서 본체와 따로 홀로 나아가는 것이 아니므로, 응축의 힘이라고 부른다. 즉 본체의 유행을 응축의 힘이라고 부른다.

184) 유행은 相이 환상으로 나타난 것이다. 相은 자취의 상[迹象]이라고 하는 것과 같다.

따라서 만물이 존재한다고 가설한다면, 만물에 법칙이 있다는 것도 인정할 수 있는가?" 이 질문에 대한 답은 다음과 같다. 만물이 있으면 법칙이 있다는 것은 우리나라 고대시에서도 분명하게 밝힌 가르침이다. 법칙의 의미는 지극히 넓다. 지금 여기에서 소략하게 밝히고 싶은 것은 만물이 갖고 있는 기본 법칙들인데, 과학 지식으로 발견한 모든 법칙이나 규칙이 성립하는 이유가 된다. 그것이 실제로 사물에 대한 지식을 가능하게 하는 객관적인 기초이다. 지식론, 또는 인식론에서는 그것을 범주(範疇)라고 부른다. 칸트[185]는 지식론의 관점에서 범주가 주관적이고 선험적이며, 경험에 의해 성립하지 않고 단지 경험이 가능한 조건, 바꾸어 말해서 지식을 가능하게 하는 조건일 뿐이라고 보았다. 칸트의 이러한 주장은 그 입론의 단계가 나와 다르다. 나 역시 칸트의 학설과 억지로 같다고는 보지 않는다. 지식론에서 말하면, 나는 범주가 순전히 주관적인 것도 순전히 객관적인 것도 아니며 주객관에 함께 속한다고 본다.[186] 범주가 순전히 주관적이라면, 객관적인 측면에는 전적으로 의

임시로[假] 취한다는 것은 자취의 상에 대해 실제 사물이라고 집착하지 않는 것이다. 그러나 상식적인 견해에 따라 이론을 세워, 사물이라고 부르는 것뿐이다.

185) (역주) 칸트(I. Kant, 1724~1804)는 18세기 독일의 철학자로서 독일 고전철학의 바탕을 마련하였고, 근대 서양철학사상의 二元論・先驗論과 不可知論의 대표자이다. 그러나 웅십력은 칸트의 이원론・선험론과 불가지론을 모두 비판한다. 예컨대 칸트 철학에서 도덕률이 존재하기 위해서는 필연적으로 자유의지, 영혼의 불멸성, 神의 존재라는 세 가지 실재가 요청된다. 그러나 웅십력의 입장에서 보면, 도덕의 실천은 바로 본체, 본심의 자각으로 이루어진다. 인간의 본심이란 본체로서 바로 仁한 마음 그 자체이다. 따라서 그가 仁한 행위를 한다는 것은 자신이 본래 소유한 본심이 그대로 밖을 향해 드러난 것뿐이다. 본심이 그대로 드러나게 될 경우, 神이나 영원을 담지하기 위한 불멸의 영혼은 필요하지 않다. 서양 형이상학은 天과 人을 서로 관련짓지 않으며, 본체와 나 자신을 서로 별개의 것으로 파악한다는 공통된 특성을 갖는다. 따라서 천과 인을 관련짓기 위해서는 신이니 영혼 불멸이니 하는 외부의 장치가 필요했던 것이다. 반면에 웅십력 철학에서는 天과 人은 둘로 분리할 수 없고[天人不二], 신이나 영혼 불멸이라는 '필연적인 요청'은 쓸데없는 사족이 될 것이다. 따라서 웅십력은 칸트 철학을 '지리하다'고 비판한다.

186) 여기에서 객관은 세속에서 말하는 외부세계의 사물이다. 뒤에도 이에 의거한다. 칸트가 쓰는 객관이라는 말뜻과 꼭 전적으로 부합하지는 않는다.

거할 데가 없을 것이다. 이것은 마치 사유의 측면에 미리 수많은 법칙이[187] 저장되었다가 객관 사물의 측면에 응용되는 것과 같다. 이러한 학설은 실제로 통하지 않는다. 만약 이러한 법칙이 예정된 것이 아니라고 한다면, 필시 우리의 인식 능력이나 상상력이[188] 경험될 때[189] 이러한 법칙을 교묘히 내놓아 사물의 측면에 응용하는 것과 같으므로, 자연히 유효할 것이다.[190] 이와 같다면 주관적인 법칙은 객관 사물에 전적으로 의거할 데가 없다. 즉 과학상에서 지식을 구하는 방법은 근본적으로 실측의 방법을 활용하지 못하게 된다. 이 경우에 과학 지식이 어떻게 가능한가가 결국 큰 문제가 된다. 칸트는 이 점에 주의를 기울이지 못한 듯하다. 나는 『양론』을 써서 이를 재평가하려고 하므로, 여기에서는 상세히 다루지 않겠다. 나는 본래 범주가 주관과 객관에 모두 속한다고 주장한다. 지금 사물의 측면에 나아가 말하면, 범주는 사물의 법칙, 또는 사물이 갖추고 있는 기본 법칙이라고도 부른다. 그 내용을 다음과 같이 열거해보겠다.

첫째는 공간과 시간이다. 공간과 시간에 대한 철학적이고 과학적인 해설은 본래 지극히 복잡하다. 상세하여 널리 탐구하기 어려우므로, 나 개인의 의사만 말하고자 한다. 나는 사물의 측면에서 말하면, 공간상[空相]과 시간상[時相]은 사물의 존재 형식에 지나지 않는다고 본다. 우리는 사물이 있다고, 즉 존재한다고 가설한다. 이와 같으므로 모든 사물은 분명히 확장된 모습[擴展相]이 있고, 그렇지 않으면 이 사물은 근본적으로 존재하지 않는다. 확장된 모습이 있으므로, 사물이 존재한다고 말할 수

187) 범주를 말한다.

188) 칸트의 학설과 같다면, 이러한 종류의 상상력은 보통 말하듯 한 번 발생한 사물을 재현하거나 재생하는 것만이 아니고, 완전히 자기의 능력으로 만들어내는 상상력이기도 하다.

189) 예컨대 직관 중에 표현된 것이 바로 경험이다.

190) 여기에서 유효하다는 말은 개인을 초월하는 의미를 함유한다. 즉 보통 사람들이 모두 공인하는 것이다. 그렇지 않으면 유효하다고 할 수 없다.

있는 것이다. 또 확장된 모습이 있으므로, 상하 · 사방 등의 공간상이 나타난다. 따라서 공간은 실재하는 것이 아니라 사물의 존재 형식에 불과함을 알게 된다. 또 모든 사물에는 분명히 연속된 모습[延續相]이 있다. 연속의 의미가 성립하지 않으면, 이 사물도 근본적으로 존재하지 않는다. 연속된 모습이 있으므로, 사물이 존재한다고 말할 수 있는 것이다. 또 연속된 모습이 있으므로, 과거 · 현재 · 미래 등의 시간상이 나타난다. 따라서 시간은 실재하는 것이 아니라 사물의 존재 형식에 불과함을 알게 된다.

어떤 사람은 이렇게 묻는다. "사물이라는 것은 실제로 수많은 소일의 계군(系群)들이 합쳐진 것이다. 소일은 본래 사물이 아니고, 그것들이 형성한 각각의 계군도 사물이 아니다. 단지 수많은 응축의 형세가[191] 형상으로 거짓 나타난 것을[192] 사물이라고 부르는 것뿐이다. 형상이 거짓으로 나타난 것을 확장[擴展]이라고 가정해 말해도, 의미 면에서는 무방하다. 그러나 연속이라고 한다면, 이치에 맞지 않는 듯하다. 왜인가? 소일이 본래 전후로 연속한다는 의미가 없으므로, 계군이 환상으로 나타내는 형상에 연속의 의미가 있음을 인정하기 어렵다." 이에 대한 답은 다음과 같다. 소일은 본래 사물이 아니므로, 전후로 연속된다는 의미가 있다고 인정하기 어렵다. 그러나 찰나마다 각각 별도로 새롭게 생겨나므로, 항상되지도 않고 단절되지도 않는다.[193] 계군이 형성한 환상의 형상을 연속이라고 가설한 것뿐이다. 이러한 내용은 세속의 진리에 따른 것이므로, 어긋나지 않는다.

다음으로 공간과 시간은 사물의 존재 형식이므로, 통일체로서의 공간과 끊이지 않고 흐르는 절대 시간이란 주관적인 측면일 뿐이다. 사물

---

191) 수많은 小一을 말한다.

192) 자취의 상[迹象]이라고도 한다.

193) 찰나마다 이전 것이 사라지므로 항상되지 않고, 찰나마다 새롭게 생겨나므로 단절되지 않는다.

을 오랫동안 겪으면서 각자 개별적인 공간상·시간상에 의거하여 추상적인 개념으로 구성한 것일 뿐이다. 또 공간과 시간은 사물의 존재 형식에 지나지 않기 때문에, 둘을 분리할 수 없다는 것도 알게 된다. 또 사상(事象)들 상호 간에도 공간과 시간 계열이 따로 형성된다는 것을 알아야 한다. 예를 들어 어느 날 오전 10시에 비행기를 타고 중경에서 곤명으로 날아갈 때, 중도에 장애를 만나지 않으면 제때에 도착한다. 또 몇 시에 기차를 타고 중경에서 곤명으로 갈 때도, 중도에 장애를 만나지 않으면 제때에 도착한다. 비행기 속도와 항공 노선이 거치는 지역 간의 거리를 종합하여 완성한 시공간 계열을 기차 속도와 그것이 거치는 지역 간의 거리를 종합하여 완성한 시공간 계열과 비교해보면, 두 쪽은 전혀 다르다. 이렇게 보면 시공간 계열이 하나가 아님을 알 수 있다. 그러나 두 가지 사실은[194] 또 같은 사건이기도 하다. 갑·을 두 곳에서 서로 바라보아도 그 시공간 계열이 다르다. 이것은 동일한 시간에 동일한 장소에서[195] 두 줄기 빛을 쏜 것과 같다.[196] 갑의 위치에서[197] 동시에 출발한다고 보는 것과 을의 위치에서 보는 것이[198] 반드시 같은 시간은 아니다. 이처럼 갑과 을은 동일한 사건을 서로 다르게 보기 때문에, 각각 다른 시공간 계열을 형성하고 있음을 알 수 있다. 결론적으로, 소일 계군마다[199] 나머지 무수한 소일 계군들과 서로 연관되고 서로를 반영한다. 천 갈래 만 갈래로 서로 다른 것들이 연관되고 반영되는 중에, 천 갈래 만 갈래로 서로 다른 시공간 계열이 있게 된다. 따라서 절대적인 시공간은 추상적인 개념일 뿐, 사실은 이와 전혀 다르다.

194) 비행과 기차행을 말한다.
195) 동일하다는 것은 서로 멀리 떨어져있지 않다는 것이다.
196) 소위 동일한 사건이다.
197) 갑이 정지한 장소에 있다고 가정한다.
198) 을은 움직이는 위치에 있다고 가정한다.
199) 小一 系群은 소위 사물을 말하고, 事情이라고 할 수도 있다.

다음으로 공간과 시간은 사물의 존재 형식에 불과하므로, 공간과 시간은 사물을 떠나 따로 존재하는 것이 아니고 또한 그것이 바로 사물도 아니다.[200] 이 말을 나는 직관의 측면에서 하였는데,[201] 사물을 얻는 것이 바로 시공간을 얻는 것이라고 할 수 있는가? 이러한 의문에 대해 인도 논사들은 두 가지 학설을 제기하였다. 하나는 "감식(感識)은[202] 실법(實法)에 의거하지 가법(假法)에 의거하지 않는다.[203] 가법에 의거하는 것은 의식(意識)이다"라는 주장이고, 다른 하나는 "감식도 가법에 의거한다. 가법은 실유하는 것에 의거하고, 실법을 얻으면 가법도 얻는다"는 학설이다. 나는 이 두 학설이 실제로 서로 어긋나지 않는다고 본다. 감식이 실법을 얻어야 가법을 얻는다는 주장이 논리상 인정되기는 하지만, 감식은 결국 직접 체득하는 것이고 분별을 일으키지 않으므로 사물의 상과 시공간의 상을 일으키지 않는다. 이 점에서 두 학설은 다르지 않다.[204] 오직 의식에서만 일체의 분별이 행해진다. 지금 의식의 측면에 의거해 말하면, 시공간의 상이 특히 현저히 나타난다.[205] 오직 이와

---

200) 단지 사물상에 갖추고 있는 형식이다.

201) 여기에 나오는 직관이라는 말은 인도 불교에서 眼識 등 五識의 現量으로 대상을 깨닫는 데 근거해서 한 말이다. 보통 쓰는 말로 하자면 순수 감각에 해당하는데, 기억과 추리 등의 작용이 섞이지 않은 것을 말한다. 그러나 철학자들은 감각을 지식으로 인정하지 않는 경우가 있다. 그러나 불교에서는 안식 등의 식이 객관 사물의 自體를 직접 깨닫는다고 본다. 이때 마음과 사물은 하나로 합일된다. 즉 마음과 사물이 하나로 혼융하고, 能과 所를 나눌 수 없고, 주관과 객관을 분리할 수 없으며, 안과 밖을 나눌 수 없다. 이것이 '깨달음[證會]'인데, 허망분별을 일으키지 않으므로 진실한 지식이다. 나는 이 점에서 인도 논사들의 주장에 찬성한다.

202) 眼識 등 五識은 5가지로 감각 인식을 나눈 것이다. 명칭은 조금씩 다르지만, 지목하는 것은 하나이다.

203) 假法과 實法은 불교에서 세속의 진리로 사물이 실제 대상(實法)이라고 본 것이다. 사물이 갖추고 있는 시간·공간 등의 형식은 假法이라고 한다. 인도인들은 대상들을 분석하여 엄격하게 假法과 實法을 나누었다.

204) 이에 의거해 말하자면, 감각만이 깨달음이므로 분별이 없고 모든 相이 함께 사라진다. 그러므로 감각으로 얻어지는 것에는 실제로 어지러움이 없다. 이러한 내용은 『量論』에서 재평가할 계획이다.

205) 여기에서 말하는 시공간의 상은 완연히 절대적인 공간과 절대적인 시간이다.

같으므로, 시공간을 활용하여 사물을 규정할 수 있게 된다. 바꾸어 말하면, 일체의 사물을 시간과 공간이라는 두 범주 안에 놓게 되므로, 이치를 분명히 하고 사물을 판별하는 공능이 있게 된다.[206] 따라서 시공간은 본래 사물에 연한 측면에서 가지게 된 형식이라고 할 수 있다. 의식작용이 이에 의거하므로, 시공간의 상이 일어날 수 있다.[207] 그러나 의식에 시공간의 상이 있기 때문에, 도리어 감식에서 분별을 거치지 않은 개별적인 사물들을 규정하고 분석, 종합하여 직접 체득한[證會] 사물을 객관적이 되도록 한다. 시공간의 범주가 가장 중요하기 때문에, 제일 첫머리에 놓았다.

이제 앞의 내용을 종합하면 다음과 같다.

① 시공간이 사물의 인식에 관계되기는 하지만, 이 범주가[208] 사물 자체에 전혀 의거할 데가 없다고는 할 수 없다. 사물의 측면에는 근본적으로 이러한 형식이[209] 없으므로, 시공간은 순전히 주관적인 측면에서 구성된다. 그렇다면 과학의 실측의 방법은 또 어디에 근거를 둘 것인가 하는 문제가 제기된다.

② 시공간은 주관적인 측면에서만 일어나는 것이 아니고, 소일의 계군도[210] 각각 이 형식을 갖추고 있다.[211] 또한 개별적인 소일 계군 상호 간에도 각자의 시공간 계열을 따로 형성한다.

③ 감식(感識)은 대상을 명증(冥證)하고, 분별하지 않는다. 따라서 사물의 상과 시공간의 상을 일으키지 않는다.

④ 의식(意識)은 감식에 연관해서 일어나 이전의 사물을 기억하고[212]

---

206) 여기에서 말하는 功能은 보통 쓰는 말과 연관된다. 다른 곳에서 공능을 體用으로 지목하는 것과는 의미가 전혀 다르다.

207) 즉 시공간 개념을 구성한다.

208) 공간과 시간을 말한다.

209) 공간과 시간을 말한다.

210) 여기에 대한 주는 앞에서도 보인다.

211) 공간과 시간을 말한다.

선별하므로[決別],[213] 마침내 의식의 측면에 사물과 비슷한 상과 시공간의 상이 나타난다.[214] 이러한 습관이 오래 계속되면, 결국 추상적인 개념을[215] 구성하게 된다. 이 개념은 자각하지 못하는 사이에 나와서, 시공간을 객관적으로 실재하는 것, 즉 절대적인 공간, 절대적인 시간으로 여기도록 한다. 그것이 자기 마음이 구성한 개념에 불과하다는 것을 살피지 못한다.

⑤절대적인 시공간 관념은 결코 무용하지 않다. 감식 중에서 명증된 모든 사물들은 본래 외부의 것으로 생각되지 않고 고정된 사물로 여겨지지도 않는다. 이러한 경지는 말로 표현하기 어렵다. 그러나 사려[慮]가 완전히 끊어지고 사물이 장애가 되지 않는 경지이므로, '체(體)'·'신(神)'·'거(居)'·'령(靈)'의 네 자로 표현할 수 있다. 결국 의식 작용을 거쳐서 객관적이 된다. 즉 절대적인 시공간 관념에 의거하여 감식 중에서 직접 명증한 대상[有]을[216] 두 범주[217] 안에 담아 완전히 고정화시키고 객관적인 사물이 되도록 한다. 여기에서 과학 지식이 비로소 가능해진다. 의식의 분별 작용은 감식으로 명증된 대상을 고정화시킨다. 이때에는 체·신·거·령의 경지에서 벗어나므로, 진리와 상응하지 않게 되고 실생활에서도 마찬가지 상황이 된다. 그러나 분별만을 탓해서는 안 된다. 사물을 분별만 할 뿐 미혹되게 집착하지 않으면, 사물은 이치를 얻고 저절로 그 신묘함을 잃지 않을 것이다.

⑥절대적인 시공간 관념을 제거하지 않더라도 지나치게 주관적인

---

212) 앞의 사물은 앞의 생각이 感識 중에 얻어낸 모든 사물을 말한다.
213) 抉은 선택하는 것이고, 別은 구별하는 것이다.
214) 感識의 冥證은 본래 상을 일으키지 않는다. 의식이 어떻게 과거의 사물을 기억하고 그것과 비슷한 상을 나타나게 할 수 있는지에 대해서, 여기에서는 상세히 언급하지 않겠다. 『量論』에서 다시 다룰 것을 기대하기 바란다.
215) 공간과 시간을 말한다.
216) 感識이 冥證하는 일이 있을 뿐 사물이라는 생각은 하지 않는다.
217) 공간과 시간을 말한다.

데 맡겨서는 안 된다. 무슨 까닭인가? 주관적인 측면에서 말하면, 시공간 관념이란 원래 사물을 경험한 데서 생겨난 것이지 주관적인 측면에 편중해서 자기가 구성한 것이 결코 아니다. 그 뒤 습관[習]이 오래되자,[218] 마침내 경험에 기대지 않고도 절대적인 시공간이 완연히 나타나서 마침내 외부세계를 형성하는 이대 지주가 된 것이다. 이것은 실생활의 측면에서 피할 수 없는 형세이다. 그러나 실사구시하면, 시공간은 주관적인 측면에서 환상으로 나타난 것일 뿐 아니라 객관적인 근거도 가지고 있다. 따져보면, 시공간이 사물의 측면에서 갖추고 있는 형식이라는 사실은 앞에서 말한 것과 같다. 순전히 주관적인 측면에서만 말한다면, 결국 편파적인 잘못에 빠지게 될 것이다.[219]

둘째는 유(有)와 무(無)이다. 이 유와 무라는 용어는 서로 반대되는 의미를 가진다.[220] 사물의 측면에서 유무의 범주를 말하면, 사물이 갖추고 있는 일종의 범형이자 증거[徵符]의 의미도 함께 가지고 있다. 사물은 어떤 모습과 작용 등을 가지고 있고, 이것을 유(有)라고 부른다.[221] 이러한 모습과 작용을 가지고 있으면, 동시에 다른 모습과 작용을 가질 수 없다. 사물은 각자가 가지고 있는 것은 있고, 가지고 있지 않은 것은 없다.[222] 예를 들어 지구가 타원형이라면, 거기에 사각형은 없다. 이러한 예로 나머지 경우도 알 수 있다.

셋째는 수량이다. 수량은 하나나 다수, 또는 작거나 큰 수 등을 말한다.[223] 이 범주를 위해 꼭 수리(數理)를 말할 필요는 없다. 그러나 모든

---

218) 習 자는 유전, 또는 종족의 경험을 포괄하여 말한다.

219) 칸트는 시공간을 범주로 보지 않았으므로, 그 학설을 나는 취하지 않는다.

220) 有는 無의 반대이다. 그러므로 서로 반대라고 한다.

221) 相은 모든 사물이 각각 가지고 있는 자신의 共相을 말한다. 자신의 相은 둥근 탁자와 같다. 共相은 원과 같이, 원탁과 나머지 다른 원을 가진 사물이 함께 공유하는 상이다. 用은 사물들이 모두 작용이 있는 것이다. 또 등등이라고 말한 것은 모든 사물들이 가지고 있지만, 모두를 열거할 수는 없기 때문이다.

222) 본래 없는 것은 다시 가질 수 없는 것이다. 그러므로 없는 것은 없다고 하였다.

사물이 어떻게 수량을 가지고 있는가 하는 문제를 밝히기 위한 나의 대답은 모든 사물은 서로 차별되지만 또한 서로 관련되며 이 때문에 수량이 있게 된다는 것이다. 차별이 없으면 수량도 없다. 차별만 있고 관련이 전혀 없다면, 수량도 없다. 수량의 의미는 차별 속에 종합이 있다는 것이고, 종합은 관련성과 서로 대응하는 것임을 알아야 한다. 8대 행성을 예로 들면, 이 수량은 다른 행성들을 하나로 종합하여, 행성들의 차별을 나타낼 뿐 아니라 그들 행성들이 관련되어 있다는 사실을 나타내는 데 치중한다. 또 무수한 별들은 무수하다는 수로써 허공의 모든 별들을 하나로 종합하고, 이로써 그들 상호 간에 보편적인 관련을 가지게 한다.[224] 이 두 가지 예에서 나머지 경우도 알 수 있다. 그러므로 수량을 말하는 것은 차별 속에 종합이 있는 것인데, 이것은 모든 사물이 서로 차별되면서도 서로 관련되기 때문이다. 더 나아가 모든 사물은 수량화해야 비로소 복잡한 것이 간단히 될 수 있다. 그러나 이렇게 간단한 것을 지나치게 신임하면, 사물의 내면으로 꿰뚫어 들어가지 못할까 두렵다.

넷째는 동이(同異)이다. 동과 이는 서로 반대되는 명칭이다. 고대 인도 승론학파의 논사들은 동이를 실재하는 것[實法]으로 보았고,[225] 이를 통하여[226] 모든 사물이 같거나 달라졌다.[227] 이런 잘못된 생각이 어디에서 왔을까? 불교 인명학(因明學) 논사들이 말하는 비량(比量)은[228] 요컨대

223) 많은 수는 크고, 반대는 적다.

224) 동일한 태양계 중 8대 행성은 밀접하게 관련되지 않은 듯하지만, 보편적인 관련이 없는 것은 아니다.

225) (역주) 승론학파에 대해서는 「공능(상)」, 주 110)에서 다루었다. 그 학설 경향은 實在論이고, 이 세계의 모든 것은 실체가 있다고 생각하였다. 또 세계의 모든 현상을 實·德·業·同·異·和合 등의 6대 범주[六句義]로 나누었다. 이 六句義 중에 同, 異 두 범주가 포함되어 있는데, 승론학파에서는 이것들이 실재하는 것으로 보았다.

226) 同異를 말한다.

227) 實法은 독립적으로 존재하는 것을 말한다.

228) 比量은 比度이다. 추측과 사고 및 추리, 또는 증명 등의 의미를 함유한다. 量은 안다는 뜻으로, 지식을 말하는 것과 같다. 比度를 통해 얻어진 지식을 比量이라고 한다. 그러나 전적으로 증명을 추구해가는 것을 말한다면, 三支論式을 비량이라고 부른다.

동이를 구하는 것과 관련된다. 상세한 것은 인명학 논서들에 나와 있다. 그들이[229] 말하는 동이는 사물에 의거하여 세운 가법(假法)이다.[230] 가법은 범주에 해당하는데, 승론 논사들이 실재하는 것으로 잘못 생각한 학설과 비교해서 장단점을 논하지는 않겠다. 지금 일단 동이가 모든 사물에 존재한다는 점에서 보면, 만물은 복잡해서 개별적인 자상(自相)들이 서로 동일한 경우가 없다. 단지 공상(共相)만 들어보면, 또 서로 동일하지 않는 경우가 없다. 그러나 공상에서 서로를 바라보면, 차별이 나타난다. 이 동이를 통해서 사물이 사물에 부착된다[因物付物]. 사물과 분리하여 따로 고정된 법이 있는 것이 아니라는 이치는 의심의 여지가 없다.

예를 들어 눈앞에 보이는 책상에 의거하여 자상을 설명해보자. 이 책상과 의자·컵 등은 서로 다르다. 그러나 책상과 의자·컵 등의 가구들은 모두 사람이 만든 물건에 속하므로, 사람이 만든 물건이 공상이다. 즉 공상에 의거하면, 모두 같아야 한다.

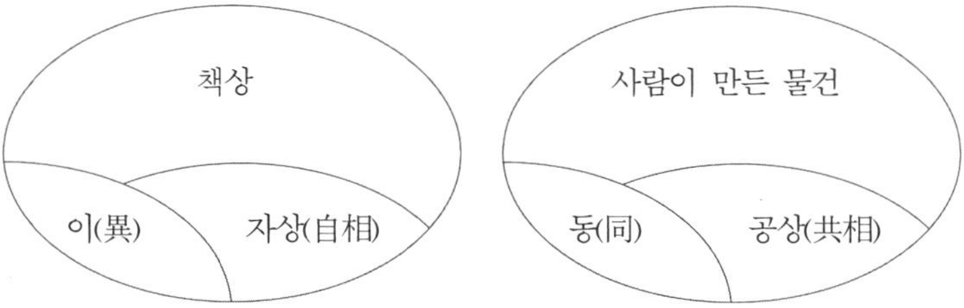

그러나 책상이 자상이기는 하지만 이 책상을 개별적인 원자·전자로 쪼개보면, 개별적인 원자·전자가 자상이 되고 책상은 다시 공상이 된다. 이와 같으므로, 이전의 책상과 의자·컵 등 서로 다른 것을 자신이

229) 佛教를 말한다.
230) 假法은 同異 두법을 말하지만, 모든 사물상에서 갖추고 있는 규칙이지 사물을 떠나 따로 독립적으로 실재하는 것이 아니다. 『佛家名相通釋』 甲部 五蘊 중 不相應行法 안의 同分과 定異 두 조항을 참조할 것.

포함하는 개별적인 원자 · 전자로 대하면 다시 같아진다.

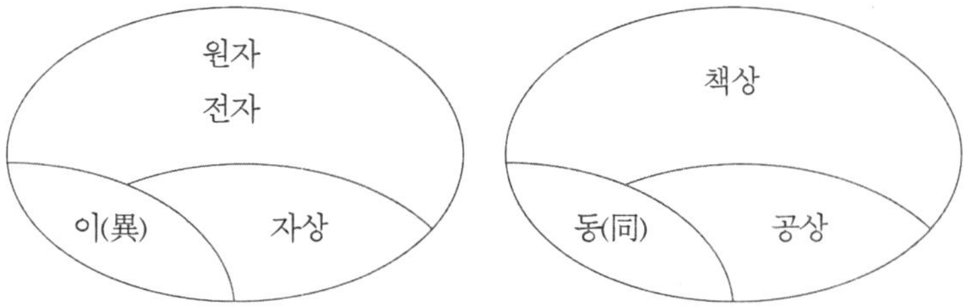

또 앞에서 사람이 만든 물건이 공상이라고 하였지만, 자연물에 대해 말하면 사람이 만든 물건이 다시 자상이 된다. 그러나 사람이 만든 물건과 자연물은 모두 사물에 속하므로, 사물이 공상이다. 이와 같으므로, 앞에서 사람이 만든 물건을 같다고 보았던 것이 지금 자연물에 대하면 다시 달라진다.

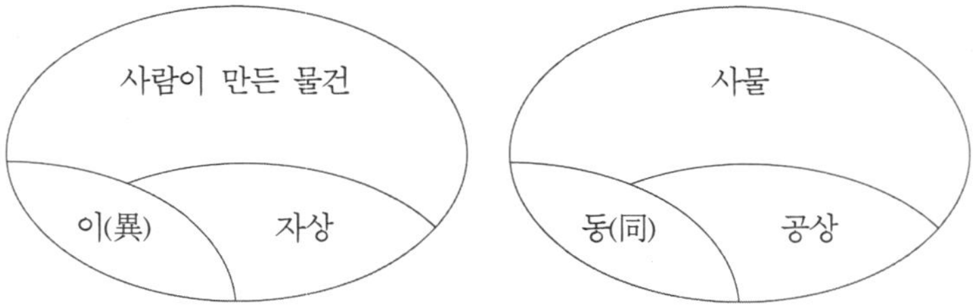

앞에서 말하였듯이, 동이는 자상과 공상에 의거해서 나타난다. 자상과 공상은 무엇을 보는가에 따라서 달라진다. 따라서 자상과 공상은 고정되어 있지 않고, 동이 역시 죽어 있는 것[死法]이 아니다.[231] 불교학자들이 가법이라고 말한 것은 승론의 잘못을 바로잡기에 충분하다.

여기까지는 자상 · 공상의 측면에서 동이를 판별할 때 모든 사물을

231) 死法은 세속에서 말하는 죽어서 딱딱해진 대상이 아니다. 앞에서 든 각 예들에 의하면, 사물의 한 共相은 지고한 것에 속하는 듯하다. 그러나 이치의 지극함을 말하자면, 사물의 상을 버리고 본체로 들어가게 된다. 이 사물은 참으로 共相이 될 수 없다.

서로 상대적으로 보는 사이에 저절로 동이의 규칙이 있게 된다는 것만 밝혔다. 그러나 독자들은 절대 그 말 때문에 본의를 해쳐서 동이가 사물의 자상·공상의 측면에서만 가정된 것이라고 생각해서는 안 된다. 동이는 모든 사물, 또는 사정과 모든 의리의 측면에 두루 펼쳐져 존재하는 것이다.[232]

다음으로 동이의 판별은 인과(因果)를 찾는 것과 지극히 큰 관련이 있다. 인과는 따로 한 항목으로 다룰 예정이다. 여기에서는 동이와 관련된 부분만 간단히 언급하겠다. 예를 들어 원인[因]이 있으면, 결과[果]가 따라오는 것을 보게 된다. 이후에 이전 것과 동일한 종류의 결과[果法]가 있는 것을 보면, 그것이 이전 것과 동일한 종류의 원인[因法]에서 나왔다고 억측하게 된다.[233] 이전 것과 동일한 종류의 원인이 있는 것을 보면, 이전 것과 동일한 종류의 결과가 나올 것이라고 억측하게 된다.[234] 이렇게 되면, 매번 큰 잘못을 저지르게 된다. 실제로 세상일에는 결과는 같지만 원인이 다른 경우가 있다. 예를 들어 과거에는 강 하류의 물이 흐린 것을 보면[235] 상류에 큰 비가 왔기 때문이라고 보았지만,[236] 지금은 강 하류가 혼탁하면 인위적인 행위로 인한 것이지[237] 꼭 상류에 비가 왔기 때문이 아니다. 이것은 하나의 예이다. 또 원인은 같지만 결과

---

232) 의리 면에서의 同異는 간략히 말하면, 예컨대 여러 이치들을 분석하면 다르다. 여러 이치들을 종합하여 하나의 보편적인 원리로 귀결되면 같은 것이다.

233) '나온다[出]'는 것은 거기에서 생겨난다는 것이다.

234) 같다[同]는 말은 동일한 종류라는 것이지 동일한 것은 아니다. 세속에서 동일한 사건이 다시 재현될 수 있다고 생각하는 것은 실제로 잘못이다. 지금 새벽에 해가 동쪽에서 떠오르는 것이 실제로 어제의 해가 아닌 것과 같다. 해 자체는 확실히 찰나마다 쉬지 않고 생멸하는 것이기 때문이다. 지금 새벽의 해는 새로 생성된 해이다. 사람이 단지 그 전날과 비슷한 것을 같다고 여길 뿐이고, 실제로는 같은 것이 아니다. 그러나 오늘의 해와 어제의 해가 동일한 종류라고 가정하는 것은 무방하다. 이 예로 나머지를 짐작할 수 있다.

235) 결과[果]이다.

236) 원인[因]이다.

237) 원인이다.

가 다른 경우도 있다. 예를 들어 독약을 먹으면[238] 죽게 되지만,[239] 어떤 종류의 병에는 도리어 독약이 생명을 살리는 약으로 바뀌기도 한다. 이러한 예들은 이루 다 헤아릴 수 없다. 그러므로 동이의 판별을 인과관계에서 구하게 되면, 번쇄하고 복잡해서 정밀한 관측의 기술이 아니면 혼란에서 벗어나기 어렵다. 그러나 이점에 대해서 본서에서 꼭 자세히 설명할 필요는 없겠다.[240] 본문에서 하고 싶은 말은 동이의 범주가 인과의 상관관계와 큰 관련이 있다는 것을 소홀히 해서는 안 된다는 것뿐이다.

종합하면, 모든 사물은 다른 성질[異性]이 없으면 분석할 방법이 없고, 같은 성질[同性]이 없으면 종합할 방법이 없다. 여기에서 같은 성질, 다른 성질이라고 할 때의 성(性) 자는 한역 불경에 나오는 자체(自體)라는 말이다. 이 말은 문맥에 따라 의미를 찾아야 하는데, 예를 들어 색성(色性)이라고 하면 이것의 자체가 공간적 점유성이 있는 대상이라는 의미이다. 지금 동이는 본래 가법이라고 했는데, 어떻게 자체가 있는가? 거짓으로[假] 시설된 것이기 때문이다. 같다고 하면 다르지 않음을 알게 되므로, 같음[同]에 자체가 있음을 알게 된다. 그렇지 않다면 같음을 말할 때 어떻게 다름[異]과 섞이지 않을 수 있겠는가? 다르다고 하면 같지 않음을 알게 되므로, 다름에 자체가 있음을 알게 된다. 그렇지 않다면 다름을 말할 때 어떻게 같음과 섞이지 않을 수 있겠는가? 따라서 같고 다른 성질이라고 할 때의 성 자를 오해해서는 안 된다. 같은 성질이라고 할 때의 성 자는 바로 같음[同]을 가리켜 한 말이다. 다른 성질이라고 할 때도 이에 준해 알 수 있다. 오직 같음 중에 다름이 있고 다름 중에 같음이 있다는 것을 엄밀히 구분해야 한다. 승론학파는 이 점에 주의를

238) 원인이다.
239) 결과이다.
240) 논리와 과학적 방법에 대한 언급은 당연히 상세히 탐구해야 한다.

기울였으나, 아쉽게도 동이를 실법(實法)으로 보아서 잘못에 빠지고 말았다.

다섯째는 인과(因果)이다. 대승유종에서는 종자설을 세우고, 종자가 원인[因法]으로서 결과[果法]를 직접 낳을 수 있다고 보았다.[241] 이러한 학설이 이치에 맞지 않는다는 것을 나는 이미 논파하였다.[242] 소승불교에서 말하는 원인[因]은 증상연(增上緣)에 해당한다.[243] 증상이란 돕는다는 의미이다. 사물에서 이것이 저것에 의지해 존재하게 되면, 저것은 이것의 원인이 되고 이것은 저것의 결과가 된다.[244] 저것은 이것에 대해 의지의 대상이 되므로, 의미상 돕는다고 말한 것이다. 또 모든 사물은 서로 의지하여 존재한다는 것을 알아야 한다. 이것이 저것을 의지하기 때문에, 저것이 이것의 원인이 된다고 말한다. 저것도 이것이나 나머지 사물에 의지하므로,[245] 이것이나 나머지 사물이 저것에 대해 원인이 된다고 해야 한다. 이에 의거해보면, 인과는 단지 사물 상호 간의 관계에서 가설된 것[假立]일 뿐이다. 하나의 사물마다 지극히 복잡하거나 무수한 관계들 중에서 반드시 가장 절실하게 의지하는 것이 있다. 이 때문에 우리는 어떤 사물의 원인을 밝히려고 할 때, 오직 가장 절실하게 의지하는 사물을 취해서 원인이라고 가설한다. 예를 들어 벼루가 책상 위에 편안히 놓여있을 때, 그것은 지구 및 태양계, 그리고 이 태양계 이외의 모든 행성들과 관계된다고 할 수 있다. 그러나 벼루가 편안히 놓여

---

241) 種子는 일종의 能生의 힘이다. 여기에서 決定과 親生이라는 두 의미는 그들 종파에서 가장 중요하다. 직접 낳는다는 것은 원인이 되는 대상[因法]이 결과가 되는 대상[果法]을 스스로 창조하여 만든다는 것이다. 상권 「유식(하)」장에서 因緣에 대해 설명한 부분을 다시 보기 바란다.

242) 상세한 것은 『佛家名相通釋』 乙부를 참조할 것.

243) 여기에서 緣은 연유한다는 의미이다. 因과 의미가 같다.

244) 의지한다[依]는 자에 주의해야 한다. 이 대상이 저 대상에 의지해 존재한다는 것뿐이지, 어머니가 자식을 낳는 것처럼 저 대상에서부터 직접 생성된다는 것이 아니다.

245) 나머지 사물들[餘法]은 기타 사물이라고 말하는 것과 같다.

있는 원인을 구하고자 한다면, 벼루와 가장 가까운 책상이 그것이[246) 의지하는 대상이 되므로 책상이 벼루가 편안히 놓인 원인이라고 가설하는 것이다.

뒤에 나오는 그림(왼쪽)에서 인과 관계를 표시하였다. 어떤 사물을 고찰할 때는 반드시 무수한 관계들 중 가장 절실한 관계를 하나 뽑아내어 인과라고 가설해야 한다. 여기까지 말하면, 소승불교 이론에 관해서 밝혀야 할 부분이 있다. 소승불교에서 원인[因]이라고 부르는 것은 실제로는 증상연이다. 그러나 그[247) 증상연이 갖는 의미는 매우 협소해서 원인과 다르므로, 따로 이러한 명칭을 세웠다.[248) 그 의미를 살펴보면, 모든 사물은 본래 상호 연관되어 있다는 것이다. 이러한 의미 때문에 우리는 어떤 사물의 원인을 설명할 때 가장 절실하고 가까운 관계를 좇아서 상호 간의 규칙을 밝힌다. 이와 같은 것을 원인이라고 하므로, 증상연의 의미가 된다. 대승유종에서 원인이 결과를 직접 만들어낸다는 이론과는 전혀 다르다. 소승불교에서 원인은 관계를 규명하는 것일 뿐, 원인이 결과를 만들어낸다는 의미가 아니기 때문이다.

또 소승불교에서 말하는 원인은 증상연의 의미이지만, 원인 외에 따로 증상연을 세운 것은 무엇 때문인가? 대개 한 사물에서 원인을 구할 때는 가장 가깝고 절실한 관계를 말할 뿐이다. 그러나 이 한 사물이 무궁무진한 관계들 속에서 그 번쇄하고 복잡하고 은미한 원인들을 다 찾으려고 한다면, 가장 절실하고 가까운 관계, 즉 직접 이 사물의 원인이 되는 것 외에 나아가 다방면의 관계에서 살펴보아야 한다. 이 다방면의 관계는 이 사물이 결코 소홀히 해서는 안 되는 부분을 설명해준다. 이것들을 모두 증상연이라고 부른다. 연(緣)은 원인[因]의 의미이고, 증상연은 보조원인[輔因]이라고 할 수 있다.

246) 벼루를 말한다.

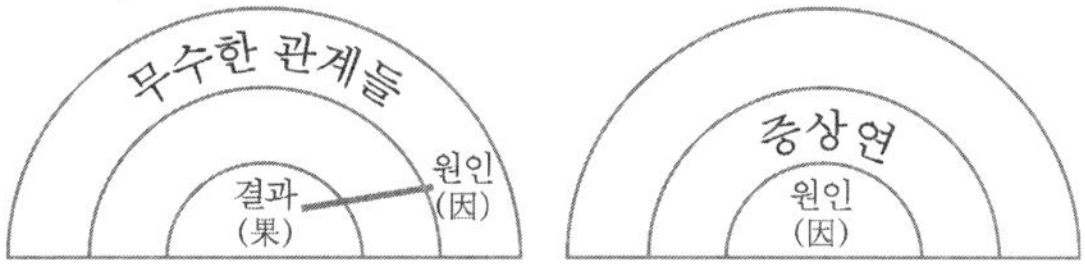

오른쪽 그림을 보자. 처음 층의 반원은 원인을 표시하는데, 이것이 결과에 대해서 가장 가깝고 절실한 관계이다. 다음 층은 더 넓은 반원이 원인의 바깥을 둘러싸고 있는데, 여러 측면의 관계들이 있고 이 모두가 결과에 대해 증상연이 된다. 세 번째 층의 제일 큰 반원은 무수한 관계들을 나타낸다. 바꾸어 말하면, 결과는 전 우주와 관련된다. 그러나 결과 하나를 설명하기 위해 꼭 전 우주, 또는 무수한 관계를 언급할 필요는 없다. 따라서 제일 바깥의 층, 즉 무수한 관계를 포함하는 세 번째 층은 원인과 증상연의 열에 있지 않다. 바꾸어 말해서, 결과, 또는 한 사물을 설명할 때, 원래 이렇게 무한히 넓고 무수한 관계들을 반드시 다 물을 필요는 없다.

어떤 사람은 "그대가 말하는 원인[因]은 대략 소승불교에 근거한 것이다. 따로 능생(能生)의 힘이 있는 것을 원인이라고 부르자고 주장하지 않고, 원인이 결과를 만들어낼 수 있다는 것도 결코 인정하지 않는다. 그렇다면, 거의 인과를 없앤 것이 아닌가?"라고 반박한다. 이에 대한 답은 그렇지 않다는 것이다. 대승유종에서 말하는 원인에 나는 억지로 동의할 수 없다. 그러나 나는 원인이 있다는 것을 인정하지 않는 것이 아니라, 단지 그 의미에 차이가 있다고 볼 뿐이다. 나는 이전에 사물은 이것이 저것에 의지해 존재한다고 말하였다. 즉 저것이 이것의 원인이 되고, 이것은 저것의 결과가 된다. 내가 말하는 인과는 관계의 측면에서 말한 것뿐이다. 일단 사물의 관계가 달라지면, 어떤 원인이 결정적으로

247) 소승불교를 말한다.
248) 소승불교에서 4가지 緣을 다 말하였다. 次第緣과 所緣緣은 각각 의미가 같지만, 그 외에 因緣과 增上緣은 같은 의미가 아니다.

어떤 결과를 낳는다고 할 수 없고, 그렇지 않은 경우가 없다고도 할 수 없다. 나의 인과설에서는 이러한 주장을 인정할 수 없다. 그러나 나는 인과의 존재 자체를 인정하지 않는 것이 아니라, 단지 고정된 인과가 있다는 것을 인정하지 않는 것뿐이다. 만약 능생의 힘이 원인이 되어 결정적으로 결과를 생성한다는 이론을 세운다면, 모든 사물은 고정적이고 개별적이며 실재하는 것이 된다. 이러한 학설은 이치에 맞지 않는다. 모든 사물은 실재하지 않고 개별적이지 않으며 고정적이 아니고, 상호 관련되어 있을 뿐이다. 따라서 그러한 관계를 인과라고 가설하는 것은 이론상 틀리지 않는다.

또 다음과 같이 논박하는 사람이 있다. "그대가 가장 절실하고 가까운 관계라고 한 것에서 이 절실하고 가깝다는 말은 시공간의 상이 가깝고 절실하다는 것을 나타낸다. 이와 같다면, 사물의 내면을 궁구하기 부족할 듯하다. 인과 관계는 지극히 복잡하고 오묘하다. 대략을 말해보면, 손을 들어 책상을 쳐서 소리가 나는 경우, 손으로 책상을 친 것이 원인이고 소리가 난 것이 결과이다. 원인의 측면에서 말하면, 손을 든 시간은 잠깐이지만, 시간 단위를 거치지 않은 것이 아니다. 책상 위의 한 곳을 친 것은 공간을 점유한 것이다. 결과의 측면에서 말하면, 진동을 원인으로 하여 소리가 나고 또 시공간을 거친 것이다. 한 번 쳐서 소리가 나는 것은 인과가 동시에 한 곳에 있는 것과 같다는 것을 알게 된다. 실제로 책상을 치는 것과[249] 소리가 나는 것[250] 중간에 최소의 시간 단위가 있지만, 이 둘의 관계는 절실하고 가깝다고 해도 무방하다. 소리가 전파되는 경로인 공간도 대단히 많지만, 원래 진동한 곳, 즉 손으로 친 곳이 절실하고 가깝다고 할 수 있다. 이에 의거해 말하자면, 이 인과는 단지 두 가지 사물에 불과해서, 손으로 책상을 친 것이 한 사물이고 소

249) 원인이다.
250) 결과이다.

리가 난 것이 또 한 사물이다. 이것이[251] 저것에 의지해서[252] 긴밀한 상이 함께 겹쳐지는 것을 인과라고 부른다. 절실하고 가깝다는 말을 이러한 인과 등으로 요약해 말하는 것이 타당하지 않은 것은 아니다. 그러나 인과의 상황은 지극히 오묘해서 이렇게 서술하는 것으로 다 표현되지 않는다. 예를 들어 수소와 산소가 합하여 물이 되는데, 이때 수소와 산소의 결합이 원인이고 물이 결과이다. 이러한 인과는 확실히 원인[253] 자신이 일종의 변화를 일으켜서 새로운 사물을 이룬 것이다.[254] 이러한 종류는 인과 관계가 아니라고 할 수 없지만, 이러한 인과는 사물의 내재적인 변화이므로 두 가지 사물이 시공간상에서 절실하고 가깝다고 해석해서는 안 된다. 그대의 생각은 어떠한가?" 여기에 대한 답은 다음과 같다. 그대가 논박한 내용을 보면, 내가 절실하고 가깝다고 한 말뜻을 아직 모르고 있다. 내가 절실하고 가깝다고 한 것은 단지 인과가 가장 절실하고 가까운 관계 위에 가설된 것임을 밝힌 것에 불과하다. 그대는 꼭 시간과 공간을 연상하여 해석할 필요가 없다. 하나가 아닌 것[不一]을 절실하다고 하고,[255] 서로 즉한 것[相卽]을 가깝다고 한다. 만약 사물[法]이 과연 하나라면, 하나는 절대이므로 관계라고 할 것이 없어서 인과도 없을 것이다. 만약 사물이 하나가 아니고 상즉하지 않는다면, 각각 독립적이어서 서로 영향을 주지 않을 것이다. 혹 사물들이 항상 자신의 부분[自分]에 안주하고[256] 변화가 없으면, 관계라고 할 것도 없고 인과라고 할 것도 없다. 또 사물들이 서로 관련되어 있음은 인정하지만, 한 사물의 원인을 구한다면 지나치게 먼 관계는 상즉하지 않

251) 소리가 생겨나는 것을 말한다.
252) 손으로 책상을 치는 것을 말한다.
253) 수소와 산소의 예를 들 수 있다.
254) 물과 같다.
255) 절실하다는 것은 양쪽이 절실한 것이다.
256) 예를 들어 그 自體가 항상 안주하는 것을 '자신의 부분[自分]에 안주한다'라고 한다.

아 영향도 비교적 미미하므로 생각할 필요가 없다. 이러한 내용은 앞에서 이미 다 말하였다. 그러므로 하나가 아니면서 상즉한 것을 절실하고 가깝다고 한다. 그대가 이 점을 안다면, 어떻게 시공간 관념으로 복잡하게 해석하려고 하는가? 수소와 산소가 결합하여 물이 된다는 그대가 든 예에서 볼 때도, 이 예와 내가 말하는 인과설이 일치한다. 수소와 산소가 결합하여 물로 변화한 것은 분명히 가장 절실하고 가까운 관계이다. 물과 수소, 산소는 피차가 다른 것이고 본래 하나가 아니지만, 또 서로 상즉한다.[257] 하나가 아니면서 상즉하므로, 인과 관계라고 부른다. 하나가 아니고 상즉한다는 의미를 통해서, 원인이 결과가 되는 것이 사물의 내재적 변화임을 은밀히 보여준다. 이 점은 뒤에서 더 분명히 알게 될 것이다.

(결과 果)
물

수소 2개 산소 1개
(원인 因)

어떤 사람은 또 "그대는 하나가 아니면서 상즉한 것을 절실하고 가깝다는 뜻으로 해석하였다. 뒤의 예에서 보면 이러한 해석이 가능하다. 그러나 앞의 예에서 그렇게 보기는 어려울 듯하다"라고 반박한다. 그에 대한 답은 다음과 같다. 그대가 의심하는 것은 '상즉(相卽)'의 의미이다. 그대의 말뜻은, 수소·산소와 물이 실은 상즉한다는 것이다. 손으로 책상을 치면, 소리가 난다. 이 두 가지 일은 수소, 산소와 물처럼 상즉한다는 의미가 없기 때문에, 이처럼 반박한 것이다. '즉(卽)' 자에 대략 세 가지 의미가 있음을 알아야 한다.[258] 첫째, 하나이고 둘이 아닌 것을 즉이

---

257) 물에서 말하자면, 물은 輕과 養의 합이다. 輕과 養에서 말하자면, 경과 양의 합이 물이다. 그러므로 서로 마주 대한다[相卽]라고 한다.
258) 이 세 가지에 그치는 것이 아니므로, 대략이라고 말하였다.

라고 한다. 예를 들어 "공구(孔丘), 즉 공중니(孔仲尼)"라고 말하는 것과 같다. 둘째, 저것이 이것을 함축하는 것이다.[259] 예를 들어 수소와 산소가 저것이고, 물이 이것이다. 수소와 산소가 결합해서 물로 변화하는 것은 저것이 이것으로 변화한 것이다. 이유는 무엇인가? 저것에서 이것을 볼 때, 변화의 가능성을 함유하였기 때문이다. 이것은 저것에 의지하여 존재하지만, 저것과 다르지 않다는 말이다. 따라서 즉(卽)이라고 하였다.[260] 셋째, 두 가지 사물이 항상 서로 겹치거나 함께 존재하는 것이다. 예를 들어 갑이 있으므로 을이 있게 되는 경우를 말한다. 갑과 을의 상호 관계는 다른 이유로 변하지 않으므로, 을이 갑에 의지해서 존재하는 일은 항상 믿을 만하다. 이 세 가지 중 첫째 의미는 이 글에서 자주 사용하였지만, 여기에서 말하는 상즉(相卽)의 의미와는 관련이 없다. 둘째와 셋째 의미가 모두 여기에서 내가 상즉이라는 말로 뜻하고 있는 내용이다. 그대가 든 뒤의 예는[261] 둘째 상즉의 의미에 적합하다.[262] 그대가 든 그 다음 예는[263] 셋째 상즉의 의미에 적합하다. 종합하면, 절실하고 가깝다는 의미는 하나가 아니면서 상즉(相卽)한다는 의미이다. 이러한 의미는 본래 해당되지 않는 경우가 없는데, 어찌 의심하여 논란할 필요가 있겠는가?

덧붙이는 말 : 어떤 사람은 "그대가 말한 원인[因]은 이미 증상연(增上緣)의 의미이다. 그러므로 인연 외에 또 따로 증상연을 세운 것은 이해할 수 없다"라고 반박한다. 이에 대한 답은 다음과 같다. 본문에서 분명

259) 함축한다는 것은 함축하여 변화하는 것이다.
260) 다른 것은 떨어져서 다르다는 것이다. 예를 들어 물은 수소·산소와 떨어져 다르지 않지만 따로 존재하는 것과 같다.
261) 수소와 산소가 결합하여 물을 이루는 것.
262) 앞에서 相卽의 의미를 통하여 사물의 내재적 변화를 은밀히 보여주었는데, 이것을 여기에서도 볼 수 있다.
263) 손으로 책상을 치면 소리가 나는 것.

히 설명했는데, 이해하지 못하는 것은 무엇 때문인가? 앞의 예에서와 같이, 손으로 책상을 치면 소리가 난다. 손으로 책상을 치는 것이 원인이고, 소리가 나는 것이 결과이다. 이 점에 대해서는 의심이 없을 것이다. 여기에서 말하는 원인이 바로 손으로 책상을 치는 것이고, 이때 책상이 증상연이라고 할 수 있다. 책상이 의지하는 것은 땅이므로, 땅도 증상연이다. 또 책상을 원자, 전자로 쪼개면, 이것들도 모두 증상연이다. 이러한 것들을 미루어나가면, 무궁무진해서 다 셀 수도 없다. 책상 치는 사람이 체력이 강해서 손으로 치면 충분히 진동을 발생시키는데, 이것도 증상연이다. 병이 걸려 쇠약한 사람은 손으로 치지 못하는 경우가 있으므로, 체력도 증상연임을 알 수 있다. 또 수소・산소가 결합하여 물이 되는 예에서 보면, 물은 결과이고 수소와 산소의 결합이 바로 원인이 된다. 그러나 모두 증상연이 있다. 수소와 산소가 결합하지 않으면 물을 이루지 못하므로, 결합한다는 사실과 관련이 깊다. 따라서 결합하는 일을 증상연이라고 할 수 있다. 또 수소 두 개와 산소 한 개가 결합하여 물이 되므로, 수량 관계도 결과적으로 증상연이다. 종합하면, 원인에는 정(正)과 보조[輔]의 구분이 있다. 단지 정을 원인이라고 부르고, 보조원인을 증상연이라고 부를 뿐이다. 이처럼 구하면, 하나의 결과에서 그 번잡하고 오묘한 원인[故]을264) 궁구할 때 거의 실사구시(實事求是)할 수 있다.

앞에서 말한 것과 같이 모든 사물이 갖추고 있는 기본 법칙, 또는 범주를 5가지 항목으로 나열할 수 있다.

> 공간과 시간
> 유와 무

264) 故는 원인[因]의 의미이다.

수량
동이(同異)
원인과 결과[因果]

범주론에 대해 칸트만큼 상세하게 논의한 사람이 없다. 칸트는 범주를 모두 12범주로 보았고,[265] 또 몇 종류가 일치한다고 판단하였다. 그리고 공간과 시간은 범주에 넣지 않았다.[266] 이 글은 체계와 근본 내용이 칸트와 다르므로, 범주에 대한 언급에서 꼭 칸트와 합치시키려고 하지 않았다.

본론에서 말하는 범주의 5가지 항목 중 첫 번째가 공간과 시간이다. 공간과 시간이라는 두 범주는 사물의 존재 형식이므로, 제일 첫 머리에 두었다. 사물의 존재를 사물에 대한 인식에서 얻을 수 있으므로, 나는 공간과 시간이 가장 중요하다고 보았다.

그 다음은 유와 무이다. 유와 무의 두 범주는 지극히 넓은 범위를 포함한다.[267] 그러나 이 두 범주의 의의는 모든 사물상에서 갖추고 있는

---

265) (역주) Kant는 지식을 획득해가는 과정을 선험적 감성론, 선험적 분석론, 선험적 변증론이라는 세 과정으로 나눈다. 선험적 감성론은 시간과 공간의 개념을 통해 감각 경험을 종합하는 기본적인 단계이다. 선험적 분석론은 정신이 경험들에 일정한 사유 범주를 적용시키는 것이다. 이것이 바로 12범주이다. ① 분량 : 단일성 · 數多性 · 전체성. ② 성질 : 실재성 · 否定性 · 제한성. ③ 관계 : 內屬－基體, 또는 실체－부수성, 원인성－의존성, 또는 원인－결과, 능동자와 수동자 사이의 共有性－상호성. ④ 양태 : 가능성－불가능성, 존재－비존재, 필연성－우연성. 이러한 12범주를 통해 인과 관계 등 과학적인 사고가 가능하게 된다. 선험적 변증론은 인간은 경험을 통해 오직 현상들만 접하게 되지만, 정신을 통해 궁극의 존재론적 실재, 즉 개개 현상의 바탕이 되는 실재적인 '物 자체'가 있음을 알게 되는 단계이다. 그러나 인간 정신은 궁극의 실재인 물 자체를 감지할 능력이 없으므로, 이 실재의 영역, 즉 형이상학의 영역은 영원히 인간 지식으로 접근할 수 없는 미지의 영역으로 남게 된다. 그러므로 칸트의 철학을 형이상학적 불가지론이라고 할 수 있다. 그러나 웅십력이 보기에 본체는 결코 量智, 즉 이성으로 탐구할 수 있는 대상이 아니다.

266) 내가 본 칸트 소개에 관련된 책들은 완비되지는 못했지만, 대강은 엿볼 수 있다.

267) 포함하지 않는 것이 없으므로 '지극히'라는 말을 두었다. 모든 사물이 갖추고 있는 일체를 모두 이 有라는 말로 포함시킨다. 모든 사물이 가지고 있는 일체라는 말에서 포

유와 무라는 두 종류의 범형으로 나타날 뿐이다. 어떤 사물이 가진 것이 무엇인가,[268] 없는 것이 무엇인가는 범주를 말할 때 질문해야 할 것이 아니다. 유무 두 범주가 중요한 까닭은 모든 사물이 각각 자신이 가진 것에서 유(有)의 성질을 유지할 수 있기 때문이다. 예를 들어 지구가 타원형을 가지고 있으면, 그가 가진 것을 유지할 수 있고 이러한 유의 성질을 잃을 수 없다.[269] 그가 없는 것에서는 무의 성질을 유지할 수 있다. 예를 들어 지구가 사각형이 없으면, 그 무의 성질을 유지할 수 있다. 만약 지구가 본래 사각형이 없는데 갑자기 사각형을 가진 것으로 변화한다면, 그 무의 성질을 유지하지 못한 것이다. 그러나 지구가 이미 그런 관계 속에 있을 때, 예컨대 태양계에 특별한 변화가 없는 중에는 결코 나타난 형상을 갑자기 변화시킬 수 없다. 따라서 그는 무의 성질을 유지할 수 있다. 모든 사물은 각각 그 유와 무를 유지할 수 있다. 앞에서 말한 예에서 그 나머지를 추측할 수 있다. 이 때문에 실측의 기술이 의지할 데가 있고, 과학 지식이 가능해진다. 따라서 시공간 다음으로 특히 유무를 말한 것이다. 사물상에 유무의 두 범주가 없다면 우리는 유와 무를 마음대로 말할 수 있고, 과학 지식도 성립되지 않는다.

다음으로 수량이 있다. 유무의 두 범주를 통해 우리는 사물의 복잡하게 다양한 분화[散殊]의 측면을 실측할 수 있다. 수량이라는 범주를 통해 우리는 사물의 번잡함을 간단히 변화시킬 수 있다.

다음으로 동이(同異)가 있다. 이 두 범주를 통해 우리는 사물들을 따로 구분할 수 있는 것은 따로 구분하고, 모아서 일치시킬 수 있는 것은 모아서 일치시킨다. 따라서 수량 다음으로 동이를 말하였다.

그 다음으로는 인과(因果)가 있다. 인과라는 범주는 과학 지식이 그에

함되지 않는 것은 없다. 그러므로 지극히 넓다.

268) 예를 들어 어떤 성질인가, 또는 어떤 작용을 하는가 등을 말한다.

269) 有性의 性 자는 앞의 同異 범주를 다룰 때 해석하였다. 有性은 有를 가리켜서 말한 것이다. 아래에서 無性이라고 할 때도 이에 의거한다.

의거해 성립되는 중요한 조건이다. 과학이 사물을 해석하는 것은 모든 사물의 인과 법칙을 밝히는 것뿐이기 때문이다. 어떤 사람은 범주에 인과 한 가지만 있어야 한다고 주장한다. 이 주장에 전혀 근거가 없는 것은 아니지만, 편견에서 벗어나지 못하였다. 내가 앞에서 말한 네 가지 항목은 모두 인과와 서로 관련된다. 따라서 인과라는 범주로 종결한 것이다.

나는 범주가 주관과 객관에 모두 속한다고 본다.[270] 주관적인 측면에서는 무수히 분화한 리와 알맞게 발현되는 제어력을 함유하고 있을 뿐이지, 유한한 격식을 미리 저장하고 있지 않다. 객관적인 측면, 즉 사물상에서는 주관적인 제어력과 서로 부응하는 법칙을 갖추고 있다. 이 때문에 주관적인 제어는 사물에 따라 달라진다. 정자(程子)가 "사물을 그대로 따르고 어긋나지 않는 것을 신(信)이라고 한다"[271]라고 한 구절을 보면, 사물의 법칙을 따르고 자기 의도로 교묘히 조작하지 않고 사물의 참됨을 어기지 않기 때문에 신(信)이라고 하였다. 사물이 스스로 갖추고 있는 법칙이 없다면, 주관적인 측면의 입법만을 유지하여 사물이 나의 약속을 받아들일 것만 기대하게 된다. 이렇게 되면, 모든 과학 지식은 마음이 만들어내는 것[心造]이 되고, 사물에서 징험할 필요가 없게 된다. 어린아이라도 그것이 안 된다는 것을 알 것이다! 어떤 사람은 또 이렇게 묻는다. "내가 사물을 인식하는 것은 나의 감각 기능으로 감각하여 받아들이는 것에 의거할 뿐이다. 이 때문에 비량(比量)이 있다.[272] 그러나 비량이 얻는 것은 결국 무한할 수 없다. 우주의 광대한 크기를 우리는 마음으로 아는데, 감각기관이 감각하여 받아들일 수 있는 것에만 의거해 추측한다면 얻는 것이 결국 얼마나 되겠는가?[273] 이 점을 살펴보

---

270) 객관은 사물의 세계를 말한다. 앞의 주에서도 살펴본 적이 있다.

271) '따르다[循]'는 말미암는 바를 그대로 따르는 것이다.
(역주) 『二程遺書』 第十一篇. "循物無違之謂信也."

272) 比量에 대해서는 앞의 주에서 살펴보았다.

273) 지금 고금의 인류, 또는 학자들의 지식이 미치는 바는 박식하다고 말하지만, 우주의

면, 모든 사물은 본래 무궁무진함을 알게 된다. 우리의 감각 기능으로 감각하여 받아들일 수 없고 안에서 사유하는 데서 나타나지 않는 것이 얼마나 많을지 모른다. 이로써 내가 사물을 식별할 때 그 전체를 규명하지 않으면, 객관적 표준을 찾을 수 없음을 알 수 있다. 오직 내심의 제어에 의지해야만 사물이 나의 범주를 뛰어넘지 않게 할 수 있다. 만약 사물 자체에 법칙이 갖추어져 있다면, 반드시 일정하게 유지되어 변화할 수 없을 것이다. 나는 사물 전체를 규명할 수 없다고 이미 말하였는데, 또 어디로부터 인식하겠는가?" 이 질문에 대한 답은 다음과 같다. 사물 전체를 규명할 수 없다는 말은 참으로 맞다. 나는 인식되는 사물에 대해서 실제로 내심의 제어에 의거한다. 이것은 따져보지 않아도 분명하다. 그러나 소홀히 하면 안 되는 것은 마음의 인식이 사물을 제어할 때 반드시 전적으로 의거할 데가 없어서가 아니라는 점이다. 바꾸어 말하면, 사물 자체가 이 제어와 서로 부응하는 법칙을 꼭 갖추고 난 뒤에야 그 제어가 허망하지 않고 징험될 수 있다는 것이다. 또 법칙이 일정하게 유지되어 변화하지 않는 경우가 없음을 알아야 한다. 그 이유는 무엇인가? 여기에서의 법칙은 사물을 초월한 위대한 근원을 말하는 것이 아니라[274] 사물에 그것이 나타난 것을 말하는데, 어디에 있든 모두가 가지고 있는 규칙이나 형식 등을 말한다. 사물이라는 말은 현현한 것을 말한다. 법칙이라는 말은 현현한 것에 질서가 있음을 말한다.[275] 사물은 고정되지 않고 실재하지 않으므로, 사물에 속한 법칙도 고정되지 않고 실재하지 않는다. 사물은 오직 변화에 그대로 따라가므로, 사물에 속한 법칙도 오직 변화에 그대로 따라간다. 누가 법칙이 일정하게

무궁함에 비하면 아는 것이 결국 너무 적다.

274) 초월한다는 말은 義理의 측면에서 말한 것이다. 사실은 모든 사물의 위대한 근원이 결코 사물의 위로 초월하여 독립적으로 존재하는 것이 아니다.

275) 여기에서 질서라는 말은 뜻이 아주 넓다. 법칙, 또는 규칙, 형식 등은 모두 질서가 있음을 부르는 말이다.

유지되어 변화하지 않는다고 하는가? 그대의 생각은 아마 사물에서 법칙을 분리하는 것 외에, 사물이 법칙에 의해 구조지어졌으므로 사물은 변화할 수 있지만 법칙은 항존한다는 생각일 것이다. 이것은 거꾸로된 견해이고, 참된 이치를 궁구하지 못한 것이다. 사물의 형성에는 반드시 법칙이 있다. 나도 본래 그렇게 말하였다. 그러나 법칙과 사물을 둘로 분리한다는 것은 법칙이 아무 것도 없는 텅 빈 세계에 홀로 존재할 수 있다는 말이다. 과연 이렇다면, 사물은 또 어디에서 법칙을 구해서 스스로를 형성하겠는가? 오직 법칙이 사물과 분리되지 않고 존재하기 때문에, 사물이 항상되지 않고 그 현현에 따라 법칙이 있게 된다. 이 때문에 마음으로 인식할 때 사물을 제어하는 것이 의거할 바를 얻게 되는 것이지, 순전히 주관적인 상상에만 맡긴 것은 아니다. 여기에는 많은 다른 의견들이 있을 수 있겠는데, 『양론』에서 자세히 다루려고 한다.

종합하면, 범주는 본래 주관과 객관에 모두 속한다. 객관적인 측면에서 범주라고 부르고, 주관적인 측면에서 제어[裁制]라고도 부른다.[276] 그 이유는 무엇인가? 사물의 측면에서 갖추고 있는 여러 가지 규칙과 형식, 또는 법칙들을 범주라고 부른다. 이것은 객관적인 측면에 속한 것이다. 마음이 사물에 연(緣)할 때[277] 사물의 법칙이 마음에 갑자기 나타나고 마음은 즉시 이것을 가지고 만들어내는데, 이를 제어라고 부른다. 이 제어는 사물의 측면에서의 범주가 마음의 사유를 거쳐서 만들어 내어놓은 것이다. 마음이 사물의 측면에서의 범주를 함께 취하는 것은 사진기로 촬영하는 것과 결코 다르다. 따라서 범주는 사물이나 객관에만 속한 것이 아니라, 마음이나 주관에도 속한다. 그러나 주관적인 측면에서 범주는 활발하게 살아 있고 유용할 뿐 아니라, 또한 사물과 분리되

276) '－도[亦]'라는 말은 의도가 주관적인 측면에서 나타난다는 것이지, 범주라고 부르지 않는다는 말이 아니다.
277) 緣은 매달리고 사려한다는 등의 의미를 가진다.

어 독립된 것으로 변화한다. 감각 인식 중에서 분별을 거치지 않은 사물을 불러내어 객관화시키고 규제한다. 이것이 지식이 가능한 이유이다. 여기에 대해서는 할 말이 많지만, 『양론』에서 상세히 다루겠다.

앞에서 말한 범주는 본래 사물의 측면에서 말한 것이다. 또 "일체 사물의 본체의 측면에도 범주가 있다고 인정할 수 있는가?"라고 묻는 사람이 있다. 대답은 다음과 같다. 모든 사물은 본래 실재하지 않는다. 단지 본체의 유행에 의거하여 임시로 가설한 것[權設]에 불과하다.278) 따라서 범주도 사물에 의거하여 가설한 것이지, 고정되고 실재하는 것이라고 집착해서는 안 된다. 본체의 측면에도 범주가 있다고 볼 수 있는가 하는 그대의 질문은 의미에 따라 차이가 나기도 하고 그렇지 않기도 하다는 점을 알아야 한다.279) 어떻게 의미에 따라 차이가 나는가? 첫째는 명증(冥證)에 의거하는 경우이다.280) 이때는 마음의 행로[心行]가 끊어지고281) 말길이 끊어지는데,282) 어떻게 범주라고 할 것이 있겠는가? 둘째는 임시로 가설하는 경우이다.283) 즉 본체의 유행에 의거하여 가설하고 해석한 것이므로, 범주가 있다. 그러나 이 범주는 세 항목만 가질

---

278) 權設은 가설이라고 말하는 것과 같다.

279) 차이가 난다는 것은 하나가 아님을 말한다. 의미가 하나가 아니므로, 있다 없다가 정해지지 않는다.

280) 冥證은 즉 자기와 본체가 그윽하게 합치하는 것이다. 바꾸어 말하면, 자기가 본체의 실현이다. 이때 眞體가 드러나서 짝할 바 없이 독립하여 밝게 저절로 알게 되는 것을 冥證이라고 한다. 자기가 저것을 아는 것이 아니다.

281) 마음이 노닐고 가는 바를 行이라고 한다. 사람 마음에서 사유를 일으킬 때, 노닐고 가는 것과 같은 것이 있다. 따라서 心行이라고 한다. 본체는 오직 스스로 깨달아야지 일종의 초월의 경지로 여겨서 사유해서는 안 된다. 사유는 일어나자마자 일찍 본체와 분리되어 잘못된 견해를 이룬다. 따라서 마음의 행로는 여기에서 끊어진다.

282) 마음에 있는 것을 行이라고 부르고, 입 밖에 나온 것을 말이라고 부른다. 마음의 행로가 끊어지면, 말길도 끊어진다.

283) 임시[權宜]라는 것은 방편을 말한다. 본체는 사물로 여겨서 사유해서는 안 된다. 그러나 본체를 깨달아 알 때에는 방편으로 나타내도 무방하다. 그러나 이미 방편이라고 말했으므로, 배우는 이들은 말 때문에 집착해서는 안 된다. 요컨대 말 밖에 깨달음이 있을 뿐이다.

뿐, 본체의 측면에 시공간과 인과가 있다고 하면 결코 안 된다. 이에 대한 설명은 다음과 같다.

첫째는 수량이다. 우리나라 과거의 철학자들은 수리(數理)에서 수가 무(無)에 세워진 것이지[284] 사물에 의존하는 것이 아니라고 보았다. 따라서 항상 도체(道體)를 하나[一]로 표시하였다.[285] 예를 들어 『역』에는 "천하의 움직임은 곧고 하나이다"라는 구절이 있다.[286] 여기에서 하나라는 것은 온갖 변화가 일어나는 곳이다. 온갖 변화 중에도 곧고 굳은 덕이 있고, 변화가 혹시 끝나지 않을까 우려되지 않는 것은 하나이기 때문이다. 하나는 본체이다. 여기에서 말하는 하나는 도체를 지목한 것이고, 또 범주의 의미를 함축한다. 하나라는 말은 절대를 표시하기 때문이다. 이 절대의 의미가 바로 본체의 측면에서 가지고 있는 법칙이다. 예를 들어 『역』과 노자는 본체의 유행을 "하나가 둘을 낳고, 둘이 셋을 낳는다"는 말로 설명하였다. 본문의 「전변」 장에서[287] 이러한 내용을 잘 설명하고 있으므로, 다시 살펴볼 수 있다.[288] 따라서 수량이라는 범주가 본체의 유행의 측면에 있음을 알게 된다.

둘째는 동이(同異)이다. 본체의 유행에 의거해 말하면, 흡벽은 상반되므로 이(異)의 범주가 있게 된다. 흡은 벽을 나타내고 벽은 흡을 운용하므로, 반대되면서도 서로를 완성하고 화합의 일치[和同]로 귀결된다. 따라서 동(同)의 범주가 있게 된다.[289]

셋째는 유무이다. 절대적이고 진실하며 원만하고 위대한 공용을 이루므로, 유(有)라고 해야 한다. 청정하고 고요하며[湛然][290] 망식(妄識)이

284) 無는 虛無이다. 그러나 아무 것도 없는 것을 말하는 것은 아니다.
285) 道體는 본체이다.
286) (역주) 『易』 「繫辭傳(下)」. "天下之動, 貞夫一者也."
287) 翕闢에 대해 설명하는 부분이다.
288) 상세한 것은 상권에 있다.
289) 상권 「전변」 장을 참조할 것.
290) 湛然은 그 적막하고 심원하며 相이 없는 등의 뜻을 형용한다.

생각하는 온갖 희론의 모습에서 멀리 떠나 있으므로, 무(無)라고 해야 한다. 따라서 유무 두 범주는 본체, 또는 본체의 유행상에서 갖추고 있는 것이다.

따라서 본체로 나아가 범주를 말하면 의미에 따라 차별이 있게 되므로, 고정적으로 있다거나 없다고 할 수 없다. 여기까지 범주에 대해 설명하였다.

다음으로 이 장에서 위대한 공용의 흡의 측면에 의거하여 사물을 가설하였지만, 실제로 흡을 말하면 벽이 있게 된다. 이 점은 앞에서도 자주 말하였다. 지금 다시 흡벽 상호 간의 관계를 밝혀보면, 흡이 사물을 형성하는 것에서 그 의미가 더 잘 나타난다. 나는 『역』의 8괘를 빌어서 내 주장을 설명해보려고 한다.

☰ ☷ ☳ ☴

乾 坤 震 巽

坎 離 艮 兌

☵ ☲ ☶ ☱

위에 나열한 8괘는 두 층으로 나누어 배열하였다. 이렇게 배열하는 방식은 순전히 편리를 위해 편성한 것이지 어떤 의도가 있는 것은 아니다.

먼저 건(乾)과 곤(坤) 두 괘를 설명하겠다. 나의 의도는 건괘(☰)로 벽을 표시하고, 곤괘(☷)로 흡을 표시하는 것이다. 상권과 중권 두 권에서 이미 이러한 내용을 제기하였다. 여기에서는 특히 유명(幽明)의 의미에 중점을 두어 다시 한 번 설명하려고 한다. 명(明)은 힘이 분명히 발현되어 쉽게 보이는 것이다. 유(幽)는 힘이 고요히 움직이고 깊이 침잠하여 알기 어렵다. 흡벽은 원래 본체가 유행하여 형성된 것이므로 이 두 가지 활동하는 힘이 나타난 것이지,291) 대립된 두 사물이 결코 아니다.292) 그러나 어쩔 수 없이 두 가지 힘이라고 나누어 말한 것뿐이다.293) 이 두 힘이 발현할 때 하나는 수렴하여 흡을 이루고, 하나는 강건하게 전진하여 벽을 이룬다. 벽은 본체를 칭하여 나타나고 적막하여 형체가 없으므로, 유(幽)라고 해야 한다.294) 흡은 자취의 형상이 밝게 나타난 것이고 본체가 유행하여 형체를 이룬 것[流刑]이기는 하지만,295) 형체를 가지기 시작하면서부터 이미 그 본체와는 어긋나게 된다. 따라서 형체를 이룬다는 의미에 의거하여, 명(明)이라고 가설한다.

유(幽)는 저장되어 있고,296) 명(明)은 밖으로 드러난다.297) 유는 신(神)이라고 부르고,298) 명은 사물이다.299) 신의 덕은 베푸는 것이고,300) 사

---

291) 유행한다는 것은 변화이다. 변화에는 반드시 반대되는 것이 있으므로, 두 종류라고 한다. 활동하는 힘[動勢]은 勢用이라고도 한다. 따라서 나타난다는 등으로 말한 것은 고의로 이렇게 말한 것이지만 실제로 그런 의도는 없다.

292) 우리나라 역학자들은 陰陽을 두 가지 氣라고 말한다. 이 氣 자는 사람들이 실재하는 것으로 오해하기 쉽다. 이 때문에 음양은 본래 두 가지 사물로 대립한다고 보지만, 힘을 합하여 공용을 일으킬 수 있다는 것이다. 본서에서 말하는 흡벽은 실제로 그들이 말한 것과 뜻이 다르다는 것을 배우는 이들은 잘 알아야 한다.

293) 모두 두 가지 動勢라고 한다.

294) 본체가 유행하여 형성되는 것이 바로 벽의 勢用으로 나타나는 것이다. 闢은 온갖 덕을 구비하고 있지만 볼만한 형체는 없다. 유행하기는 하지만 본체의 본연을 잃지 않기 때문이다. 따라서 '본체를 칭한다'고 하였다.

295) 流行이라는 말은 『易經』에 근본을 두고 있다. 본체가 유행하여 형성되는 데는 반드시 흡의 측면이 있어야 한다. 그러나 흡은 수렴하여 형체를 가진 사물을 이루는 듯하다. 그러므로 流形이라고 한다.

296) 온축되어 있다[蘊]는 것은 가운데 저장되어 있다는 의미이다. 幽는 闢이다. 벽의 세용은 흡, 또는 모든 사물들 가운데서 움직인다. 정해진 장소도 없지만 존재하지 없는 곳이 없는 것이 온축의 의미이다.

297) 明은 翕이다. 흡은 형체를 가진 사물을 이루는데, 이것은 단지 表象일 뿐이다. 그 내면에 충실히 온축되어 있는 것은 闢이다.

298) 神은 지극히 영험해서 헤아릴 수 없고 지극히 신묘해서 끝이 없는 것이다. 그러나 그것이 종교인들이 말하는 神과 같이 인격을 가졌다고 생각해서는 안 된다.

299) 翕에 나아가 말하면 사물이 된다.

300) 베푼다[施]는 것은 온갖 덕을 모두 가진 것을 칭하는 것이고, 베푸는 것이 모두 마땅하다. 따라서 온갖 善이 다 갖추어져 있으므로, 하나의 덕으로 칭해서는 안 된다.

물의 덕은 받는 것이다.[301] 따라서 유는 (—)로 표시하여 절대적임을 나타낸다.[302] 명은 (--)로 표시하여 상대적임을 보인다.[303] 유(幽)는 명(明)이 온축된 것이고, 명은 유가 표현된 것이다. 유와 명은 전혀 관계없는 두 가지 사물이 아니다. 본체가 유행할 때 반대되는 측면이 있어서 형체를 이루는 것은[304] 무형의 움직임을 나타내기 위한 방법이고, 성대하여 그치는 일이 없다.[305] 또 오직 유(幽)만이 상대적이지 않아 본래부터 온갖 덕을 갖추고 있으며, 끝없이 변화한다. 명은 비록 상대적이지만, 실제로는 유와 한 몸이다. 따라서 유는 명에서 숨어서 이동하고 말없이 움직이므로, 만물은 모두 신묘한 변화[神化]로 귀결된다. 그러나 사물은 끝내 형상을 가진 것에서 막히고,[306] 벽을 따라 변화하지만 스스로 변화하는 것이 아니다.[307] 따라서 명이 드러나는 것은[308] 유가 가진 것에 미치지 못한다. 유가 가진 것은 한량이 없다. 정신의 활동과 사유의 극단은 끝없이 오묘하고 변화무쌍하다. 예컨대 생활이 풍부해지고, 도덕이 날마다 새롭게 숭고해지며, 지혜가 심원하고 복잡해지고, 새로

---

301) 받는다[受]는 것은 그대로 따라서 받는다[順受]는 것이다. 明은 사물이다. 사물은 벽에서 그 德을 그대로 받지, 따로이 덕이 있는 것이 아니다. 저 사물의 본성은 闢이다. 따라서 벽을 그대로 따라서 덕을 이룬다. 사물이 만약 그대로 따르지 않으면, 그 본성을 잃게 된다.

302) 「乾卦」는 세 획이 모두 (—)이다. (—)은 절대의 의미이다.

303) 「坤卦」는 세 획이 모두 (--)이다. (--)은 상대가 있다는 의미이다.

304) 翕이 형체를 이루면, 그 본체의 本然을 잃게 된다. 따라서 반대된다고 하였다.

305) 闢은 형체가 없고 본체가 率然히 드러난 것이다. 率然이라고 하는 것은 벽이 본체의 유행으로 그 본체의 本然을 잃지 않음을 말한다. 따라서 고요하여 형체가 없다. 그러나 闢은 반드시 翕을 기다려서 그것으로 자신을 나타낸다. 만약 흡이 없으면 텅 비어 아무 사물도 없게 되어 벽도 기댈 데가 없는데, 어떻게 자신이 쉬지 않고 고요히 움직이고 있음을 보여줄 수 있겠는가?

306) 사물의 근본을 살펴보면 저절로 신묘한 변화가 행한 일이다. 그러나 사물의 형상이 이미 이루어지면, 그 본성을 잃는다. 따라서 '막힌다'라고 한다.

307) 사물에 나아가 말하면, 사물은 스스로 변화하는 것이 아니다. 闢을 따라 변화하는 것은 벽에 순종하는 것이다.

308) 예컨대 그것이 드러나는 것은 자취의 상[迹象]일 뿐이다.

운 제품을 발명하여 신제품이 날마다 끝없이 나오는 경우를 들 수 있다. 이같은 일은 모두 벽이 한 일이다. 바꾸어 말하면, 유(幽)가 위대하게 가진 것이다. 그리고 지금 형체를 가진 것으로 존재하지 않더라도, 내적으로 함축된 잠재적인 덕을 얼마나 가지고 있는지 그 끝을 알 수 없다. 이것으로 유와 명이 구분된다.

온갖 변화는 흡만큼 기이한 것이 없다. 공적한 바다[空寂海]에309) 빽빽하게 분명히 드러나며 다양한 분화[散殊]를 이루므로,310) 명(明)이라고 부른다. 온갖 변화는 벽만큼 풍성한 것이 없다. 온갖 덕을 구비하고 본체와 일치하며311) 많은 것들이 존재하기 시작하지만 형체가 없으므로,312) 유(幽)라고 부른다.

흡은 명으로서 벽이 빌리는 도구가 되므로,313) 흡이 벽보다 첫머리에 온다.314) 벽은 유로서 흡의 주인이 되므로, 벽도 흡보다 첫머리에 온다.315) 서로 첫머리에 오기 때문에, 실제로는 첫머리가 없다. 따라서 일극(一極)에 은밀히 감응하므로, 흡벽이 모두 환상일 뿐이다. 일극은 본체

309) 텅 비고 고요한 바다[空寂海]는 본체를 비유한다. 텅 비었다[空]는 것은 형체가 없고 오염도 없음을 가리킨다. 고요하다[寂]는 것은 맑고 흔들림이 없음을 지목한다. 그러나 이 靜 자는 動과 서로 상반되는 것을 가리키는 것이 아니라는 점을 잘 이해해야 한다. 바다는 비유하는 말인데, 지극히 커서 바깥이 없음을 의미한다.

310) 翕은 형체의 시작이므로, 밝게 드러난다고 말한다. 散殊는 흡이 분화한 것이다. 대개 본체가 공용을 이룰 때에는 반드시 흡이 있다. 그렇지 않으면 한결같이 흩어져버려서, 그 공용이 나타나지 않는다.

311) 本은 본체를 가리킨다. 벽은 공용으로 말하지만 그 본체의 본연을 잃지 않으므로, '본체와 일치한다'고 말하였다.

312) 온갖 덕을 갖추고 있으므로, 여러 가지 것들이 시작된다. 즉 흡이 흡인 이유는 벽과 달리 따로 體를 가지고 있기 때문이 아니다. 그러나 벽은 결국 볼 형체가 없으므로, 본체와 같다고 한다.

313) 資는 빌린다는 것이다. 벽은 반드시 흡을 빌려야 비로소 자신을 드러낸다. 그렇지 않으면 이리저리 떠다니며 의지할 데가 없는데, 어떻게 그 勢用을 드러낼 수 있겠는가?

314) 『商易』에서는 곤괘가 제일 첫머리에 오는데, 이는 극히 의미가 있다. 坤은 陰인데, 대략 내가 말하는 翕에 해당한다.

315) 『周易』에서는 「乾卦」가 제일 첫머리에 온다. 乾은 陽이고 健인데, 나는 그것을 闢이라고 부른다.

이다. 흡벽은 본체의 유행을 임시로 부르는 명칭이다. 따라서 흡은 본체와 달리 저절로 실제 사물이 되는 것이 아니다. 벽도 본체와 달리 저절로 실제 사물이 되는 것이 아니다. 유행에서 본체를 인식하므로, 흡벽 두 가지는 모두 자성이 없다. 환상은 살아 뛰노는 모습 같지만, 실제 사실은 없다. 은밀히 감응한다는 것은 인식과 이치가 명합하여 분별되지 않는 모습이다. 이치는 본체를 말한다.

어떤 사람은 또 "☰로 벽을 표시하고 ☷로 흡을 표시하는 것은 음양과 흡벽이 서로 통한다는 의미이다. 그러나 『역』에서는 3효가 1괘를 이루고[316] 또 두 괘가 합해져야 비로소 한 괘라고 부른다.[317] 그 의미는 무엇인가?"라고 묻는다. 이에 대한 답은 다음과 같다. 여기에는 통의(通義)와 전의(專義)가 있다. 통의는 3효가 괘를 이루는 것인데, 하나가 둘을 낳고 둘이 셋을 낳는다는 의미를 밝힌 것임을 이미 말하였다.[318] 또 두 괘를 합하여 한 괘라고 부르는 것은 잘못 생각하여 변괘(變卦)로 본 것인 듯한데, 하나가 둘을 낳고 둘이 셋을 낳을 때 이와 같이 변하면 다른 변화는 없게 된다. 이것은 큰 잘못이다. 신묘한 변화는 항상됨을 지키지 않는다는 사실을 알아야 한다.[319] 찰나마다 갑자기 변화하고[頓變], 모두 1·2·3 법칙을 그대로 따른다. 예를 들어 이전 찰나 즈음에 갑자기 변화한 것이 하나가 둘을 낳고 둘이 셋을 낳은 것이라면, 다음 찰나 즈음에 갑자기 변화한 것도 하나가 둘을 낳고 둘이 셋을 낳은 것이다. 따라서 머물지 않는 것도 변화하고, 변화하지 않는 것도 변화하는 법칙이다. 따라서 괘를 겹쳐서 그 의미를 나타낸 것이다.[320] 겹친다는 것은 삼

316) 예를 들면 (☰)이 바로 乾卦이고, (☷)이 坤卦이다. 나머지는 이에 준하여 알 수 있다.
317) 乾卦를 예로 들면, 위아래 두 乾卦를 합하여 이루어진다. 다른 괘도 이에 의거한다.
318) 상권 「전변」 장에서 상세히 다루었다.
319) 변화하는 것을 신묘하다고 하는 것은 본체의 유행이 영묘하고 특이하여 측정할 수 없다는 것이다.
320) 두 괘를 합하므로, '겹쳤다[累]'라고 하였다.

효에 그치지 않고 다시 삼효가 있는 것이다. 계속 이어지는 변화를 밝히면 모두 1·2·3 상생(相生) 법칙에 지나지 않는다. 어떤 사람은 "3괘를 겹쳐서 9효가 될 수는 없는가?"라고 묻는다. 그러나 두 괘로도 충분히 의미를 나타내므로, 더 증가시킬 필요는 없다. 더 증가시키면 무한히 나아가게 된다. 이상에서 통의를 설명하였다.[321] 전의(專義)에서는 모든 괘가 각각 6효로서[322] 변화불측하다. 공통된 법칙을 구하려면 반드시 유(幽)의 극치를 궁구해야 한다.[323] 반드시 각 괘에 의거해 각자의 의미를 구해야 한다. 따라서 전(專)이라고 한 것이다. 그러나 나는 여기에서 『역』을 깊이 탐구하려는 것이 아니라, 단지 8괘를 인용하여 나의 취지를 밝히고자 한 것뿐이다.

내가 ☷으로 흡을 표시한 것은 곤괘(坤卦)가 상하 두 곤괘를 합하여 이루어진다는 의미이다. 그 6효는 모두 짝수이다.[324] 본체의 유행은 반드시 한 측면에 흡하여 모인다. 흡하여 모이면 사방으로 흩어지는 것이 많아져서, 짝수가 된다. 사물이 명칭을 얻는 것은 흡하여 모인 것에 의거한다. 흡하여 모이는 것은 반드시 가볍고 작은 것에서 무겁고 탁한 것으로 나아간다. 처음 응집될 때는 빠른 움직임일 뿐이다. 그치지 않고 응집하면 점차 형체를 이루려는 경향이 있게 된다. 그러나 실제 형체가 있는 것이 아니므로, 가볍고 작다고 한다. 그러나 그치지 않고 응집하는 것은 원래 사물이 나중까지 연장되는 것이 아니라, 찰나마다 옛것이 사라지고 새로운 것이 생성되어 그치지 않고 서로 이어지는 것에 불과하다. 응집하면 반드시 분화되어 많은 것들을 이룬다. 응집하여 다양한 힘이 되면 서로 합쳐져서 거친 흔적이 환상으로 나타나는데, 세속에서는

---

321) 상권 「전변」 장을 참조할 것. 단지 여기에서 내가 말한 것은 「乾鑿度」 등과는 다르다.
322) 『주역』은 卦가 64개다. 각 괘는 모두 두 괘가 합쳐서 이루어지므로, 각 괘는 모두 6爻가 있다.
323) 번이한 情은 은밀하여 분석하기 어려우므로, 幽의 극치라고 한다.
324) (--)은 짝수이고, 상대가 있다는 의미이다. 앞에서 이미 설명하였다.

이를 사물이라고 부른다. 여기에 이르면, 무겁고 탁해진다. 따라서 6효가 아래에서 위로 나아가는 것은 변화의 순서를 나타낸 것이다.[325]

䷀으로 벽을 표시한 것은 상하 두 건괘(乾卦)가 합하여 건괘를 이룬다는 의미이다. 그 6효는 모두 홀수이다. 홀수는 짝이 없다. 『역위(易緯)』[326]에서는 건(乾)을 "스스로 근본이 되고[祖], 미묘하며[微], 자신에게 의거하고[據], 시초이다[始]"[327]라는 것이 벽의 형상이라고 해석하였다. 벽은 본체의 유행으로서 항상 그 자성을 잃지 않는 것이 흡의 형세와 상반된다. 또 흡을 전화하여 자기를 따르게 하고 그 강건함을 나타낸다. 본서 상권에서 1·2·3 상생으로 변화의 법칙을 밝힌 적이 있다. 즉 (一)로 본체가 공용으로 나타날 것임을 표시하고,[328] (二)로 흡을 표시하고, (三)으로 벽을 표시한다.[329] 본체의 유행에는 흡이 없을 수 없지만, 흡은 자성을 지키지 못한다. 흡이 사물을 형성하므로 본체는 그 자성을 지키지 못한다. 바꾸어 말하면 스스로 모순이 된다. 그러나 흡과 동시에 강건하고 위로 오르며 앞으로 나아가는 힘이 있어서 흡 중에서 움직이고 흡을 포함하는 외에도, 정해진 위치가 없어도 존재하지 않는 곳이 없고 흡을 순순히 똑같이 따르게 하여 막힌 것을 해소시킨다. 이 힘을 벽이라고 부른다. 이 때문에 벽이 "스스로 근본이 되고, 미묘하며, 자신에게 의거하고, 시초이다"라고 한 것이다. 이때 미(微)는 미묘하다는 뜻이고 시초

325) 모든 괘는 아래에서 위로 향하여 수를 센다. 下卦의 初爻에서 上卦의 最上爻까지 그것이 응집하여 점차 나아가 가벼운 데에서 탁한 데까지 이르는 것을 밝힌다. 이것은 자연의 순서이다.

326) (역주)『易緯』는 書緯·詩緯·禮緯·樂緯·春秋緯·孝經緯와 함께 7緯로 불린다. 선진시대부터 유행되었던 미래를 예언하는 讖과 음양오행·災異瑞祥·天人感應 등의 학설로 경서를 해석하는 緯가 결합된 참위설은 前漢 말에 크게 홍성하였다. 後漢 초에 정권과 결합되면서『乾鑿度』등 緯書가 성립되었다.『易緯』역시 이 당시에 성립되었다.

327) (역주)『周易乾鑿度』卷上. "祖微據始也."

328) 장차(將)라는 글자는 단지 언어의 방편상 가정한 것일 뿐이므로, 오해하지 말 것. 공용(用)은 流行의 의미이다.

329) 상권「전변」장을 다시 살펴볼 것.

[始]는 근본이라는 뜻이므로, 모두 본체를 형용한 말이다. 벽만이 본체에 의거하여 일어나는 힘이다.330) 바꾸어 말해서 본체가 그 자신을 온전히 나타낸 것이 벽이다. 따라서 벽이 "스스로 근본이 되고, 미묘하며, 자신에게 의거하고, 시초이다"고 한 것이다. 벽은 본체의 유행이므로, 본체와 둘이 아니다. 조(祖)는 스스로 근본이 되고 스스로 뿌리가 된다는 의미이다. 거(據)는 자족하여 다른 것에 기대지 않음을 나타낸다. 따라서 벽을 홀수로 표시한 것은 벽이 상대적이지 않다는 것을 나타내는데, 벽에서 본체를 인식하기 때문이다. 또 벽을 6효로 나타낸 것은 항상 강건한 덕을 쉬지 않고 쌓기 때문이다.331) 그것은 일합상(一合相)이 아니고, 절대가 상대를 함축한 것임을 밝히는 것이다.332) 또 조물주의 개념과 달리 상대적인 것에서 절대를 보기 때문에,333) 6효로 나타내었다.

건곤 두 괘로 흡벽을 표시한다. 나머지 6괘는 모두 흡벽이 서로 착종(錯綜)하는 상황이 하나가 아니므로, 헤아릴 수 없는 변화를 나타낸다. 착(錯)은 상대적이라는 의미이다. 한 번 흡하고 한 번 벽하므로, 상대적이다. 종(綜)은 서로 융합한다는 의미이다. 흡벽은 상반되면서도 서로를 완성하므로, 조화롭게 융합한다.

먼저 진(震)괘와 손(巽)괘, 두 괘를 말해보자. 진괘는 본래 상하 두 개의 진괘가 합하여 이루어진다. 다음과 같은 배열이 된다: ䷲ 상괘를 둘로 겹쳤을 뿐이므로, 하괘의 의미는 상괘에서 유추할 수 있다.

손(巽)괘는 상하 두 손괘가 합쳐져 이루어진다. 다음과 같은 배열이 된다: ䷸ 상괘는 하괘를 둘로 겹쳤을 뿐으로, 진괘와 같다. 진괘와 손괘

330) 의거라는 두 자는 잘 이해해야 한다. 이것이 저것에 의거한다는 뜻으로 함부로 상대적으로 구분하는 것을 의미하는 것이 아니다.

331) 6자는 다수로서 쌓는다는 뜻이 있다. 벽의 강건함은 天德이라고 한다. 항상 그 강건함을 버리지 않으므로, 쌓는다고 하였다.

332) 一合相에 대해서는 앞에서 상세하게 다루었다.

333) 6이라는 수는 상대적이다. 6이 모두 홀수이면, 상대적인 것에서 절대를 보는 것이다.

두 괘는 서로 완전히 상반된다.

☳ 진(震)괘

☴ 손(巽)괘

진괘와 손괘 두 괘를 나란히 놓고[334] 비교하면, 그 상반된 점을 알 수 있다.

나는 모든 괘를[335] 양효면 벽으로 표시하고, 음효면 흡으로 표시한다.

진괘는 양 하나가 아래에 있고, 그 위 두 효가 모두 음이다.

손괘는 음 하나가 아래에 있고, 그 위 두 효가 모두 양이다. 진괘와 손괘는 명상(名相)이 반대이지만 실상(實相)이 서로 의지하므로, 나란히 놓고 설명하겠다.

두 괘를 해석하기 전에 한 가지 내용을 먼저 설명하겠다. 『역』이란 책은 형상을 취하는 것이 신묘하다.[336] 모든 괘를 형상으로 나타내는데, 그 의미가 눈앞에 있는 것처럼 밝게 드러난다. 진괘는 천둥에서 형상을 취한다. 천둥은 형체가 없이 나타나고 어둡고 침침한 데서 진동하지만, 그 힘이 성대하여 무어라 표현할 수 없다. 진괘는 양 하나가 아래에 숨어서 움직이므로, 천둥의 형상을 취한다. 황제[帝]의 형상도 있는데, 황제는 주재한다는 의미이다. 진괘는 양 하나가 어두운 곳에 있으면서 모든 활동의 주인이 되므로,[337] 황제의 형상이 된다.

---

334) 이 두 괘는 각각 하괘를 배열하였을 뿐이고, 상괘는 그를 똑같이 중첩하였으므로 배열할 필요가 없다.

335) '모든'이란 말은 『대역』 64괘를 모두 통틀어 말한다. 그러나 여기에서는 8괘를 말할 뿐이다.

336) 앞에서 건괘와 곤괘 두 괘를 말한 것은 바로 그 의미를 말한 것이고, 형상에 대해 언급한 것이 아니다.

337) 어두운 곳에 있다는 것은 初爻가 아래에 숨어 있고 아직 나타나지 않은 것이므로, 어

손괘는 바람에서 형상을 취한다. 여기에는 두 가지 의미가 있는데, 첫째는 바람이 가벼워서 들어가지 못하는 곳이 없다는 것이다. 손괘는 음 하나가 아래에 있으면서 겸손하게 양을 따라 들어가고 양의 움직임을 따르므로, 바람의 형상이 된다. 음(陰)과 곤(坤)을 나는 흡이라고 부른다. 곤이나 흡은 오직 건이나 벽에 순종하고, 스스로 주재가 되지 못한다. 따라서 겸손하게 따른다[卑順]고 한다. 바람은 가벼워서 겸손하게 따르는 형상으로 나타난다. 둘째는 바람의 크기가 육합(六合) 전체에 해당한다는 것이다.[338] 손괘는 양 두 개가 위에 있어서 두루 통하여 막히는 곳이 없으므로,[339] 바람의 형상이 된다.

앞에서 괘의 형상을 해석하였다. 이제 진괘부터 그 의미를 설명하겠다. 물질 우주는 본래 흡에 의거해서 세워졌지만, 그것을 묵묵히 움직이고 또 주재하는 것은 벽이다. 진괘의 초효(初爻)는 양 하나가 아래에서 잠잠히 움직이고, 그 위 두 효는 모두 음으로서 흡의 형상이다. 바꾸어 말하면, 만물이 찬란히 드러나는 형상이다. 유물론자는 물질이 존재한다는 것에만 집착하고, 물질이 실재하지 않으며 그 가운데 묵묵히 움직이게 하는 것이 강건히 진전하는 힘, 즉 벽임을 모른다. 진괘는 양 하나가 아래에 있으므로, 벽이 흡 중에서 고요히 움직이며 흡의 주재가 됨을 표현한다. 진괘에 황제의 형상이 있는 것도 이 때문이다.

어떤 사람은 이렇게 질문한다. "그대는 흡이 활동하는 힘일 뿐이고, 흡이 형체를 가진 사물처럼 나타나는 것은 다만 활동하는 힘이 맹렬하여 자취의 형상으로 나타난 것을 형체를 가진 사물이라고 가설한 것뿐이라고 말하였다. 비유하자면 번개와 같아서, 그 섬광의 움직임이 지극

두운 상[幽象]이 된다.

338) (역주) 六合은 天地와 四方, 즉 온 세상을 다 말한다.

339) 두루[周]는 두루 모든 곳에 있고 부족한 것이 없음을 나타낸다. 통(通)은 통달하여 장애가 없음을 나타낸다. 막힌 곳이 없다는 것[無礙]은 빠진 곳이 없다는 것이다.

히 빠르기 때문에 형상이 나타난다. 이렇게 보면 흡이 활동인데, 어떻게 벽이 그것을 묵묵히 움직인다고 할 수 있는가?" 여기에 대한 답은 다음과 같다. 흡은 활동이지만, 이것은 근본을 미루어 말한 것뿐이다. 흡은 원래 벽과 분리해 따로 자체(自體)를 가지지 않는다. 본체의 유행에는 이 수렴하는 힘이 없을 수 없다. 그러나 이 힘은 흡에서 형성되므로, 형체의 시작이 된다.[340] 이것은 사물의 물화(物化)로 나아가므로,[341] 본체와 전적으로 어긋난다.[342] 물화되면, 무겁고 탁해진다. 『역위(易緯)』에서 말하는 곤(坤)은 그 형세를 일일이 열거할 수 없다.[343] 따라서 흡은 당연히 사물로 보아야 하지만, 그 강건히 활동하는 본성을 잃게 되므로 벽에 의지하지 않을 수 없음을 알게 된다. 흡은 벽을 따라 움직이므로, 형세를 일일이 열거할 수 없다고 한 것이다. 본체는 유행하여 도리어 흡을 형성하고,[344] 자성을 지키지 못할까 의심된다. 그러나 이것은 흡을 자기를 표현하는 도구로 생각하여 어쩔 수 없이 고의로 이렇게 한 것이고, 본체는 결국 그 자성을 잃지 않는다.[345] 그리하여 항상 강건함을 보존하고,[346] 끊임없이 위로 오르고 앞으로 나아간다. 이 오르고 나아가는 힘을 벽이라고 부른다. 벽은 본래 흡과 반대되지만 반드시 흡을 빌어서 운행의 도구로 삼는데, 그렇지 않으면 여기저기 흩어져서 의지할 데가 없게 된다. 따라서 벽은 항상 흡 중에서 묵묵히 움직이고 날카롭게 상반되지만, 결국 융합하여 '위대한 조화[太和]'로 귀결된다. 진괘에서 양 하

340) 翕이 형체의 시작이다.

341) 物化는 그것이 물질로 전화하여 이루어지는 것을 말한다. 다른 것에서 말하는 物化도 모두 이에 의거한다.

342) 비유하자면 얼음과 같다. 물을 그 본체로 가정하면, 얼음이 이루어지면 그 본체가 달라지는데 응고하여 모양이 딱딱해지기 때문이다.

343) 坤이 내가 말한 翕이다.

344) '도리어'라고 한 것은 흡이 그 근본을 따르지 못하므로, 그렇게 말한 것이다.

345) 본체를 眞如라고 부른 것은 그 본성이 항상 같다는 것이다.

346) 본체는 온갖 덕을 갖추고 있는데, 여기에서는 강건하다는 것만을 열거한 것뿐이지 나머지가 없다는 것이 아니다. 항상이라는 것을 잃지 않음을 의미한다.

나가 숨어서 움직이는 것은 벽이 흡을 운용하는 것을 표현한 것이고, 그 작용이 지극히 성대하여 제어할 수 없으므로 천둥을 형상으로 삼았다.

진괘·손괘는 상반되면서도 서로 의지한다. 진괘는 음이 밖으로 나타나고[347] 양이 유(幽)에 거하면서 활동하므로,[348] 벽이 묵묵히 흡을 운용하는 것을 표시한다. 손괘는 음이 양 자리에 들어간다.[349] 밝은 저 벽은 본체가 온전히 나타난 것이다.[350] 정해진 위치가 없지만[351] 존재하지 않는 곳이 없다.[352] 따라서 벽은 흡 중에서 활동하고 흡 밖을 포함하지만, 흡의 입장에서 말하면 흡이 순순히 벽 안에 들어가서 포함되는 것이다. 손괘에서 음이 아래로부터 양으로 들어가는 것이 이러한 의미이다.

진괘는 음이 맨 위에 있다. 흡을 밝히면, 사물의 형상이 밝게 드러난다. 벽은 그 속에서 묵묵히 운용할 뿐이다. 손괘는 양이 맨 위에 있다.[353] 벽을 밝히면, 비록 유(幽)에 거하지만 두루[周] 원만하게[徧] 널리[宏] 포함한다[含].[354] 만물을 모두 포함하고 그 주인이 된다.[355]

어떤 사람은 또 다음과 같이 묻는다. "흡벽은 본래 하나의 본체가 유행한 것이고,[356] 공용은 다양하지만[357] 형상이 융합하여 하나가 된

347) 음 2개가 양 1개의 위에 있으므로, 밖으로 나타난다고 표현한다.

348) 初爻가 어두운 데 있다고 한 것은 앞에서 보인다.

349) 음 1개가 아래에 있으면서 양 2개 밑으로 들어가므로, 양이 포함하는 것이 된다.

350) 본체가 그 자신을 들어 전적으로 나타나서 벽을 이룬다. 비유하자면 큰 바닷물과 같아서 그 자신이 전적으로 뭇 방울들로 나타난다. 따라서 전적으로 나타난다고 하였다.

351) 형체가 없으므로, 제한된 영역이 없다. 제한된 영역이 없으므로, 부족하거나 어그러짐이 없다. 따라서 정해진 장소가 없다.

352) 정해진 장소가 없으므로, 존재하지 않는 곳이 없다. 예를 들어 존재하지 않는 곳이 있게 되면, 부족하거나 어그러지게 된다. 지금 여기에서 형체를 가진 사물로 추측해서는 안 되므로, 그렇지 않다.

353) 벽은 형체가 없고, 본래 어둡다. 진괘의 初爻의 상이 이러하다.

354) 지극히 참되며 쉬지 않는 것을 周라고 한다. 원만하여 어그러짐이 없는 것을 徧이라고 한다. 포함하지 않는 것이 없는 것을 含이라고 한다. 아주 커서 밖이 없는 것을 宏이라고 한다.

355) 만물은 흡에 의거하여 그렇게 부른 것이다.

356) 흡벽의 형세는 쉬지 않고 생멸한다. 이것을 流行이라고 한다. 흡벽은 유일한 본체가

다.[358] 이것이 그대 논지의 핵심이다. 그러나 벽이 주가 된다고 하였는데, 주가 되는 것에 작의(作意)가 있는가?"[359] 여기에 대한 답은 다음과 같다. 조화(造化)에 마음(心)이 있지만 의도가 없다는 것은 앞에서 이미 말하였으므로, 여기에서 더 논의하지 않겠다. 흡은 오직 물화이고, 벽은 항상 그 강건함을 버리지 않는다. 흡을 전화하여 자기 마음대로 펼친다.[360] 따라서 벽이 흡의 주가 됨을 알 수 있다.

진괘와 손괘를 말하였으므로, 다음으로 감(坎)괘와 리(離)괘를 설명하겠다.

감괘(坎卦)는 위아래 두 감괘가 합하여 이루어진다. 예를 들면 ䷜과 같이 배열된다. 이 괘는 ☵과 같이 양 하나가 두 개의 음 사이에 빠져 있다. 양이 음에 막혀서 잘 드러나지 못하므로, 양이 음의 함정 속에 있게 된다. 감괘의 형상은 물인데, 물의 흐름은 깎아지른 듯한 절벽을 건너고 구덩이에도 들어가고 헤아릴 수 없이 넓은 바다로 범람한다. 이것은 지극한 위험이다. 따라서 감괘가 형상으로 삼았다.

리괘(離卦)는 상하 두 개의 리괘가 합하여 이루어진다. ䷝과 같이 배열된다. 리괘의 효상은 감괘와 완전히 상반된다.

☵ 감괘

☲ 리괘

감괘는 양 하나가 가운데 있어서 위험의 형상이 되는데, 음이 양을

이처럼 나타난 것이므로, 원래 두 가지 실재하는 사물과 절연되지 않는다. 그러므로 하나의 본체(一體)라고 말한다.

357) 흡과 벽은 상반되므로, 공용이 다양하다고 한다.

358) 형상이 융합하면, 본래 다른 體가 아님을 알 수 있다.

359) 意는 의욕이다. 作意는 造作의 의욕이라고 말하는 것과 같다. 종교인들이 말하는 上帝는 작의가 있는 자다.

360) 벽은 자유로우므로, 결국 흡을 따라 轉化하지 않는다.

막아 폐쇄되기 때문이다. 리괘는 음 하나가 가운데 있고, 양이 음의 어두움을 뚫고 나온다. 따라서 밝음의 형상이 된다.361) 위 아래에 두 개의 리괘가 있으므로, 더욱 밝아진다.362) 또 음이 2 5의 자리에 있어서 정가운데 위치하고 올바른 상을 얻게 되므로,363) 음이 순순히 따라 발전하여 중정(中正)의 도를 밟게 된다. 감괘에서 음이 도를 잃고 양을 막는 것과는 다르다.364)

유물론의 견지에서 나를 반박하는 사람들은 다음과 같이 말한다. "그대가 말하는 흡은 사물의 명칭이 세워지는 수단이다. 그대가 말하는 벽은 마음이자 생명이고 정신이므로, 여러 가지 명칭들이 있다.365) 그대는 흡벽이 함께 가면서도 정세가 달라서,366) 벽이 흡을 주재하고 흡이 결국 벽을 따른다고 보았다. 이것은 마음과 사물의 유래가 둘이 아니라는 것[心物所由不二]인데, 벽이 위주가 되므로 유심론(唯心論)이 완성된다. 그러나 이론상 이처럼 주장할 수 있지만, 세간의 극미론자의 주장과367)

---

361) 밝다는 것은 어두움의 반대이다.

362) 그 밝음이 쉬지 않고 계속되므로, 거듭 밝다고 한다.

363) 상하 두 괘가 수를 합하는데, 하괘의 초효의 수에서 일어나 음이 2효와 5효에 있게 된다. 2는 하괘의 중앙이고, 5는 상괘의 중앙이다.

364) 도를 잃는다는 것은 음이 순순히 양을 따르지 않는 것으로, 그 中正을 잃음을 말한다.

365) 본론에서 말하는 마음과 생명・정신이라는 세 용어는 그 명칭은 서로 다르지만 가리키는 것은 하나이다. 그것이 본래 영명하고 깨끗하고 신묘한 본체이고 우리 자신의 주재가 되므로, 마음이라고 부른다. 그러나 때로는 習氣, 또는 妄識을 마음이라고 부르는데, 여기에서 나오는 마음과는 뜻이 다르므로 문맥에 따라 판별해야 한다. 또 쉬지 않고 생성하는 참된 작동[眞機]을 생명이라고 부른다. 그러나 세속에서 습관적으로 쓰는 생명이라는 말과 그 뜻이 반드시 같지는 않다. 또 사물을 초월하는 외에 신묘한 공용이 헤아릴 수 없이 많고, 강건하고 굽히지 않아서 만물의 근원이 되므로, 정신이라고 부른다. 따라서 세 가지 명칭은 서로 다르지만, 실제로는 구별되는 體가 없다. 비유하자면 갑이라는 사람을 자애롭다는 점 때문에 인한 사람이라고 부르고, 용감한 점 때문에 용사라고 부르는 경우와 같다. 인한 사람과 용사는 이름은 서로 다르지만, 지목하는 것은 갑이라는 사람 한 사람이다. 이 세 가지 명칭은 이 글 중 이곳저곳에서 보이는데, 미처 주를 달지 못한 다른 곳에서도 이러한 의미임을 알 수 있다.

366) 흡벽의 유행은 원래 다른 體가 아니므로, 함께 간다[同行]고 하였다. 情은 정세이다. 한 번 흡하고 한 번 벽하는 것은 활동하는 세력이 다르므로, 정세가 다르다고 하였다.

과학의 실측에 따르면 물질이 먼저 존재한다는 것이 공통적으로 인정된다. 마음이나 생명 등은 물질 우주에서 헤아릴 수 없을 만큼 장기적인 발전이 있은 뒤에 겨우 발현된다. 무엇 때문인가? 마음이나 생명 등은[368] 유기물에서만 나타나는데, 유기물은 무기물이 오랫동안 발전한 뒤에야 비로소 존재하기 때문이다. 이 사실은 부인할 수 없다. 지금 널리 증거를 들어 인용할 겨를은 없지만, 천문학에서 말해보자면 물질이 먼저 존재하고 마음이나 생명 등이 뒤에 겨우 나타난다는 사실은 지극히 분명하다. 유심론자들이 주의를 기울여야 할 점을 대략 세 가지로 말해보겠다.

첫째, 물질 우주는 끝없이 첩첩 포개진다. 내가 사는 지구는 8대 행성의 하나이다. 8대 행성과 태양은 태양계에 속한다. 이 태양계 외에도 무수히 많은 천체 계열이 있다.[369] 그 수는 멀리 황하의 모래알 수보다 많다. 천문학자들은 "천체의 별들의 수는 전 세계 해안의 모래알만큼 많다"라고 말한다.[370] 탕무생(湯姆生)은 "태양계의 넓고 방대함은 필적할 것이 없을 듯하지만, 성운들이 존재하는 대우주에서 보면 창해의 좁쌀한 알에 지나지 않는다"라고 한다. 여기에서 커다란 허공에 가득 차 있는 것은 무한한 물질 우주일 뿐임을 알 수 있다.

둘째, 마음이나 생명을 가진 유기체는 존재할 수 있는 범위가 반드시 한 덩어리의 불처럼 뜨거운 열이 최고에 이른 범위 안에서 거리와 원근이 적절히 맞아서 온도가 적당한 영역이 되어야 한다. 만약 이 영역 안에 미치지 못하거나 뜨거운 불에 너무 가까우면, 생물은 말라서 죽게 된다. 또 불에서 거리가 너무 멀면, 생물은 반드시 얼어 죽는다. 우리 태양계 중에서 지구만이 적당한 온도를 지니고 있다. 그러나 먼 허공에

367) 세간의 극미론자들의 주장은 상권(「唯識(上)」)에서 보인다.
368) 정신이라는 이름으로 다 열거하기 어려우므로, 이렇게 말하였다.
369) 天體는 별들을 대신 부른 말이다.
370) 여기에서 나온 세계는 전지구상을 말한다.

흩어져 있는 무수한 별들 중 지구가 태양계에 속한 것과 비슷하게 생물이 발전하기 적당한 온도가 있을 경우는 지극히 드물 듯하다. 무수한 별들 중 우리 태양계의 모습과 같이 행성들이 나오는 것은 확실히 드문 경우에 속한다.

셋째, 천문의 시간 계산에 의하면 행성의 나이는 아주 적다. 태양계가 형성된 것은 대개 두 성운의 충돌에 연유한다. 두 성운이 한 번 충돌할 기회는 대략 7조 년이 필요하다. 이렇게 보면, 태양계의 나이는 성운 중에서 아주 적다. 지구라는 행성은 태양에서 분열되어 나온 것이므로, 그 나이는 태양에 비해 더 적다. 지구가 형성된 뒤 얼마나 많은 겁의 시간이 경과하였는지 모를 변천이 있은 뒤에야 비로소 생물이 생겨날 가능성이 있게 되었다. 이 생물들 중에서 인류로 진화하여 고등 심령의 발현이 있게 되는 것은 또 얼마쯤의 시간이 흘러야 했는지 모른다.

앞에서 한 말을 종합하면, 첫째, 커다란 허공에 가득 찬 것은 물질 우주에 불과하다. 둘째, 무한한 물질 우주 중, 예컨대 심령이나 생명을 가진 생물을 낳을 수 있는 우리 지구와 같은 소우주는 확실히 짝을 찾기 어려울 정도로 드물다. 이것은 우연이라고 하지 않을 수 없다. 셋째, 지구상의 생물이나 인류로 말하자면, 생겨난 시기가 가장 늦다. 이에 의거해 말하자면, 마음이라는 것은 사물이 존재한 뒤 아주 우연한 기회에 생겨난 것이다. 지금 그대는 흡에 의거하는 것을 사물이라고 가설하고 벽에 의거하는 것을 마음이라고 가설하며, 또 흡벽은 함께 가면서도 정세가 다르다고 본다. 또 흡은 벽이 자신을 드러내는 도구이고, 벽은 흡 속에서 그것을 운용하여 그 주인이 된다고 한다. 이렇게 완성된 유심론은 천문학에서 알려주는 내용과 어찌 그리도 거리가 먼가?"

이렇게 논박하는 사람의 논의는 세 가지 점에서 오류에 빠져 있다. 첫째, 그가 말하는 물질 우주는[371] 자취의 형상이라는 측면에 집착한 것이지만, 이 자취의 형상 자체가 머물지 않고 유행하는 공용에 불과하므로 실물이라고 집착해서는 안 된다는 점을 모르는 것이다.[372] 이러한 공용은 원래 강건한 전진과 응축이라는 두 측면을 갖추고 있다. 응축이 없으면 강건한 전진을 나타낼 수 없다.[373] 강건한 전진이 없으면 한결같이 막혀있을 뿐이고 생성 변화가 없는데, 우주가 이럴 리가 있겠는가? 강건한 전진을 벽(闢)이라고 부르고, 응축을 흡(翕)이라고 부른다. 한 번 흡하고 한 번 벽하며 상반되면서도 변화를 이루는 것을 공용이라고 부른다. 흡은 자취의 형상이 환상으로 나타난 것이고, 벽은 볼 수 있는 형상이 없이 흡, 또는 온갖 형상들 중에서 두루 움직이며 존재하지 않는 곳이 없다. 완전히 아무 형상도 없지만, 실제로 없는 것이 아닌 것이 우주의 진실이다. 형상으로 나타난 것이 참 모습은 아니다. 세속에서는 자취의 형상에 의거하여 물질 우주가 실재한다고 집착하는데, 이는 큰 잘못이다. 어떤 사람은 "근래에 유물(唯物)을 말하는 이들의 논의에는 진전된 점도 있지만, 꼭 실질이 있어야 사물이라고 부르는 것은 아니다. 즉 그대가 말하는 공용의 유행을 사물이라고 해도 무방하다"라고 말한다. 이에 대한 답은 다음과 같다. 이렇게 말한다면, 사물이라는 명칭은 신묘한 변화를 가리킬 뿐이므로, 세속에서 말하는 사물의 본의와는 부합되지 않는다. 신묘한 변화는 지극히 밝으며 자유롭다.[374] 결론적으로 말하면, 실제로 사물은 흡의 자취의 형상에 의거하여 가설한 명칭이므로 본래 실재라고 집착해서는 안 된다. 흡과 벽은 한 몸이므로, 유물론의 잘못에 떨어져서는 안 된다.

둘째, 논박한 사람은 마음을 사람들 각자가 가지고 있는 마음이라고

---

371) 사물[物]이라고 줄여서 말하기도 한다.

372) 자취의 상을 사물이라고 부르는 것은 무방하지만, 요컨대 실재하는 것이라고 집착해서는 안 된다.

373) 위대한 변화의 흐름을 가정하더라도 널리 근거 없이 흩어져 모이는 곳이 없는데, 어떻게 강건한 전진의 힘을 나타낼 수 있겠는가?

374) 미혹하고 어두움이 없으므로, 지극한 밝음이라고 한다. 신묘한 공용에 헤아릴 수 없고 구애되지 않으므로, 자유롭다[自在]고 한다.

만 알고, 마음이 사물이 있은 뒤에 존재한다고 말하였다. 실제로는 사람들 각자가 가지고 있는 마음은 우주 전체[統體]의 마음이다.[375] 분석의 방법을 써서 함부로 추구해서는 안 된다. 각자 가지고 있다는 측면에서 말하면, 마음은 이전에는 없다가 그 뒤에 우연히 나타난 것이다.[376] 전체라는 측면에서 말하면, 지극한 무이면서도 신묘하게 존재하는 것[妙]이고, 다만 고정된 것이 아닐 뿐이다.[377] 지극히 적막하면서도 신묘하게 변화하니, 오직 그 변화를 따를 뿐이다.[378] 이 마음은[379] 미묘해서 궁구하여 찾을 수 없다. 인류가 아직 생겨나지 않았을 때도, 이 마음은 존재하지 않은 적이 없었다. 무수한 천체들과[380] 무한한 세계는 누가 주인이고 누가 우두머리인가?[381] 인류가 생겨났을 때 이 마음을 사람에게 잘 빌려주었다[善貸].[382] 사람을 따라 빌려주었고, 빌려주는 데 인색한 적이 없었다. 그것은 본래 지극히 풍족하고 발용(發用)이 끝이 없다. 통일체로서의 마음에서 사람에 대하여, 사람에게 빌려주었다고 말한 것이다. 사람의 측면에서 말하면, 이 마음은 사람이 생겨난 이치이지 그에게 얻은 것이 아니다.[383] 누가 그것이 본래 없었는데 뒤에 우연히 나타났다고 하는가?

셋째, 논박하는 자는 공간이 광활하고 별들의 수가 많으며 용적이 크

375) 여기에서 우주는 일체의 사물, 또는 만유의 통칭이다. 統體라는 것은 만유가 한 몸이고 차별이 없기 때문에 그렇게 부른다. 여기에서는 본체를 지목하여 마음이라고 부른다.
376) 예를 들어 생물, 또는 인류가 있을 때에 겨우 이 마음을 볼 수 있다. 그 이전에는 이 마음이 있은 적이 없다. 힐난하는 자의 견해는 대략 이와 같다.
377) 無는 형상이 없고 작의가 없다는 것이지, 텅 비어 아무 것도 없다는 것이 아니다.
378) 오직 변화를 따른다는 것은 의도적으로 안배하는 것이 아니다.
379) 전체의 마음을 말한다.
380) 모든 별들을 말한다.
381) 이 마음은 모두 뭇 별들, 또는 만유의 실체에 두루 존재하므로, 주장이고 우두머리가 된다고 할 수 있다. 그것이 만유의 밖으로 초월하기 때문에 주장이고 우두머리가 된다고 하는 것이 아니다.
382) 잘 빌려주었다[善貸]는 것은 노자의 말이다. 貸는 준다는 것이다.
383) 말은 그 방식이 다르지만, 뜻은 어그러지지 않는다.

고 천문 시간이 긴 데만 감탄할 뿐이고, 생물이나 인류가 늦게, 또 우연히 출현하였다는 점에 대해서는 개탄한다. 이러한 생각은 자연계를 단편으로 조각내어 분석하고, 자연이 분할하면 안 되는 완정한 통일체임을 깨닫지 못한 데서 기인한다. 무수한 별들은 서로 연관되어 있고 서로 영향을 주고받는 조직적인 유기체임을 알아야 한다. 이것은 한 개인의 신체가 서로 연관된 무수한 조직 세포들이 조직되어 이루어진 것과 같다. 마음을 가진 우리 인류나 유기물에서 거슬러 올라가 지구와 이 태양계, 또 그것들이 속한 위성 내지는 별들, 은하계와 은하계 이외의 모든 것들, 이처럼 광막한 우주의 만유는 순전히 서로 연속된 완정한 통일체이다. 온갖 형상들로 나타난 것이 질서 있고 혼란스럽지 않다. 그 발전은 뭇 별들에서 인류의 마음까지 분명히 드러나는데, 그침 없이 심원한[穆然] 진리에 한결같이 근본을 두고 있는 것이지 기회를 만나 그렇게 된 것이 아니다.[384] 그침 없다는 것은 지극한 진리의 극치이고 덕이 성대하고 변화가 신묘한 것인데, 어떻게 그칠 수 있겠는가? 기회를 만났다는 것은 우연의 의미이다. 무기물에서 시작하여 유기물과 인류에 이르러 비로소 마음이 나타난다. 그치지 않는 진리에 반드시 이르게 되는데, 어떻게 우연이라고 할 수 있는가? 대자연은 완정한 통일체이므로, 그 사이에 절대 우연도 없고 혼란도 없다. 논박하는 자가 자연이 완정한 통일체임을 이해한다면, 생물이나 인류가 본래 자연과 하나이고 분할할 수 없는 것임을 알게 될 것이다. 어떻게 마음이 자연의 본성이 아니고 우연히 발현된 것이라고 함부로 의심하는가?[385]

또 자연이 하나의 완정한 통일체이므로, 각 부분들은 서로 통하고 의지한다.[386] 한 부분이 다른 부분에 대하여 의지할 대상이 되므로, 다른

---

384) 穆然은 심원한 모양이다.

385) 본성은 본체를 말한 것과 같다. 내 마음의 본심은 자연의 본성이다. 근본이 두 가지인 것이 아니다.

386) 의지한다[持]는 것은 의지할 수 있다는 것으로, 그 자신의 相에 맡기는 것, 즉 다른

부분도 모두 이 부분에 속하게 된다.[387] 다른 부분도 이 부분에 대하여 의지할 대상이 되므로, 이 부분은 통틀어 다른 부분에 속하게 된다. 각각의 부분들은 서로에게 의지하고, 서로에게 속한다. 따라서 일체는 하나이고[一切卽一],[388] 하나는 일체이다[一卽一切].[389] 큰 것 속에서 작은 것을 보고,[390] 작은 것 속에서 큰 것을 본다.[391] 만물은 서로 의지하므로, 주된 것이 아닌 것이 없고 서로 속하지 않는 경우도 없다. 따라서 가지런하지 않아도 가지런하다[不齊而齊]. 이것을 '현묘한 일치[玄同]'라고 한다. 복잡하지만 지극히 간단하고, 실로 아득하여 상대적이지 않다.

만물은 모두 서로에게 의지한다. 인류도 만물에 속하므로, 만물과 혼연히 일체가 된다. 그러나 미혹한 자는 이를 모르고 도리어 함부로 구별하고, 자기 한 사람을 천지 만물 외의 것으로 분리하여 창해의 좁쌀 하나처럼 보잘것없이 여긴다. 양자호(楊慈湖)[392]의 말이 참으로 훌륭하

일체의 부분들에 대해 주가 된다는 뜻이다. 속한다[依]는 것은 의지할 수 있는 곳에 의지하여 속한다는 의미이다.

387) 다른 부분[彼彼]이라는 것은 하나가 아니라는 의미이다. 이 외의 모든 것을 통틀어 다른 부분이라고 말한다.

388) 한 부분이 의지할 수 있는 대상이 되고, 그 나머지 일체의 부분들도 모두 이 하나에 속하여 서로 떨어지지 않는다. 이러한 경우를 들어보면, 모든 것이 하나이다.

389) 앞에서 말한 것과 같이 일체는 하나이고, 이 한 부분은 통틀어 일체의 것들과 서로 의지가 된다. 따라서 이 하나가 바로 일체인데, 이 일체를 떠나 독립적으로 존재하는 것이 아니기 때문이다.

390) 일체는 크고, 그 하나는 작다. 지금 하나는 의지할 수 있는 대상이 되고, 일체의 것들이 모두 하나에 의지한다. 그러므로 큰 것이 작은 것에 속하므로, 크다고 하지 않는다. 따라서 큰 것 중에서 작은 것을 본다. 무한한 세계가 작은 먼지 하나에 포섭될 때, 세계를 크다고 하지 않더라도 어떻게 나무라겠는가?

391) 하나는 비록 작지만 일체의 것이 속하므로, 작지만 크다. 따라서 작은 것 속에서 큰 것을 본다고 한다. 작은 먼지 하나가 무한세계를 포섭하는데, 어떤 크기가 이와 같겠는가? 작은 것이 작음을 잃고, 큰 것이 큼을 잃는다. 이것은 작고 크다는 相을 空으로 한 것이다. 상이 空이 되면, 그 참됨이 비로소 드러난다.

392) (역주) 楊簡(1141~1226)은 중국 南宋의 유학자이다. 자는 敬仲이고, 자호축당에 거주하였기 때문에 楊慈湖 선생이라고 불린다. 그는 陸九淵 心學을 전한 중요한 인물로서, 무사무위 · 적연부동의 '本心'을 강조하고, 나아가 萬物唯我의 학설을 제기하였다. "천지는 나의 천지이고, 변화는 나의 변화이다"라는 명제를 제기하고, 육구연의 心卽理학

다! "백성들이 생겨난 이래 내 전체를 인식할 수 있는 사람이 없었다. 오직 푸르고 맑은 하늘이 위에 있는 것을 보고 말 잘하는 이가 하늘이라고 부르고, 또 넓고 두터운 덩어리가 아래에 있는 것을 보고 땅이라고 불렀다. 하늘이 맑고 밝은 것은 나의 맑고 밝음이고 땅이 넓고 두터운 것은 나의 넓고 두터움이건만, 사람들은 이를 모른다. 사람들은 이를 모르고, 손가락으로 가리키며 '저것이 하늘이다', '저것이 땅이다'라고 말한다. 이것은 내 손발이라는 것을 모르고 '저것이 손이다', '저것이 발이다'라고 말하는 것과 같고, 내 이목구비라는 것을 모르고 '저것이 귀다', '저것이 코다'라고 말하는 것과 같다. 백성들이 생겨난 이래 계속 담벼락만 마주보는 이들이 계속 이어지니, 어찌 이리 미혹한가?"393) 또 이렇게도 말하였다. "천지 만물의 온갖 변화와 온갖 이치를 자기로 여기지 않고, 오직 이목구비와 사지가 자기라고 집착한다. 이것은 나의 전체를 갈라서 한 조각 피부를 찢어서 가지고, 혈기에 갇히어서 스스로를 개인적인 것으로 보고 스스로를 작게 여기는 것이다. 나 자신은 6척 7척의 몸집에만 제한되지 않는다. 우물 속에 앉아서 하늘을 보면 하늘이 얼마나 큰지 모른다. 혈기에 갇혀서 자기를 보면 자기가 얼마나 광대한지 모른다."394) 이 말을 상세히 살펴보면, 참으로 이치가 있다. 그러나 인류만이 심령이 특히 현저히 드러난다는 것을 알아야 한다. 그 지혜를

설을 萬物唯心・萬物唯我의 학설로 발전시켰다. "천지만물은 모두 나의 허령한 無體 중에 있다"라고 객관세계를 설명하였다. 저술로는 현존하는 것으로 『慈湖遺書』 18권과 속집 2권, 『慈湖詩傳』 20권, 『楊氏易傳』 20권 등이 있다.

393) (역주) 楊簡, 『慈湖遺書』 卷七 「家記一」(已易). "自生民以來, 未有能識吾之全者, 惟覩夫蒼蒼而淸明而在上, 始能言者名之曰天, 又覩夫隤然而博厚而在下, 又名之曰地. 淸明者吾之淸明, 博厚者吾之博厚, 而人不自知也. 人不自知而相與指名曰, 彼天也, 彼地也, 如不自知其爲我之手足而, 曰彼手也, 彼足也, 如不自知其爲已之耳目鼻口, 而曰彼耳目也, 彼鼻口也. 是無惑乎自生民以來, 面牆者比比耶."

394) (역주) 楊簡, 『慈湖遺書』 卷七 「家記一」(已易). "不以天地萬物萬化萬理爲已, 而惟執耳目鼻口四肢爲已, 是剖吾之全體而裂取分寸之膚也, 是梏於血氣而自私也自小也, 非吾之軀止於六尺七尺而已也. 坐井而觀天, 不知天之大也. 坐血氣而觀已, 不知已之廣也."

충실히 하고 그 양을 확대하면, 결국 천지를 다스리고[官] 만물을 모으기에[府] 충분하다.[395] 불행히 미혹하여 스스로를 개인적인 것으로 보고 스스로를 작게 여기는 것은 본연의 모습이 아니다. 따라서 인류는 천지만물 중에서 사람 몸의 대뇌에 해당하는 듯하고, 그만이 신명(神明)을 맡아 다스리고 무궁하게 감응하는 일을 총괄한다. 인류에 이르러 자연계의 발전은 더욱 정밀해졌고, 심령이 밝게 나타났다. 이러한 진실은 드러나면 가려지지 않는 것이니,[396] 우연이라고 할 수 없음이 분명하다.

또 인도불교학설에 의하면, 무기물은 모두 무정(無情)이고[397] 생명이 없다고 한다. 또한 식물과 같은 생물도 무정이고 생명이 없다고 한다.[398] 당시 외도에서는 식물에 생명이 있다고 주장하여 불교의 학설에 반대하였는데, 후대의 생물학자들도 식물이 극히 애매한 심리 상태를 가지고 있으므로 생명이 없는 것이 아니라고 한다. 그 말은 추측에서 나온 것이지만 허망하지 않다. 이것이 의미 면에서 외도의 뛰어난 점이다. 어떤 사람은 또 "무기물도 심령이 있는가?"라고 질문한다. 그에 대한 답은 무기물도 심령이 있다는 것이다. 무슨 까닭인가? 사물은 흡에 의거하여 사물이라는 명칭을 얻고, 마음도 벽에 의거하여 마음이라는 명칭을 얻는다. 이 학설은 앞에서 성립하였으므로 여기에서 더 부언하지 않겠다. 흡과 벽은 한 몸이지만, 공용으로 나타나는 것이 다르다. 흡

---

395) 천지를 다스린다[官天地]는 것은 나와 천지가 한 몸이고 또 천지의 주재가 된다는 것이다. 천지의 변화라는 범위내의 것에 지나지 않는다. 만물을 모은다[府萬物]는 것은 맹자가 "만물이 모두 나에게 갖추어져 있다"라고 한 것이다.

396) 眞實은 만물의 본체를 가리킨다.

397) 情은 情識이다. 무정은 情識이 없는 것을 말한다.

398) 지금 세속에서 생명이라고 하는 것은 대개 생물 유기체가 생활의 기능을 갖추고 있는 것을 말한다. 본서에서 나오는 生命이라는 말은 本心을 다르게 부르는 말이고, 쉬지 않고 생성하는 본체를 지목하여 말하는 것이므로 통속에서 말하는 것과 다르다. 앞의 주에서도 대략 다루었지만 자세하지는 않다. 인도인들은 情識을 갖추고 있는 것을 생명이 있다고 한다. 그러나 情識은 결코 本心에 나아가 말하는 것이 아니므로, 나와는 부합하지 않는다. 그러나 생명을 물질이라고 여기지 않는다는 점에서는 나의 견해와 서로 가깝다.

만 있고 벽이 없으면,399) 변화라고 할 것이 없다. 벽만 있고 흡이 없어도, 변화라고 할 것이 없다. 따라서 흡벽은 본래 한 몸의 활동이고, 상반되면서도 서로를 완성한다. 사물이 형체를 이루는 것은 흡이 하는 일이다. 두루 모든 형체를 포함하고 뭇 형체들 가운데 숨어 있으면서 고요히 그를 운용하는 것은 벽이 하는 일이다. 무기물은 흡에 의지하므로 응축하여 형체를 가지지만, 벽에도 의지하므로 정영(精英)을 함유한다.400) 따라서 무기물에 심령이 없다는 말은 이치에 맞지 않는다. 그러나 무기물의 구조는 아직 둔탁한 데서 벗어나지 못하였다. 지극히 단순하여 정밀하고 교묘한 조직이 없는 것을 둔하다고 하고, 골격이 거칠어서 심령이 펼쳐질 도구가 되기에 부족한 것을 탁하다고 한다. 따라서 무기물은 본래 심령을 갖추고 있지만 결국 자신을 나타내지 못하므로, 심령이 없다고 의심된다.401) 인도 불교학자들처럼 기계(器界)가 무정하고 생명이 없다고만 말하는 것은 이치에 맞는 논의가 아니다.402)

앞의 내용을 종합하면, 마음은 사물이 있은 뒤 있게 된 것이 아니지만, 사물의 구조가 아직 유기물이나 인류의 신경계 조직까지 발전하지 못하였을 때는 심령이 막혀서 자신을 잘 드러내지 못한다. 그러나 본래부터 없는 것은 아니다.403) 어떤 사람은 또 이렇게 반박한다. "참으로 흡벽이 변화를 이룬다는 학설과 같다면, 마음은 분명히 뒤에 일어난 것이 아니다. 그러나 참된 본체[眞體]의 활동은 거의 전적으로 물화되므로, 흡이 사물을 형성하는 것만 보인다. 그러나 지극한 신묘함이 묵묵히 움

399) 일면 변화라는 것은 반드시 상대적인 것이 있기 때문이다.

400) 여기에서의 精英이란 말은 바로 심령을 말한다. 그러나 바로 심령이라고 하지 않은 것은 무기물 중에서는 심령이 아직 완전히 밝게 드러나지 않아서 일종의 미묘한 역용이라고만 말할 수 있으므로, 精英이라고 부른 것뿐이다.

401) 의심된다는 말은 없는 듯하지만 요컨대 본래 없는 것이 아니라는 것을 의미한다.

402) 器界는 일체의 무기물의 통칭이다.

403) 어떤 경우에는 마음이라고 하고, 어떤 경우에는 심령이라고 하는데, 모두가 문맥에 따라 편리하게 쓴 것이다. 다른 곳에서도 이에 준한다.

직이므로, 벽이나 마음은 정해진 위치가 없지만 존재하지 않는 곳이 없다고 할 수 있다. 그러나 마음이 사물을 운용하고 그를 빌어서 자기를 나타내는 도구로 삼을 수 있는 것은, 유기물이나 인류의 구조가 정밀하게 되었을 때만 가능하다. 이보다 앞서서는 마음이 사물에 갇혀서 자신을 나타낼 수 없다. 이렇게 보면 마음의 작용은 아주 미미한데, 어떻게 마음이 사물을 제어한다고 보고 마음에 대해 그것뿐[唯心]이라고 할 수 있는가?" 여기에 대한 답은 이러하다. 그대는 참 고루하구나! 모든 사물의 본체는 생각도 없고[404] 인위적인 행위도 없으므로,[405] 종교인들이 말하는 신(神)에 비길 수 없을 것이 분명하다. 생각도 없고 인위적인 행위도 없다는 것은 예정된 계획이 없다는 뜻이다. 그것이 위대한 공용으로 드러나는 것은 그 덕이 왕성하고 변화가 신묘하여 그치지 않는다는 데 한결같이 근본을 둔다.[406] 만약 예정된 계획이 있다면, 인위적인 행위가 있게 될 것이다. 이것은 인간의 개인적인 생각으로 위대한 변화를 추측하는 것이므로, 그치지 않는 진실과 그 모습이 크게 어긋난다. 그치지 않는 활동만 있으므로 오직 변화를 따라갈 뿐이지만, 차이가 없다고는 할 수 없다. 생각건대 활동에는 응축이 없으면 안 된다. 응축이 없으면, 붕 떠서 근거가 없게 된다. 이러한 내용은 앞에서 자주 말하였다. 활동이 아주 빠르면, 응축도 아주 심해진다. 응축하면 분화가 있게 되고 사물이 더욱 많이 형성된다.[407] 『열자(列子)』에서는[408] "천지는 공간 중

---

404) 생각은 생각대로 그려내는 것을 말한다.

405) 행위는 의도를 세워 조작하는 것이다.

406) 우리 선철들은 이 점을 깊이 깨달았다. 이러한 의미가 그 연원이 넓고 깊다는 것을 논란하는 자가 말한 것이다. 오직 지혜로운 자가 깨달아야만 가능하다.

407) 앞에서 상세히 다루었다.

408) (역주) 『列子』는 周代의 列禦寇(기원전 450?~375)가 찬술하였다고 하는 도가의 경전이다. 모두 8편이 현존하고 있으나 근대 학자들은 晉代 사람의 위탁이 아닌가 의심하고 있다. 『漢書』「藝文志」의 「道家」편에 "列子 8편"이라는 기록이 있으나 망실된 지 오래이다. 열어구에 대해서는 『莊子』·『戰國策』·『韓非子』·『呂氏春秋』 등에서 그 학설을 발견할 수 있다. 『열자』는 사상과 내용이 매우 번잡하지만, 전체적으로는 '貴虛'사상

의 미세한 한 사물일 뿐이다"[409]라고 하였다. 무수한 별들은 생각하기 어려울 정도로 광막하다. 보통 상식적인 견해로 본체가 완전히 물화되었다고 추측한다면, 허공도 물질이 두루 펼쳐진 것에 지나지 않을 것이다. 그렇지만 일극(一極)은 본성이 일정하고, 고요하며, 홀로 서서 변화하지 않고, 두루 다니지만 위태롭지 않다고 한다. 어떻게 그럴 수 있는가?[410] 명대 유학자인 등정우(鄧定宇)[411]는 "결국 천지도 다양하게 활동한다"라고 하였는데, 이 말은 깊은 의미가 있다. 내가 활동에 차이가 없을 수 없다고 한 말이 이러한 의미이다. 본체는 생각도 없고 인위적인 행위도 없으므로, 조물주라고 해서는 안 된다는 것을 알아야 한다. 따라서 예정된 계획이 없이 오직 그치지 않는 활동에만 맡기므로, 착오를 면하기 어려운 것이 형세이다. 감괘(坎卦)는 양이 음 속에 갇혀 있다.[412] 양이 내가 말한 벽이고, 본체의 자성이 나타난 것이다. 음이 내가 말한 흡이고 사물을 형성하려고 하므로, 본체의 활동과는 그 자성이 반대가 된다. 활동하면 반동이 없을 수 없는데, 이것은 아직 차이를 말한 것이

으로 일관하고 있다. 삶은 다르나 죽음은 같고, 본성은 편안함을 벗할 것을 선양하며, 천명을 승인하고 安命樂天할 것을 제안한다. 이러한 관점은 신선과 불교의 학설에 가까운 것으로, 魏晉시대의 사상적 분위기와 일치한다.

409) (역주) 『列子』「天瑞」第一. "天地, 空中之一細物有中之最巨者."

410) 一極은 본체를 말한다. 절대이므로 一이라고 부르고, 만물의 시작이므로 極이라고 부른다. 일정하다(如如)는 것은 이 본체가 그 본성이 항상 같다는 것이다. 고요하고 고요하다는 것은 형상이 없는 것이다. 홀로 서 있다는 것은 짝이 없다는 것이다. 고치지 않는다는 것은 일정하다는 것이다. 두루 다닌다는 것은 위대한 공용으로 나타난다는 것이다. 위태롭지 않다는 것은 그 본성을 바꾸지 않으므로 위태로움이 없다는 것이고, 일정하다는 뜻과 같다. 지금 본체가 물화되었다고 하지만, 앞에서 말한 의미로 보면 그렇지 않은 듯하다.

411) (역주) 등이찬(鄧以贊)은 明代 유학자이고, 자는 汝德, 호는 定宇이다. 南昌 新建人이다. 1571년 進士가 되었고, 南京 國子監祭酒, 吏部 右侍郎을 지냈다. 과거에 등제하기 전에 王畿를 따라 良知의 학설을 전수받았다. 그는 단지 '내면으로 향하여' 自得을 구하여야 함을 강조하였다. 마음의 본체는 그 처음[初]을 그대로 따르는 데 달려있다고 보았는데, 이때 그 처음이란 온갖 사려를 모두 잊는 때를 말한다.

412) 坎卦 ☵의 초효와 삼효가 모두 음이다. 양 하나가 2에 위치하므로, 음에 의해 막혀 있다.

아니다. 반동하여 거의 물화되거나, 사물 때문에 자성이 막히게 되는 것이 차이이다. 저 천(天)의 변화는 광대하지만,[413] 본래 의도적인 안배가 있는 것은 아니다. 따라서 자연의 운행은 정상(貞常)을 잃은 것처럼 보인다. 감괘가 보여주는 것은 이뿐이다.

저 천의 변화는[414] 가지런하지 않아서, 흡으로 사물들을 대단히 많이 형성한다. 사물이 있으면 쌓이는 것이 없을 수 없다. 이것은 본체가 이 때문에 자성이 막힌다는 의미이다. 그러나 본체는 물화될 수 없고, 결국 자성을 버리지 않는다.[415] 그것이 막 활동하여 흡이 되는 때,[416] 강건하고, 위로 올라가고 앞으로 나아가며, 순수하게 깨끗하고, 허적(虛寂)하고, 영명하며, 온갖 덕들을 갖춘 힘, 즉 벽이 흡과 함께 나타난다.[417] 이때 벽은 흡 중에 있으면서 흡을 묵묵히 운용하고, 밖이 없이 큰 것[無外]을 포함한다.[418] 『역』에서 천을 건원(乾元)으로 설명하는 것도[419] 이러한 의미이다. 건원은 양이니, 즉 벽이다. 여기에서의 천은 푸른 하늘을 말하는데, 실제로 모든 별들을 가리킨다. 벽의 힘이 실제로 별들을 제어하므로, 천을 통치한다고 말한다. 별은 사물 중 가장 큰 것인데도 벽이 제어하므로, 어떤 사물도 벽이 운용하지 못하는 것이 없음을 알 수 있다. 7척되는 나의 형체를 마음이 주재한다는 것은 말할 필요도 없다. 그러나 벽이 흡

---

413) 天의 변화는 본체의 유행을 말한다.

414) 천의 변화에 대해서는 앞에서도 주를 달았다. 나란하지 않다는 것은 그 움직임에 차이가 없을 수 없다는 것이다.

415) 버리지 않는다는 것을 버려서 잃지 않는다는 것이고, 변하게 하지 않는다는 의미와 같다.

416) 이야기가 여기에 이르면, 본래 시간의 의미는 없게 된다. 그러나 언어의 방편상 짐짓 '때'라는 말을 두었다.

417) '함께'라는 것은 서로 떨어지지 않았다는 의미이다. 벽과 흡은 본래 한 본체의 움직임이지만 勢用이 다양하므로, 실제로 둘로 나눌 수 있는 것이 아니다. 또 두 세력은 서로 함께 있고 차례로 일어나는 것이 아니므로, '함께'라는 말을 사용하였다.

418) 흡은 뭇 사물들을 형성하고, 모두가 벽이 포함하는 속에 있다. 그러므로 벽은 절대이고 밖이 없으며, 이로써 그 본체의 자성을 나타낸다.

419) (역주) 『周易』「乾卦」. "彖曰, 大哉乾元! 萬物資始, 乃統天."

을 운용할 때에는[420] 반드시 상당한 곤란을 겪어야 한다. 흡이 사물을 형성하면, 그 형세가 한쪽으로 치우치기 쉽다. 무슨 의미인가? 사물이 형성되면 탁하고 무거워지는데, 벽의 힘이 이 탁하고 무거운 것을 전화시켜 마음대로 제어하지 못한다. 바꾸어 말하면, 흡이나 사물은 벽이나 생명을 막기에 충분하고 결국 생명을 위험한 함정에 빠뜨린다.[421] 이것이 감괘(坎卦)에서 보여주는 내용이다. 생명이 위험한 함정에서 벗어나서 사물을 사물로 대하고[422] 사물에 부려지지 않으려면, 반드시 오랜 기간 최대의 노력을 해야 눈에 보이는 성과를 얻게 된다. 『역』에 "음이 양을 의심하면, 반드시 싸운다. 양이 없는 것을 싫어하기 때문이다"[423]라는 구절이 있다. 여기에서 음은 흡을 말하고, 양은 벽을 말한다. 흡, 또는 사물의 형세가 강성하면 무겁고 탁해져서 되돌리기 어렵고, 벽, 또는 생명이 무겁고 탁한 물질에 갇혀서 통제력을 발휘하지 못한다. 따라서 생명은 물질에게 침식당하는 것 같이 되니, 무겁고 탁한 형세와 싸워 이겨서 자신을 따르도록 제어하지 않으면 스스로 이룰 것이 있겠는가? 그러므로 "음이 양을 의심하면, 반드시 싸운다"라고 한 것이다. 생명이 한순간 싸움을 잊으면, 사물에 의해 물화되어서[物於物][424] 생명이 꺼진다. 따라서 "양이 없는 것을 싫어하기 때문이다"라고 하였다. 생명은 싸우는 가운데 비로소 무기물 중에서 점차 그 작용을 발현한다. 이에 무겁고 탁한 물질을 개조하여 유기물로 구성하고, 유기물에서 점차 창조적으로 진화하여 인류까지 이르는데 신경계가 특히 발달한다. 생명은 이에 의거하여 사물을 사물로 대하고[物物] 사물에 의해 물화되지 않는[不物於物] 뛰어난 능력을 나타내게 된다. 감(坎)괘가 행한 일이 반드시 리(離)괘로 이

420) 운용한다는 것은 즉 제어한다는 의미이다.
421) 생명이란 말에 대해서는 앞에서 주를 달았다.
422) '사물로 대하다'는 것은 동사인데, 사물을 운용하고 주재하는 것을 의미한다.
423) (역주) 『易』「坤卦」. "陰疑於陽必戰. 爲其嫌於无陽也."
424) 사물에 대해 침식당한다는 말과 같다.

어진다는 의미를 여기에서 징험할 수 있다. 리괘(☲)에서는 양이 음의 어두움과 함정을 부수고 나온다.[425] 벽이 흡을 운용할 때 음은 중도(中道)를 밟아서 양의 장애가 되지 않는다.[426] 흡이 벽을 막지 않고 감괘에서 리괘로 나아가면, 천의 변화가 결국 정상(貞常)과 다르지 않다는 것을 알게 된다. 그리고 음의 어두움과 함정을 거치면서 생명은 강건하고 위로 올라가고 나아가는 등의 성대한 덕이 더 분명히 나타난다. 사물을 전환시키면서도 물화되지 않고, 결국 자성을 버리지 않는다. 이것이 정상(貞常)을 이루는 방법이다.

어떤 사람은 또 이렇게 질문한다. "그대가 말한 것과 같이, 본체의 유행은 본래 흡벽으로 상반되면서도 변화를 이룬다. 본래 상반된다는 것은 고의로 그렇게 된다는 의미이다. 따라서 본래 의도적인 것은 아니지만, 이치상 저절로 그렇게 될[自然] 뿐이다. 흡은 사물을 형성하므로, 본체가 자성을 지키지 못하고 물화될 것이 의심된다. 그러나 벽은 자성이 나타난 것이므로, 결국 사물과 싸워 이기고 막힌 곳을 해소하게 된다.[427] 따라서 본체는 본성이 항상 일정하다. 여기에는 반박할 내용이 없다. 그러나 본체의 유행에 예정된 계획이 없다는 것은 그대가 항상 하는 말이다. 지금 무기물이 유기물을 거쳐 인류의 심령에 이르기까지 물질에서 점차 해방되어 지극히 성대해지는 것처럼 벽이나 생명이 물질과 싸워 이기고 한발 한발 앞으로 나아간다고 하므로, 예정된 계획이 있는 듯하다. 그러나 그대는 없다고 하니, 무슨 까닭인가?" 이에 대한 답은 다음과 같다. 천의 변화는 저절로 그렇게 이루어질 뿐이다. 노자(老子)가 말한 '저절로 그러함[自然]'은 인도 불교에서 말하는 '법이(法爾)'의 이치와 같다. 법이(法爾)도 저절로 그렇게 된다는 의미이다. 이치가 지극

---

425) 坎卦는 양이 음 중에 빠져있고, 離는 완전히 이와 반대이다.

426) 음이 2효에 있으면서 각각 中道를 밟는다. 음이 양을 순순히 따라서 中正이 되므로, 中에 위치한다는 것을 형상화한 것이다.

427) 사물은 본래 막혔지만, 벽에 의해 전화되면 막힌 데가 해소된다.

하여 기대하지 않아도 그렇게 되는 것을 '저절로 그렇게 된다[自然]'고 한다. 또 이 이체(理體)가 현현하거나 유행하는 것은 덕이 성대하여 그침이 없을 뿐이지 의도적으로 조작한 것이 아니므로, 저절로 그렇게 된다고 한다.[428] 어찌 의도된 조작이 있겠는가? 예정된 계획을 말한다면 인간의 의도로 천의 변화를 추측하는 것이니, 어찌 가능하겠는가? 생명진화의 자취를 가지고 추측해보면,[429] 한 단계에서 다른 한 단계로 나아가는 것에 마치 예정된 계획이 있는 것 같다. 그러나 자취가 환상이고 그것이 자취가 되는 까닭을 아는 사람은 자취에 집착하여 추측하지 않는다.[430] 생명의 창조적 진화는 본래 맹목적인 충동이 아니므로 계획이 있다고 할 수 있지만, 그 계획이 예정에서 나온 것이라고는 할 수 없다. 계획이 예정된 것이라면, 한 번 완성되어 변치 않는 정형이 있어야 한다. 그것이 표현될 때 무기물과 유기물, 그리고 인류에 이르기까지 수많은 단계의 변이가 있는데, 어떻게 정형이 있겠는가?[431] 또한 유기물이 아직 출현하기 이전에는 생명이 물질에 갇혀서 스스로를 나타내기 어렵다. 이것이 위험에 빠진 형상이다. 예정된 계획이 있다면, 더욱 여기에서 벗어나서는 안 된다. 어떤 사람은 내가 목적론을 반대한다고 의심하지만, 나도 목적론을 완전히 반대하는 것은 아니다. 그러나 목적론을 견지하는 것에 예정의 의미가 있다면, 나는 분명히 그와 다르다. 만약 비슷한 점이 있다고 말한다면, 내가 왜 반대하겠는가? 왕선산(王船山)은 『역』의 "하늘[乾]은 위대한 시작을 안다"[432]라는 구절을 다음과 같이

---

428) 따라서 여기에서 말하는 自然의 의미는 인도의 自然外道와는 전혀 다르다. 自然外道는 예컨대 까마귀가 저절로 검고 학이 저절로 하얀 것과 같이 사물들이 모두 저절로 발생한다고 본다. 이것은 세속의 무지한 학설로서, 학문적인 가치가 없다. 玄奘 등이 老子를 自然外道라고 비판한 것은 노자에 대해 전적으로 무지하였기 때문이다.

429) 생명의 표현은 무기물과 유기물에서 인류에 이르기까지 모두가 창조적 진화의 흔적이다.

430) 자취라는 것은 천의 변화, 또는 생명 자신의 활동을 의미한다.

431) '어떻게'에서 여기까지가 한 구절이다.

432) (역주) 『易』 「繫辭傳(上)」. "乾知大始."

해석하였다. "지금 만물의 생성을 관찰해보면, 그 지체, 근육, 내장, 기관과 뿌리, 잎, 꽃과 열매에 전혀 아무런 흔적이 없지만 그 신묘함을 곡진히 다 표현하고 있다. 이것들이 모두 천(天)의 총명이고, 아무 것도 없었던 과거부터 분화하여 조화를 이루고 땅의 형질을 활용하여 형성된 것이다. 따라서 '하늘은 위대한 시작을 안다'라고 한 것이다."433) 내가 보기에 「역전(易傳)」의 "하늘은 위대한 시작을 안다"라는 구절에서 하늘은 양(陽)이고 내가 말하는 벽(闢)에 해당한다. 벽은 본체의 자성이 나타난 것이다. 따라서 공용에 대해 본체를 나타내면, 벽을 본체라고 부를 수 있다. 본체는 어둡지 않고 본래 두루 밝다[圓明]. 두루 밝다는 것은 허망하지 않은 것이다. 따라서 말의 의미를 안다. 위대한 시작은 본체에서 말하자면, 이 본체가 만물로 나타난 것이다. 만물에서 말하자면, 만물이 모두 이 진실한 본체에 의거해서 비로소 싹튼 것이다. 위대한 시작이라는 말에서 위대하다는 것은 찬사이다. 이 구절은 본체가 영명한 지혜를 갖추고 있어서 만물을 시작한다는 의미이다. 따라서 "하늘은 위대한 시작을 안다"라고 하였다. 왕선산이 '땅의 형질을 활용한다'고 한 말은 실제로는 땅이 형질인데, 땅을 주어로 삼은 것뿐이다. 이 형질은 따로 근본이 있는 것이 아니다. 본체의 유행에는 흡이 없을 수 없고, 흡이 바로 형질을 이룬다. 본체, 또는 생명이 나타날 때에는 반드시 이 형질을 이용하여 사물을 형성하고, 그렇지 않으면 의거하여 자신을 나타낼 대상이 없다. 왕선산이 한 말에 나는 대체로 찬성한다. 오직 "천의 총명은 아무 것도 없었던 과거부터 분화하여 조화를 이루고, 땅의 형질을 활용하여 형성되었다"는 것이다. 이 말에 계획된 예정의 의미가 있다는 것을 나는 인정할 수 없다. 『역』의 "하늘은 위대한 시작을 안다"는

---

433) (역주) 王夫之, 『周易稗疏』 卷三. "今觀萬物之生, 其肢體, 筋脈, 府藏, 官骸, 與夫根莖, 枝葉, 華實, 雖極於無痕, 而曲盡其妙, 皆天之聰明. 從未有之先, 分疏停匀, 以用地之形質而成之. 故曰, 乾知大始."

말은[434] 하늘이 영령한 지혜로 만물을 시작하였다는 것이므로, 우주가 어두운 힘, 또는 맹목적인 의지에서 발전해 나왔다고 함부로 생각해서는 안 된다.[435] 『역』의 의미는 여기에 그칠 뿐, 하늘이 만물을 시작할 때 예정된 계획이 있다고는 결코 말하지 않았다. 그리고 왕선산이 "아무 것도 없었던 과거부터 분화하여 조화를 이룬다"고 한 말은 『역』의 의미와 부합하지 않을 뿐 아니라 그 의미도 타당하지 않다는 것을 나는 이전에 말하였다. 그러나 본체가 현현하여 만물을 형성할 때 비록 예정된 계획은 없지만, 단지 예정된 것이 아닐 뿐 계획이 있다고 해도 무방하다. 그러나 이 계획이라는 말을 잘 이해해야 하는데, 사람에게 의도적인 계산이 있다는 의미가 아니니 그 모습이 깊고 미묘해서 추측하기 어렵다. 사물에 인하여 사물에 부여하는 것[因物付物]일 뿐이므로, 사물은 모두 그 올바름을 잃지 않는다. 이와 같으므로 그것이 맹목적인 충동이 아님을 알게 되고, 계획이 있다고 하는 것이다. 사물에 인하여 사물에 부여하는 것은 본체가 현현하여 만물이 되는 것, 즉 사물에 인하여 부여하는 것이다. 하늘·땅·사람에서 만유에 이르기까지 개별적인 사물 하나하나가 모두 본체의 현현이므로, 본체는 자기가 나타내는 개별적인 사물 하나하나에게 그 자신 전체를 부여한다.[436] 사물에 인하여 사물에 부여하면 저절로 이루어지는 변화[自然之化]에 일임하게 되므로, 예정하여 하나의 정형을 세우고 반드시 그렇게 될 것을 기대하는 일이 없게 된다. 비유하자면 큰 바닷물이 수많은 파도로 나타나는 것 같이, 저절로 그렇게 될 뿐이다. 그러나 의도적으로 정형을 만든 것은 아니지만, 뭇 파도들은 반드시 한 정형에 의거해 생겨난다고 기대된다. 그렇지만 사물이 형성될 때 그 올바름을 얻지 못한 것은 없다. 천의 운행에 질서가

434) 乾은 앞의 주에서 설명하였다.
435) 이 부분이 아주 중요하다.
436) 상권 「명종(상)」의 큰 바닷물과 물방울들의 비유를 자세히 완미할 것.

있는 것이 천의 올바름이다. 산천의 유행과 응축에서 각기 그 덕을 이룬 것이 산천의 올바름이다.437) 동식물의 구조에서 자잘한 것들까지 그 신묘함을 다하여 생명을 온전히 한 것이 동식물의 올바름이다. 인간이 온갖 것에 다 감응하면서도 그 속에 항상 주가 되는 것이 있어서 감응에 따라 그대로 옮겨가지 않는 것이438) 인생의 올바름이다. 만물은 가지런하지 않지만, 개별적으로 그 올바름을 보존하지 않는 것은 없다. 따라서 생명 자체가 밝은 지혜[明智]이고, 미혹하고 어둡지 않다는 것을 알게 된다. 창조적으로 진화할 때, 무기물 속에서 숨어서 움직이는 것부터 유기물, 인류에 표현되는 데까지, 물질을 제어하고 그 작용을 나타내는 원인은 당연히 맹목적인 충동이 아니며 확실히 심오한 계획이 있다. 왕선산이 말한 것 같이 동식물의 유기체는 분화하여 조화를 이루고 그 신묘함을 다하므로,439) 계획이 있음을 분명히 볼 수 있다. 무기물 중에 숨어서 운행하는 경우에는 그 계획이 은미하여 알기 어렵지만, 본래 없는 것이 아니다. 『역』 「수(隨)」괘에 그 의미가 분명히 드러나 있으므로, 완미할 만하다. 「수」괘는 「진(震)」괘와 「태(兌)」괘가 합해진 것으로서, 아래 3효가 진괘이고 위의 3효가 태괘이다.

䷐이 괘는 진(震)의 양이 아래에 있으면서, 음 두 개를 따른다. 태(兌)의 양은 점차 자라나서 음 하나를 따르므로, 수(隨)괘라고 부른다. 음이 양을 따르는 것이 정상적인 변화이고 올바른 도이다. 그런데 지금 양이 음을 따르는 것은 무슨 까닭인가? 생명이 발현될 때는 물질을 구성하고 활용하여 자신을 나타내지 않을 수 없다.440) 물질이 만들어지면 무겁고

437) 산의 덕은 응축이고, 강의 덕은 흐름이다.

438) 예를 들어 여러 색들이 복잡하게 늘어서 있을 때 마땅히 보아야 할 것을 보고 여러 색들 때문에 현혹되지 않는 것이 감응에 따라 옮겨가지 않는 것이다. 이 한 예를 보면 그 나머지를 알 수 있다.

439) 생명 유기체는 간단한 데서 복잡한 데로 나아가므로, '나누어졌다[分疏]'고 한다. 그러나 각 부분들이 서로 균형과 조화를 이루므로, '조화를 이룬다[停習]'라고 한다.

440) 여기에 나오는 생명이 바로 闢이라는 것이다. 闢은 본체의 自性이 나타난 것이므로,

탁해져서, 생명은 그것을 마음대로 제어하지 못하고 짐짓 자신을 숨기고 물질을 따른다. 그것이 진(震)괘에서 양 하나가 아래에 있으면서 음 두 개를 따르는 것이다.[441] 태(兌)괘의 양은 점차 자라나 수(隨)괘에서 그치지 않는다. 양이 자라나지만 음이 무겁고 탁해서 반드시 점차 제어하기 때문이다.[442] 왕선산은 「수괘」를 이렇게 해설하였다. "양이 음을 따르지만, 초양(初陽)에 의지하여 시작한다.[443] 여기에서 황제의 형상이 나온다.[444] 음을 따라서 위로 올라가지만 스스로 주인이 되지는 못하는 듯하다.[445] 양강(陽剛)이 그 강건한 활동에 손해가 되지 않으므로, 허물이 없다."[446] 왕선산의 이 말에서 그 의미가 대략 드러난다. 그러나 나는 수괘에서 생명이 물질을 운용하는 데 계획이 없는 것이 아니라고 본 데 대해 남몰래 경탄한다. 따르는 것[隨]이 바로 계획이다. 생명이 무기물의 단계에 있을 때 전적으로 물질에 갇혀있는 것은 결코 아니지만, 물질이 무겁고 탁한 형세를 이루므로 생명은 짐짓 그를 따르지 않을 수 없고 서

본체라고 할 수 있다. 그러므로 생명을 벽이라고 부르는 것은 바로 본체를 지목하여 부르는 것이다. 따라서 여기의 생명이라는 말은 세속에서의 해석과 다르다. 다른 곳에서 생명을 말하는 곳도 이에 의거한다. 본체의 유행에는 翕이 없을 수 없다. 바꾸어 말하면, 생명은 물질을 구성하지 않을 수 없다.

441) 모든 陽은 생명, 또는 본체를 표현하고, 모든 陰은 翕, 또는 물질을 표현한다. 다른 곳에서 陰陽을 말한 것도 이에 준한다.

442) 예컨대 식물이 출현할 때에는 양이 점차 자라나지만 여전히 음을 따르므로, 아직 양의 역용을 성대하게 나타내지 못한다. 반드시 식물이 분화된 이후에야 양이 점차 음을 제어하게 된다.

443) 震의 양 하나가 初라고 불리는 아래에 숨어 있는데, 만물이 여기에 의지하여 시작한다.

444) 震卦가 황제의 상을 취한다는 것은 앞에서 震卦를 설명할 때 말하였다. 震陽이 숨어서 움직여서 만물을 생성해내는 것이 황제의 상이라는 의미이다.

445) 따르다[順]는 隨의 의미이다. 생명이 나타날 때에는 반드시 사물을 구성하고, 처음에 여기에 의지하여 스스로를 드러낸다. 그러나 사물이 다 이루어지고 나면, 저절로 권능이 있게 된다. 따라서 생명은 처음에 사물을 도구로 삼지만 결국 도구가 쉽게 제어되지 않는다는 것을 느끼고, 반드시 그를 따르고 난 뒤 점차 도구를 자신이 활용하게 된다. 양이 음을 따라 위로 올라가는 것은 이러한 이유이다.

446) (역주) 王夫之, 『周易內傳』 卷二上 「隨卦」. "陽雖隨陰, 而初陽資始. 以司帝之出. 雖順陰以升, 若不能自主. 而陽剛不損其健行, 可以無咎.

서히 전환을 도모하게 된다. 그 계획이 이처럼 합치되는 것뿐이다.

어떤 사람은 이렇게 묻는다. “그대는 천의 변화의 진행에 예정된 계획이 없다고 말하였다. 그리고 천이 본체의 명칭이고, 본체는 생명이라고 하였다. 그런데 지금 또 생명의 창조적 진행에 계획이 없을 수 없고, 다만 예정된 것이 아닐 뿐이라고 한다. 어떻게 계획이 있는데, 예정된 것이 아닐 수 있는가? 계획이라는 말뜻은 앞으로 올 일에 대책을 마련한다는 것이다. 이것이 어떻게 예정이 아닐 수 있는가?” 여기에 대한 답은 다음과 같다. 그대는 내가 말한 계획이라는 말뜻을 이해하지 못하였다. 나는 계획이란 사람이 의도적으로 계산한 것이 아니라고 말한 적이 있다. 그 상이 깊고 은미해서 측정하기 어렵다 운운한 것은 의도가 없고 장래를 계산해서 나아갈 방향을 정한 적이 없다는 뜻이다. 그런데 어떻게 계획이라고 하겠는가? 계획이라는 말은 그것이 맹목적인 충동이 아니라, 앞으로 어떻게 하고[將] 어떻게 맞이할지[迎]에 대한 의도가 없음을 밝히는 것이다. 의도적으로 미래를 규정하는 것을 ‘앞으로 어떻게 한다[將]’라고 하고, 의도적으로 미래로 나아가는 것을 ‘맞이한다[迎]’고 한다. 이것이 인간의 인위적인 행위이다. 천의 변화에 본래 의도가 없는데, 앞으로 어떻게 한다거나 어떻게 맞이한다는 일이 어찌 가능하겠는가? 강건하게 활동하고 밝으며,447) 사물을 형성하여 활용하는 데 그 올바름을 잃지 않는다. 사물은 생명이 저절로 형성한 것이지, 사물이 별도로 본체를 가지고 있는 것이 아니다. 사물을 활용하면 물화될 근심이 있지만, 자성을 잘 보존하면 근심에서 벗어날 수 있다. 그러므로 사물이 형성되면서도 결국 생명의 작용을 실현하는 것은 결과적으로 물화되지 않아 그 올바름을 잃지 않기 때문이다. 이로써 의도적인 계획과 계산이 있는 것이 아니지만 생명이 항상 물화하는 세력을 이길 수 있어

447) 강건하게 활동하며, 위대한 밝음을 내부에 온축하고 있어서 어지럽거나 함부로 흐르지 않는다.

서 스스로의 작용을 드러낸다는 것을 알 수 있다. 그 근본이 맹목적 충동이 아니라는 것을 알므로, 계획이 있다고 한 것이다. 이 계획이라는 말은 생명의 창조적 진행을 나타낼 뿐이지 절대 혼란스러운 것이 아니고, 계산을 통해서 비로소 행동을 결정한다는 말이 결코 아니다. 인위적인 행위를 천에 비길 수는 없다. 사람에게는 의도가 있지만, 천에는 의도가 없다.

다음으로 생명은 전체적이지만 반드시 흡이 사물을 형성하여 자신을 표현하므로, 전체 속에 분화가 있게 된다. 전체의 측면에서 말하면, 덕이 성대하여 그치지 않을 뿐이다.[448] 오직 변화하는 대로 따라갈 뿐 결코 변화의 발단이 아닌데, 어떻게 사물을 구성하여 도달할 목표로 삼을 것인가를 예정하겠는가?[449] 앞에서 예정된 계획이 없다고 한 것은 이 때문이다. 어떤 사람은 "오직 변화하는 대로 따라간다면, 이전 것이 다음 것을 규정하지 않고 다음 것이 이전 것에 꼭 의거하지도 않는다. 이와 같다면 신묘한 변화를 헤아릴 수 없으므로, 절대 자유라고 할 수 있다." 여기에 대한 답은 이러하다. 변화는 생명이 쉬지 않고 생성하는 것을 말한다. 이렇게 쉬지 않고 생성한다는 것은 이전 것이 다음 것을 미리 예정하지 않고, 다음 것은 이전 것을 잇지만 활용하지는 않는다는 의미이다. 그러므로 변화는 정해진 기준이 없이 오직 가는 대로 따라갈 뿐이다. 그러나 개별적인 자유를 말하려면, 정견[情計]으로 천의 변화를 추측하게 된다. 자유는 부자유한 뒤에야 볼 수 있다는 것을 알아야 한다. 우주의 대생명이 본래 부자유하지 않다는 말은 자유가 없다는 의미이기도 하다. 이 점은 정견으로는 논의할 수 없다. 또 분화의 측면에서 말하면, 혼일한 전체 생명은 사물에 의지해서[450] 자신을 나타내고 개별

---

448) 여기에 대한 주는 앞에서 보인다.

449) 여기에서 변화의 발단이라는 말은 세속의 생각에 따라 말한 것이다. 실제로 변화에는 본래 발단이 없다.

450) 憑은 憑藉이다.

적인 사물을 형성하는 듯하다.451) 생명은 개체를 도구로 삼아서 자기를 표현하는데, 여기에는 어두운 충동이 아니라 연(緣)에 따라 주가 되는 밝은 지혜[明智]가 존재한다. 이는 물화되지 않는다는 점에서 징험할 수 있으며, 계획이 있다는 것은 바로 이러한 의미이다. 앞에서 목적론이라고 한 것도 비슷한 내용을 말한 것이라면, 반대할 것이 없다. 의미도 이와 같다.

종합하면, 전체적인 측면에서 생명의 창조적 진행은 오직 변화가 가는 대로 따르는 것뿐이지 어떻게 사물을 구성하고 활용할 것인가를 미리 예정한 것이 결코 아니다. 왕선산의 말에 따르면, 동식물의 유기체는 구조가 지극히 미묘해서 모두가 천(天)의 총명이고, 아무 것도 없던 과거부터 미리 계획이 예정되어 있었다고 보는 것이 타당하다. 그러나 이 말은 목적론의 일종으로, 큰 착오이다. 왕선산의 이러한 말은452) 그가 말한 천이 종교인들이 말하는 상제와 같다고 오해하기 쉽다. 그러나 왕선산은 결코 종교인이 아니다. 선산이 말하는 천은 강건하고 쉼 없는 신묘함[神]을 가리킨다.453) 그러나 선산의 『역』 해석에는 자못 이원론의 의미가 있다.454) 본론에서 말하는 체용(體用)은 선산이 미처 모르는 의미를 가지고 있다. 그는 변화를 진정으로 아는 사람이 아니다. 오직 변화하는 대로 따르므로, 사물에 대해 어떻게 구성한다는 예정된 계획은 있을 수 없다. 바꾸어 말하면, 하나의 형체를 내세워 사물을 만드는 목표로 삼아본 적이 없다는 것이다. 그러나 생명의 표현은 기대하지 않아

451) '같다[若]'는 말은 '듯하다[似]'는 의미이다. 생명은 결국 혼일한 전체이므로, 각 개체를 형성한다고 하는 것은 다른 사물들의 형체들에 대해 비겨서 말한 것뿐이지 실제로 그런 것이 아니다.

452) 이것은 『周易稗疏』 권3에 나온다.

453) 여기에서 神의 의미는 인격을 갖춘 대상이 아니다. 그것이 영명하고 미묘해서 존재하지 않는 곳이 없고 발현되지 않는 사물이 없으므로, 神이라고 한다.

454) 왕선산은 『易』을 해설하며, '건과 곤이 함께 나아감(乾坤並建)'을 말하였다. 乾은 神明을 표현하고, 坤은 形質을 표현한다.

도 저절로 사물을 형성한다.[455] 기대하지 않아도 형성한다는 것은 덕이 성대하고 변화가 신묘한 그치지 않는 메카니즘이므로, 의도가 없다. 의도가 있다면, 하고자 하는 일에 누가 되어 생명이 꺼지게 될 것이다. 따라서 오직 변화를 따를 뿐 목표를 미리 세워서 사물을 형성하는 일이 없지만, 사물이 형성되지 않는 경우가 없는 것이 '저절로 그러한[自然]' 증거이다.[456] 그러나 사물이 형성되면 생명은 그것을 활용하여 자신을 나타내므로, 사물을 활용할 때 반드시 연에 따라[隨緣] 주가 되는 밝은 지혜[明智]가 있게 된다. 이 때문에 왕선산이 말한 것 같이, 유기체의 구조는 정밀하고 신묘해서 물질이 장애가 되지 않고 결국 자기를 따라 전화하게 하므로, 여기에서 쉬지 않고 생성하는 성대함이 나타난다.[457] 계획, 또는 목적은 이것에 합치되는 것을 말할 뿐이다. 이상에서 생명이 사물을 활용한다는 측면에서 계획, 또는 목적이 있다고 하였다. 연에 따라 주가 된다는 말은 계획, 또는 목적이 있다는 의미이다. 만약 맹목적인 충동을 따른다면, 연에 따라 주가 될 수 없다. 따라서 연에 따라 주가 된다면, 왕선산이 말한 아무 것도 없던 이전부터 운운한 것과 다른 의미를 지니게 된다. 연을 따르면, 예정하거나 미리 계획하지 않아도 마찬가지가 된다. 유기체의 구조가 정밀하고 신묘하다 운운한 것이 바로 연에 따라 주가 된다는 의미이다. 따라서 생명을 말하는 경우에 전체에서 말하면 변화가 이루어지는 대로 따를 뿐이지 결코 사물을 어떻게 구성할 것인가 하는 예정된 계획이 없다. 전체가 분화되는 측면에서 말하면, 생명은 기대하지 않아도 형성되는 물질에서 표현된다. 즉 개별적으로 독립된 생물을 형성할 때 사물을 활용하고 연에 따라 주가 될 수 있으므로, 거기에 계획이나 목적이 있음을 볼 수 있다. 앞에서 예정된 계

455) 기대하지 않는다는 것은 의도적으로 만물을 조작하지 않는 것이다.

456) 노자가 말한 自然의 의도가 바로 이것이다.

457) 이 중에서 자기는 생명 자신을 가정하여 말한다.

획이 없다고 하였지만, 또한 애초에 계획이 없어본 적이 없다. 여기에서 그 함축된 의미가 남김없이 드러난다. 『역』 감괘와 리괘는 생명이 물질의 장애라는 위험에서 벗어나 스스로를 형성할 수 있음을 명시한다. 그것이 의지해서 위험에서 벗어나는 수단을 계획, 또는 목적이라고 부르는 것이 아니겠는가?

덧붙이는 말 : 어떤 사람은 이렇게 질문한다. "그대가 말하는 생명은 본래 벽(闢)을 부르는 말이지만, 본체의 명칭이기도 하다. 벽과 본체가 의미가 판이한데도 생명이라는 말로 둘 다 겸해서 지목하는 것은 무슨 까닭인가?" 여기에 대한 답은 다음과 같다. 고요하여 아무 상도 없는 것을 본체[體]라고 한다. 이 고요하여 아무 상도 없는 것에서 유위(有爲)가 일어난 것을 공용[用]이라고 한다.[458] 공용에는 흡과 벽이 있다. 흡은 형체를 가진 사물로 나타나고, 흡을 운용하여 그 주재가 되는 것이 벽이다. 따라서 엄격하게 말하면, 오직 벽만이 공용이다. 벽은 강건하고, 위로 오르고 앞으로 나아가며, 비고 고요하고[虛寂] 깨끗하며, 영명(靈明)하고, 또 쉬지 않고 생성 변화하는 온갖 덕들을 갖추고 있다. 이것은 본체의 자성이 나타난 것이다. 따라서 공용에서 본체를 인식하므로, 벽에 대해 본체라고 할 수 있다.[459] 따라서 생명을 벽이라고 부르기도 하지만, 사실은 본체를 부르는 말이다. 체용은 나누어서 말해도 무방하지만, 실제로 두 조각으로 분리하면 안 된다. 이러한 취지에 통달하면 본론의 생명이라는 말, 또는 공용을 부르는 말이 '공용에서 본체를 드러낸다[卽用顯體]'는 것임을 알게 된다. 또 본체를 지목하는 말은 '본체를 들어 공용을 포섭하는[擧體攝用]' 것이 된다. 어떻게 여러 가지 뜻이 있겠는가?

458) 전체가 공용을 이루는 것이지, 본체가 공용 외에 있는 것이 아니다. 비유하자면 큰 바닷물이 전체가 물방울들을 이루는 것이지, 큰 바닷물이 물방울 밖에 있는 것이 아니다.
459) 흡은 본체가 나타난 것이지만, 여기에서는 의미를 취하는 것이 저절로 구분된다.

생명이라는 말은 항상 창조적이고 새로워지는 것을 생(生)이라고 부르고,460) 스스로 근본이 되고 뿌리가 되는 것을 명(命)이라고 부른다.461) 두 가지 의미가 서로 통해서 생이 명이고 명이 생이 되므로, 생명은 공허한 말이 아니다. 나는 내 생명이 바로 우주 본체이므로,462) 나 자신을 안으로 여기고 우주를 밖으로 여길 수 없다는 것을 안다. 나와 우주는 동일한 대생명이기 때문이다. 이 대생명은 분할할 수 있는 것이 아니므로, 안팎이 없다. 안팎은 나 자신이 7척의 형체가 자신이고 안이라고 여겨서 허망하게 집착하고, 천지만물을 밖이라고 여기는 것에 불과하다.

감괘와 리괘에 대해 다 말하였다. 다음으로 간(艮)괘와 태(兌)괘, 두 괘에 대해 살펴보겠다.

간(艮)괘는 상하 두 간괘가 합하여 이루어진 것이다. ䷳라고 나열된 모습과 같다. 간(艮)은 그친다[止]는 의미이다. 이 괘는 음효가 모두 양효 아래에 숨어 있다. 음에는 정지의 형상이 있다.463) 양은 건(乾)으로, 천(天)에서 형상을 취한다. 이 중 천은 공계(空界)를 부르는 말이므로,464) 본체를 표현한다.465) 이 괘는 본체가 수많은 잠재 능력을 갖추고 있음을 밝힌다.466) 그것이 숨어 있고 아직 드러나지 않으므로, 정지된 형상으로 가설하여 설명한 것이다. 그 때문에 이 괘를 그친다, 즉 간(艮)이라

460) 항상이라는 것은 중단이 없다는 의미이다. 항상 창조적이고 항상 새로워지며 과거의 것을 그대로 지키지 않는 것이다.

461) 스스로 근본이 되고 스스로 뿌리가 된다는 것은 莊生의 말로서, 스스로 근본이 되는 것이지 다른 데서 생겨난 것이 아니다. 어찌 종교인들이 上帝, 또는 靈魂이라고 구분하여 부르는 것과 같겠는가?

462) 본체를 들어 공용을 포섭한다는 것은 앞에서 말한 것과 같다. 여기에서 우주라는 말은 만물을 모두 함께 부르는 말이다.

463) 『역』에서는 상을 취할 때 한 가지 규칙만 고수하지 않는다. 각 괘의 상황에 맞추어 완미해야 한다.

464) 별들을 말하는 것이 아니다.

465) 空界는 맑고 비어 있으므로, 본체를 비유할 수 있다. 모든 象은 비유이다.

466) 潛能에서 潛은 잠재를 말하고, 能은 가능성을 말한다.

고 부른다.

태(兌)괘는 상하 두 태괘가 합쳐서 이루어진 것이다. ☱라고 나열된 모습과 같다. 태괘의 효상은 간괘와 정확히 상반된다.

간괘 ☶

태괘 ☱

태(兌)괘는 음효가 위에 있으므로, 밖으로 발현되는 형상이다. 양이 본체를 형상화한 것임은 앞에서 말한 것과 같다. 이 괘는 본체가 본래 갖추고 있는 무수한 가능성이 잠재되어 있던 중 기회를 타서 밖으로 발현되는 것을 보여준다. 기회는 스스로 활동하는 기회이지, 탈 수 있는 기회가 밖에 있는 것이 아니다. 숨어 있다가 밖으로 나타나고 변화의 메카니즘에 통달하므로, 기쁨의 형상이 있다. 태괘는 못[澤]에서 형상을 취하는데, 설괘에는 "만물을 말할 때 못보다 기쁜 것이 없다"[467)]라고 되어 있다. 윤택하게 하여 만물을 생성하므로, 만물이 모두 기뻐한다. 따라서 태괘에서 못을 형상으로 삼은 것은 기쁨을 표현하는 뜻이다. 이 것이 태괘라는 이름이 성립하는 이유이다.[468)]

본체가 수많은 잠재 능력[潛能]을 갖추고 있다는 것은 무슨 뜻인가? 능(能)은 가능성을 말한다. 본체는 온갖 리를 모두 갖춘 전체이고, 한 오라기도 빠진 것이 없기 때문이다. 만약 빠진 것이 있다면, 본체로 성립되지 못한다. 본체는 지극히 원만하여, 온전하지 않은 덕이 없고 갖추어지지 않은 리가 없다. 따라서 변화의 근원으로 지목되고, 사물의 시초로 숭상된다.[469)] 그러나 본체는 반드시 위대한 공용으로 나타나므로, 본체

---

467) (역주) 『易』「說卦傳」. "說萬物者莫說乎澤." 웅십력 원문에는 '莫說乎澤'의 說이 大로 되어 있으나, 오기이다. 說로 바로잡는 것이 좋을 듯하다.

468) 『正義』에서는 兌가 說이라고 한다.

469) 시작이라는 말을 잘 이해해야 한다. 이 본체가 두루 만물의 실체로 나타나므로, 만물

가 바로 공용이고 본체와 공용을 둘로 나누어서는 안 된다는 것도 알아야 한다. 그러나 우리는 방편상 본체를 공용과 구분하여 말하므로, 온갖 리를 모두 갖추고 있는 본체계는 무궁무진한 가능성의 세계가 되어야 한다. 이 무궁무진한 가능성이 숨어 있기만 하고 밖으로 나타나지 않는 것은 마치 정지된 세계의 형상과 같다. 본체가 본래 수많은 잠재 능력을 가지고 있다는 의미는 이와 같다. 간괘가 보여주는 것은 이뿐이다.

그러나 본체는 고요하면서도 활동적이고,[470] 정지해 있으면서도 진행해 나아간다.[471] 바꾸어 말하면, 본체는 반드시 공용으로 나타난다. 본체가 공용으로 나타날 때, 그 변화가 신묘하다. 신묘한 변화는 계속 새롭게 일어나 이전 상태로 머무르지 않는다.[472] 갑작스런 변화가 쌓여서 점진적으로 완성된다.[473] 앞에서 말한 대로 본체는 온갖 리가 모두 갖추어진 전체이고,[474] 무궁무진한 가능성의 세계이다. 이러한 가능성은 반드시 점진적으로 발현된다. 어떤 때는 갑의 가능성이 발현되고, 을·병 등의 가능성은 잠시 숨어 있으면서 나타나지 않는다. 예컨대 저급한 마음 작용이 발현될 때 고등한 심령이 아직 발현되지 않는 것과 같다. 오랫동안 숨어 있던 가능성은 결국 발현되는데, 이때 변화의 메카

의 시작이라고 한다. 그것이 종교인들이 말하는 上帝와 같이 만물 위로 초월한다는 것을 의미하지 않는다.

470) 여기에서 말하는 활동은 변화의 의미이지 세속에서 사물이 움직인다고 할 때의 움직임이 아니다.

471) 고요히 정지하므로, 호연히 流行한다. 근거 없이 어지러우면 움직일 수 있는 자가 없다. 천의 변화를 잘 체험한 자는 자기에게서 체득하여 알 수 있다.

472) 앞의 공용은 일어나자마자 사라지고, 뒤의 공용이 바로 생겨난다. 이것은 앞뒤를 통틀어 모두 새롭게 된 것이니 이전의 변화가 어찌 머무를 수 있겠는가?

473) 공용이 생성되거나 변화가 일어나는 것은 갑자기 일어날 뿐이다. 그러나 매번 일어나는 것은 모두 갑자기 일어나는 것이고, 이 갑자기 일어나는 것이 그치지 않고 쌓여서 점차적으로 완성된다.

474) 이 말은 잘 이해해야 한다. 본체가 본체인 것은 자기 혼자 둔한 사물이 아니라는 것이다. 그것은 온갖 리를 모두 갖춘 전체일 뿐이다. 그러나 본체가 따로이 하나의 사물이면서 온갖 리를 가지고 있다고 함부로 생각해서는 안 된다. 만약 이렇게 생각한다면, 큰 잘못이다. 본체가 본체인 것은 뭇 리를 모두 갖추고 있기 때문이다.

니즘[化機]에 통달하므로 본체가 위대한 공용으로 현현되는 것이 점차 완성에 가까워진다. 점차 가까워진다고 한 것은 사실상 완성이라는 것이 없기 때문이다. 『역』이 마지막 괘로 '기제(旣濟)'괘를 보여주고 다시 '미제(未濟)'괘로 잇는 뜻이 심오하지 않은가![475] 하나의 참된[一眞] 본체가 위대한 공용으로 나타나는데, 진행이 지극히 강건하여 쉼이 없다. 완성이 있다면, 변화의 작동은 멈추고 말 것이다. 본체가 죽은 몸이 될 수 있는가? 『중용(中庸)』의 "지극히 성실하여 쉼이 없다"[476]는 구절과 『역』 미제괘의 의미는 서로를 밝혀준다. 지극하구나, 이러한 의미여! 어찌 알고 나서 아무 말 없이 침묵할 수 있겠는가? 저 변화의 메카니즘은 분명히 나타나서 점차 완성되므로,[477] 기쁨의 형상이 있게 된다. 이것이 태괘가 보여주는 것이다.[478]

앞에서 말한 것과 같이 본체는 온갖 리를 함장하고 있으므로, 그것이[479] 무한한 가능성의 세계라고 가정해도 무방하다.[480] 따라서 본체가 공용으로 현현할 때, 공용은 점진적으로 나타난다. 공용은 홀로 일어나지 않으므로, 한 번 흡하고 한 번 벽한다고 할 수 있다. 흡하여 사물을 이루는데, 간단한 데서 시작하여 복잡한 데서 끝난다. 별들의 형성이나

475) (역주) 旣濟(䷾)괘는 완전히 성취된 상태를 의미한다. 이렇게 모든 효가 正位에 있고, 음양이 잘 호응하는 상태를 가진 것은 64괘 중 오직 旣濟괘에서만 볼 수 있다. 그러나 『易』은 완성의 미를 갖춘 旣濟로 끝나지 않고, 미완성을 나타내는 未濟(䷿)괘로 끝나고 있다. 未濟괘는 효의 위치가 모두 바르지 못하지만, 서로 협력해 발전할 수 있는 여지를 가지고 있는 새로운 시작이기 때문이다.

476) (역주) 『中庸章句』 제11章. "至誠無息."

477) 遂는 앞에서 말한 완성을 말한다. 及於는 점차 가깝게 된다는 의미이다.

478) 기쁘다는 것은 창달의 의미이다. 변화의 메카니즘은 무기물에서부터 인류처럼 심령이 밝은 경우까지 이르기까지 통달하고 거의 완성되었다고 할 수 있다. 따라서 기쁘다는 것으로 상을 삼았다.

479) 본체를 말한다.

480) 여기에서 함장한다는 말은 잘 이해해야 하니, 能藏·所藏으로 구분할 수 없다. 만약 능소로 구분된다면, 이것은 둘로 여기는 것이다. 뒤에 나오는 이런 종류의 말은 모두 이에 근거한다.

생물의 발전 및 그 외의 사물들 모두가 간단한 데서 복잡한 데로 발전하였다. 벽은 마음의 명칭이 의거하는 대상이다. 태초에 사물이 있었지만, 심령은 아직 나타나지 않았다. 아직 나타나지 않았다는 것은 없다는 것이 아니라, 다만 어두운 데[幽] 있고 지극히 미미하다는 뜻이다. 유기물이 출현한 뒤 심령은 발전하여 더욱 뛰어나게 되었다. 따라서 흡벽 두 측면에서 징험하면, 공용은 점진적으로 나타난다. 공용은 본래 리(理)가 행한 것인데, 어떤 공용도 본체가 함유한 리가 발현하여 생긴 것이 아닌 경우가 없다. 어떤 사람은 "어떤 종류의 리를 말한다는 것은 리를 몇 종류로 구분할 수 있다는 것이다. 저 리는 본체를 가리키는데, 어떻게 몇 종류로 구분할 수 있는가?"라고 질문한다. 여기에 대한 답은 다음과 같다. 『금강경(金剛經)』에 "진여는 일합상이 아니다"[481]라는 구절이 있다. 진여는 본체를 부르는 명칭이고, 일합상은 상들이 혼연히 하나로 모인 것을 말하므로 분리된 리가 없다. 본체가 어떻게 이처럼 완고하고 둔한 사물이겠는가? 따라서 아니라고 한 것이다. 본체는 온갖 이치를 구비하고 있음을 알아야 한다. 바꾸어 말하면, 온갖 이치는 서로 포섭되어서 하나의 전체를 이루며 이것을 본체라고 부른다. 본체가 일합상이 아니므로 온갖 리를 가정할 수 있는 것이지, 몇 가지 종류를 사물의 종류처럼 분별할 수 있는 것이 아니다. 잘못된 집착은 철저히 끊어야 한다. 리는 지극히 풍족하고 갖추지 않은 것이 없는 무한한 잠재 능력의 세계일 뿐이다. 따라서 공용의 형상이 아직 나타나지 않은 것은[482] 그 리가 본체에 갖추어져 있지만 아직 드러나지 않은 것뿐이다. 정자(程子)

481) (역주)『金剛般若經』. "眞如非一合相."

482) 공용의 상[用相]은 공용의 상이므로 그렇게 말하였다. 공용이 일어날 때는 반드시 모습이 있기 때문이다. 공용은 흡벽인데, 흡에서 사물의 상이 생성된다. 벽은 사물의 상이 없지만 상이 없는 것이 아니며, 단지 그 상을 감각기관으로 접할 수 없는 것뿐이다. 예를 들어 고등 심령 작용이 인류에 아직 생겨나기 이전과 같이 나타나지 않았다는 것은 이 상이 아직 나타나지 않았다는 것이다.

가 "텅 비어 아무 조짐이 없지만, 온갖 형상이 빽빽이 갖추어져 있다"[483]고 한 말이 바로 이러한 의미이다. 리체(理體)가 위대한 공용을 이루는 것은[484] 그칠 수 없는 앞으로의 전개이다. 바로 노자(老子)가 "비어 있지만 다함이 없고,[485] 움직일수록 더욱 나온다"[486]고 한 말과 같다. 어떤 사람은 물질이 처음 응집되는 것처럼 우주가 한 걸음씩 쉬지 않고 생성 변화한 뒤에 생명과 심령이 점진적으로 출현하게 되었다고 말하고, 이로써 노자가 다함이 없이 더욱 나온다고 말한 의미를 논증한다. 이 말에 대해 나는 그렇지 않다고 본다. 생명과 심령을 둘로 구분하는 것을 받아들일 수 없는데, 심령을 떠나 따로 생명이라고 할 것이 없기 때문이다. 감괘와 리괘에서 말한 것을 다시 살펴보자. 이러한 의미는 명대 유학자들이 많이 언급한 것이지만, 설명이 소략하였을 뿐이다. 물질이 처음 응집될 때, 생명이나 심령이 없는 것이 아니다. 본론의 여러 곳에서 이러한 의미를 밝혔다. 나는 다함이 없다는 것과 더욱 나온다는 말의 의미가 꼭 말한 사람의 뜻과 같아야 한다고 보지 않는다. 예를 들어 물리세계는 유행에서 응집으로, 혼돈에서 계획으로, 단순한 데서 복잡한 데로 간다. 심령은 무기물인 때는 숨어 있고 나타나지 않다가 인류에 이르러서 특별히 발달한다. 예컨대 철학자의 특징인 신비한 이해, 과학자의 특징인 창조적 견해과 문화적 측면의 위대한 창작의 지혜는 모두 한 단계씩 쉬지 않고 창조, 변화되어온 것들이다. 이것이 바로 노자가 다함이 없이 더욱 나온다고 말한 의미이다. 그것이 다함이 없이 더욱 나오는 이유는 바로 온갖 이치를 함장하고 있기 때문이다. 이체(理

483) 텅 비어 아무 조짐도 없다는 것은 본체의 空寂함을 형용한 것이다. 장애와 오염이 없는 것을 寂이라고 하고, 형상과 의욕이 없는 것을 空이라고 한다. 담담하여 아무 조짐도 없는 것을 조짐이 없다고 한다. 온갖 상이 빽빽한 것이 바로 理이다.
(역주)『二程遺書』卷十五. "冲漠無眹, 萬象森然已具."

484) 理體는 본체에 온갖 리가 구비되어 있으므로, 그렇게 부른다.

485) 다함이 없는 것을 不屈이라고 한다.

486) (역주)『道德經』卷之一 上篇 5장. "虛而不屈, 動而愈出."

體)세계의 가능성은 항상 무진장(無盡藏)이다. 위대한 공용이 유행하는 세계는 머물지 않고 변동할 뿐이며, 결국 이체가 가진 것을 다 써서 완전히 실현하지는 못한다. 이체는 원만하지만, 공용의 상은 상대적이고 항상되지 않으므로 부족한 것이 없을 수 없다. 이 때문에 위대한 변화가 쉬지 않고 일어나고, 인생은 결국 희망이 끊이지 않는가 보다![487]

리(理)는 갖추지 못한 것이 없고, 공용을 기다려 완성된다. 따라서 공용의 모습이 나타날 때 그 모습이 바로 리가 된다.[488] 공용의 모습이 아직 나타나지 않더라도 리체가 원래 갖추지 못한 것이 없으므로, 이 이치가 없다고 함부로 억측해서는 안 된다. 왕선산의 다음과 같은 말은 참으로 이상하다! "천하는 오직 그릇[器]일 뿐이다. 도는 그릇의 도이다. 사람들은 도가 없으면 그릇도 없다고 말한다. 그러나 그릇이 있는데, 어찌 도가 없을 것을 걱정하는가? 그릇이 없으면 도가 없다는 것을 말하는 사람은 드물다. 그러나 본래 그러하다. 홍황(洪荒)시대에는 현인에게 임금의 자리를 선양하는 도가 없었고, 당우(唐虞)시대에는 백성들을 불쌍히 여겨 포악한 임금을 토벌하는 도가 없었으며, 한당(漢唐)시대에는 오늘날의 도가 없었다. 오늘날에는 다른 시대의 도가 없다. 활과 화살이 있는데 활쏘기의 도가 없는 경우가 없고, 수레와 말이 있는데 말달리는 도가 없는 경우가 없고, 희생물, 벽옥, 비단, 종과 북, 관악기, 현악기가 있는데 예악의 도가 없는 경우가 없다. 또 자식이 있는데 부모의 도가 없는 경우가 없고, 동생이 있는데 형의 도가 없는 경우가 없다. 도는 있을 수 있지만, 없는 경우도 많다. 그러므로 그릇이 없으면 그 도가 없다

487) 인생은 오직 향상하고 그 自性을 돌이키므로, 원만해질 수 있다. 자성은 본체를 말한다. 만약 이 점을 깨닫지 못하고 유행하는 세계 중에 빠져버리고 유행에서 眞體를 깨닫지 못한다면, 사물을 좇아다니면서 돌이키지 못하여 오랫동안 괴롭고 한탄하게 될 뿐이다.

488) 모습은 공용의 모습이고, 뒤에 나오는 것도 이와 같다. 공용의 모습은 리가 완성하는 것이므로, 모습이 바로 리라고 한 것이다.

는 것이 참된 말이다. 사람들은 다만 이를 잘 살피지 못할 뿐이다."[489] 선산이 말한 도(道)를 자세히 보면, 내가 말한 리(理)에 해당한다. 선산이 말한 그릇[器]은 내가 말한 상(相)에 상당한다.[490] 선산의 학설에 따르면, 이체(理體)는 본래 존재하는 것이 아니고 크게 완비되지도 않았으며 원만하여 부족함이 없는 전체도 아니다. 어떤 상이 있은 뒤에야 그 리가 있다고 보아야 한다는 의미이다. 상이 아직 나타나지 않았으면, 이치도 없다. 그렇다면 공용은 본체가 없이 허공에서 갑자기 나타난 것인가? 예컨대 바다를 본 사람이 파도가 큰 바닷물을 체로 해서 일어난다는 것을 깨닫지 못하고 아무 것도 없는 곳에서 갑자기 일어난 것이라고 한다면, 그 허망한 생각을 비웃지 않는 사람이 없을 것이다. 선산의 견해가 어찌 이와 다르겠는가? 공용은 자주 옮겨가지만,[491] 리만은 본래 완전히 갖추고 있다.[492] 인류가 아직 태어나지 않았을 때도 부모와 형의 리는 선재해 있었다.[493] 희생물, 벽옥과 비단, 종과 북, 관악기, 현악기와 같은 사물들이 아직 나타나지 않았을 때에도 예악의 리는 모두 선재해 있었다. 이를 미루어 가면, 활과 화살, 마차가 없었을 때도 활 쏘고 말 달리는 도는 선재해 있었다. 고금의 특이하고 마땅한 일들이 아직 출현하지 않았을 때도 리 자체는 없지 않았다. 리가 구비되어 있으므로 수(數)가 세워지고,[494] 그 상(相)은 리가 수를 타고 움직이면서 비로소 나타

---

489) (역주) 『周易外傳』 권5. "天下唯器而已矣. 道自, 器之道也. 無其道則無其器, 人皆能言之. 雖然, 苟有其其矣, 豈患無道哉. 無其器則無其道, 人鮮能言之.而固其誠然者也. 洪荒無揖讓之道, 唐虞無弔伐之道, 漢唐無今日之道, 則今日無他年之道者多矣. 未有弓矢而無射道, 未有車馬而無御道, 未有牢醴璧幣鐘鼓管絃, 而無禮樂之道.則未有子而無父道, 未有弟而無兄道, 道之可有而且無者多矣. 故無其器則無其道, 誠然之言也, 而人特未之察耳."

490) 相은 모두 공용의 모습을 말하고, 앞의 주에서도 이미 언급하였다.

491) 옮겨간다는 것은 이전의 항상됨을 지키지 못하는 것이다.

492) 완전하다는 것은 리가 갖추고 있지 못한 것이 없다는 것이다. 구비되어 있다는 것은 리가 본래부터 존재하는 것이지 뒤에 일어난 것이 아니라는 의미이다.

493) 慈愛의 理는 그 자신 본체가 본래 가지고 있는 것이므로, 선재해 있었다고 한다. 뒤의 것도 이에 의거한다.

난다. 리수(理數)는 형상을 빌리지 않고도 본래 존재하지만, 상은 리수에 의거하여 자신을 나타낸다.[495] 그러나 리는 상을 형성하고, 원만하고 위대하게 갖추어진 전체는 심원하여 끝이 없고 큰 못처럼 넓어서 시시때때로 출현한다.[496] 출현한다는 것은 큰 못이 실현되는 것이다. 시시때때로 그치지 않고 출현하면, 깊은 연못은 결국 그 자신이 본래 가지고 있는 것을 완전히 다 실현하지는 못한다. 남은 것이 있으므로, 고갈되지 않는다. 리체가 공용의 상으로 나타나는 것도 이러한 비유와 같다. 따라서 상이 리의 완전한 실현은 아니지만, 리는 항상 지극하게 구비되어 있다.

앞에서 말한 것과 같이 리체는 잠재된 무한한 가능성의 세계이므로, 간괘로 표시한다. 리체는 위대한 공용으로 현현하고 변화의 메카니즘이 밝게 나타나므로, 태괘로 표현한다. 지금 그 핵심을 살펴서 의심과 오해를 없애고자 한다.

첫째, 리는 실법(實法)이지[497] 가법(假法)이 아니다.[498] 어떤 경우에는 리 자가 규칙이나 법도·규범 등의 의미도 가지므로, 공상(共相)이 된다. 이러한 공상은 현실세계의 특수한 사물을 떠나 진리세계[眞際界]에 존재한다고 말한다.[499] 이러한 말과 같다면, 진리세계와 현실세계는 천리만리 완전히 떨어져서 융합할 수 없다. 이러한 주장은 통하기 어렵다. 리는 예컨대 사각형과 같이 속이 빈 형식에 불과하다. 네모난 책상의 사

494) 리가 극히 구비되어 있으므로, 數가 있다. 數도 구비되지 않은 것이 없다.
495) 의거한다는 말은 잘 이해해야 한다. 이것이 저것에 의지한다는 의미가 아니다. 모습은 리에서 완성되므로, 모습이 바로 리가 된다. 모습은 數에 인하므로, 수와 다르지 않다.
496) 출현한다[出]는 것은 나와서 유행한다는 의미이다. 큰 연못은 깊고 넓기 때문에 그것이 흘러나오면 한 구덩이를 채우고 끝나지 않는다. 따라서 시시때때로 출현한다는 말은 시시때때로 쉬지 않고 나온다는 말이다.
497) 實法은 그것에 실제로 自體가 있다는 것을 말한다. 그 자체는 형질을 갖춘 것은 아니지만 실재하므로, 텅 빈 형식을 가리키는 것이 아니다.
498) 假法은 그것이 단지 텅 빈 형식이고 실제로 自體가 없다는 것을 말한다.
499) 이러한 설명은 서양 논리학에 근본을 둔다.

각형이 모든 네모난 책상의 공상이라는 말은 일리가 있다. 네모난 책상 등은 세속의 진리[俗諦]에서는 실재하는 사물이지만, 사각형이라는 공상은 속이 빈 형식에 불과하다. 지금 논리적으로만 보아서 공상을 특수한 사물의 범형이라고 보고 형이상학의 리와 뒤섞지 않는다면, 말이 될 수도 있다. 지금 공상을 형이상학에 응용하여 현실세계의 특수한 사물이 그에 의하여 형성된 것이라고 본다면, 이 공상은 속이 빈 형식인데 어떻게 현실세계를 떠나 홀로 진리세계에 존재한다고 하는가? 따라서 두 세계에 어떤 관계가 생겨나는가를 설명하기 어렵다. 또 이 속이 빈 형식은 자체(自體)가 없는데, 어떻게 진제(眞諦)라고 하고 또 특수한 사물이 그에 의하여 형성될 수 있다고 하는가? 과연 그렇다면 무가 유를 낳을 수 있다는 의미가 되므로, 이치에 맞지 않는다. 이러한 주장을 상세히 살펴보면, 본론에서 말한 리의 의미와 상반되어 서로 용납하지 못한다. 본론에서는 본체를 가리켜서 리라고 부르고 본체가 실재한다고 보므로, 가법과 동일시해서는 안 된다. 공상이 리라는 말은 리를 사각형과 같이 속이 빈 형식으로만 보는 것이므로, 리가 가법에 속하게 된다. 그렇다면 어떻게 모든 사물들의 실체가 될 수 있겠는가? 이 점을 분별하지 않을 수 없다. 그러나 본론에서 말한 리를 임시로 공상이라고 부르는 것은 무방하다. 리는 실제로 자체를 가지고 있기 때문이다. 그러나 그 자체는 현실세계의 사물과 같이 단편적으로 나눌 수 있는 것이 아니고, 질서와 규범이 없는 딱딱한 판자와 같이 완고한 사물도 아니다. 보통은 한 알의 씨앗에 비유하여 완연한 하나의 사물로 간주한다. 그러나 실제로는 그렇지 않다. 그것은 싹과 줄기, 잎, 꽃과 열매 등의 가능성을 갖추고 있으므로, 수많은 질서와 규칙을 볼 수 있다. 리가 자체의 측면에서 질서와 규범을 갖추고 있다는 것도 이러한 비유로 설명할 수 있다. 단지 비유는 유사한 작은 부분을 취할 수 있을 뿐이므로, 비유로 인해 도리어 집착을 일으켜서 리체를 현실세계의 사물로 추측해서는 안 된다. 리체가 질서와 규범을 갖추고 있다는 측면에서 말하면, 공상이라고 가설할 수 있다. 그러나 이 공상은 본체나 실체의 측면에서 가설한 것이지 가법(假法)상에 세워진 명칭이 아니므로,[500] 우리가 보통 쓰는 공상이라는 말과 의미가 다르다.

둘째, 리가 나타난 상(相)은[501] 따로 재질을 세우지 않아도 그와 합한다. 만약 리를 속이 빈 형식이나 법칙의 일종이라고 한다면, 리 외에 반드시 기(氣)를 재질로 세울 필요가 있고 리는 그것을 습합하여 사물을 형성할 것이다. 이와 같다면, 희론에서 벗어나지 못한 것이다. 송대 유학자들이 말한 이기(理氣)에는 아직 미진한 점이 있다. 후대 사람들은 기를 재질로 삼고 리를 따로이 법칙으로 삼아서 지리한 이론을 완성하였다.[502] 지금 본론에서 말하는 리는 실체이므로, 따로 재질을 찾을 필요가 없다. 리체는 심원하게[淵然] 공하고 고요한데,[503] 공하므로 신묘하고[504] 고요하므로 변화한다.[505] 신묘한 변화는 흡벽이 서로 재질로 나타난다.[506] 생멸의 유행이 쉬지 않으므로, 조화(造化)의 정세를 볼 수 있다.[507] 따라서 재질은 리의 유행이 반드시 갖는 형세이고, 정세가 지극

---

500) 세상에서 말하는 共相은 단지 假法일 뿐이다.

501) 相은 모두 공용의 모습을 말한다. 앞에서도 보인다.

502) 나는 이 점을 상세하게 살피거나 따로 논의하고 싶지는 않다.

503) 淵然은 심원한 모양이다. 장애와 오염이 없는 것을 空이라고 부르지, 아무 것도 없는 것이 아니다. 혼란이 없는 것을 寂이라고 한다.

504) 신비하다는 것은 극히 靈妙한 것이다. 본체는 장애와 오염이 없기 때문이다.

505) 변화는 성대하게 생성하고 또 생성하는 것이다. 오직 맑게 참되고 고요하므로, 생성 변화가 그치지 않는다.

506) 흡은 벽 때문에 일어나고 벽은 흡을 빌어서 진행되므로, '서로'라고 하였다. 실제로는 한 본체의 유행이 흡벽 두 형세로 나타난다. 材는 모두 재질이라고 한다. 그러나 여기에서 재질이라는 글자는 잘 살펴봐야 하고, 공간적 점유[質礙]라고 해석해서는 안 된다. 만물의 만상이 여기에서 성립된다.

507) 흡벽의 세용은 생겨나자마자 사라지고 잠시도 머무르지 않는다. 이렇게 계속 새롭게 생성되고 쉬지 않고 유행하므로, 신묘한 변화라고 한다. 造化가 바로 신묘한 변화라는 것이다. 情은 發動의 기미이다. 기계적인 성질이 아니므로, 情이라고 말하였다. 이 情자의 의미가 깊으므로, 잘 이해해야 한다. 情은 공용인데, 공용의 의미는 아주 넓다. 위

히 성대하여 부족함이 없는 것이다. 재질이 나타난 것을 상(相)이라고 한다.[508] 따라서 리가 나타난 상은 따로 재질을 세우지 않아도 그와 합한다. 그것은 지극히 실재하여 없는 것이 아니기 때문이다.[509]

셋째, 리체(理體)와 공용의 상[用相]을 두 세계로 구분해서는 안 된다. 천리(天理)가 유행한 것을 공용이라고 부른다. 공용은 형상이 거짓으로 나타난 것이므로, 공용의 상이라고 부른다.[510] 본체 전체가 공용이 되고 공용 전체가 본체가 되는데, 어떻게 두 세계로 구분할 수 있겠는가? 이는 물이 얼음이 되는 것에 비유할 수 있는데,[511] 물은 본래 응결, 흐름, 증기 등 여러 가지 가능성을 함유하고 있다. 지금 얼음이 된다면, 응결의 가능성이 실현된 것이다. 나머지 수많은 가능성은 잠시 숨어 있으면서 나타나지 않지만, 소실된 것은 아니다. 그러나 물과 얼음은 하나도 아니고 다르지도 않다[不一不異].[512] 리체와 공용의 상 역시 이와 같다.[513]

덧붙이는 말 : 송대 유학자들은 리는 기와 분리되지 않고[不離乎氣] 섞이지도 않는다[不雜乎氣]고 하였다. 이것은 리와 기를 두 가지 사물로 보고, 분리되지도 섞이지도 않다는 말로 그 관계를 밝힌 것이다. 이러한

대한 공용의 유행에는 신묘한 기미가 있는 듯하므로, 情이라고 말한 것이다.

508) 相은 공용의 모습이다. 앞에서도 보인다.

509) 세속에서 共相으로 理를 말하는 것은 단지 속이 빈 형식을 의미할 뿐이므로, 없는 것과 같다.

510) 理體를 天理라고 부르는 것은 지극히 참되고 절대적이므로 그것이 어디에서 왔는가를 따져볼 수 없으므로, 天이라고 부른다. 理의 流行은 공용이라고 부른다. 공용은 相이 나타난 것인데 相은 실질이 없고 잠시도 머무르지 않으므로, 결국 '거짓으로 나타난다[詐現]'라고 한다.

511) 물은 理體를 비유하고, 얼음은 공용의 상을 비유한다.

512) 하나가 아니라는 것은 물과 얼음이 구별된다는 것이다. 다르지 않다는 것은 얼음의 실체가 바로 물이기 때문이다.

513) 체와 용은 그 의미를 구별할 수 있으므로, 하나가 아니다. 본체는 공용의 본체인데, 어떻게 다르다고 할 수 있는가?

학설은 크게 잘못된 것이다. 명대 유학자들은 기를 실재하는 사물로, 리를 기의 조리(條理)로 보는 경우도 있었는데, 이렇게 되면 리에 실질이 없어서 더욱 희론이 된다. 이기에 대한 후대의 학설은 일일이 나열할 수 없을 정도로 지리하다. 나는 리가 체를 가리키는 명칭이고,[514] 지극히 진실하다고 본다. 리의 유행은 공용이라고 부르며, 기라고도 할 수 있다.[515] 따라서 기는 리가 현현한 것이고, 리는 기의 본체이다. 어떻게 둘로 구분할 수 있는가? 또 다음으로 현실세계에 대해서는 공용의 상, 또는 기에 의거하여 실재하는 사물이 있다고 함부로 집착한다.[516] 이것은 순전히 정견(情見)으로 집착하는 것이다. 실제로는 현실세계가 공용의 상이나 기와 분리되어 따로 존재하지 않는다.

앞에서 논의한 내용을 종합해보면, 체용과 흡벽의 위대한 의미를 8괘로 표시하였는데 모든 것을 포함하고 빠진 것이 없다. 물리세계가 성립한 이유가 여기에서 잘 드러났다.

이 장의 첫머리에서는 구 유식 논사들이[517] 사물의 종자를 세워 현실세계를 설명한 것이 잘못된 생각이라는 점을 분명히 밝혔다.[518] 다음으로 본체의 유행에 흡의 측면이 있으며 흡이 분화하여 소일(小一)의 계군(係群)을 이룬다는 사실에 의거하여, 물리세계를 가설하였다. 사물이 있으면 법칙이 있으므로, 범주가 순전히 주관적인 것이 아니라는 점도

---

514) 體는 본체이다.

515) 氣는 형기, 또는 공기 등의 氣 자가 아니고, 流行하는 勢用에 대해서 氣라고 형용한 것이다. 이 기 자는 세용이 일어난 것이지 고정된 사물이 아니다. 중권의 한 단락에서도 여기에 대해 언급하였다.

516) 실재하는 사물이 있다는 것은 내가 실제 생활에 의거해 모든 실재하는 사물들이 있다고 집착하는 것이다. 공용의 상이 머무르지 않고 신비하게 변화한다는 것을 깨닫지 못하고, 실재하는 사물이 있다고만 생각한다.

517) 인도 불교 유식논사를 말한다.

518) 사물의 종자를 구 유식에서는 相分種子라고 한다.

여기에서 언급하였다. 끝 부분에서는 8괘를 가지고 대의를 설명하였다. 따라서 사물의 리를 궁구해보면, 세속에서 생각하는 사물과 같은 것은 본래 없다. 그러나 진실의 유행에 의거하면, 세속에 따라 사물을 시설하는 것도 무방하다.[519] 이렇게 보면 세속에서도 놀라지 않을 것이다.[520]

다음으로 물리세계, 또는 무수한 항성들은 환상의 상이 완연하더라도,[521] 한 기간이면 완성되고 사라진다.[522] 옛날 소요부(邵堯夫)가 천지가 소멸될 것이라고 하였을 때, 이상한 속임수라고 의심하는 학자들이 있었다. 그러나 근대 과학자들은 현재 항성이 소멸 방사되는 상태에 있다는 사실을 결코 부인하지 않으므로, 소요부의 학설이 억측은 아니다. 과학자들은 먼 공간의 어떤 곳에서 방사가 일어나고 또 물질로 응집한다고 본다. 이 때문에 이와 같은 곳의 우주는 불행히 죽음이 임박하게 되고, 따로 한 신천지가 창조되는 중에 있게 된다. 이 신천지의 구성은 결코 구 천지에서 남은 재들을 원료로 하는 것이 아니고, 구 천지가 다 타버렸을 때 나오는 방사가 신천지로 응집되어 이루어진다. 이러한 우주 윤회설은 지지할 이유가 있는 듯하지만, 수많은 과학자들은 열역학 제2법칙에 근거하여 우주에서 막혀있는 열이 일정 기간 계속 증가되고 있다는 사실을 여전히 인정한다. 이 때문에 우주 윤회설의 관념이 근거가 없다고 판정한다. 앞의 주장과 반대되는 두 가지 측면에서 우리는 어느 한쪽을 비호하기 어렵다. 그러나 나는 결국 무한한 우주, 또는 일

---

519) 眞實은 본체를 말한다. 유행하면 흡의 측면이 있게 된다. 여기에 의거하여 물리세계를 가정한다.

520) 세속의 견해에서는 사물에 집착하므로, 사물이 없다고 들으면 놀란다.

521) 물리세계는 실제로 흡의 勢用에 의거하여 자취의 상이 거짓으로 나타나는데, 그것을 가정하여 부른 것이다. 자취의 상은 환상이다. 본래 고정된 사물이 아니지만 실제 사물처럼 나타나므로, 완연하다고 하였다.

522) 한 기간은 예컨대 지구가 처음 응집했을 때부터 사라질 때까지를 한 기간이라고 한다. 모든 사물은 완성되면 반드시 소멸된다. 한 번 이루어지면 항상 머물고 사라지지 않는 것은 없다.

체의 항성들에 괴멸의 신이 강림하면 피할 방법이 없다고 믿는다. 그러나 나 역시 결코 단멸론을 지지하는 것은 아니다.[523] 나는 우주 본체는 전체적으로 보아 지극한 정성이 그치지 않는 것[至誠無息]이고, 요컨대 위대한 공용으로 나타나고 쉬지 않고 유행하는 것이라고 믿는다. 이 때문에 우주 전체가 괴멸한 뒤에도 우주는 상당한 기간의 혼돈 상태를 경과한 뒤에[524] 무한한 우주가 새롭게 형성된다고 가정할 수 있다. "무슨 까닭에 혼돈의 시기를 거쳐야 하는가?"라고 묻는다면, 나의 대답은 모든 사물은 크기가 극대화되면 그 완성도 점진적으로 이루어지지 않을 수 없다는 것이다.[525] 앞에서 말하였듯이, 본체의 유행에는 흡의 측면이 있다. 이 흡의 힘은 찰나마다 생멸하기는 하지만 항상 흐름이 이어지므로, 이 간격이 없는 힘이[526] 점차 과거의 것을 전환시켜 큰 사물과 같이 나타난다. 점진적으로 이루어지지 않은 것이 아니지만, 신천지가 갑자기 나타나는 것이다.[527] 저 사물은 세간의 상이다.[528] 그 본상(本相)이 앞에서 흡의 작용이라고 부른 것이다. 흡의 힘은 이전 찰나에서 일어나자마자 사라지지만, 여력이 있어서 형상이 완연히 나타난다.[529] 다음 찰나에는 이전 세력이 계속 일어나고 일어나자마자 사라지는 것 같지만, 또 여력이 있어서 형상이 완연히 나타난다. 찰나마다 생성 소멸하면서 여력이 번갈아 쌓여서 형상이 점차 증강되고 성대해지면, 큰 사물

---

523) 斷見은 예를 들어 우주가 소멸하면 다시 생겨나지 않는다고 보는 것으로, 斷滅見이라고 한다.

524) 혼돈은 사물이 없는 모양이다.

525) 인도 불교에서는 여러 항성들, 또는 지구를 모두 크다[大]고 부르는데, 그 모습이 극히 크기 때문이다.

526) 찰나마다 모두 앞의 것이 사라지고 뒤의 것이 계속 생겨난다. 이를 간격이 없다고 한다.

527) 별안간이란 그때가 잠시인 것을 형용한다.

528) 천지라고 하고, 우주, 또는 항성들이라고 하는 것은 사물을 다르게 부르는 이름일 뿐이다. 세간의 모습[相]이란 이 사물의 상에 대해 세간의 상식적인 견해로 이와 같은 사물이 존재한다고 집착하는 것이다.

529) 남은 세력은 향이 다 하더라도 향이 완연히 남아 있는 것에 비유할 수 있다.

이라고 부른다. 따라서 사물의 형상은 점진적으로 이루어진다. 신천지가 생성될 때는 리가 반드시 존재한다고 믿을 수 있다. 그러나 구 천지가 소멸될 때는 이와 달리, 이어서 일어나는 것이 마치 긴밀한 상들이 서로 접하여 이어지는 것과 같다고 꼭 볼 필요는 없다.

어떤 사람은 "천지에는 완성과 소멸이 없을 수 없다. 소멸하더라도 다시 완성된다. 그런데 소멸할 때에는 인류의 모든 노력, 모든 창조가 결국 없어져버린다. 그렇다면 그것이 반드시 소멸될 것을 아는데, 어떻게 안심입명(安心立命)의 근거가 될 수 있는가?"라고 묻는다. 여기에 대한 답은 다음과 같다. 마음이 안전을 구하면 이 마음은 허망한 것이지 참된 것이 아니다. 명(命)은 천(天)에서 나오고,[530] 만길 벽처럼 우뚝 솟아 있다.[531] 『역』에서는 여기에 이를 것[至]을 말하고,[532] 노자는 되돌아갈 것[復]을 말하고,[533] 부처도 위대한 법신(法身)[534]을 체득할 것을 말

530) 命에는 많은 의미가 있다. 요약하면, 첫째는 流行하는 것을 命이라고 하는데, 예컨대 본체의 유행이 바로 그것이다. 둘째, 인연의 회합, 또는 만남을 命이라고 하는데, 세속에서 말하는 운명이 바로 이것이다. 셋째, 사물이 받는 것을 命이라고 한다. 사람과 사물이 생겨나는 理는 뒤에 일어난 것이 아니다. 天이 부여한 것을 사람과 사물이 받아서 명으로 삼는다고 가정한다. 여기에서의 命 자는 세 번째 의미에 속하는데, 실제로는 사람과 만물이 똑같이 갖추고 있는 본체를 지목하여 부른 것이다.

531) 그 지고무상함을 형용한 것이다.

532) 『易』에 "이치를 궁구하고 본성을 다하여 命에 이른다"라는 구절이 있다. 理性의 命을 부르는 명칭은 세 가지로 다르지만, 그것이 지목하는 것은 하나이다. 절대적인 진실을 사물이 품부받아 형체를 이루고 사람이 품부받아 생명을 가지게 되므로, 이를 命이라고 한다. 사람에게 나아가 말하면, 그것은 본성[性]이다. 그것이 여기저기 흩어져서 나타나면 만물 만사를 이루는데, 모두가 理則이 있으므로 理라고도 한다. 궁구한다는 것은 널리 통하고 요약을 지키는 것이므로, 여기저기 흩어져서 나타난 것을 모아 위대한 근본으로 되돌아간다. (본성을) 다한다는 것은 자기에게 있는 본성을 온전히 하고, 뒤에 일어난 사적인 오염으로 그것을 해치지 않는 것이다. 至 자의 의미는 심원한데, 命과 하나가 되는 것을 바야흐로 至라고 한다.

(역주) 『易』「說卦傳」. "窮理盡性, 以至於命."

533) 노자는 "뿌리로 돌아가고 命을 회복한다"라고 말하였다. 사람은 태어난 이후 형체에 갇히고 오염의 습관에 속박되어 점차 그 本命을 죽여 없애므로, 회복해야 한다. 『易』, '復卦'가 바로 이러한 의미이다. 앞 귀절의 '뿌리로 돌아간다'는 것은 '命을 회복한다'라는 것과 동일한 의미이다. 命이 사람에게 있는 것이 사람의 근원이다. 사람은 반드시

하였다.535) 부처가 말한 법신의 깨달음과 유학・도가에서 말하는 복명(復命)・지명(至命)은 다른 의미가 아니다. 항상 지극한 진실에 합치하므로, 사물의 표피를 뛰어넘는다. '여기에 이른다[至]'는 것은 인간의 표준[人極]을 세운 것이다. 항상됨과 무상함, 상이 있고 없음을 떠나고,536) 과거・현재・미래와 나의 상, 다른 사람의 상을 떠난 것이다.537) 오염은 장애가 될 수 없고,538) 희론은 여기에서 그치게 된다.539) 이것은 지극히 성대한 덕이다! 그 덕을 무엇이라고 부르는가? 나는 '의지하지 않는 참된 인간[無寄眞人]'이라고 하고, '위대한 자유인[大自在人]'이라고도 부른다.540) 의지하지 않는다는 것은 지극하다는 것인데, 어떻게 천지의

여기로 되돌아간 뒤에야 허망하지 않게 된다.

(역주)『道德經』第16章. "各復歸其根. 歸根曰靜, 是謂復命."

534) (역주) 法身(dharma-kāya)은 소승불교에서는 부처가 설한 정법 등을 말하고, 대승에서는 궁극, 절대의 존재에 이름 붙이고 일체의 존재는 그것이 나타난 것이라고 본다. 진리를 신체로 하고 있다는 뜻이다. 본체로서의 신체, 영원한 이법으로서의 부처를 말한다. 유식불교에서는 법신을 총상・별상으로 나누는데, 총상법신은 3법신을 말하고, 별상법신은 3법신 중의 自性身을 말한다. 三法身은 ① 자성신(自性身): 모든 법의 진실한 본질, ② 수용신(受用身): 무량한 공덕으로 받아 외형적 물질로 드러나는 몸, ③ 변화신(變化身): 여래가 무량한 변화의 몸으로 나타난 것이다. 삼론종에서는 진여실상으로 얻을 수 없는 眞空을 법신으로 여긴다.

535) 法身은 부처가 만물의 본체를 말한 것을 眞如라고 하고, 法身이라고도 한다. 身은 自體의 의미이다. 그것이 모든 법의 실체이므로, 법신이라고 부른다. 여러 부처들은 법신을 자체로 여기기 때문이다. 더 남은 뜻이 있지만, 여기에서는 상세히 다루지 않겠다. 證은 깨달음[證得]이다. 여러 부처들이 이 법신을 깨달았기 때문이다.

(역주) 예컨대『楞伽師資記』一卷(T85, 1298b). "證大法身."

536) 떠났다는 것은 이 모든 것을 떠났다고 보아야 한다. 항상 무궁하게 계속 변화하므로, 항상된 모습을 떠난 것이다. 무상하여 진실하고 깨끗하며 강건하고 그 덕이 바뀌지 않고 그 본성이 달라지지 않으므로, 무상한 相을 떠난 것이다. 존재하지만 고요하여 아무 상도 없으므로, 있다는 상을 떠난 것이다. 없지만 만물이 거기에서부터 이루어지므로, 없다는 상을 떠난 것이다.

537) 眞體는 시공을 초월하므로, 과거・현재・미래의 모습을 떠났다. 시간을 미루어 가면, 공간의 모습도 떠났음을 알 수 있다. 眞體를 깨달으면 나와 너의 구분이 없으므로, 나의 모습, 너의 모습을 떠났다.

538) 自性이 청정하기 때문이다.

539) 희론의 근거가 되지 않고, 사유가 통하는 경지가 아니기 때문이다.

540) 自在에는 대략 두 가지 의미가 있다. 첫째는 모든 속박을 떠났다는 의미이고, 둘째는

완성과 소멸을 논할 수 있겠는가?

앞에서 물질세계를 시설하였으므로, 다음에는 마음[心法]에 대해 자세히 살펴보겠다.

신묘한 공용을 헤아릴 수 없다는 의미이다.

제8장 「명심(明心)(상)」

마음을 밝힘(상)

마음이란 항전(恒轉)이 활동하여 벽(闢)을 이룬 것이다.[1] 항전은 지극히 고요하면서도 활동적이고,[2] 지극히 신묘하면서도 없으며,[3] 본래 사물로 존재해본 적이 없다.[4] 그러나 그 신묘함은 완전하여 활동이 그치지 않고,[5] 저절로 응축되어 모이는 것이 있다.[6] 응축되어 모이지 않으

1) 공용에 의거해 본체를 나타내므로, 본체를 '恒轉'이라고 부른다. 중권에서 이미 설명하였다.

2) 여기에서 고요하다는 것은 활동한다는 것과 반대되는 말이 아니고, 활동한다는 것도 고요하다는 것과 반대되는 말이 아니다. 일상에서 경험하는 사물들로 말하자면, 정지해 있으면 활동하지 않는 것이고 활동하면 정지해있지 않은 것이다. 지금 본체상에서 말하면, 사물의 활동하는 형상으로 그 모습을 추측해서는 안 된다. 본체는 고요하면서도 활동하는 것이다. 활동한다는 것은 그 신묘한 공용을 헤아릴 수 없음을 말한다. 고요함은 텅 비어 미묘하고, 혼란된 모습이 없음을 말한다.

3) 신묘하다[神]는 것은 허령하여 막힌 데가 없음을 말한다. 없다[無]는 것은 형상이 없고, 오염이 없고, 의도적인 조작이 없는 것이다.

4) 사물은 형질과 위치가 있는 것을 말한다. 본체를 사물로 추측해서는 안 된다.

5) 완전하다는 것은 결함이 없다는 것이다. 다함이 없다는 것은 고갈됨이 없다는 것이다.

면, 한결같이 여기저기 흩어져서 그 역용이 집중되는 곳이 없고 텅 비어 공허하게 될 뿐이다.[7] 위대한 변화의 흐름이 어찌 이럴 수 있겠는가? 따라서 응축은 진실(眞實)의 활동이며, 저절로 그렇게 되어 그칠 수 없는 형세이다.[8] 응축은 흡(翕)이라고 부른다. 흡은 사물이 환상으로 이루어진 것이므로[9] 물질 우주 비슷하게 나타나며, 항전은 이때 자성을 지키지 못하는 듯싶다.[10] 실제로 항전은 진실하여 빠뜨리는 것이 없고, 순백하여 오염이 없으며,[11] 강건하여 굽힘이 없다.[12] 어찌 사물로 변화하는 결과가 되었다고 자성을 지키지 못하겠는가? 활동하여 흡이 될 때는, 그것으로 인하여 사물을 형성하고 그것에 의지하여 자성의 힘을 나타낸다. 「명종」 장에서 말하였듯이, 본체는 모든 사물로 두루 나타나고 마침내 사물에 의지하여 자신을 나타낸다.[13] 변화를 깊이 관찰하지 못한 사람은 이 점을 이해하지 못한다. 본체가 공용으로 나타나지 않는다면 아무 것도 없게 될 텐데, 어떻게 본체라고 부를 수 있겠는가? 본체가 공용으로 나타난다면, 아무 근거 없이 떠돌아서는 안 된다. 따라서 그것이 활동하여 흡이 될 때, 그 힘을 왕성하게 활용하여 사물을 형성하게 된다. 그리고 본체는 그 본성을 항상되게 하므로 결코 물화되지 않고 스스로 사물을 형성하고 그에 의거하여 자성의 힘을 나타낼 뿐이다. 저 사물이란 본체가 자성의 힘을 나타내는 도구인데, 본체가 어떻게 물화

6) 法爾는 저절로 그러한 것[自然]을 말한다. 의도적으로 행하는 것이 아니므로, 法爾라고 한다. 攝은 응축하는 것이고, 聚는 모이는 것이다.
7) 텅 비었다는 것은 사물이 없는 모양이다. 공허하다는 것은 사물이 없음을 의미한다.
8) 진실은 본체를 말한다.
9) 사물이 실재하지 않으므로, 환상으로 이루어진다고 하였다.
10) 항전은 고요하여 아무 모습도 없고, 본래 사물이 아니다. 지금 그것이 움직여서 흡이 되면, 환상으로 사물을 이룬다. 이것은 항전이 전화하여 物化되고, 그 자성을 잃은 것이 아닌가 의심된다. '듯싶다'라고 한 것은 의심하는 말이다.
11) 純白이라는 것은 청정하다는 형용사이다.
12) 꺾고 굽힐 수 없다.
13) 상권에서 상세하게 다루었다.

되어 자성을 지키지 못하겠는가? 본체의 활동에서[14] 흡은 사물을 형성하므로 자성과 반대되는 것 같다. 그러나 그와 동시에 깨끗하고 강건한 큰 힘을 나타내고,[15] 그것이 모든 사물들 중에서 고요히 움직여서 사물이 자기를 따라 전화하도록 한다.[16] 결국 흡과 정반대로 융합하여 충화(沖和)로 귀결한다. 이 힘은 바로 본체의 자성이 밖으로 나타난 것이다. 바꾸어 말하면, 본체는 그 자신을 들어 이 힘으로 온전히 나타난다.[17] 이 힘을 흡에 대하여 벽이라고 부른다. 벽은 연다, 위로 나아간다, 쉬지 않고 생성한다는 뜻이다. 흡이 사물을 형성하면 막히지만 이 힘은 사물 중에서 활동하고 막힘없이 통하므로, 연다는 뜻이 있다. 흡이 사물을 형성하면 무거워서 아래로 떨어지지만 이 힘은 사물 중에서 활동하면서 사물의 표피를 뛰어넘고 사물을 전화시키되 사물 때문에 전화되지 않으므로, 위로 나아간다는 뜻이 있다. 흡이 사물을 형성하면 그 근본과 달라지지만,[18] 이 힘은 사물 중에서 활동하면서 상반되는 측면을 활용하고 결국 융화할 뿐더러 나아가 성대히 생성하고 또 생성한다. 조화(造化)의 큰 덕을 인(仁)이라고 하는데,[19] 모순은 그 본연의 상태가 아니므로[20]

---

14) 여기서의 활동은 변화의 의미이고, 그것이 위대한 공용으로 나타나는 것을 말한다. 여기에서의 활동이란 의미는 심오하고, 사물이 움직인다는 뜻으로 해석해서는 안 된다.

15) 이 중의 힘은 벽을 말한다. 사람들이 먼저 흡이 있고 뒤에 벽이 있다고 오해할까봐, '그와 동시에'라는 말로 이를 막은 것이다. 깨끗하고 강건하다는 것에서 깨끗하다는 것은 청정하여 장애가 없고 오염이 없는 것이다. 강건하다는 것은 강건하여 굽힘이 없고 항상 자재하며 사물을 따라서 자신을 변화시키지 않는 것이다. 크다는 것은 지극히 커서 밖이 없는 것이다. 여기에서 크다는 글자는 작다는 것과 상대되는 말이 아니다.

16) 자기라는 것은 앞에서 말한 깨끗하고 강건하고 큰 힘을 스스로 가리키는 말이다.

17) 비유하자면 큰 바닷물이 파도들로 완전히 나타난 것과 같다.

18) 사물의 본체는 원래 사물이 아니기 때문이다.

19) 仁은 단지 생성하고 또 생성한다는 의미이다.

20) 세상에서 헤겔 변증법을 말하는 이들은 仁을 모른다.

(역주) 헤겔은 독일 관념론자 중 칸트와 더불어 근대의 가장 체계적이며 포괄적인 철학을 제시한 철학자이다. 그의 절대적 관념론은 절대자가 존재하고 이 절대자의 삼 단계 운동을 통하여 논리학・자연・정신이 나타나는 체계로 되어 있다. 神적 이념이나 神과 동일시되는 절대자는 시간 밖에 존재하며, 우주를 그 잠재적 상태에서 총괄하고 있다.

쉬지 않고 생성한다는 뜻이 있다. 이처럼 대략 세 가지 뜻을 말하였으니,[21] 벽이라고 부르는 이유를 알 수 있을 것이다.

앞에서 한 말을 종합하면, 흡과 벽은 똑같이 항전의 현현에 속하므로,[22] 비록 나타난 형세는 다르지만[23] 흡이 결국 벽을 따르게 된다. 강건한 것과 순순히 따르는 것이 합하여 혼일한 전체를 이룬다.[24] 본체는 둘이 아니고[25] 공용과 원래 상반되지만, 실제로 충화(沖和)를 이룬다.[26] 따라서 흡벽을 두 가지 분리된 사물로 보아서는 안 된다.[27] 또 흡은 분화하여 다수를 형성하고[28] 벽은 모든 흡 중에서 움직이며 관통하지 않는 것이 없으므로,[29] 다수가 바로 하나가 된다.[30] 벽은 항상 혼일하지

이것이 헤겔 변증법이다. 헤겔에게 현상계와 절대자는 완전히 구분되어 존재하는 것이며, 여기에 웅십력이 헤겔을 비판하는 핵심이 있다. "헤겔의 절대 정신과 종교가의 上帝는 비록 정미하고 거친 차이는 있지만, 초월의 감정을 일으킨다는 점에서는 같다. 이러한 초월의 감정 때문에 자신도 깨닫지 못하는 사이에 본체세계와 만변하는 세계를 완전히 구분하여, 본체와 공용을 하나로 융합하지 못한다"(『十力語要』「附錄勉仁通訊」)는 것이다. 또한 웅십력이 보는 본체는 생성의 힘, 생명력인 仁을 가지지만, 헤겔이 보는 본체는 현상계를 초월하여 존재하므로, 생명의 힘인 仁을 가지지 못한다. 본론, 「功能(上)」, 주 226)번에도 동일한 비판이 나온다.

21) 이 세 가지 뜻에 그치지 않으므로, 대략이라고 말하였다.

22) 恒轉은 본체를 부르는 말이다. 항전은 흡과 벽으로 현현한다. 비유하자면 큰 바닷물이 파도로 나타나는 것과 같다. 상세한 것은 상권 「명종」 장 제일 첫머리에 나온다.

23) 흡은 수렴하는 형세이다. 벽은 강건하고 그로써 開發하는 형세이다. 따라서 두 형세는 자못 다르다.

24) 흡의 측면은 수렴하여 사물을 형성하고, 벽의 측면은 사물에 의지하여 그 開發의 공을 나타낸다. 그렇지 않으면 붕 떠서 근거가 없고 벽의 역용이 집중될 곳이 없어서 벽이 되지 못한다. 따라서 흡이 사물을 형성할 때 벽의 도구가 되고, 그 덕은 항상 순순히 벽을 따른다. 벽은 사물을 활용하지만 사물에 의해 부려지지 않으므로, 그 덕이 항상 강건하다. 강건한 것이 순순히 따르는 것을 통제하므로, 흡과 벽은 하나로 합일되고 차이가 없게 된다. 따라서 혼일한 전체라고 하였다.

25) 흡과 벽이 동일한 본체이기 때문이다.

26) 흡벽은 공용이고 한 번 흡하고 한 번 벽하는 것은 거의 서로 상반되지만, 실제로는 이로써 沖和를 이룬다.

27) 상권 「전변」 장에서 상세하게 다루었다.

28) 「성물」 장에서 상세히 다루었다.

29) 包는 포함하는 것이고, 通은 관통하는 것이다. 흡은 분화하여 하나하나의 개별 사물을 이룬다. 벽의 세용은 하나하나의 개별 사물을 관통하며 또 그 밖을 포함한다. 생각건

만[31] 흡, 또는 다양하게 분화된 속에서 활동하므로, 하나가 바로 다수가 된다.[32] 이를 아는 사람은 더불어 신묘함을 궁구할 만하다.

이렇게 흡벽의 요점을 말한 것은 단지 앞에서 말한 것을 다시 한 번 종합하여 뒤에 다룰 마음[心法]의 전제로 삼기 위해서이다.[33] 그러나 여기에서 벽이 마음과 다른 차이점을 잘 분별해야 한다는 내용을 넣어야겠다. 주대 말엽에 도가(道家)는 도심(道心)과 인심(人心)을 구분하였다.[34] 인도 불교에는 법성심(法性心)과 의타심(依他心)의 구분이 있다.[35] 도가에서는 우주 본체를 도(道)라고 부른다. 도는 말미암는다[由]는 뜻으로, 만물이 그것에 말미암아서 이루어지므로 도라고 부른다. 도가 바로 마음이므로, 도심이라고 한다. 인심은 형체가 있은 뒤에 존재하는 것이다.[36] 혈기를 가진 모든 생명체는 자신과 만물이 교섭한 뒤에 심지(心知)가 나

대 벽은 원만하고 혼일한 전체이고, 정해진 위치가 없어도 존재하지 않는 곳이 없다.

30) 흡이 개별적인 것을 이루는 것이 '다수'이다. 그러나 벽은 그 사이에서 운용하여 포함하지 않은 것이 없으므로, 흡이 벽과 다르지 않고 다수가 바로 하나가 된다.

31) 渾은 분할하지 않는다는 뜻이다. 一은 절대의 의미이고 온전한 전체라는 의미이지, 산술적인 하나가 아니다.

32) 벽은 개별적인 흡 중에서 움직이므로, 흡에 따라서 각각 그 공용을 나타낸다. 예컨대 달이 수많은 강 위에 비칠 때, 하나하나 개별적인 강 속에 달 하나가 있는 것과 같다. 「공능(하)」와 「성물」을 참조할 것.

33) '心法'이란 말은 불교 경전에 근본을 두고 있다. '法'에 대해서는 내 저서인 『佛家名相通釋』을 볼 것.

34) 『荀子』를 볼 것.

(역주) 『荀子』 第二十一 「解蔽」. "人心之危, 道心之微."

35) 『雜集論』 등을 볼 것. 그러나 법성심과 의타심, 두 마음에 각각 여러 다른 명칭들이 있지만, 여기에서는 자세히 다루지 않겠다.

(역주) 『大乘阿毘達磨雜集論』(Mahāyānābhidharma-samuccaya-vyākhyā)은 모두 16권으로 安慧가 편집하였고 중국 唐代 玄奘이 번역하였다(大正藏 제31책). 법상종의 주요 논전이자 유가 십지론 중의 하나이다.

일반적으로 불교는 심을 두 가지로 나눈다. ① 眞心와 妄心 : 眞心은 진실한 마음으로 허망하고 실질이 없는 것에서 벗어난 것이고, 妄心은 망상 분별하는 마음을 말한다. ② 定心과 散心 : 定心은 망념과 잡념을 그친 상태로 마음이 한 대상에 머무르고 있는 것이고, 散心은 마음이 현상세계로 마구 달려나가는 것을 말한다. 여기에서의 法性心과 依他心이 각각 眞心과 妄心, 定心과 散心에 해당된다.

36) 形은 형기, 또는 형체이다.

온다. 이 심지가 신체를 부리고 사물을 따라 대상화되므로, 인심이라고 한다. 인심은 자연적으로 본래부터 있는 것이 아니고 참된 본성이 아니므로, 형체가 있은 뒤에 존재한다고 하였다. 도심이 나의 참된 본성이고, 자연적으로 본래부터 있는 것이며, 뒤에 일어난 것이 아니다. 두 가지 차이를 깊이 체득하여 궁구해야 한다. 그러나 도심이 항상 속에서 주가 되면 인심도 모두 도심의 발용으로 전환되므로, 두 마음이 없게 된다. 불교의 법성심이 도심에 해당한다. 법성(法性)은 모든 사물의 본체라는 뜻과 같다.[37] 마음을 법성이라고 부르는 것은 그 의미가 도심에 해당하기 때문이다. 의타심은 인심에 해당한다. 의타는 의타기(依他起)라고 한다. 타(他)는 연(緣)의 의미이고, 뭇 연들에 의거해서 일어나므로 의타기라고 부른다. 본서 상권 「유식(하)」에서는 심식(心識)이 네 가지 연에 의거하여 생긴다고 하였는데, 이 심식이 바로 의타심이다. 의타심은 본심의 작용을 인연으로 삼지만, 반드시 이전 생각[前念]이 다음 생각[後念]에 대해 차제연이 되고 경계는 소연연이 되며 육근(六根)과 습기(習氣) 등이 증상연이 되어야 이 마음이 생긴다. 또 증상연의 의미가 가장 넓어서, 소연연과 차제연이 모두 증상연에 속한다. 차제연은 습심(習心)으로 말하면, 이전 생각의 습심이 다음 생각에 대해 이 연이 된다. 네 가지 연 중에서 증상연의 힘이 가장 세다. 증상연 중에서는 또 습기나 습심의 힘이 가장 세서 본래 갖추고 있는 인연을 막아버리기에 충분하며, 저절로 일종의 작용, 즉 의타심을 형성한다. 그러나 여기에서 말하는 인연은 본론에서 제시한 학설에 따르면, 구 유식 논사들이 말한 종자설과 다르다. 상권 「유식(하)」에서 이를 상세히 다루었다. 의타심은 연에 의해 생겨난 것[緣生法]인데, 여러 연들 중 습기와 근(根)·경(境)과 같은 증상연의 힘

37) 불교의 '法' 자와 중국어의 '物' 자는 그 의미가 대략 상통한다. 『불가명상통석』 「갑부」 및 『십력어요』 권1을 살펴볼 것. 불교 전적의 '性' 자는 대개 '體' 자를 다르게 쓴 경우가 많다. 여기에서의 性 자는 만법의 실체를 말한다.

이 가장 세다. 따라서 이 마음은 명백히 형체가 있은 뒤에 있게 된 것이고, 인심(人心)의 의미에 해당된다는 것에 의심의 여지가 없다.

본론에서는 불교·도가 두 학파의 사상을 융섭하여 본심(本心)과 습심(習心)을 구분하였다.[38] 본심은 성지(性智)라고도 하는데,[39] 나와 만물이 동일하게 갖추고 있는 본성이다.[40] 참되고 깨끗하며 원만히 깨닫고[眞淨圓覺], 비고 꿰뚫고 영령하고 통달하며[虛徹靈通], 우뚝하게 홀로 존재하는[獨存] 것이다. 허망함이 없는 것을 참되다고 하고, 더러움이 없는 것을 깨끗하다고 하며, 뭇 덕들을 통합하여 크게 갖추고 혼미함을 다 녹여서 홀로 비추는 것을 원만히 깨닫는다고 한다. 지극히 신실하고 형상이 없는 것을 비었다고 하고, 지극히 강건하여 한쪽으로 치우치지 않는 것을 꿰뚫는다고 하며, 헤아릴 수 없이 신묘한 것을 영령하다고 한다. 끝없이 감응하는 것을 통달한다고 하고, 절대적인 것을 홀로 존재한다고 한다. 도가의 도심, 불교의 법성심에서 왕양명의 양지(良知)까지[41] 모두 본심의 또 다른 명칭이다. 습심은 양지(量智)라고도 하는데, 이 마음은 본심의 작용에 의거하여 존재하지만[42] 본심 자체는 아니고 결국

38) 本心은 모두 본래의 마음을 말한다. 習心은 습기가 일어난 것이다. 그것이 잠복해 있고 나타나지 않았을 때에는 習氣라고 부른다.

39) 인생론과 심리학의 관점에서 말하면, 本心이라고 한다. 量論의 관점에서 말하면, 性智라고 한다.

40) 本性은 본체라고도 한다. 그것이 사람과 사물이 생겨난 이치가 되므로, 본성이라고 부른다. 性은 계속 생성한다는 의미이다.

41) (역주) 良知는 원래 『孟子』에 나오는 개념으로, 배우지 않고도 아는 하늘이 부여한 도덕의식을 가리킨다. 왕양명은 맹자의 이 개념을 발전시켜 양지가 바로 天理라고 보았으며, 사람이 사리사욕을 제거하려면 이 양지에 비추어보면 자연히 도덕 준칙에 합치하게 된다고 하였다. 웅십력은 본체인 '性智'와 양명학의 '良知' 개념이 서로 다르지 않다고 본다. "性智와 良知는 명칭은 달라도 내용이 같다"(『十力語要』「高贊非記語」)는 것이다. 또한 良知를 최고의 철학 방법으로 파악한다. 양지가 나 자신을 온전히 주재하게 되면 천과 인이 내 속에서 합일되는 천인합일의 경지에 도달하게 되는데, 그것이 양명의 '치양지'의 목표이자 웅십력 철학의 궁극적인 지향점이 된다.

42) 습심은 본심이 아니지만 본심의 작용에 의해 있게 된다. 비유하면 뜬구름이 허공은 아니지만 요컨대 허공에 의거하여 존재하는 것과 같다.

하나의 대상이다. 이 마음을 살펴보면 본래부터 가진 영명함을 자동인(自動因)으로 삼지만,[43] 근(根)이 경(境)을 취하는 것 때문에 쉽게 근본에서 어긋난다. 근은 불교에서 말하는 안근(眼根) 등 오근(五根[44])을 말한다. 이 근은 마음이 그에 의거해서 발현하는 도구이지만, 마음 자체는 아니고 그렇다고 완연한 물질도 아니다. 지금 그 뜻을 깊이 파고들어가면, 유기물이 가진 가장 미묘한 생활 기능이라고 볼 수 있다. 그것이 눈에서 발현되면 안근(眼根)이라고 하고, 귀에서 발현되면 이근(耳根)이라고 하며, 이런 식으로 계속하여 신체에서 발현되면 신근(身根)이라고 한다. 신체는 대략 지금의 신경계에 해당한다. 따라서 근은 눈 등의 감각기관이나 신경계 자체는 아니지만, 그 속에서 가장 미묘한 기능을 운용하는 것이다. 과학자들은 이러한 기능을 측정할 수 없다. 그러나 이치로 미루어보면, 설명이 가능하다. 이 마음은 반드시 근에 의거해야 발현되므로, 의근(依根)이라고도 한다. 취한다[取]는 것은 추구하고 생각하여 구성한다는 등의 의미이다. 경(境)은 경계를 말한다. 마음이 추구하고 생각하여 구성한 모든 것을 경계라고 한다. 본심의 발현을 살펴보면 근에 의거하지 않을 수 없으므로, 근은 저절로 권능을 갖게 되고 마음의 작용을 빌어서 사물을 미혹하게 좇아간다. 따라서 본심은 근문(根門[45])에

---

43) 본래부터 가진 영명함은 본심의 역용을 말한 것과 같다. 상권 「유식」 장에서 因緣을 설명한 부분을 참조할 것.
(역주) 동류인(同類因, sabhāga-hetu)을 自分因 · 自種因이라고 부르는데, 六因의 하나이다. 과거부터 현재까지 일체의 유위법은 같은 종류의 서로 비슷한 법이 因이 되고, 等流果를 이끌어낸다. 예컨대 前念의 善心이 因이 되면 後念의 善心도 善業을 일으키고, 前念의 惡心이 因이 되면 後念의 惡心도 惡業을 일으킨다. 『俱舍論』 등에 六因의 학설이 나오는데, 六因은 能作因 · 俱有因 · 相應因 · 同類因 · 遍行因 · 異熟因이다.

44) (역주) 오근(五根, pañcendriyāṇi)은 다섯 종류의 根, 즉 眼根(cakṣurindrya) · 耳根(śrotrendriya) · 鼻根(ghrāṇendriya) · 舌根(jihvendriya) · 身根(kāyendriya)을 말한다. 즉 시각 · 청각 · 취각 · 미각 · 촉각을 담당하는 다섯 가지 기관과 그 기능을 말한다. 여기에 意根(心)을 더하여 六根이라고 한다. 외부세계의 대상을 포섭하는 외에 마음 속 다섯 종류의 인식 작용을 이끌어내는 특수한 작용을 가지므로, 根이라고 부른다. 또한 五根은 물질에서부터 성립하기 때문에, 五色根이라고도 부른다.

서 유행할 때마다 그 본연의 밝음을 잃어버린다. 이 마음은 근을 도구로 빌리지만, 도리어 근의 도구로 쓰인다. 나 역시 이 때문에 자신의 마음을 쉽게 반조하지 못하거나,[46] 마음의 영명함을 물리적 작용이라고 보기도 한다. 심리학자들이 매번 신경계 등의 생리적 기초 위에서 마음을 설명하거나, 심리를 물리로 보는 것도 이유가 있다. 근은 본심의 작용을 빌어서 자기의 소유라고 여기고, 미혹되게 사물을 좇는다.[47] 즉 이 사물을 좇는 마음은 습관이 오래되면 날마다 깊어져서 근의 공용이 되므로, 본래부터 가진 영명함과는 확실히 다르다. 그런데도 사람들은 모두 이것을 마음이라고 인정하는데, 실제로 이것은 본심이 아니라 물화된 것이다. 이 마음이 하나의 사물이라면, 그것이 접한 모든 대상은 사물이 아닌 것이 없게 된다. 따라서 맹자는 사물과 사물이 교섭할 때 깊이 통찰하고 자신을 되돌이켜 살펴보아야 한다고 말하였는데,[48] 대승보살이 아니면 이를 감당하지 못한다. 저 마음이란 물화되면, 그 근본을 잃는다. 맹자는 이것을 사물이라고 부르고, 마음이라고 하지 않았다. 그러나 이 사물은 형세와 쓰임새가 특수하다. 생성되자마자 소멸하지만 남은 힘이 폭포처럼 흘러가고, 항상되지도 않고 단절되지도 않는다. 항상되지도 않고 단절되지도 않는다는 것은 그 사물이 계속해서 생성 소멸한다는 것이다. 이전 찰나에 사라지자마자 다음 찰나에 계속 긴밀한 모습으로 이어서 생성되는 것과 같다. 찰나마다 이전 것이 모두 사라지므로 항상되지 않고, 다음 것이 계속 생성되므로 단절되지 않는다. 이 항상되지도 단절되지도 않는 사물은 실은 우리 생활 내부에 천 갈래 만

45) (역주) 근문(根門)은 眼·耳·鼻·舌·身·意를 칭하는 六根이다. 六根은 여러 종류의 번뇌를 내어놓고 妄塵의 문으로 들어가게 하므로, 根門이라고 부른다.

46) (역주) 反識은 反照와 같은 의미로, 해가 서산에 걸려서 반대쪽인 동쪽을 비추는 것을 말한다. 지나간 일들을 잘 살펴서 자기 마음의 본원을 궁구하여 깨닫는 일을 비유한다.

47) 여기에서 자기라는 것은 근 자신으로 설정한 것이다.

48) (역주) 『孟子』 券十一 「告子(上)」. "物交物. 則引之而已矣. 心之官則思, 思則得之, 不思則不得也. 此天之所與我者."

갈래가 서로 결합한 총합체에 잠재되어 있고, 이 때문에 폭포의 흐름과 같다고 비유된다. 이 번잡하고 복잡한 것들이 서로 어지럽히지 않고 교섭하며 거대한 세력의 폭포의 흐름을 형성하는데, 그것은 천파만파로 고요한 골짜기에서 용솟음치듯이 우리 내면의 심연 안에 잠복해 있는 것이다. 이것을 습기(習氣)라고 부른다.[49] 이 무수한 습기가 기회를 타서 일어나는 것을 습심(習心)이라고 부른다. 앞에서 그것이 저절로 일종의 사물을 형성한다고 한 것도 이 때문이다. 도가에서 말하는 인심(人心)이 실은 습심이다. 불교의 의타심도 습심을 가리켜서 말한 것이다. 의타라고 한 것은 그것이 실재하지 않고 본래부터 존재하는 것이 아님을 나타내기 위한 것뿐이다.[50] 습심은 본심과 다르고, 이 때문에 생활의 측면에서 항상 외부 사물을 좇고 만족하지 못하는 괴로움이 있게 된다. 연려(緣慮)의 측면과 관련해서는[51] 사물을 판별하고 이치를 분석하는 장점이 있다. 그러나 사물에 대해 그 본성[52]을 궁구하고 이치를 궁리하여 일극(一極)으로 되돌아가면,[53] 전혀 아무 상도 없고 고요하여 매이는 일도 없게 된다.[54] 안팎을 나눌 수 없고,[55] 있다 · 없다를 말할 수 없으며,[56] 추구하고 사고하는 길이 단절되고,[57] 말의 길이 끊어진다.[58] 이것은 오직 신명(神明)이 밝게 통찰하는 것이고, 고요한 가운데 내면에서 궁극을 체득하는 것이다. 그런데 후대의 학자들은 유현(幽玄)한 데 뜻을 두면서

---

49) 중권 「공능(하)」에서 습기를 말한 부분을 다시 살펴볼 것.
50) 오직 본심만이 본래부터 존재하며 실재하는 것이다.
51) 緣慮라는 말은 모두 인식과 사유 등의 작용을 갖추고 있음을 말한 것이다.
52) 본체라고 말하는 것과 같다.
53) 一은 절대의 의미이고, 『역』에서 太極이라고 한 것과 같다.
54) 말이 여기에 이르면 본래 어떤 한 사물도 없는데, 어떻게 매이는 일이 있겠는가?
55) 사물과 내가 없고, 상대적인 것이 없다.
56) 있다고 하면, 相이 없다. 없다고 하지만, 실제로는 空이 아니다.
57) 尋은 찾는 것이고, 思는 사고하는 것이다. 모두가 習心과 섞이는데, 量智가 바로 그것이다. 지금 여기에서 아무 相이 없는 경지에 이르면, 추구하고 사고하는 길이 여기에서 끊어진다. 이것은 추구하고 사고하는 것으로 도달할 수 있는 것이 아니기 때문이다.
58) 말의 길이 여기에서 끊어진다. 말, 또는 이론으로 표시해서 도달할 수 있는 것이 아니다.

도 그때마다 외부로 지식을 추구하여 제멋대로 희론을 지어낸다. 이것은 습심을 완전히 맑게 하지 못하여 참된 본성을 스스로 인식할 근거가 없기 때문이다. 따라서 습심과 본심의 차이를 잘 분별하지 않으면 안 된다. 습심의 행상(行相)에 대해서는[59] 뒤에 따로 자세히 다루겠다.[60] 본 장에서는 본심에 대해 더 주의를 기울이려고 한다.

어떤 사람은 또 이렇게 묻는다. "『신유식론』에서는 본래 항전이 활동하여 벽이 된 것을 마음이라고 설명한다. 여기에서 말하는 마음은 본심이지 습심이 아니다. 그러므로 마음은 항전의 활동일 뿐 항전 자체는 아니어야 한다.[61] 바꾸어 말하면, 마음이 바로 본체는 아니다.[62] 그런데 『신유식론』에서는 마음이 바로 본체라고 말하니, 그 의미가 무엇인가?" 여기에 대한 답은 다음과 같다. 마음이 바로 본체라고 말한 것은 '공용에서 본체를 나타낸 것[卽用顯體]'이다. 항전이 활동하여 벽이 된다고 한 것은 이 활동이 바로 '본체를 들어서 공용을 이루는 것[擧體成用]'이지,[63] 본체가 공용 밖에 있는 것이 아니라는 의미이다. 공용을 떠나 본체를 찾을 수 없으므로,[64] 공용에 나아가 본체를 인식하는 것이다.[65] 그 본체의 활동을 공용이라고 부른다.[66] 공용이 이루어질 때는 항상 그

---

59) 여기의 行相은 습심이 자신이 취한 境에서 진행되는 모습이다.

60) 제9장 「明心(下)」이다.

61) 本心은 마음이라고 생략해 말하기도 한다. 뒤에 나오는 것도 모두 이에 의거한다.

62) 恒轉은 본체를 부르는 말이다. 마음이 바로 항전은 아니라고 말하였으니, 바꾸어 말하면 마음이 바로 본체는 아니다.

63) '든다[擧]'는 자가 아주 중요하다. 바로 본체가 그 자신을 완전히 위대한 공용으로 나타내는 것이다. "움직여서 벽이 된 것이 공용이다. 만약 움직여서 흡이 된다면, 대상화되어 공용을 이루지 못할 것 같다"라고 묻는다. 여기에 대한 답은 흡이 벽을 따라 움직여서 결과적으로 대상화되지 않는다는 것이다. 흡벽은 결국 둘이 아니고 위대한 공용이 밝게 나타날 뿐이다.

64) 본체는 공용의 본체이다. 만약 공용을 떠나 본체를 찾는다면, 어찌 완연히 죽어 있는 고요한 세계가 따로 있겠는가?

65) 비유하자면 물방울들의 모습에서 큰 바닷물을 아는 것과 같다.

66) 여기서 움직인다[動]고 하는 자은 그 의미가 지극히 깊고 미묘해서, 고요하다는 것의 반대말이 아니다. 움직임은 본체의 현현을 말하고, 이것이 지극히 신비한 공용으로 현

본체와 같이 하고 고유의 덕성을 바꾸지 않는다. 바꾸어 말하면, 본체가 공용을 이룰 때 항상 그 진실하고 강건하며 깨끗하고 공적(空寂)한 본연을 바꾸지 않는다.[67] 따라서 본체가 바로 공용이고[68] 공용이 바로 본체가 되므로,[69] 둘로 나누어서는 안 된다. 마음은 사물을 제어하는 공덕을 가지는데,[70] 이것이 본래 공용이다.[71] 그런데 공용에서 본체를 인식하는 것은 공용을 떠나 본체를 찾을 수 없기 때문이다. 따라서 나에게 나아가 혼연히 우주 만유와 함께 갖추고 있는 본체를 나타내 보인다면, 확실히 본심을 바로 가리키게 된다[直指本心]. 그렇게 되면 사람마다 자신에게 되돌아가 스스로 인식할 것을 구하고[反求自識], 외부를 향해 추구하지 않게 된다.

옛날 불법(佛法)이 동방으로 전래되어온 이래, 유독 종문(宗門)이[72] 우리나라에서 발전하였다. 그 도는 스스로 본심을 인식하고 참된 근원[眞源]을 바로 꿰뚫는 것이다.[73] 당(唐)대에 대주혜해(大珠慧海)가 마조(馬祖)[74]를 처음 만났다. 마조가 "무슨 일로 이렇게 왔는가?"라고 묻자, "불

현하므로 공용이라고 부른다.

67) 항상이라는 자가 가장 중요하다. 진실에서 공적하다는 것까지 모두 본체의 덕이다. 空은 텅 비어 아무 것도 없는 것이 아니고, 장애와 오염을 받지 않는다는 것을 말한다. 고요하다는 것은 말라비틀어진 고요함이 아니라 혼란함이 없는 것을 말한다.

68) 본체를 들어 공용을 이루기 때문이다.

69) 전체 공용이 바로 본체이기 때문이다.

70) 마음은 神明의 의미이다. 그것이 나 자신을 주재하고 만물을 제어하며 그 법칙을 바꾸지 않으므로, 이를 마음이라고 부른다.

71) 공용이 본체의 움직임을 말한다는 것은 앞에서 설명하였다. 마음이라고 하는 것은 본체의 움직임에 의거하여 부른 말이다. 그러므로 마음이 바로 공용이라고 하였다.

72) 禪學을 말한다.

73) 眞源은 우주 본체를 말한다. 자신의 마음과 만물이 한 몸임을 인식한다면, 참된 근원을 어찌 외부에서 찾겠는가?

74) (역주) 馬祖道一(709~788)은 唐代 선승이고 남악 회양의 법사이다. 속성이 마씨였으므로 마조라고 하고, 이름이 道一이다. 開元연간에 懷讓에게 나아가 曹溪禪法을 익히고 심법을 받았다. 馬祖는 '평상심이 도이다[平常心是道]'·'마음이 바로 부처이다[卽心是佛]'는 선풍을 강조하였다. 입실제자로 百丈懷海, 南泉普願, 大梅法常 등 139명이 있다. 후대에 크게 발전하여 洪州宗이라고 불리운다.

법을 구하러 왔습니다"라고 대답하였다. 마조는 "자기 보물 창고는 돌아보지 않고[75] 집을 내버리고 여기저기 다니면 무엇 하는가?[76] 나는 여기에 한 사물도 없는데,[77] 어떤 불법을 구하는가?"라고 하였다.[78] 대주는 다시 "어디가 혜해 저 자신의 보물 창고입니까?"라고 물었다. 마조는 "지금 내게 묻는 마음이 바로 그대의 보물 창고이다.[79] 모든 것이 충분히 갖추어져 있고, 또 부족함이 없다.[80] 자기에게 있는 것을 쓴다면,[81] 어찌 밖을 향해 구할 겨를이 있겠는가?"라고 대답하였다.[82] 마조는 혜해에게 이렇게 친절하게 가르쳐주었다.[83] 앞에서 말하였듯이, 마음에는

---

75) 보물은 본심을 비유한다. 이것이 온갖 변화의 근원이고 만물의 근본이므로, 보물이라고 비유하였다.

76) 전적으로 量智, 또는 知識에 의거하여 외부를 향해 추구하고 탐색하는 것을 경계한 것이다. 고금의 철학자들이 대개 집을 내버리고 여기저기 다녔다.

77) 본체를 외재하는 사물로 여기고 구해서는 안 된다.

78) 미혹한 자는 실제로 구할 수 있는 佛法이 있다고 생각한다. 실제로 佛은 깨달음이고 단지 이 마음일 뿐이다. 法은 규범, 혹은 진리이고, 역시 이 마음일 뿐이다. 만약 자기 마음을 떠난다면, 구할 수 있는 佛도 法도 없다. 또 이 마음은 원래 형상이 없으므로 사물로 여겨 추구해서는 안 된다는 것을 알아야 한다. 구하려는 생각이 일어나면 바로 이 마음을 잃게 되어 망상이 된다.

79) 이때 묻는 마음은 깨끗하고 비고 밝아서 한 오라기의 오염이나 망념이 섞여있지 않다. 따라서 이 마음이 바로 자신의 보물 창고이다.

80) 온갖 덕, 또는 온갖 선이 갖추어져 있다. 상권 「명종」 장에서 性智를 설명한 곳을 참조할 것.

81) 이 보물 창고가 내가 생겨난 이치이고, 천지 만물이 형체를 이루는 이치이다. 나와 천지 만물은 동일한 본원을 가지므로, 분할할 수 없는 것이다. 이로써 이 보물 창고가 무궁하게 신비한 변화, 끝없는 妙用을 갖추고 있음을 알아야 한다. 따라서 자기에게 있는 것을 쓴다고 하였다. 또 내 일상생활에 나아가 말하면 이 보물 창고는 닿는 곳마다 응하여 감응이 통하지 않는 곳이 없으므로, 그것이 자기에게 있는 것을 쓰는 것임을 알 수 있다.

82) 왕양명은 다음과 같은 시를 써서 배우는 이들을 경계하였다. "자기 집의 무진장한 보물을 버리고, 문에서 탁발하는 가난한 아이를 본받네." 바로 馬祖가 말한 의미와 같다.

83) (역주) 『續藏經』 119券 「江西馬祖道一禪師語錄」, 813면. "大珠初參祖. 祖問曰, 從何處來.曰越州大雲寺來. 祖曰, 來此擬須何事. 曰來求佛法, 祖曰, 自家寶藏不顧. 抛家散走作什麽. 我這裡一物也無, 求甚麽佛法. 珠遂禮拜, 問曰阿那箇, 是慧海自家寶藏. 祖曰, 卽今問我者, 是汝寶藏. 一切具足, 更無欠少, 使用自在, 何假向外求覓. 珠於言下, 自識本心."

본심과 습심의 구분이 있다. 실제로는 본심만 있을 뿐이므로 바로 마음이라고 해도 되지만, 습심을 바로 마음이라고 해서는 안 된다.[84] 그러나 일반인들은 대개 무수히 많은 습기에 단단히 결박되어 있고, 습기가 바로 나 자신의 생명을 형성한다.[85] 바꾸어 말해서 순전히 습심에 맡겨서 대상[境]으로 나아가고,[86] 어떤 것이 자신의 보물 창고, 또는 본래의 마음인지 스스로 인식하지 못한다. 부처는 중생이 태초 이래 항상 한밤중처럼 거꾸러져 있다고 말하였다. 단지 자기가 자기를 인식하지 못할 뿐이다. 혜해는 마조를 처음 만나서 불법에 대해 물었는데, 마음속으로 불법을 추구할 수 있는 대상으로 여겼던 것이다. 이 추구한다는 생각은 불법을 사물로 간주하고 좇아가는 것이다. 습심이 한결같이 주도권을 잡는 데 바로 의거하여 평상시에 집착하고 추구할 수 없는 대상을 추구할 수 있는 사물로 생각한 것이다. 평상시 운운한 것은 나와 천지 만물이 한 몸인 큰 보물 창고는 본래 그 이상이 없이 숭고한 것이고, 맹자가 '하늘의 벼슬[天爵]이라고 존중했던 것이다.[87] 그러나 또한 그 이상이 없이 숭고한 이것이 바로 평상시의 것임을 알아야 한다. 이것을 알아야 비로소 나의 진실한 생명이 된다. 바꾸어 말하면, 이것이야말로 진정한 자신이다. 어찌 평상시에 늘 있지 않겠는가? 또 진정한 자기를 인식하게 되면, 사물도 나도 없고 상대적인 것도 없으며 취하고 버리는 것도 없게 된다. 여기에 어찌 한 오라기 집착하는 생각이 떠오르겠으며, 어떤 것을 추구한다는 생각이 일어나겠는가? 그러나 미혹한 자는 끝내 깨닫지 못하니, 어찌하면 좋은가? 마조는 그 망습(妄習)이 아직 제거되지 않

84) 心所라고 불러야 마땅하다. 상세한 것은 하장에서 다루겠다.
85) 중권 「공능장(하)」에서 習氣를 말한 부분을 다시 완미해볼 것.
86) 나아간다[趣]는 것은 그쪽을 향해 간다, 다투어 좇아간다는 의미이다. 習心은 모두 외부를 향해서 추구하고, 이것이 바로 향해서 가고 다투어 좇아가는 것이다. 境은 유독 실제 사물만을 말하는 것이 아니라, 마음이 향해가고 다투어 좇아가는 것이 모두 境이다.
87) (역주) 『孟子』 「告子(上)」. "孟子曰, 有天爵者, 有人爵者."

은 것을 보고 외부로 좇아가는 것을 나무랐고, 자신의 보물 창고를 되돌이켜 깨닫고 또 추구할 사물이 없음을 나타내 보였다. 혜해는 가슴속에 숨어 있던 잡초를 한순간에 깨끗이 없애고,[88] 처음으로 무엇이 자기의 보물 창고인가를 떨 듯이 질문하였다. 마조는 바로 지금의 마음[當下之心]을 되돌이켜 깨닫게 하였다. 즉 지금 이 시간에 질문하는 마음이 밝고 순수하게 깨끗한 것이[89] 붉은 해가 공중에 있으면서 한 오라기의 티끌도 용납하지 못하는 경우와 같으니, 이것이 자신의 보물이 아니고 무엇인가? 만약 어떤 시간, 어떤 장소에서든 항상 이때의 마음을 보존할 수 있으면, 약산(藥山)에서 피부병이 깨끗이 낫는 것과 같이 오직 하나의 진실만 있게 된다.[90]

앞의 공안(公案)에서 혜해가 본심을 스스로 인식하게 한 것은 간단하고 직접적이다.[91] 그러나 배우는 이들이 보존하고 따를 줄 모른다면, 잠깐의 밝음에 의지할 수 없다. 보존한다는 것은 잘 보존하여 잃지 않는 것이다. 따른다는 것은 그에 말미암으면서 어기지 않는 것이다. 스스로 본심을 인식하면, 보존해서 잘 따르고 잃지 말아야 한다. 맹자가 '잃어버린 마음을 거두어들인다[收放心]'고 한 것이 바로 이러한 의미이다.[92] 어떤 사람은 "본심을 어떻게 잃어버릴 수 있는가?"라고 묻는다. 그에 대한 답은 다음과 같다. 본심에서 말하면, 그 마음은 항상 보존되는 것이고 잃어버리는 일이란 본래 없다. 우리 생활의 측면에서 말하면, 허망한

---

88) '숨어 있는 잡초'는 일체의 오염된 習氣, 또는 習心을 말한다.

89) 거꾸로 생각하는 일이 없으므로 밝다[光明]고 하였다. 복잡하게 오염된 것들이 없으므로, 순수하게 깨끗하다고 하였다.

90) 피부는 오염된 습기, 또는 습심을 비유한다. 오염된 습기가 다 치료되어 깨끗해질 수 있음을 말한다. 하나[一]는 절대의 뜻이다. 眞實은 허망함이 없다는 뜻이다. 이것은 본체가 그대로 나타난 것이다.

91) '바로'는 즉시이므로, 간단하다고 하였다. 밖에서 구하는 것이 아니므로, 직접적이라고 하였다.

92) (역주) 『孟子』「告子(上)」. "學問之道無他, 求其放心而已矣."

생각으로 동요할 때, 즉 본심이 막혀서 잘 나타나지 않을 때가 잃어버린 때이다. 말로 어느 한 편을 비난하는 것이 아니니 잘 이해해야 한다. "잃어버린 마음을 어떻게 거두어들이는가?"라고 묻는다면, 이에 대한 답은 이렇다. 잃어버린 것을 아는 지혜를 가지고, 개인적인 욕심[私欲]을 일으켜서 중단시키지 않도록 하는 것을 거두어들인다고 한다. 따로 한 마음을 써서 이 마음을 거두어들이는 것이 아니다. 예를 들어 혜해가 마조에게 분발당하자 습심이 그치고 밝은 본심이 갑자기 나타난 경우와 같다. 오히려 망습(妄習)이 잠재해 있다가 본래의 밝음을 막을까 두렵다.

나는 마조가 백장(百丈)의 코를 비틀었다는 공안을 평생 가슴에 간직하였다. 그것은 독체(獨體)와 그것을 보림하는 공부[護持工夫]를 친절히 알려준다.[93] 백장회해(百丈懷海) 대사[94]는 마조의 문인이다. 회해 대사가 마조의 행차를 시중들고 있을 때, 한무리의 들오리가 날아가는 것을 보았다. 마조가 "이것이 무엇인가?"라고 묻자, 대사는 "들오리입니다"라고 대답하였다. 마조가 "어디로 가는가?"라고 묻자, 대사는 "날아갔습니다"라고 대답하였다. 마조는 참다못해 머리를 돌리고 대사의 코를 비틀었고, 대사는 아파서 소리를 질렀다. 마조는 "또 어디로 날아갔다는 건가?"라고 소리쳤다. 대사는 이 말을 듣자마자 깨닫고, 돌아와서 치료를 받으며 슬피 통곡하였다. 시자가 "부모를 생각했습니까?"라고 물으니, 대사는 아니라고 하였다. "사람들에게 욕먹었습니까?"라고 물으니, 아니라고 하였다. "어째서 통곡합니까?"라고 물으니, 대사는 "마조가 내 코를 비틀어서 너무 아팠지만, 철저히 깨닫지 못하였기 때문이다"라고

93) 獨體는 본체를 다르게 부른 이름이다. 그것은 지극히 밝아서 막히는 데가 없고, 지극히 커서 밖이 없으며, 짝할 만한 다른 사물이 없으므로, 獨體라고 한다.

94) 회해(懷海, 720~814)는 중국 당대의 승려로, 福州 長樂 사람이다. 마조가 南康에서 교화함을 듣고 찾아가 6년간 섬겨 그의 인가를 받았다. 洪州 대웅산에서 종풍을 선양하여서, 그를 百丈禪師라고 부른다. "하루 일하지 않으면, 하루 밥먹지 말라"는 어록으로 유명하다. 저서에 『百丈淸規』가 있다.

대답하였다.[95] 시자가 “어떤 까닭으로 깨닫지 못했습니까?”라고 물으니, 대사는 “그대가 마조 화상에게 가서 물어보시오”라고 하였다.[96] 시자가 마조에게 “회해 대사가 어떤 까닭으로 깨닫지 못했습니까? 치료 중에 통곡했습니다”라고 하자, 마조 화상이 그를 위해 설명해주었다. 마조는 “그와 만났을 때, 그대는 스스로 묻고 다른 것을 취하였다”라고 하였다. 시자는 치료받는 이에게 돌아와 “마조 화상이 그대와 만난 것을 말하였을 때, 그대에게 물으라고 하였다”라고 말하였다. 대사는 큰 소리로 하하 웃었다. 시자가 “아까는 그렇게 통곡하더니, 지금 어째서 그렇게 웃습니까?”라고 물었다. 대사가 “아까 통곡하고 나니까, 지금은 웃음이 납니다”라고 대답하자, 시자는 망연하였다. 다음날 마조가 강단에 올라갔다. 많은 이들이 모여 있었는데, 대사가 나와서 강단의 의자를 치워버렸다. 마조는 앉을 자리가 없어서 대사를 따라 그냥 내려왔다. 마조가 “내가 말하기도 전에 그대는 왜 강당의 의자를 치웠는가?”라고 묻자, 대사는 “어제 화상이 코를 비틀어서 아팠습니다”라고 답하였다. 마조가 “그대는 어제 일에 아직도 마음을 쓰는가?”라고 묻자, 대사는 “오늘은 코가 아프지 않습니다”라고 답하였다. 마조가 “그대는 어제 일을 깊이 알게 되었구나”라고 말하자, 대사는 예를 드리고 돌아갔다.[97] 이 공안은 그 의미가 대단히 깊다. 대략 말해보면, 첫째, 이 마음이 만물을 초월하여

95) 대사는 백장이 마조를 부른 말이다.

96) 和尙은 馬祖를 말한다.

97) (역주)『續藏經』119券「洪州百丈山大智禪師語錄」, 817~8. “師侍馬祖行次, 見一群野飛過. 祖曰, 是甚麽. 師曰, 野鴨子. 祖曰, 甚處去也. 師曰飛過去也. 祖遂回頭, 將師鼻一搊, 負痛失聲. 祖曰, 又道飛過去也. 師於言下有省, 卻歸侍者寮, 哀哀大哭. 同事問曰, 汝憶父母邪. 師曰, 無.曰被人罵邪. 師曰, 無. 曰哭作甚麽. 師曰, 我鼻孔. 被大師搊得痛不徹. 同事曰, 有甚因緣不契. 師曰, 汝問取和尙去同事問大師曰, 海侍者, 有何因緣不契, 在寮中哭. 告和尙爲某甲說. 大師曰, 是伊會也, 汝自問取他. 同事歸寮曰, 和尙道. 汝會也. 令我自問汝, 師乃呵呵大笑. 同事曰, 適來哭, 如今爲甚卻笑. 師曰, 適來哭, 如今笑, 同事罔然. 次日, 馬祖陞堂衆纔集. 師出, 卷卻席, 祖便下座. 師隨至方丈. 祖曰, 我適來未曾說話, 汝爲甚便卷卻席. 師曰, 作日被和尙搊得鼻頭痛. 祖曰, 汝昨日向甚處留心. 師曰, 鼻頭今日又不痛也. 祖曰, 汝深明昨日事. 師作禮而退.”

독립적이라는 것을 보여준다. 여기에서 초월이라고 한 것은 만물과 분리되어 홀로 존재한다는 의미가 아니다. 단지 그것이 두루 만물의 실체가 되므로, 초월이라고 말한 것이다.[98] 또 그것이 사물로 현현하고 사물 중에서 움직이며 사물을 주재하지만, 결국 물화되지 않으므로 초월이라고 표현하였다. 다른 곳에서 이 말이 나올 때도 이 뜻에 준한다. 중생은 한결같이 습심이 주가 되는데, 습심은 외부를 향해 대상을 좇아갈 뿐이므로 함부로 객관 사물에 집착하고 자기를 되돌이켜 인식하지 못한다.[99] 습심은 물화된 것이고, 모든 사물과 서로 상대적인 것이다. 본심은 사물의 표피를 초월하고, 짝 없이 독립적이다. 습심이 권력을 잡으면, 본심은 항상 갇혀서 드러나지 못한다. 그러므로 내가 보고 듣고 깨달아 아는 모든 것은 객관 사물의 측면에서 이해될 뿐이고, 결국 자신의 본성은 알지 못한다. 본성은 사물의 체(體)이다.[100] 따라서 자성을 인식하면, 법계 모두가 일진(一眞)의 현현이 되고 본성 이외의 사물은 원래부터 없게 된다.[101] 회해는 향상하는 일에 애썼지만,[102] 아직 깨닫지는 못하였다. 이는 하늘이 밝아지려면 먼저 아주 캄캄해지다가 캄캄한 것이 없어질 때 밝아지는 것과 같다. 마조는 그렇다는 것을 알고, 행차에서 들오리가 날아가는 것을 보고 한 번 "이것이 무엇인가?"라고 물어본 것이다. 회해가 들오리라고 대답한 것은 습심이 드러나서 깨닫지 못한 것이다.[103] 마조가 다시 "어디로 가는가?"라고 물으니, 회해는 마조의

98) 마음은 虛寂하고 신묘해서 고갈되지 않는다는 것을 말한다. 이것은 만물의 실체가 되고, 이 자체가 만물은 아니다. 비유하자면 물이 얼음의 실체이고, 물이 바로 얼음이 아닌 것과 같다.

99) 자기는 나와 천지 만물이 한 몸인 본성이다. 그것이 내 자신의 주재가 된다는 것을 본심이라고 부른다.

100) 사물의 체[體物]는 나 자신의 본성을 말하고, 천지 만물의 실체이기도 하다. 어떤 한 사물도 빠뜨려서는 그 사물됨을 이룰 수 없다.

101) 여기에 나오는 법계는 우주를 말하는 것과 같다. 만유의 총칭이다.

102) 본성을 꿰뚫어서 깨닫는 공부를 향상하는 일이라고 한다.

103) 들오리라고 해석할 때, 이 마음은 습심일 뿐이다. 습심이 허망하게 집착하는 것을 제

뜻을 이해하지 못하고 "날아갔습니다"라고 대답하였다. 습심 때문에 그렇게 본 것이다. 이때 마조는 코를 비틀고, "또 어디로 날아갔다는 건가?"라고 놀라게 하였다. 회해는 이 말을 듣자마자 깨달았다. 오랜 겁 이래의 오염된 습기가 한 찰나에 그친 것이다. 이때 자기를 확연히 인식하였고, 그 뒤 강당에 올라가 중생들에게 다음과 같이 말하였다.

영묘한 빛으로 홀로 빛나고,104) 육신과 티끌을 멀리 벗어났다.105) 본체가 그대로 나타나 참되고 항상되며,106) 문자에 구애받지 않는다.107) 심성은 더러움이 없이108) 본래 저절로 원만하다[圓成].109) 단지 허망한 인연을 떠나면, 있는 그대로 부처가 된다.110)

거하면, 물오리라는 사물은 없게 된다.

104) 마음을 말한다. 사람마다 모두 영묘한 빛으로 홀로 빛나는 주인공이 내재해 있는데도 그것을 스스로 인식하지 못하는 것은 무엇 때문인가? 주인공이라는 말은 선종[宗門]에 근본을 두고 있다. 그러나 종교인들이 말하는 영혼으로 절대 오해해서는 안 된다. 선철들은 마음을 '하늘의 군주[天君]'라고 불렀는데, 그것이 자신을 주재하기 때문이다. 주인공의 의미도 마찬가지이다.

(역주) 주인공은 '主人翁'으로, 선종에서 자주 활용하고 있는 용어이다. 인간의 근원적인 주체, 즉 '본래의 면목'을 말한다. 『景德傳燈錄』 卷14(大51, 314a)에 "米倉和尙, 有僧新到參. 繞師三匝敲禪床曰, 不見主人翁, 終不下參衆"라는 구절이 있다.

105) 根(육신)은 根身이고, 塵(티끌)은 物界이다. 이 마음이 사람 몸과 만물의 밖을 초월하여 그 진정한 주재가 됨을 말한다. 초월의 의미는 앞에서 보았다.

106) 體는 마음의 自體를 지목한 것이다. 露는 드러낸다는 의미이다. 참되다[眞]는 것은 허망하지 않다는 의미이다. 항상되다[常]는 것은 바꾸지 않는다는 의미이다. 이 마음의 자체는 형상이 없지만, 상 없는 상이 분명하게 나타나서 空無하지 않다. 그 덕은 진실무망하고 항상되어 바뀌지 않는다. 그러므로 나의 본성과 만물의 실체가 된다.

107) 세속의 학문에서는 경전에 구애되어 문자를 가지고 도를 나타내려고 하지, 도가 마음을 떠나 외부에 존재하는 것이 아님을 깨닫지 못한다. 지금 자신의 마음을 되돌이키려 하지 않고 단지 문자로 인해 도를 깨달으려고 한다면, 그물과 덫을 물고기와 토끼라고 여기는 것과 같다.

108) 이 중의 性은 自體의 의미이다. 마음의 자체상에는 본래 한 오라기의 더러움도 없어서 순수하게 깨끗하고 지극히 선하다는 의미이다.

109) 온갖 의미가 충분히 갖추어져 있고 온갖 변화가 끊이지 않는 것이 圓滿의 의미이다. 자연스럽게 나타나고 조작을 기다리지 않는 것이 또 成의 의미이다.

110) 私意 · 사욕 · 장애 · 오염 등은 모두 習氣를 다르게 부르는 말이다. 習氣는 허망한

회해의 이 말은 십이부 경전의 요지를 총괄하는 것으로, 참으로 의미가 깊다! 그는 마조가 코를 비튼 것으로 인해 자신을 성찰하고 오염된 습기[染習]를 제거하여 자신의 마음이 사물을 초월해 독립해 있는 것임을 한순간에 깨닫게 되었다. '영묘한 빛으로 홀로 빛나고, 육신과 티끌을 멀리 벗어났다'는 구절이 바로 이러한 의미이다. 회해는 이렇게 깨닫고나서 자신의 본성을 확연히 인식하게 되었고, 이전에 사물을 따라 이해하고 참됨을 잃었던 것을 깊이 후회하였다. 지금 비로소 깨닫게 되었기에 통곡하고나서 웃었던 것이다. 그 후에 깨달음이 갈수록 깊어져서, 이같이 성찰하고 확충하였다.

둘째, 존양하고[保] 보림하는[持] 요체를 보여준다. 마조가 들오리를 가리키며 회해에게 묻자, 회해는 들오리라고 대답하였다. 어디로 가는가를 묻자, 또 날아갔다고 대답하였다. 회해의 두 번의 대답은 세속의 진리[俗諦]에 따라 말한 것이므로, 결코 틀린 말이 아니다. 그러나 마조는 바로 코를 비틀었고, 회해는 아파서 소리를 질렀다. 무슨 까닭인가? 마조는 과연 들오리가 있다는 것을 인정하지 않고, 들오리가 날아갔다는 사실도 인정하지 않았는가? 그리고 회해에게 가서 코를 비틀었다. 이 공안은 실로 완미할 가치가 있다. 일반인들이 그 마음을 잃게 되는 까닭은 단지 습심(習心)으로 일을 처리하여 외부를 향해 대상을 좇아가

인연이다. 허망한 인연이라는 말은 그것이 실재하지 않고 본성이 아님을 나타낸다. 그대로(如如)라는 것은 변하지 않는다는 의미이다. 부처는 깨달았다는 의미이고, 바로 心性을 말한다. 심성은 오염이 없이 원만하고 밝고 허적하므로, 부처라고 말한다. 허망한 인연이 비록 심성을 가리지만 심성은 항상 자신 그대로이고 변화하지 않으므로, 허망한 인연을 따라 자신을 바꾸지 않는다. '더러움이 없다[無染]'고 한 것이 바로 이러한 의미이다. 비유하자면 먼지가 밝은 거울을 가려도 밝은 거울 자체는 항상 그대로이므로, 먼지의 더러움을 받지 않는 것과 같다. 따라서 먼지를 떨어내면 다시 밝은 거울로 되돌아간다. 심성도 이러하다. 그러나 허망한 인연을 버리면, 또한 본래의 밝은 깨달음을 회복하게 된다.

(역주)『續藏經』 叅119 「洪州百丈山大智禪師語錄」, 818면. "上堂云, 靈光獨耀, 迥脫根塵, 體露眞常, 不拘文字. 心性無染, 本自圓成. 但離妄緣, 卽如如佛."

기 때문이다. 습심은 대상화하여 본성을 막는다. 위협과 어리석음이 쌓이면, 깨달을 방법이 없다. 회해가 자기를 되돌이키는 공부[反己工夫][111]는 거의 성숙하였다.[112] 마조는 행차에서 들오리가 날아가는 것을 함께 보았을 때, 기회를 타서 일부러 질문을 해[113] 앞으로 더 나아가도록 유도하였을 뿐이다. 회해가 본성을 깨달았다면[見性], 마조의 질문을 받았을 때 본성을 깨닫지 못한 사람들이 습심에 그대로 맡기고 시비를 가려서 들오리라고 대답하는 것과는 결코 달랐을 것이다.[114] 본성을 깨닫는 것은 일진(一眞)이 상대적이지 않음을 깨닫는 것인데,[115] 어떻게 사물이라고 할 것이 있겠는가? 따라서 깨달은 사람은[116] 강・산・대지를 볼 때, 강・산・대지의 모습으로 생각하지 않는다.[117] 남자와 여자를 볼 때, 남자와 여자의 모습으로 생각하지 않는다. 그러니 들오리를 볼 때 어찌 들오리의 모습이라고 생각하겠는가? 또한 세속의 진리에 그대로 따라서 강・산・대지에서 들오리의 모습까지 결코 막지 못하더라도, 그가 질문한 의도는 본분의 일[本分事][118]에는 사물이라고 말할 때가 없고[119] 반드시 기회를 살펴서 응대하여 지극한 이치에 신묘하게

---

111) '자기를 되돌이킨다[反己]'는 것은 사물을 좇아가는 허망함을 그치고, 자기가 본래부터 가지고 있는 본심으로 되돌아가며, 온갖 변화의 근원을 비로소 믿는다는 것이다. 외부를 향해 찾아서는 안 되고, 사물로 추리하여 살펴보면 안 된다.

112) '거의'라는 것은 아직 성숙한 데 이르지는 못하였지만, 거의 그에 가깝다는 것이다.

113) 일부러[故]는 고의이다.

114) '회해가 만약 본성을 깨달았다면'에서 여기까지가 한 구절이다. 어떤 사람은 "어떻게 대답해야 했는가?"라고 질문한다. 나는 여기에는 반드시 어떻게 대응해야 하는 답이 없다고 말한다. 오직 철저히 깨달은 사람이라면 결코 이와 같이 답하지 않았으리라고 말할 수 있을 뿐이다. 종래 禪師들은 대체로 날카로운 말을 숭상해서, 기회를 타 신묘하게 대응하였을 뿐이다. 만약 후대인들이 대대로 이것을 본뜬다면, 없다고 할 수 있다.

115) 一眞의 一은 절대의 의미이다.

116) 깨달은 사람[徹悟人]은 본성을 깨달았으므로 그렇게 부른다.

117) 相은 모습[相狀]이고, 뒤에 나오는 것도 모두 이에 의거한다.

118) (역주) 예컨대 『景德傳燈錄』 卷11 「香嚴智閑章」에서 "汝未出胞胎未辨東西時. 本分事試道一句來"(大51, 284b)라고 하는 등 禪 語錄에는 '本分事'라는 말이 자주 나온다.

119) 본분의 일[本分事]는 본성, 또는 본심을 말하는데, 宗門에서 쓰는 말이다. 만약 자신

부합할 수 있음을 보여주는 데 있었다. 회해는 습심에 막혀서 이러한 이치를 아직 깨닫지 못하였다. 마조는 그 때문에 다시 질문하였지만, 회해는 모르고 또 날아갔다고 대답하였다. 들오리라는 사물이 있다고 생각하면, 반드시 그 생각대로 들오리가 날아갔다고 보게 된다. 이것은 모두 습심이 대상을 좇아서 이해하기 때문이다. 이 때문에 마조는 회해의 코를 비틀었고, 회해가 아파서 소리를 지르자 "또 어디로 날아갔다는 거냐?"라고 나무랐다. 이때 회해는 비로소 깨닫게 되었다. 마조가 거듭 나무란 것은 그 스스로 독체(獨體)를 인식하게 하기 위한 것이었다.[120] 이를 통하여 존양하고 보림하는 일을 버리지 않고[121] 열심히 함양하게 하였으니, 이 외에 전진하고 수양하는 요체가 따로 있을 수 없다. 무슨 까닭인가? 존양하고 보림하는 효과는 오직 외부를 향해 사물을 좇는 마음을 그치는 데 있으므로,[122] 항상 마음을 비워서[123] 무엇을 얻거나 집착하는 일이 없어야 한다.[124] 이러한 때 독체가 밝게 빛나게 된다. '공불공여래장(空不空如來藏)'이라고 하는 것이 바로 이것이다.[125]

의 본성을 깨달으면 사물과 나 등의 모습을 모두 버리게 되므로, 이 경우 사물이라고 할 것이 없게 된다.

120) 獨體는 본심을 말하는데, 천지만물이 모두 갖추고 있는 본체이다. 절대이므로, 獨이라고 한다. 그러나 나 자신을 주재하는 것으로 말하자면, 본심이라고 한다.

121) 사람마다 모두 이 본심을 가지고 있지만 항상 습심에 의해 막히는 것은 보존하고 함양하는 공이 없기 때문이다.

122) 이 마음은 習心이고, 本心이 아니다.

123) 厭習이 다하기 때문이다.

124) 取는 추구한다는 의미이고, 생각한다는 뜻이다. 著는 집착한다는 의미이다. 習이 다하면 추구하거나 집착하는 일이 없다.

125) 如來라는 이름은 다양한 명칭이 있다. 핵심을 말하자면, 그것이 어디에서부터 온다는 내용이 없으므로, 如來라고 부른다. 藏은 함장한다는 의미인데, 만유를 포함하기 때문이다. 여기에서의 如來藏은 본체, 또는 본심의 또 다른 명칭이다. 空은 일체의 오염된 습기를 空으로 한 것이다. 不空은 이 如來藏心이 圓成實하기 때문이다. 圓成實이라는 말은 중권 「공능」 장에서 상세히 설명하였다. 如來藏心은 空과 不空 두 가지 의미를 가지고 있다. 習心을 空이라고 하지만, 이 원성실 자체는 不空하기 때문이다.

(역주) 如來藏(tathāgata-garbha)은 일체 중생의 煩惱身 중에 저장되어 있는 본래 청정한 여래법신을 말한다. 여래장은 번뇌에 덮여 있더라도 번뇌로 인해 더렵혀지지 않으며,

그러나 회해는 대상을 좇는 습심을 비우지 못하였고, 존양하고 보림하는 공부가 아직 요체를 얻지 못하였다. 마조가 기회를 맞아 잘 유도하니, 의미가 깊다.

지금 세상에서 선학(禪學)을 말하는 이들은 모두 '작용견성(作用見性)'[126] 이라는 말을 익숙하게 듣는다. 그러나 무엇을 작용이라고 하고, 무엇을 본성이라고 하며, 무엇을 작용견성이라고 하는지, 망연하지 않은 자가 드물다. 본성은 나와 천지 만물이 동일하게 가지고 있는 본체이다. 그러나 그것이 내가 생겨난 이치가 된다는 측면에서 말하면, 본성이라고 한다. 그것이 자신을 주재한다는 점에서 말하면, 마음이라고 한다. 작용[127] 은 보고 듣고 깨닫고 인식하는 모든 것을 말한다. 본다는 것, 듣는다는 것, 깨닫는다는 것, 인식한다는 것이 모두 작용의 명칭이고, 또 이렇게 말하는 것은 작용의 모습이 복잡하고 끝없이 열거되기 때문이다. 따라서 보고 듣고 깨닫고 인식하는 것은 모든 작용을 그 안에 포함한다.

본래 절대적으로 청정하고 영원불변한 본성을 충족하게 구유하고 있다고 본다. 일체의 오염되고 청정한 현상들이 모두 여래장에 연해서 일어난다고 보는 학설을 如來藏緣起라고 한다. 여래장사상은 인도 유식학설보다 일찍 성립했으나, 후대에는 따로이 여래장을 세우지 않고 유식학설 속에서 여래장을 논술하였다. 중국 地論宗에서는 여래장을 究竟으로 보아 淨識緣起說을 주장하였다.

『釋摩訶衍論』에서는 10종의 如來藏이 있다고 분류한다. ① 大總持如來藏, ② 遠轉遠縛如來藏, ③ 與行與相如來藏, ④ 眞如眞如如來藏, ⑤ 生滅眞如如來藏, ⑥ 空如來藏, ⑦ 不空如來藏, ⑧ 能攝如來藏, ⑨ 所攝如來藏, ⑩ 隱覆如來藏.

126) (역주) 예컨대 『景德傳燈錄』 卷三 「菩提達摩章」(大51, 218b)에서는 異見王과 波羅提의 문답을 다음과 같이 기록하고 있다. "何者是佛. 答曰, 見性是佛. 王曰, 師見性否. 答曰, 我見佛性. 王曰, 性在何處. 答曰, 性在作用."

127) (역주) 作用은 三世 有爲法 중 오직 현재법만 작용이 있고, 과거와 미래법은 작용이 없다. 四相 중 生相의 작용은 미래에 있고, 住·異·滅 3相의 작용은 현재에서 일어난다. 또 무위법은 생주이멸에서 벗어나 유전하지 않으므로, 작용이 없다. 이외에도 선종에서는 눈앞에서 나타나는 작용이 바로 體의 작용이므로, 이 작용을 꿰뚫어볼 수 있으면 즉 견성하면 佛性을 인식하게 된다고 본다. 『景德傳燈錄』에서는 佛性이 눈앞에 나타나는 작용 중에 있고, 작용에는 身·人·見·聞·香·談論·執捉·運奔 등 8가지 종류(在胎爲身·處世爲人·在眼爲見·在耳爲聞·在鼻辨香·在口談論·在手執捉·在足運奔)가 있고, 이들은 모두 法界에 포섭된다고 한다.

작용견성이 무엇인가를 말하려면, 작용을 해석하지 않으면 안 된다. 작용을 해석하려면, 근(根), 또는 근신(根身)을 먼저 설명하여야 한다.

인도 불교에서는 소승불교 이래 안근(眼根)·이근(耳根)·비근(鼻根)·설근(舌根)·신근(身根)이라는 오근(五根)을 말하였다. 이 오근을 모두 근신(根身)이라고 부른다.[128]

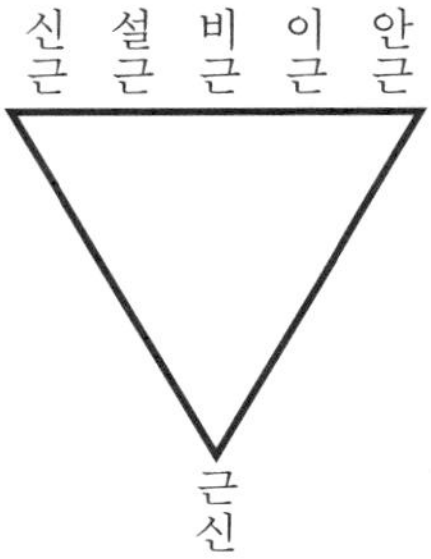

세상에서는 근을 눈 등과 같은 신체기관이라고 오해하고,[129] 눈과 같은 신체기관이 서로 연관된 전체, 즉 물질적인 7척의 신체를 근신이라고 부르는 경우가 있다. 이것은 실로 큰 잘못이다. 불교에서 말하는 근은 청정색(淸淨色)으로서, 색(色)[130]이라고 한 것은 공용인 형상의 의미이지 공간적 점유성이 있다는 의미가 아니다.[131] 청정하다는 것은 그 공

---

128) 身은 自體의 의미이다. 즉 根은 나의 자체가 되므로, 根身이라고 부른다.

129) 여기에서 '등'이라고 한 것은 귀와 같은 신체기관 내지는 육체를 말한다.

130) (역주) 色(rūpa)은 광의의 의미로는 물질 존재의 총칭이다. 즉 五蘊 중의 色蘊, 五位 중의 色法으로서, 공간적 점유성을 가지고 있으며 변화하고 소멸하는 것이다.『俱舍論』에 실린 분류법에 따르면, 色은 五根(眼耳鼻舌身), 五境(色聲香味觸), 無表色 등 11종류를 포함한다. 唯識宗은 色을 五根·五境·法處所攝色 등의 11종으로 나눈다. 色法은 성격에 따라 다음과 같이 분류한다. ① 內色(五根)과 外色(五境), ② 細色(無表色)과 粗色(극미로 이루어진 색, 또는 欲界之色), ③ 定果色(定에서 생겨난 色)과 業果色(業에서 지어진 色), ④ 可見有對色(指狹義之色, 卽色境)·不可見有對色(指聲·香·味·觸·五根)·與不可見無對色(指無表色) 등의 3종류이다.

131) 사물이 공간적 점유성을 가지고 있는 것과는 다르지만, 공용인 형상[相用]이라고 할 것이 있으므로 완전히 아무 것도 없는 것이 아니다. 따라서 色이라고 부른다.

용인 형상이 미묘함을 나타낸다. 무엇을 미묘하다고 하는가? 미(微)는 정미해서 눈으로 볼 수 없는 것이고, 묘(妙)는 신묘해서 그 작용을 헤아릴 수 없는 것이다. 안혜(安慧)[132]가 말한 근(根)은 자재(自在)의 의미[133]가 가장 뛰어나다. 『광오온론(廣五蘊論)』을 참고하기 바란다.[134] 자재는 그 작용이 막히지 않고 기계적인 성질이 아님을 나타낸다. 근은 본래 마음이 아니고 물질도 아니며, 마음과 물질 사이의 어떤 것이다.[135] 그것을[136] 넓게 해석하면, 생활 기능이라고 해도 안 될 것이 없다. 그러나 강건하게 전진하는 생명력이 구성한 방아쇠[機括][137]라고 하는 것이 제일 낫다. 옛날 화살에는 시위를 거는 방아쇠가 있어서 쏘는 일을 맡았다. 지금 근은 생명력이 스스로 구성한 도구이고 그것을 빌어서 자신의 힘을 발현하기 때문에, 근을 화살의 방아쇠에 비유할 수 있다. 또 생명력의 강건한 전진에는 은연중 목적이 있다고 할 수 있다. 목적을 달성하기 위해서 이러한 방아쇠를 형성하기 때문이다. 근의 의미는 대략 이와 같다. 모든 유기물이 무기물과 다른 이유는 근을 갖추고 있기 때문

---

132) (역주) 안혜(安慧, 475~555, Sthiramati)는 남인도 대승불교 학자로, 唯識 10대 논사의 한 사람이다. 위로 德慧를 사사하였고, 아래로는 眞諦에게 법을 전하였다. 護法과 동시대의 인물이지만, 그와는 약간의 차이가 있다. 안혜는 心識作用의 측면에서 단지 自證分만 실재한다고 보았고, 見分·相分은 情만 있고 理가 없다고 보아, 一分家라고 불리운다. 반면에 護法은 相分·見分·自證分·證自證分 등으로 4분하여 四分家라고 한다. 安慧는 世親의 학설을 계승하여 세친의 『유식삼십송』의 주석서인 『唯識三十頌釋論』을 썼는데, 산스크리트어로 쓰여진 이 책은 아직 현존한다. 그 외의 저술로는 『大乘阿毘達磨雜集論』 16卷, 『大乘廣五蘊論』 1卷, 『大乘中觀釋論』 9卷, 『俱舍實義疏』 5卷 등이 있다.

133) (역주) 自在(īśvara, vaśitā)는 無礙라고도 하는데, 자유자재로 마음먹은 대로 어떠한 일도 장애가 없이 하는 것을 말한다. 이것은 여러 부처와 상위보살이 갖추고 있는 공덕이므로, 부처도 自在人이라고 한다. 보살이 갖추고 있는 自在力은 2종 自在, 4종 自在, 5종 自在, 8종 自在, 10종 自在 등 여러 종류로 나뉜다.

134) (역주) 安慧, 『大乘廣五蘊論』(大31, 850c). "根者, 最勝自在義."

135) 이 이하는 내가 생각한 의미이다.

136) 根을 말한다.

137) (역주) 「문언문본」(84면)에서는 '機括'을 '發動機'와 같은 의미라고 본다.

이다. 근의 힘이[138] 눈에 숨어서 움직이고 시식(視識)으로 발현될 수 있으면, 안근(眼根)이라고 한다.[139] 근의 힘이 귀에 숨어서 움직이고 문식(聞識)으로 발현될 수 있으면, 이근(耳根)이라고 한다.[140] 이와 마찬가지로 신체에 숨어서 움직이고 촉식(觸識)으로 발현될 수 있으면, 신근(身根)이라고 한다.[141] 따라서 근이 바로 신체의 눈 등은 아니고, 신근도 물질적인 7척의 신체만 지목하는 것이 아니다.[142] 이 점을 잘 분별하지 않으면 안 된다. 불교에서 정색근(淨色根)이 있다고 말하기는 하지만, 그 의미가 상세하지 않다. 내 저서 『불가명상통석』에서 이러한 내용을 서술하였다. 불교에서 근을 세운 의도에 대해 나는 매우 찬성한다. 그러나 근을 설명하는 데에 꼭 자신의 생각을 옛날 뜻에다 부합시킬 필요는 없다.[143]

이상과 같이 근의 의미를 대략 설명하였으므로, 이제 다시 본문으로 돌아가겠다. 보고 듣고 깨닫고 인식하는[見聞覺知] 등의 작용을 보통 마음이라고 부른다. 실제로 이러한 작용이 본심은 아니다.[144] 단지 근문(根門)이 마음의 작용을 빌어서 일종의 영명함을 환상으로 나타내어[幻現] 대상[境]으로 나아가는 것뿐이다.[145] 사람에게 있는 마음은 본래 쉴

138) 모두 根의 力用이라고 한다.

139) 眼은 신체기관인 눈이고, 發은 발현이다. 대상을 보는 인식을 視識이라고 부른다. 이 식은 根에 의지해 발현되지만, 근의 부산물이 아니다. 오해하지 말 것. 根과 識을 깨끗이 잘 분별해야 한다. 뒤에 나오는 모든 것들도 이에 준해 알 수 있다.

140) 귀는 신체기관인 귀이다. 소리를 듣는 인식을 耳識이라고 부른다. 나머지도 이에 준해 알 수 있다.

141) 身은 육체와 신경계를 말한다. '이와 같은 식으로'라고 한 것은 중간에 생략하고 다 열거하지 않았기 때문이다. 나머지도 모두 이에 준해 알 수 있다.

142) 신체기관 등이 서로 연계한 전체를 7척의 신체라고 부른다. 이러한 것은 단지 물질적인 것일 뿐이며, 無機세계의 일부분이다. 이것은 根들이 부착된 곳이지, 그것 자체가 根들은 아니다.

143) 다른 날 보다 깊이 토론해야겠다.

144) 뒤의 문장에서는 本心을 줄여서 마음이라고도 한다.

때가 없다. 그러나 그것이 자신 속에서146) 유행하고 감응하므로, 근에 의지하지 않을 수 없다. 만약 이 마음이 발현하는 중요 부분인 근이 없다면, 또 어디에서 마음을 얻을 수 있겠는가? 저 근은 생명력이 강건하게 진행하면서 형성한 일종의 도구에 불과하다. 예를 들어 무기물 중에서 생명력이 아직 밖으로 나타나지 않은 경우에는 근도 아직 형성되지 못한다. 이때에는 마음을 보기 어렵다. 그러나 근에 나아가 말하자면, 근 자신은 권능이 있다. 마음의 작용이 근에서 발현되고, 근은 그것을 빌어서 자기의 영명함을 형성한다.147) 이 영명함이 항상, 상대적이지 않은 본연(本然)과 꼭 비슷한 것은 아니다.148) 그러나 매번 습으로 물화될 때마다 근의 영명함은 항상 사물을 좇고 사물에 빠져 사라지므로, 물화된다고 한다. 습은 항상 이와 같이 행한다고 하는데, 물화에 습관이 되어 되돌아올 줄 모르는 것을 말한다. 이 때문에 마침내 습기(習氣)149)

145) 根門에서 門은 출입의 의미이다. 萬感이 根으로 들어오고 근은 그 영명함을 내어서 대응하므로, 근을 門이라고 부른다. 환상으로 나타낸다[幻現]는 것은 根이 마음의 역용을 빌어서 영명함을 나타내는 것이다. 이 영명함은 근 자신이 본래 가지고 있는 것이 아니므로, 환상으로 나타낸다고 한 것이다. 객관 대상으로 나아간다[趣境]는 것은 感이 오는 모든 사물들이 모두 객관 대상이기 때문이다. 근은 마음의 역용을 빌어서 영명함을 일으킨다. 객관 대상에 나아가 발휘하고 잘못되지 않게 대응하기에 충분하므로, 객관 대상으로 나아간다고 하였다.

146) 여기에서는 한 사람의 측면에서 말하였을 뿐이다. 실제로 한 사람의 마음은 우주의 마음이므로 원래 존재하지 않는 곳이 없고, 한 사람에게 제한되지 않는다.

147) 피리가 사람의 숨을 빌어서 스스로 피리 소리를 이루는 것에 비유할 수 있다.

148) 상대적인 것이 없는 것은 마음을 말한다. 이 마음이 나의 참된 본성이고 만물의 본체이므로, 상대적인 것이 없다. 본연이라는 것은 형용사로서, 이 마음이 본디 가지고 있는 덕성이 본래 이와 같다는 것이다. 지금 根이 마음의 역용을 빌어서 그 영명함을 드러내고 객관 대상으로 나아간다. 이때 영명함은 매번 마음의 덕성과 꼭 일치하는 것은 아니다. '꼭—이 아니다[不必]'는 자가 가장 중요하다. 결정적으로 서로 비슷한 것이 아니지만 쉽게 서로 비슷하지 않으므로, '꼭—이 아니다'고 하였다.

149) (역주) 習氣(vāsanā)는 煩惱習 · 餘習 · 殘氣라고도 하고, 習이라고도 줄여서 말한다. 나의 생각과 행위가 일어나면, 그것은 항상 내마음속의 習慣 · 氣分 · 習性 · 餘習 · 殘氣 등으로 훈습된다. 유식종에서는 習氣를 種子의 다른 명칭으로 보는데, 이것이 熊十力의 新唯識論과의 큰 차이 중 하나이다. 습기의 종류에는 ① 名言習氣 : 언어의 표상에 의해 훈습되어 이루어진 종자로서, 일체 유위법이 생성되는 직접적인 원인이 된다.

의 등류(等流)[150]가 있게 된다. 등류라고 한 것은 근의 영명함이 대상을 일으키고 습으로 물화될 때, 즉 이 찰나 즈음에 일종의 관성이 생긴다는 것이다. 여기에서 관성이라고 한 것은 대충 말한 것이 아니라, 이 찰나 즈음의 습이 일종의 세력을 형성하는 것을 습기라고 부른 것이다. 이 습기는 단서 없이 소멸될 수 없지만 항상 견고하게 머무르며 유지되지 않고, 그 자신이 찰나마다 앞에서 사라지고 뒤에서 생겨나며 계속 이어져 유전해 나간다. 이 때문에 등류라고 부른다. 등(等)은 서로 비슷하다는 뜻인데, 이전의 것에 이어서 일어난 다음 것이 이전 것과 비슷하다는 의미이다. 서로 비슷한 유행이므로, 등류라고 부른다. 즉 이 습기는 근신을 좇고[151] 또 기회를 타서 갑자기 나타난다. 따라서 근이 대상으로 나아갈 때 마음의 작용을 빌어서 스스로 그 영명함을 나타내기는 하지만, 이전 대상을 추구하고 매달린다.[152] 그러나 이때 오염된 습이 갑자기 뛰어나와서, 근의 영명함과 서로 가까이 붙어서 동일한 흐름을 이루고 하나로 합치된다.[153] 오염된 습기는 근의 영명함[根明]에 의지하여 일어나므로,[154] 근의 영명함의 한 종류가 된다. 이때에는 마음의 작용이 밝게 드러날 수 없는데, 맹자가 '마음을 잃어버린 조짐'이라

等流習氣라고도 한다. ② 我執習氣 : 아집에 의해서 훈습되어 이루어진 습기로서, 나와 너, 기타 다른 대상들을 차별하는 원인이 된다. ③ 有支習氣 : 有支(bhavāṅga), 즉 三界의 생존의 원인이 훈습하여 이루어진 善惡業種子를 말한다.

150) (역주) 等流(niṣyanda)는 동일한 흐름이라는 뜻이다. 시간의 선후로 말하면, 이전의 것에 대하여 나중의 것을 等流果라고 한다. 반대로 이전의 것은 同類因, 또는 遍行因이라고 한다. 또한 同類가 계속 이어지는 법을 等流相續이라고 한다. 『瑜伽師地論』에서는 色蘊의 相續流轉에 等流流 · 異熟生流 · 長養流 등의 세 가지가 있다고 분류한다.

151) 根身은 앞글에 보인다. 習氣는 항상 根身을 따라 좇아가고, 서로 떨어지지 않는다.

152) 追는 추구한다는 것이고, 攀은 매달린다는 것이다. 이전의 객관 대상은 항상 이전의 대상이라고 한다. 객관 대상[境]이라고 말하는 것들은 형질을 가진 사물에 제한되지 않고 단지 마음이 추구하고 매달리는 것에 불과하므로, 모두 객관 대상이라는 이름으로 부른다. 다른 곳에서도 이에 의거한다.

153) 習은 오염된 것과 깨끗한 것으로 나뉘어진다. 중권 「공능(하)」를 참조할 것. 挾은 가까이에 붙는다는 의미이다.

154) 根明은 근의 영명함을 말한다. 뒤의 것도 모두 이에 의거한다.

고 한 것이 바로 이러한 의미이다.[155] 근의 영명함은 실제로 마음의 작용을 빌어서 나타난다. 근본과 비슷하지 않을 수 있지만[156] 이 영명함은 마음의 작용에 의지하므로, 이 마음은 결국 그 본성을 바꾸지 않는다. 근의 영명함을 근이라는 측면에서 말하면, 근이 마음의 영명함을 빌어서 자신의 영명함을 이룬 것이다. 그러나 마음의 측면에서 말하면, 마음의 작용은 근문에서 발현된다. 이 마음의 작용이 근문에서 움직이고, 근은 마음 작용 자신을 빌어서 그 영명함을 이루고 점차 물화된다. 그러나 이 마음의 작용은 근이 자신을 빌어서 영명함을 이룬다고 하여 그 본성을 바꾸지는 않는다. 비유하자면 맑은 거울이 먼지[客塵]로 더럽혀지지만,[157] 거울의 본성, 즉 비춘다는 것이 결국 먼지에 따라서 바뀌지 않는 것과 같다. 따라서 석가는 배우는 이들을 가르칠 때, 오직 근문을 지키는 것을 핵심으로 삼았다.[158] 근문을 지키는 것은 항상 바른 지혜[正智],[159] 바른 생각[正念][160]을 유지하는 것이다. 여기에서의 바른 지

---

155) (역주) 『孟子』「告子(上)」. "孟子曰, '仁, 人心也, 義, 人路也. 舍其路而弗由, 放其心而不知求, 哀哉! 人有雞犬放, 則知求之, 有放心而不知求. 學問之道無他, 求其放心而已矣.'"

156) 근본은 마음을 말한다.

157) (역주) 客塵(akasmāe-kleśa)은 客塵煩惱, 煩惱라고도 하며, '自性清淨'과 대립되는 개념이다. 煩惱는 심성이 본래부터 가지고 있는 것이 아니라 미혹 때문에 일어나는 것이어서 客이라고 부른다. 또 번뇌가 인간의 심성을 더럽히는 것이 먼지가 만물을 더럽히는 것과 같으므로, 塵라고 부른다. 불교에서는 인간의 본성은 청정무구하여 조금도 더러움이 없지만, 외부 현상에 이끌려서 미혹과 번뇌가 생겨난다고 본다.

158) 『雜阿含經』을 참조할 것.
(역주) 곳곳에 根門의 중요성을 강조하는 구절이 나온다. 예컨대 『雜阿含經』 卷第四十三(大2, 311b). "告諸比丘. 汝等應當守護根門, 善攝其心."

159) (역주) 正智(samyag-jñāna)는 ① 올바른 지혜에 계합하는 것, 즉 外道의 邪執分別과 二乘人의 偏執에서 떠나 中道妙理에 계합하는 것이다. 因明 중 眞現量과 眞比量을 말한다. ② 無漏盡智와 無生智를 말하며, 係無學十支의 하나에 해당한다. 有漏, 無漏의 十智 중 盡智와 無生智가 無漏智에 속하고, 나머지 世俗智 · 法智 · 類智 등의 八智는 모두 無漏正見에 포함된다. 正見과 正智는 일체이고 차별이 없다. ③ 三乘人이 닦은 無漏根本智와 後得智를 가리킨다. 正智에는 ㉠ 唯出世間正智 : 聲聞 · 獨覺 등 二乘菩薩이 통달한 진여의 根本智. ㉡ 世間出世間正智 : 聲聞 · 獨覺이 최초의 正智로 진

혜, 바른 생각은 바로 마음의 작용이 근문에서 발현된 것이다. 반드시 경(敬)[161]으로써 유지하고, 한 조각이라도 달아나지 않도록 해야 한다. 달아난다는 것은 속어인데, 마음 작용을 유지하지 못하고 근에게 빌려주어 근의 영명함을 이루는 경우를 말한다. 즉 생각이 움직여서 그 올바름을 잃게 되는 것을 달아난다고 한다. 옛날 주자(朱子)는 마음을 유지하는 기량이 아주 치밀하여 마음이 달아나는 것을 항상 수치스럽게 여겼다. 나는 이 마음을 반드시 보림(保任)하여 가슴속에서 항상 주인이 되게 하고, 근이 그것을 빌어서 근의 영명함을 이루지 않도록 한다. 이렇게 되면 근은 마음의 힘이 그를 빌어서 발현하는 도구에 불과하므로, 마음이 자기를 따라 사물에 빠져 죽게 하지 못한다.[162] 천군(天君)이 항상 가슴속에서 빛나니,[163] '밝게 비추는 본체[照體]가 홀로 서 있다'는 말이 바로 이러한 의미이다.[164]

여에 통달한 뒤에 얻는 세간의 출세간정지를 말한다. 일체의 차별상을 분별하는 後得智이다.

160) (역주) 正念(samyak-smṛti)은 八正道의 하나로서 諦意라고도 한다. 참되고 바른 생각이라는 의미로서, 2가지 종류로 나뉜다. ① 世俗有漏正念 : 有漏作意와 상응하는 善念. ② 出世間無漏正念 : 無漏之正見에 의지하는 사유로서 無漏作意와 상응하는 不忘의 念이다.

161) (역주) 敬은 유학의 중요한 개념이다. 『易』「文言傳」에 "군자는 敬으로써 안을 곧게 하고, 義로써 밖을 방정히 한다. 경과 의가 확립되면 德이 외롭지 않다"고 하여 경을 內心의 정신으로 규정하고 있다. 송대 유학자 程頤는 敬을 중요한 수양 정신으로 파악하고, 본격적인 해명을 시도하였다. "涵養에는 반드시 敬을 쓸 것이며, 학문의 정진은 致知하는 데 있다"고 하였고, "경이란 하나를 주로 함을 말한다[敬主於一]"라고 설명하였다. 朱熹는 이를 받아들여 구체적인 이론으로 전개시켰다. 유학은 원래 性善說에 바탕을 두었는데, 인간이 선한 본성을 살릴 수 있는 근거를 특히 敬에 두었다.

162) 자기는 根 자신을 일컫는다.

163) 마음의 힘은 마음의 역용을 말한다. 天君은 宗門에서 주인공이라고 한 것과 같은데, 마음을 가리킨다.

164) 밝게 비추는 본체[照體]는 이 마음 자체가 고요하면서도 비추고, 비추면서도 고요하다는 것을 의미한다. 『易』에서는 '위대한 밝음[大明]'이라고 한다. 위대하다는 것은 그것이 원만하여 일그러진 데가 없음을 형용한 것이다. 밝다거나 비춘다고 말하기는 하지만, 고요하다는 의미가 그 속에 내재해 있다. 홀로 서 있다[獨立]는 것은 상대적인 것이 없다는 의미이다.

앞에서 말한 것을 다음과 같이 대략 네 가지로 종합할 수 있다.

① 작용은 보고 듣고 깨닫고 인식하는 것[見聞覺知]을 부르는 말이다.[165]

② 이 보고 듣고 깨닫고 인식하는 등의 작용은 실제로 마음의 작용이 근문에서 발현된 것이다. 따라서 이것이[166] 바로 심체(心體)는 아니다.[167] 그러나 심체가 보고 듣고 깨닫고 인식하는 것과 떨어져서 독립적으로 존재하는 것은 아니다.[168]

③ 보고 듣고 깨닫고 인식하는 것 등을 모두 작용이라고 함은 앞에서 말한 것과 같다. 그러나 엄밀히 말하면, 보고 듣고 깨닫고 인식하는 것 등은 본래 작용이라고 부를 수 없다. 작용이라는 것은 본체가 유행한 것을 말한다. 따라서 마음의 작용이[169] 근문에 의거해서 발현되어 보고 듣고 깨닫고 인식하게 되는 것이지, 근이 막는 것도 아니고 습이 가두는 것도 아니다. 그러므로 이 보고 듣고 깨닫고 인식하는 것을 작용이라고 부른다. 마음의 작용이 근문에서 유행하고, 근은 그것을 빌어서 자신의 영명함을 나타낸다. 따라서 근은 권력을 잡게 된다. 그런데 마음의 작용이 처음 막히고 또 근이 권력을 잡게 되면, 오염된 습기가 그와 함께 나아가며 더욱이 이 마음을 막아버린다. 오직 근문을 잘 지키고 게으르지 않은 자만이 근에 막히거나 습에 갇히지 않을 수 있다. 만약 근이 마음의 힘을 빌어서 자신을 나타내면서 습을 끼고 함께 간다면, 여기에서 발현되는, 보고 듣고 깨닫고 인식한다는 것은 일반적으로 작용이라고 부르기는 하지만 실제로는 본체의 유행이 아니다. 근과 습이 주도권을 잡기 때문에 작용이 되지 않는다. 따라서 작용을 말할 때 잘 분별해야

---

165) 앞에서 상세하게 다루었다.

166) 작용을 말한다.

167) 心體는 홀로 존재하여 상대되는 것이 없고, 고요하여 조짐이 없다. 따라서 보고 듣고 깨닫고 아는 것을 바로 心體라고 할 수 없다.

168) 心體 또한 쉬지 않고 유행한다. 만약 그 역용이 발현되는 것이 보고 듣고 깨닫고 아는 것 밖에 있고 이와 별도로 심체를 찾으려고 한다면, 심체는 또 어디에 있겠는가?

169) 마음이 바로 본체이다.

한다.

④ 작용의 의미에 대해서 앞에서 잘못된 점을 수정하였으므로, '작용견성(作用見性)'의 의미는 깊이 논의하지 않아도 알 수 있다. 작용이란 본체가 유행한 것을 말한다. 유행한 것은 본체의 본연은 아직 아니다. 무엇 때문인가? 유행한 것이 공용이고, 본체는 공용의 본체이다. 본체는 차별이 없지만, 공용은 다양하게 분화된다. 따라서 공용으로 말하면, 본체의 본연 그 자체는 아니다. 그러나 본체는 유행한 것을 떠나 홀로 존재할 수 없고, 본체 전체를 들어서 공용을 형성한다. 따라서 공용을 떠나 본체를 찾아서는 안 된다. 유행한 것에서 본체를 인식하게 된다.

앞에서 마조가 회해에게 대답한 공안을 예로 들어보자. 회해가 보고 듣고 깨닫고 인식한 것에 나아가 지적하자면, 회해와 마조가 대답을 주고받을 때 그의 내부에서 일련의 보고 듣고 깨닫고 인식하는 일이 발생하였다. 일반적인 견해에 의하면, 회해가 이때 내면에서 발생시킨 보고 듣고 깨닫고 아는 일을 마음이라고 부른다. 그러나 여기에서 말하는 마음은 작용을 말한 것이지, 본체를 가리킨 것이 아니다. 어떤 자는 "보고 듣는 것은 내부에서 발생한 일이 아닌 것 같다"라고 논박한다. 여기에 대한 답은 다음과 같다. 보고 듣는 것을 이끌어내는 것, 예를 들어 사람과 언어, 또는 그 밖의 사물들은 외연(外緣)에 속하지만, 보고 듣는 것은 내부에서 발생하는 것이지 외부에 있는 것이 아니다. 보고 듣는 것은 감각으로만 포섭되지 않고 명확한 이해[明解]를 갖추고 있다는 사실을 몰라서는 안 된다. 마조가 회해에게 대답한 것은 단지 그가 자기를 되돌이켜서 지금 여기의[當下] 비어 있지만 밝고 순수하게 깨끗해서 한 오라기도 허망한 것이 섞이지 않은, 보고 듣고 깨닫고 아는 행위를 체득하게 하기 위한 것이었다. 여기에서 그는 자신이 본래 가지고 있는 성체(性體), 즉 자기집 보물 창고를 인식하게 된다. 지극히 쉽고도 간절하다고 할 수 있다. 생각건대, 보고 듣고 깨닫고 인식하는 것은 본래 지금 막 발생된 작용으로, 이 작용은 내재하는 근원이 없이 허공에 의거하여 발현될 수 있는 것이 아니다.170) 이 작용은 성체가 유행한 것이므로, 작용에서 본성을 보게 됨을 알아야 한다.171) 마조가 회해의 코를 비튼 공안은 회해에게 대답한 것과 함께 거꾸로 서로를 밝혀준다. 회해는 들오리가 날아갈 때, 들오리라는 견해를 일으켰다. 이 견해가 바로 사물을 좇아서 이해한 것이다. 이러한 이해는 근과 습이 주도권을 잡은 것뿐이고 본체가 유행한 것이 아니므로, 작용이 될 수 없다. 따라서 여기에서는 본성을 볼 수 없다. 나는 이 공안을 인용하여 거꾸로 설명함으로써 바른 뜻이 나타나도록 하였다.

종합하면, 성체(性體)는 혼연하여 지극한 참[至眞]이고, 고요하여 아무 형상이 없다. 보고 듣고 깨닫고 인식하는 등의 작용을 바로 성체라고 해서는 안 된다.172) 따라서 작용에서 본성을 본다[作用見性]고만 말한 것이다.173) 그러나 작용을 떠나 그 밖에 따로 성체가 있는 것이 아니므로, 반드시 작용에서 본성을 보게 된다. 이것은 파도를 떠나 그 밖에 따로 바다가 있는 것이 아니므로, 반드시 파도에서 바다를 보는 경우와 같다. 명대 양명학파에서는 발용한 것에서만 양지[良知]를 말하는 경우가 많았는데, 이는 작용을 바로 성체로 여긴 것일 뿐이다. 그 잘못은 말할 필요도 없다. 섭쌍강(聶雙江),174) 나염암(羅念菴)175)은 '귀적(歸寂)'의 학설로

---

170) 여기까지 한 문장이다. 파도에 비유하면, 그것에 큰 바닷물이라는 내재적인 근원이 존재한다는 것과 같다.

171) 파도에서 큰 바닷물을 보는 것과 같다.

172) 안 된다는 것은 여기까지 한 문장이다.

173) 작용이 바로 본성이라[作用是性]고 한 것은 아니다.

174) (역주) 섭표(聶豹, 1487~1563)는 중국 明末의 양명학자이다. 자는 文蔚, 호는 雙江이다. 나염암과 함께 왕학 우파인 歸寂派에 속한다. 歸寂派는 良知의 과격하고 규범이 없는 팽창을 억제하기 위하여, 未發 단계에서의 마음의 안정 단속을 우선으로 한다. 양명 양지설의 기본적인 성격은 動靜을 꿰뚫고 미발과 이발을 구분하지 않는 것이다. 그러나 王畿 등은 양지의 자주성을 존중한 나머지 "動이 마음의 본체이다"라고 주장하며 과격한 언동을 유발하기에 이르렀다. 이를 바로잡기 위하여 섭표는 미발과 이발, 寂과 感을 구분하여 "感은 寂에서 생기고, 動은 靜에서 생긴다"라고 주장하고, 왕기 일파를

그 잘못을 구하였지만, 작용에서 본성을 본다[作用見性]는 의미와는 조금 거리가 있는 듯하다.[176] 귀적(歸寂)은 참으로 옳지만, 고요한 진체(眞體)는 결국 발용과 분리되지 않는다. 발용을 물리치고 적막[寂]을 구한다면 공(空)에 빠져버리지 않은 자가 드물 것이다. 그런데도 그것을 견성이라고 할 수 있겠는가?

어떤 사람은 또 "앞에서 말한 대로 마음이라는 명칭은 본체와 공용에

공격하였다. 섭표는 致良知가 '虛靈한 본체를 충만하게 하는 것'이라고 하여 外界를 차단하고 관념의 영역을 철저히 방어하였다. 이 학설은 명말 동란기의 분위기에 맞지 않아 결국 왕기 학파의 유행을 가져왔다. 저서에 『雙江文集』이 있다.

175) (역주) 나홍선(羅洪先, 1504~1564)은 중국 明代의 사상가이다. 자는 達夫, 호는 念庵이다. 어려서부터 양명의 학문을 사숙하고 良知사상을 신봉하여, 양명의 문인으로 불리운다. 王學 三派 중 聶豹와 함께 왕학 우파(歸寂派)의 중심인물이다. 처음에는 왕학 좌파인 王畿의 良知現成說을 비판하고 聶豹의 歸寂說에 호응하였지만, 결국 聶豹의 학설은 寂靜을 위주로 하여 안으로 향하는 경향이 있다고 불만을 표시하고 良知歸寂說을 제기하였다. 이 학설은 內外動靜 一如의 絶對靜의 입장에 서 있다. 劉宗周·黃宗羲 등 후학들은 나염암의 학설을 양명 양지사상의 본지로 높이 평가하였다. 저서로 『念庵羅先生全集』 24권이 있다.

176) (역주) 양명학에서 양지의 확충은 반성한다는 의미를 포함하므로 逆覺이라고도 부른다. 牟宗三은 이 逆覺에 '內在的 逆覺體證'과 '超越的 逆覺體證'이 있다고 한다. '내재적 역각 체증'은 일상생활에서 본심이 자신을 발현할 때 그 본심의 전체 내용을 깨닫는 것이다. 이것은 일상생활과 서로 격리하지 않은 상태에서 깨달음을 구하는 것이다. 맹자의 求放心, 『중용』의 誠之·愼獨, 정명도의 識仁, 호오봉의 識仁之體, 상산의 復其本心, 양명의 致良知, 유즙산의 誠意 등이 여기에 속한다. 이는 호상학파의 방식이자, 양명 좌파의 방법에 해당한다. '초월적 역각 체증'은 일상생활과 격리한 상태에서 본심을 깨닫는 것으로, 일시적인 방법이다. 李延平의 '정좌하여 미발의 기상을 본다[靜坐以觀未發氣象]'는 것이 여기에 속한다. 이는 도남학파의 방식이자, 양명 우파의 방법에 해당한다. 뒤에 양명 우파인 聶雙江이 '歸寂'(미발의 양지 寂體로 회귀하자는 주장)을 제창하여 양명 좌파인 왕용계와 논쟁을 벌였는데, 이것은 두 가지 역각 체증의 차이를 이해하지 못하여 생긴 것이다. 따라서 양명학에는 호상학파와 도남학파의 두 가지 방식이 모두 포함되어 있다고 할 수 있다. 그것이 후대에 양명 좌파와 양명 우파로 나누어지는 것이다.

웅십력이 보기에 작용만을 본성으로 파악하는[作用是性] 간화선적인 요소를 지닌 양명 좌파의 주장과 작용에서 본성을 본다[作用見性]는 자신의 주장은 전혀 다르다. 그와 마찬가지로 '歸寂'을 말하는 묵좌선적인 요소를 지닌 양명 우파의 주장과 웅십력의 주장은 전혀 다르다. 聶雙江·羅念菴에 대해 '作用見性과 조금 거리가 있는 듯하다'고 한 평가는 웅십력의 입장에서 볼 때 양명 우파 역시 양명 좌파와 마찬가지로 잘못이라는 점을 지적하고 있는 것이다.

통용된다. 본체를 마음이라고 부르는 경우도 있고, 작용을 마음이라고 부르는 경우도 있다. 마음이라는 명칭은 같지만 지목하는 실질이 다르므로, 잘 분별하지 않으면 안 된다"라고 질문한다. 이에 대한 답은 다음과 같다. 명칭이 같은데 실질이 다르다는 것은 본체와 공용을 두 조각으로 완전히 잘라낸 것과 같으니, 잘못이다. 의리(義理)는 저절로 나누어지는 때가 있으므로, 분별은 정밀하게 하지 않으면 안 된다. 그리고 나누어지는 때를 관찰하고 그것이 회통함을 더욱 귀하게 여겨야 한다. 작용을 마음이라고 부르는 사람은 공용이 본체와 분리되지 않는다는 것을 알아야 한다. 작용을 말하자마자, 작용에서 본성을 보게 된다[作用見性].[177] 파도를 말하면, 파도에서 큰 바닷물을 보게 되는 경우와 같다. 본체를 마음이라고 부르는 사람은 본체에서 보면 공용이 본체에 있다는 것을 알아야 한다. 큰 바닷물을 말하자면, 큰 바닷물이 파도와 떨어져서 홀로 존재하는 것이 아님을 알게 되는 것과 같다. 결국 본체와 공용을 두 조각으로 나눌 수 없다는 의미를 알아야 한다.[178]

어떤 사람은 "작용이라는 것은 순전히 본심의 유행이니, 습(習)과 함께 가지 않는가?"라고 질문한다. 여기에 대한 답은 다음과 같다. 마음의 작용이 근문에 유행하지만 근에 막히거나 습에 갇히는 일이 없는 것을 작용이라고 부른다. 이 말은 앞에서 이미 하였다. 습과 근은 항상 서로 따른다. 습이 마음을 가두는 것은 그것이 염습(染習)으로서 근과 함께 권력을 잡기 때문이다.[179] 만약 이 마음을 보림하여 근에게 부림받지 않게 하면, 근은 마음의 장애가 되지 않고 염습이 일어나 권력을 잡을 수 없어서 마음도 갇히지 않는다. 그러므로 염습은 반드시 항복시켜 제거

177) 性은 본체를 말한다.

178) 우주론상과 심리학상에서 모두 본체와 공용을 두 조각으로 나눌 수 없다.

179) 錮는 구름이 해를 가두는 것과 같이 가둔다는 것이다. 習에 染淨 두 종류가 있다는 것은 중권 「공능(하)」에서 다루었다. 여기에서 분명히 마음을 가두는 것은 染習일 뿐이다. 함께 간다는 것은 同行의 의미인데, 서로 완전히 합치된다는 뜻이다.

해야 하고,[180] 정습(淨習)은 단절되면 안 된다는 것을 알아야 한다. 단절되지 않으므로, 항상 근과 동행하고 마음과 상응한다.[181] 따라서 마음이 홀로 일어나 습과 함께 가지 않는 경우는 없다.[182] 정습은 본심에 의거해서 일어나므로 마음의 종류에 속한다. 정습은 마음과 상응할 때 조화롭게 일치해서 변화하므로, 서로 혼융하여 합한 자취마저 없다. 그러나 습은 참된 메카니즘[眞機]의 활동이 아닌 경우가 없다.[183] 마조는 "가고 머무르고 앉고 눕는 것, 기회에 맞추어 사물을 대하는 것 같은 것들이 모두 도(道)이다.[184] 도가 바로 법계(法界)이다.[185] 갠지즈강 모래의 신묘한 작용도 법계를 벗어나지 않는다[186]"라고 하였다. 맹자는 "군자가 도로써 깊이 나아가는 것은[187] 자득하기 위해서이다.[188] 자득하면, 편안하게 거처하게 된다.[189] 편안하게 거처하면, 깊이 길어 올리게 된

180) 항복시키다[伏]는 것은 억눌러서 일어나지 못하게 한다는 것이다. 제거하다[除]는 것은 없앤다는 것이다.

181) 상응한다는 것은 하나처럼 합일한다는 것이다.

182) 다음 장 心所를 설명하는 곳을 참조할 것.

183) 진정한 메카니즘의 활동은 본심의 流行이라는 것과 같다. 이는 淨習이 마음을 따라 전화하므로, 본심과 다르지 않다는 말이다.

184) 중국의 儒家, 道家는 모두 우주의 참된 근원, 인생의 본성을 道라고 부른다. 道는 거기에서 말미암는다[由]는 의미이다. 그것이 인간이 함께 말미암는 바가 되므로, 그렇게 부른다. 도를 체득한 사람은 일상생활하는 것이 모두 본성에서 나오고 한 오라기도 뒤에 일어난 개인적인 것[私]이 섞이지 않으므로, 모두가 도라고 하였다.

185) 法界는 우주 본체를 말한다. 그러나 그것이 사람에게 있는 것을 마음이라고 부른다. 마조는 중국 선철들이 말한 道와 인도 불교에서 말한 法界가 모두 본체를 지목하는 것이라고 본다.

186) 갠지즈강 모래는 무수하고 무궁한 것을 비유한다. 우리가 일상생활하는 가운데 일체의 것들이 모두 眞體에서 유행해나온 것이다.

(역주) 『續藏經』 119券 「江西馬祖道一禪師語錄」, 812면. "只如今行住坐臥, 應機接物, 盡是道. 道卽是法界, 乃至河沙妙用, 不出法界."

187) 깊이 나아가는 공덕으로 장차 도에 이르게 되는 것이지, 세속 학문과 같이 단지 지식에 힘쓰는 것뿐이 아니다.

188) 스스로 얻는다는 것은 실제로 자신에게 있는 것을 말하는 것이지, 단지 깨달음을 이해하는 것을 숭상하지 않는다. 깨달음을 이해하려고 하면, 마음으로 도를 추측해서 도에서 멀어진다. 스스로 얻게 되면, 마음이 도가 되고 도가 마음이 되어서 자신과 도가 하나가 된다.

다.[190] 깊이 길어 올리면, 좌우에서 그 근원을 만난다"[191]라고 하였다. 맹자의 이러한 말은 핵심적인 이치를 깊이 체득한 것이다. 내면에서 길어 올리는 것은 심원하여 고갈되지 않는다. 따라서 공급하는 곳을 따르면, 왼쪽이든 오른쪽이든 근원을 만나지 못하는 일이 없다. 근원은 만물의 근본이고, 온갖 덕의 기초이며, 온갖 행위의 중심이다. 길어 올리는 것은 이것을 길어 올리는 것이다. 거처하는 것은 이것에 거처하는 것이다. 얻는 것은 이것을 얻는 것이다. 깊이 나아가는 것은 이것에 나아가는 것이다. 이것이 바로 도(道)이다. 일상생활에서 공급하는 곳을 따르면, 좌우에서 이 진실한 본원을 만나지 못하는 경우가 없다. 상상하고 생각하고 발을 들고 내리는 등 무엇이든 모두 도체(道體)의 발현인데, 어디로 가든 만나지 못하겠는가? 마조가 "갠지즈강 모래의 신묘한 작용도 법계를 벗어나지 않는다"고 한 말과 맹자가 "좌우에서 그 근원을 만난다"고 한 말은 서로의 의미를 밝혀준다.

불교라는 학문은 소승·대승을 막론하고 본체의 깨달음[證體]이 귀결처인데,[192] 소승불교는 생략하고 대승불교에 대해서만 말해보기로 한다. 공종(空宗)은 본체가 공적하고(空寂)[193] 깊고 미묘하다고 형용하며 끝없이 찬탄한다. 유종(有宗)은 본체가 진실하고[眞] 깨끗하며[淨][194] 깊고 미

---

189) 스스로 얻은 곳에 거처하고 지극히 풍족한 곳에 있으면 우뚝 서서 상대할 것이 없어지는데, 어떻게 편안하지 않겠는가?

190) 길어 올린 것이 바로 거처하는 곳이다. 따라서 오직 안에서 길어 올리는 것이지 밖에서 빌리는 것이 아니다. 밖에서 빌리면 근원이 없어서 쉽게 고갈된다. 안에서 길어 올리는 것은 고갈되지 않는다. 안에 있는 것은 근원이 깊어서 끝이 없기 때문이다.

191) (역주) 『孟子』「離婁(下)」. "孟子曰, '君子深造之以道, 欲其自得之也. 自得之, 則居之安, 居之安, 則資之深, 資之深, 則取之左右逢其原.'"

192) 본체를 깨닫는 것[證見]을 證體라고 부른다. 깨닫는 것은 본체가 나타날 때 환하게 스스로 보는 것뿐이지 따로 한 마음이 있어서 이 본체를 보는 것이 아니다.

193) 아무 형상이 없는 것을 텅 비었다[空]고 하고, 혼란스러움을 떠난 것을 고요하다[寂]고 한다.

194) 허망한 것을 떠나 있으므로, 진실되다고 한다. 희론과 형상에서 떠나 있으므로, 깨끗하다고 한다.

묘하다고 형용하며 끝없이 찬탄한다.[195] 그러나 대승 논사들이 말하는 본체는[196] 일종의 초월감을 표현한 것이다. 즉 지고무상하고 지극히 선한 진리에 대하여[197] 무한히 장엄한 느낌을 가지는 것이다. 이와 동시에 아주 은근한 기원이 일어난다. 그렇기 때문에 초월감이라고 한 것이다. 이러한 감정은 지극히 고귀하며, 내가 현실 생활의 질곡을 깨뜨릴 수 있는 것은 전적으로 이 감정에 의뢰해서이다. 그러나 배우는 이들은 대승 논사들이 제시하는 내용에서 이러한 초월감이 발생하면 궁극적인 경지에 이르렀다고 보는데, 이는 큰 잘못이다. 대승 논사들은 언어의 방편상 배우는 이들에게 초월감이 생기도록 이끌지만, 이것이 궁극의 경지는 아니다. 배우는 이에게 초월감이 생겨날 때, 그 자신은 아직 진리와 하나가 되지 못하고 마음 밖에 객관세계가 있다고 보는 데서 벗어나지 못한다.[198] 장자(莊子)가 열어구(列御寇)를 나무랐던 것도 상대적인 것이 있었기 때문이다. 그는 스스로 초월적인 데 머무르고 감정을 깨끗이 다 잊고서야 비로소 상대적인 것이 없는 경지에 서게 되었다.[199] 그러므로 선불교가 일어나서 본심을 직접 지목하였다[直指本心]. 마음이 바로 리이고[200] 리가 바로 마음이며, 마음 밖에 객관세계는 없다. 우리 자신은 또 세속적인 견해에 따라 현실세계 속에 있다고 하지만, 실은 그것을 완전히 초월해 있다. 자기 자신에게 있는 마음과 모든 사물에 두루 존재하는 실체의 리는 하나이지 둘이 아니므로,[201] 진리에 부합되게 말하자면[202]

195) 유종은 본체와 공용을 구분하기 때문에, 잘못이다. 그러나 참되고 깨끗한 덕의 모양을 형용한 데는 들어맞는 점이 있다.

196) 공종, 유종 두 종파에 모두 통하므로, 이렇게 말하였다.

197) 이 중의 진리는 본체를 다르게 부르는 말이고, 다음에도 이에 의거한다. 善하다는 말을 인용한 것은 眞과 善을 통섭한 것이다.

198) 초월적인 본체세계는 마음 밖의 경지이다.

199) (역주) 『莊子』「內篇・逍遙遊」. “夫列子御風而行, 冷然善也, 旬有五日而後反. 彼於致福者, 未數數然也. 此雖免乎行, 猶有所待者也. 若夫乘天地之正, 而御六氣之辯, 以遊无窮者, 彼且惡乎待哉.”

200) 眞理는 理라고 줄여서 말한다.

당체(當體)가 바로 초월이다.[203] 어찌 자신 외에 따로 초월의 대상이 있어서 느껴지는 대상이 되겠는가? 초월이 자기에게 있으므로, 초월은 감정이 아니다. 선종은 '본심을 직접 가리킬 것[直指本心]'을 주장하는데, 대승공종과 유종 두 종파에 비해 더 진보하였고 더 간절하다. 『화엄경(華嚴經)』은 유종(有宗)의 육경 중 하나인데,[204] "현상세계는 오직 마음일 뿐이고, 온갖 대상은 오직 식일 뿐이다(三界唯心, 萬法唯識)"[205]는 종지는 선종의 학설과 잘 들어맞는다. 공종의 『반야경(般若經)』에서는 모든 집착을 전적으로 타파하여 그 지혜가 비로소 드러나게 되었다. 지혜는 본심이다. 선종은 공종과 유종 두 종파를 종합하였지만 깨달음으로 들어가는 방법이 더 간절하다는 것을 배우는 이들은 인식해야 한다.

신명(神明)은 비어 있고 고요하지만,[206] 미혹과 오염이 매번 장애가 된다.[207] 참된 주재자[眞宰]는 무위하고, 보림(保任)에 의지하여 드러난다.

---

201) 모든 사물은 萬物, 또는 萬有와 같다.

202) 眞은 진리를 말하고, 稱은 부합한다는 것이다.

203) 當體는 나 자신이 진리가 자기에게 있다는 것, 즉 자기가 바로 초월적임을 인식하는 것을 의미한다.

204) (역주) 六經十一論은 법상종이 소의로 하는 주요 경론을 말한다. 六經은 ①『華嚴經』, ②『解深密經』, ③『如來出現功德莊嚴經』, ④『大乘阿毘達磨經』, ⑤『楞伽經』, ⑥『厚嚴經』(또는 大乘密嚴經). 十一論은 ①瑜伽師地論, ②顯揚聖教論, ③大乘莊嚴經論, ④集量論, ⑤攝大乘論, ⑥十地經論, ⑦觀所緣緣論, ⑧阿毘達磨集論, ⑨二十唯識論, ⑩辯中邊論, ⑪分別瑜伽論이다. 이 외에 법상종의 주요한 이론적 전거에 『成唯識論』(『成唯識論述記』)이 있다.

205) (역주) 三界唯心은 三界(欲界·色界·無色界)의 모든 현상이 一心의 변현이라고 보는 견해이다. 이때 心이 만물의 본체이고, 이 외 다른 존재는 없게 된다. 三界生死·十二緣生 등의 제법은 실은 망상심이 만들어낸 것일 뿐이다. 예컨대 『六十華嚴經』(69券·465면). "心如工畫師, 畫種種五陰, 一切世界中, 無法而不造. 如心, 佛亦爾 ; 如佛, 衆生然. 心·佛及衆生, 是三無差別. 諸佛悉了知, 一切從心轉.. 心造諸如來." 이 心에 대해서는 법상종과 법성종의 해석이 서로 다르다. 법상종에서는 아라야식연기를 오직 識이 변화한 것이라고 본다. 『攝大乘論釋』 卷四, '三界唯識'의 해석과 같다. 법성종에서는 여래장의 자성청정심이 바로 眞如隨緣이 만든 제법이라고 본다. 즉 心이 일체의 법을 짓고, 일체의 법은 본래 言說相·名字相·心緣相과 떨어져 있으므로 平等·不變不異하다고 한다. 오직 一心이므로 眞如라고 한다.

206) 神明은 본심을 말한다.

장엄하구나, 보림이여! 참된 주재자가 미혹과 오염에 막히지 않고 드러날 수 있는 것은 나 자신에게 보림하는 공부가 있기 때문이다. 보(保)는 보존하는 것이고, 임(任)은 유지하는 것이다. 보림에는 대략 다음 세 가지 뜻이 있다. 첫째, 이 본심을 보림하여 미혹과 오염이 막지 못하게 한다. 둘째, 보림의 공부는 단지 본심을 그대로 따라서 보존하고 키우는 것이다. 즉 일상생활에서 일체를 본심에 맡기고 주가 되게 하는 것이지, 따로 한 마음을 두어서 이 본심을 보림하는 것이 아니다. 셋째, 보림의 공부는 본심을 그대로 따르는 것이므로, 이 마음의 자연스러운 움직임에 맡겨야지 의도적으로 이 마음을 잡으려고 해서는 안 된다. 정자(程子)가 '터럭만큼의 힘도 쓰지 않았다'고 한 것이 바로 이 의미이다.[208] 의도를 일으키면 허망한 생각, 또는 습심이 은밀히 일어나서 본심을 잃게 된다. 양명학파가 '공부가 바로 본체이다[卽工夫卽本體]'고 한 말은 천과 인간 사이에 함축된 뜻을 잘 분별한다.[209] 동양철학자들이[210] 마음을 전하는[傳心] 요체가 모두 이러한 논지에서 벗어나지 않는다. 공부는 온갖 수행[萬行]을 모두 가리키는 말이다. 행(行)은 수행, 또는 진수(眞修)라고 한다. 우리가 일상생활을 하는 중 한가하고 조용한 때나 온갖 동작을 할 때를 막론하고 한 생각이 오고 가는 짧은 사이에도 항상 본심이 위주가 되게 하고, 미혹이나 오염이 일어나서 사이가 벌어지게 방치하지 말아

207) 미혹과 오염은 본래 근거가 없지만, 충분히 본심을 막는다. 뜬구름이 근거가 없지만 해를 가릴 수 있는 것과 같다.

208) (역주) 程顥, 「識仁篇」. "必有事焉而勿正, 心勿忘, 勿助長, 未嘗致纖毫之力."

209) (역주) 웅십력은 양명학의 입장을 그대로 받아들여 진리는 나라는 주체의 도덕 수양과 별개로 떨어져 있는 어떤 초월적이고 객관적인 경지가 아니라 내가 최선을 다해 열심히 하면 깨닫게 되는 합일의 경지라고 보았다[工夫卽本體]. 그것은 '본래의 마음이 원래 저절로 밝음'을 아는 것이고, '온갖 변화가 일어나고 만물이 생성되고 만사가 이루어지는 것이 밝은 마음에서 유출된 것'임을 깨닫는 것이다. 이것이 바로 본체의 인식이다. 그러나 이는 아무리 말로 설명하여도 알 수 없고 단지 자기의 '본성을 다하는 공부'를 행할 때 체득할 수 있는 것이다. 웅십력은 이것을 '인간의 본성과 도덕 수양이 둘이 아니다[性修不二]', 또는 '생각과 수양은 서로 겹친다[思修交盡]'라고 표현하였다.

210) 예를 들면 儒家와 佛教 및 道家 학파를 말한다.

야 한다. 그런데 여기에 이르려면 부단히 노력해야 하고, 아무 것도 안 하고 방치하면 안 된다. 여기에서 부단한 노력이라고 한 것은 수행 또는 진수를 말한다. 수행을 온갖 가지라고 한 것은 수행이 한 가지 단서가 아니기 때문이다. 사람은 수행에 의해 자신이 치우친 약점을 스스로 극복할 것을 기대하므로, 수행은 한 가지 방법에 고착되지 않는다. 예를 들면 불교에는 육도(六度)[211] 내지는 십지(十地)[212] 등의 무량행이 있다. 유학에서는 인륜지간과 일상생활하는 사이에 거경(居敬)을 핵심으로 삼거나 충실[忠]·신뢰[信]를 주로 할 것을 우선으로 삼고, 그 외에도 여러 가지가 있다. 이 경우도 한 가지 수행만 숭상하는 것을 법도로 여기지 않는다. 공부가 성(誠)에 이르면, 본체가 나타난다. 일상생활에서 공부에 전 힘을 기울이지 않으면, 오염된 습이 치열해지고 사악하고 허망한 생각이 생겨나 본체를 막고 진실[眞]을 잃게 된다.[213] 그러므로 '공부가 바로 본체'라고 말한 것이다. 이것은 인간의 힘을 다하고 천에 합치하는[盡人合天] 궁극의 법칙이다. 공부는 보림일 뿐이고,[214] 원래 본체에 더해지는 바가 없다. 그러나 오염된 습에 속박되지 않고 육체를 따라 생각을 일으키지 않으며[215] 본심이 항상 속에서 위주가 되면,[216] 위대한 밝음

211) (역주) 六度는 布施·持戒·忍辱·精進·禪定·智慧 등 6波羅蜜을 말한다. 피안에 이르는 여섯 가지 뛰어난 수행을 말한다.

212) (역주) 十地는 10종의 지위로서 十住라고도 한다. 地(bhūmi)는 머무는 곳, 머무르다, 생성하다는 뜻이 있다. 보살이 수행해야 하는 52단계 중 특히 제41위에서 제50위까지를 十地라고도 한다. 十地는 보살이 처음 이 位에 있을 때, 無漏智를 생성하고 佛性을 체득하여 성자가 되고 佛智를 키운다. 이로써 일체 중생을 보호하고 키우므로, 이 位를 地位·十聖이라고 한다. 地位의 菩薩은 地上菩薩이라고 하고 初地 이전의 보살은 地前菩薩이라고 하여, 十住·十行·十迴向의 地前三十心이라고 부른다. 十地의 명칭은 ① 歡喜地(pramuditā-bhūmi), ② 離垢地(vimalā-bhūmi), 無垢地·淨地라고도 한다. ③ 發光地(prabhākarī-bhūmi), ④ 焰慧地(arciṣmatī-bhūmi), ⑤ 難勝地 (sudurjaya-bhūmi), ⑥ 現前地(abhimukhī-bhūmi), ⑦ 遠行地(dūraṃgamā-bhūmi), ⑧ 不動地(acalā-bhūmi), ⑨ 善慧地(sādhumatī-bhūmi), ⑩ 法雲地(dharmameghā-bhūmi).

213) 眞은 본체를 말한다.

214) 무한한 공부는 이 본심을 보림하는 것이 아닌 경우가 없다.

215) 사람이 오염된 습에 속박되면, 육체를 따라서 생각을 일으키게 되고 본심은 간혀 없

이 무극(無極)에서 환하게 빛나고[217] 본성의 바다가 깊어서 절대가 된다.[218] 이렇게 되면 고요함이 온갖 이치를 포함하고,[219] 활동이 온갖 변화에 대응한다.[220] 활동하여 대응하면 신묘함을 다 헤아릴 수 없고, 고요함이 포함하면 비어 있으면서도 고갈되지 않는다.[221] 이것이 활동과 고요함이 한 근원[動靜一原]이라는 의미이다.[222]

명대 유학자 양천유(楊天游)[223]는 공부가 바로 본체라는 학설에 찬성하지 않았다. 그는 "본체가 밝게 빛나는 것은 거울과 같다. 공부는 이 거울을 가는 일이다. 만약 공부가 바로 본체라면, 거울을 가는 행위가 바로 거울이라고 말하는 것이다. 어떻게 이러한 일이 가능한가?"[224]라

어진다. 王陽明은 배우는 이들을 가르칠 때, 매번 이 점을 제시하여 깨우쳤다.

216) 항상이라는 자가 가장 중요하다. 항상이 아닌 때가 있으면 본심을 잃게 되어 주인공이 없게 된다.

217) 본심은 사물에 기대지 않으므로, 지식이 아니다. 환하게 지극히 밝아서 모든 지식의 근원이 되므로, 무지한 것이 아니다. 끝이 없으므로, 無極이라고 한다.

218) 본심은 나와 만물이 함께 가지고 있는 본체이므로, 본성의 바다라고 표현한다. 본성은 생성하고 또 생성한다는 의미이다. 바다는 밖이 없이 지극히 크다는 것을 비유한다.

219) 고요함은 밖에서 느끼는 것을 완전히 없애는 때를 말한다.

220) 움직임은 사물들이 복잡하게 교감하는 때를 말한다.

221) 不屈은 고갈되지 않는다는 것을 말한다.

222) 내가 일상생활하는 사이에 고요한 때나 활동할 때를 막론하고 모든 것이 본체가 혼연히 유행한 것이다. 따라서 고요함이 온갖 이치를 포함한다는 것은 고요할 때 본체가 실현된다는 것이다. 활동이 온갖 변화에 대응한다는 것은 활동할 때 본체가 실현된다는 것이다. 이것은 한결같이 항상하는 공부에 나태가 없기 때문이므로, 본체가 나타날 때 활동과 고요함이 한 근원이 되는 신묘함이 있게 된다. 공부에 힘을 다하지 않으면, 오염된 습이 기회를 타서 일어나게 된다. 그렇게 되면 고요한 때에는 혼미하여 온갖 이치를 포함하는 본체가 발현될 길이 없고, 활동할 때는 혼란스러워서 온갖 변화에 대응하는 본체가 발현될 길이 없게 된다. 王學의 末流는 고담준론으로 본체를 논하면서도 工夫를 소홀히 하는데, 이것은 큰 잘못이다.

223) (역주) 양응소(楊應詔)는 명대 유학자로, 호를 天遊라고 한다. 甘泉, 涇野와 동문수학하고, 주렴계와 경야를 사숙하였다. 寡欲正心을 근본으로 하고, 하늘에 부끄럽지 않을 것을 귀착처로 하였다. 工夫를 바로 本体로 보는 입장에 반대하였다. 저서에 『楊天遊集』이 있다.

224) (역주) 黃宗羲, 『明儒學案』 卷二 「擧人楊天游先生應詔」. "本體光明, 猶鏡也. 工夫, 刮磨此鏡者也. 若工夫卽本體, 謂刮磨之物卽鏡也, 可乎."

고 물었다. 황이주(黃梨洲)는[225] 이를 다음과 같이 반박하였다. "이 말은 옳은 것 같지만, 사실이 아니다. 거울과 거울을 가는 행위는 두 가지 사물이다. 따라서 가는 행위가 바로 거울이라고 말해서는 안 된다. 만약 공부와 본체가 똑같이 하나의 마음이고 두 가지 사물이 아닌데도 둘로 가르려고 한다면, 두 마음이 있는 것이다. 그 학설은 통하지 않는다."[226] 내가 양씨의 주장을 살펴보니, 그의 말은 공부는 점진적으로 쌓이지만 본체는 점진적으로 쌓이는 일이 없다는 것이다. 공부는 순수하거나 뒤섞여있고 한쪽으로 치우치거나 온전한 것이 서로 다르지만, 본체는 한쪽으로 치우치거나 온전한 것이 없고 순수하거나 뒤섞인 것이 없다. 이 때문에 공부가 바로 본체라는 것을 인정할 수 없다면, 실로 거꾸로 본 것이다. 본체를 보림[保任]하는 것을 공부라고 부른다. 그러나 보림은 실제로 본체가 저절로 밝고 저절로 깨닫는 데서 연유한다. 바꾸어 말하면, 공부가 본체에서 나오는 것이지 본체를 떠나 따로 한 마음을 두어서 공부에 쓰는 것이 아니다. 양씨는 이 점을 다 살피지 못하였다. 공부는 원래 본체와 떨어져 따로 있는 것이 아니라, 본체의 발현에 불과하다. 공부의 측면에서 쌓이는 것이 있고 순수하거나 뒤섞여 있다고 말하고 한쪽으로 치우치거나 온전하다고 말한 것은 모두 발현된 자취의 측면에서 비교한 것이다. 지금 공부가 바로 본체라고 한 것은 하나하나의 공

225) (역주) 황종희(黃宗羲, 1610~1695)는 중국 明淸시대의 사상가이다. 자는 太冲, 호는 南雷이고, 梨洲 선생이라고 불리운다. 천문・산학・지리학 등에도 연구가 있고, 사학에 출중하여 淸代史學의 시조라고 칭하여진다. 저서 중 중요한 것으로 중국 최초의 철학사인 『明儒學案』・『宋元學案』과 『明夷待訪錄』・『易學象數論』・『南雷文定』 등이 있고, 『黃梨洲文集』이 있다. 그의 철학은 氣를 一本으로 보는 일원론적 철학으로, 정주 성리학이 理를 독립적인 실체로 보는 데 반대하고 왕양명 심학의 경향을 따랐다. 心卽氣의 결론에 도달하였고, 心을 세계의 본원으로 파악하였다. 그의 최대의 공헌은 봉건주의 군주전제에 대한 비판과 근대 민주사상의 맹아라고 할 수 있다. 그의 『明夷待訪錄』은 금서였지만, 청말 지식인들에 의해 크게 유포되어 큰 영향을 미쳤다.

226) (역주) 黃宗羲, 『明儒學案』 卷二, 「擧人楊天游先生應詔」. "此言似是而非. 夫鏡也, 刮磨之物也, 二物也. 故不可以刮磨之物卽鏡. 若工夫本體同是一心非有二物, 如欲岐而二之, 則是有二心矣. 其說之不通也."

부가 본체로 회귀하므로 저절로 근원을 탐색하는 논의가 되는 것이지, 보통 보듯이 막힌 자취의 모습으로는 서로를 가늠할 수 없다. 양씨는 본체와 공부를 둘로 나누었기 때문에, 누적되는 것 등이 있다, 없다 하는 모습으로 서로를 비교하였다. 황이주는 그 잘못을 알기는 했지만, 그가 반박한 말로는 잘못을 충분히 지적하지 못하였다.

공부가 없이 본체를 말하는 것은 상상으로 더듬어 찾는 것일 뿐 본체를 실증(實證)한 것이 아니다. 오직 간절하게 공부하는 자만이 본체가 바로 본심임을 실증하고 외부에서 찾지 않게 된다. 공부가 없으면 이 점을 보지도 인정하지도 못하고, 오직 한결같이 사물을 좇아다니는 지견(知見)으로만 본체를 추측하게 된다. 이것은 본체를 외재하는 사물로 보는 것인데, 어떻게 실증할 수 있겠는가? 실증은 본체가 저절로 분명해지고 저절로 인식되는 것이다. 따라서 본체가 막혀서 드러나지 않으면, 실증이라고 할 것도 없다. 공부가 지극히 중요하다는 것을 알면서도 아직 공부가 바로 본체임을 모른다면, 이때의 공부는 모두 외부에서 들어오는 것이 되고 참된 본성에는 어둡게 된다. 이것을 '명행(冥行)'이라고 부른다. 이는 근원이 없는 물이 마르지 않으려고 해도 그럴 수 없는 것과 같다.

본심을 파악할 것을 구하는 것은 불교에서는 선종에서 시작되었고, 이 뒤에도 이러한 길로 왕성하게 나아간 사람들이 있다고 안다. 유학의 경우에는 멀리 공자에서부터 이미 인(仁)을 구하는 논지를 제시하였다. 인은 본심이니, 나와 천지만물이 함께 가지고 있는 본체이다. 맹자가 제기한 사단(四端)도[227] 본심의 발용처를 나누어서 말한 것뿐이다. 실제로 사단은 다 합쳐서 하나의 인체(仁體)이다.[228] 뒤에 정명도(程明道)는 「식인편(識

227) 불쌍히 여기는 마음은 仁의 단서이다. 잘못을 부끄러워하고 미워하는 마음은 義의 단서이다. 사양하는 마음은 禮의 단서이다. 옳고 그른 것을 가릴 줄 아는 마음은 智의 단서이다.
(역주) 『孟子』「公孫丑(上)」. "惻隱之心, 仁之端也, 羞惡之心, 義之端也, 辭讓之心, 禮之端也, 是非之心, 智之端也."

仁篇)」에서 "인(仁)은 사물과 혼연히 한 몸이 되는 것이다.[229] 의(義)·예(禮)·지(智)·신(信)도 모두 인이다"[230]라고 말하였다. 이것은 공자 『역』의 "원(元)이 선의 으뜸이다"[231]라는 주장에서 발전된 것이다. 『역』에서는 건원(乾元)이 만물의 본체이고, 곤원(坤元)도 건원이며 곤에 따로 원(元)이 있는 것이 아니라고 본다. 양자호(楊慈湖)는 이러한 논지를 깊이 이해하였다. 원(元)이 사람에게 있는 것이 인(仁), 즉 본심이다. 온갖 선이 여기에서 발현되므로, '선의 으뜸'이라고 한다. 왕양명은 「대학문(大學問)」을 짓고 사람들이 자신의 내재적 근원으로 돌아가서 깊이 적막하고 측은히 느끼는 것을 인(仁)이라고 하게 되면서, 천지만물이 일체라는 실질을 환하게 볼 수 있게 되었다.[232] 나염암(羅念菴)도 스승의 뜻을 이어 자신의 논지를 기술하였다. 공자·맹자에서 송명 유학자들에 이르기까지 모두 본심의 인(仁)을 직접 가리키지 않는 사람이 없었다.[233] 이들은 온갖 변화의 근원이자 만유의 기초가 바로 이 인체(仁體)라고 여겼다. 이와 같은 내용은 지적인 이해를 가지고 외부에서 찾을 수 없는 것이다. 명대 유학자인 서노원(徐魯源)[234]은 "인(仁)은 본성의 정령[靈]이다. 마음의 진실[眞]은[235] 막막하여 아무 조짐이 없는 데에 응집되어 있고,[236] 생명의

---

228) 仁體는 본심을 다르게 부른 명칭이다. 유학의 仁, 智 등의 명칭은 문맥에 따라 의미를 구하여야 한다. 예컨대 仁이라는 명칭이 본체를 경우가 있는데, 이것은 義, 禮, 智, 信 등의 德과 상대적으로 부르는 것이 아니다. 때로는 의·예·지·신 등의 덕과 상대해서 말하는 경우도 있는데, 이 仁 자는 발용처와 연계해서 말한 것이다. 일에 따라서 불쌍히 여기는 마음을 내는 것을 仁이라고 부르고, 일에 따라서 잘못을 부끄러워하고 미워하는 마음을 내는 것을 義라고 부른다. 나머지도 이렇게 유추할 수 있다. 智라는 명칭도 그러해서 어떤 때에는 본체를 지목하고, 어떤 때에는 발용처에서 말한다. 앞에서 말한 仁에 준거해서 알 수 있다.

229) 여기에서 말한 仁은 나와 만물을 하나로 통합하는 본체이다.

230) (역주) 『二程遺書』 卷二 上, 「識仁篇」. "仁者渾然與物同體. 義禮知信, 皆仁也."

231) (역주) 『易』 「乾卦」. "文言曰, 元者, 善之長也."

232) (역주) 王守仁, 『王文成全書』, 券二十六, 「大學問」. "以天地萬物一體爲仁."

233) 실제로는 仁이 바로 본심이다. 그런데도 본심의 仁이라고 말한 것은 언어의 방편에 의한 것이다.

234) 徐魯源은 錢緖山을 사사하였으니, 양명의 再傳 제자이다.

의지는 가득 차서 우주에 넘친다. 여기에서 말하는 본성은 말라죽어 적막하고 단멸된 본성이 아니다.[237] 인륜과 만물에 통하면서도 진체(眞體)는 담담하여 쌓인 먼지들에서 아득하게 벗어난다. 여기에서 말하는 마음은 지각하고 활동하는 마음이 아니다.[238] 따라서 공자가 전한 인을 전하여도 폐단이 없다"[239]라고 하였다. 서노원의 이 말은 유학의 종지를 잘 표현한 것이라고 할 수 있다.

어떤 사람은 "공자 문하의 학문에서는 사람들에게 실제 일에서 노력하라고 가르치는데, 어떻게 본심을 말하고 인체(仁體)를 말한다고 할 수 있는가? 이것은 『논어』를 살펴보면 알 수 있다"라고 질문한다. 여기에 대한 답은 다음과 같다. 『논어』에는 제자들이 인에 대해 질문한 내용이 많이 실려 있는데, 그대가 잘 살펴보지 못한 것은 무엇 때문인가? 공자는 70세 이상까지 살았고, 제자들이 3천 명이었으며, 육예(六藝)에 통달하고 지극한 도를 들은 사람이 72명이었다. 그가 평생 강설한 내용이 아주 풍부하다는 것을 알 수 있다. 『논어』는 작은 책자일 뿐이지만, 거기에 실린

---

235) 웅십력은 仁이 바로 本心이고, 性이라고 본다.

236) 웅십력이 보기에, 막막하여 아무 조짐도 없는 것은 空寂이다. 불교에서는 단지 깨달아서 空寂에 이를 뿐, 空寂 중에 바로 생명의 의지가 응집되어 있고 그치지 않고 넘치는 것을 모른다. 본체는 원래 이와 같다.

237) 웅십력이 보기에, 소승불교는 말라죽어 사라진 것에 가깝다. 대승불교는 生死에 머무르지 않고 열반에도 머무르지 않아서 소승불교가 한 번 변화한 것이지만, 일체 중생들을 다 없애는 것을 구하므로 결국 유학의 인생관과는 다르다. 유가의 도를 가지고 대승불교를 판단해보면, 말라죽어 사라진 데서 벗어나지 못한 것이다.

238) 웅십력이 보기에, 지각하고 활동하는 마음은 習心이다. 仁이 본심이다. 그러나 仁體가 위주가 될 수 있으면, 지각하고 활동하는 마음 역시 仁體의 발용이 된다. 이러한 의미를 알아야 한다.

(역주) 朱子는 '知覺運動'을 '性'과 동일시하는 선불교사상을 비판하였다(『朱子語類』 卷126, 第54條). 명대 유학자인 羅欽順도 "지각을 性으로 본다"라고 선종을 비판하였다(『困知記』 卷上, 第4條).

239) (역주) 『明儒學案』 卷十四 「太常徐魯源先生用檢」. "惟仁者性之靈. 而心之眞. 凝於冲漠無朕, 而生意盎然, 洋溢宇宙. 以此言性, 非枯寂斷滅之性也. 達於人倫庶物, 而眞體湛然, 逈出塵累. 以此言心, 非知覺運動之心也. 故孔子傳言仁, 傳之無弊."

내용에 어찌 한계가 있겠는가? 그러므로 이 작은 책자에 실린, 인에 대해 질문한 조목들은 책 전체에서 아주 중요한 위치를 차지한다. 제자들이 인에 대해 질문한 것을 보면, 공자는 평생 오로지 '인을 구하는 것[求仁]'을 학문으로 삼았음을 알 수 있다. 왕양명 같은 후대의 유학자는 '치양지(致良知)'를 학설로 삼았는데, 이 역시 공자가 인을 말한 것과 비슷하다. 양지(良知)가 바로 본심이라는 것은 모든 양명학자가 다 안다. 인이 바로 본심인데, 『논어』를 살펴본 사람이 이 사실을 깨닫지 못한 것은 무엇 때문인가? 공자는 제자들이 인에 대해 질문하였을 때 실제 일에 노력하라고만 대답하였다. 바꾸어 말하면, 오직 그에게 공부하라고 말하여 공부에서 인체(仁體)를 스스로 깨닫게 하였지, 인체의 측면에서 그것을 정의하여 표현하지 않았다. 그 이유는 첫째, 말로 표현할 수 있는 것이 아니기 때문이고, 둘째, 억지로 표현하면 사람들이 풍경을 감상하는 것처럼 여길까 싶어서였다. 공자가 마음 쓴 점을 후대 사람들은 인식하지 못하였다. 옛날에 한 친구는 『논어』에서 말하는 인이 바로 본심은 아니라고 말하곤 하였다. 나는 그에게 "『논어』에 '군자는 밥 먹는 짧은 사이에도 인을 어기는 일이 없고, 넘어질 때도 반드시 인에 의거하고 엎어질 때도 반드시 인에 의거한다'라는 구절이 있다.[240] 여기에서 말하는 인이 본심이 아닌가? 본체가 아닌가? 어째서 이 인체를 외부의 것이라고 보고, 일할 때의 규범이나 덕목의 일종으로만 보는가?[241]"라고 반문하였다. 그 친구가 이 말을 듣고는 당황해서 깨닫는 바가 있었다. 인도의 타고르 씨[242]는 중국에 왔을 때, "『논어』를 한 번 읽어보니, 한 권의 법전에 불

240) (역주) 『論語』「理仁」第四. "君子無終食之間違仁, 造次必於是, 顚沛必於是."

241) '어째서'라는 데에서 여기까지가 한 문장이다.

242) (역주) 타고르(Rabīndranāth Tagore, 1861~1941)는 인도 근대의 종교개혁자이자 인도 독립의 정신적 지주 역할을 한 시인이다. 『우파니샤드』를 받들고 전통적 一神敎로 돌아갈 것을 주장하였다. 기독교의 영향을 배제하고 민족적 복고정신 회복과 전래의 신앙 옹호에 진력하였다. 벵골어로 작품을 발표하는 동시에 스스로의 작품 대부분을 영역하였고, 산문・희곡・평론 등에도 문재를 발휘하여 인도의 각성을 촉구하였다. 초기

과하다는 것을 알겠다"라고 말하였다. 공자가 이와 같다면 학문에 본원이 없는 것인데, 어떻게 성인(聖人)이라고 할 수 있겠는가? 타고르씨는 『논어』를 읽었으나 그 의미를 통달하지 못하였으니, 매우 애석한 일이다. 공자가 어떻게 본원에 도달하지 못하였겠는가? 공자 자신이 "15살에 학문에 뜻을 두었다"라고 말하였다. 여기에서의 학문은 깨닫는다[覺]는 뜻이고,[243] 깨달음에서 인체(仁體)를 인식한다는 것이다. 학문의 궁극적 경지가 이 점에 있다.[244] 인하지 못한 것[不仁]을 마비라고 한다. 마비는 깨닫지 못한 것이다. 깨닫지 못하면, 인체는 말라죽어 없어진다.[245] 인에 뜻을 둔 것이 학문에 뜻을 둔 것이다. "30살에 홀로 섰다"는 구절은 뜻이 이미 정립되었다는 것이다. "40살에 미혹되지 않았다"는 것은 인체를 저절로 인식했다는 것이다. "50살에 천명(天命)을 알게 되었다"는 구절은 인체를 저절로 인식하고 함양이 더욱 깊어져서, 이때 인체가 바로 천명임을 실증하게 되었다는 것이다. 저 천명이란 소리도 없고 냄새도 없는 것이다. 나와 만물이 함께 갖추고 있는 본체를 천(天)이라고 부르고, 그것이 쉬지 않고 유행하는 것을 명(命)이라고 부른다. 천명은 나를 초월하여 외부에 존재하는 것이 아니다.[246] 오직 저절로 인체를 인식하고 적막하여 아무 모습이 없는 것을 천(天)이라고 하고, 그치지 않고 심원한 것을 명(命)이라고 한다.[247] 자기의 본심을 버리고 외부에서 찾는 일은 있을 수

작품은 유미적이었으나, 가난한 농민생활과 접촉하고 난 뒤 농촌개혁에 뜻을 둠과 동시에 작풍에 현실미를 더하게 되었다. 1909년에 출판한 시집 『기탄잘리(Gī tāñ jalī)』로 1913년 아시아인으로는 최초로 노벨 문학상을 받았다. 그 뒤 세계 각국을 순방하면서 동서문화의 융합에 힘썼다.

243) 『白虎通』을 볼 것.

244) 궁극적 경지라는 말은 모든 지식의 학문과는 간단하게 다르다.

245) 上蔡는 깨달음이라는 말로 仁을 설명하였는데, 대단히 옳다. 주자는 이것을 비판하였는데, 잘못이다.

246) 王船山은 공자의 생각을 이해하지 못하였다. 그는 『讀四書大全說』에서 天道가 나를 초월하여 외부에 존재하는 것으로 보았는데, 대단히 큰 잘못이다. 墨翟이 말한 天은 외부세계가 독립적으로 존재한다고 보았는데, 이 점에서 유학과 다르고 미혹된 것이다. 왕선산은 陽明에 반대하여 마침내 묵적과 같은 방식에 빠져버렸다.

없다. 따라서 학문에 뜻을 두는 처음에 안으로 보존하여 주가 된 것이지, 밖에서 들어온 것이 아니다.[248] 이때부터 체계가 서서 미혹하지 않게 되고, 결국 천명이 외부의 것이 아님을 환하게 알게 된다. 안다는 것은 깨달아 아는 것이지, 지식으로 아는 것이 아니다. 『아함경(阿含經)』에 "몸소 깨닫는 것, 이것이 안다는 의미이다"[249]라는 구절이 있다. 이 이치는 나 자신에게 실현되기 때문이다. 이러한 경지에 도달하면 인체가 유행하여 절대 막히는 일이 없으므로, "60살에 귀에 순순히 들렸다"라고 한 것이다. 귀에 순순히 들렸다는 것은 막힘이 없음을 형용한 것이다. 나아가 "70살에 마음이 하고 싶은 대로 따라도 법도를 넘지 않게 되었다"라고 하였다.[250] 여기에 이르면 신묘한 공용을 이루 다 헤아릴 수 없고, 인체가 저절로 그렇게 되는 신묘함이 있게 된다. "15살에 학문에 뜻을 두었다"는 공자의 한 장이[251] 『논어』 전체의 사상과 『역』·『춘추(春秋)』의 개요를 모두 융합하고 있으므로, 마음을 가라앉혀 깊이 음미해야 하고 단장취의해서는 결코 안 된다. 『역』의 건원(乾元)이 바로 인체이고, 만물이 여기에서 시작한다. 『춘추』에서는 천을 원(元)으로 통섭하는데, 『역』과 같은 의미이다.[252] 『논어』에서 징험해보면, 제자들이 빈번하게 인에 대해 질문하고 있으므로 공자의 평생 학문은 '자신을 되돌이켜 본심을 찾

---

247) 쉬지 않고 유행하는 것을 옛시에서는 "아! 심원하여 그치지 않는구나![於穆不已]"라고 표현하였다. 於穆은 심원하다는 의미이다.

248) 뜻을 둔다는 것은 보존하여 주가 된다는 의미이다. 보존하여 주가 된다는 것은 仁을 어기지 않는 것을 의미한다.

249) (역주) '몸소 깨닫는다(身作證)'는 것은 경전에 자주 나온다. 예컨대 『長阿含經』(大1, 016c). "身作證, 布現於彼 謂貫經."

250) 이 의미는 아주 깊이가 있고 미묘하므로, 학자들은 절대로 자기 마음대로 해석해서는 안 된다.

251) (역주) 『論語』「爲政」第二. "子曰, 吾十有五而志于學, 三十而立, 四十而不惑, 五十而知天命, 六十而耳順, 七十而從心所欲, 不踰矩."

252) 큰 형체를 이룬 것은 天인데, 모두가 乾元 仁體가 응집하여 이룬 것이다. 천을 예로 들면 나머지 만물도 이에 따라 알 수 있다. 『주역』·『춘추』에서 모두 乾元으로 天을 통섭한다고 말하는데, 이것들은 모두 공자사상이 전해진 것이다.

는 것[反求本心]', 즉 인체를 통찰하는 것일 뿐이다. 자기의 본성을 다하면 사물의 본성을 다하게 되니, 본래 안팎을 나눌 수 있는 것이 아니다. 『논어』에 "천(天)이 무슨 말을 하던가? 사계절이 지나가고 만물이 생겨날 뿐, 천이 무슨 말을 하던가?"라는 구절이 있다.253) 계절이 지나가고 만물이 생겨난다는 것은 인체를 활발하게 형용한 것이다. 세상의 철학하는 이들은 지적인 견해(知見)에만 맡겨서 사물을 좇아 이해하려고 하는데, 어떻게 이 은근한 경지를 깨달을 수 있겠는가? 이러한 의도를 인식하면, 『논어』에서 공자의 언행을 기록하고 있는 하나하나의 글귀가 모두 인체에서 흘러나온 것임을 알게 된다. 그중에 오직 주된 것이 있어서 담담하고 항상 적막하며 영령하게 감응하므로, 겉으로 나타날 때 마땅하지 않은 경우가 없다.254) 어찌 본원을 보지 못하고, 사물을 응대할 때 규범을 세우고 법규를 행하는 것에 비기는가? 세속의 지혜로 성인을 판단하면 큰 오류에 빠지는 것도 당연하다.

『논어』에 공자가 인(仁)을 언급한 일이 드물었다는 기록이 있다.255) 즉 공자는 입을 다물고 인체에 대해 전혀 말하지 않은 것이 아니라, 드물게 말하였을 뿐이다. 뛰어난 재질을 가진 사람[上根利器]이 아니면, 그와 함께 인체에 대해 말하지 않았다. 단지 기회와 접촉 대상에 따라 인을 구하는 공부를 보여주었을 뿐이다. 『논어』의 기록은 모두 공부에 대해 말한 것이고 인체를 나타내지 않는 곳이 없으므로, 드물게 말했다는 것은 참으로 성실한 일이다! 공자는 진리는 인륜과 일상생활 하는 중의 실천을 통하여 깨달을 수 있다고 하였다.256) 실천에 힘쓰지 않아도 깨달을

---

253) (역주) 『論語』「陽貨」第十七. "子曰, 天何言哉? 四時行焉, 百物生焉, 天何言哉?"
254) 마땅하지 않은 것이 없다는 것은 법도를 넘지 않는다는 것이다.
255) 仁이 바로 본체이다.
(역주) 『論語』「子罕」第九. "子罕言利與命與仁."
256) 여기에서 말하는 진리는 仁體를 말한다. 깨닫는다[證得]는 것은 앞에서 인용한 『아함경』의 '몸소 깨닫는다'는 것이다.

수는 있다. 그러나 그 깨달음은 반드시 실질이 없어서 결국 진리와 둘로 나뉘게 된다. 이러한 정신은 철학하는 사람이라면 소홀히 해서는 안 될 것이다. 이 점에 대해서는 따로 논의하려 한다. 명대 유학자인 여경야(呂涇野)[257]는 학문할 때 뜻을 전일하게 하여 실천하였다.[258] 그는 배우는 이들을 다음과 같이 가르쳤다. "그대들은 인을 구할 때, 천지 만물이 나와 한 몸임을 인식해야 한다. 풀 한 포기, 나무 한 그루가 올바른 장소를 얻지 못하면, 이 마음도 불안해진다. 이윤(伊尹)이 '한 사람을 구하지 못하면,[259] 그를 구덩이 안에 밀어 넣은 것과 같다'라고 한 말은 어떠한 마음인가?[260] 왕이 '이러한 기상은 어렵다. 오늘날 부모형제 사이에서도 얻지 못하는 경우가 있다. 외부 사람을 보고 어떻게 이런 마음을 가질 수 있는가?'라고 묻자, 이렇게 대답하였다. '단지 마음씀이 성숙하지 못하기 때문입니다. 공부는 쌓이는 것에 달려있을 뿐입니다. 예를 들어 지금 여행 중의 숙박지에서 주인을 정당하게 대우하는 것은 주인을 상하게 할까 두려워서입니다. 친구를 대할 때 힘써 공경을 다하는 것은 오직 친구를 상하게 할까 두려워서입니다. 가사를 처리할 때 말하지 않는 것은 일에 따라서 이 마음을 보존하기 위해서입니다.[261] 수년 뒤에는 천지 만물이 한 몸이라는 기상을 저절로 깨달을 수 있을 것입니다.'"[262] 여경

---

257) (역주) 여겸(呂柟, 1479~1542)은 명대의 유학자로, 字는 仲木이고 號는 涇野이다. 陝西 高陵人으로, 國子祭酒와 南京禮部侍郎 등을 역임하였다. '克己'를 仁을 행하는 공부로 강조하여, "극기하면 無我이고, 無我가 바로 천리이다"라고 보았다. 수신을 근본으로 여겼고, 후천적인 학습을 중시하였다. 저서에 『四書因問』·『涇野集』 등이 있다.

258) 踐履는 실천한다는 것이다. 인륜과 일상생활하는 중 실제 수양하는 공부를 말한다.

259) 구하지 못한다는 것은 그 올바른 장소를 얻지 못한다고 한 것과 같다.

260) 웅십력이 보기에, 여기에서 본심을 인식하고 여기에서 仁體를 본다.

261) 이 말이 가장 중요하다.

262) 웅십력이 보기에, 사람들마다 모두 이처럼 배우면, 세계는 大同이 되고 人道가 잘 이루어지게 된다.

(역주) 『明儒學案』 卷二 「河東學案二」 「文簡呂涇野先生柟」. "先生曰, 諸君求仁, 須要見得天地萬物皆與我同體. 一草一木, 不得其所, 此心亦不安始得. 須看伊尹, 謂一夫不獲, 若已推而納之溝中. 是甚麼樣心. 王言曰, 此氣象亦難. 今人於父母兄弟間, 或

야의 이 말은 지극히 진실하고 간절하다. 배우는 이는 인체를 구하고 인식할 때 이렇게 공부해야 한다. 공부가 1/100이 달성되면, 인체도 1/100이 나타난다. 공부가 1/10이 달성되면, 인체도 1/10이 나타난다. 전적으로 공부에 전념하지 않으면, 한결같이 미혹되고 미친 듯이 내달려서[263] 인체는 말라 죽어버리고 말 것이다.[264]

또 사옥지(史玉池)[265]가 말하는 인(仁)을 구하는 공부도 지극히 진실하고 간절하다. 그는 "지금 시대에 학문을 강론하는 사람은 배우는 이를 이끌어서 즉시[當下] 하나하나 가리켜준다.[266] 이것은 가장 친절한 말이다. 그 까닭을 살펴보면, 배고프면 먹고 졸리면 자는 것들은 모두 저절로 그렇게 되는 것[自然]이지 공부를 전혀 필요로 하지 않는다.[267] 학자가 공부하는 것을 보면, 본체가 원래 이렇지 않다고 말하면서 한결같이 저절로 그렇게 되는 것에 맡기고 정욕을 좇아간다. 이렇게 되면 도리어 사람을 빠뜨리는 깊은 함정이 된다.[268] 본체와 공부가 분리될 수 없음

能盡得. 若見外人, 如何得有是心. 曰, 只是此心用不熟, 工夫只在積累. 如今在旅次, 處得主人停當, 惟恐傷了主人. 接朋友, 務盡恭敬, 唯恐傷了朋友. 處家不消說, 隨事皆存此心. 數年後自覺得有天地萬物爲一體氣象."

263) 미혹함[迷妄]은 染習이다. 개인적인 형체에 집착하는 것이다.

264) 盡은 없어져버린다는 것이다. 仁體는 본래 없어지는 일이 없지만, 내 생활상에서 말하여 완전히 仁體에 어긋나서 자신을 나타내지 못한다면 없어진 것과 같다.

265) 明代 東林학파의 학자이다.

(역주) 사맹린(史孟麟)은 明代 유학자로서, 자는 際明이고 호가 玉池이다. 江蘇 宜興人이다. 1583년 進士가 되었고 太常寺 少卿을 지냈다. 王陽明의 '無善無惡, 心之體'의 학설에 대하여 「性善說」을 지어서 비판하고 '性善'을 강조하였다. 본체와 공부가 분리되지 않는다고 보아 "공부가 없으면 본체도 없다"고 하였다. 저서에 『亦爲堂集』이 있다.

266) 내가 보기에, '즉시(當下)'라는 말은 선종에 근본을 둔 것이다. 예컨대 앞에서 인용한 마조가 혜해에서 답한 공안이 바로 혜해의 지금 즉시(當下)의 마음이고, 그로 하여금 본체를 깨닫도록 하나하나 가르쳐준 것이다. 송대 유학자들 중 선종의 방법을 쓰는 이들이 많았고, 명대 유학자들은 더욱 그러하였다.

267) 웅십력이 보기에, 배고프면 먹게 되고 졸리면 자게 된다는 것은 본래 禪師의 말이다. 단지 혼매하지 않고 어떤 탐욕도 일어나지 않는 것을 형용한 것뿐이다. 당초 기회를 잡아 하나하나 가르치면, 본래 병이 없다. 뒤에 제대로 깨닫지 못한 자가 이 말을 함부로 부언하여 미친 듯한 미혹을 이루었다.

268) 웅십력이 보기에, 양명학파 말류가 확실히 이러한 견해에 이르렀다.

을 모르는 것이다.[269] 본체가 있으면 저절로 공부가 있게 된다. 공부가 없으면 본체도 없다.[270] 번지(樊遲)가 인(仁)에 대해 질문한 것을 보면, 그 자신이 인체(仁體)를 인식하지 못하고 질문한 것임을 알 수 있다. 공자는 그에게 공부하는 방법을 가리켜주며 '거처를 공순하게 하고[恭], 일을 조심스럽게 처리하며[敬], 다른 사람에게 줄 때 충실하게 하라[忠]'라고 하였다.[271] 사람의 일상생활이 거처하고 일을 처리하고 다른 사람에게 주는 등의 생활환경에서 벗어나지 않는다. 거처할 때는 공순하게 하고, 일을 할 때는 조심스럽게 하고, 다른 사람에게 줄 때는 충실하게 한다. 이것이 본체가 바로 공부라는 의미이다.[272] 배우는 사람이 인(仁)을 구할 때, 거처를 공순하게 하면 인이 그 거처하는 곳에 있게 된다. 일처리 할 때 조심스럽게 하면 인이 그 일처리 하는 데 있게 된다. 다른 사람에게 줄 때 충실하게 하면 인이 다른 사람에게 주는 행위 속에 있게 된다. 이것이 공부가 바로 본체라는 의미이다. 인체(仁體)와 공순함·조심스러움·충실함은 분리할 수 없다.[273] 이것이 참으로 '즉시(當下)' 일어나는 것이고, 저절로 그렇게 되는 것[自然]이다. 짐승들도 모두 배고플 때는 먹고 피곤할 때는 자는데, 이것을 '즉시' 일어나는 것으로 본다면 짐승과 같아지는 것이다. 이것이 어찌 사람을 빠뜨리는 깊은 함정이 아니겠는가?[274] 또 '즉시'는 중요한 분기점에서 온 힘을 다하는 것이다. 사람은 평소 상황에 그대로 따를 때는 공경할 수도 있고 정성스럽게 다

---

269) 웅십력이 보기에, 이 말이 타당하다.

270) 儒家는 본체를 仁體라고도 부른다.

271) 『論語』를 참조할 것.
(역주) 『論語』「子路」第十三. "樊遲問仁. 子曰, 居處恭, 執事敬, 與人忠."

272) 웅십력이 보기에, 공순하고[恭] 조심스럽고[敬] 충실한[忠] 마음은 본체의 발용이고, 따라서 본체가 바로 공용이라고 한 것이다.

273) 공순하고 조심스럽고 충실한 것이 모두 공부를 말하는 것이다. 실제로 이 공부가 바로 仁體인데, 어떻게 분리하겠는가?

274) 웅십력이 보기에, 禪家 말류의 병폐에는 이러한 구별이 있어야 한다.

른 사람을 대할 수도 있다. 이해관계나 영욕, 명예, 생사가 나뉘는 분기점에서 차이가 난다면, 평상시의 공순함·조심스러움·충실함이 모두 참된 공부가 아니다. 참된 공부를 하지 않으면, 참된 본체도 없게 된다. 따라서 공자는 부귀와 빈천이라는 중요한 분기점에서 머무르지도 않고 떠나지도 않는 인체(仁體)를 지적하였다.[275] 맹자는 생사와 관련된 중요한 분기점에서 받지도 않고 달갑게 여기지도 않는 본심(本心)을 지적하였다.[276] 따라서 부귀하더라도 지나치지 않고, 빈천하더라도 옮기지 않으며, 위엄과 무력에 굴복하지 않고, 넘어질 때나 엎어질 때도 반드시 인에 의거하고, 삶을 버리고 정의를 취하며, 자신이 죽더라도 인을 이루는 것 등이 모두 중요한 분기점에서 '즉시' 일어나는 일이다. 이때 달아나지 않아야 겨우 참된 공부가 되고,[277] 참된 본체가 되며, 또 저절로 그렇게[自然] 되고,[278] 참으로 '즉시' 일어난 일이 된다."[279] 이러한 사옥

---

275) 웅십력이 다음과 같이 본다. 올바른 방법이 아닌 것으로 빈천을 떠날 수 있더라고 끝내 그곳을 떠나지 않는다. 올바른 방법이 아닌 것으로 부귀에 처할 수 있더라도 끝내 그곳에 처하지 않는다. 이 떠나지 않고 처하지 않는 마음이 바로 仁體이다. 상세한 것은 『論語』를 볼 것.
(역주) 『論語』「里仁」第四. "子曰, 富與貴, 是人之所欲也, 不以其道得之, 不處也. 貧與賤, 是人之所惡也, 不以其道得之, 不去也."

276) 웅십력은 이렇게 본다. 구걸하는 사람이 음식을 얻으면 살고 잃으면 죽는다고 하자. 그러나 만약 극히 무례하게 준다면, 죽더라도 받지 않고 구차히 사는 것을 달갑게 여기지 않는다. 이 받지 않고 달갑게 여기지 않는 마음이 바로 仁體이다. 『孟子』를 참고할 것.
(역주) 『孟子』 卷十一 「告子(上)」. "一簞食, 一豆羹, 得之則生, 弗得則死, 嘑爾而與之, 行道之人弗受, 蹴爾而與之, 乞人不屑也.. 鄕爲身死而不受, 今爲所識窮乏者得我而爲之, 是亦不可以已乎. 此之謂失其本心."

277) 웅십력은 이렇게 본다. 여기에서 달아나지 않는다는 것은 본심을 잃지 않는 것을 말한다. 예컨대 본심에서 죽을 때라는 것을 인정하였는데 갑자기 개인적인 욕심이 사이에서 일어나 구차히 삶을 얻고자 한다면, 이것은 달아나는 것이다. 달아나지 않는다는 것은 이와 반대이다.

278) 웅십력이 보기에, 본심에 거스르고 개인적인 욕심을 따르는 자는 오염된 습에 쫓기는 것이고 확실히 저절로 그렇게 되는 것이 아니다. 스스로를 엄밀히 성찰한 사람이 아니면 알 수 없다.

279) 웅십력이 보기에, 이상은 『論語』·『孟子』를 참조해야 한다. 예를 들어 아주 빈천하다는 것에서부터 생사 등의 중요한 분기점에 이르렀을 때까지 한 순간이라도 달아나지

지의 말은 지극히 간절하다. 앞에서 인용한 여경야의 말과 비교해보면, 이 말들은 모두 공맹(孔孟)의 정신을 잃지 않았다. 사옥지는 본체가 있으면 저절로 공부가 있고,[280] 공부가 없으면 본체도 없다고 하였다.[281] 이것은 진리를 정확히 파악한 말이다.

선불교는 작용에서 본성을 보고[作用見性] 유학은 공부가 바로 본체라고 보는데[卽工夫卽本體], 이 점에서 두 학파가 서로 통하는 데가 있음을 알 수 있다.[282] 그러나 유학에서는 인륜과 일상생활에서 만물이 서로

않아야, 이 즉시 일어난 생각이 모두 참된 것이 된다. 바꾸어 말하면, 순수하게 仁體가 나타난 것이다.

(역주) 『明儒學案』 卷六十, 「太常史玉池先生孟麟」. "史玉池論學, 今時講學者, 率以當下指點學人, 此是最親切語. 及叩其所以, 却說飢來喫飯困來眠, 都是自自然然的, 全不費工夫. 見學者用工夫, 便說本體原不如此, 却一味任其自然, 任情從欲去了. 是當下反是陷人的深坑. 不知本體, 工夫分不開的. 有本體, 自有工夫. 無工夫卽無本體. 試看樊遲問仁, 是未識自家仁體而興問. 夫子却教他做工夫, 曰居處恭, 執事敬, 與人忠. 凡是人, 於日月間那個離得居處, 執事, 與人境界. 故居處時便恭, 執事時便敬, 與人時便忠. 此本體卽工夫. 學者求仁, 居處而恭, 仁就在居處. 執事而敬, 仁就在執事. 與人而忠, 仁就在與人. 此工夫卽本體. 仁體與恭敬忠, 原是一體, 如何分得開. 此方是眞當下, 方是眞自然. 若飢食, 困眠, 禽獸都是這等的, 以此爲當下, 却便同於禽獸, 這不是陷人的深坑. 且當下全要在關頭上得力. 今人當居常處順時, 也能恭敬自持, 也能推誠相與. 及到利害的關頭, 榮辱的關頭, 毁譽的關頭, 生死的關頭, 便都差了. 則平常恭敬忠, 都不是眞工夫. 不用眞工夫, 却沒有眞本體. 故夫子指點不處不去的仁體, 却從富貴貧賤關頭. 孟子指點不受不屑的本心, 却從得生失死關頭. 故富貴不淫, 貧賤不移, 威武不屈, 造次顚沛, 必於是, 舍生取義, 殺身成仁, 都是關頭時的當下. 此時能不走作, 纔是眞工夫, 纔是眞本體, 纔是眞自然, 纔是眞當下."

280) 공부는 결국 본체의 發用이지, 따로 한 마음이 있어서 그것을 끼고 공부를 활용하는 것이 아니다. 그러므로 본체가 있으면 저절로 공부가 있다고 하였다.

281) 黃黎洲는 『明儒學案』에서 "마음은 본체가 없고, 공부가 이르는 곳이 바로 본체이다"라고 하였다. 이것은 만년에 공부에 치중하였으므로, 진보한 경지라고 할 수 있다. 그러나 세상에서는 황려주가 본체가 있다는 점을 인정하지 않았다고 보는 경우도 있는데, 오해이다. 그 첫머리에 마음에 본체가 없다고 한 것은 마음대로 쓴 말이다. 극단적으로 말하면, 뒷글의 공부가 바로 본체임을 일으켜주는 말일 뿐이다. 만약 공부를 쓰지 않는다면, 본체는 말라서 죽고 말 것이다.

(역주) 『明儒學案』 卷六十 「太常史玉池先生孟麟」. "有本體自有工夫, 無工夫卽無本體."

282) 앞에서 거처할 때 공순하게 한다. 운운한 것과 같이, 이때의 공순한 마음은 공부이지만 실제로는 본심의 발용이므로 작용이라고 부른다. 여기에서 선불교는 見性하고, 여

응대하는 점에 노력을 기울였다. 가는 곳마다 천리(天理)를 체인한다고 하지만[283] 정신은 쉽게 흩어지고 수렴하기가 비교적 어려우므로, 뛰어난 재질을 가지고 또 깊게 함양한 사람이 아니면 일상생활에서 실천할 때 요행히 부끄러운 일을 면하는 정도가 된다. 위대한 근본을 깨닫는 것은 쉽지 않다.[284] 깨닫는 것은 내가 본체를 체득하고 항상 보림하여 잃지 않는다는 의미이다. 이렇게 되면 마음이 진정한 주재자가 되고 만물의 표피를 뛰어넘어 짝할 것 없이 독립하게 되므로, 깨닫는다고 하였다. 안자(顔子)는 3개월 동안 인(仁)을 어기지 않았는데,[285] 인은 본체이고 3개월은 오랜 시간이라는 말이다. 인체를 보림하여 오랫동안 어기지 않았지만 항상 어기지 않을 수는 없었고 본체가 아직 완전히 드러나지 못하였으므로, 진정한 '깨달음'은 아니다. 안자도 그러한데, 하물며 평범한 사람은 어떻겠는가? 불교에서는 사물을 다 버리고 맑고 한가한 데 홀로 처하면서[286] 전일한 의식으로 정신을 수습하여 본래의 참됨[本眞]으로 들어가고[287] 자성을 되돌이켜 구한다.[288] 뛰어난 자질을 지닌 사람은 쉽게 진리를 깨닫고,[289] 우둔한 근기를 가진 사람은[290] 밝게 깨닫기[朝

기에서 유학은 본체를 인식한다. 그러므로 서로 통한다고 한 것이다.

283) 이 중의 天理는 본심의 발용을 말하므로 자연히 법칙이 있다. 예를 들면 거처할 때 공순하고, 일을 처리할 때 공경하고, 다른 사람에게 충실한 것이다. 무슨 까닭에 공순하지 않고 공경하지 않고 충실하지 않으면 안 되는가? 이것은 단지 본심의 자연스런[自然] 법칙으로서, 이것을 따르면 편안하고 그렇지 않으면 불안하니, 이유를 따질 필요가 없다. 따라서 천리를 말하는 것이다. 거처할 때 반드시 공순하고 일을 처리할 때 공경하며 다른 사람에게 반드시 충실한 것은 가는 곳마다 天理를 체인하여 감히 어기지 않는 것이다.

284) 위대한 근본은 本體를 말한다.

285) (역주) 『論語』 「雍也第六」. "子曰, 回也, 其心三月不違仁."

286) 『阿含經』의 말이다.

(역주) 『雜阿含經』 卷8(大2, 051a). "獨一靜處, 專精思惟."

287) 본래의 참됨은 본체를 말한다.

288) 앞의 말을 이어서 중복하여 말한 것뿐이다. 自性이 바로 본래의 참됨이다. 그것이 내가 생겨난 이치가 되므로 自性이라고 말한다.

289) 본체를 깨닫는 것을 진리를 깨닫는 것(證眞)이라고 한다.

徹] 어렵다.[291] 그 도는 세간을 벗어나는 것[出世]이고 인생에 반하므로, 항상되다고 할 수 없다.[292] 공자는 "도는 사람에서 멀지 않다"[293]라고 하였는데, 사람의 도가 사람을 멀리한다면 도라고 할 수 없다는 의미이다. 이것이 유학의 바뀔 수 없는 요체이다. 불교는 쉬지 않고 생성하는 본체의 덕을 거슬러서 막으려고 하는데,[294] 이것은 인류사상에서 가장 기이한 것으로서 항상된 도가 못 된다. 석가가 세상을 떠난 뒤 소승불교는 여러 부파로 나뉘어졌지만, 적막을 지향하는 본래의 의미는 공통적으로 받아들여졌다.[295] 대승불교가 출현한 뒤에는 특히 무주열반(無住涅槃)을 표방하여[296] 현실[世間]을 더럽히지 않으면서도[297] 현실을 떠나지

290) (역주) 원문은 純根으로 되어 있으나, 문맥상 鈍根이 맞는 듯하다. '우둔한 근기'라는 뜻이다.

291) 莊子는 "朝徹 이후에 見獨할 수 있다"라고 하였다. 見獨은 본체를 체득하는 것이다. 朝는 새벽이고, 밝음이다. 朝徹은 완전히 밝게 징험한다는 의미이다.
(역주) 『莊子』 「大宗師」. "吾又守之, 九日而後能外生, 已外生矣, 而後能朝徹, 朝徹, 而後能見獨, 見獨, 而後能无古今."

292) 항상 바뀌지 않는 도가 아니다.

293) (역주) 『禮記』 第三十一 「中庸」. "子曰, 道不遠人, 人之爲道而遠人, 不可以爲道."

294) 중권 「공능」 장에서 이것을 언급하였다.

295) 적막을 지향한다는 것은 寂滅을 지향하는 것으로, 生死의 바다에서 벗어나는 것이다. 소승불교의 無餘涅槃이 바로 그것이다.

296) 生死에 머무르지 않고 열반에 머무르지 않는 것을 無住涅槃이라고 부른다.
(역주) 涅槃(nirvāṇa)은 作滅・寂滅・滅度・寂・無生이라고도 意譯하고, 擇滅・離繫・解脫 등의 용어와 같은 의미를 지닌다. 원래의 뜻은 불어서 꺼진 상태를 가리키는데, 뒤에 번뇌의 불이 꺼져 다 사라지고 깨달음을 완성한 경지를 가리키는 것으로 그 의미가 확대되었다. 열반은 생사를 초월한 경지이고, 불교의 궁극의 실천 목표이다. ① 부파불교에서 열반은 번뇌가 소멸된 상태를 가리키며, 有餘涅槃과 無餘涅槃의 구분이 있다. 전자는 번뇌는 단멸되었지만 육체는 잔존해있는 상황이고, 후자는 신체와 지혜, 즉 일체가 모두 소멸된 상태를 가리킨다. ②『中論』 등에서는 實相을 열반이라고 보고, 또 因緣所生法에서의 空性이라고 보았다. 따라서 生死와 世間에 구별이 없다. 唯識宗에서는 열반에 本來自性淸淨涅槃, 有餘依涅槃, 無餘依涅槃, 無住處涅槃의 4가지 종류가 있다고 보았다. 그중 本來自性淸淨涅槃은 일체 사물의 본래상이 眞如寂滅의 理體라는 것으로, 眞如를 가리킨다. 無住處涅槃은 智慧에 의거하여 煩惱・所知의 二障을 멀리 벗어남으로써, 生死의 어지러운 세계에 머물지도 않고 涅槃의 경지에 머물지도 않는 것이다.

297) 世間에 빠져버리지 않는다는 것과 같으니, 생사에 머물지 않는 것을 가리킨다.

않고,[298] 더욱이 현실세계의 지식을 힘써 구하였다.[299] 이것은 이미 유학에 점차 접근한 것이다. 그러나 무주열반을 위주로 하므로, 중생들을 다 구제할 수 없기 때문에 중생을 버리지 않는다는 서원을 세웠다. 경전에서는 "중생이 있으므로, 위대한 자비[大悲][300]가 있다"고 한다.[301] 대승불교는 일관되게 적막을 지향하는 본래의 의도를 계승하였고, 근본적으로 바꾸지는 못하였다. 따라서 대승불교의 인생관은 결국 유학과는 종류가 다르다. 단지 세간을 버리지 않는다는 점에서 유학에 근접하는 경향이 있다고 말할 수 있을 뿐이다.[302] 그러나 이 근접한다는 점에서 둘의 관계는 대단히 깊다. 본론에서는 유학과 불교의 다른 점을 분석하면서도 그들이 회통하여 지극한 이치에 계합한다고 본다. 특히 불교 교외별전[別傳][303]의 교지는 유학에서 마음의 근원[心源]을 바로 꿰뚫는다

298) 세간을 떠나지 않는다는 것은 열반에 머무르지 않는다는 뜻이다.

299) 현실세계의 지식은 세간의 모든 지식적인 학문을 말한다. 예를 들어 대승 보살이 힘써 배우는 五明, 즉 因明·聲明 등을 말한다.

300) (역주) 大悲(mahākaruṇā)에서 悲는 고통을 뽑아 없앤다는 의미이다. 불보살들은 중생의 고통을 불쌍히 여기고 그것을 뽑아 없애서 구제하고자 하는데, 그 마음을 大悲라고 한다. 小乘有部에서는 大悲를 十八不共法의 하나로 보았고, 大乘 法相宗에서는 佛百四十不共法의 하나로 보았다. 일반적으로는 四無量心의 하나이다. 『華嚴經』에서 말하는 十種大悲心이나 『寶雨經』에 나오는 佛 三十二種大悲心이 그 예이다.

301) (역주) 衆生이 있으므로 大悲가 있다는 구절("由有衆生, 故有大悲是也")은 경전에서 무수히 나온다. 부처가 중생에 대해 대비를 느끼는 구체적인 연유에 대해서는 『大方廣佛華嚴經』 卷第一 「世間淨眼品」 第一之一(大9, 635a). "佛子, 菩薩摩訶薩, 有十種大悲常觀衆生. 何等爲十. 所謂觀察衆生無所歸依而起大悲. 觀察衆生隨逐邪道而起大悲. 觀察衆生貧無善根而起大悲. 觀察衆生長寢生死而起大悲. 觀察衆生行不善法而起大悲. 觀察衆生欲縛所縛而起大悲. 觀察衆生在生死海而起大悲. 觀察衆生久遠長病而起大悲. 觀察衆生無欲善法而起大悲. 觀察衆生失諸佛法而起大悲."

302) 중권 「공능」 장을 다시 볼 것.

303) 禪宗이 불교에서 따로 전달한 교지[教外別傳]이다.

(역주) 교외별전(教外別傳)은 禪불교 용어로서, 문자나 언어에 의지하지 않고 부처가 깨달은 경지를 바로 깨닫는 것을 말한다. 이 선법은 菩提達磨가 전한 祖師禪에서, 선종은 교종의 문자 언어에 머물지 않고 직접 마음으로 통찰하여 깨닫는다는 것을 표시한다. 선종이 조사에게 법을 전하는 것은 達磨 祖師 때 비로소 心印을 전하는 것으로 되어, "不立文字, 直指人心, 見性成佛"의 교외별전의 의미가 성립하게 되었다.

고 한 것과 딱 들어맞음을 알게 된다.[304] 따라서 적막과 인을 회통한 뒤 온전한 천덕(天德)을 보게 된다.[305] 불교에서 말하는 본체는 결국 적막하고 고요하다는 측면만 유독 중시한 것이다. 각 종파가 모두 그렇게 보며, 선종에서 특히 그러하다. 유학에서는 공맹 이래 본체를 말하는 이들이 인(仁), 또는 생성 변화의 측면만 특히 중시하였다. 『역』과 『논어』는 서로의 논지를 증명해준다. 불교의 적막과 공자의 인을 회통한 뒤에야 본체의 전체 덕을 볼 수 있다.[306] 적막이란 진실의 극치이고, 청정의 극치이며, 깊고 은미함의 극치이고, 신묘함의 극치이다. 형체도 없고 모습도 없으며 복잡한 오염도 없고 막히거나 장애도 없으니, 희론이 발붙일 여지가 없다. 고요하여 형용할 수 없는 것을 억지로 적막이라고 부른다. 인(仁)은 끊임없는 생성이고, 헤아릴 수 없이 신묘한 변화이다. 위대한 조화[太和]로서 거스르는 데가 없고, 지극히 부드러워서 포함하지 않는 것이 없다. 본체는 온갖 덕을 구비하고 있어서 무어라고 부르기 어렵다. 인과 적막만이 온갖 덕을 갖추고 있다. 적막에만 치우치면, 공에 빠지는 근심이 있게 된다. 인에만 치우치면, 생성의 메카니즘만 보고 쉬지 않고 생성하는 참된 본체가 본래 적막한 것임을 보지 못하는 말류의 폐단이 있게 될까 두렵다. 진실하고 청정하기 때문에 생성이 끊이지 않는다. 깊고 미묘하기 때문에 신묘한 변화를 헤아릴 수 없다. 정해진 모습이 없고 막히는 데가 없지만 실제로 아무 것도 없는 것이 아닌 것이 오직 인(仁)이다. 따라서 적막과 인은 모두 본체의 덕을 말한 것이다. 적막하기 때문에 인하고, 인하면 적막하지 않을 수 없다. 그러므로 본체를 한 가지 덕으로만 집착해 말하면 안 된다는 것이 분명하다. 위대한 근본을 확실히 정립하고[307] 인륜과 일상생활 하는 사이에서 징험하면, 이것이 바로

304) 마음의 근원은 본심, 또는 본체를 말한다.
305) 天은 본체를 대신 부르는 명칭이지, 새로운 神帝를 말하는 것이 아니다.
306) 중권 「공능」 장에서도 서로 참고할 수 있다.
307) 앞에서 '뛰어넘어간다'고 한 것이 여기의 확실히 정립되었다는 것이다.

본체와 공용이 둘이 아닌[體用不二] 학문이 된다.[308]

덧붙이는 말 1 : 본문 중 적막으로 나아간다는 주에서 "적막은 적멸(寂滅)이다"라고 하였는데, 적멸은 번뇌가 단절되어 사라진 것을 말한다. 번뇌는 미혹이라고도 하는데, 다음 장에서 상세히 다룰 것이다. 미혹이 사라져야 비로소 참된 본체에 고요히 계합하게 되므로, 적멸이라고 하였다. 또 불교철학은 종교사상과 혼합되어 있다. 그들은 개인의 생멸이 단절되지 않으며 무여열반(無餘涅槃)[309]에 들어갈 때 미혹이 사라지기 때문에, 인간 세상, 또는 생사의 바다에서 벗어날 수 있다고 주장한다. 그러나 개체의 생명은 참된 본체와 고요히 하나로 합일한다. 이것을 '삶과 죽음에 머물지 않는다[不住生死]'고 한다. 이것도 적멸의 의미이다.

덧붙이는 말 2 : 본문 중 불교에서 말하는 본체는 적막하고 고요한[寂靜] 측면만 특히 중시한 것이다. 여기에서 적막하고 고요하다는 것은 본체의 측면을 말한 것이지, 고요한 것과 활동하는 것을 상대적으로 보는 일반적인 말이 아니다. 보통 활동하는 모습과 고요한 모습을 상대적으로 말하여, 이 마음이 외부의 연[外緣]을 끊은 것을 고요하다고 하고 사물과 만나서 교감하는 것을 활동한다고 한다. 지금 본체가 적막하고 고요하다고 한 말에서,[310] 적막하고 고요하다는 것은 심체(心體)가 구비한

---

308) 程伊川은 본체와 공용이 하나의 근원이라고 말하지만, 타당하지 않은 것 같다. 본체와 공용을 서로 대조적인 것으로 보고난 뒤 하나의 근원이라고 말한다면, 본체와 공용의 근원이 따로 있는 것과 어찌 다르겠는가? 실제로 본체는 공용의 근원이지만, 본체가 공용의 밖에 존재하는 것이 아니다. 예컨대 큰 바닷물과 파도의 비유에서 이 뜻을 완미할 수 있다. 본론의 주장은 단지 '본체와 공용이 둘이 아니라는 것[體用不二]'뿐이다.

309) (역주) 無餘涅槃(nirupadhiśeṣa-nirvāṇa)은 번뇌를 끊으면 異熟苦果五蘊으로 이루어진 몸이 소멸되므로, 의거할 데가 전혀 없게 되는 열반이다. 有餘涅槃(sopadhi-śeṣa-nirvānṇa)은 생사의 원인이 되는 번뇌를 끊고 열반을 증득하더라도 前世의 미혹한 業으로 지어진 果報인 몸이 여전히 남는다고 보는 것이다. 대승불교는 無餘涅槃을 말한다는 점에서 有餘涅槃을 말하는 소승불교와 다르다. 앞의 주 296)번을 참조할 것.

310) 본체는 心體라고도 부른다.

덕을 가리킨다. 바꾸어 말하면, 심체를 가리킨다. 따라서 이 고요하다는 말은 활동한다는 말과 상대적이 아니다. 이 고요함은 단지 쌓이지 않고 요동하지 않고 허망하지 않으며 속박되지 않는다는 등의 의미이지, 실물이 정지해있다는 의미가 아니다. 적막하고[寂] 고요하다[靜]는 두 자는 적막하다는 말로 줄여서도 말한다. 송명 유학자들이 말한 '주정(主靜)'의 정(靜)도 활동하는 모습과 상대적인 것이 아니다. 세속에서 비방하는 것은 그 의미를 이해하지 못하기 때문이다.

덧붙이는 말 3 : 본문에서는 인(仁)을 "위대한 조화[太和]로서 거스르는 데가 없고, 지극히 부드러워서 포함하지 않는 것이 없다"라고 표현하였다. 인은 위대한 조화일 뿐이다. 위대하다는 것은 찬사이다. 위대한 조화이므로 막힘없이 유행하는데, 어떻게 거스르는 일이 있겠는가? 세속에서는 인을 인식하지 못하고 변화를 모순으로만 말한다. 그러나 실제로 모순은 변화의 이치[化理]의 본연이 아니므로, 그 인을 완성하게 된다. 지극히 부드럽다는 말은 위대한 조화의 실체를 형용한 것이고, 딱딱하지 않다는 의미이다. 딱딱하다는 말은 강건하다는 말과 결코 같지 않다. 딱딱하다는 것은 세속에서 말하는 사납다는 의미이다. 강건하다는 것은 순수하게 깨끗하여 굽힐 수 없다는 것과 앞으로 나아간다는 등의 의미를 가진다. 본체의 덕은 성대하고 변화는 신묘하여 형용할 말이 없지만, 억지로 강건하다고 지목한 것이다. 강건하다는 것과 조화롭다는 의미는 서로 통한다. 따라서 여기에서 부드럽다는 말은 강건하다는 말과 반대가 아니다. 부드럽다는 말은 인(仁)의 덕 있는 모습을 형용한 것이다. 그 본체가 강건하여 막히는 데가 없으므로, 딱딱한 것을 면한다. 포함하지 않는 것이 없고 유행하여 통하지 않는 곳이 없는 것은 만물에게 본체가 되기 때문이다.[311]

311) 만물의 본체가 바로 仁이다.

덧붙이는 말 4: 어떤 사람은 "선 불교는 공자사상과 회통하지만, 송명 유학은 본래 회통하려고 하였지만 구애되는 데서 못 벗어났다는 것이 그대가 한 말이다. 그런데도 그 단서를 확대하는가?"라고 질문한다. 여기에 대한 답은 다음과 같다. 송명 유학자들이 대승불교를 연구하지 않은 것은 세뇌될 것을 두려워해서인 듯하다. 주(周) 대 말엽 제자사상도 배척하지 않은 것이 아니지만, 그 사상은 깊이가 매우 얕다. 선(禪)의 이치가 조금 섞여있지만, 마음을 비우고 그 본지를 연구하지는 못하였다. 논사들은 모두 선불교가 작용을 본성으로 여긴다고 말하였지만, 작용견성(作用見性)의 본다[見]는 의미를 대단히 소홀히 여긴 것을 몰랐다. 앞글에서 사람들이 비판한 대로 판정한다면, 선학(禪學)은 근본이 없는 학문이 될 것이다.[312] 그러나 사람들이 터득한 선은 자신의 의견일 뿐 실제 선이 아니다. 이것을 회통한다고 말한다면, 어찌 가능하겠는가? 그렇지만 그들은 학문이 자신을 되돌이키는 데[反己] 있다고 보고 정신적인 측면에서 공자 문하를 계승하였고, 위대한 근원을 확실히 깨달았으므로 천박하다고 볼 수 없다. 이 점은 다음에 따로 논의하려고 한다.[313]

배우는 이들은 한결같이 지식과 정견(知見)으로만 달려가고,[314] 고요함을 지키고 체득하는 공덕이 없어서 바로 본심을 인식할 방법이 없다.[315] 나는 평생 영가(永嘉) 대사[316]의 어록을 가장 좋아하였다. 영가는

---

312) 작용이 본성이 되므로, 본성을 인식하지 못하여 근본이 없다고 한다.

313) 陽明은 투철하므로, 소홀히 해서는 안 된다.

314) 지식, 또는 情見을 말한다.

315) 고요함[靜]은 오염된 습이나 개인적인 욕심으로 흔들리지 않고, 맑게 고요히 삼매에 든 것이다. 깨달음[體認]은 정신을 수렴하여 흩어지지 않게 하는 것이다. 즉 본심이 바로 드러나 빛나므로, 저절로 밝아지고 저절로 보게 된다.

316) (역주) 영가 현각(玄覺, 665~713)은 唐代의 승려로, 후대에 眞覺大師라고 부른다. 溫州 永嘉 사람이므로 永嘉玄覺이라고 부른다. 8세에 출가하여 삼장에 통달하고 天台 止觀을 익혔으며, 뒤에 溫州 龍興寺 옆 선암에서 홀로 지내면서 선관을 닦았다. 慧能과 서로 문답하여 그의 인가를 얻었고 혜능이 하룻밤 머물도록 했으나 다음날 용흥사로 돌

지관(止觀)317)을 닦아서 선정으로 들어갔다. 지관은 불교에서 도(道)로 들어가는 방법이다. 지(止)는 마음을 고요히 하여 삼매에 든다는 뜻이고, 관(觀)은 밝게 살핀다는 뜻이다. 이는 대략의 거친 해석이고, 광의의 해석은 천태종의 학설과 같다. 따라서 마음자리를 잘 밝히는 것이 가장 간절하다. 대략의 의미는 다음과 같다.

> 넉넉히 마음을 쓸 때, 넉넉히 무심(無心)으로 쓴다.318) 무심을 넉넉히 쓰면,319) 항상 넉넉히 써도 무(無)이다.320)
>
> 생각[念]은 대상[塵]을 잊지 않으면 그치지 않고, 대상은 생각을 그치지 않으면 잊지 못한다.321)

아갔다고 하여, 당시 사람들이 '一宿覺'이라고 불렀다. 저서에 「證道歌」 一首, 『禪宗悟修圓旨』 一卷, 『永嘉集』 十卷이 있고, 제자 惠操・惠特・等慈・玄寂 등이 세상의 추종을 받았다.

317) (역주) 止觀은 불교의 중요한 수행법문의 하나이다. 천태종의 실천법문에서 止(śaṇatha, 奢摩他), 觀(vipaśyanā, 毘婆舍那)의 번역어이다. 止는 일체의 外境과 망념을 그치고 특정한 대상에 정신을 집중하는 것이고, 觀은 正智慧를 가지고 이 대상을 觀하는 것이다. 止觀은 定・慧 二法. 또는 寂照・明靜이라고도 하는데, 止와 觀은 상보상성하여 불도를 완성하므로 서로 떨어질 수 없는 관계이다. 천태의 실천법을 교의화・체계화한 대표적인 인물은 智顗인데, 그의 저작인 『摩訶止觀』은 지관의 의미로 체계를 구성하고 空假中三觀의 실천으로 그 체계를 완성하였다.

『摩訶止觀』에서는 지관의 3가지 뜻을 설명하며 三止三觀이라고 부른다. 止의 3가지 의미는 ㉠ 그친다, ㉡ 정지한다, ㉢ 不止을 가지고 止를 밝힌다이다. 觀의 3가지 의미는 ㉠ 꿰뚫는다, ㉡ 잘 살펴서 통달한다, ㉢ 不觀을 가지고 觀을 밝힌다이다. 智顗는 止觀의 종류에 또한 3가지가 있다고 보았다. ① 漸次止觀 : 선정을 수행하여 점차 實相을 깨달아가는 지관. ② 不定止觀 : 중생의 성격, 능력에 따라 실천의 순서가 정해져있지 않은 지관. ③ 圓頓止觀 : 처음부터 실상을 대상으로 하여 원만함이 결여되는 일 없이 즉시 깨닫는 지관. 그중에서 一心三觀・一念三千을 실천이론으로 하는 圓頓止觀이 가장 뛰어나다.

318) 웅십력이 보기에, 여기에서의 마음이라는 자는 본심을 말하고 뒤에도 이와 같다. 본심은 고요하여 작의가 없으므로, 無心이라고 부른다.

319) 또 無心이라고 부르기는 하지만, 밝게 비추므로 진짜 無는 아니다.

320) 웅십력이 보기에, 쉬지 않고 살펴서 비추는 것이 항상 쓰는 것[常用]이다. 담담하고 고요하여 객관 대상에 따라 전환하지 않으며 相에 이르는 것에서 벗어난다. 따라서 항상 쓴다고 하지만, 실제로는 항상 無이다.

321) 웅십력이 보기에, 생각[念]은 헛된 생각이고 妄識이라고도 한다. 허망하게 분별하기

대상을 잊는 것은 생각을 그쳐서 잊는 것이고, 생각을 그치는 것은 대상을 잊어서 쉬는 것이다.

대상을 잊으면 그치게 되는데, 그칠 때 그치는 주체가 없다.322) 생각을 그치면 잊게 되는데, 잊을 때 잊을 대상이 없다.323) 잊을 때 잊을 대상이 없으므로, 대상이 없어서 대면하지 못한다.324) 그칠 때 그치는 주체가 없으므로, 생각이 사라져서 인식 주체가 아니다.325)

인식 주체가 사라지고 대면하는 대상도 없어서, 한결같이 적막에 그윽히 합한다.326)

때문이다. 習心이라고도 하는데, 오염된 습이 일어나므로 습심이라고 부른다. 대상[塵]은 헛된 생각에서 대상이라고 집착하는 것에서부터 대상을 좇아가는 모든 것들을 塵이라고 부른다. 헛된 생각은 대상을 좇아가서 일어난다. 대상을 잊지 않으면 생각을 그칠 수 없다. 헛된 대상도 헛된 생각에 의거하여 비로소 일어나니, 생각을 그치지 않으면 어떻게 대상을 잊을 수 있겠는가?

322) 웅십력이 보기에, 헛된 생각은 본래 자성이 없다. 그러나 대상이 환상으로 존재한다는 데 의거하므로, 대상을 잊으면 그치게 된다. 생각이 인식의 주체라고 보아서는 안 되므로, 지금 바로 그칠 수 있다. 만약 그렇게 생각한다면, 생각이 본래 공하지 않은데 어떻게 그치겠는가?

323) 웅십력이 보기에, 헛된 대상은 본래 실재하지 않지만 망념(妄念)이 추구하는 것에 연하여 추구하는 대상의 모습이 거짓으로 나타난다. 따라서 생각을 그치면, 대상도 모두 잊게 된다. 실제로 대면할 대상이 없어서 잊는다고 말한 것이 아니다. 만약 대면할 대상이 실재한다면, 대상이 본래 없는 것이 아닌데 어떻게 잊을 수 있겠는가?

324) 웅십력이 보기에, 생각을 그치는 것은 대상을 잊는 것이다. 그러므로 세속의 견해에서 외부세계가 있다고 집착하는 것은 다만 허망하게 분별하여 대상을 좇아가기 때문에 그렇게 볼 뿐이다. 잊을 때 잊는 대상이 없으면, 대상의 모습을 버려서 실제로 외부 대상[外境]을 대면하지 않게 된다. 여기에서 외부 대상[外境]이라고 한 것은 세속의 견해에서 외부세계라고 집착하는 것이고, 헛된 생각으로 매달리고 좇아가는 모든 대상들을 外境이라고 통칭한다.

325) 웅십력이 보기에, 생각에는 자성이 없지만 대상이 환상으로 존재한다는 데 연한다. 따라서 대상을 잊으면 생각도 같이 사라져서, 생각이 본래 주체가 아님을 충분히 체득하게 된다. 따라서 '그칠 때 그치는 주체가 없다'라고 하였다. 이와 같으면, 대상은 객관[所]이 아니고 생각도 주관[能]이 아니게 된다. 객관의 모습이 공(空)이므로, 주관의 모습도 공이 된다. 세속에서는 이를 깨닫지 못하고 헛된 생각을 인식의 주체로 여기는데, 이것은 큰 잘못에 빠진 것이다. 지금 생각이 대상에 따라 사라지면, 생각이 본래 인식의 주체가 아님을 충분히 체득하게 된다. 그러나 세속에서는 인식의 주체가 아닌 것을 인식의 주체로 여길 뿐이다.

326) 세상 사람들은 모두 인식 주체가 아닌 것을 인식 주체로 여기므로, 대면할 대상이 없는데도 있다고 본다. 무슨 까닭인가? 一眞法界는 그윽하게 空寂하므로 본래 상대적인

고요하여 의지할 데가 없어서 신묘한 본성이 천연 그대로이다.[327]

여기에서 말한 것을 상세히 살펴보면, 반드시 망식(妄識)을 공으로 해야 그윽한 적막을 깨달을 수 있다는 것이다. 망식이 어째서 공인가는 주관[能]과 객관[所]을 나누어서 보는 데 달려있다. 생각[念]이[328] 주관이 되고, 대상[塵]이[329] 객관이 된다고 한다. 객관이 주관에 의지한다고 보면,[330] 객관에 자성이 없고[331] 객관 대상이 성립하지 않는다.[332] 주관이 객관에 의지한다고 보면,[333] 주관에 자성이 없고 인식 주체가 아니

것이 없다. 지금 인식 주체가 아닌 것을 주체로 여기고, 허망하게 분별하여 함부로 외부 객관 대상을 대면하는 대상으로 여긴다. 여기에 미친 듯한 미혹이 불타올라 그가 본래 가진 그윽하게 고요한 본성의 바다를 등지니, 중생이 불쌍하다는 것이 이 때문이다. 따라서 생각이 그치면 인식 주체가 아닌 것을 주체로 여기는 일도 사라진다. 대상을 잊으면 외부가 존재한다고 보지 않게 되어서 대면할 대상도 버리게 된다. 이에 한결같이 그윽하게 고요함을 향하는 본체를 한순간에 황홀하게 깨닫게 된다. 비유하자면 뜬 구름이 실질이 없는데, 어떻게 위대한 허공[太虛]을 막을 수 있는가 하는 것과 같다. 사람들이 되돌이켜 구하지 않는 것이 근심일 뿐이다. 이때 '一眞'의 一은 절대의 뜻이다. 眞은 허망하지 않다는 뜻이다. 법계는 우주 본체를 말한 것과 같은데, 그 본체가 사람에게 있을 때를 本心이라고 한다. 그윽하다는 것은 심오한 모습이다. 空寂의 空은 아무 상이 없고 청정하다는 뜻이지, 텅 비어 아무 것도 없다는 의미가 아니다.

327) 웅십력이 보기에, 홀로 서서 짝될 것이 없으므로 의지하지 않는다고 하였다. 이 참된 본성은 온갖 덕과 온갖 선을 갖추고 있으므로, 신묘하다고 하였다. 생성도 소멸도 없이 담담한 것이 허공과 같고, 본연이 청정하여 항상 변하지 않는다. 오염된 습을 만나 막히더라도 자성은 결국 줄어들지 않는다. 깨끗한 습을 만나 겉으로 드러나게 되더라도, 자성은 결국 늘어나지 않는다. 그러므로 천연 그대로라고 하였다.

(역주) 『禪宗永嘉集』「奢摩他頌」第四(大48, 389b). "恰恰用心時, 恰恰無心用, 無心恰恰用, 常用恰恰無, 夫念非忘塵而不息, 塵非息念而不忘. 塵忘則息念而忘, 念息則忘塵而息. 忘塵而息, 息無能息. 息念而忘, 忘無所忘. 忘無所忘, 塵遺非對. 息無能息, 念滅非知. 知滅對遺, 一向冥寂. 闃爾無寄, 妙性天然."

328) 妄識을 말한다.

329) 妄識이 좇아다니는 대상이다.

330) 塵이 생각에 의거해 나타나므로, 所가 能에 의지해서 비로소 있게 되는 것이다.

331) 객관이 스스로 존재하는 것이 아니라 주관에 의지하여 비로소 있게 되므로, 객관에는 자성이 없다. 자성이 없는 것이 바로 空이다.

332) 塵은 본래 공하기 때문이다.

333) 생각[念]이 대상[塵]에 연하여 일어난다는 것은, 주관이 객관에 의지하여 비로소 존재한다는 것이다.

다.[334] 그러므로 주관과 객관을 나누어 보면, 망식은 모두 공이 되고 본래 적막한 진체(眞體)가 완연히 자신을 드러내게 된다. 영가는 이를 교묘히 잘 표현하였는데, 실은 『유가경(瑜伽經)』,[335] 『반야경(般若經)』의 장점을 융합시킨 것이다. 『유가경』은 법상 유식의 근본 경전으로, 망식의 모습을 비교적 상세히 설명하였다. 그러나 그 학설이 지리한 데서 못 벗어났다는 점은 말할 필요도 없다. 영가는 바로 망식을 공으로 함으로써 공적한(空寂) 참된 본성을 깨달았다. 따라서 『반야경』의 논지에 깊이 부합하였고, 『유가경』의 지리한 약점이 없으면서 그 장점도 버리지 않았다. 세상에서 유심론을 견지하는 이들은 본심(本心)과 망식(妄識)을 구별하지 못한다. 나는 그렇게 되면 안 된다고 본다.

본심의 자성은 미묘해서 알기 어렵다.[336] 영가는 이것을 다음과 같이 형용하였다.

> 인연을 잊은 뒤에는 아주 고요하고,[337] 영명한 지혜의 본성이 역력하다.[338]

---

334) 앞에서 말한 것에 준하여 객관을 해석할 수 있다.

335) (역주) 『瑜伽經(Yoga-sūtra)』은 인도 六派철학 중 瑜伽學派(Yoga)의 근본 경전이다. 이 경은 기원전 150년 경에 편찬되었지만, 현존하는 경전은 기원후 400~450년 경에 완성되었다. 내용은 (1) 三昧 : 修習과 離欲으로 量・顚倒・分別・睡眠・記憶 등 五心의 작용을 제어하여 三昧의 경지에 도달한다. (2) 八種實修法 : ① 制戒(yama) : 不殺生・眞實・不盜・不婬・無所有 등의 오계를 지키는 것, ② 內制(niyama) : 淸淨・滿足・苦行・修學・최고신 등에 귀의하는 것, ③ 坐法(āsana) : 신체의 안정을 유지하여 쾌적한 것, ④ 調息(prāṇāyāna) : 호흡을 조절하는 것, ⑤ 制感(pratyāhāra) : 감각기관과 대상을 멀리 떨어뜨리는 것, ⑥ 執持(dhāraṇa) : 마음을 한 곳에 몰입하는 것, ⑦ 靜慮(dhyāna) : 定心한 뒤 관념의 집중에 치중하는 것, ⑧ 三昧(samādhi)의 경지. (3) 실제 수행을 통하여 초인적인 지식, 능력을 획득하는 것. 예컨대 과거・현재・미래 삼세를 아는 것, 他心知・隱遁身形 등. (4) 수행을 통하여 自性에서 벗어나 해탈한다.

336) 형체도 없고 모습도 없지만, 형체 없는 형체가 있고 모습이 없는 모습이 있어서 그 自性이 된다. 뒤에서 말한 寂寂・歷歷이 바로 그것이다.

337) 인연은 헛된 연[妄緣], 즉 妄識을 의미한다. 망식은 어지럽고 참으로 고요한 본심을 막는다. 따라서 반드시 妄緣을 끊어버린 뒤에야 고요하고 참된 본체가 비로소 나타난다. 잊는다는 것은 버린다・끊는다는 의미이다.

338) 웅십력이 보기에, 영명한 지혜는 쉽고도 간이해서 지식을 위한 지식이 아니다. 즉 妄

무기(無記)하여 혼미한 이도 밝아져서, 본래의 참된 공(空)에 계합함이 분명하다.339)

총명한 그대로[惺惺] 고요함은 옳고, 무기(無記)한 상태로 고요함은 틀리다.340)

고요한 상태로 총명함은 옳고, 생각이 산란한 산태로 총명함은 틀리다.341)

앞에서 인용한 '총명함[惺惺]과 고요함[寂寂]'이야말로 본심이고, 이는 영가가 심체(心體)를 통찰한 말이다. 그러나 이 점은 극히 주의해야 한

念, 또는 妄識을 쉽고 간이하게 한다. 역력하다는 것은 분명한 모습이다. 『易』에서 '위대한 밝음[大明]'이라고 한 것이 바로 이것이다. 영명한 지혜는 무지하지만 모르는 것이 없다. 상권 「명종」 장에서 性智를 설명한 곳을 참고할 것.

339) 웅십력이 보기에, 無記라는 말에서 記는 구별하여 기록한다는 것이므로 선하지도 않고 악하지도 않은 것을 무기라고 부른다. 선악 두 가지에 대해 기록해 구별할 것이 없음을 말한다. 妄識이 일어날 때 어떤 경우에는 선이 되지 않고 어떤 경우에는 악이 되지 않는 것을 無記라고 부른다. 배우는 이가 본심을 이해하지 못하고 혹 無記에 해당하는 것으로 본다면, 큰 잘못이다. 永嘉는 이 때문에 인연을 잊은 뒤에야 고요하고 영명한 지혜가 역력하다는 두 가지 의미를 가지고, 본심의 자성이 이러함을 설명하였다. 배우는 이들이 이것을 깊이 계합하면, 無記가 어두움을 분명히 볼 수 있다. 無記는 결국 妄識이다. 인연을 잊고 고요하지 못하므로, 혼란하다[昏]고 한다. 영명한 지혜가 역력하지 못하므로, 어둡다[昧]고 한다. 또 반드시 인연을 잊어 고요하고 영명한 지혜가 역력한 것을 체득한 뒤에야 참으로 無記가 어둡고 이것이 본래의 참된 공에 계합한다는 것을 보게 된다. 단지 여기에서 말하는 참된 空의 공은 텅 비어 아무 것도 없다는 뜻이 아니다. 앞의 주를 다시 볼 것.

340) 웅십력이 보기에, 총명함[惺惺]은 어둡지 않은 것이다. 이 어둡지 않고 밝게 빛나는 것은 마치 그윽하고 고요하며 어둡지 않고 혼란하지 않은 것과 같다. 이것이야말로 본심이다. 만약 선악이 아직 형체를 이루지 못하여 영명한 지혜의 眞體가 드러나지 않는다면, 아직 혼매하지는 않지만 無記이고 결국 妄識에 속한다. 그러나 계산하여 드러나지 않는 것은 고요한 것처럼 보인다. 실제로 이것은 無記 중의 고요함이지 본래 참된 고요함이 아니다. 따라서 본심이 아니다.

341) 웅십력이 보기에, 맑아서 지극히 고요한 것은 마치 환하게 빛나고 어둡지 않은 것과 같다. 이것이야말로 本心이다. 어지러운 생각을 『攝論』에서는 亂識이라고 부른다. 亂자는 복잡하게 어지럽다는 것으로, 『주역』의 "동동거리며 왔다 갔다 하고, 벗들이 따라서 생각한다"는 구절이 바로 그 모습이다. 어지러운 생각이 일어날 때, 결코 몽매하지 않다. 그러나 어지러운 생각 중의 총명함은 진정한 총명함이 아니므로, 본심이 아니다. (역주) 『禪宗永嘉集』(大48) 「奢摩他頌」 第四, 389. "忘緣之後寂寂, 靈知之性歷歷. 無記昏昧昭昭, 契眞本空的的. 惺惺寂寂是, 無記寂寂非. 寂寂惺惺是, 亂想惺惺非."

다. 배우는 이들은 한결같이 습심 때문에 흔들리는데,[342] 조금이라도 힘쓸 데를 알게 되면 오염된 습을 점차 극복하여 총명하고 고요한 본체를 한 순간에 홀연히 인식하게 된다. 이것이 처음 향상하는 계기인데,[343] 이때 바로 적막한 침묵을 욕심내어 지(止)의 경지로 여길까 두렵다. 한 번 적막에 빠지면 활동을 막고 사물을 버리게 되어, 이 마음의 위대한 공용을 폐하게 된다.[344] 샘이 깊은 물에서 때마다 샘물이 솟아나는 신묘함이 없고,[345] 계절이 진행되고 만물이 생성되는 메카니즘이 막히게 된다.[346] 이것은 그 흐름이 인생에 반대되고 천리(天理)를 멸하기 때문이다. 부처의 도가 송명 유학자들에게 배척당한 것도 이유가 있다. 그러나 학문에서 고요한 진체(眞體)를 깨닫지 못하면서 쉬지 않고 생성하는 참된 메카니즘을 말한다면, 어떻게 그것이 미혹한 세력을 생명으로 여기는 것이 아니라는 것을 알겠는가?[347] 본론에서는 불교의 적막과 공자의 인을 회통하여 본체를 설명하였다.[348] 이것은 정견(情見)을 막아서 진리의 극치에 계합한 뒤, 두 학파를 나누어 보고 서로 증험한 것이다. 학문은 스스로 체득하는 것이 중요하지만, 더 나아가 과거의 철

342) 習心은 오염된 習이다.

343) 본체를 깨닫는 것이야말로 향상이지만, 아직 함양이 깊지는 못하다.

344) 마음은 本心을 말한다.

345) 본심은 깊은 샘과 같이 고요하지만, 공용의 활동이 그치지 않는다. 이것은 깊은 샘에서 때마다 그치지 않고 샘물이 솟아나는 것과 같다. 『中庸』 31장을 참조할 것.
(역주) 『中庸』 第三十一章. "溥博淵泉, 而時出也, 溥溥周徧而廣濶也, 淵泉靜深而有本也, 出發見也, 言五者之德, 充積於中而以時發見於外."

346) 『論語』에 "天이 무슨 말을 하던가? 사계절이 진행되고, 온갖 생물이 생겨날 뿐이다"라는 구절이 있다. 天은 본체를 지목한다. 말을 하지 않는다는 것은 고요함을 형용한 말이다. 계절이 진행되고 만물이 생성된다는 것은 그 發用에 다함이 없다는 것을 비유한다. 따라서 적막은 말라죽은 적막이 아니고, 쉬지 않고 생성하는 참된 메카니즘은 적막이 온축한 것이다. 적막에 빠진 경우에는 생성의 메카니즘이 끊어진다.

347) 여기에서 미혹하다는 말뜻은 아주 깊다. 불교에서 무명(無明)이라고 하고, 數論에서 어두움[闇]이라고 부르는 것이 바로 이것이다. 철학자가 말하는 맹목적인 의지도 대략 여기에 해당한다. 취한다는 것은 추구한다는 말이다. 그 의미가 깊고 은미하다.

348) 중권 「공능」 장을 다시 볼 것.

학자들에게 널리 구하여 회통할 필요가 있다. 어떻게 개인적인 지혜만 믿고 학문이라고 여길 수 있겠는가?

유학자는 공부를 버리고 본체를 말하는 일이 없다. 이러한 정신은 공자의 『논어』에서 자주 찾아볼 수 있다. 맹자가 이를 계승하여, 송명 유학을 열게 하였다. 『맹자』 속에 다음과 같은 간절한 구절이 있다. "만물이 모두 나에게 갖추어져 있다. 자신을 반성하여 성실하면, 이보다 큰 즐거움이 없다. 열심히 서(恕)를 행하면, 이보다 인을 구하는 더 가까운 방법이 없다."[349] 배우는 이들이 매번 소홀히 여기고 잘 살피지 않으므로, 조금 손을 써서 뜻있는 자가 반성하여 스스로 구하기를 기대해본다. "만물이 모두 나에게 갖추어져 있다"는 것은 형체의 측면에서 말하자면, 나와 만물이 상대적인 것 같다는 의미이다. 상대적이면, 나와 만물이 대치하므로 만물을 갖출 수 없다. '같다'고 한 것은 본래 대립적이지 않음을 나타내지만, 헛된 생각으로 그렇게 분별하였을 뿐임을 보여준다. 본체의 측면에서 말하면, 만물과 나는 한 몸이고 근본이 따로 있지 않다. 따라서 나에게 만물이 모두 갖추어져 있음을 보게 된다. 하늘을 올려다보면, 하늘은 나와 분리되어 독립적으로 존재하는 것이 아니다. 땅을 굽어보면, 땅도 나와 분리되어 독립적으로 존재하는 것이 아니다. 그 사이의 사람과 생물을 보면, 모두 내 감정과 생각을 유통시키고 꿰뚫을 수 있다. 따라서 나는 만물을 갖추고 있으며, 상대적이지 않다. "자신을 반성하여 성실하면, 이보다 큰 즐거움이 없다"는 구절은 모든 것이 실체(實體)에 갖추어져 있으며, 이는 내가 본래부터 가지고 있는 것이지 밖에서 얻은 것이 아니라는 의미이다.[350] 밖에서 얻은 것이 아니

349) (역주) 『孟子』 「盡心(上)」. "孟子曰, 萬物皆備於我矣. 反身而誠, 樂莫大焉. 强恕而行, 求仁莫近焉."

350) 여기에서의 實體라는 말은 仁體라고 하는 것과 같다.

므로, 만물이 그렇게 된 이치는[351] 내가 사물을 따라가며 추측하는 수고를 하지 않고도 자신을 반성하여 성실을 다할 수 있으면, 자기의 본성을 다하고 사물의 본성도 다하여 환하게 아무 의심도 없게 된다.[352] 모든 것이 갖추어진 것이 인체(仁體)이다. 자신을 반성하여 성실하면, 내가 본래 가지고 있는 것이 모두 인체에 갖추어져서 다할 수 있다는 의미이다. 성실하면 즐겁고, 성실하지 않으면 즐거움이 없다. 무슨 까닭인가? 성실하면, 만물을 통섭하여 나 한 사람이 되므로 부족함이 없다. 지극히 풍족하여 자취가 없는 상태에 있고,[353] 신명(神明)의 덕이 갖추어져 있다.[354] 지극히 풍족하여 온갖 것에 감응하고, 만물의 정(情)과 막힘없이 통한다.[355] 성실하지 않으면, 내가 본래 가지고 있는 모든 것을 스스로 훼손하게 되므로[356] 나 스스로 선을 그어 작은 영역에 제한하고 사물과 대치하게 된다. 작은 영역에 제한되면 풍족하지 못하고, 다른 사물과 대치하면 사물을 좇아가 구하게 될 것이다. 공격하고 취하는 마음이 생겨나고 마음속에서 훔치고 해치는 일이 치열하게 일어나면, 무슨 즐거움이 있겠는가?[357] 따라서 성실하면, 즐거움이 함께 한다.[358] 여기

351) 그렇게 된 까닭[所以然]은 만물의 본성, 즉 만물이 그로부터 생성된 이치를 말한다.

352) 다한다[盡]는 것은 본성을 따라 행동하는 것이다. 내가 본래부터 가진 것을 조금이라도 가려서 드러나지 못하는 일이 없도록 하는 것이 다한다[盡]는 것이다. 자기의 본성이 바로 사물의 본성이고 둘이 아니다. 따라서 본성을 다하는 일에 자기와 사물의 구분이 없다.

353) 자취가 없는 것이 만물과 상대되는 것이 아니다. 삼라만상이 있더라도 그 본체는 원래 자취가 없다.

354) 지극히 풍족한 본체는 정해진 위치도 모습도 없이 극히 영명하고 신묘하므로, 神明이라고 부른다.

355) 통한다[通]는 것은 막힘없이 통한다는 의미이다. 만물이 나 밖에 있는 것이 아니라 내 감정과 막힘없이 통하므로, 만물이 모두 막힘없이 통하게 된다. 만물이 막힘없이 통한다는 것은 실은 내가 막힘없이 통하는 것이다. 완전하지 않은 덕이 없으므로, 갖추어졌다고 말한다.

356) 모든 것이 仁體에 갖추어졌다는 측면에서 말하면, 이러한 이치는 스스로 훼손되지 않는다. 그러나 내 생활의 측면에서 말하면, 이러한 이치를 다하지 못하는 것이 훼손하는 것이다.

에서 성실하다[誠]는 말은 허망하다[妄]는 말과 상대되고, 즐겁다는 말은 괴롭다는 말과 상대된다. 성실함과 즐거움이 바로 인체(仁體)이기 때문이다.[359] 이러한 경지는 뛰어난 재질을 가진 사람[上智]의 일이다. 이러한 사람이 아니면, 열심히 서(恕) 공부를 해야 비로소 얻을 수 있다.[360] 서(恕)는 자기를 남에게 미루어가는 것이다. 내가 바라는 것을 다른 사람도 바란다고 생각하고, 전적으로 다른 사람을 방해하려고 하지 않는다. 내가 바라지 않는 것은 다른 사람도 바라지 않는다고 생각하고, 더 나아가 다른 사람을 이롭게 할 방법을 구한다. 이런 행동을 오래 계속하면 나와 다른 사람을 대치시켜 보는 견해를 없앨 수 있고, 내가 본래 가지고 있는 인체가 여기에서 실현된다. 유학은 인륜과 일상생활의 공부에서 함양하여 본체가 뚫고 나타나도록 한다. 이것이 성인(聖人)의 학문이 지극히 타당해서 바꿀 수 없는 점이다. 『논어』에는 다음과 같은 기록이 있다. 공자가 "삼아! 내 도(道)는 하나로 꿰뚫는다"라고 말하자, 증자가 "네"라고 대답하였다. 공자가 나가자 문인들이 "무슨 뜻입니까?" 라고 물었다. 증자는 "선생님의 도는 충(忠)과 서(恕)일 뿐이다"라고 대답하였다.[361] 세상의 유학자들은 증자가 한 말을 이해하지 못할 때마다 맹자의 말을 빌어서 이 장의 의미를 징험하였다. 만물이 모두 나에게 갖추어진 것을 보았다는 것은 인체(仁體)를 인식한 것인데, 이것이 공자

---

357) 사물을 추구하면, 공격하게 되고 취하게 된다. 바라는 것을 구하는 것이 취한다[取]는 의미이다. 바라는 것과 어긋나면, 마치 적을 만나 분노의 감정이 생겨나는 것과 같이 된다. 이것이 공격의 의미이다. 공격은 자성을 해치는 것이다. 취하는 것은 사물을 좇아서 自性을 훼손하는 일인데, 해치는 것보다 더 심하다.

358) 함께 한다는 것은 한 몸으로 서로 떨어져있지 않다는 의미이다.

359) 여기에서의 성실함과 즐거움은 모두 공부의 측면에서 말한 것이다. 그러나 공부가 바로 본체이므로, 이 성실함과 즐거움은 절대의 의미이다. 따라서 성실함과 즐거움이 바로 仁體이다.

360) 彊은 열심히 한다는 의미이다.

361) (역주) 『論語』 「理仁」 第四. "子曰, 參乎! 吾道一以貫之. 曾子曰, 唯. 子出, 門人問曰, 何謂也? 曾子曰, 夫子之道, 忠恕而已矣."

가 '하나로 꿰뚫었다'고 한 의미라는 것이다. 하나는 인체이다. 이 인체를 인식하였다면 만물이 그렇게 된 까닭을 꿰뚫어볼 수 있으므로, '하나로 꿰뚫었다'고 한 것이다. 그러나 자질이 부족한 사람[下手]은 열심히 서(恕)를 행하는 공부를 빼놓아서는 안 된다. 맹자는 증자의 말을 계승하였다. 이러한 이치를 어떻게 견문상의 지식으로만 만나겠는가?

나는 근본으로 되돌아가는 것[返本]을 학문으로 여기며,362) 유학과 불교의 선철들을 차례로 상고해볼 때 모두 동일한 도를 가졌다고 생각한다.363) 그런데 어떤 사람은 이를 의심하여 다음과 같이 질문하였다. "불교에서 말하는 일진법계(一眞法界)는 그 이상이 없는 지고한 하나의 경지, 원만하여 어그러짐이 없는 이치라는 경지를 목표로 삼아서 용감하게 추구하는 것인 듯하다. 법계를 목표로 끝까지 추구하고, 전환의 때에 한 생애에 머무르지 않고 끝없이 전개한다. 여러 기회에 함양하고, 공허한 담론에 맡기지 않는다. 만약 근본으로 되돌아갈 것을 말한다면, 자기에게 자족하는 마음이 일어나서 평생 타성에 빠질까 두렵다.364) 그대의 의견은 어떠한가?" 그 답은 다음과 같다. 법계는 자기 마음이고, 자성(自性)이다. 자성은 청정하여 장애와 오염을 떠나 있다. 자성은 밝게 깨달아서[明覺] 미혹과 어두움을 떠나 있다. 자성은 진실하여 허망함을 떠나 있다. 넓게 말하면 온갖 덕을 지극히 풍족하게 갖추고 있어서 헤아릴 수가 없다. 그러나 되돌아가면, 밖에서 찾을 필요가 없다. 어떻게 자기 마음과 법계를 둘로 여기고, 법계를 자기 마음이 추구하는 목표로 삼을 수 있는가! 목표로 삼아 추구하고 그 이상이 없는 미묘한 경지를 향해 쉬지 않고 나아가고 물러나지 않고 앞서 간다. 이것이 '전환의 때에 한 생애에 머무르지 않고 끝없이 전개한다'는 말이다. 이 말은 대단히 의

362) 본심, 또는 본체를 인식하기를 구하는 것을 '근본으로 되돌아간다[返本]'라고 한다.

363) 유학·불교의 학문이 서로 다르다고 하지만, 지적인 이해에 의지하여 외부를 향해 본체를 찾지 않는다는 것은 동일한 점이다. 禪불교는 더욱 유학에 접근한다.

364) 명대 말엽 제자들은 양명학파의 본체설에 반박하여, 이러한 학설이 이미 있었다.

미가 있다. 그러나 여기에서 중요한 것은 쉬지 않고 추구한다는 데 있다. 한 번 쉬고 추구하는 것을 그치면, 생애가 다한다. 쉬지 않고 추구하고, 또 목표로 삼은 것을 반드시 이루려 하고 간절히 믿고 희망한다.[365] 정감이 약한 사람은 이렇게 말하기 부족하다. 그러나 끝까지 추구하더라도 목숨을 걸고 밖으로 향해서 결국 근본으로 되돌아가지 않는다면, 이러한 손해는 이루 말로 다할 수 없다. 참된 본성은 외부가 없는데도, 외부세계를 허구로 구성하여 진실과 괴리되고 저절로 잘못되는 것이 첫 번째 손해이다. 용감하게 추구하는 것이 외부를 부러워하는 데서 생겨난다는 것은 틀린 말이 아니다. 외부를 부러워하는 감정은 공리(公利)와 관계된다. 악습이 잠복해 있다가 어디까지 미칠지 모를 정도가 되는 것이 두 번째 손해이다. 근본으로 되돌아오면, 만물을 다 모아서 자기에게 돌아오고 함양하는 공덕이 커진다. 외부를 부러워하면, 대치하는 감정이 생겨난다. 화의 조짐이 잠복해있는데, 어떻게 함양할 수 있겠는가?[366] 이것이 세 번째 손해이다. 외부를 부러워하는 사람은 안으로 부족하여, 용감하게 추구하는 것을 자신의 생명으로 여기고 이에 전적으로 의지한다. 그가 '한 생애에 머무르지 않고 끝없이 전개한다'고 한 말은 듣기는 좋지만, 전개한다는 것은 단지 외부를 부러워하는 감정에 의지하여 그것을 추구할 것을 고무하는 것뿐임을 잘 이해해야 한다. 결국 그 안이 공허해지고 참된 근원이 저절로 끊어지게 되므로, 진정한 전개가 아니다. 이것이 네 번째 손해이다. 종합하면, 끝까지 추구한다 운운한 것은 한결같이 외부를 향해 추구하는 것에 불과하고, 스스로 의거할 근본이 없다. 비유하자면 뜨거운 태양 때문에 사슴이 길을 잃고 쉬지 않고 미친 듯이 내달리지만, 중간에 반환점이 없는 것과 같다. 자성이 청정하다는 것은 부처들이 한 말이고, 번뇌가 객진(客塵)이라는 것도 부

365) 信은 믿는다는 것이고, 望은 희망한다는 것이다.

366) 감정이 피차에게 있는 것이 禍의 기회이다.

처들이 한 말이다.[367] 객진이 자성을 회복하는 것이 바로 전환하는 일이다. 옛날 덕 있는 이가 "한 생각을 전환하면, 똑같이 근본을 얻는다"[368]라고 한 말이 바로 이러한 의미이다.[369] 객진에 갇혀서 자성을 잃어버린 사람은 하루아침에 본성의 깨달음[性覺][370]에 의거하여 본래로 되돌아가 인식하더라도,[371] 이 깨달음을 항상 보림[保任]하고[372] 날마다 잘 드러나게 해야 객진을 제거할 수 있다.[373] 본성의 깨달음이 10% 드러나면, 객진도 10% 제거할 수 있다. 본성의 깨달음이 100% 드러나면, 객진도 100% 제거할 수 있다. 본성 전체가 잘 드러나면, 미세한 객진도 깨끗이 다 없어지게 된다. 본성의 깨달음이 없다면, 어디에 근거하여 객진을 자세히 살피고 깨끗이 제거할 수 있겠는가? 배우는 사람이 자신에게서 이 일을 인식하면, 그때 비로소 여래(如來)의 십이부경[部經][374]을 읽어도 좋다. 그렇지 않으면 삼장(三藏)[375]을 다 읽더라도 불교를 안다

367) 번뇌는 미혹이라고도 한다. 유학자들이 말하는 악, 또는 사적인 의견, 사적인 욕심 등이 여기에 해당한다. 客塵이라는 말은 그것이 본래 존재하는 것이 아님을 나타낸다.

368) (역주)『景德傳燈錄』卷第三(大51, 219c). "一念迴機, 便同本得."

369) 근본을 얻는 것[本得]을 자성청정이라고 하는데, 다른 데서 얻는 것이 아니기 때문이다.

370) (역주) 性覺은 眞如의 體가 다른 체에 의존하지 않고 저절로 깨닫고 저절로 밝은 것을 말한다. 예컨대『首楞嚴經』卷四(大19, 120a). "性覺妙明, 本覺明妙."

371) 性覺은 자성이 청정하여 원래 밝고 원만하게 비추는 것이므로, 性覺이라고 부른다. 客塵이 자성을 가리더라도 성각은 요컨대 없어진 적이 없다. 예를 들면 구름이 낀 날에 햇빛이 없는 것이 아니지만 잘 드러나지 않는 것과 같다.

372) '항상'이라는 말이 아주 중요하다.
(역주) '보림[保任]'은 보호하고 임지하여 잃어버리지 않고 자신의 것으로 한다는 의미이다. 保는 지킨다는 뜻이고, 任은 등에 진다는 뜻이다.

373) 날마다 더욱 잘 드러나게 한다는 것은 맹자가 '확충한다'고 한 것이다.

374) (역주) 十二部經(dvādaśāṅga-buddha-vacana)은 불타가 교설한 법을 그 서술 형식과 내용에 따라 12종류로 나눈 것이다. 十二分教 · 十二分聖教 · 十二分經이라고도 한다. ① 契經(sūtra), ② 應頌(eya), ③ 記別(vyākaraṇa), ④ 諷頌 (gāthā), ⑤ 自說(udāna), ⑥ 因緣(nidāna), ⑦ 譬喩(avadāna), ⑧ 本事(itivṛttaka), ⑨ 本生(jātaka), ⑩ 方廣(vaipulya), ⑪ 希法(adbhuta-dharma), ⑫ 論議(upadeśa). 소승 · 대승불교 모두 12부경은 공통이다.

375) (역주) 三藏(trīṇi piṭakāni)은 經藏(sūtrānta-piṭaka) · 律藏(vinaya-piṭaka) · 論藏(abhidharma-piṭaka)을 가리킨다. 인도불교 경전의 3가지 분류법이다. 이 삼장을 三學에 배대하면, 經은 定學에, 律은 戒學에, 論은 慧學에 상당한다고 한다. 원래 三藏은 원시불교와 부파

고 인정할 수 없다. 어찌 불교뿐이겠는가? 유학에서도 자신을 극복할 것[克己]을 말하는데, 천리(天理)의 마음을 되돌이켜 구하지 않으면[376] 어디에 의거하여 자기를 극복할 수 있겠는가? 『논어』에는 안연이 인(仁)에 대해 묻자, 공자가 "자기를 이기고 예(禮)로 되돌아가는 것이다"[377] 라고 대답하였다는 기록이 있다. 종래 주석가들은 성인(聖人)의 뜻을 잘 파악하지 못하였고, 왕선산(王船山)이 잘 이해하였다. 왕선산은 반드시 먼저 예(禮)로 되돌아간 뒤에야[378] 자기를 극복할 수 있다고 보았다. 예가 바로 천리(天理)이다.[379] 보통 예를 말할 때는 관습, 또는 의례의 측면에서 말한다. 여기에서 말하는 예는 결코 관습이나 의례를 말하는 것이 아니다. 주석가들은 이 점을 매번 분간하지 못하는데, 어떻게 성인의 뜻을 알겠는가? 천리가 마음속에서 위주가 되지 않으면, 어디에 근거하여 자기 개인적인 욕심을 살피고 인식할 수 있겠는가? 어디에 근거하여 극복할 수 있겠는가? 위대한 근본이 서지 않으면, 자기 개인적인 욕심이라는 거대한 적을 이기는 일이란 없을 것이다.[380] 왕선산은 평생 양명(陽明)을 비판하였는데, 이 점에서 양명의 견해와 같았으면서도 자각하지 못하였다. 양명의 양지(良知)가 바로 천리의 마음이고, 위대한 근본을 먼저 세운 것이다.[381] 종합하면, 내가 말하는 전환이 바로 근본으로 돌아가는 한 기회이다. 만약 근본으로 되돌아가는 길이 끊어진다면 자성을 인식하지 못하고, 결국 외부의 것을 목표로 삼아 끝까지 추구하게

불교의 聖典으로, 小乘의 三藏教(藏教)이었다가 후대에 대승불교에서 원용하여 下乘(聲聞乘)과 上乘(菩薩乘)의 구별이 있게 되었다. 이들을 합쳐 六藏이라고 한다.

376) 天理의 마음이 바로 本心, 또는 本體이다.

377) (역주) 『論語』「顔淵」第十二. "顔淵問仁. 子曰, 克己復禮爲仁. 一日克己復禮, 天下歸仁焉."

378) '먼저'라는 것이 시간의 의미는 아니다.

379) 禮와 理는 옛부터 통용된다.

380) 이긴다는 말이 대단히 중요하다. 적을 이긴다고 할 때의 이긴다는 뜻과 같다.

381) 王船山의 『讀四書大全說』을 참조할 것.

된다. 그렇게 되면 전환이라는 것이 어디로 전환하는 것인지 모르게 될 것이다.

또 의심하는 사람의 말처럼, 근본으로 되돌아간다고 하여 자기에게 자족하는 마음이 일어나면 평생 타성에 빠지게 된다. 내가 근본으로 되돌아가는 학문을 강론하면서도 타성에 빠지는 일에서 벗어나지 못한 것은 본체를 아직 체득하지 못하였기 때문이라고 생각한다. 내가 평생 주장한 본체는 원래 '본체와 공용이 둘이 아니라는 것[體用不二]'을 주로 한다. 그러나 본체와 공용이라는 두 단어를 썼으므로, 그 의미를 분별하지 않을 수 없다. 본체는 온갖 덕을 충분히 갖추고 있고 온갖 변화를 함장하여 본래 부족한 것이 없으므로, 우뚝 서서 절대적이다. 그러나 본체는 상대적이 아니지만 공용으로 형성되므로, 다양하게 분화된다[分殊].[382] 다양하게 분화된 것들은 상대적이다. 따라서 본체가 공용을 형성한다는 것은 상대적이 아닌 것이 상대적인 것으로 나타난다는 것이다. 이 상대적인 것들을 사물이라고 바꾸어 말할 수 있다.[383] 모든 사물들 중 어느 하나를 뽑더라도 모두 본체라는 위대한 전체를 갖추고 있다.[384] 그러나 본체가 그 자신을 들어서 상대적인 모든 사물들로 나타난 뒤에는 개별 사물, 또는 개인이라는 부분의 측면에서 말하게 된다.[385] 개인이 비록 전체를 갖추고 있고[386] 본성의 측면에서 부족한 것이 없지만, 개인이 형체를 이루었다는 측면에 요약해 말하자면 결국 한계가 있다.[387] 이

382) (역주) 송대 유학에서 '理一分殊'는 성리학의 핵심을 나타내는 용어이다. 理는 하나이지만, 그 개별적 양상은 다양하다는 의미이다.

383) 사람도 사물이다.

384) 갑이라는 사물에서 말하면, 갑은 본체라는 이 위대한 전체를 갖추고 있다. 을이라는 사물에서 말하면, 을도 본체라는 이 위대한 전체를 똑같이 갖추고 있다. 나머지도 이러한 예에 의거해 알 수 있다. 상권 「명종」 장에서 큰 바닷물과 파도를 비유한 부분을 참조할 것.

385) 각 개별 사물, 또는 개인이라는 말은 아래에서 개인이라고 줄여 말한다.

386) 본체라는 위대한 전체는 전체라고 줄여서 말한다. 뒤에도 이에 의거한다.

387) 모든 상대적인 것들은 한계가 있다.

때문에 형체에는 본성을 막을 가능성이 존재한다. 바꾸어 말하면, 나는 형체의 부림을 받기가 아주 쉬워서 생각이 움직이면 바로 괴리되어 자성을 막는다.[388] 본성은 지극히 풍족하지만, 막히면 잠복하여 나타나지 않게 된다. 이 때문에 나는 생활의 측면에서 형체에 구애되고 상대적으로 보는 데 빠져서 항상 부족하다고 느낄 뿐 아니라, 그 감정이 매우 절박하게 된다. 이 때문에 지극히 큰 위기가 오게 되는데, 곧 외부를 향해 추구하게 된다. 추구한다는 것은 대략 두 가지로 나뉜다. 하나는 아래로 향하는 것으로, 물욕의 추구를 말한다. 다른 하나는 위로 향하는 것으로, 예를 들면 신(神)에 의지하여[389] 그것을 참된 궁극으로 생각하는 것과 법계를 목표로 매달리는 것 등이다. 위, 아래가 다르지만, 외부를 향하고 있다는 점에서는 한 가지이다. 외부를 향하면 근본에서 벗어나므로, 비록 위와 관계되더라도 실질이 없이 떠돌게 되는 것은 아래와 마찬가지이다. 따라서 내가 평생 유독 근본으로 되돌아가는 학문을 주장한 것은 오직 자성을 구하기 위하여서이다.[390] 나의 자성은 막히더라도 결국 줄어들지 않고, 막힌 중에서도 항상 지극히 성실하여 쉬지 않는 참된 메카니즘[眞機]을 나타낸다.[391] 내가 이 참된 메카니즘을 보림하여야[392] 비로소 막힌 것을 없애고,[393] 자성 중에 잠재되어 있는 두루 원만하고 부족함 없는 덕용(德用)을[394] 깊이 드러낼 수 있게 된다. 개인 생

388) 괴리된다는 것은 양명이 '육체를 따라서 생각을 일으킨다'고 한 것이다. 그 본연의 자성과 위배된다는 것이다. 생명을 가진 부류는 형체를 따라가기 때문에 오염된 습[染習]이 일어난다. 오염된 습은 형체의 종류인데, 막는다는 것은 이렇게 되는 것이다.

389) 종교를 말한다.

390) 즉 본심, 또는 본체이다.

391) 이 眞機가 바로 밝게 깨닫는 것이다. 性覺이라고도 한다.

392) 부단히 保任하면, 眞機가 무궁하게 드러나게 된다. 맹자가 말한 확충의 의미가 바로 이것이다.

393) 그것은 자각하는 것이므로, 막는 것을 없앨 수 있다.

394) 이 중의 用 자는 앞글에서 자성이 온갖 변화를 함축하고 있다고 한 것을 지적하는 말이다. 用은 온갖 변화를 대신 표현한 말이다. 뒤에 나오는 것도 이에 의거한다.

활의 측면에서 말하면, 그것이 막힌 것을 없애고 부단히 새롭게 창조하게 된다. 그것이 실로 근본으로 되돌아가는 것[返本]이다. 개인의 생활이 날마다 새롭게 창조되고 풍부해지는 것은 모두 자성의 덕용이 부단히 발전하기 때문이다. 근원이 없는 물이 모여서 마르는 것과는 다르다. 따라서 근본이 있으면 새롭게 창조되는데, 새롭게 창조되는 것이 바로 근본으로 되돌아가는 것이다. 이러한 이치는 참으로 신묘하다. 본체는 지극히 신묘하여 형상이 없지만, 사물로 나타나지 않으면 자신을 드러낼 도구가 없다. 그것이 사물로 나타나면, 사물은 저절로 권능을 지니게 된다. 지극히 신묘하여 형상이 없는 본체가 사물을 형성하고 그에 따라서 사물을 운행하고 주재하므로, 사물의 형체에서 나오는 힘에 구속받게 된다. 따라서 자신이 강건하게 사물을 꼭 이길 수 있어야 구애됨을 없애고[395] 스스로를 나타낼 수 있다.[396] 그렇지 않으면 사물이 권세를 타고 자기를 나타내서 신묘함을 막으므로,[397] 본체는 결국 자신을 나타내지 못한다. 불교에서 쓰는 '진여가 묶여 있다'[398]는 말이 바로 이러한 의미이다. 『논어』의 "사람이 도를 넓히는 것이지, 도가 사람을 넓히는 것이 아니다"[399]라는 구절이 이러한 의미를 함축한다. 이 의미를 깊이 파악하면, 지극히 신묘하여 상이 없는 것이 나 자신을 주재하더라도 나에게 되돌아가 지극히 풍족한 것을 구할 수 없다면 이러한 일이 없게 된다는 것이다. 본체를 인식하면, 적막한 데 안주해서는 안 된다.[400] 항

395) 이 중의 자기는 본체 자신을 가리킨다.

396) 공부가 바로 본체라는 의미를 여기에서 깨달아야 한다.

397) 신묘함은 본체를 말한다.

398) (역주) '眞如가 묶여있다[眞如在纏]'는 것은 眞如가 굳어서[眞如凝然] 제법을 생성하지 못한다는 의미이다. 법상종에서는 진여가 조금도 緣에 따라 일어나거나 활동하지 않는다고 본다. 진여는 변화가 없고 작용도 없는 無爲法이고, 훈습에 의해 제법을 생성하지 않으며 항상 불변하고 평등한 無相의 理에 상주한다. 만약 진여가 연에 따라 일어나거나 활동한다면, 무위하고 무작용한다는 조건에 위배되어 생멸 변화하는 유위법으로 떨어지게 된다. 이러한 법상종의 진여관은 『대승기신론』 등의 진여연기설과 상반된다.

399) (역주) 『論語』 「衛靈公」 第十五. "子曰, 人能弘道, 非道弘人."

상 참됨을 어기지 않고[401] 용감하게 정진해야 한다. 공중에 쏜 화살과 같이 서로 이어지며 위로 과녁을 맞추고 끝내 물러서는 일이 없어야 한다. 이처럼 쉬지 않고 정진하는 것을 쉬지 않고 새롭게 창조한다고 한다. 이처럼 쉬지 않고 새롭게 창조된 것은 실은 본체가 나타난 것이어서, 그 덕용(德用)의 흐름이 끝이 없다. 그러므로 수양하여 쉬지 않고 진전하면[進進],[402] 본체가 무궁하게 나타난다. 신묘한 공용은 저절로 이루어져서 인위적인 것과 관련이 없는데, 어떻게 적막하지 않겠는가? 따라서 근본으로 되돌아가는 학문[返本之學]은 처음에 인위적인 공부[人]가 천(天)을 순순히 따르도록 힘써 행하고,[403] 그것이 오래되면 인위적인 공부가 천 자체가 되어서 끝없이 순수해진다.[404] 끝이 없다는 것은 강건함을 나타낸다. 순수하다는 것은 적막함을 나타낸다. 그러므로 나는 근본을 알아서 새롭게 창조하고, 새롭게 창조하여 근본으로 되돌아간다. 근본으로 되돌아가면, 강건하면서도 고요하다. 어떻게 타성에 빠지는 일이 있겠는가! 그러한 감정에 빠지는 것은 본체를 참으로 깨닫지 못하였기 때문이다. 많은 철학자들이 본체가 외부를 향한 것으로 보고, 그것을 표적으로 삼아서 추구한다. 그중에 근본이 없으므로, 오직 외부를 부러워하여 용감하게 추구하려고 한다. 앞에서 이미 그 손해를 나열하였으므로, 더 이상 논의하지 않겠다.

---

400) 앞에서 이미 말하였다.

401) '항상'이라는 자가 중요하다. 참됨은 본심, 또는 본체를 말한다.

402) 쉬지 않고 진전하는 것을 '나아가고 또 나아간다[進進]'라고 한다. 정진의 의미이다. (역주) 進進은 張橫渠의 '汎巽에게 답하는 글'에 나온다. 『張子全書』 卷13.

403) 인위적인 것[人]은 수양의 공부를 말한다. 天은 본체를 대신 말한 것이다. 공부는 실제로 본체의 덕용이 드러난 것이다. 스스로 열심히 하는 것은 내가 쉬지 않고 정진한다는 의미이다. 내가 쉬지 않고 하는 공부는 실은 본체의 德用이 무궁하게 나타난 것이다. 사람들은 모두 천성에 근본을 두고 있기 때문이다.

404) 처음에는 공부도 아직 순수하지 못하지만, 오래되면 순수함이 성숙하게 되어 천리가 온전히 나타난다. 이때는 사람이 바로 天이 된다. 순수함이 그치지 않는 것은 天德이 지극히 순수하고 잡된 오염이 없기 때문이다. 그치지 않는다는 것은 天의 덕용이 다함이 없고 그침이 없는 경지이기 때문이다.

앞에서 치열하게 분별한 것은 첫째, 외부를 향해 추구하는 학문과 나의 학문이 전적으로 논지가 다르다는 점을 잘 분별하지 않으면 안 된다는 것이다. 둘째, 배우는 이들이 혹시 그윽하고 적막한 자성을 깨닫고는[405] 적막에 안주하는 것을 지(止)의 경지로 여길까 두렵다는 것이다. 공자는 50세에 천명(天命)을 알고 난 뒤[406] 10년이 지나서야 귀에 거스르지 않았다. 귀에 거스르지 않았다는 것은 소리가 마음에 들어와 전적으로 막히지 않고 통하는 형상이다. 60세 이전에는 고요한 본체를 깨닫기는 했지만, 진리와 계합하는 데 있어서 세속을 버린다는 근심이 있었다. 노자가 무(無)에 처할 때도 진리와 세속을 원융한 도와는 여전히 거리가 있었던 듯싶다. 공자는 천명을 알고도 인륜을 버리지 않았으니, 진리를 세속에 융합시킨 것이고 세속이 진리임을 막힘없이 통달한 것이다. 귀에 거스르지 않는다는 형상으로 그 신묘함을 표현하였다. 만약 진리의 깨달음을 고상하게 말하면서 세속을 융합시키지 못한다면, 지극한 이치를 아직 창달하지 못한 것이어서 갈수록 더 막히게 될 것이다. 또 10년이 지난 뒤에는 마음이 하고자 하는대로 해도 법도를 넘지 않았다. 마음이 하고자 하는대로 해도 저절로 그러한 자연의 법칙[天則自然]이 된다는 말은 위대한 자유의 경지이다. 뛰어난 공용이 무궁하고 일진(一眞)의 본체와 혼일하여 하나가 되니, 참으로 신묘하다! 불교에서는 초지(初地)에서 진리를 깨닫고[407] 이로부터 이지(二地)로 이어져서 십지(十地)

---

405) 본체를 말한다.

406) 『中庸』에서는 첫머리에 "天命을 가리켜 본성[性]이라고 부른다"라고 말하고 있는데, 천명이 바로 나와 만물이 함께 갖추고 있는 본체이다. 상대적이 아니므로 天이라고 부르고, 끊임없이 유행하므로 命이라고 부르며, 그것이 사람에게 있는 것을 性이라고 부른다. 『中庸』의 끝장에서는 아무 소리도 냄새도 없는 것을 天이라고 말하고 있는데, 본체가 그윽하게 고요하다는 것을 나타낸다. 이에 의거해보면, 공자 스스로가 나이 50세에 대해 서술하고 있는 것은 그윽하고 고요한 자성을 깨달았다는 것이다.

407) 地라는 말은 대략 해석하자면, 수행의 차례이다. 공부가 깊고 얕음이 있으므로, 경지가 나누어진다. 初地에서 진여를 보는 것을 본체를 깨달았다고 한다.

가 끝난 뒤에야 불지(佛地)로 들어간다. 누가 하루아침에 자성을 깨달으면 편안히 현재 이루어진 것[現成][408]을 누릴 수 있어서 할 일이 없다고 하는가! 명대 말엽 왕학(王學) 말류의 폐단은 대단히 경계할 만하다.[409]

덧붙이는 말 : 공자가 50세에 천명을 알게 되었다고 할 때의 안다는 것은 '깨닫는다'는 뜻이고 그 경지가 지극히 높으므로, 배우는 이들이 이해한다는 의미가 아니다. 불교에서 진리를 깨닫는 경지는 말할 필요도 없다. 이해하게 되면, 왕선산이 '뜻밖에 이해된다'고 한 내용을 실제로 얻을 수 없다. 그런데도 배우는 이들은 그렇다고 함부로 자신하니, 스스로 안주하고 포기한 것일 뿐이다.

앞에서 본심을 제시하고 대략의 의미를 밝혔다. 이제 불교 유식(唯識)의 논의를 평가해보겠다. 불교에서 '본심을 직접 가리킨 것[直指本心]'에서 선종이 시작되었다는 것은 앞에서 이미 말하였다. 선종은 옛부터 전승되어온 석가 경전의 교의를 교설[教]이라고 부르고,[410] 스스로를 '교설 이외의 다른 전승[教外別傳]'이라고 자처하였다. 선종이 교설과 자신을 구별한 까닭이 언어 문자를 세우지 않았다[不立文字]는 것에만 있는 것은 아니다. 교설에서는 식(識)을 말하지만, 선종은 본심을 파악하는 것

---

408) (역주) 現成은 禪불교 용어로서, 현재 나타난 성취라는 뜻이다. 즉 절대적 진리가 인위적인 조작이나 안배를 거치지 않고 저절로 현재 나타난 것을 말한다. 예컨대 현재 차 마시고 밥 먹는 행위가 바로 깨달음의 경지로서, 이것은 특별한 수행이나 공부에서 오는 것이 아니라 자연히 있게 된 것이라는 의미이다.

409) 하루아침에 깨달으면 편안히 현재를 누릴 수 있다는 것은 미쳐 날뛰는 데로 들어가는 길이다. 명대 말엽 왕학은 전적으로 양명의 본지를 잃고 세상의 비난거리가 되었다. 양명은 龍場에서의 깨달음 이후에 날마다 더욱 엄격하게 노력하였고, 宸濠를 사로잡았을 때는 군사일이 위급하였지만 절대 마음이 흔들리지 않았다. 이것이 어떤 바탕인가? 그러면서도 임종할 때에는 "나의 학문은 겨우 얼마간을 얻었을 뿐이다"라고 하였다. 후학들이 본체를 공리공론하는 것은 양명의 죄가 아니다!

410) 교설(教)은 聲教이다. 경전에 실린 내용은 모두 석가가 소리내어 가르친 것이기 때문이다.

에 주목하였다. 이러한 근본적인 차이점을 소홀히 해서는 안 된다. 그러나 선종의 취지는 앞에서 서술하였으므로, 여기에서는 교설에서 말하는 식에 대해 간단히 살펴보고자 한다.

교설 중 유식의 논의는 무착의 『유가경(瑜伽經)』에서 세친의 『유식삼십송』까지 이르렀고, 호법 등의 논사들이 나온 이후 그 이론이 점차 세밀하게 완성되었다.[411] 이 책 중권에서 그 이론 체계를 제시하고 평가한 적이 있다.[412] 지금 여기에서는 유가종(瑜伽宗)[413]이 세운 8식의 논지만 약술하고, 평가하고자 한다.[414]

옛날 소승불교에서는 6식만 말하였다. 대승불교가 일어나면서 이전의 6식에 이어 말나식, 아라야식을 더하여 8식이 되었다. 6식은 근(根)에 따라 명칭을 붙인 것이다. 안식(眼識)이라고 부른 것은 안근(眼根)에 의거하기 때문이고, 이식(耳識)이라고 부른 것은 이근(耳根)에 의거하기 때문이다. 비식(鼻識)이라고 부른 것은 비근(鼻根)에 의거하기 때문이고, 설식(舌識)이라고 부른 것은 설근(舌根)에 의거하기 때문이다. 신식(身識)이라고 부른 것은 신근(身根)에 의거하기 때문이고, 의식(意識)이라고 부른 것은 의근(意根)에 의거하기 때문이다.[415] 대상에 따라서 부르기도 하는데, 안식을 색식(色識)이라고도 부르는 것은 안식이 오직 대상[色]을 식별하

411) 世親과 그 후학인 護法 등의 법사들이 천명한 唯識論의 근거는 모두 『瑜伽』에 있다. 唐代에는 『瑜伽』를 한 권의 경으로 존중해 불렀다.

412) 「공능」 장에서 다시 볼 수 있다.

413) 大乘 有宗이다.

414) 疏는 막힌 것을 소통시키는 것으로, 어떤 의미에서는 이러한 점이 있음을 인정할 수 있다. 決은 그 잘못을 판결하는 것이다.

415) 眼識 등 5가지 識이 의거하는 根은 淸淨色根이라고 부른다. 신체의 눈 등을 근이라고 부르는 것이 아니고, 신체의 눈 등은 단지 根에게 도움이 될 뿐이기 때문이다. 意根에 있어서는 상좌부 등과 같은 소승불교에서는 色根을 세웠다. 가슴 속의 色物이라고 부르는 것, 즉 심장이 바로 그것이다. 나머지 부파에서는 색근을 세우는 것을 인정하지 않았고, 6식 전에 생각이 사라져서 식이 멸하는 것을 意根으로 보았다. 대승불교에 이르러서 8식을 세우고 비로소 제7말나식을 의근이라고 불렀다. 『佛家名相通釋』「을부」에서 상세히 설명하였다.

기 때문이다.[416] 이식을 성식(聲識)이라고도 부르는 것은 오직 소리를 식별하기 때문이다. 비식을 향식(香識)이라고도 부르는 것은 오직 향기를 식별하기 때문이다.[417] 설식을 미식(味識)이라고도 부르는 것은 오직 맛을 식별하기 때문이다. 신식을 촉식(觸識)이라고도 부르는 것은 오직 감촉을 식별하기 때문이다.[418] 의식을 법식(法識)이라고도 부르는 것은 모든 대상(法)을 식별하기 때문이다.[419] 이상과 같은 육식(六識)은 대승・소승불교에서 공통적으로 성립되는 것이다.

그러나 대승불교는 앞의 6식 외에 또 제7식과 제8식을 세웠다. 그들이 생각한 오식은[420] 바깥 세계에서만 활동하므로[轉],[421] 반드시 의거할 대상이 있다. 제6의식은 안팎의 세계에서 모두 활동하지만[422] 마음 작용[行相]이 과격하게 요동치므로,[423] 근본이 아니고[424] 반드시 의거할 대상이 있다.[425] 이 때문에 제8아라야식을 세워서 만유를 함장하고 근

416) 여기에서 '오직'이라고 한 것은 여기에만 그치고 다른 데는 미치지 않는다는 것을 말한다. 뒤에 나오는 것도 이에 준해서 알 수 있다. 色에는 다양한 의미가 있다. 어떤 경우에는 공간적 점유성을 가진 사물을 통칭하기도 하는데, 이럴 때는 물질을 다르게 부르는 것이다. 지금 오직 眼識이 인식하는 것은 파랗고 노랗고 빨간 색과 같은 안색의 색이다.

417) 향과 냄새를 통칭하여 향이라고 한다.

418) 앞의 4가지 식이 인식하는 것은 바로 색・소리・향・맛이라는 4가지 대상이지만, 신식이 인식하는 것을 감촉이라고만 부르고 어떤 대상인지 바로 열거하지 않은 것은 신식이 인식하는 대상이 가장 광범위하기 때문이다. 다 열거하지 못하므로, 감촉이라고 말하였다.

419) 유형・무형의 모든 사물들에서 일체의 義理에 이르기까지를 法이라고 통칭한다. 다른 곳에서 法이라고 말하는 경우도 이에 준해 알 수 있다.

420) 眼識에서 身識까지를 말한다.

421) 轉은 일어난다(起)는 의미이다. 五識은 모두 바깥을 향해 추구하여 얻게 되는 경지이므로 일어나게 된다.

422) 意識은 한편으로는 외부 대상을 추구하여 얻고, 한편으로는 안에서 스스로 緣慮한다. 비록 외부 대상이 없지만, 스스로 일어나는 것이다.

423) 마음 작용[行相]은 객관세계를 반드시 이해하게 하는 작용이다. 거칠다[麤]는 것은 과격하다는 것이고, 움직인다는 것은 요동한다는 것이다.

424) 과격하게 요동치므로, 근본이 아니다.

425) 의식 자신은 근본이 아니므로, 반드시 의거할 대상을 가지고 있다. 五識을 예로 들

본 의지처로 삼았다.[426] 아라야식은 대단히 미세하고, 은밀하게 저장되어 겉으로 나타나지 않는다. 전6식은[427] 매우 거칠게 나타난다. 안팎이 떨어져 있지 않은가 의심되기 때문에,[428] 제7말나식을 세워서 그 사이를 매개해야 했다.[429] 『대론(大論)』 51장에서는 근본식이 있기 때문에 말나식이 있다고 말하는데,[430] 그 내용을 완미할 만하다. 그들이 세운 8식을 살펴보면, 대략 3겹으로 나뉜다. 첫 번째 겹이 6식인데,[431] 안팎으로 모두 연(緣)하고 과격하게 움직이며 작위가 있다. 두 번째 겹이 말나식인데,[432] 항상 안으로 아라야식에 의거하여 자아라고 집착하고[433] 고요한 듯하지만 고요하지 않다.[434] 세 번째 겹이 아라야식인데, 훈습을 받고 종자를 유지하며[435] 작위적인 활동이 없다.[436] 대승불교에서 말하는 팔식의 마음 작용은 대략 이와 같다.

또한 대승불교는 자기 한 몸이 가지고 있는 식을 8개로 나누고 있음을

수 있다.

426) 의지처[依]라는 자를 주의해야 한다. 그들은 전7식이 각각 자기 種子가 있다고 보지 아라야식에서 생겨난다고 보지 않는다. 단지 아라야식에 의탁해서 생겨나므로, 아라야식을 근본 의지처로 삼는다.

427) 眼識에서부터 意識까지를 말한다.

428) 아라야식이 안이고, 전6식이 밖이다.

429) 제7식은 제8식과 전6식 사이를 매개한다.

430) 아라야식을 근본식[本識]이라고 부르는 것은 전7식의 근본 의지처가 되기 때문이다. (역주) 『瑜伽師地論』 卷51, (大30, 580b). "由有阿賴耶識, 故得有末那."

431) 眼識에서 意識까지를 말한다.

432) 제7식을 말한다.

433) '항상'이라고 한 것은 단절이 없기 때문이다.

434) 오직 안으로 아라야식을 나라고 집착하지만 밖으로 내달리지 않으므로, 고요한 것 같다. 그러나 항상 나의 모습을 생각하고 헤아린다. 이것은 지극히 요동치는 것으로, 실제로 고요하지 않다.

435) 종자를 유지한다는 것은 아라야식 자체의 本有種과 新熏種, 전7식 각각의 본유종과 신훈종을 모두 아라야식이 함장하고 있어서, 만유의 기반이 된다는 것이다. 훈습을 받는다는 것은 전7식 각각이 習氣에 훈습되어 생겨나 아라야식 자체에 투입된다는 것이다. 아라야식은 모든 것을 받아서 저장하고 신훈 종자를 완성한다.

436) 經典에서는 아라야식이 폭포의 흐름과 같이 恒轉한다고 말하는데, 이것이 활동이다. 그러나 오직 받아서 유지될 뿐이므로, 작위가 없다.

알아야 한다.437) 즉 이 팔식을 각각 독립된 체(體)로 보는 것과 같다. 그러나 하나의 식마다 단순하지 않고, 심·심소가 조합하여 이루어진다.438) 예를 들어 안식은 독립된 것처럼 보이지만, 실제로는 심과 수많은 심소들의 복합체이고 절대 단순하지 않다. 다만 이식 등 다른 식에 대해 독립했을 뿐이다. 안식도 이와 같고, 이식에서 제8식까지 모두 그러하다.439) 따라서 팔식을 말하는 것은 8개의 무더기[聚]를 말하는 것뿐이고,440) 팔식을 8개의 단순체로 보는 것이 아님을 알 수 있다. 대승불교를 상고해 보면, 종자를 세워서 식의 인연(因緣)으로 삼았다.441) 무착은 처음에 『유가론』을 썼고, 뒤에 『유가론』에 의거해서 『섭대승론(攝大乘論)』을 써서442) 세친에게 전해주었다. 종자에는 여섯 가지 의미가 있는데, 4번째를 결정(決定)이라고 하고 6번째를 인자과(引自果)라고 하였다.443) 세친은

437) 『章氏叢書』 중에 아라야식을 중생들이 모두 함께 가지고 있다는 한 구절이 있는 듯하다. 이것을 章太炎이 오해하였다. 논의에 의하면, 한 사람마다 모두 8개의 식을 가지고 있다고 한다. 따라서 아라야식은 모든 사람이 함께 가지고 있는 것이 아니고, 모든 사람 각각이 개별적으로 아라야식을 가지고 있다는 것에 불과하다.

438) 心을 王이라고도 하는데, 주가 되기 때문이다. 心所는 모두 心所有法이라고도 하는데, 그것이 마음상에 존재하는 모든 대상이기 때문이다. 심소는 또 보조적인 동반자[助伴]라고 부르는데, 마음이 거느린 종속이기 때문이다. 心은 하나이지만, 心所는 많다고 한다.

439) 각 하나의 식마다 모두가 心과 수많은 心所의 복합체이다.

440) 聚는 무리[類]의 의미이다.

441) 種子는 식을 생성할 수 있는 因緣이다. 식은 종자로 인해 생겨난 결과이다.

442) (역주) 『攝大乘論(Mahāyāna-saṃparigraha-śāstra)』은 섭론이라고도 부른다. 인도 無著이 지었고 한역에 3가지 종류가 있다. (一) 後魏 佛陀扇多(Buddhaśānta)가 번역한 것. (二) 陳代 眞諦가 번역한 것으로 모두 3권인데, 양역 섭대승론이라고 불린다. (三) 唐代 玄奘의 번역으로 모두 3권이다. 이상의 3가지 번역본은 『大正藏』 第三十一冊에 실려 있다. 이 외에 西藏譯本 四卷이 있다. 이 책은 고대 인도 대승의 아비달마경의 『섭대승품』과 관계되며, 대승 교의를 천술하고 있어 유식학의 관점을 중시한다. 섭론종의 근본 경전이 된다.

443) 『瑜伽』에서는 종자의 7가지 의미를 말하였고, 『攝論』에서는 6가지로 요약하였다. (역주) 種子(bīja)는 곡식이 종자에서 생겨나는 것과 같이 물질과 정신 등 일체의 현상에 생성하는 원인이 있다고 보고 그것을 종자라고 부르는 것이다. 유식종에서 종자를 아라야식에 포섭시킨 것을 內種이라고 한다. 내종자는 현행하는 제법이 아라야식에서 훈습되어 일종의 특수한 습성을 형성하게 되기 때문에, 習氣, 또는 餘習이라고도 한다. 『成

결정이라는 말은 이 종자가 각각 따로 결정된다는 의미라고 해석하였다. 일체로부터 일체가 생겨날 수 있는 것이 아니라는 것이다.444) 이 사물의 종자에서 이 사물이 생성되는 것이다.445) 인자과는 자기 종자만 자기 결과를 이끌어낸다는 의미이다.446) 예를 들어 아라야식 종자만 아라야식을 이끌어내 생성할 수 있다.447) 이에 의하면, 8개의 심・심소 무더기가 각각 자기 종자에서 생성된다.448) 예컨대 안식이라는 무더기에서 심도 자기 종자에서 생겨나고, 심소도 자기 종자에서 생겨난다. 안식도 그렇고, 이식에서 아라야식까지 모두 이러하다. 따라서 8개 무더기의 심・심소는 각각 독립된 체이고,449) 실제로 8개의 단순체를 8식이라고 부르는 것이 아님을 알게 된다.450) 무착・세친 형제에서 호법・현장・규기 법사까지 모두 이 견해를 함께 하였는데, 바뀐 경우가 없었던 것은 특이하다.

소승불교에서 말하는 6식을 따져보면, 후대 심리학자들의 견해에 가깝다. 예를 들어 오식(五識)은 감각에 해당하는데, 기억과 추리 등의 작용

唯識論』, 또는 『攝大乘論釋』에 의하면, 種子에는 6개의 조건이 있으며 이를 種子六義라고 한다. ① 刹那滅 : 無常에서부터 생멸하는 변화가 있게 된다. ② 果俱有 : 果는 識과 根이다. 식과 근은 동시에 일어나며 서로 분리되지 않는다. ③ 恆隨轉 : 식이 일어날 때는 종자가 따라서 일어나며, 서로 간격이 없다. ④ 性決定 : 식이 緣하는 선악 등의 성질에 반드시 因果는 있지만, 섞이지는 않는다. ⑤ 待衆緣 : 식은 한 원인에서 생겨나는 것이 아니라 뭇 연들에 의거해 현행을 낳는다. ⑥ 引自果 : 色과 心은 각각 自果를 생성한다. 色法은 色法의 종자에서 생겨나고 心法은 心法의 종자에서 생겨난다.

444) 모든 종자 각각이 모든 대상들을 두루 생성해내는 것이 아니라는 의미이다.

445) 이 사물의 종자가 이 사물을 생성하고 저 사물을 생성하지는 않는다. 그러므로 決定이 된다.

446) 이끌어낸다는 것은 이끌어서 생겨나게 한다는 것이다.

447) 나머지 종자들도 모두 유추할 수 있다. 식이라고 말하면 모두 心所를 포함한다. 은밀히 心所들을 제시해도 각각 자기 종자가 있다.
(역주) 『攝大乘論釋』 卷二(大31, 329c). "如阿賴耶識種子, 唯能引生阿賴耶識."

448) 종자를 줄여서 種이라고 부른다. 다른 곳에서도 이에 준하여 알 수 있다.

449) '각각'이라는 두 자에 주의해야 한다. 예를 들어 안식이라는 한 무더기 중에서 그 心이 자기 종자가 있으므로, 독립된 체이다. 수많은 심소도 각각 자기 종자들이 있으므로, 각각 독립된 체이다. 안식의 한 무더기도 이와 같고, 이식에서 아라야식에 이르기까지 모두 동일하게 유추할 수 있다.

450) 8개의 식은 모두 복합체이다.

과 섞이지 않기 때문이다. 그러나 심리학자는 감각이 식임을 인정하지 않는다. 이 점에 대해서는 따로 논의하려고 한다. 제6의식은 심리학에서 말하는 의식에 가깝다. 대승불교는 무착 이후에 제8아라야식이 모든 종자들을 함장하고 있으며 만유의 기초가 된다고 선언하였다. 또 아라야식을 상분(相分)과 견분(見分)으로 이분하였다. 사분(四分)하는 경우도 있지만,[451] 안의 이분을 견분에 집어넣으면 상분・견분으로 이분될 뿐이다. 견분은 능연(能緣)이고, 상분을 식별하는 주체이다. 상분은 소연(所緣)이고, 견분에 대해 식별되는 객체가 되므로 경계(境界)라고도 부른다. 이 소연 상분은 다시 세 부분으로 나뉜다. 첫째는 종자이다. 아라야식이 함장하는 모든 종자가 아라야식 견분의 소연이 되므로, 상분이라고 부른다. 둘째는 근신(根身)이다. 청정한 색근(色根)은 안식부터 신식까지 가리키는데, 바로 육체를 말하는 것은 아니다. 불교 이론에 의하면, 사람이 죽으면 육체는 소멸하지만 근신은 사라지지 않는다. 셋째는 기계(器界)이고, 세속에서 자연계라고 하는 것에 해당한다. 이 세 가지가 모두 아라야식의 상분이고, 견분은 상분을 식별하는 것이다. "어떻게 아라야식 견분이 존재한다는 것을 아는가?"라고 묻는다면, 대승불교 논사들은 평범한 사람은 알 수 없고 부처만 알 수 있다고 대답할 것이다. 제7말나식도 이분된다. 말나식은 안으로 아라야식에 연(緣)하여 그것을 자아라고 생각하기 때문이다. 이때 말나식은 반드시 아라야식 견분에 의지하여 자아와 비슷한 상분으로 변화한다. 이 상에 의거하여 아집을 일으킨 것이 말나식 견분이다. 제6식도 이분된다. 의식은 어떤 대상에 연할 때[452] 반드시 소연 대상과 비슷한 상분으로 변화한다. 예를 들어 난초를 생각할 때는 반드시 난초와 비슷한 모양으로 변화한다.[453] 의식의 견분은 상분

451) (역주) 護法의 四分說에 대해서는『成唯識論』卷二(大31, 10b 이하)와『成唯識論述記』卷三本(大43, 318c 이하)에 설명되어 있다.

452) 法 자에 대한 주는 앞에서 보인다.

453) 가령 "이 모습은 반드시 의탁하는 대상이 있다. 즉 실제 난초가 있다"라고 질문한다

을 식별하는 것이다. 오식은 모두 이분된다. 예를 들어 안식의 상분은 파란색과 노란색 등이고, 파란색과 노란색 등을 식별하는 것이 안식의 견분이다. 마찬가지로 신식의 상분은 감촉되는 대상이고, 감촉된 대상을 식별하는 것이 신식의 견분이다. 앞의 내용을 종합하면, 8식은 각각 이분된 것이 합하여 이루어진다.454) 무착 등의 이론에 의하면, 식들의 상분・견분은 모두 각자의 종자에서 생겨난다. 이 종자들은 모두 아라야식 중에 저장되어 있다.455) 아라야식이 모든 종자를 함장하므로, 종자는 식과 떨어져 외부에 존재하는 것이 아니다. 그리하여 유식(唯識)의 이론이 완성된다. 만약 아라야식을 세워서 모든 종자를 함장하지 않았다면, 유종(唯種)의 이론이 되었을 것이다.

다음에 아라야식이 저장하는 종자는 유루성(有漏性)과 무루성(無漏性)으로 나누어져야 한다.456) 대승불교 이론에 의하면, 중생은 태초부터 아라

면, 실제 난초는 色 등의 塵에 속하므로 다섯 가지가 모두 意識의 상분을 갖추고 있다고 대답한다. 가령 "의식의 상분을 갖춘 것은 반드시 의탁하는 대상이 있어야 비로소 일어나는데, 그 의탁하는 대상은 무엇인가?"라고 질문한다면, 의탁하는 대상은 器界로서 제8식의 상분이라고 대답한다.

454) 예를 들어 안식은 상분, 견분 두 부분이 합하여 이루어진다. 이식에서 아라야식까지 모두 그러하다. 또 여러 식들은 각각 심・심소로 나뉘어지고, 하나의 심과 하나의 심소는 실제로 각각 상분・견분 두 부분으로 나누어진다. 글 중에서 대략 설명하였다. 또 여러 식들의 상분을 상세히 분별하는 것에 대해서는 『佛家名相通釋』을 참조할 것.

455) 가령 "아라야식 견분과 그 根器의 상분은 모두 각자의 종자에서 생겨난다. 종합해 말하면, 아라야식은 그 자신의 종자에서 생겨난다. 지금 아라야식이 모든 종자들을 함장하고 있다고 말하므로, 能生의 종자가 所生의 아라야식 안에 저장된 것이다. 이러한 이치가 통하는가?"라고 질문한다고 하자. 그에 대한 답은 다음과 같다. 대승불교에서는 能生의 원인과 所生의 결과는 동시에 존재하는 것이지 선후가 없다고 주장한다. 이 때문에 아라야식이 종자를 함장할 수 있다.

456) 性은 덕성이다. 有漏는 오염의 의미이다. 無漏는 청정의 의미이다. 중권을 다시 볼 것. (역주) 종자는 크게 有漏種子와 無漏種子 두 종류로 나뉜다. 현상(중생의 미혹한 세계)을 생성할 수 있는 것을 有漏種子라고 하고, 보리를 생성하는 원인이 되는 것을 無漏種子라고 한다. 유루종자는 다시 두 종류로 나뉜다. ① 같은 종류의 현상을 생성할 수 있는 종자를 名言種子・等流種子・等流習氣라고 한다. ② 명언을 도와주는 종자로서, 善惡의 業으로 이숙작용을 생성할 수 있는 것을 業種子・異熟種子・有支習氣・異熟習氣라고 한다.

야식만을 주인공으로 여겨왔다. 바꾸어 말하면, 아라야식 중 유루종자만 발현되고 무루 종자는 이제껏 일어나지 못하였다. 반드시 성불한 뒤에야 유루성을 다 단절시키고 아라야식을 버릴 수 있다. 그때에는 무루종자가 발현되어 제8정식(淨識)이 생겨나는데, 이것을 무구식(無垢識)이라고 부른다.[457] 아라야식을 버리기 전에는 전7식(前七識)이[458] 모두 유루종자에서 생겨난다는 것은 말할 필요도 없다.[459] 가령 "태초 이래 순전히 유루종자만 유행되었는데, 중생은 어떻게 수행하고 성불할 수 있는가?"라고 묻는다면, 그 답은 다음과 같다. 무착 등의 이론에 의하면, 오직 성인의 가르침에 의거하여 많이 듣고 훈습하면 깨끗한 종자가 자라나게 된다고 한다. 상세한 내용은 『해심밀경(解深密經)』·『유가론』·『섭대승론』 등에 나와 있다.

무착 등이 말한 팔식의 논지는 대략 이와 같다. 소승불교의 6식 이론과 비교해서 전혀 다른 점은 제8식을 세움으로써 분명하게 우주론 측면의 이론이 되었다는 것이다. 제8식 중의 종자는 또한 다원론이다. 종자는 더러운 것[染]과 깨끗한 것[淨]이 섞여 있으므로, 선악 이원론이 된다. 또 식의 상분·견분은 물질을 산산조각 내놓은 것처럼 여러 조각들로 나뉘어진다. 이것들은 모두 남의 의향을 꺼리지 않는다. 연생(緣生)을 말한 것은 또 기계론이 되므로, 더욱 취할 것이 없다.[460] 극단적으로 잘못되고 무리한 것은 태초 이래 중생은 아라야식만 주인공이 되므로, 자성

---

457) 제8식은 染淨으로 나누어진다. 중생은 태초 이래 유루종만을 따라서 有漏의 제8식이 생겨나는데, 이를 아라야식이라고 부른다. 이 아라야식은 오염된 성질이다. 오염은 청정하다는 것의 반대로, 더럽다는 의미이다. 수행을 거쳐서 성불하게 되면, 오염된 종자들이 모두 깨끗이 사라지고 제8染識이 다시 생기지 않는다. 이것이 바로 아라야식을 버린다는 것이다. 이때의 제8식은 무루 종자에서 생겨나므로, 無垢識이라고 부른다.

458) 五識에서 제7말나식까지이다.

459) 十地 중에 有別義는 짐짓 생략한다.

460) 중권 「공능」 장을 다시 볼 것. 여기에서는 더 부언하지 않겠다. 『佛家名相通釋』 「乙部」도 참고할 만하다.

열반(自性涅槃)과 자성 보리(自性菩提)가 중생에게 있다고 할 수 없다는 이론이다.[461] 그리고는 뒤에 일어나고 밖에서 들어온 문훈습(聞熏習)[462]만 전적으로 믿고, 그것이 깨끗한 종자를 생장시킨다고 본다. 이것은 근본이 없는 학문이 아닌가! 『논어』에 "선생님께서는 안회가 3개월 동안 인(仁)을 어기지 않았다고 인정하였다"[463]라는 구절이 있다. 3개월이란 긴 시간을 말한다. 인체(仁體)는 비고 고요하며 밝게 깨닫는 자성이다. 자성은 본래 증감이 없으므로, 배우는 이가 무한히 공덕을 닦아서 '어기지 않는다'는 데 최선을 다해야만 인체를 인식할 수 있고 그 뒤에 어기지 않는 공덕이 베풀어진다. 그렇지 않으면 붕 떠서 마음속에 주가 되는 것이 없는데, 어디에서부터 어기지 않는다고 하겠는가? 나 역시 문훈습을 없애야 된다고 보지는 않지만, 그것이 인을 어기지 않는 공부를 할 때 참고 자료에 불과하다는 것을 알아야 한다. 무착학파의 학문과 같이 중생이 태초 이래 유루만 유행하였다고 본다면, 적막하고 깨닫는 자성을 근본적으로 말할 수 없다. 그런데도 문훈습이 운명을 만든다는 교리만 믿고 살아 있는 인간의 본성을 훼손한다면, 이보다 심한 일

461) 涅槃의 적멸의 의미이다. 菩提는 깨달음의 의미이다. 자성은 적막하면서도 깨닫는 것이어서 본래 어지러움도 없고 어두움도 없다.
(역주) 自性涅槃(즉 性寂)과 自性菩提(즉 性覺)는 인도 유식불교와 중국불교의 성격을 구분하는 중요한 근거이다. 자성열반은 새롭게 고치는 것[革新]이고, 자성보리는 근본으로 돌아가는 것[返本]이다. 유식불교는 인간의 無明이라는 측면을 중시하고 외부의 절대적인 진리인 佛性에 의지하여 훈습과 수행을 통해 끊임없이 수행해 나갈 것을 강조하는 반면에, 천태·화엄·선불교 등 중국 불교에서는 인간 내면의 각성의 힘을 중시하여 번뇌가 바로 보리이고 생사가 바로 열반이라고 하면서 깨달음 자체를 강조한다. 유식불교는 자신 속에 존재하는 더러운 것을 모두 깨끗한 것으로 바꾸어가야 하기 때문에 革新이고, 중국 불교에서는 이미 자신 속에 존재하고 있는 불성, 즉 마음의 근원을 되돌아보고 심성을 되돌아봄으로써 깨달을 수 있으므로 返本이라고 할 수 있다. 중국불교는 『大乘起信論』에서 시작하여 『占察』을 거쳐 『金剛三昧經』·『圓覺經』·『楞嚴經』까지 모두 자성보리, 즉 性覺의 관점을 취하고 있다.

462) (역주) 聞薰習(śruta-vāsanā)은 들음으로써 생기는 잠재 여력을 말한다. 특히 부처님의 가르침을 듣고, 후에 진실에 눈뜨는 因이 되는 것을 가리킨다.

463) (역주) 『論語』「雍也」第六. "子曰, 回也, 其心三月不違仁, 其餘則日月至焉而已矣."

은 없을 것이다. 내가 어찌 차마 분별하지 않겠는가? 또 본문에서는 인체를 적막[寂]과 깨달음[覺]으로 설명하는데, 공자는 "인(仁)은 고요하다"[464]라고만 말하였다. 이 고요함은 활동과 상대적인 말이 아니라, 적막하다는 의미이다. 『역』 건괘에서는 인을 '위대한 밝음[大明]'이라고 말하므로, 인에 깨달음의 의미가 있다.

실질에 의거해 말하면, 교설에서 말하는 식이[465] 내가 말한 습심(習心)이다. 습심은 오염된 습기가 일어난 것이다. 염습(染習)이 생겨나는 것은 본심의 작용이 근문(根門)에서 유행하는 것을 근(根)이 빌어서 근의 영명함을 이루는 데서 연유한다. 그리고 사물을 좇아가며 사물 때문에 변화하는 과정에서 염습이 생겨난다.[466] 따라서 염습은 형체를 가진 사물의 유형이다.[467] 어떤 사람은 "무슨 까닭에 형체가 마음을 부린다고 하는가?[468] 무슨 까닭에 염습이 형체를 가진 사물에 연하여 생긴다고 하는가?"라고 질문한다. 이에 대한 답은 다음과 같다. 본체는 자신을 나타낼 때 독립된 형체를 갖춘 사물을 응집하여 형성하고, 이를 자신을 나타내는 도구로 삼지 않을 수 없다. 그런데 형체는 형성되면, 저절로 권능을 갖게 되어 본체의 경향을 그대로 따르지 않게 된다. 바꾸어 말하면, 본성의 작용을 빌어서 형체를 갖춘 사물의 영명함을 이룰 수 있

---

464) (역주) 『論語』「雍也」第六. "子曰, 仁者靜."

465) 여기에서 교설은 대승불교・소승불교 모두 포함한다.

466) 앞에서 禪불교의 '작용견성'을 말하는 중 五根을 설명한 부분을 다시 볼 것. 여기에서 생겨난다는 것은 단서가 없이 환상으로 나타난다는 의미이다. 뒤에 나오는 것도 이에 의거한다.

467) 형체를 가진 사물을 根이라고 부른다. 내가 말하는 根은 불교의 본의와는 구별된다. 근은 육체를 떠나 존재하는 것이 아니고, 육체 중 가장 정수가 되는 생활 기능의 일종에 불과할 뿐이기 때문이다. 根이 비록 공간적 점유성에 구애되는 물질과 다르기는 하지만, 궁극적으로 형체를 가진 사물에 속한다. 근이라는 말을 거치지 않는 것은 형체를 가진 사물의 의미가 넓기 때문이고, 육체를 포함하여 말하는 것이기 때문이다. 流類의 流도 類와 같은 의미이다.

468) 앞에서 根이 본심의 역용을 빌어서 근의 영명함을 이룬다고 말하였다. 이것이 형체가 마음을 부리는 것이다.

다.[469] 형체를 갖춘 사물의 영명함은 형체상의 계산에 따라 운용되는데, 즉 작은 자신[小己]이 있다고 헛되이 집착하고 그것을 안이라고 사유한다. 그와 동시에 외부가 있다고 헛되이 생각하고, 쉬지 않고 추구한다. 이것은 허망한 분별인데, 누가 원인을 밝히겠는가? 상황이 복잡하므로, 더욱 따져서 알기 어렵다. 요컨대 이 모든 것을 미혹이라고 불러도 무방하다.[470] 미혹은 근거 없이 일어나고,[471] 한 찰나에 일어나자마자 한 찰나에 갑자기 소멸한다. 또 소멸하지만, 실제로는 끊이지 않는다. 막 소멸되었을 때 여력이 남아서 계속 일어나고, 등류(等流)가 끊이지 않고[472] 내면의 심연에 잠복하게 된다.[473] 이 미혹한 여세가 잠복하여 끊이지 않는 것을 오염된 습기라고 부른다. 저 염습은 미혹한 힘이 남아 있는 것이지만, 미혹은 본디 자성을 가진 것이 아니라 형체를 가진 사물에 연하여 생겨난 것이다.[474] 지금 미혹에서부터 염습이 형성되었으므로, 염습이 형체를 갖춘 사물에 연해서 생겨난다고 하였다. 이러한 내용에 어떤 의심이 있겠는가?[475] 염습은 천 갈래 만 갈래로 심연에 잠복해 있다.[476] 기회를 잡아서 일어나면 근의 영명함과[477] 하나로 합일하

469) 本性을 本體라고 부르고, 本心이라고 하며, 自性이라고도 한다. 이상은 마음이 형체에 의해 부려진다는 물음에 대한 답이다.

470) 그 본성에 어긋나므로, 미혹이라고 명명하였다.

471) 나의 자성은 청정하고, 미혹한 근거를 가지고 있지 않다.

472) 等流는 이 남은 세력이 굳어서 머무르는 體가 아니고, 서로 계속 생멸하며 流轉해가는 것임을 말한다. 비유하자면, 하나의 신체는 굳어서 머무르는 것이 아니라 신진 대사가 앞뒤로 서로 비슷하게 유행해가는 것을 신체라고 부르고 等流라고도 부르는 것과 같다.

473) 내면의 심연이라는 말은 언어적인 측면에서 가정된 것이지, 심연이라는 일련의 사물이 있다고 확정하고 집착해서는 안 된다. 내 생활의 내용을 결국 현실세계의 사물로 각색해서는 안 됨을 알아야 한다. 이러한 의미는 알기 어렵다.

474) 생겨났다는 의미는 앞에서 설명하였다.

475) 여기까지가 오염된 습이 형체를 가진 사물에 연하여 생겨난다는 질문에 답한 것이다. 중권 「공능」 장에서는 染習의 유래가 실제로 형체의 私적인 욕심을 따르는 데서 일어난다고 설명한다. 여기에서 참고해야 한다.

476) 심연은 그것이 잠복해 있음을 형용할 뿐이다.

는데, 이것을 심소라고 부르고[478] 습심이라고도 범칭한다. 따라서 습심은 형체를 갖춘 사물의 유형이고, 확실히 본래부터 있는 것[本有]이 아니다.[479] 이 점을 알지 않으면 안 된다.

대승·소승불교에서는 6식이 안팎 세계에서 모두 활동한다[內外門轉]고 말하는데,[480] 이 모두가 습심이 허망하게 분별하는 모습이다. 대승불교에서는 말나식이 아라야식에 의지하여 자아에 대한 집착[我執]을 일으킨다고 하는데, 실제로는 형체를 갖춘 사물의 영명함이 함부로 안팎을 나누고 자아가 있다고 잘못 생각하는 것뿐이다.[481] 꼭 아라야식을 세워서 나의 상[我相]을 의탁하는 곳이라고 생각할 필요는 없다. 대승불교에서 아라야식은 본래 종자를 함장한다. 내가 말하는 습기도 종자라고 임시로 불러도 무방하다. 그러나 이 습기 종자는[482] 실제로 천 갈래 만 갈래로 서로 교섭하면서 분리될 수 없는 통일체이고 일단의 세력이라고 할 수 있으므로, 꼭 저장되는 한 곳을 찾을 필요가 없다.[483] 실제로 아라야식은 외도에서 말하는 신아(神我)와 같다. 그 학설처럼 중생이 태초 이래 오염된 성질의 신아만 가지고 있다면,[484] 자성 보리는 과연 어디에 있는가?[485] 선불교가 일어나 본심을 바로 지적한 뒤에야 사람들은 스스로 참된 본성을 인식할 수 있었다. 염습은 결국 객진(客塵)이므로, 제거하기 쉽다. 비유하자면 해가 공중에 떠오르는 것과 같은데, 어

477) 즉 본심의 역용이 根門에서 유행하고, 根은 그것을 빌어서 자신의 영명함을 이룬다.
478) 아래에서 열거한 無明·탐욕·성냄 등과 같다.
479) 본래부터 있는 것이란 本心을 말한다.
480) 전5식은 모두 외부를 향해 추구한다. 제6식도 외부를 좇아가지만, 안으로도 스스로 여러 가지를 구상한다.
481) 형체를 갖춘 사물의 영명함이란, 즉 앞에서 根이 본심의 역용을 빌어서 그 영명함을 이룬다고 한 것이다. 이것이 습심이 시작되는 곳이다.
482) 습기 종자란 말은 중복된 말이다.
483) 대승불교에서는 종자를 能藏이라고 하고, 아라야식을 所藏이라고 한다.
484) 有漏性도 오염된 성질[染性]이라고 부른다.
485) 菩提가 涅槃을 포함한다. 자성은 깨달음이면서 적막이기 때문이다.

떻게 막을 수 있겠는가? 따라서 식과 종자를 말한 교설은 실제로 습기, 또는 습심을 중생의 본래 생명으로 보고 있음을 알게 된다. 선불교에서 깨끗하게 소탕한 뒤 나는 참된 자아를 인식하게 되었으니, 그 공덕이 어찌 크지 않겠는가! 황벽[黃蘗]은 "이 마음은 본원이 맑고 깨끗한 부처이고, 사람들이 다 가지고 있다. 꿈틀대어 활동하고 영명함을 함축하니, 여러 부처와 보살이 일체이고 다르지 않다"[486]라고 하였다. 또 "참된 본성을 똑같이 함축하고, 마음과 본성이 다르지 않다는 것, 즉 마음이 바로 본성임을 깊이 믿는다"[487]라고도 하였다. 아라야식을 주장하는 교설과 같다면 중생에게 참된 본성이라고 할 것이 없는데, 어떻게 올바른 견해라고 하겠는가? 그러나 교설 중 『능가경(楞伽經)』 등에서 말한 여래장(如來藏)[488]에 대해서는 따로 논의하겠다.

본심이 바로 본성이고,[489] 식은 습(習)이다. 본성은 본래부터 가지고 있는 진실이고, 습은 뒤에 일어난 허망함에 속한다. 허망함에 따르면 저절로 속박된다.[490] 진실을 깨달으면[證眞] 바로 그 자리에서 초월한다. 초월은 참으로 말하기 어렵다! 자기의 본심을 꼭 자각하면, 참된 본성을 깨달아서 속박을 깨뜨리고 초월을 획득하여 위대한 자유를 얻을 수 있다. 어떤 학자는 동물은 본능에 의거한 생활을 할 뿐이므로 엄밀히 속박되고, 오직 사람만 이지(理智)가 발달해서 속박을 충분히 풀 수 있고 생명이 비로소 초월을 획득할 수 있다고 말한다. 본능이 내가 말하는

486) (역주) 『續藏經』·『筠州黃蘗山斷際禪師傳心法要』 卷四, 824면. "此心是本源淸淨佛, 人皆有之. 蠢動含靈, 與諸佛菩薩, 一體不異."

487) (역주) 『續藏經』·『黃蘗斷際禪師宛陵錄』 卷五, 833면. "深信含生同一眞性. 心性不異, 卽性卽心."

488) (역주) 如來藏(tathāgata-garbha)은 여래의 胎라는 뜻으로, 구조적으로 客塵煩惱가 따라다니는 상태이므로 부처와 같지는 않으나, 범부의 마음속에 존재하고 있는 如來(부처)가 될 수 있는 가능성을 가리킨다. 『勝鬘經』·『莊嚴經論』·『寶性論』·『楞伽經』 등에 나온다.

489) 본성[性]은 나와 만물이 모두 똑같이 가지고 있는 본체이다.

490) 누에가 고치를 지어서 스스로 속박하는 것과 같다.

염습(染習)이다. 동물이 염습으로 자신을 속박한다는 것은 말할 필요도 없지만, 이지에 염습이 섞여있지 않은가 여부는 말하기 어렵다. 내가 만약 스스로 본심을 자각하고 함양하여 힘을 길러서 본심이 항상 속에서 주가 되게 한다면, 일상생활에서 감응하는 때 밝은 이치로 사물을 판별하는 작용은 이지라고 부르지만 실제로는 본심의 발용이 된다. 이때는 이지가 바로 본심이 된다. 자연히 속박이 없으니, 속박을 푼다고 말할 필요도 없다. 본래 초월되어 있다면, 또 무슨 초월을 말하겠는가? 아직 본심을 자각하지 못하였다면, 이지가 본심에 의거하지 않고 일어나는 것은 아니지만 일상생활에서 훈습된 오염이 한결같이 너무 깊어서 항상 습심과 함께 일어나게 된다. 즉 이러한 이지는 습심에서 이루어지므로, 본심의 발용이라고 말할 수 없다. 이지 작용은 습심의 작용이므로, 때로 작은 자신[小己]의 유지를 초월하는 모든 문제의 범위 밖으로 생각을 넓히거나 크게 할 여유가 있더라도, 본심이 잘 드러나지 않으므로 습심을 전환시키지 못해 결국 습심에 의해 전환된다. 따라서 이지는 결국 외부를 향해 해결을 찾고, 자신을 되돌이켜 자성을 인식할 길이 없게 된다. 이와 같다면, 어떻게 속박을 풀 것이며 무슨 초월이 있겠는가?[491] 위로 통달하든 아래로 통달하든 모두 스스로의 길을 통하여서이다. 『역』에 "군자는 시종일관 두려워한다"[492]라는 구절이 있다. 인생은 한 순간도 게을러서는 안 된다.[493]

본심은 절대적인 전체이다. 그러나 그것이 발현되는 것에 의하면 차별적인 의미가 있으므로,[494] 명칭이 다양하지 않을 수 없다. 첫째로 마음[心]이라고 부른다. 마음은 주재의 의미인데, 두루 만물의 실체가 됨

491) 『量論』에서 理智에 대해 상세히 논하고자 하지만, 늙고 정력이 부족해서, 집필할 수 있을지 잘 모르겠다.
492) (역주) 『易』「繫辭傳(下)」. "君子懼以終始."
493) 여기에서 두려워한다는 말은 『中庸』에서 말하는 '戒懼'와 같다. 戒懼가 바로 본심이다.
494) 차별이란 하나가 아님을 의미한다.

을 말하지만 사물 자체는 아니다. 요컨대 뭇 사물들로 응집하여 형성됨으로써 자기를 표현하는 도구로 삼지만, 자성을 버리고 사물을 따라 변화하지는 않는다. 사물을 따라 변화하지 않으므로, 그 본성이 항상 여일하다. 본성이 항상 여일하므로, 사물에 대해 주재라고 부른다.[495] 둘째로 의(意)라고 부른다. 의에는 일정한 방향이라는 뜻이 있다. 마음이라는 명칭은 만물을 통틀어서 통일체임을 의미하는 것이지,[496] 나 자신을 주재하는 것만 지목한 것이 아니다.[497] 그러나 나 자신이 본래 만물 중의 한 부분이고 두루 만물의 주재가 되므로, 나 자신도 주재한다. 사물의 형상은 다양하게 분화되지만, 주재하는 것은 하나이다. 이제 나 자신을 주재하는 것을 되돌이켜 구해보면, 깊은 곳에 항상 일정한 방향이 있다.[498] 이것을 의(意)라고 부른다. 일정한 방향은 무엇인가? 항상 쉬지 않고 생성하는 본성을 순순히 따라 발전하고, 물화되지 않는 것이다.[499] 따라서 여기에 일정한 방향이 있는 것이 바로 생명이고 독립체[獨體]이다.[500] 여기에 의거해 자아를 세우고[501] 다양하게 변화하더라도 하나를 굳게 지키는 것[貞]이 바로 주재한다는 의미이다.[502] 셋째로 식(識)이라

---

495) 항상 그 본성이 여일하다는 것은 완고한 사물로 떨어져 버리지 않는다는 것이므로, 사물에 대해 주재라고 부른다.

496) 만물이 통틀어 함께 가진 실체를 통일체라고 부른다.

497) 주재한다는 말을 主라고 줄였다. 뒤에도 이에 의거한다.

498) 깊은 곳[淵然]이라고 한 것은 깊어 은미한 모양이다. '항상'이라는 자가 아주 중요하다. 이 定向이 항상 이와 같아서 바뀌지 않는다.

499) 계속 생성하는 것은 지극히 적막하고 지극히 깨끗하다. 적막하지 않고 깨끗하지 않으면 막히는데, 어떻게 생성할 수 있겠는가? 쉬지 않는다는 것은 지극히 강건한 것이다. 지극히 강건하므로 항상 새롭게 생성하여 그치지 않는다. 여기에서 생명의 영속성을 볼 수 있다.

500) 劉蕺山이 말한 獨體는 단지 이 定向이 있다는 의미이다.

501) 이것은 헛된 정으로 집착하는 자아가 아니다.

502) 「文言本」에서는 『大學』에 나오는 '誠意'의 意 자로 여기의 意 자를 해석하고 있는데, 실로 잘못이다. 명대 유학자인 王棟·劉蕺山은 '誠意'를 해석하며 양명에 반대하였는데, 기이한 것을 좋아하는 잘못을 저지른 것이다. 지금 여기에 나오는 意 자는 보통 말하는 의식이 아니라, 마음과 동일하게 주재의 의미이다. 그러나 마음이 통일체로

고 부른다.[503] 마음과 의(意)라는 두 용어는 모두 본체를 가리킨다. 또 식은 본체의 발용을 말한다.[504] 깊이 적막한 본체가 감응하여 마침내 통하고[感而遂通] 감각기관을 빌어 대상을 인식하는 것을 감식(感識)이라고 부른다.[505] 활동할수록 더욱 나오고[506] 감각기관을 빌지 않고도 홀로 일어나 헤아리는 것을 의식(意識)이라고 부른다. 눈으로 보지 못하고 귀로 듣지 못하는 것에서부터 몸으로 감촉하지 못하는 것까지 의식은 홀로 일어나 사유하고 헤아릴 수 있다. 즉 사유하고 헤아린다는 것은 과거에 감식이 경험한 자료에 의거한 것이다. 그러나 과거의 감식이 사라졌는데 의식이 재현한 것은 과거의 오래된 자료가 아니고, 단지 이전과 비슷하게 계속 일어난 것을 재현이라고 말하는 것뿐이다. 또 의식에는 정밀한 논리와 과학상의 발명, 철학의 초월적 깨달음 등과 같이 항상 지극히 심원하고 현묘한 창조적 발상이 본래부터 존재한다. 그것이 저절로 분명하므로 경험에 기댈 필요가 없다는 것을 어찌 말로 다 표현할 수 있겠는가! 따라서 심(心)·의(意)·식(識) 세 가지 명칭이 각각 갖는 의미가 있다.[507] 심이라는 명칭은 통일체라는 의미가 강하다.[508] 의라는 명칭은 각자 갖추고 있다는 의미가 강하다.[509] 식이라는 명칭은 객관 대상을 인식하므로 성립한다.[510] 본래 체(體)가 다르지 않지만 명칭

요약해 말한 것이라면, 意는 개인의 위치에서 말한 것뿐이다.

503) 感識과 意識을 말한다.

504) 여기에서 識 자의 의미는 불교에서 말하는 識과는 전혀 다르다. 그들이 말하는 識은 실제로 내가 말하는 習이다. 여기에서는 본체의 발용을 식으로 본다.

505) 감각기관을 빌어 분별할 수 있는 것을 眼識·耳識에서 身識까지로 부른다.

506) 더욱 나온다는 것은 다하여 고갈되는 일이 없다는 의미이다.

507) (역주) 『唯識二十論』(大31, 074b). "心意識了名之差別."

508) 心이라고 말한 것은 그것이 나와 만물에게 공통된 동일한 실체이기 때문이다. 그러나 뒤의 두 명칭이 이러한 의미를 가지지 못한 것은 아니다. 다만 心이라는 명칭이 이러한 의미를 요약해서 성립한 것이므로, '강하다'라고 표현하였다.

509) 意라고 한 것은 이 마음이 개인에게 있는 것을 말한 것이다. 그러나 識에 이러한 의미가 없는 것은 아니다. 다만 意라는 명칭이 이러한 의미를 요약하여 성립되기 때문에, 유독 강하다고 하였다.

에 차이가 있는 것은 나타내는 의미가 다르기 때문임을 배우는 이들은 알아야 한다. 이 심·의·식이라는 세 명칭은 각각의 뜻이 있는 특수한 규정이다. 실제로 세 명칭은 서로 대신할 수 있다. 예를 들어 심은 식, 또는 의라고도 할 수 있고, 식도 심, 또는 의라고 할 수 있다. 또 의식, 또는 심의, 심식과 같이 중복해서 쓸 수도 있다.

앞에서 말한 것과 같이 감식, 의식은 모두 식이라고 부르고, 마음, 즉 심이라고도 범칭한다. 그리고 이 마음의 측면에 그와 상응하는 마음 작용, 즉 심소가 있다고 말한다.[511] 심소법은 본래 식을 말하는 불교 교리에서 모두 공통으로 인정하는 것이다. 심소가 바로 마음은 아니지만 마음이 가지고 있고[512] 마음과 연속되기 때문에,[513] 심소라고 부른다.[514] 심소는 오직 마음을 돕고 상응한다는 두 가지 의미를 가지며, 힘이 대단히 뛰어나다. 돕는다는 것은 무슨 의미인가? 마음은 홀로 일어나지 않고 반드시 도와주는 대상이 있어야 일을 완수하기 때문이다.[515] 상응한다는 것은 무슨 의미인가? 심소는 마음에 의거하여 일어나서 하나처럼 합일하는데, 함께 하나의 대상에 연(緣)하기 때문이다. 그러나 심소와 심은 행상(行相)에서 차이가 있다.[516] 『유식삼십론』에는 "심은 소연 대상에 대해 오직 총상(總相)만 취한다. 심소는 그에 대하여[517] 별상(別相)도 취한

510) 感識·意識은 모두 객관 대상의 상을 인식하고 구별하므로, 識이라고 부른다. 感識은 오직 외부 대상을 이해하고, 意識은 내부 대상을 인식한다. 내부 대상은 사유로 구성해낸 대상이다.

511) 이 마음의 모습과 하나로 합치되는 心所가 있다고 한다.

512) 心所法은 마음 자체는 아니지만, 마음이 가지고 있는 대상이다.

513) 항상 마음과 연속되어 서로 떨어지지 않는다.

514) 그러한 명칭을 얻은 이유를 서술하였다.

515) 일을 완수한다는 것은 마음이 일어나서 대상을 인식하는 것이다. 일을 성취한다는 것과 같다. 이것은 반드시 도와주는 행위를 기다린다. 구 학설에서 심소를 '도와주는 동반자[助伴]'이라고 불렀던 것도 이 때문이다.

516) 行相은 마음이 객관 대상에 대해 인식을 일으키는 모습이다. 심소가 객관 대상에 대해 인식을 일으키는 모습도 行相이라고 부른다.

517) 所緣을 말한다.

다”라는 구절이 있다.518) 『유가론』 등에서도 학설이 같다. 오직 총상만 취한다는 것은 파란색을 대할 때 오직 파란색만 인식하고,519) 그 위에 다시 차별적인 인식을 일으키지 않는다는 뜻이다.520) 또 별상을 취한다는 것은 파란색을 인식하는 데서만 그치지 않고, 그 위에 순(順)이나 위(違) 등의 상을 덧붙이는 것이다.521) 구 학설에서는 심이 오직 총상만 취한다고 주장하는데, 이것은 화가가 그림을 그릴 때 윤곽만 묘사하는 것과 같다. 심소가 총상과 별상을 취한다는 것은 제자들이 윤곽에 색깔을 더하는 것과 같다. 예컨대 파란색에 연(緣)하였을 때 심은 파란색의 총상만 묘사하고, 심소는 파란색의 총상 위에 순(順)·위(違) 등의 상을 덧붙인다. 이것은 묘사에서 윤곽에 색깔을 더하는 것에 해당한다. 이것은 확실히 교묘한 비유라고 할 수 있다.522) 그러나 인도 불교에서는 두 법523)이 근본적으로 어떻게 구별되는가를 궁구하지 못하였다. 대승불교 논사들은 심과 심소에 각각 자기 종자가 있다고 주장한다. 모두 한 종자에서 생겨난 것은 아니지만 종자가 동일한 종류이므로,524) 근본적으로 구별

518) ‘一도’라고 한 것은 전체 상도 취한다는 것을 은밀히 보인 것이다.
(역주) 『成唯識論』 卷五(大31, 026c). “心於所緣, 唯取總相. 心所於彼, 亦取別相.” 사물도 總相과 別相이 있는데, 여기에 대해서는 『華嚴經』 卷34(大10, 181c)가 자세하다.

519) 파란색은 總相이다.

520) 차별적으로 인식하는 것은 아래에서 말하는, 순순히 따르거나[順] 거스르는[違] 등의 모습을 말한다.

521) 예를 들어 푸른색을 인식할 때, 意가 相을 생겨나게 하는 것을 順이라고 한다. 意가 相을 생겨나게 하지 않는 것을 違라고 한다. 이렇게 순순히 따르고[順] 거스르는[違] 모습은 心所의 相을 받은 것이다. 순순히 따르면 즐거움을 받고, 거스르면 괴로움을 받는 것이다. ‘등’이라고 한 것은 그 외의 심소를 말한다. 예를 들어 푸른색을 인식할 때, 애착하고 오염된 모습이 생겨나는 것은 바로 탐욕의 심소 모습이다. 혹 조심하여 깨닫는 모습이 생겨난다면, 이것은 作意의 심소 모습이다. 혹 간절히 바라는 모습이 생겨난다면, 이것은 욕망의 심소 모습이다. 나머지 심소들도 모두 이에 준하여 알 수 있다.

522) (역주) 『成唯識論』 卷5에는 心所에 대하여 “如畵師資作模塡彩”(大31, 026c)라고 하고 있다. 또 『成唯識論義記』 卷5末(大43, 421c)에도 같은 내용이 나온다.

523) 心과 心所를 말한다.

524) 心의 종자와 心所의 종자는 일체는 아니지만 요컨대 동일한 종류이다.

되지 않는다. 이것은 내가 마음이 바로 본성이라고 말하는 것과 같다.[525] 심소는 습기가 일어난 것이고[526] 오직 습기일 뿐이므로,[527] 순전히 뒤에 일어난[後起] 인위적인 것에 속한다.[528] 심은 바로 본성이므로, 그 발현은 모두 본래부터 있는 것이다. 그것이 감응하여 통하는 것이 천의 밝음[天明]이 아닌 경우가 없다는 것을 앞의 예에서도 징험할 수 있다. 파란색 총상을 인식하면서 순순히 따르거나 어긋나는 모습을 취하여 섞지 않고 순수한 것이 천의 밝음인데, 오직 마음만이 그렇다. 만약 파란색을 인식하면서 거기에 순순히 따르거나 어긋나는 모습 등을 덧붙여서 훈습이 이루어지고 인위적인 것이 충분히 징험된다면, 이것은 심소이다.[529] 따라서 심·심소를 본성과 습심으로 구분하는 것은 충분히 근본적인 식별 방법이 된다. 마음은 바로 본성이므로, 오직 은미하다.[530] 심소는 습심이므로, 거칠면서 형세를 탄다.[531] 마음은 도와주는 대상을 얻어서 동행하면 힘이 세진다.[532] 마음에 대응하는 것이 주된 자리를 빼앗지 않으면, 마음은 본래 그대로 본성이 되고 심소도 본성 아닌 것이 없게 된다. 이와 반대로 한결같이 오염된 마음이 미친 듯이 달려나가도록 맡겨 놓으면,[533] 마음이 장애를 받아서 나타나지 못한다. 이것은 습

525) 여기에서의 마음은 앞에서 意識, 感識이라고 한 말과 같다. 그것이 본심, 또는 본체의 발용이므로, 본성이라고 말한다. 앞글을 다시 완미해보기 바란다. 불교에서는 識을 말할 때 각 하나의 식 중에 하나의 心이 있다고 말하고, 心所에 대하여 心王이라고 부른다. 실제로 그들이 말하는 심과 심소는 단지 습심에 의거하여 함부로 나눈 것일 뿐, 내가 말하는 心의 의미와는 절대로 같지 않다.

526) 여기에서 習氣는 오염된 것과 깨끗한 것 모두에 통하는 것이지, 단지 오염된 습만 말하는 것이 아니다.

527) '오직'이란 자에 주의할 것.

528) 僞는 爲의 의미이다. 습기는 染淨을 막론하고 모두 인위적인 것에 속한다.

529) 순순히 따르고 어긋나는 감정은 저절로 훈습되고, 깊이 체득되어 저절로 나타난다.

530) 사람의 삶은 形氣가 제한하므로, 그 천성이 항상 장애를 받아 드러나기 어렵다.

531) 習과 形氣가 함께 시작하므로, 거칠다. 그것이 나타날 때 화살을 당기는 것 같으므로, 형세를 탄다고 한다.

532) 마음은 본래 은미하지만 조력자를 얻어서 동행하면, 은미한 것이 드러나게 된다.

533) 오염된 심소는 뒤에 열거한 無明·貪·嗔 등이다.

심이 본성을 해친 것이다. 습심이 본성을 해치면, 마음을 파악할 수 없고 오직 심소를 마음이라고 여기게 된다. 이것이 허망한 마음[妄心]이라고 하는 것이다.

저 습기는 천 갈래 만 갈래로 쌓이지만 흩어지지 않고, 번잡하면서도 어지럽지 않다. 그것이 일어나면 심소라고 부르고, 잠복해 저장되어 있으면 종자라고 부른다. 구 이론에서 종자를 공능의 다른 명칭으로 보는 것을 나는 인정하지 않는다.[534] 그러나 습기는 잠복해 있어서 내가 항상 자각하지 못하는 것이므로, 종자라고 가설해도 무방하다. 즉 이 무수한 종자들은 각각 항상된 성질이 있고,[535] 사려[緣用]가 있다.[536] 또 기(氣)가 같은 종류끼리 서로 따르고[537] 서로 공용을 필요로 하므로, 다른 계열들을 수없이 형성한다. 즉 이 서로 다른 수많은 계열들은 서로 의지하면서 기대하지 않아도 저절로 통일된 형식을 갖춘다.[538] 옛날 대승논사들이 말한 아라야식, 말나식도 이것들을 가설한 것이다. 소승불교에서 말하는 세식(細識)[539]도 여기에 해당한다. 오늘날 심리학에서 말하

534) 「공능」 장에서 상세히 논의하였다.

535) 오염된 종자는 그에 대한 치유가 없으면, 단절되지 않는다. 따라서 항상된 성질이 있다.

536) 緣은 사량[思量]한다는 의미이다. 종자는 思量하는 것이므로, 사려가 없는 물질과는 다르다. 단지 思量하는 모습이 극히 미세할 뿐이다.

537) 오염된 것[染]과 깨끗한 것[淨]은 종류가 다르다. 「공능」 장의 習氣를 설명한 부분에 상세하다.

538) 통일된 형식을 갖추고 있으므로, 이것이 全體임을 알게 된다.

539) 細는 깊고 세밀하다는 것이다.

(역주) 細意識(śūkṣma-mano-vijñāna), 또는 細心이라고 한다. 미세한 심식을 말하는데, 태초부터 이 심식은 동일한 상태를 보존하고 계속 끊어지지 않고 이어져왔다고 본다. 이것은 部派佛教 上座部의 학설이다. 經量部는 이를 一味蘊이라고 하고, 일반적으로 이 심식이 나의 윤회의 주체라고 본다. 유식불교에서 보는 아라야식사상의 선구라고 할 수 있다. 根本大衆部에서 말하는 '根本識'이나, 化地部에서 말하는 '窮生死蘊', 正量部에서 말하는 '果報識', 上座部에서 말하는 '有分識'이 모두 이 細意識을 가리킨다. 『成唯識論』 卷3(大31, 017a). "生死等位, 別有一類微細意識."; 『成唯識論述記』 卷4(大43, 365a). "上座部師說. 別有細意識, 生死位中, 一類微細行相所緣, 俱不可了"에 나온다.

는 잠재의식도 혹시 심연에 있는 종자를 규정하여 말한 것은 아닐까? 습기가 잠복해 있는 것을 종자라고 하고, 그것이 일어나면 심소가 된다. 잠복해 있는 것과 일어난 것은 단지 분위(分位)[540]가 다를 뿐, 주체와 객체로 다른 것이 아니다. 구 학설에서는 심소가 종자에서 생긴다고 보므로, 잠복한 종자가 능생의 원인[能生因]이 되고 일어난 심소는 소생의 결과[所生果]가 된다. 원인과 결과 두 대상이 전혀 다르다. 이와 같은 학설은 곡식 낟알이 벼를 생성한다고 보는 것처럼 거꾸로 뒤집힌 견해이다. 따라서 종자는 사려가 없는 것이 아니고, 작용이 애매할 뿐임을 알게 된다. 앞에서 종자에게 사려가 있다고 하였는데, 종자가 습기이므로 원래 대상을 허망하게 분별하는 등류(等流)가 끊이지 않는다. 구 학설에서는 종자를 아라야식 상분으로 보므로 사려가 없고, 생겨난 식만 사려가 있게 된다. 이렇게 주체와 객체를 헛되이 구분하는 것은 잘못된 이론이다. 그러나 종자가 일어나서 심소가 된 부분과 종자가 아직 일어나지 않고 잠복해있는 부분은 잠재되고 나타난 것만 다를 뿐 등급의 격차가 없다. 무한한 습심의 작용[行相][541]은 항상 저절로 평평히 펴진다.[542] 그것이 일어난 부분은[543] 실제 생활의 필요에 따라 어떤 종류의 경향에만 치우치므로, 이 부분은 특히 증대되고 마음과 함께 활동한다.[544] 나머지 부분은[545] 깊이 숨어 있고 겉으로 드러나지 않는다. 따라서 정밀하게 잘 살피지 않으면[察識], 그 생활 내용이 어떠한 것인지 알 수 있는

---

540) (역주) 分位는 상태, 변화 발전의 단계를 말한다. 구체적으로 分은 시간을 가리키고, 位는 지위를 가리킨다. 사물이 생성 변화하는 시간과 지위를 말하며, 假立된 대상으로 나타난다. 예컨대 파도는 물이 활동한 分位이므로, 파도는 물의 분위에서 가립할 수 있고 물을 떠나서 파도에 실체는 없다.

541) 여기에서 習心은 習氣를 다르게 부른 말이다.

542) 일체의 習氣는 서로 간격과 장애가 없으므로, 평평히 펴진다[平鋪]고 하였다.

543) 心所를 말한다.

544) 意識 및 感識과 상응한다.

545) 종자를 말한다.

사람이 드물다.[546]

546) 察識은 觀照라고 말한 것과 같다. 만약 返照에 힘쓰지 않으면, 오염된 종자가 증식되고 어두움 속에서 자라나지만 스스로 모르고 고유의 生理를 잃게 된다. 위험하고, 또 위험하다!

제9장 「명심(明心)(하)」

마음을 밝힘(하)

앞에서 습기를 가지고 심소를 설명하였지만, 총상(總相)만 밝혔을 뿐이다.[1] 이제 별상(別相)에 대해서 하나하나 알려주고자 한다. 무량한 종자세계를 탐구해보면, 힘[勢用]이 서로 다르고[2] 잠재되거나 나타나는 것이 아주 빠르며 변화에 단서가 많다. 한 생각이 마음에서 일어날 때마다 동일하게 연계된 수많은 종자들이 잠복해 있다가 갑자기 일어나고, 마음과 상응하여 다양한 힘을 나타낸다.[3] 이와 같은 여러 가지 힘을 명상(名

1) 앞에서 心所가 바로 習氣라고 한 것은 심소의 總相을 설명한 것에 불과하다.
(역주) 전체의 상태를 총괄하는 것을 總相이라고 하고, 개별적이고 특수한 상태를 가리키는 것을 別相이라고 한다. 예를 들어 無常·無我 등의 상은 일체 유위법에 공통되고 이를 總相이라고 부른다. 물의 濕相은 별상이다. 부처를 보는 것을 예로 들면, 얼굴과 신체 전부를 보는 것이 總相觀이고, 부분을 보는 것을 別相觀이다. 總相은 六相의 하나인데, 六相은 總相·別相·同相·異相·成相·壞相이다.

2) 습기는 잠복하여 숨어 있으므로 種子라고 부른다는 것은 앞에서 이미 말하였다. 여러 종자들의 勢用은 지극히 서로 다르므로, 詭異라고 말한다.

狀)에 따라 나누어서 심소법이라고 부른다. 『유식삼십론(唯識三十論)』에서는 수(數)의 별상을[4] 대략 51법으로 분류하였는데,[5] 대개 소승불교 이래의 구 학설을 계승하고 있다.[6] 그것은 충분히 관행(觀行)으로 이끌지만,[7]

---

3) 여러 종자들은 원래 서로 다른 수많은 연계를 가지고 있는데, 동일하게 연계된 것들은 종자가 現起할 때 반드시 함께 나타난다.

4) 數는 心所를 다르게 부른 명칭이고, 뒤에 나오는 것도 모두 이에 의거한다.

5) (역주) 심소(心所, caitta, caitasika)는 心數·心所有法·心所法·心數法이라고 하고, 마음 작용, 마음의 움직임, 정신 현상, 정신 작용을 말한다. 心王에 종속되며, 五位의 하나이다. 心所는 心과 상응하여 동시에 존재하고 여러 가지 복잡한 정신 작용이 된다. 심소는 심에 종속되므로, 심은 心王이라고 부른다. 심왕과 심소 사이에는 五義平等(所依平等·所緣平等·行相平等·時平等·事平等)의 상관관계가 있으므로, 심소는 相應法·心相應法이라고도 부른다.
심소의 수와 분류 방법에는 여러 가지 학설이 있다. 소승불교 『俱舍論』에서는 受·想·思·觸·欲·慧·念·作意·勝解·三摩地 등의 十大地法, 信·不放逸·輕安·捨·慚·愧·無貪·無瞋·不害·勤 등의 十大善地, 癡·放逸·懈怠·不信·惛沈·掉擧 등의 六大煩惱地法, 無慚·無愧 등 二大不善地法, 忿·覆·慳·嫉·惱·害·恨·諂·誑·憍 등 十小煩惱地法, 惡作·睡眠·尋·伺·貪·瞋·慢·疑 등 不定地法으로 분류하여 모두 6位 46心所를 말한다. 『大毘婆沙論』에서는 七類心所, 卽大地法·大善地法·大煩惱地法·大不善地法·小煩惱地法·大有覆無記地法·大無覆無記地法 등과 49心所를 헤아린다. 唯識불교에서는 심소를 遍行·別境·善·煩惱·隨煩惱·不定 등 6位를 세우고, 이에 대해 4가지의 一切義, 즉 一切性·一切地·一切時·一切俱를 말한다. 遍行은 作意·觸·受·想·思이고, 別境은 欲·勝解·念·定·慧이다. 五遍行과 五別境이라고 한다. 둘을 합하면, 十大地法에 상당한다. 善은 信·慚·愧·無貪·無瞋·無癡·勤·輕安·不放逸·行捨·不害 등 11가지, 煩惱에는 貪·瞋·癡·慢·疑·惡見 등 6가지, 隨煩惱에는 忿·恨·覆·惱·嫉·慳·誑·諂·害·憍·無慚·無愧·掉擧·惛沈·不信·懈怠·放逸·失念·散亂·不正知 등 20가지, 不定에는 悔(惡作)·睡眠·尋·伺 등 4가지가 있다. 이상 51가지 심소 중에 隨煩惱가 다시 3가지로 나뉜다. 최초의 10가지(忿부터 憍까지)는 개별적으로 일어나므로, 小隨煩惱라고 한다. 그 다음 2가지(無慚·無愧)는 일체불선심에 보편적으로 일어나므로 中隨煩惱라고 한다. 마기막 8가지(掉擧에서 不正知까지)는 一切不善心과 有覆無記心에서 보편적으로 일어나므로, 大隨煩惱라고 한다. 또 『瑜伽師地論』에서는 앞의 二十隨煩惱 외에 따로 邪欲·邪勝解를 두어 모두 53법이 된다. 『大乘阿毘達磨雜集論』에서는 根本煩惱 중의 惡見을 身見 등 五種으로 나누어 모두 55법을 말하였다.

6) 대승·소승불교에서 보는 心所에는 다른 의미와 다소의 다른 점이 있지만, 여기에서는 상세히 언급하지 않겠다.

7) 觀行이란 두 자는 방법론의 명사이다. 行은 나아가 수행한다는 것으로, 대략 송명 유학자들이 말하는 工夫의 의미이다. 觀은 자신을 반성하고 察識한다는 것이다. 觀하면 行하게 되므로, 觀行이라고 부른다.

번쇄하다는 약점이 있다. 여기에서는 옛 명칭을 그대로 썼지만, 약간의 수를 생략하였고 다음과 같이 이해하였다.[8] 구 학설에서는 수를 옛 어휘로 6가지로 나누는데,[9] 여기에서는 대략 4가지로 나누었다. 선하고 오염된 것을 통틀어서 항상 마음과 함께 하는 것을 항행수(恒行數)라고 부른다.[10] 성질이 선하고 오염된 것을 통틀어서 별경(別境)에 별도로 의거해서 일어나는 것을 별경수(別境數)라고 부른다.[11] 성질이 오직 오염되어 선한 수를 막아 일어나지 못하게 하는 것을 염수(染數)라고 부른다.[12] 성질이 오직 선해서 오염된 대상을 치유하여 단절시키는 것을 선수(善數)라고 부른다.[13] 이렇게 사분된 내용을 다음과 같이 약술하겠다.[14]

---

8) 나는 心所法을 이해할 때, 반드시 그것을 자신의 생활 내용의 묘사로 삼아야 한다고 본다. 자신을 반성하는 힘이 강해지면 질수록, 깨달음이 더욱 진실하고 간절해진다. 만약 문자상으로만 소략하게 과거를 이해한다면, 깊은 의미가 있음을 깨닫지 못한다. 어떤 사람은 "옛학설에서는 心所를 6종류로 구분해서 나누었다. 지금 심리학적인 측면에서 본다면, 과연 타당성이 있는가?"라고 묻는다. 나는 이렇게 본다. 이 중의 大體는 생활을 묘사하는 내용이므로, 심리학에 공헌이 있더라도 심리학을 말하고 있는 것은 아니다. 잘 분별해야 한다.

9) 원래는 六位라고 부른다.

(역주) 『成唯識論』에서는 心所를 遍行·別境·善·煩惱·隨煩惱·不定이라는 六位로 분류한다(卷5, 大31, 26c). 51가지 심소법은 遍行이 5, 別境이 5, 善이 11, 煩惱가 6, 隨煩惱가 11, 不定이 4가지이다. 「명종」 장의 주5)에 자세하다.

10) '성질이 선하고 오염된 것을 통틀어서'라고 할 때의 성질은 德性의 性이다. 이 恒行心所는 그 성질이 선한 것과 오염된 것이 있는데, 이것을 모두 통틀어 말한 것이다. 만약 선한 수가 함께 일어난다면, 반드시 선한 성질이다. 만약 오염된 수가 함께 일어난다면, 반드시 오염된 성질이다. 구 학설에서는 선한 것과 오염된 것 외에 또 無記性을 가진 것을 세워놓았는데, 이것은 이치에 맞지 않는다. 여러 心所들은 그 성질이 선하지 않으면 오염된 것이고 오염된 것이 아니면 선한 것이어서, 선한 것도 오염된 것도 둘 다 아닌 것은 없다. 이 내용은 따로 논의하려고 한다. 항상 마음과 함께 간다는 것은 이 恒行數가 항상 意識·感識과 상응한다는 것이다. 識이 일어날 때 이 六數가 상응하지 않는 일이 없으므로, 恒行이라고 부른다.

11) 선하고 오염된 것을 통튼다는 것은 恒行에서 한 말과 같다. 別境을 따로 한다는 것은 所緣의 의미를 지닌 객관 대상[境]이 다양하고 서로 다르기 때문이다. 이 중의 여러 數들은 別境에 緣하여 일어나므로, 항상 마음과 함께 가는 것이 아니다.

12) 구 학설에서는 번뇌라고 부른다.

13) 치유한다는 것은 병의 증상에 따라 약을 써서 치료한다는 것과 같다. 유학에서 '克治'라고 말한 의미에 가깝다. 善數는 여러 오염들을 치유하여 오염된 대상이 숨어 있

구 학설에서는 항행수가 오직 다섯 가지이다.[15] 여기에서는 별경 중의 욕(欲)을 병합하여, 육수(六數)가 된다. 즉 촉(觸)·작의(作意)·수(受)·욕(欲)·상(想)·사(思)를 말한다.

촉수(觸數)는 대상[境]을 좇아서 추구하는 것이므로, 촉(觸)이라고 부른다.[16] 예를 들면 안식이 파란색 등의 대상을 취할 때, 그와 동시에 대상을 추구하는 힘이 식과 함께 일어난다. 이와 같은 방식으로 식이 홀로 사유를 구성할 때도 일종의 힘이 소연경을 전적으로 좇아가서 취하게 된다. 이와 같은 힘을 촉수라고 하는데, 심 자체는 아니다.[17] 심은 저절로[任運] 일어나고,[18] 심소는 작위(作爲)가 있다.[19] 이것이 가장 큰 차이

고 일어나지 못하게 하고, 단절에 이른다.

14) 구 학설에서는 본래 여섯으로 분류하지만, 지금은 많이 생략하였다.

15) (역주) 唯識불교에서 세운 6位 心所의 하나인 遍行數를 말한다. 觸(sparśa)·作意(manasi-kāra)·受(vedanā)·想(saṃjṇā)·思(cetanā) 등 5가지이다. 『成唯識論』 卷3(大31, 11b 이하); 『成唯識論述記』 卷3(大43, 328a 이하)에 나온다.

16) 趣는 나아가 취한다는 것이고, 逐은 추구한다는 것이다. 境에는 두 가지 의미가 있다. 하나는 물질세계를 境이라고 하는 것으로, 感識이 취하는 色 등을 말한다. 또 하나는 義理를 境이라고 한다. 예를 들면 의식이 홀로 일어나 사유를 구성할 때, 즉 所緣의 義理를 境이라고 부른다. 뒤에서 境을 말할 때도 모두 이에 의거한다.
(역주) 觸(sparśa)은 心所의 하나로서, 俱舍宗에서는 十大地法·七十五法의 하나가 되고 唯識불교에서는 五遍行·百法의 하나가 된다. 境(대상)·根(감각기관과 기능)·識(인식) 3가지가 화합하여 생겨나는 정신 작용, 즉 주관과 객관이 접촉하여 생겨나는 감각을 말한다. 이때의 根·境·識은 각각 6가지로 나뉘는데, 觸에도 6觸이 있다. 예컨대 眼根·色境·眼識 3가지가 화합하여 생겨나는 촉은 眼觸이다. 이처럼 耳觸부터 意觸까지 있다. 6觸 중 前5촉이 의지하는 根은 상대가 있으므로 對觸이라고 하고, 제6촉인 意觸은 名을 대상으로 하므로 增語觸이라고 한다. 또 隨染淨 등 相應法에 따로이 8가지 觸이 있다.

17) 이렇게 境을 좇아가는 작용은 바로 習氣가 일어나서 마음과 상응하는 것이므로 觸數라고 부르지만, 원래 이것이 마음은 아니다.

18) 任運에서 저절로[自然] 움직이는 것이지 작위가 있는 것이 아니다. 轉은 일어난다는 의미이다.

19) 心所는 습기가 일어나서 마음의 相과 서로 협대하여 함께 나아가는 것이다. 그것이 일어날 때는 기관과 같고, 마음도 그것을 빌어서 도구로 삼는다. 따라서 심소에는 반드시 작위가 있게 된다. 이와 같은 중에서 觸數는 좇아가서 취한다는 데 의거해서 이름 부친 것이다. 좇아가서 취한다는 것은 일종의 작위이다.

이다.[20]

작의수(作意數)는 심과 나머지 수들을 각성시키므로, 작의라고 부른다.[21] 심은 소연에 대해서 저절로 일어나므로, 원래 헤아리고 계산하는 일이 없다. 작의의 힘이 심과 함께 일어나서 심을 각성시키고 밝음을 증대시킨다.[22] 또 나머지 수와 함께 일어나는 것을 각성시켜서 힘을 가지게 하고, 마음을 형성하는 데 동조하며 소연을 인식한다.[23] 또 이치와 같은[如理] 작의에는 큰 힘이 있다.[24] 예를 들어 미혹이 불같이 일어날 때[25] 두려워하고 각성하게 하므로, 명해(明解)가 바로 생겨난다.[26] 결국 오염된 대상이 이 마음에 장애가 되기에 충분치 못한 것은 작의에 의거하기 때문이다.[27]

수수(受數)는 대상을 그대로 순순히 따르거나[順] 어긋나게[違] 받아들

---

20) 마음은 항상 스스로 그러한 데 맡겨서 일어나고, 심소는 모두 작위가 있다. 뒤에 여러 數들에 대해 서술한 것들도 이에 준하여 알 수 있다.

21) 나머지 數들은 作意 이외의 여러 심소들이 작의와 똑같이 일어난 것이다.

(역주) 作意(manaskāra)는 심소의 하나로서, 갑자기 경각하여 심이 어떤 곳에 몰두하여 활동하게 하는 정신 작용이다. 俱舍 75법 중의 하나이고, 유식불교 100법 중의 하나이며, 有部 大地法의 하나이자 법상종 五遍行의 하나이다. 『俱舍論』에서는 作意를 自相作意·共相作意·勝解作意의 3가지로 나눈다. 『瑜伽師地論』에서는 了相·勝解·遠離·攝樂·觀察·加行究竟·加行究竟果라는 7종의 作意를 거쳐야 欲에서 벗어날 수 있다고 본다.

22) 마음이 깨우쳐지면, 계산하고 헤아리는 일이 없어도 所緣에 대해 반드시 그 밝음을 증대시킨다.

23) 예컨대 멀리 기차를 보고, 길을 피할 줄 미리 하는 경우를 예로 들 수 있다. 이것은 作意가 생각의 數들을 깨우쳐 자각하게 하기 때문인데, 이 사물이 사람을 상하게 한다는 것을 기억하기 때문이다. 또 예를 들어 여러 종류의 의리를 緣慮할 경우에 추구하고 통찰한 뒤에 얻어진다면, 作意의 힘은 이 찾고 통찰한다는 두 수를 특히 깨우쳐 자각하게 한다. 추구하고 통찰하는 때에는 항상 作動과 일어나는 감정이 있어서 서로 동반한다. 이것이 作意이다.

24) 본성을 그대로 따라 일어난 作意를 '如理'라고 한다.

(역주) 예컨대 『瑜伽師地論』 卷5에 '如理作意'라는 말이 나온다(大30, 302c, 303a).

25) 미혹은 無明과 탐욕 등의 心所를 말한다.

26) 明解가 바로 無癡 心所이다.

27) 깨우치는 공적이 바로 作意이다.

이는 모습이므로, 수(受)라는 명칭이 붙었다.28) 그대로 순순히 따라서 이익이 된 모습이 낙수(樂受)이다. 어긋나서 손해가 난 모습이 고수(苦受)이다. 구 학설에서는 낙수와 고수, 두 수 외에도 사수(捨受)를 세웠다. 이것은 대상을 괴롭지도 즐겁지도 않게 받아들이는 모습이다.29) 이것은 이치에 맞지 않는다. 그대로 순순히 따르는 것도 아니고 어긋나는 것도 아니라는 것은 실제로는 그대로 따르는 모습이 저 밑바닥까지 내려간 것이다.30) 그러나 어긋나는 모습이 없어서 그대로 따른다고 한 것이므로, 두 가지와 다르다고 할 수 없다. 따라서 저 사수는 의미상 성립하지 않는다.

욕수(欲數)는 소연경(所緣境)에 대해 희망을 품기 때문에, 욕(欲)이라고 한다.31) 대상에 따라 좋아하거나 싫어하여, 바라여 구하는 마음을 일으킨다. 좋아하는 일에서 바라는 것을 얻지 못하면, 떠나지 않기를 바란

---

28) 받아들인다는 것은 일종의 작위[作]이다. 마음은 항상 저절로 그러한 데[自然] 의거하므로, 괴로움·즐거움 등을 받아들이지 않는다.

(역주) 三受(tisro vedanā)는 三痛이라고 한다. 受는 받아들인다는 의미로서, 六根이 외부의 六境에 접촉하여 받아들이게 되는 세 가지 감각을 말한다. ①苦受(duḥkha-vedanā)는 고통·불쾌감이다. 어긋난 감정의 대상을 받아들여서 몸과 마음이 핍박받는 것이다. ②樂受(sukha-vedanā)는 樂痛, 쾌감이다. 순순한 감정의 대상을 받아들여 몸과 마음을 기쁘게 하는 것이다. ③捨受(upekṣā)는 不苦不樂受, 또는 不苦不樂痛이라고 한다. 대상에 대해 쾌감도 불쾌감도 느끼지 않는 것이다. 이 삼수는 六根에 통하고, 有漏·無漏에도 통한다. 五識과 상응하는 것을 身受라고 하고, 意識과 상응하는 것을 心受라고 한다.

29) 捨受는 괴롭지도 즐겁지도 않은 것이다. 둘 다 아니라는 것은 그대로 따르지도 어긋나지도 않은 것이다.

30) 그대로 따라서 취하는 것이 비교적 오래되면, 그대로 따른다는 것을 자각하지 못한다.

31) (역주) 欲(chanda)은 樂欲은 심소의 명칭으로, 바라고 욕망하는 정신 작용이다. 唯識불교에서는 심이 대상을 포착하는 것은 作意의 작용이지 욕의 작용이 아니므로, 욕은 일체심에서 일어나는 것이 아니라 대상이 일어나기를 바라는 別境에 관련된다고 본다. 欲에는 善·惡·無記 등의 三性이 있고, 五欲·六欲·三欲 등 여러 가지 분류가 있다. ①五欲(pañca kāmāḥ): 色欲(rūpa-kāma), 聲欲(śabda-kāma), 香欲(gandha-kāma), 味欲(rasa-kāma), 觸欲(spraṣṭavya-kāma), 즉 色·聲·香·味·觸 등의 五境에 애착을 가지는 것. 또는 財·色·飮食·名·睡眠에 대한 욕, ②六欲: 色·形貌·威儀姿態·言語音聲·細滑·人相에 대한 욕, ③三欲: 六欲 중 形貌·姿態·細觸에 대한 욕.

다. 싫어하는 일에서 바라는 것을 얻지 못하면, 벗어나기를 바란다. 모두 바라는 것[欲]이 있다. 구 학설에서는 중용경(中容境)에서는 한결같이 무욕을 지향하므로 욕이 항행이 아니라고 보는데,32) 이치에 맞지 않는다. 그들이 말하는 중용경은 좋아하지도 싫어하지도 않는 것이기 때문이다.33) 단순히 대상의 측면에서만 말하면, 좋아하거나 싫어하는 것이란 없다는 것을 모른다. 대상을 받아들일 때, 좋아하고 싫어하는 감정이 생겨난다. 대상을 받아들여 좋아하는 것이 오래가면, 좋아하는 모습이 미약해져서 좋아하지 않는다는 의심을 받는다. 그러나 싫어하지 않는 것은 좋아하는 것에 속하므로, 두 가지와 다르다고 할 수 없다.34) 대상을 받아들여 좋아하는 것이 오래가면 좋아하는 모습이 미미해져서 욕(欲)이 담담해지지만, 전적으로 무욕한 것은 아니다. 따라서 욕이 항행이 아니라고 말해서는 안 된다. 어떤 사람은 "사람의 감정은 싫어하는 일이 오랜 시간 지속되어 떠나려 해도 안 되면, 그 희망이 점차 줄어들어 결국 사라진다"라고 반박한다. 이 말은 욕(欲)은 항상 있는 것이 아니지만 싫어하는 일을 겪고 떠나려 해도 안 되는 것이 이처럼 오래되면, 떠나려는 욕망도 점차 잦아들지만 결코 전무하지는 않음을 모르는 것이라고 할 수 있다. 또 욕에는 별도로 의거하는 대상이 반드시 있다. 사람 마음의 생각[一念]이 반드시 한 가지 일에만 의거하는 것이 아니기 때문이다. 예를 들어 정자윤(鄭子尹)35)은 농가로 피난 가서 소와 한우리에서 살았지만, 독서를 아주 즐거워했다. 눈앞의 소똥은 싫어하는 대상이어서 떠날 것을 바랐지만, 떠날 희망이 없었다. 그러나 동시에 독서는 별

32) (역주) 『成唯識論』 卷5(大31, 028a).

33) 그들은 受를 버릴 것을 주장하므로, 이러한 경지가 있다.

34) 그들이 말하는 中容은 좋아하고 싫어하는 것이 모두 아닌 경지이다.

35) (역주) 정자윤(鄭子尹, 1806~1864)은 淸代의 고증학자이자 시인이다. 이름은 珍이다. 「自霑益出宣威入東川」(『巢經巢時鈔』 卷三)에 "나무를 만나면 정자에 머물러 하룻밤을 묵고, 소와 함께 자고 돼지와 함께 일어난다"라는 구절이 있다.

도의 의리(義理)의 대상이어서 욕이 의거하는 대상이 되었으니, 모든 것에 희망이 없는 것이 아니다. 인생은 희망과 함께 오랫동안 가므로, 한 순간이라도 희망이 끊어지면 살 수 없다. 따라서 욕이 항행이라는 주장을 반박할 수 없다.

상수(相數)는 대상에서 형상을 취하는 것이고 여러 가지 명칭을 가설하는 것이므로, 상(想)이라고 부른다.[36] 무엇이 형상을 취한다는 것인가? 생각이 지극히 명석하고 예리해지면, 대상에서 분제(分齊)된[37] 형상을 취할 수 있기 때문이다. 예를 들어 이것이 파랗다, 파랗지 않은 것이 아니다 등으로 생각하게 된다.[38] 무엇이 명칭을 가설한다는 것인가? 분제된 형상을 취하기 때문에, 여러 가지 명칭을 일으킬 수 있다.[39] 상(想)이 안에서 형성되면, 반드시 소리의 활동을 빌어 밖으로 표현된다. 따라서 상(想)이란 실은 아직 입 밖에 나오지 않은 명칭이다.

사수(思數)는 조작이 우세하고 선악의 일에서 마음을 부릴 수 있으므로, 사(思)라고 부른다.[40] 조작이 우세하다는 것은 무엇인가? 마음은 자

---

36) (역주) 相(lakṣaṇa)은 형상, 또는 상태의 의미이다. 성질·본체 등에 상대되는 용어로서, 제법의 형상·상태를 가리킨다. 일체법에는 總相·別相의 두 종류가 있다. 또 性은 사물의 본체이고, 相은 인식하고 볼 수 있는 모습이다. 『大乘起信論』에서는 眞如에 體·相·用 三大가 있다고 하는데, 여기에서의 相大는 眞如의 自體에 大智慧光明·遍照法界·眞實識知 등 여러 功德의 의미가 있는 것을 가리킨다. 이 외에 『大毘婆沙論』에서는 일체 유위법에 生相·住相·異相·滅相 등 4가지 변화[四相]가 있다고 본다. 『大智度論』에서는 제법에 有相·知相·識相·緣相·增上相·因相·果相·總相·別相·依相 등 十相의 구별이 있다고 본다.

37) (역주) 分齊는 限界·差別을 말한다. 차별되는 內容·範圍·程度, 또는 정도 차별의 단계나 신분 등을 가리킨다. 分別이나 界別이라는 말을 쓰지 않는 것은 정도상의 차이 구별을 강조하기 위한 것이다.

38) 파랗지 않다는 것은 파란색 이외의 모든 색이다. '등'은 색 이외의 다른 사물을 말한다.

39) 만약 分齊相을 취하지 않으면, 객관 대상에 대해 분별이 없어서 말도 일어나지 못한다.

40) (역주) 思(cetanā)는 심소의 하나로서 造作의 의미이다. 대상에 대해 심려하고 심·심소의 조작을 일으키는 정신 작용으로, 思想·意志 등에 가까운 의미이다. 俱舍宗에서 十大地法의 하나로서 항상 一切心과 상응한다. 유식종에서는 五遍行의 하나로서 마음이 일어날 때 반드시 思의 작용이 있다고 본다. 思는 心·心所를 造作하는 것이고, 身語意 三業의 원동력이 된다. 『成唯識論』에서는 思에 ①審慮思, ②決定思, ③動發勝

기 마음대로 활동하지만,[41] 사수는 조작하는 힘의 일종으로 습관을 통하므로 그 힘이 특히 우세하다. 선악의 일에서 마음을 부릴 수 있다는 것은 선한 성질의 사수(思數)의 힘이 선을 조작할 수 있으므로, 마음도 그 힘을 빌어서 나타난다는 의미이다.[42] 따라서 사수가 선한 일을 조작할 때 마음을 부려서 서로 함께 완성한다고 말한다. 오염된 성질의 사수의 힘은 악을 조작할 수 있으므로, 마음이 장애를 만나서 나타나지 못한다. 따라서 사수가 악한 일을 조작한다고 말하므로, 마음을 부려서 결과적으로 스스로 쓰게 된다.[43]

이상과 같은 육수(六數)는 항상 심과 함께 가므로,[44] 항행(恒行)이라고 부른다.[45]

구 학설에서는 별경수(別境數)가 5 가지였는데,[46] 여기에서는 다른 것을 합하여 혜(慧)・심(尋)・사(伺)・의(疑)・승해(勝解)・염(念)의 6 가지로

思의 3가지가 있다고 본다.

41) 신묘하게 감응하여, 조작의 자취가 없다.

42) 마음은 본성으로서, 본래 지극히 선하다. 선한 성질의 思數의 도움을 받으면, 마음의 지극히 선함이 비로소 나타나게 된다.

43) 오염된 성질의 思數가 마음을 부리는 것은 비유하자면 노예가 주인 자리를 빼앗아서 스스로 그 위엄을 쓰는 것과 같다.

44) 동행하여 서로 떨어지지 않는 것을 '함께 간다'고 한다.

45) 만약 이 6가지를 심리학에서의 知・情・意의 측면에 배속한다면, 想은 지의 측면에 속하고 受는 情의 측면에 속하며 觸・作意・欲・思는 모두 意의 측면에 속한다고 할 수 있다. 別境 등의 數들도 모두 知情意 세 측면에 나누어 배속할 수 있다. 그러나 어떤 사람이 쓴 글을 본 적이 있다. 거기에서는 觸數는 감각이고 想數는 意象, 또는 개념이라고 하고 있는데, 모두 딱 들어맞지는 않는다. 생각건대, 六數가 恒行이고 감각 중에 전부를 갖추고 있는데, 어떻게 촉수만을 감각이라고 할 수 있겠는가? 그러나 이 六數가 진행되는 모습은 대략적인 것과 세밀한 것을 나눌 수 있다. 眼識 등의 식과 서로 상응하는 것은 진행하는 모습이 극히 세밀하여서 마치 전혀 분별이 없는 듯하다. 따라서 불교학에서는 現量이라고 말한다.

46) (역주) 五別境은 唯識불교에서 세운 六位의 心所 중 하나로, 遍行心所와 반대이다. 즉 변행심소처럼 모든 마음에 두루 일어나는 것이 아니라, 특별한 경우에만 각각 다른 경계에 대하여 일어나는 심소이다. 『成唯識論』 卷5(大31, 28a 이하), 『成唯識論述記』 卷6(大43, 428b 이하)에 의하면, 別境數는 欲(chanda)・勝解(adhimokṣa)・念(smṛti)・定(samādhi)・慧(prajñā)의 5가지이다.

정하였다.

혜수(慧數)는 자기가 관찰하는 대상을 간택하기 때문에, 혜(慧)라고 부른다.[47] 혜는 사물을 관찰하고 이치를 분석하는 일을 연마하여 날마다 더욱 발전하지만, 반드시 상수(想數)와 함께 간다. 대상에서 분제상(分齊相)을 취하므로,[48] 반드시 심(尋)·사(伺)와 함께 간다. 대상을 거칠게, 또는 세밀히 추론하고,[49] 그를 통해 판단을 내린다. 예를 들어 소리가 무상하다는 것을 판단하는 경우와 같다. 막 소리나는 대상에 접했을 때는 그것이 항상된 것인지 무상한 것인지 아직 모른다. 병 등 인위적인 것은 모두 무상한데 허공은 인위적인 것이 아니므로 오직 항상되다는 사실을 반드시 추론하고 나서야, 소리도 인위적인 것이므로 무상하다고 판단하게 된다. 추론하는 데부터 판단하는 데까지를 간택(簡擇)이라고 부른다. 일념(一念)에서 간택이 이루어지는 것은 실제로 비량(比量)의 방법에 의한다.[50] 그러나 그것을 활용하는 방법에 대단히 익숙하므로 일

---

47) (역주) 慧(prajñā)는 般若라고 음역하며, 추리하고 사리를 판단하는 정신 작용을 말한다. 심소의 하나로서 俱舍 七十五法의 하나이자 唯識 百法의 하나이다. 善·不善·無記의 三性이 있는데, 惡慧 중에서 작용이 강한 것을 惡見이라고 하고, 五見 중의 하나가 된다. 善慧는 正見·正慧라고도 하고, 어떠한 심이든 모두 서로 연속되는 작용이 있으므로 大地法의 하나가 된다. 唯識宗에서 말하는 慧는 別境 五心所의 하나인데, 有漏慧와 無漏慧 두 종류가 있다. 전자는 번뇌와 밀접하게 연관되어 서로 영향을 미치는 관계이고 '智'의 성질에 가깝고, 후자는 법을 들어서 오는 聞慧, 사고하는 데서 오는 思慧, 수행하는 데서 오는 修慧, 이 세 가지를 합쳐서 聞思修 三慧라고 부른다. 이 三慧에 날 때부터 가지고 태어나는 生得慧를 합쳐서 四慧라고 한다.

48) 만약 分齊相을 취하지 않는다면 共相觀을 만들 수 없는데, 어떻게 간택이 일어날 수 있겠는가?

49) 대충 추측하는 것을 尋이라고 하고, 세밀히 추측하는 것을 伺라고 한다.

50) 여기에서의 一念은 실제로는 많은 생각들을 포함한다. 簡擇이 처음 일어나는 것은 단지 마음과 상응하는 推量이지만, 많은 생각들이 계속 일어나 推量을 계속해야 비로소 판단이 내려진다. 판단이 내려지는 때가 완성의 단계이다. 처음 推量이 일어난 데서부터 완성의 단계를 전후하여 일어난 여러 생각들을 총괄하여 一念이라고 부른다.
(역주) 比量은 논리적 추론의 방법을 말한다. 三支作法이란 宗(결론)·因(이유)·喩(실예)라는 세 가지 명제로 되어 있는 논식이다. 因明, 즉 불교논리학의 중요한 논증 방법이다.

상에서 대상에 접할 때는 항상 그 방식으로 바로 결정하여 비량을 통하지 않는 것 같지만, 실제로는 그렇지 않다. 또 혜수는 오직 외부를 향해서 이치를 구하므로, 혜에 의지하면 항상 외부를 향해 치달리고 본래 가지고 있던 지혜를 잃어버려서 진리를 깨달을 방법이 없게 된다.[51] 자성의 지혜[自性智]를 되돌이켜 구하여 잃지 않으면,[52] 곧고 밝으며 두루 비추므로 예견할 방법이 없다. 세속을 따라 차별하더라도, 경계가 존재하지 않는다. 본성에 의거하여[稱性] 현묘하게 일치하고[玄同], 만물이 모두 질서가 잡힌다. 이 참된 지혜의 경지는 작은 지혜가 통하지 않는다.

혜수가 항행이 아닌 것은 무엇 때문인가? 무명과 탐(貪)·진(嗔) 등의 의혹이 치열하게 타오를 때에는 간택이 없다. 이치가 성실한지 허망한지, 일이 옳은지 그른지를 간별하고 선택하여 잘못되지 않는 것이 혜이다. 「명종」 장에서 말한 양지(量智) 또는 이지(理智)가 바로 이것이다. 무명 등이 치열할 때는 간택이 일어나지 않으므로, 혜수는 항행이 아니다.

심수(尋數)는 혜의 부분이다.[53] 의언경(意言境)에서 거칠게 활동하는 것이므로 심(尋)이라고 부른다. 의언경에서 의(意)는 의식이고, 의식이 언어를 일으킬 수 있으므로 의언(意言)이라고 불렀다. 의식이 취하는 대상을 의언경이라고 부른다. 거칠게 활동한다는 것은 대충 추론한다는 의미이다.

---

51) 여기에서 진리는 나와 만물이 함께 가지고 있는 본체이다.

52) 여기에서 말하는 自性智는 「명종」 장에서 말한 '自性覺'의 의미와 같다.

53) 慧의 初位에 나아가면 대충 추측하는 모양을 檢出하여 따로 말하게 되므로, 혜의 부분이라고 하였다.

(역주) 尋(vitarka)은 심소의 명칭으로 俱舍 七十五法의 하나이자 唯識 百法의 하나이다. 舊譯에서는 覺이라고 하였는데, 구하고 추측하는 등의 대략의 사유 작용을 말한다. 세밀한 사유 작용은 伺라고 하고, 거친 사유 작용은 尋이라고 부른다. 이 심소는 欲界와 初禪에서 일어나고, 中間定과 二禪 이상에는 없다. 說一切有部에서는 尋·伺 두 가지에 각자 別體가 있고 一心에 동시에 상응한다고 보는 반면, 經部와 대승불교는 假法으로 본다. 『瑜伽師地論』에서는 尋·伺 두 가지 모두 思·慧의 부분이 그 체가 된다고 한다.

사수(伺數)도 혜의 부분이다. 의언경에서 상세히 활동하는 것이다. 상세히 활동한다는 것은 깊이 추론한다는 의미이다.

심수와 사수에서 상(相)이 통하는 것은 오직 추론하기 때문이다. 추론은 대충 추론하는 것(淺)에서 깊이 추론하는 것(深)으로 발전한다. 대충 추론한다는 것은 윤곽을 그릴 때처럼 전체 계획을 거칠게나마 갖추고 있는 것이다. 깊이 추론한다는 것은 전체 계획 중에서 세밀한 부분까지 탐색하는 것으로 절실한 맛이 있다. 예컨대 그림을 그릴 때 색채를 넣어서 아름답게 그리는 것과 같다. 후념(後念)의 혜는 전념(前念)의 혜를 이어서 일어난다. 발전 단계가 다르기 때문에, 대충 보는 것과 깊이 보는 것이 나누어진다. 대충 추론하는 단계를 심(尋)이라고 하고, 깊이 추론하는 단계를 사(伺)라고 부른다. 세속에서는 추론의 용도가 먼저 부분을 관찰한 뒤 전체를 종합하는 것이라고 본다. 이것은 모르는 말이다. 실제로는 혜수와 심상(心相)이 대응하여 대상을 취하자마자 추론하는 일이 일어나고 전체 계획이 갖추어진다. 그러나 처음 추론할 때는 이 전체 계획이 모호하고 변화하는 중에 있지만, 점차 경계가 구분되는 상황이 된다.[54] 계속 나아가면, 경계가 점차 구분되다가 명확해진다. 즉 전체 계획은 경계의 구분이 명확해지는 데서 비로소 결정된다. 그러나 경계의 구분을 상세히 하려고 하는 때는 오히려 전체 계획과 분리되지 않는데, 전체 계획은 오직 경계가 명확히 구분된 뒤에야 정해질 수 있기 때문이다. 따라서 먼저 부분을 파악한 뒤 전체를 종합할 수 있다는 말은 의심스럽다. 또 심수에서 사수로, 대충 추론하는 것에서 깊이 추론하는 것으로 변화하므로, 전체 계획이 내려와서 경계를 나누어서 관찰하게 될 때 혜의 쓰임새가 더욱 맹렬해진다. 항상 촉수(觸數)와 함께 나아가고, 사냥꾼이 사냥감을 좇는 것처럼 힘 있게 달려간다. 구 학설에서는

54) 영역이 구분된다[分畛]는 것은 부분적으로 세밀히 관찰하는 것을 말한다.

심수와 사수가 몸과 마음을 안주할 수 없게 한다고 하는데, 염혜(染慧)가 확실히 그렇다. 성지(性智)가 발현할 때는 혜가 지혜[智]에 의거해서 일어나므로, 정혜(淨慧)라고 부른다. 이때 심수와 사수가 사라지지는 않지만, 자연히 움직이는 상태대로 따르므로 위급한 근심은 없게 된다. 밝은 예지가 비추는 대상은 없어지는 경우가 없다. 심수와 사수, 두 수는 혜수에 의거하여 따로 말한 것이다. 혜가 항행이 아닌 것은 앞에서 이미 말하였다.

의수(疑數)는 대상에 대해 유예하기 때문에, 의(疑)라고 부른다.[55] 구학설에서는 의심을 근본 미혹에 속한다고 보는데,[56] 조금 지나치다. 의심은 잘 쓰면 깨달음의 기회이지만, 잘못 쓰면 어리석음의 시작이 된다. 이치의 길은 무궁하지만, 그 길을 가면서도 드러내지 않고 습관을 잘 살피지 않으면 무궁하다는 것을 모르게 된다. 그러나 드러내고 살피는 행위의 쓰임새는 의심을 빌어서 시작된다. 항상 이루어지던 행위와 습관에 대해 처음에 게을러서 제대로 해석하지 않고[57] 또 전해오는 학설에 매여서[58] 천박한 견해에 안주하므로,[59] 그렇게 행해지고 습관이 된 당위성과 까닭을 분명히 이해하거나 정밀하게 인식하지 못한다. 그 행위와 습관이 어떠해야 하는지 갑자기 의심이 일어난다. 이전에 생각지도 못하였던 것을 이때 갖가지로 헤아리게 된다.[60] 이때 이전에 믿어온 전해진 학설은 근본적으로 흔들리고, 이전에 집착했던 천박한 견해는

55) (역주) 疑(vicikitsā)는 심소의 명칭이자, 俱舍 七十五法의 하나이고 唯識 百法의 하나이다. 불교 진리에 대해 머뭇거리며 결정하지 못하는 정신 작용이다. 소승 預流果 이상, 菩薩 初地 이상은 이를 단멸시킬 수 있다. 俱舍宗에서는 疑가 不定地法에 속하고, 六隨眠의 하나이자 十隨眠의 하나가 된다. 唯識宗에서는 六根 本煩惱의 하나이다.

56) 근본 미혹[本惑]은 뒤에서 상세히 다루겠다.

57) 멍청하여 일에 닥쳐도 해석을 구하지 않는다.

58) 예를 들면, 불교도들이 聖人의 말만을 의거 기준으로 삼고 자신을 되돌이켜 구하는 것에 힘쓰지 않는 경우이다.

59) 널리 구하여 회통하지 못하고, 깊은 본체에서 그 미세한 부분을 만들지 못한다.

60) 의문이 일어날 때는 반드시 갖가지로 추측하게 된다.

하나도 아는 것이 없음을 갑자기 깨닫게 된다. 이에 스스로 불만족스럽게 여기고 원인을 찾으려고 하는데, 의심의 단서가 일어나면 그만두려고 해도 불가능하다. 사려로 파헤쳐서 날마다 통하고, 막힌 곳을 터서 스스로 해석해본다. 그런 뒤에야 의심이 없어지고 잘 살피기를 기대할 수 있다. 따라서 잘 의심하는 것이 깨달음의 시작이다. 의심이 중요하다는 것은 이를 통해 깨달음이 열릴 수 있다는 의미이다. 의심을 품는 것을 능사로 할 뿐 모든 것을 잘 살펴서 판결하지 못하면, 결국 진리의 문을 스스로 끊어버리는 것이 된다. 의심스런 생각이 자라면 온갖 단서를 추측하게 되어 어리석음이 증가한다는 것을 알아야 한다. 그러나 이치를 궁구하여 곤궁해지면 일에서 증거를 구하게 되므로, 말로 높은 경지를 표현하기 어렵다.[61] 마음을 괴롭혀서 현묘함에서 노닐면, 생각이 공허해질 것이다.[62] 그러나 이러한 잘못을 안다고 해도, 경솔히 단정하지 말아야 한다. 의심하는 감정이 오래되면, 생각하는 힘은 도리어 정밀해진다. 갈등에 빠지지 않으면, 스스로 변화하는 데 강하게 집착하게 된다. 진리는 원래 저절로 밝게 드러나는 것이니, 마음을 비우고 본체를 품지 못할까 근심할 뿐이다. 의심을 지나치게 품으면 때마다 가슴에 걸리는 사물이 길을 막는데, 어떻게 올바른 이치로 들어갈 수 있겠는가? 주자(周子)는 "밝음이 지극하지 않으면 의심이 생긴다. 밝아서 의심이 없다는 말은 의심하는 것이 밝은 것이라는 의미이다. 그 차이가 어찌 천리 정도에 그치겠는가?"[63]라고 하였다. 이 말은 지나치게 의심하는 사람을 위해 한 말이니, 참으로 좋은 약이 될 것이다. 따라서 잘 의심하지

61) 과학이 만능이라는 견해를 지닌 자는 일체를 반드시 경험에 의거해서 구하려고 한다. 그러나 형이상의 이치를 어떻게 사물로 징험할 수 있겠는가?

62) 현묘한 생각과 공허한 생각을 구분할 줄 아는 사람은 더불어 이치를 궁구할 수 있다.

63) (역주) 周敦頤, 『通書』 「公明」 第二十一. "明不至則疑生. 明無疑也, 謂能疑爲明何啻千里." 周敦頤(1017~1073)는 北宋의 사상가로서 周濂溪라고 부른다. 『太極圖說』·『通書』에서 우주와 인간의 본질을 탐구하였던 道學의 선구자이다.

못하는 것이 어리석음의 시초라고 하였다. 의심이 지나치기는 하지만, 사람이 살면서 일상생활 할 때 생각마다 꼭 의심이 생기는 것은 아니다. 따라서 의심은 항행에 포함되지 않는다. 의심이 지나치면 미혹이 된다고 말하지만, 잘 의심하는 것도 깨달음을 여는 방법이다. 구 학설에서 의심을 근본 미혹에 속한다고 보는 것은 타당하지 않다. 따라서 여기에서는 의심을 별경에 포함시켰다.

승해수(勝解數)는 대상을 판단하여 깊이 인지(印持)하는 것이고,[64] 동요하면 안 되는 심 작용이므로 승해(勝解)라고 부른다.[65] 승해수는 심에 상응하므로, 소연경을 이 일은 이와 같고 저와 같지는 않다고 잘 살펴 판단하고 인지한다.[66] 바로 이렇게 인지하는 때에는 다른 연(緣)이 이 생각에 동요를 일으켜서 따로 의혹을 낳게 할 수 없다.[67] 따라서 승해는 오직 대상이 이와 같다고 판단할 뿐이다. 대상을 판단한다는 것은 능량(能量, 인지 능력)으로 판단하는 것이다. 현량(現量, 직접적 지각)과 비량(比量, 논리적 추론)에 의해서만 대상을 판단하는 것은 아니다. 비량(非量)으로 판단하는 것도 대상을 판단하는 것이라고 할 수 있다.[68] 예를 들

---

64) 印은 印可하는 것이고, 持는 執持하는 것이다.

65) (역주) 勝解(adhimokṣa)는 信解라고도 하고, 俱舍 七十五法 중 十大地法의 하나이자 唯識百法 중 五別境의 하나이다. 所緣의 대상을 확정 판단하는 정신 작용을 가리킨다. 勝解에 대해서는 학파 간에 견해의 차이가 있다. 說一切有部, 俱舍宗에서는 十大地法의 하나로 보고, 상좌부에서는 승해가 '決定'이라고 보고 智相과 구별한다. 說一切有部에서는 '印可'를 勝解의 또 다른 작용으로 본다.

66) 대상을 판단하자마자 바로 인지하게 되지만, 인지하는 것은 판단하는 것과 동시에 일어난다. 먼저 판단하고 뒤에 인지하는 것이 아니다.

67) 다른 緣이 동요를 일으킬 수 없다 운운한 것은 그때의 念이 前後의 念을 포함하고 있지 않다는 의미이다. 前念이 境에 대하여 판단 결정하는 경우, 그 念에서는 다른 緣이 동요를 일으킬 수 없지만, 後念에 이르면 앞의 잘못을 깨닫고 다시 고쳐서 판단하고 인지할 수 있다.

(역주) 원문은 "更有異緣, 不能引轉, 令此念中別生疑惑"이지만, '更有' 두 자는 불필요하다고 여겨진다. 따라서 이 두 자를 생략하고 번역하였다.

68) (역주) 三量에서 量은 척도, 표준의 의미로서, 지식의 내원과 형식을 인식하고 지식의 진위를 판정하는 표준을 말한다. 인도에는 자고로 철학 종파 간에 지식의 내원・형식・

어 노끈을 보고 뱀이라고 생각하는 것은 사현량(似現量), 즉 비량(非量)으로 판단한 것이다. 이 경우는 본래 현실에 맞지 않지만, 그때 능량의 영역에서는 대상에 대하여 확실히 뱀이라고 판단한 것이다. 대상에 대하여 판단을 하지 않은 것도 아니고, 의심을 가진 것도 아니다. 따라서 이 대상은 능량에서 판단하였다고 할 수 있다. 또 탁류를 보고 상류에 비가 온 것을 논리적으로 추론할 수 있지만[比量], 실제로 탁류가 된 데는 다른 원인이 있을 수도 있고 상류에 비가 오지 않았을 수도 있다. 이 경우에 비라고 말하는 것은 사비량(似非量), 즉 비량(非量)으로 대상을 판단한 것이므로, 현실에는 물론 맞지 않는다. 그러나 이때 능량의 영역에서는 대상에 대하여 확실히 비가 왔다고 판단하였다. 대상에 대하여 판단을 하지 않은 것도 아니고, 의심을 가진 것도 아니다. 따라서 이 경우도 능량에서 판단한 것이라고 해야 한다. 마음속이 산란하여 전혀 이해[解]가 일어나지 않는 경우에는 판단 결정하는 마음이 아니고, 또 승해도 없게 된다.69) 이 때문에 승해는 항행에 포함되지 않는다.

염수(念數)는 습관이 된 대상을 마음이 분명히 기억하여 잊지 않으므로, 염(念), 즉 기억이라고 부른다.70) 기억은 이전 기억의 상수(想數)에 의

진위를 탐구하는 학문이 성행하였고, 이로 인해 각종 量論의 학설이 나왔다. 그중 가장 보편적인 것이 心·心所에서 量知가 소연하는 대상에 대해 세운 三種量이다. 이것은 因明에서도 중요한 自悟의 방법이다. ① 現量(Pratyakṣa-pramāṇa) : 眞現量이라고 하는데, 대상에 대해 어떠한 분별 계산하는 마음도 없이 각각의 自體가 분명하게 현현한 것을 밝게 아는 양지이다. 즉 五官 능력이 직접 외계의 현상을 인식하는 것으로, 지식의 가장 기초적인 내원을 구성한다. ② 比量(anumāna-pramāṇa) : 이미 알고 있는 대상으로 아직 나타나지 않은 미지의 대상을 헤아려서 정확히 추론하는 것이다. ③ 非量 : 似現量, 似比量의 총칭이다. 정확하여 오류가 없는 현량이나 비량이 아닌 경우이다.

69) 판단 결정하는 마음이 아니라는 것은 마음이 대상에 대하여 판단 결정을 일으키지 않는다는 것이다. 이 마음이 바로 非量이다. 일반적으로 세속에서 非量이라고 말할 경우에는 似現量과 似非量만을 든다. 그러나 사현량과 사비량은 대상에 대해 量度(판단)을 일으키지 않는다는 의미가 아니라, 단지 현실에 맞지 않기 때문에 非量이라고 부르는 것뿐이다. 순수한 非量이라는 것이 있으면, 대상에 대하여 마음을 산란하게 하기 때문에 전혀 판단을 일으키지 않는 경우가 있게 된다. 본문에서 "판단 결정하는 마음이 아니다"라고 한 것은 이러한 의미이다.

지하고[71] 상수는 심에 상응하여 대상에서 형상을 취하는 것이므로, 기억이 사라지더라도 습기가 잠복한 등류(等流)가 있게 된다.[72] 생각의 습기가 잠재해 있으므로,[73] 현재 기억이 재현된다. 생각의 습기가 잠재해 있지 않다면, 과거에 이미 사라진 대상의 형상이 어떻게 기억 중에 재현될 수 있겠는가? 그러나 기억이 유지되는 것은 일찍이 있었던 대상을 작의력(作意力)이 경계하여 잃지 않게 하기 때문이다. 염(念)은 경험한 일을 기억할 수 있으므로, 여러 차례 왕래할 수 있고 몽매한 근심이 없다. 만약 기억이 없다면 이미 아는 것에 의거하여 모르는 것을 추측할 수 없게 되므로, 인생은 매우 몽매해질 것이다.

기억[念]은 어째서 항행이 아닌가? 경험한 일이 아닌 경우에는 기억하지 못하기 때문이다. 또 경험하였더라도 분명히 새기지 못하면, 기억이 없게 된다. 따라서 기억은 항행에 포함되지 않는다. 어떤 사람은 이렇게 논박한다. "경험한 일을 분명히 새기지 못할 때 경험한 일을 잊은 것을 '기억이 없다'고 말할 뿐이지, 이때 마음에 그 밖의 기억이 전혀 없는 것은 아니다.[74] 예를 들면 나는 옛날에 『한서』를 읽었던 사실을 기억하지 못할 수 있다. 이때 『한서』에 대해서 '기억을 잊었다'고 한다. 그러나 이때 마음으로 눈앞의 의자 등에 대해서는 저절로 알고 다르게

---

70) (역주) 念(smṛti)은 심소의 명칭으로, 所緣의 일을 명백히 기억하고 잊지 않는 정신 작용이다. 俱舍宗에서는 十大地法의 하나이고, 유식종에서는 五別境의 하나에 든다. 觀念·口念·心念을 가리킨다. 十念은 10가지 觀想·思念으로서 10가지 대상을 생각하여 妄想을 그치고 마음을 어지럽게 하지 않는 것이다. ①念佛(buddhānusmṛti), ②念法(dharmānusmṛti), ③念衆(saṅghānusmṛti), ④念戒(śu-smṛti), ⑤念施(tyāgānusmṛti), ⑥念天(devānusmṛti), ⑦念休息(upasamānusmṛti), ⑧念安般(ānasmṛti), ⑨念身非常(kāyagatasmṛti), ⑩念死(maraṇasmṛti).

71) 想數는 앞에서 보인다.

72) 等流는 想의 남은 세력을 習氣라고 부른다. 이 습기는 딱딱하게 굳은 몸이 아니고, 찰나마다 생성하고 소멸하여 서로 流轉이 계속되는 것이어서 단절되지 않는다. 따라서 等流라고 부른다.

73) 생각[想]의 습기를 줄여서 想習이라고 한다. 뒤에 나오는 것도 이에 의거한다.

74) 餘는 그 외의 것들을 말한다.

보지 않는데, 의자 등이 경험한 것이기 때문이다. 지금 저절로 기억이 나므로, 다르게 보지 않는다. 이렇게 경험한 일을 기억하지 못하더라도,[75] 이때 마음에 기억이 전혀 없는 것은 아니다."[76] 이 논박의 내용을 자세히 살펴보면, 기억의 의미를 분명히 이해하지 못하고 함부로 책망한 것이다. 기억[念]은 본래 분명히 새긴다[明記]는 뜻에서 명칭이 유래했음을 알아야 한다. 경험한 일을 경계하여 잃지 않게 하면 기억[念]이 일어나서 분명히 기억된다. 즉 분명한 기억은 저절로 생기는 것이 아니라, 반드시 경계하는 데 특별히 힘써야 분명히 기억할 수 있다. 그대의 말대로 저절로 기억이 난다면, 그것은 실제로 기억이 아니다. 과거 생각의 습기가 일상생활에 필요한 부분에 적응하여 저절로 잠재해서 활동하고, 의식을 동반하지 않고 똑같이 대상을 취한 것이기 때문이다. '저절로[任運]'라는 것은 자연히 따라서 일어난다는 것이고, 꼭 경계해서 알게 된 것이 아니다. 잠재해서 활동한다는 것은 이러한 생각의 습기가 오히려 잠복한 부분에 속하기 때문이다. 눈앞의 의자 등에 대해 저절로 알게 되었다고 하지만, 이 말은 알 수 있는 계획이나 분별이 없는 것이다. 알게 되었다는 것도 대단히 애매하다. 앞에서 습기가 잠복해 있는 것을 종자라고 부르고, 그것이 일어난 상태를 심소라고 불렀다. 이러한 생각의 습기는 종자 상태에 속하기도 하고 종자가 반쯤 나타난 상태라고도 할 수 있어서, 요컨대 심소라고 할 수 없다. 우리가 일상생활 하는 중 대상에 적응하는 것은 종자가 잠복한 힘, 즉 자각하지 못한 힘에서 연유한 것이 많다. 이 힘은 분명히 인식하는 의식과 동반하여 대상을 취하지 않기 때문에, 심소라고 부르지 않는다. 이것은 분명한 기억과는 전혀 모습이 다른데, 어떻게 함께 논의할 수 있겠는가? 따라서 그대가 말하듯 의자 등을 저절로 알게 된다는 것은 종자가 잠재해서 활동하는

75) 예를 들어 『한서』에 대해서이다.
76) 예를 들어 의자 등에 대한 것이다.

상태에 속한다. 『한서』를 기억하고 그 결과 분명히 새겨서 취할 수 있는 것만이 염(念)이다. 따라서 『한서』를 기억하지 못한다면, 이때는 명료한 의식 중에 실제로 기억이 없는 것이다. 따라서 기억이 항행이 아니라는 것은 너무나 분명하다.

이상 6가지 법은 각각 다른 대상에 의거하여 일어나므로, 별경(別境)이라고 부른다.

염수(染數)는 근본 번뇌인 본혹(本惑)과 그에 수반하는 번뇌인 수혹(隨惑)을 구분한다.[77] 여기에서는 수혹을 생략하고, 본혹에 대해서만 설명하겠다. 구 학설에서는 본혹을 6종류로 나누었는데,[78] 여기에서는 의심(疑)을 별경에 넣어서 무명(無明)·탐욕[貪]·성냄[嗔]·게으름[慢]·악견(惡見)으로 본다.

무명(無明)[79]은 치수(癡數)라고도 부른다. 이치와 일에 미혹하고 어둡

---

77) (역주) 根本煩惱(mūla-kleśa)는 本惑, 또는 根本惑이라고 하고, 줄여서 煩惱라고도 부른다. 隨煩惱와 대칭이 된다. 貪·瞋·癡·慢·惡見·疑라는 6가지 근본 번뇌가 여기에 해당한다. 그것을 다시 5가지로 나누어서 五利使라고 부르고, 그 나머지 5가지 번뇌는 五鈍使라고 부른다. 두 가지가 합하여 十隨眠이 된다. 이 외에도 88가지, 또는 98가지의 분류가 있다. 반대로 枝末煩惱는 根本煩惱에 종속되는데 染汚心의 작용을 갖추고 있다. 隨煩惱·隨惑은 구사종에서 枝末煩惱를 19가지 종류로 나누었고, 大煩惱地法 중의 放逸·懈怠·不信·昏沈·掉擧(癡 제외), 大不善地法의 無慚·無愧, 小煩惱地法의 忿·覆·慳·嫉·惱·害·恨·諂·誑·憍, 不定地法의 睡眠·惡作 등이 여기에 해당한다. 唯識불교의 경우에는 19가지에서 不定地法을 제외하였고, 大煩惱地法에 失念·散亂·不正知를 더하였다. 그리하여 모두 20가지가 되므로, 二十隨煩惱라고 부른다.

78) (역주) 『成唯識論』 卷6(大31, 31b 이하); 『成唯識論述記』 卷6(大43, 443c 이하).

79) (역주) 無明(avidyā)은 煩惱의 별칭이다. 진리에 통달하지 못하고 이치를 명확하게 이해하지 못하는 정신 상태를 가리키며, 十二因緣의 하나이다. 구사종·유식종에서는 무명을 심소의 하나로 보고 癡(moha)라고 부른다. 유부와 유식종에서는 무명을 相應無明과 不共無明이라는 두 종류로 나누는데, 相應無明은 貪 등 根本煩惱와 상응하여 함께 일어나고 不共無明은 단독으로 일어나므로 獨頭無明이라고도 한다. 다시 무명을 종자와 현행으로 구분한다. 그중 항상 중생을 따르고 제8아라야식 중의 무명종자에 隱眠되어 있는 것을 隨眠無明이라고 하고, 무명이 현행하여 중생을 속박하고 생사에 매이게 하는 것을 纏無明이라고 한다. 纏無明에도 相應과 不共이 있다. 즉 隨眠·纏·相應·不共 4가지를 四種無明이라고 한다. 이 외에 무명을 근본과 지엽, 共과 不共, 相應과

기 때문에 무명이라고 부른다. 구 학설에서는 이치에 미혹한 것과 일에 미혹한 것을 나누는데, 여기에서는 받아들이지 않았다. 일에 미혹한 것은 그 일의 이치에 어둡다는 것일 뿐, 그와 별개로 일에 미혹한 것이란 있을 수 없다. 따라서 이치와 일이라고 두 가지로 말했지만, 실제로는 이치라는 한 가지 의미일 뿐이다. 그러나 이치는 진속(眞俗)을 모두 포함하고 있다. 속제의 이치는 유(有)가 있다고 가설하고, 사물의 법칙을 자세히 밝힌다. 진제의 이치는 한 가지 도(道)로 모두 평등하고, 오직 깨달음과 상응한다. 미혹하다는 것은 세속의 허망한 생각을 의미하고, 진리에 대하여 깨달음을 구하지 않는 것이다. 어리석은[癡] 모습은 무수한데, 전체적으로 부르는 경우도 있고 한 가지만 부르는 경우도 있다. 전체적으로 부르는 것은 염법(染法)이 모두 어리석기 때문이다.[80] 한 가지만 부르는 것은 미혹하고 어두운 힘이 모든 염수(染數)를 이끄는 선두가 되기 때문이다. 이 힘을 무명이라고 부르고, 어리석음[癡]이라고도 한다. 사람이 태어나면 단서도 없이 일단의 미혹한 어두움이 형체와 함께 시작된다.[81] 접촉하는 곳마다 질문해도 모두 답이 없다. 생명이 어디에서 왔고 죽으면 어디로 가는가 자신에게 되짚어 물어도, 답을 얻지 못한다. 종교, 철학은 대개 답을 주지만, 어느 것이 올바른 답인가 판정하기 어렵다. 하물며 한 학파의 답안에 그대로 맡겨서 궁극의 경지를 찾으면, 결국 답이 없게 된다. 멀리 사물들을 관찰하면 온갖 의문이 일어난다. 책상 하나를 예로 들어보면, 과학자들은 분자나 원자, 또는 여러 종류의 전자들이라고 대답한다. 그러면서도 전자가 어떤 원인으로 존재하게 되

不相應, 迷理와 迷事, 獨頭와 俱行, 覆業과 發業, 種子子時, 行業果, 惑 등으로 나눈 十五種無明이 있다.

80) 전부가 染數이고, 이를 통틀어 미혹이라고 부른다. 미혹은 癡를 다르게 부른 이름이다.

81) '단서가 없다'는 말에 주의해야 한다. 이것은 원래 본성상에서 고유한 것이 아니고, 단지 형체가 형성되는 시초에 갑자기 이러한 미혹하고 어두운 세력이 점차 자라나 성하게 된다.

었는가 물으면, 대답하지 못한다. 또 철학자들이 내놓는 대답이 대답하지 않은 것과 같다는 것은 말할 필요도 없다. 이렇게 유추하면, 어디에 가야 이와 같지 않을지, 질문이 끊이지 않고 대답도 끊이지 않는다. 어찌 속제에서의 문답이 모두 가설이고, 승의제(勝義諦)에서의 문답이 모두 적막인 줄 알겠는가?[82] 가령 세속에 따라 가설하여 문답이 여량지(如量智)처럼 마음대로라도, 잘못이 아니다.[83] 여량(如量)은 대상을 헤아려서 아는 것이다. 속제에서는 본래 모든 사물이 존재한다고 가설하고, 그것이 가지고 있는 법칙을 밝힌다. 따라서 사물의 법칙을 얻는 것이 바로 대상을 헤아려서 아는 것이고, 이를 여량이라고 한다. 그러나 여량이라는 것은 가설일 뿐이다. 궁극의 경지를 찾아보면, 참된 해석이 아니다. 따라서 마음대로라는 말은 감정에 맡겨 해석하고 억측하는 것이므로 비량(非量)이고, 마음을 비워서[虛] 이치에 계합할 줄 모르는 것이다.[84] 하물며 문답이 통하지 않는 경지에 대해 시끄럽게 질문하고 헛되이 대답하는 데 있어서겠는가? 이것은 목마른 사슴이 불속으로 뛰어드는 것과 같이 매우 어리석은 일이다. 가난한 자가 옷과 구슬을 버리고,[85] 빈 연못의 달그림자를 움켜잡는다.[86] 이것이 지극히 어리석은 일이 아니고 무엇이겠는가?[87] 뒤집혀져 어두운 길을 간다면, 무지하기 때문에 악업을 짓게 된다.[88] 어긋나게 해석하고, 오래도록 미혹해서 돌아

---

82) '어찌 알겠는가'하는 것이 여기까지 끊어서 읽게 된다. 勝義諦는 眞諦를 다르게 부른 말이다.

83) (역주) 如量智는 모든 事象의 작용에 응한 경험적인 지혜를 말한다. 後得智라고도 한다. 如理智와 반대이다.

84) 이것은 如量이 아니고, 미혹한 俗諦의 이치이다.

85) (역주) 『法華經』「五百弟子授記品」第八(大59, 29a)에 의거한다. 가난한 자가 자신의 옷에 꿰매어 들어 있는 구슬과 보석을 잊고 곤궁하게 산다는 이야기이다. 자신에게 가까이 있는 진리를 깨닫지 못하는 것을 비유한다.

86) 眞諦의 이치에 미혹한 것을 여기에 비유하였다.

87) 세속에 미혹하고 진리에 미혹한 것을 총결한 것이다.

88) 그러므로 악업을 짓게 된다.

오지 않는다.[89] 저 무명(無明)이라는 말을 허사로 해석해서는 안 된다.[90] 실제로 이 미혹하고 어두운 습기는 태초부터 전해와서 미혹을 이끌면서 선두에 서고,[91] 유정(有情)을 등에 업고 오래 계속된다.[92] 산을 무너뜨릴 만큼 거센 회오리바람이라도 그 맹렬한 형세를 비유하기에 부족할 것이다.

탐수(貪數)[93]는 대상에 대해서 사랑을 일으키는 것이고[94] 깊은 오염을 나타낸 것이므로,[95] 탐욕[貪]이라고 부른다. 탐욕의 모습은 이루 다 궁구할 수 없을 정도지만,[96] 요체를 말하면 8가지로 구분된다. 첫째가 자체탐(自體貪)인데,[97] 자신의 몸을 직접 아끼고 보호하는 것이다. 이 탐욕은 형용하기가 매우 어렵다. 억지로 그 상태를 직접 아끼고 보호한다고 표현하였다. 사람의 감정은 오직 자신의 몸을 지극히 아끼게 되어 있어 스스로 벗어나지 못한다. 오직 자신의 몸을 극진히 아끼고 보호하

89) 악업을 짓는다는 것은 항상 자신을 속이는 것이다. 자신을 속이면 자기의 良知가 견책하는 것을 詭譎이라고 해석하고, 지어진 악업에도 理道가 있다고 여긴다. 자기를 속이는 것이 바로 無明이고, 良知는 본심이다. 무명이 일어나면, 본심이 막힌다.

90) 예컨대 밝음이 없는 것을 無明이라고 부른다고 해서 허사로 해석한다면, 이는 큰 잘못이다.

91) 『緣起經』 十二支에 상세하다.

92) 有情은 사람에게 情識이 있기 때문에 그렇게 부른다.

93) (역주) 貪(lobha, abhidhyā)은 俱舍 七十五法의 하나이자 唯識 百法의 하나이다. 오욕・명성・재물 등을 욕구하여 만족을 모르는 정신 작용을 가리킨다. 자기가 좋아하는 사물에 대하여 오염된 애착심을 일으켜서 苦를 생겨나게 한다. 貪欲・貪愛・貪著이라고 하고, 줄여서 欲・愛라고도 부른다. 『瑜伽師地論』에서 貪은 蘊・諸見・未得境界・已得境界・已受用之過去境界・惡行・男女・親友・資具・後有・無有 등 十事를 취하는 데서 생겨난다고 보는데, 이를 事貪・見貪・貪貪・慳貪・蓋貪・惡行貪・子息貪・親友貪・資具貪・有無有貪이라고 한다. 『俱舍論』에서는 貪을 顯色貪・形色貪・妙觸貪・供奉貪의 4가지로 구분한다.

94) 여기에서의 사랑은 貪愛의 의미이다. 즉 열등한 의미이지, 仁愛의 사랑이 아니다.

95) 깊은 오염이 대상에 대해 나타난 것이다. 탐욕한 사람이 재물을 위해서 죽고[殉], 열사가 명예를 위해서 죽는다는 말과 같다. 그것을 위해 죽는다[殉]는 말을 깊이 완미해보면, 이것이 사랑을 일으키고 깊이 오염된 것을 드러내는 말임을 알게 된다.

96) 가는 곳마다 발견되므로, 다 궁구하기 어렵다.

97) 여기에서 말하는 自體는 신체에 해당하는 뜻이다.

며 조금도 소홀히 하지 않는다. 사람만 그런 것이 아니라 하등 동물도 이 점에서는 더 심하다. 내가 이전에 북경 만수산 공원에 갔을 때, 큰 나무 위에 길이가 두 마디쯤 되는 두꺼운 껍질이 빠르게 움직이는 것을 보았다. 나는 한순간 놀라서 "나무껍질이 벌써 벗겨졌는데, 어떻게 나무에 매달려 떨어지지 않는가?"라고 말하였다. 살펴보니 분명히 한 덩어리의 나무껍질인데, 잘라보니 그 가운데 벌레 한 마리가 있었다. 이 벌레의 이름이 무엇인지 모르지만, 이 벌레가 자기 몸을 절실하게 아끼고 보호하는 것에 깊이 감탄하였다. 이런 종류의 일은 생물학에서 적지 않게 발견된다. 둘째가 후유탐(後有貪)인데, 생명이 끊이지 않고 계속되기를 구하는 것이다. 이것은 자체탐에서 파생된 것을 말한다. 어떤 사람은 "세상 사람들 중 단견(斷見)을 지닌 이들은 죽은 뒤 단멸한다는 것을 알므로, 후유탐이라는 것이 없을 듯하다"라고 묻는다. 여기에 대한 대답은 결코 그렇지 않다는 것이다. 사랑하는 힘은 단견으로 바뀌는 것이 아니고, 사랑은 생명을 윤택하게 하므로 생명이 있게 된다.98) 예를 들어 그대가 앞으로 단멸할 것임을 분명히 안다면 더욱 그 삶을 사랑하게 되므로, 사랑하는 힘이 단견 때문에 바뀌지 않을 것은 분명하다. 그대가 어찌 단견을 따라서 후유탐을 버리겠는가? 그대의 어제의 생명은 가버렸지만, 오늘의 생명이 있다. 오늘의 생명이 다하면, 내일의 생명이 있게 될 것이다. 그러므로 후유탐은 생물류가 생명을 함께 갖는 것인데, 의심할 이유가 있는가? 셋째는 사속탐(嗣續貪)인데, 종족이 끊이지 않고 계속되기를 구하는 것이다. 식물에서 인류까지 어디에서나 징험할 수 있다. 넷째는 남녀탐(男女貪)인데, 음욕을 즐겨 나타내는 것을 말한다. 소설이나 시에서 쉽게 증거를 찾을 수 있는데, 어디든지 남녀의 욕정을 표현

98) 사람이 생명이 있는 것은 사랑하는 힘이 자라나 윤택하게 하기 때문에 생명이 있다. 『棱嚴經』에서는 이러한 의미를 대단히 예리하게 지적하고 있다.
(역주) 『首棱嚴經』 卷4(大19, 120b).

하지 않은 곳이 드물다. 나라를 사랑하는 마음이 깊은 것도 미인 방초에 비유하고, 세상 밖을 의지하고 생각하는 것도 선녀라고 부른다. 다섯째는 자구탐(資具貪)인데, 즐겨 모든 도구에 집착하는 것이다. 일용할 모든 음식, 밭과 집, 재물, 노예, 도당, 권세, 명예부터 편리한 개인적인 일들까지 통틀어 자구(資具), 즉 도구라고 부른다. 인류의 자구탐은 동물의 성질에서 전해진 것으로, 동물이 동굴에 식량 등의 도구들을 많이 모아 놓은 것을 매번 보게 된다. 여섯째는 탐탐(貪貪)인데, 탐욕의 대상을 얻지 못하는 경우에 탐심이 저절로 대상의 모습으로 나타나 탐하는 것이다. 예컨대 호색한의 마음에 한 미인의 생각이 걸려 있는 경우와 같다. 일곱째는 개탐(蓋貪)인데, 앞에서 즐겨 받아들인 일이 지나가 버려도 애착이 생기는 것, 즉 덮어서 보관하는 의미가 있는 것을 말한다. 덮어서 보관한다는 것은 기꺼이 버리지 못하는 것을 말한다. 여덟째는 견탐(見貪)인데, 아는 것, 보는 것이 천박하고 잘못되었더라도 즐겨 집착하고 버리지 못하는 것이다. 견탐이 중요한 것은 말로 표현하기 어렵다. 이와 같이 8 가지로 탐의 모습을 대략 설명하였다. 『유가론(瑜伽論)』은 55 장에서 10 탐에 대해 언급하고 있지만,[99] 항목만 나열할 뿐 해설은 없다. 「연기경(緣起經)」에서는 4 가지 종류의 애(愛)[100]를 설명하면서,[101] 탐의 모습을 분명히 보여준다. 지금 이를 참조하여 8가지 종류로 설명하였다. 배우는 이들이 이 내용으로 자신을 되돌이켜 잘 살피면, 자신을 속이지

---

99) (역주) 『瑜伽師地論』 卷55에서는 事貪・見貪・貪貪・慳貪・蓋貪・惡行貪・子息貪・親友貪・資具貪・有無有貪의 10貪을 열거하고 있다.

100) (역주) 일반적으로 愛(tṛṣṇā, toṣayati, priya)는 십이인연의 하나로서, 일체의 사물을 사랑하여 집착하는 것이다. 愛는 親愛・欲樂・愛欲・渴愛의 4가지 종류가 된다. 愛는 자기와 혈연관계가 있는 애정을 말하고, 親愛는 타인에 대한 우정이며, 欲樂은 어떤 일정한 인물에 대한 애정이고, 愛欲은 성과 관련된 애정이다. 渴愛는 지나치게 집착하여 癡에까지 이르는 애정이다. 그 본질은 모두 自愛를 전제로 하고, 자애에서 시작하여 성애까지 이른다고 본다.

101) (역주) 여기에서는 『緣起經』에서 말하는 四取를 가리키는 것인 듯하다. 取는 집착으로, 欲取・見取・戒禁取・我語取를 말한다(大52, 547c).

않을 수 있을 것이다.

진수(瞋數)[102]는 유정자(有情者)들에게 증오하고 미워하는 마음을 일으키는 것이므로, 진(瞋), 즉 성낸다는 이름으로 부른다. 『윤기(倫記)』 59 편에서는 진(瞋)에 대략 3 가지가 있다고 본다.[103] 첫째는 유정진(有情瞋)인데, 생명을 가진 것들, 즉 유정(有情)에 대해 성내는 것이다. 둘째는 경계진(境界瞋)인데, 의도하지 않은 대상에 대해 성내는 것이다. 셋째는 견진(見瞋)인데, 다른 것을 보고 성내는 것이다. 유정진은 아견(我見)이 있기 때문에 인견(人見)이 생겨난 것이다.[104] 인견과 아견, 두 견이 있기 때문에, 성냄이 일어난다.[105] 성내는 모양은 무수하지만, 대략 거친 것[麤]과 세밀한 것[細]으로 나눈다. 거친 것은 이해관계와 명예 훼손 등의 충돌 때문에 생기는 것으로, 그 모습이 강하게 움직이거나 분노 등으로 전환한다. 세밀한 것은 그 모습이 깊고 은미하다. 이해관계와 명예 훼손 등의 충돌은 없지만, 항상 다른 사람과 어긋나서 의견 합치가 어렵다.[106] 뭇 생명들은 성난 마음을 가슴에 품고 죽이기를 좋아하여, 세간의 역사에서 서로 죽이는 글을 썼다. 과거의 소설이나 시가에서는 용감한 무인의 전투를 높은 덕으로 여기는 경우가 많은데, 이것들은 모두 성냄이 드러난 것이다. 어떤 사람은 "성내는 것은 습심이 본래 그러한 것이다. 다아윈[107]의 생존 경쟁 이론에서 징험해보면, 성내는 것도 생존의 필요

102) (역주) 瞋(pratigha, dveṣa)는 瞋恚・瞋怒・恚・怒라고도 부르며. 심소의 하나로서 有情에 대한 원한의 정신 작용을 말한다. 三毒・五鈍使・五蓋・十惡의 하나이다. 俱舍宗에서는 不定地法에 속하고, 唯識宗에서는 煩惱法에 속한다. 또한 忿・恨・惱・嫉・害 등의 隨煩惱는 모두 瞋의 부분을 體로 하는 六根本煩惱(또는 十隨眠)의 하나이다. 瞋은 오직 欲界에만 관련된 번뇌이고 色界・無色界에는 없다. 貪이 기뻐하고 사랑하는 대상에서 일어나는 것과 반대로 瞋은 거스르는 대상에 대해서 일어난다.

103) (역주) 遁倫, 『瑜伽論記』 卷15(大42, 642b).

104) 人見과 我見은 동시에 생겨난다.

105) 瞋과 人見, 我見 두 견은 동시에 생긴다.

106) 隱士가 고고한 것이 바로 瞋惑이다.

107) (역주) 다윈(Charles Darwin, 1809~1882)은 영국의 생물학자로, 주요 저서에 『종의 기원』 『식물의 교배에 관한 연구』가 있다. 1831년 영국 해군성의 측량선인 비글호에 승선하여

에서 나온 것이다. 따라서 꼭 미혹하다고 나무랄 필요는 없지 않을까?" 라고 말한다. 내 생각은 다음과 같다. 호조론자(互助論者)들이 발견한 사실은 분명 다아윈과 반대된다. 정이천(程伊川)은 『역』「비괘(比卦)」에서 "만물은 서로 도운 뒤에 생겨나지 않는 경우가 없다"[108]라고 해설하였는데, 이 말은 징험이 된다. 따라서 생존할 필요가 있는 자는 서로 돕고 경쟁하지 않는다. 그렇다면 성내는 것이 미혹이 아니고 생존할 필요에 응한 것이라는 말이 가능한가? 경계진(境界瞋)은 유정진의 다른 형태이다. 유정이 성내는 마음을 품기 때문에, 경계도 그를 따라 전환하여 마침내 구릉과 함정이 모두 험하고 위태롭다는 것을 알게 된다. 여름에 비가 오고 춥기를 바라는 것이 모두 한탄과 원망이 된다. 사람을 원망하면 기물들도 모두 죄를 받고, 나라를 치면 성읍이 무너진다. 해치는 마음은 태풍에 떨어지는 기와까지 미치고, 죽여 없애는 것도 멀리 초목까지 미친다. 이것들은 유정(有情)의 성내는 마음이 왕성하기 때문이니, 무엇이든 어그러지는 대상이 아닌 경우가 없다. 견진(見瞋)은 또 유정의 진(瞋) 중에서 따로 뽑은 것이다. 이것이 앞의 탐수(貪數)에서 열거한 견진의 실상인(實相因)이다. 오직 탐욕이 자기 견해에 나타나므로, 다른 견해를 용납하지 못한다. 마침내 곧은 것을 미워하고 바른 것을 추하게 여기니, 붉게 물들어 본바탕이 아니게 된다. 이제껏 붕당의 화나 문호의 투쟁이 모두 이 때문에 일어났다. 사람은 견탐·견진을 버리지 않고 자기 견해에만 맡겨서 시비를 가리므로,[109] 참된 이치를 구할 겨를이 없

5년 동안 남아메리카, 오스트레일리아, 남아프리카를 답사하면서 미지의 자연을 접하고 많은 사실을 관찰하였다. 그 결과 자연계의 생존 경쟁에 착안하였고, 적자생존과 자연선택의 원리를 결론으로 얻었다. 진화론은 종교적·사상적·정치적으로 엄청난 영향을 전 세계에 미쳤고, 특히 19C에 다아윈의 생물학적 진화론을 기반으로 사회진화론이 대두하였다. 이후 사회진화론은 제국주의와 식민지 지배를 정당화하는 약육강식의 논리를 자연화시키는 역할을 하였고, 인종차별과 계급차별, 자본주의적인 경쟁을 합리화하는 낙관적 진보론의 이론적 바탕이 되었다.

108) (역주) 程伊川, 『易傳』「比卦」. "萬物莫不相比助而後得生."

다. 이것이 사물을 공평하게 논하기 어려운 이유이다.

만수(慢數)는 아견(我見)에 의지하여 높이 우쭐거리므로, 만(慢), 즉 거만하다고 부른다. 구 학설에서는 만(慢)에 7가지 종류가 있다고 보았는데,[110] 여기에서는 조금 생략하거나 바꾸어서 서술하겠다. 첫째, 형체를 개인적인 것이고 나라고 생각해서, 스스로 믿고 우쭐거리는 것을 아만(我慢)이라고 한다. 둘째, 재주와 지혜가 자기보다 못한 자를 보고 내가 그보다 뛰어나다고 말하거나, 재주와 지혜가 자기와 동등한 자를 보고 나와 그가 동등하다고 말한다. 이것들은 모두 마음을 높여 우쭐거리는 것으로, 만(慢)이라고 한다. 어떤 사람은 "자기와 동등한 자에 대해 내가 그와 동등하다고 말하는 것은 만이 아닌 것 같다"라고 질문한다. 동등하다고 생각하여 자기 마음이 우쭐거리게 되는 것이 어찌 무한한 잘못이 아니겠는가 하는 것이 나의 대답이다. 셋째, 다른 사람이 나보다 훨씬 뛰어난 경우에 나는 스스로를 돌아보고 부족하다고 여기는데, 이것을 비만(卑慢)이라고 부른다.[111] 넷째, 다른 사람이 나보다 뛰어난 경우에도 스스로 돌아보고 오히려 자기가 뛰어나다고 보는 것을 과만(過慢)이라고 부른다. 다섯째, 실제로는 부덕한데도 덕이 있다고 자평하고, 악

---

109) 감정의 논리라고 말할 수 있다.

110) (역주) 慢(māna)은 심소의 명칭으로, 俱舍宗 八不定地法의 하나이자 唯識宗 六根本煩惱의 하나이다. 자기와 타인을 비교하여 타인을 경멸하고 자신을 자부하는 마음을 慢이라고 부른다. 『成唯識論述記』 卷6(大43, 444c), 『俱舍論』 卷19(大29, 101a)에 의하면, 七慢은 慢・過慢・慢過慢・我慢・增上慢・卑慢・邪慢이다. ① 慢 : 자기보다 열등한 사람에 비하여 자기가 뛰어나다고 보고 자만하는 것, ② 過慢(ati-māna) : 자기와 동등한 사람에 대하여 자기가 상대방보다 뛰어나다고 말하고, 자기보다 나은 사람에 대하여 상대방이 자기와 동등하다고 편파적으로 말하는 것, ③ 慢過慢(mi-māna) : 자기보다 뛰어난 사람에 대하여 도리어 자기가 상대방보다 더 뛰어나다고 보는 것, ④ 我慢(ātma-māna) : 七慢 중에서 가장 근본적인 만으로, 五蘊이 거짓으로 화합한 자신을 나라고 보고 집착하고 나를 믿고 자만하는 것, ⑤ 增上慢(adhi-māna) : 아직 증득하지 못한 果位나 德을 이미 증득하였다고 자인하는 것, ⑥ 卑慢(na-māna) : 지극히 뛰어난 사람에 대해 자기가 그 사람보다 아주 조금 떨어진다고 보는 것, ⑦ 邪慢(mithyā-māna) : 덕이 없는데도 유덕하다고 자인하는 것.

111) 스스로 열등하다는 것을 알지만 그래도 慢을 일으키는 까닭에, 卑慢이라고 부른다.

을 믿고 높이 우쭐거리는 것을 사만(邪慢)이라고 부른다. 무지한데도 지식이 있다고 자신을 평가하고, 조금 가졌으면서도 충분하다고 스스로 말하는 것들이 모두 사만에 포함된다. 뽐내는 일이 많으면 마음이 좁아지고, 현명하거나 선을 받아들여 스스로를 넓히지 못한다. 재앙은 거만함에서 시작된다.[112] 그것이 부끄러움을 모르는 경지까지 극한으로 흘러가는 것을 유학자들은 '염치가 없다'고 하는데, 다른 사람과 친하지 않은 상태까지 이른다. 따라서 배우는 이들은 우선 자만부터 이겨내야 한다.

악견수(惡見數)는 대상을 거꾸로 헤아리는 것이고 혜(慧)와 치(癡)가 함께 있는 것이므로,[113] 악견(惡見)이라고 부른다.[114] 악견의 모습은 복잡하여 일일이 구명할 수가 없다. 중요한 점을 분별하여 아견(我見), 변견(邊見), 사견(邪見)의 3가지 견으로 말하겠다.

아견(我見)[115]은 신견(身見)이라고도 부른다.[116] 범어로 'satkāya'라는 것이 자성을 인식하지 못한다는 뜻에서 연유한 것이다. 자신의 신체를 개인적인 것으로 보고 나, 나의 것이라고 생각하는 것을 아견(我見)이라

112) 마음이 높이 우쭐거리게 되는 것이 거만한 모습이다.

113) 別境 중의 慧數와 染數 중의 癡數가 서로 함께 있으면서 惡見을 이룬다. 癡는 바로 무명이다.

114) 바르지 않기 때문에 惡이라고 부른다.
(역주) 惡見(mithyā-dṛṣṭi)은 不正見, 또는 見이라고도 부른다. 法相宗 百法의 하나로서, 六煩惱에 속한다. 사악한 견해, 즉 불교 진리에 위배되는 견해를 말한다.

115) (역주) 我見(ātma-dṛṣti)은 實我가 있다고 집착하는 妄見을 말한다. 『大乘起信論』에서는 아견을 人·法 두 종류로 나눈다. ① 人我見 : 色·受·想·行·識 등 五蘊이 거짓으로 화합한 身心을 實我라고 집착하는 것. ② 法我見 : 일체의 법에 실재하는 體性이 있다고 생각하는 것. 唯識宗에서는 아견을 4根本煩惱의 하나로 보는데, 아견과 제7말나식이 상응한다고 한다. 이 말나식은 태초 이래 허망한 훈습력이고, 제8아라야식에 緣하여 實我·實法의 견해가 있게 된다고 본다.

116) (역주) 有身見(satkāya-dṛṣti)은 薩迦耶見·颯迦耶見·薩迦邪見 등으로 음역하고, 虛僞身見·壞身見·移轉身見이라고도 부른다. 五見과 十隨眠의 하나이다. 자신이 오온의 집합임을 인정하면서도 오온의 法體가 실유한다고 보므로, 五取蘊에 연하여 나와 나의 것이 실재한다고 보는 妄見이다.

고 부른다. 나라고 말할 때는 나의 것도 포함된다. 나라고 생각하는 동시에 나의 것이라고 본다. 무엇을 나의 것이라고 하는가? 내가 가지고 있는 것을 나의 것이라고 부르는데, 예를 들면 신체를 자아라고 여기는 것이다. 그와 동시에 나의 것이라고 생각하여 나의 신체라고 말한다. 신체 외에 다른 것들도 나의 것이라고 생각한다. 예를 들어 아내와 자식들, 밭과 집, 재물, 권위, 명예, 또는 내가 가진 모든 것들이 나의 것이다. 따라서 아견이 있으면 나의 것이 있게 된다. 이것은 근원을 개인적인 것으로 한 것으로, 온갖 악이 여기에서 일어난다. 사람 마음속 깊은 곳에서 형체로 인하여 자아의 견해가 생겨나고, 순간마다 굳게 집착하여 잠시도 버리지 못한다. 아견은 생명과 함께 생겨나지만 이것을 자각하지도 못한다. 이를 '구생아집(俱生我執)'이라고 한다. 사람뿐 아니라 동물도 형체를 자신이라고 보는 아집이 있다. 식물은 줄기를 보호하여 자신의 몸으로 여기므로 은근히 아견이 있지만, 아주 애매할 뿐이다. 대개 생명을 가진 류들은 형기(形氣)에 제한되어 본연에 어둡고, 자성의 측면에서 보면 다른 대상이 나와 다양한 차별이 없다는 사실을 이해하지 못한다. 그리하여 형체를 독립적인 자체이자 개인적인 것으로 보고 나라고 여기지만, 실제로는 내가 아니라 허망한 생각일 뿐이다.

변견(邊見)은 변집견(邊執見)이라고도 하는데,[117] 상변(常邊)과 단변(斷邊), 두 가지로 말한다. 상변(常邊)은 아견에 힘을 더한 것으로,[118] 눈앞에 보이는 대상들이 실재한다고 보는 것이다. 매달려서 버리지 못하고, 당연히 상주한다고 말한다. 사물은 원래 찰나에 생멸하며, 실법(實法)이

---

117) 한 변에 집착하므로, 邊執見이라고 부른다.
(역주) 邊執見(anta-grāha-dṛṣṭi)은 극단적으로 한쪽 면에만 집착하는 견해를 말하며, 邊見이라고도 약칭한다. 十隨眠의 하나이자 五見의 하나이다. ①常見 : 내가 사후에도 상주불변하다고 보는 견해, ②斷見 : 나는 사후에 단멸된다고 보는 견해. 즉 五取蘊에서 斷·常 한쪽에 집착하는 잘못된 견해이다.

118) 常邊見이 일어나는 것은 我見에 힘이 더해져서이다.

란 없고 단지 사물이라고 가설한 것일 뿐임을 이해하지 못한다. 변화가 치밀하게 이루어져 지금 있는 것이 옛날 그대로가 아니지만, 어리석은 자는 옛날과 같다고 보고 이 상이 연속된 상이라고 생각하여 항상되다고 말한다. 이는 상변의 잘못에 떨어진 것이다. 단변(斷邊)은 아견에 힘을 더한 것으로, 사물이 항상 그대로일 수 없고 도리어 소멸한다고 생각하는 것이다. 세상에는 바람이 불고 구름이 흐르며 산이 무너지고 강이 마르고 갑자기 자취가 없어지므로, 신체와 물질세계가 모두 변화하여 사라진다고 본다. 예컨대 불경의 "영겁의 불이 환하고, 대천세계는 모두 무너진다"[119]라는 귀절처럼, 모든 대상이 옛날에는 있었지만 지금은 없고, 지금 있더라도 미래에는 없을 것이라고 말한다. 이것은 단변의 잘못에 떨어진 것이다. 사물에 본래 실질이 없다는 것을 안다면, 어디에 의거해 단절된다[斷]고 말하는가? 따라서 단견 역시 사물을 취하는 데서 연유한 것임을 알게 된다. 그러므로 상변·단변 두 변은 번갈아서 떨어지는 것임을 알아야 한다.[120]

사견(邪見)[121]은 부정견(不正見)이라고도 하는데, 대략 증익견(增益見)·손감견(損減見)의 두 가지로 나눈다. 증익견은 본래 없는 일을 있다고 함부로 구성하는 것이다. 예컨대 색법에서 기와의 상을[122] 기와의 무상(無常)한 상에 더하는 것과 같다.[123] 또는 형체를 여실하게 알지 못하고 아

---

119) (역주) 『景德傳燈錄』(大51, 286) 卷十一「大隨法眞章」 또는 『仁王護國般若波羅蜜多經』 卷下「護國品」 第五(大58, 840b)에 나온다. "劫火洞然, 大千俱壞"에서 大千은 三千大千世界, 즉 전 우주를 말한다.

120) 번갈아서 떨어진다는 것은 어떤 때는 常에서 벗어나서 斷邊에 떨어지고, 어떤 때는 斷에서 벗어나서 다시 常邊에 떨어지는 것이다.

121) (역주) 邪見(mithyā-dṛṣṭi)은 잘못된 견해로서, 八邪行·十惡·十隨眠·五見의 하나이다. 세간에 결과를 가져오는 원인이 없다고 보거나, 善惡의 구별을 부인하는 견해가 邪見이다. 특히 인과의 이치를 무시하는 잘못된 생각을 가리킨다.

122) 眼識이 취하는 것은 오직 色이고, 身識이 취하는 것은 오직 딱딱한 정도이다. 본래 기와 등은 없다. 따라서 기와 등의 상은 순전히 色 등 위에 더해진 것[增益]이다.

123) 단지 거듭 增益한 것뿐이다.

상(我相)을 함부로 더하는 것이다.[124] 자성을 반증(返證)하지 못하므로, 외재하는 실체의 상을 함부로 더하게 된다.[125] 그리하여 증익견은 우주를 환상으로 구성해낸다. 이것은 마치 예술가가 환상으로 여러 가지 형체의 말들을 그려내는 것과 같다. 손감견은 본래 있는 일을 없다고 함부로 구성하는 것이다. 이는 고서적을 연구하는 이들이 자기 마음대로 취사선택하고, 고대인들이 확실히 기록한 것들은 믿지 않는 예와 같다.[126] 편벽되고 견문이 좁게 자란 사람은 섭렵하는 것이 얕다. 다른 나라의 특이한 사물에 대해 들으면, 모두 기괴한 일로 간주한다. 천박한 견해를 가진 이들은 심오한 것을 알지 못하고, 현묘한 이론을 공론이라고 비방한다. 유한한 경험에 의거하여 사리를 추측하면, 참된 이치를 얻지 못하고 손감견에 빠지게 된다. 이것이 잘 배우지 못한 이들의 공통된 약점이다. 물욕에 빠져서 자성과 우주 인생이 동등한 메카니즘임을 깨닫지 못한다면, 자기 본분의 일에서 손해를 보면서도 애석하게 여기지 못한다. 이것은 더욱 어리석은 일이다. 모든 증익견은 없는 것을 있는 것으로 여긴다. 모든 손감견은 있는 것을 없는 것으로 여긴다. 그러나 더하고 더는 것은 항상 서로 의지하고 홀로 일어나지 않는다. 예를 들어 옛사람들이 땅이 고요하다고 말한 것은 땅에 고요한 모습을 더한

124) 일체의 사물이 모두 찰나에 생멸하고 본래 실재하지 않는다. 형체는 일체의 사물에서 벗어나 독립한 것이 아니므로, 이 또한 실재하지 않는다. 지금 형체에 의거하여 그것을 자아라고 함부로 생각하는데, 이는 형체 위에 나라는 상[我相]을 단서 없이 더한 것이다.

125) 철학자들은 본체를 모두 자기의 마음을 떠나 외부에 존재하는 사물로 간주한다. 이것은 自性을 제대로 인식하지 못하기 때문에, 외부를 향해서 하나의 實體를 잘못 만들어낸 것이다. 이것이 바로 增益이다.

126) 고적 중에는 확실히 의심이 갈 만한 것도 있다. 그러나 고적을 전적으로 위작으로 보아서는 안 된다. 예를 들면 禹 임금이 홍수를 다스렸던 일이 고적에 기록되어 전승되고 있다. 이것을 사실이라고 생각하지 않고 최근에는 禹라는 사람의 존재조차 믿지 못하는 사람이 나오는 것은 損減見이 아니고 무엇이겠는가?
(역주) 擬古派 학자들을 가리킨다. 특히 顧頡剛(1893~1980)은 옛전승을 비판하고 上古의 王으로서의 禹의 실재를 부정하였다(『古史辨』 第一冊, 1926年).

동시에 움직이는 모습을 덜어낸 것이다. 증익견은 홀로 일어나는 이치가 없으므로, 헛된 상을 더하면 반드시 참된 상을 덜어내게 된다. 그러나 인생의 지식은 어디를 가든 헛된 상을 더하지 않는 경우가 없으므로, 진리를 보는 자는 누구일까! 어떤 사람은 사물을 종합 판별하고 이치를 힘써 얻으면, 증익이 되지 않는다고 말한다. 진제(眞諦)로 요약해 말하면, 모든 사물은 있다고 가설한 것일 뿐 원래 실재하는 것이 아니다. 이것을 모른다면, 어떻게 증익이 아니겠는가?

이상 세 가지 견을 종합하면, 사견(邪見)이 가장 범위가 넓다. 잘못된 해석도 모두 사견에 포함된다.[127]

근본 번뇌(本惑) 다섯 가지[128]는 각각 거친 것[麤]과 세밀한 것[細]으로 나누어진다. 거친 것은 맹렬히 날카로워서, 움직이면 자신과 다른 사람에게 손해를 끼친다.[129] 세밀한 것은 미미하고 마음을 그대로 따르므로, 다른 사람에게는 손해가 없다.[130] 그러나 거친 것은 반드시 엄격히 다스려서 일어나지 않게 해야 한다. 세밀한 것은 항행수(恒行數)와 동행하고, 항상 마음과 함께 있다.[131] 엄격히 다스려서 굴복시켜 없애는 방법은 모두 선수(善數) 중에 있다.

선수(善數)는 구 학설에서 11법이 있다고 보았는데,[132] 여기에서는 7

---

127) (역주) 구 학설에서는 邊見과 邪見을 外道의 妄計로 열거하고 있다.『成唯識論述記』卷6(大43, 446a 이하).

128) (역주) 本惑은 隨惑과 상대적인 명칭으로, 根本惑・根本煩惱라고도 한다. 貪・瞋・癡・慢・疑・惡見 등 六種이 있다. 熊十力은 疑를 별경에 넣었으므로, 5종류가 된다. 앞 본문에서 이미 설명하였다.

129) 그것이 발동하면 반드시 마음을 어지럽혀서 자기에게 손해이다. 또 반드시 사물에 불리하므로, 다른 사람에게 손해이다.

130) 隨心은 그것이 마음의 절제를 받아서 자기 마음대로 하지 않는다는 것을 말한다.

131) 그것이 恒行數와 동행하고, 感識 意識과 함께 서로 객관 대상을 취한다.

132) (역주) 十一善은 唯識불교의 六位의 心所 중 하나이다. 現世・當世에 이익을 주는 온갖 有爲의 善의 體인 11가지 마음 작용을 말한다.『成唯識論』卷6(大31, 29b 이하),『成唯識論述記』卷6(大43, 433c 이하). ① 信(śraddhā)은 모든 善法을 즐겨 믿고 의심하지 않는 것이다. 信實有(제 법의 實事의 理를 깊이 믿는 것), 信有德(三寶의 참되고 깨

법으로 병합하였다. 정(定)・신(信)・무치(無癡)・무탐(無貪)・무진(無嗔)・정진(精進)・불방일(不放逸)이 여기에 속한다. 참(慚) 등 다섯 가지 법을 생략하고, 별경 중의 정(定)을 합하였다.

정수(定數)[133]는 마음을 모아서 집중하는 것이고 어지럽게 흩어진 것을 바르게 치유하는 것이므로,[134] 정(定), 즉 정신 집중이라고 부른다.

끗한 덕을 깊이 믿는 것), 信有能(세간, 출세간의 모든 善法을 깊이 믿는 것) 3가지 종류가 있다. ② 慚(hirimana)은 수치, 하늘에 대해 스스로를 돌아보고 부끄러워하는 것을 말한다. 자신이 지은 잘못을 수치스럽게 여기지 않고 다스리지 않으면, 악행이 자라난다. ③ 愧(apatrapā)는 자신이 지은 죄과를 다른 사람에 대하여 부끄러워하는 것이다. 마음에서 항상 부끄러움을 알고 다스리지 않으면, 악업이 자라난다. ④ 無貪(alobha)은 욕심부리지 않는 것, 생존과 생존을 구하는 도구에 대한 무집착과 기피를 말한다. ⑤ 無瞋(apratigha)은 미움이 없는 것, 성내지 않는 것이다. 오히려 적극적으로 타인을 불쌍히 여기는 마음을 말한다. ⑥ 無癡(amoha)는 만사를 분명히 하여 사물의 이치에 어리석은 일이 없는 마음을 말한다. 사물의 이치를 명쾌히 이해하여 미혹이 없는 것이다. ⑦ 勤(vīrya)는 精進이라고도 함, 일에 힘쓰는 것, 노력, 수행의 노력을 말한다. 모든 善法에 대해 정진 수행하여 게으르지 않으면 선업을 원만히 성취한다. ⑧ 安(dhruva)은 輕安. 즉 편안함, 안정을 말한다. 무거운 번뇌에서 멀리 벗어나 장애가 되는 법을 제거하고 신심을 편안히 하는 것을 말한다. ⑨ 不放逸(apramāda)은 게으름을 피우지 않고 수행하는 것을 말한다. 身・口・意 三業에 정진하여 미혹을 끊고 모든 善法을 성취하도록 게을리 하지 않는 것이다. ⑩ 行捨(citca-samatā)는 평정, 마음의 평등을 말한다. 마음이 작은 일에 얽매지 않는 것을 말한다. ⑪ 不害(ahiṃsā)는 불상생의 것, 살아 있는 것을 살해하지 않는 것을 말한다. 모든 有情衆生에 대해 번뇌가 없고 성내지 않으며 항상 자비한 마음으로 괴로움을 덜고 안락을 함께 하는 것을 말한다.

133) (역주) 定(samādhi, 三摩地・三昧)은 마음을 한 대상에 전념하여 산란하지 않게 하는 정신 작용, 또는 고요한 마음 상태를 가리킨다. 심소의 하나로서, 俱舍宗 十大地法의 하나이자 唯識宗 五別境의 하나이다. 마음을 산란하지 않게 하는 수행을 통해 특수한 정신 상태에 이른 것을 定이라고 하는데, 그에 이르는 여러 단계가 있다. 禪定의 총칭이며 三摩地, 三昧라고 한다. 定・戒・慧을 三學이라고 하며, 불교 실천 방법의 대강에 해당한다. 八聖道 중의 正定이자 六波羅蜜의 하나로 禪定(dhyāna, 禪那・靜慮)이라고도 한다. 定에는 生得定・修得定 두 종류가 있으며, 定의 내용과 수행 단계에 따라 여러 종류로 나눌 수 있다. 俱舍宗에서는 有心定과 無心定 두 가지로 나눈다. 有心定은 四靜慮(四禪・四色界定)와 四無色定을 포괄하여 八定(八等至)이 된다. 四靜慮는 ① 初靜慮, ② 第二靜慮, ③ 第三靜慮, ④ 第四靜慮이다. 初靜慮에서는 언어가 소멸되고, 第二靜慮이상에서는 尋・伺가 소멸되며, 四靜慮는 차례로 憂・苦・喜・樂 등 諸受를 소멸시킨다. 定의 성질은 味定・淨定・無漏定 등 三定으로 나누어진다.

134) 沈은 어지러운 모양이고, 도는 흔들리는 것이다. 어지럽게 흩어져있는 것을 말한다. 沈과 도는 모두 不定相이다.

이치와 같은 작의(作意)의 힘을 통하므로, 정수(定數)가 생긴다.[135] 정(定)은 모아서 집중하고 힘껏 안으로 경주하여 마음이 반연(反緣)하도록 돕고,[136] 미혹을 따라서 익숙한 길로 미끄러져 가지 않도록 한다. 미혹은 태초 이래 생명과 함께 있고 형상과 가깝게 붙어서 단절된 적이 없다. 따라서 미혹이 일어나는 것은 익숙한 길로 미끄러져 달리는 것과 같다. 따라서 미혹이 기계적으로 일어나도 자각하지 못한다. 이 모아서 집중하는 힘이 자기를 새롭게 창조하는 정신력이고, 미혹을 등지고 가므로 익숙한 길로 미끄러져가지 않는다. 이것은 안으로 자신의 본심을 불러일으키고, 미혹과 오염이 생기지 않도록 한다.[137] 본심은 원래 고요하고[寂靜] 두루 밝아서[圓明] 조금도 모자란 부분이 없다. 고요하다는 것은 지극히 깨끗한 것이고, 항상 정지해 있어야 한다. 두루 밝다는 것은 지극히 허령한 것이고, 항상 모든 곳을 비춘다. 그러나 미혹이 일어나서 막으면, 마음은 자신을 나타내지 못하고 없는 것처럼 된다. 이 때문에 옛사람은 '마음을 잃어버렸다[放心]'고 말하였다.[138] 그러나 마음은 막히더라도, 없는 것이 아니다. 즉 미혹과 오염이 유행하더라도, 이 마음은 저절로 활동하므로 전적으로 막힌 적은 없다. 구름이 해를 가리면

---

135) 作意에 대해서는 앞에서 자주 보인다. 이치와 같다는 것에서 作意가 미혹과 함께 있는 것과 같은 것은 汚染法이다. 지금 여기에서 作意는 미혹을 등지고 올바른 이치를 따르는 것이다. 스스로 깊이 경책하여 그 본심을 이끌어내는 것이므로, 善性法이다. 따라서 이치와 같은 作意라고 말하였다. 定數는 반드시 이치와 같은 작의에 이끌려 생겨난다.

136) 경주한다[注]는 것은 전적으로 힘을 쓴다는 것이다. 돕는다는 것은 상응한다는 의미이다. 定數는 수습하고 집중하는 힘으로 마음에 합치하도록 돕고, 스스로 깊이 反觀하도록 한다.

137) '안으로[內]'라는 것은 이 본심이 밖으로부터 들어오는 것이 아님을 말한다. 자기[自]라고 한 것은 이 본심이 自性이므로 밖에서 얻을 수 있는 것이 아니라는 것이다. 미혹에 올라타는 일이 없다는 것은 본심이 定에 의거하여 나타나서 주재가 될 수 있다는 것이다. 따라서 미혹이 생겨나는 것을 용납하지 않는다.

138) (역주) 放心에 대한 언급은 옛 경전에 대단히 많다. 예컨대 『孟子』「告子(上)」. "學問之道, 無他. 求其放心而已矣."

해가 없다고 말하지만 실제로는 해가 없는 것이 아니고, 겹겹이 구름이 가리되 그 사이로 햇빛이 조금도 나타나지 않는 경우는 결코 없는 것과 같다. 그러나 형세가 미약해서 햇빛이 없다[無陽]고 말하는 것뿐이다.[139) 정수는 모으고 집중하는 힘이고 본심의 활동에 연계되므로, 약한 햇빛과 같이 전적으로 없을 수는 없다. 잘 모으고 커질수록 본심이 없어지는 근심이 없을 것이다. 본심이 점차 나타나서 성대해지면, 미혹도 점차 굴복하여 결국 사라진다. 따라서 정(定)의 힘은 실로 미혹을 치유할 수 있다. 어지럽게 흩어진 것을 바르게 치유한다고 한 것은 정(定)의 모습과 어지럽게 흩어진 모습이 정반대가 되기 때문에, 눈에 띄는 것을 인용하여 말한 것뿐이다. 그러나 바르게 말하면, 분명히 어지럽게 흩어진 것만 치유하는 것은 아님을 알 수 있다. 정수가 이와 같으므로, 나머지 수의 치유력도[140) 이에 의거해 알 수 있다.

신수(信數)[141)는 마음을 맑고 깨끗하게 하는 것이고 무참(無慚), 무괴(無愧)를 바르게 치유하는 것이므로, 신(信), 즉 믿음이라고 부른다. 이치와 같은 작의력을 통하여 맑고 깨끗한 힘을 이끌어낸다. 즉 이 깨끗한 힘은 심과 합치하여 소연(所緣)으로 함께 나아가므로, 믿음이라고 부른다.[142) 이 믿음은 소연의 의미를 대략 둘로 나누어 설명한다. 첫째는 진리를 바라고[143) 진리를 볼 수 있으므로, 믿음을 일으킨다[起信].[144) 둘째

139) 햇빛이 없다[無陽]는 것은 해가 없다[無日]는 것과 같다.
140) 나머지 운운한 것은 그 외의 善數의 치유력을 말한다.
141) (역주) 信(śraddhā)은 심소의 명칭으로 七十五法의 하나이자 百法의 하나이다. 한 대상에 대하여 심과 심의 작용을 청정하게 하는 정신 작용이다. 따라서 오직 신으로 들어가는 것이 불교로 진입하는 첫걸음이 된다. 俱舍宗의 十大善地法의 하나이자 唯識宗 善心所의 하나이다. 信에는 ①信實有, ②信有德, ③信有能의 세 종류가 있다.
142) 청정한 勢用은 淨勢라고 줄여 말한다. 이것과 이치와 같은 作意는 동시에 일어난다. 딱 들어맞는다는 것은 상응한다는 의미이다.
143) 여기에서는 진리를 信의 所緣의 의미를 지닌 대상으로 가정한다. 진리는 은밀히 自性을 지목하여 말한 것이다. 나는 미혹에 덮여 자성을 보지 못하면서도, 초목·새·짐승처럼 무지한 것과 같다는 것을 기껍게 여기지 않고 반드시 우주 인생에 온축된 바를 통찰하고자 한다. 바꾸어 말하면, 스스로 本來를 인식하고자 한다. 이것이 진리를 구하

는 자기 힘으로 믿음을 일으킨다. 즉 자성(自性)에 의거하여 승행(勝行)을 일으키고 자기 힘을 깊이 믿어서 획득할 수 있고 완성할 수 있다. 행(行)은 조작의 의미이다. 미미한 생각에서 몸이나 말로 나타나는 것까지 창조된 것이 있고 인위적인 것이 있는데, 모두 행이라고 부른다. 승행은 이러한 행위가 자성에 의거하여 일어나서 순수하게 선하고 오염이 없기 때문에, 그렇게 부른다. 이 행위는 본성을 그대로 따라서 발현되므로, 깊이 자신의 힘을 믿어 잃지 않고 얻을 수 있으며 어그러짐 없이 완성할 수 있다.[145] 공자가 "나는 인(仁)하고자 하면, 바로 인이 이른다"[146]라고 하였던 것도, 이러한 의미이다. 따라서 믿음의 의미는 매우 엄밀하다. 믿는다는 것은 맑고 깨끗한 모습이고, 무참, 무괴와 같은 혼탁한 모습과 정반대이다.[147] 따라서 믿음이 무참·무괴를 치유한다고 말한 것이다.

무치수(無癡數)[148]는 바로 무명을 치유하는 것이고 온갖 이치와 일을 분명히 이해하여 미혹하지 않은 것이므로, 무치(無癡)라고 부른다. 무치는 정신 집중[定]의 힘에 의거하여 일어난다. 본심을 약하게나마 밝히고, 모여서 힘이 커지는 것은[149] 믿음의 힘에 의한 것이다. 본래의 깨끗함

는 바람이다.

144) 自性을 보는 것을 진리를 본다고 말한다. 진리를 보고 信을 일으키는 것은 오직 되돌이켜 구하고[反求] 實證하는 자만이 가능하다.

145) 예컨대 인도의 철학자 간디는 포악한 침략 행위에 저항하는 것에는 절대 개인적인 미혹이나 오염이 없다고 본다. 그리하여 그치지 않는 自性에 순순히 따르므로 깊이 자신의 힘을 믿게 되어 행동하는 것을 얻을 수 있고 완성할 수 있게 된다고 한다.

146) (역주) 『論語』「述而」第七. "子曰, 仁遠乎哉? 我欲仁, 斯仁至矣."

147) 혼탁이 극단에 이르면 無慚·無愧가 된다.

148) (역주) 無癡(amoha)는 심소의 명칭으로, 唯識 百法의 하나이다. 事理를 해결하고 愚癡를 치유하는 정신 작용으로, 唯識에서는 善의 하나로 포섭된다. 俱舍·唯識 등에서는 無貪·無瞋·無癡의 三善根을 세워서 일체의 선을 낳는 근본으로 삼는다. 『俱舍論』에서는 無癡가 慧를 체로 하므로 따로이 別體를 두지 않고, 따라서 하나의 심소로 여겨지지 않는다. 唯識에서는 無貪·無瞋과 함께 三善根에 포함되므로, 똑같이 실체라고 여겼다.

149) 미미하게 밝다[微明]는 것은 마음이 미혹에 막혀서 발현하지 못하지만, 막힌 중에도

을 이끌어 발현시키는 데서,[150] 성지(性智)가 생겨난다.[151] 성지에 의거해서 분명히 이해하는 것[明解]을 시발지(始發智)라고도 부른다.[152] 앞에서 별경 중 혜수를 설명할 때 오염된 성질을 버리고 순수하게 깨끗한 지혜라고 한 것이 바로 여기에서 말하는 명해이다.[153] 성지는 전적으로 외연(外緣)을 없애고 직접 자성을 명증한다[親冥]. 직접 명증한다는 것은 성지가 자성을 반관(反觀)하고 저절로 인식한다는 것으로, '내면적인 깨달음은 언어에서 벗어난다'는 표현이 바로 이것을 말하는 것이다. 이때는 깨닫는 주체가 바로 깨닫는 대상이 되므로, 주체와 객체가 구분되지 않는다. 따라서 밝게 비추는 본체는 홀로 서서 사물의 표피를 훨씬 초월한다. 분명한 이해는[154] 사물에 연려(緣慮)하여 명확한 증거를 모으고 부응하는 데서 반드시 그친다.[155] 어려운 일을 앞세우고 이익을 뒤로 하며, 탐내는 일을 반드시 경계한다. 지혜가 만물에 두루 통하면서도 사물을 좇아다닌 적이 없다.[156] 세속에서는 성인이 내적으로 관조하는 데만 힘쓰고 사물과 지식을 버린다고 의심하는데, 잘못된 추측이다. 가령 성인의 지혜가 본성을 깨닫지 못한 사람이 천착을 지혜라고 여기는 것과 같다고 하더라도, 여름 벌레와 함께 얼음을 이야기할 수는 없는 법이다.[157]

미미하게나마 드러나는 것이 있다는 것이다.

150) 본래의 청정함은 마음 본래의 청정함을 말한다.

151) 性智가 바로 본심이다. 「명종」 장을 볼 것.

152) 앞에서는 막히지만 지금 비로소 나타나므로, 始發이라고도 한다.

153) (역주) 『阿毘達磨集論』 卷一(大31, 664b). "何等無癡. 謂由報教證智決擇爲體." 『成唯識論』 卷6에서는 이 『阿毘達磨集論』에서 無癡(明解)의 정의를 "慧를 體로 한다"라고 하기도 하고, "云何無癡, 於諸理事明解爲性"(大31, 030a)이라고 규정하고 있다.

154) 始發智를 말한다.

155) 뭇 이치들을 해석하려면, 반드시 여러 증거들을 모아서 부응해야 한다는 말이다.

156) 사물을 좇아다니지 않으므로, 癡가 아니다.

157) 鑿은 천착이다. 뜻을 굳게 세워서 들어가기를 구하지만 사물의 이치를 그대로 따르지 않고, 개인적인 지혜에 자긍심을 느끼고 사물에 통하기를 구하는 것은 사물을 따라서 죽는 것에서 벗어나지 못한 것이다.

무탐수(無貪數)[158]는 바로 탐욕을 다스리는 것이고 오염된 집착이 없는 것이므로, 무탐(無貪)이라고 부른다. 정신 집중[定[과 믿음[信]을 따라서 심에 상응한다. 탐욕과 무탐의 힘은 함께 활동한다. 무탐은 탐욕의 습관을 엄밀히 관찰해서 인식하고 금지하여 끊는 것을 말한다.[159] 신체는 개인적인 소유가 아니고 천지 만물과 합하여 일체를 이루는 것이므로, 신체를 천지 만물의 공공의 영역에 두어 함께할 수 있다.[160] 어찌 형체에 구애되어 함부로 생명에 탐착하고 자성을 질곡에 빠뜨려 없애는가?[161] 따라서 자체탐(自體貪)은 이처럼 끊어야 한다.[162] 만물은 여기에 이끌려서 생성되지만, 실제로 생성되는 모습은 없다. 생성하고 또 생성하는 것은 머무르지 않기 때문이고,[163] 머무르지 않으므로 사물이 없다.[164] 사물이 없으므로, 생성된 것은 실제로는 생성된 적이 없다. 생성되었으면서도 생성된 적이 없으므로, 생성이 없는 데 의거하고 끝없는 경지에 머무른다. 그러므로 어찌 즐겁지 않겠는가? 어떻게 생성이 환상

158) (역주) 無貪(alobha)은 心所의 명칭이고 不貪·不貪欲이라고 한다. 俱舍 七十五法의 하나이자 唯識 百法의 하나이다. 諸境界에 대한 애착과 오염이 없어 貪煩惱를 치유할 수 있는 정신 작용이다. 항상 일체의 선심과 상응하므로, 說一切有部에서는 十大善地法의 하나가 되고 유식에서는 선심에 포섭된다. 無瞋·無癡와 함께 三善根이 되고, 四無量 중에서는 捨無量이다.

159) 無는 금지해서 끊었다는 말이다.

160) 각각 자기의 장소를 얻는다.

161) 형체가 비록 사물과 내가 나누어지지만, 본성상에서는 원래 차별이 없다. 사람이 만약 자기의 형체를 개인적인 것으로 여기고 여기에 구애된다면, 반드시 그 본성을 질곡에 빠트려 없애고 본래의 참됨을 잃게 될 것이다. 깊이 개탄할 일이다.

162) 自體를 끊는 것이 아니라 단지 自體貪을 끊는 것이다. 자기의 신체를 개인적인 것으로 보아 자기라고 여기고, 오염을 버리지 않고 나타내는 것이 이 貪이다. 따라서 끊어야 한다.

163) 찰나에 소멸하기 때문이다.

164) 사물이 없다는 것은 독립적으로 존재하는 사물이 없다는 것을 의미한다.
(역주) 「文言文本」(137면)에서는 이렇게 말한다. "自體가 없기 때문에 사물이 없다고 한다. 『易』(「繫辭傳(上)」)에서는 "生生之謂易"이라고 하고, 더 나아가 "易體無"라고 한다. 이것은 생성하는 것에 독립적인 自體가 나타나지 않는 것을 분명히 하는 말이다. 그 사상은 『般若經』과 통한다.

임을 모르고 의지하려 하고, 자기 생명에 함부로 집착하여 사후의 생애[後有]가 있기를 바라는가?[165] 따라서 후유탐(後有貪)은 이처럼 끊어야 한다.[166] 계속 이어지는 것이 위대한 생명의 흐름이다.[167] 사물은 형체에 구애되고, 자신의 부류를 사적인 것으로 여긴다.[168] 사람은 본성을 따르는데, 어떻게 내가 계속 이어지는 것을 사적인 것이라고 믿을 수 있는가?[169] 따라서 사속탐(嗣續貪)은 이처럼 끊어야 한다.[170] 부부의 결합은 생명을 완성하는 것이다. 사랑하면서 존경하는 것이 본성을 따르는 방법이다.[171] 죽도록 형체를 따르는 자는 애련에 빠지거나, 사람의 도리가 금수와 같게 된다.[172] 따라서 남녀탐(男女貪)은 이처럼 끊어야 한다.[173] 본성은 모든 것을 충분히 갖추고 있으므로, 밖에서 구할 필요가

---

165) '어찌'는 여기까지가 한 구절이다. 환상[幻化]이라는 단어는 저급한 의미를 가진다. 생명이라는 것은 원래 한 순간에 일어났다가 한 순간에 사라져서 잠시도 머무르지 않는 것이다. 따라서 幻化라고 말하였다. 상세한 의미는 「전변」 장에서 볼 수 있다. 함부로 집착한다 운운한 것에서 생명은 위대한 변화의 흐름으로 본래 자기라고 하는 것이 없다. 그런데도 사람들의 後有貪은 자기 생명이 있다고 함부로 집착하므로, 미혹한 것이다.

166) 後有를 끊는 것이 아니라 단지 後有貪을 끊는 것이다. 생명에 대해 自體가 있다고 함부로 생각하고 머무르며 버리지 않을 것을 믿는 것이 이 貪이므로, 끊어야 한다.

167) 위대한 생명은 만물이 한 몸으로 생겨났으므로 이렇게 부른다. 만약 나에게 계속되는 것이 있다면, 위대한 생명의 흐름이 쉬지 않기 때문이다.

168) 동식물은 종자를 전파하고, 각각 그 종류를 사적인 것으로 본다.

169) 列子는 "그대의 신체는 그대의 소유가 아니라, 天地가 맡겨 놓은 氣의 화합물이다. 자손도 그대의 소유가 아니라 천지가 벗어놓은 허물이다"라고 하였다. 계속 이어지는 것을 나라고 보고 개인적인 소유로 여기는 것은 形氣에 집착하여 性體에 어두운 것이므로, 큰 미혹이다.

(역주) 『列子』 「天瑞篇」. "汝身非汝有, 是天地之委和也. 孫子非汝有, 是天地之委蛻也."

170) 嗣續을 끊는 것이 아니라 단지 嗣續貪을 끊는 것이다. 嗣續을 개인적으로 보아 자기의 소유라고 여기는 것이 이 貪이므로, 끊어야 한다.

171) 존경하고 사랑하는 사랑은 貪이 아니다.

172) 중국의 禮教는 부부 관계에서 의리상 서로 존경하는 것이 중심이 된다. 따라서 개인적으로 연모하는 감정은 動靜으로 형체를 이루지 않는다. 이 모습이 天에 합일하는 것이다. 서양인은 연애를 말한다. 사랑하면서 연모를 말하는 것은 바로 오염이 드러난 것이므로, 형체에 빠져서 그 본성을 잃게 된다.

173) 남녀 관계를 끊는 것이 아니라 단지 男女貪을 끊는 것이다. 남녀가 이치에 맞게 합

없다.[174] 형체를 기를 필요성은 원래 유한하다. 자신의 분수를 따라 자적하면 내 본성을 어그러뜨리지 않는다. 싫증내지 않고 미친 듯이 탐하는 것은 본연을 앞서 뽑아버리는 일이다.[175] 따라서 자구탐(資具貪)은 이처럼 끊어야 한다.[176] 탐탐(貪貪)·개탐(蓋貪)은[177] 누에고치처럼 자신을 결박하고 마음을 대상화시키므로, 생성의 작동이 사라져버린다. 따라서 이 두 탐도 이처럼 끊어야 한다. 참으로 본성을 깨달은 자는 자기 견해에 집착하지 않는다.[178] 있는 것이 없는 것 같고, 가득 찬 것이 빈 것 같다. 사물을 그대로 따르고 어기지 않는 것을 지혜[智]라고 부르고, 개인적인 것으로 여기지 않는다.[179] 장생(莊生)은 "도가 아직 경계지어지지 않았을 때는 말도 항상되지 않았다. 개인적인 지혜만 쓰다가, 경계가 비로소 이루어졌다. 옳고 그름을 가리는 길은 복잡하고 어지러웠다"[180]라고 하였다. 따라서 견탐(見貪)도 이처럼 끊어야 한다. 이상과 같이 치유 대상을 8가지로 나누어서 무탐을 설명하였다.

무진수(無瞋數)[181]는 성냄[瞋]을 치유하는 것이고 증오하고 화내지 않

하지 않고, 교제에서 정의를 따르지 않는다. 거실에서 항상 업신여기고 존경이 없는 것이 貪의 표현이므로, 끊어야 한다.

174) 인간의 본성상에 어떤 것이 부족하겠는가? 단지 외부를 향하여 추구할 때만이 결핍감이 일어난다.

175) 사물을 좇다가 그 본성을 잃는 것이 본연을 뽑아버리는 일[本撥]이다.

176) 資具를 끊을 수 있는 것이 아니라, 단지 資具貪을 끊는 것이다. 마음을 다해 외부로 치달리고 사물을 좇다가 자기를 잃는 것이 이 貪의 큰 잘못이므로, 끊어야 한다. 莊子가 「逍遙篇」에서 "멍하니 천하를 잊었다"라고 한 것이나, 『論語』에 "높고도 높구나! 순 임금과 우 임금은 천하를 소유하면서도 그와 함께 더불지 않았다"라고 한 것이 資具貪을 끊은 예이다.

(역주) 『莊子』 內篇, 『逍遙遊』. "堯治天下之民 …… 窅然喪其天下焉"; 『論語』 「泰伯篇」. "子曰, 巍巍乎舜禹之有天下也, 而不與焉."

177) 貪數 부분을 참조할 것.

178) 자기가 근본적으로 확립되지 않는데, 어떻게 자기 견해에 집착하겠는가?

179) 사물을 그대로 따른다 운운한 것은 物理의 실제를 그대로 따른다는 것이지, 자기 견해로 억측하여 그것과 서로 어긋나는 것이 아니다.

180) (역주) 『莊子』 內篇 「齊物論」. "道未始有封, 言未始有常. 惟自私用知, 分畛始立. 是非之塗, 樊然淆亂."

는 것이므로, 성내지 않음, 즉 무진(無嗔)이라고 부른다. 정신 집중[定]과 믿음[信]을 따라서 심에 상응하므로, 성내는 힘과 성내지 않는 힘이 함께 활동한다. 성내지 않는 것은 성내는 습관을 엄밀히 관찰하여 인식하고, 금지해서 끊어버리는 것을 말한다. 생명을 지닌 것들은 이해관계 등의 원인 때문에 증오가 생긴다. 이러한 생각이 싹틀 때 본심으로 되돌아가 다친 것처럼 불쌍히 여기면 차마 따지지 못하게 된다.[182] 마음은 만물을 체(體)로 삼으므로 존재하지 않는 곳이 없고, 온 세상에 내가 아닌 사물은 하나도 없다고 본다.[183] 그러나 성내는 기세가 왕성하면, 욕심이 마음에 가득 차서 제멋대로 미혹이 일어난다. 이것은 일상적인 일이고, '천리와 욕심이 싸운다'[184]고 하는 것이다. 이때 반드시 성내지 않는 힘에 의지하여 마음에 합치되도록 도와야 미혹을 이길 수 있다.[185] 사람이 본성을 따를 수 있으면, 이해관계 때문에 다른 대상에게 성내지 않고 자애로움을 잃지 않는다. 만물을 일체로 여기는 것이 정성[誠]을 다하는 방법이고,[186] 사물을 다 갖추는 것이 인(仁)을 보존하는 방법이다.[187] 따라서 사람의 표준[人極]을 확립하면, 금수에서 멀어진

---

181) (역주) 無瞋(apratigha)는 不瞋·不瞋恚라고도 한다. 심소의 명칭이자, 俱舍 七十五法의 하나이고 唯識 百法의 하나이다. 有情·非情에 대해 성내고 해치는 마음이 없어 瞋煩惱를 치유하는 정신 작용이다. 항상 善心과 상응하므로, 說一切有部에서는 十大善地法의 하나가 되고 유식에서는 十一種의 善心所에 포함된다. 無貪·無癡와 함께 三善根이다.

182) 따진다[校]는 것은 計較이다.

183) 본심이 바로 본성[性]이다. 본성은 사물과 내가 동체이므로, 마음이 만물을 일체로 여겨서 존재하지 않는 곳이 없다고 하였다.

184) (역주) 『朱子語類』 卷116, 第40條에 '천리와 인욕이 서로 싸움을 벌이는 때'에 대하여 논하고 있다.

185) 마음이 바로 본성이다. 본성은 스스로 나타나기 어렵고, 반드시 淨習을 빌어서 나아간다. 無瞋數가 바로 淨習이고, 본성을 따라 일어난 것이다. 따라서 마음이 그에 의거해서 나타난다.

186) 여기에서 만물을 일체로 여긴다[體物]는 것은 만물과 나를 일체로 본다는 것이다. 따라서 성내지 않고 그 정성[誠]을 다하게 된다.

187) 성내지 않으므로 사물을 갖추고, 성내면 사물에 손해가 되어 다 갖출 수가 없게 된

다.[188] “포악한 사람에 대해서도 성내지 않아야 하는가?”라고 논박하더라도, 그 말에 대한 대답은 포악한 사람에 따라서 성내는 것은 성내는 것이 아니라는 것이다. 성내는 것이 다른 사람 때문이면, 개인적인 이유로 성내는 것이 아니다.[189] 마음을 비우고 순응하면, 성난 생각이 마음속을 복잡하게 만들지 않는다. 따라서 포악한 이를 죽이더라도 성냄[瞋]이 되지 않는 것은 그에게 원인이 있기 때문이다. 죽여서 마땅하기 때문에 죽이는 것은 나에게 사욕이 없기 때문이므로, 성내는 것이 아니다. 세상의 유학자들은 악을 지나치게 엄격하게 미워하면 안 된다고 말하지만, 이것은 사이비 지식인[鄕愿]의 말이다. 악은 미워해서 마땅한 것인데, 어떻게 엄격하지 않을 수 있는가? 엄격하지 않으면, 선을 좋아하고 악을 미워하는 자신의 정성[誠]이 지극하지 않게 되고, 짐짓 개인적인 욕망을 빌리는 일을 용납하게 된다. 엄격하게 미워하는 것은 그가 악하기 때문일 뿐이고, 관대하고 엄격한 사이에 개인적인 욕망이 끼어들 수 없음을 알아야 한다. 사이비 지식인의 말과 행동 때문에 포악한 사람이 매번 자기 뜻을 실현하게 되는 것은 경계할 만하다. 그러나 성내는 것이 개인적인 이유 때문인가 여부는 분간하기 어렵다. 개인적인 것[私]과 비개인적인 것[無私]을 분간하기 어려운 것이 아니라, 인정상 항상 개인적인 것을 비개인적인 것에 의탁하여 스스로 속이므로 구별하기 어려운 것이다. 예를 들어 혁명에 거짓으로 의탁하는 사람은 재야에 있을

다. 따라서 나의 仁을 상하게 한다.

188) 금수는 氣가 혼탁하고 무거우므로, 천성이 전적으로 매몰되고 본심이 전적으로 막혀 있다. 따라서 이해관계만을 알 뿐 그 외의 것은 모른다. 먹을 것을 잘 좇아가는 것과 날카로운 이빨과 발톱으로 벌레를 막는 것 등은 모두 개인적인 이해관계에서 움직이는 것이지 그가 가진 이해관계를 초월하는 장점에서 나온 것이 아니다. 사람의 경우는 그렇지 않아서 그의 천성, 본심을 발전시켜 성내지 않고 탐욕이 없고 어리석음이 없는 등의 선한 마음의 數를 잘 드러내게 할 수 있다. 이것이 그가 금수와 다른 이유이다.

189) 성내는 것이 다른 사람 때문이면 운운한 것은 그가 포악하여 여러 사람의 생명에 이롭지 않고 공리상 용납하지 못하기 때문에 화를 내는 것이다. 개인적인 이해관계 때문에 화를 내는 것이 아니다.

때 정치가의 포악함에 대해 성내고 군중과 함께 야유하는데, 이는 엄연히 개인적인 이유로 성내는 것이 아니다. 그러나 실제로는 군중을 불쌍히 여기고 보존하려는 마음은 결코 없고, 자기 한 사람의 탐욕의 잔재를 펴려는 것뿐이고 제 마음대로 못하는 것을 괴로워하는 것뿐이다. 그리하여 군중에 의탁하여 혁명의 모의가 개인적인 이유로 성내는 것이 아님을 거짓으로 나타내 보일 뿐이다. 자신을 이처럼 속이는 것이 점점 오래 계속되면, 그것이 개인적인 것임을 스스로 자각하지도 못한다. 하루아침에 그 대신 취하게 되는 포악함은 전보다 더 사나워지고, 그 뒤 군중들은 이전에 숨겨있던 그의 마음속을 잘 알게 되지만 그 자신은 그것을 개인적인 것이라고 인정하지 않는다. 그가 성내는 것이 개인적인 이유에서가 아니라면, 사물로 인해 미워하고 성낼 때 그 가운데 반드시 애통하고 아파하는 마음이 숨어 있게 된다. 증자(曾子)가 재판할 때 인정에 따르고 불쌍히 여기며 기뻐하지 말라고 한 말은[190] 마음에 드는 일화이다. 이것은 본심이 만물을 일체로 여기는 정성에서 발현된 것에 지나지 않는다. 만약 개인적인 이유에서 성낸다면, 미혹이 일어나서 본심을 잃어버리게 된다.[191] 즉 다른 대상과 나는 관계가 끊어지고 다른 대상을 밉게만 보게 되는데, 어디에 애통하고 아픈 마음이 있겠는가?[192] 포악한 사람에 대해서 성내고 서로 보복하니, 그에 따라 활동하면서도 스스로 알지 못한다. 무엇이 이보다 더 두렵겠는가? 따라서 유정진(有情瞋)은 결국 끊어야 한다. 대상을 편안히 여기면 인(仁)을 돈독히 하게 된다는 말은[193] 어디에 가든 자득하지 못할 곳이 없다는 의미이다.[194] 마

190) (역주)『論語』「子張篇」. "曾子曰, 上失其道, 民散久矣. 如得其情, 則哀矜而勿喜."
191) 마음이 미혹에 가리기 때문이다.
192) 이 단락이 지극히 중요하다.
193) '安土敦仁'이란 구절은「易傳」에 근거를 둔다. 土는 대상[境]의 의미이고, 대상에 따라 편안할 수 있다는 것이다. 그것이 나의 仁을 돈독히 하는 방법이다.
(역주)『易』「繫辭傳(上)」. "安土敦仁."
194)『中庸』에 "군자는 어디를 가든 自得하지 못하는 곳이 없다"라는 구절이 있다.

음이 대상에 속박되면 세상이 아무리 넓어도 내달리지 못하게 됨을 시인은 한탄한다. 대상이 마음에 따라 나아가면, 견디기 어려운 누추한 장소라도 현명한 이는 즐거움이 있다고 여긴다. 따라서 경계진(境界瞋)은 결국 끊어야 한다. 시비의 집착은 매번 감정에 갇힌 것이어서, 한 부분만 지키면 회통함을 볼 수 없다. 양쪽에서 취사선택하면, 반드시 어느 한쪽으로 치우치게 된다. 분명하다고 확립한 부분이 바로 없애야 할 부분이 된다.[195] 분명한 것과 없애야 할 부분이 서로 원인이 되어, 집착과 장애가 마음대로 생겨나고 논쟁이 경쟁적으로 일어나며 서로의 결점을 나무라고 서로 주된 적이 된다. 따라서 인도 외도에서는 변론에서 상대방의 머리를 벨 것을 요구한 경우도 있고,[196] 중국 이교(異教)에도 창을 잡고 방으로 들어가는 비유가 있다.[197] 이것이 견진(見瞋)의 폐해이다. 본성을 깨달은 자만이 감정에 사로잡히지 않는다. 따라서 옳고 그름에 매이지 않고, 다른 사람과 내가 현묘하게 일치하며[玄同], 말을 그치고 비추는 일을 잊으며, 하늘의 균형[天鈞]에서 쉰다.[198] 논쟁하는 자의 노고가 세상에서 등에와 모기처럼 쓸모없는 것임을 안다. 억지로 말하자면, 취득하지 않는 것에서 시작하여 얻지 않는 것에서 끝난다. 따라서 지혜와 이치가 명합하고 기쁘고 노여워할 일이 없으니, 어찌 말다툼의 근심이 있겠는가? 그러므로 견진(見瞋)은 결국 끊어야 한다.

(역주) 『中庸章句』 第十四章. "君子無入而不自得焉."

195) 莊子는 "시비가 드러나는 것이 道가 어그러지는 이유이다. 도가 어그러지는 이유는 사랑이 이루어지는 이유이다"라고 하였다. 여기에서의 사랑은 아는 것이 막혔다는 데 속하고, 이 글에서 없어져야 할 부분[蔽]이라는 것이다.
(역주) 『莊子』 「齊物論」.

196) (역주) 僧肇, 『注維摩詰經』 「入不二法門品」 第九(大38, 399b)에 外道의 馬鳴이 수행승에게 논쟁할 때 만약 논파하지 못하면 자신의 머리를 베어서 사죄하겠다고 한 말이 전해진다.

197) (역주) '창을 잡고 방으로 들어간다'는 것은 論法을 역이용하여 상대의 약점을 공격하는 것을 비유한다.

198) (역주) 『莊子』 內篇 「齊物論」. "聖人和之以是非, 而休乎天鈞."

정진수(精進數)[199]는 여러 미혹들을 치유하는 것이고 마음을 용감하게 만드는 것이므로, 정진(精進)이라고 부른다. 이치와 같은 작의력을 통해서 용감한 힘이 함께 일어나고, 마음과 합치하여 함께 간다. 정진하지 않는 보통 사람들은 형체에 부림을 당하고 미혹에 갇혀서 감당하지 못한다. 이것은 마음을 잃어버려서 생명의 이치가 사라진 것이다.[200] 정진하는 사람은 쉬지 않고 강해진다[自强不息]. 지극히 강대한 것과 일체가 되고 만유를 포함하며,[201] 지극한 정성을 세워 온갖 행위를 주관한다.[202] 날마다 새로워지고 옛것을 쓰지 않으며,[203] 계속 나아가서 어느 한 곳에 머물지 않는다. 따라서 마음에 용감한 모습이 있다.[204] 구 학설

---

199) (역주) 精進(vīrya)은 선을 수행하고 악을 단멸시키는 수행 과정에서 게으르지 않고 노력해 나아가는 일을 말한다. 精進이 修道의 근본이다. 俱舍宗 十大善地法의 하나이자 唯識宗 十一善心所의 하나이다. 또한 六波羅蜜, 十波羅蜜의 하나이기도 하다. 精進의 종류에는 여러 가지가 있는데, 『大乘莊嚴經論』에서는 增減・增上・捨障・入眞・轉依・大利의 6가지 정진을 말한다. 『成唯識論』에서는 被甲(被甲則勇)・攝善(修行善法)・利樂(利益衆生) 등 3종의 정진을 말한다. 梁譯, 『攝大乘論』에서는 勤勇・加行・不下難壞無足 등의 3종 전진을 말하고, 『大乘莊嚴經論』에서는 弘誓・發行・無下・不動・無厭 등 5종의 정진을 말한다. 舊『華嚴經』에서는 不轉・不捨・不染・不壞・不厭倦・廣大・無邊・猛利・無等 등 일체 중생을 구제하는 10종의 정진을 말하고, 『瑜伽師地論』에서는 自性・一切・難行・一切門・善士・一切種・遂求・此世他世樂・淸淨 등 9종의 정진을 말한다.

200) 감당하지 못한다는 것은 초목, 금수가 그런 것처럼 감당할 능력이 없고 받아서 책임질 수도 없다는 것이다. 放은 그 마음을 잃어버려서 스스로 보존하고 키우지 못한다는 것이다. 마음이 생명의 이치[生理]이고, 마음을 잃어버렸다는 것은 그 生理가 사라졌다는 것이다.

201) 여기에서 말하는 體는 合이다. 사람의 본성은 본래 강대하지만, 형체에 부림을 당하고 미혹에 갇힌 사람은 그 본성을 잃은 것이다. 그러므로 반드시 일어나 정진하여, 본래의 강대한 본성과 일체로 합해야 한다. 본성은 오직 강대하므로, 온갖 변화의 근원이 된다. 오직 본성을 따르는 자만이 그가 가진 지식과 능력을 다할 수 있다. 따라서 만유를 포함한다고 하였다.

202) 誠은 진실하여 거짓이 없는 것이므로, 본성을 말한다. 정성[誠]을 세우면, 본성을 다하게 된다. 온갖 것들에서 誠 하나가 주가 되면, 본성을 따르지 않는 것이 없게 되고 일체가 진실하여 거짓이 없게 된다. 따라서 이것은 精進이다.

203) 『易』에 "날마다 새로워지는 것을 盛德이라고 한다"는 구절이 있다. 오직 강건하고 성실하므로, 항상 새로운 것을 창조하고 옛것을 지키지 않는다.
(역주) 『易』「繫辭傳(上)」. "日新之謂盛德."

에서는 정진을 다섯 가지 종류로 본다.[205] 첫째는 피갑정진(被甲精進)이다. 맹렬하고 즐거운 마음이 갑옷을 입고 군대에 들어가는 것처럼 위세 있게 일어나는 것이다. 둘째는 가행정진(加行精進)이다. 계속 견고하게 책려하는 방편이 되는 것이다.[206] 셋째는 무하정진(無下精進)이다. 깨달은 것을 스스로 가볍게 여기지 않고 더욱 부지런히 위로 발전해가는 것이다. 넷째는 무퇴정진(無退精進)이다. 여러 가지 괴로움을 참고 맹렬히 앞으로 나아가, 생사의 고통을 만나더라도 물러나지 않는 것이다.[207] 다섯째는 무족정진(無足精進)이다. 규모가 광대하여, 조금 얻으면 만족하지 않는 것이다. 공자는 "나는 배우는 데 싫증내지 않고, 가르치는 데 권태롭지 않다"[208]라고 하였고, 또 "발분하여 밥먹는 것을 잊고 즐거워서 걱정거리를 잊는다. 장차 늙을 것이라는 것도 모른다"[209]라고 하였다. 또 "자신이 늙은 것을 잊고, 나이가 적은 것도 모른다. 열심히 날마다 부지런히 움직이고, 죽은 뒤에야 그만둔다"[210]라고 하였다. 이러한 말들은 정진하는 모습을 표현한 것이다. 결론적으로 인생은 오직 정진하는 데서 생명이 나타나고, 한 순간이라도 정진하지 않으면 죽은 사물이 된다. 따라서 정진에는 끝내 만족이 없다. 정진하면, 몸과 마음이 조화롭게 발전한다. 옛 논사들은 안주하는 것을 가벼이 여길 것을 따로 주장했지만, 여기에서는 받아들이지 않는다. 정진과 일상에서의 부지런함은 의미가 다른데, 예컨대 열심히 악업을 짓는 것을 일상에서는 부지

---

204) 精進이 일어나 마음에 합치되면, 마음에 일종의 勢用을 이루게 된다. 따라서 '마음에'라고 말하였다.

205) (역주)『成唯識論』 卷6(大31, 030a);『成唯識論述記』 卷6(大43, 437c).

206) 즉 견고하게 책려하는 것을 방편으로 여기므로, 쉬지 않고 정진할 수 있다. '견고하게'라는 말이 가장 중요하다.

207) 내려가지 않는다고 하더라도, 괴로움을 만나면 혹 쉬게 된다. 따라서 다음은 無退로 이어져야 한다.

208) (역주)『論語』「述而」第七篇. "子曰, 學而不厭, 誨人不倦."

209) (역주)『論語』「述而」第七篇. "發憤忘食, 樂以忘憂, 不知老之將至云爾."

210) (역주)『禮記』「表記篇」. "忘身之老也, 不知年數之不足也. 俛焉日有孶孶, 斃而后已."

런함이라고 부른다. 이것은 실제로 타락이지 정진이 아니다.

불방일(不放逸)[211]은 여러 미혹들을 치유하는 것이고 항상 계율을 지키는 것이므로,[212] 게으르지 않은 것, 즉 불방일(不放逸)이라고 부른다. 이치와 같은 작의력을 통하므로, 계율을 두려워하는 힘이 함께 일어난다. 마음에 합치하여 함께 움직이고, 마음을 항상 두렵게 하여 미혹이 일어날 수 없게 하는 것은 정(定), 즉 정신집중에 의거한다. 부처의 삼학(三學)[213]은 계율이 근본이 되고, 계율에서 정(定)이 생겨난다. 따라서 계율은 정이 의거하는 바탕이 된다. 게으르지 않다는 것이 계율에 포함된다. 유학에서는 옛부터 주정(主靜) · 주경(主敬)의 학설이 있었는데,[214] 학자들은 그 둘이 있다는 것을 의심하는 경우도 있었다. 경(敬)을 잃지 않아야 동요하지 않을 수 있다는 점을 모른 것이다. '마음을 하나로 하여 잡념이 없고[主一無適]'[215] 내적인 욕망이 싹트지 않는 것이 정(靜)이다. 여기에서 정(定)이라고 한 것이 주정(主靜)에 해당한다. 게으르지 않는 것이 정(定)에 의거한다고 말한 것은 주경(主敬)에 해당한다. 미묘하여 파악하기 어려운 것이 마음이고, 맹렬하지만 임시방편의 상태가 미혹이다. 마음에 주재하는 바가 없으면, 미혹이 일어나 그 자리를 빼앗고 마음을

---

211) (역주) 不放逸(apramāda)은 심소의 명칭으로, 七十五法의 하나이자 百法의 하나이다. 악한 일을 막고 선법에 전념하는 정신 작용을 말한다. 放逸을 치유할 수 있어 일체의 선법을 성취하므로, 說一切有部에서는 十大善地法의 하나로 본다.

212) 항상이라는 자가 가장 중요하다.

213) (역주) 三學은 불도를 수행하는 자가 반드시 닦아야 하는 가장 기본적인 세 가지 수행 부류를 말한다. 戒學과 定學과 慧學을 가리킨다. 戒는 악을 멈추고 선을 수행하는 것이다. 定은 신심을 정결히 하여 정신을 통일하고, 잡념을 몰아내어 생각이 뒤엉키게 하지 않는 것이다. 慧는 그 정결해진 마음으로 바르고 진실한 모습을 판별하는 것이다. 이 三學의 兼修가 불도의 수행을 완성시킨다. 즉 규율이 있는 생활을 영위하고, 정신을 집중해서, 바른 세계관을 갖게 되는 것을 말한다.

214) (역주) 主靜은 朱濂溪의 학설이고, 主敬은 程伊川 · 朱子의 학설이다.

215) (역주) '主一無敵'이란 마음을 전일하게 보존하여 상대할 적이 없다는 의미이다. 程伊川이 主敬을 정의하여 설명한 말로 알려져 있다. 『河南程氏遺書』 卷15, 第4條. 또 朱子의 『大學或問』에 經의 설명에도 나와 있다.

잃게 된다. 도둑이 침입하여 주인을 내쫓는 것에 비유할 수 있다. 『예기(禮記)』에 "잠시라도 장중하고 공경하지 않으면, 포악하고 게으른 마음이 들어간다. 잠시라도 화목하고 즐겁지 않으면, 비열하고 속이는 마음이 들어간다"라는 구절이 있다.216) 따라서 반드시 엄숙하고 조심스러워하며 수렴하여 축(畜)괘에서 그친다.217) 그런 뒤에야 볼 수도 들을 수도 없는 이 마음의 미묘한 체[心體]가 은미하고 홀로 있는 경지에서 비로소 발현하고, 역용이 항상 밝아진다. 변화를 말하고 행하는 사이에서 묵묵히 보존되고, 사물에 따라 휩쓸리지 않는다. 『역』에서 "인(仁)에 나타나고, 용(用)에 저장되어 있다"218)고 한 말이 바로 이러한 의미이다. 이 체를 인식하려면 부지런히 보림[保任]해야 한다. 따라서 아침부터 저녁까지 부지런히 일하며 오직 잃어버릴까 두려워한다.219) 손님을 만날 때는 제사를 받들 때처럼 엄숙하고 공경스럽게 한다.220) 넘어지고 엎어지는 짧은 순간에도 이를 어기지 않는다.221) 잠깐이라도 단속을 소홀히 하지 않고, 한 순간이라도 함양(涵養)에 틈을 보이지 않는다. 부끄럽고 후회할 일은 싹트기 전에 자르고 막 일어나려는 일을 신중히 조절하면, 올바른 자리에 있게 되어 미혹에 침입받지 않는다. 따라서 유학자들은 "사악함을 막으면 성(誠)이 저절로 보존되고",222) "공경하지[敬] 않으면 방자하

---

216) 공경[敬]하면 자연히 虛靜하게 되고, 공경하면 자연히 화목하고 즐겁게 된다. 따라서 화목하지 즐겁지 않다는 것은 공경하지 않는다는 것이다.
(역주) 『禮記註疏』 卷四十八. "斯須不和不樂, 則鄙詐之心, 入之矣. 外貌斯須不莊不敬, 則慢易之心, 入之矣."

217) 괘명을 畜에서 취하였다. 畜에서 그친 것은 존재한다는 의미이고, 잃는다는 것과 상반된다. 사람 마음은 畜에서 그치지 않으면, 방탕한 데로 흐른다. 허망한 것에 매달리는 것들은 모두 방탕한 데로 흐른 것이다.
(역주) 『易』 「小畜卦」를 말한다.

218) (역주) 『易』 「繫辭傳(上)」. "顯諸仁, 藏諸用."

219) (역주) 『易』 「乾卦」 九三爻辭. "君子終日乾乾, 夕惕若"에 의거한 표현이다. 乾은 강건하다는 의미이다.

220) (역주) 『論語』 「顔淵」 第十二. "出門如見大賓, 使民如承大祭."

221) (역주) 『論語』 「里仁第四」. "造次必於是, 顚沛必於是."

게 된다"[223]고 하였다. 선불교에서는 잠시라도 부재하면 죽은 사람과 같다고 하였다.[224] 이 말은 모두 게으르지 말라는 가르침인데, 지극히 정밀하고 간절하다. 『시경(詩經)』에 "문왕은 이처럼 배반하여 취하는 일이 없고, 이처럼 욕심에 빠져서 부러워하는 일이 없다"[225]는 구절이 있다. 배우는 이들은 이 모두가 게으르지 않은 모습임을 알아야 한다. 평범한 사람부터 크게 깨달은 사람까지 조심하고 두려워하는[戒懼] 공로는 그치지 않는다. 따라서 시종 두려워하며, 함부로 방임하지 않는다고 한 것이다.[226] 편안해도 근심할 것을 잊지 않고, 잘 다스려져도 어지러워질 것을 잊지 않는다. 미혹이 끊이지 않는 중생이 있으므로, 여래는 조심하고 두려워할 것을 잊는 일이 없다.[227] 오직 그 신묘함을 알고 쉬지 않고 힘써 노력할 것[自强不息]을 바란다. 따라서 경(敬)은 시작과 끝을 완성하는 수단이다. 지금 불방일을 선한 심수[善心數]의 바탕으로 삼는 깊은 의미를 배우는 이들은 잘 생각해야 한다. 어떤 사람은 항상 조심하고 두려워해야 한다는 것을 의심하고, 구속이 있으면 마음에 장애가 된다고 본다. 구속은 미혹에서 일어나므로, 조심하고 두려워하면 미혹이 일어날 수 없고 이 마음의 평탄한 본연을 잃지 않아 그 자리에서

---

222) (역주) 『易』 「乾卦」 九二爻辭. "閑邪存其誠."

223) (역주) 『朱子語類』 卷6, 第31條. "怠惰放肆爲不敬."

224) (역주) 『景德傳燈錄』 卷14 「雲巖曇晟章」. "暫時不在, 卽同死人."

225) (역주) 『詩經』 「大雅 · 文王之什 · 皇矣」. "文王無然畔援, 無然歆羨."

226) 방임하여 행위에 자유자재한 이해가 있는 것은 뛰어난 의미이다. 행위에 함부로 풀어헤친 이해가 있는 것은 열등한 의미이다. 여기에서는 열등한 의미이다.

227) 本心의 측면에서 말하면, 중생과 여래는 본래 일체이다. 중생의 미혹한 모습이 부처 자신의 마음에 누가 되는데, 어떻게 조심하고 두려워하지 않겠는가? 佛經에 중생 중 한 사람이라도 성불하지 못하면, 끝내 여기에서 벗어나지 않겠다고 말씀하신 구절이 있다. 바로 이러한 의미이다.

(역주) 北魏 曇鸞, 『無量壽經優婆提舍願生偈註』 卷下(大40, 842a). "菩薩願, 以己智慧火燒一切衆生煩惱草木. 若有一衆生, 不成佛, 我不作佛" 중생이 성불하지 못하면, 자신은 부처가 되지 않겠다는 말이다. 이것은 '無住處涅槃'으로서, 『成唯識論』 卷10(大31, 055b)에 "大悲般若常所輔翼. 由斯不住生死涅槃, 利樂有情, 窮未來際"라고 설명되어 있다.

받아들여진다는 사실을 모른다. 따라서 조심하고 두려워하는 것과 화락한 것은 서로 의존하는데, 어떻게 구속될 근심이 있겠는가? 또 조심하고 두려워하면서 이 마음을 보림하는 것은 뱃사공이 노를 잡고 감히 소홀히 하지 못하는 것과 같다. 처음에는 수고로운 듯하지만 오래 계속하면 공력이 완전히 익숙해져서, 자신이 바로 노가 된다. 예를 들면 백정이 소를 분해할 때 칼을 놀리고도 남는 공간이 있는 것과 같다.[228] 육상산(陸象山)은 "도움을 받는 곳에서 힘이 절약된다"[229]라고 하였다. 따라서 조심하고 두려워하는 것을 구속이라고 볼 수 없다.

이상과 같은 7가지 법은 청정한 성질을 가진 것이고 오염을 치유하는 것이므로, 선수(善數)라고 부른다. 염수(染數)는 오염된 습기가 일어난 것인데, 오염된 습기가 형체를 가진 사물에 연하여 생겨난 것임은 앞에서 말하였다. 선수는 정습(淨習)이 일어난 것이고, 정습은 이치를 따라서 일어난 것임은 「공능」 장에서 말한 것과 같다.[230] 따라서 정습은 실로 본심의 발용이고, 여력이 남은 것을 부르는 말이다. 정습은 마음에 속하고, 염습은 사물에 속한다. 염습이 일어나면 오염된 성질의 심소가 되어 자성을 막는다. 정습이 일어나면 선한 성질의 심소가 되는데, 이것이 공부이고 여기에서 자성을 인식하게 된다. 구 학설에서는 심소에 명칭만 부여하였을 뿐 자세히 설명하지 않았다. 또 오염된 것과 깨끗한 것을 각각 상반되는 것으로 보고, 머리가 아프면 머리를 치료하고 다리가 아

---

228) (역주) 『莊子』「內篇・養生主」. "庖丁爲文惠君解牛 (…중략…) 今臣之刀十九年矣, 所解數千牛矣, 而刀刃若新發於硎. 彼節者有間, 而刀刃者無厚, 以無厚入有間, 恢恢乎其於遊刃必有餘地矣."

229) (역주) 陸九淵은 이런 말을 한 적이 없다. 北宋의 禪僧인 大慧宗杲의 『大慧書』「答曾侍郎」 第六書에 "日用做功夫處. 捉著珥柄, 漸覺省力時, 便是得力處也"(大47, 919c)라는 구절이 있다. 저자의 착각인 듯하다.

230) 「공능」 장에서는 "예를 들어 作意에서부터 여러 業들을 발동하는 데 이르기까지 한결같이 모두가 이치를 따라 움직이는 것이지, 개인적인 형체에 구애된 적은 없다. 모두 이렇게 이루어진 것들에는 반드시 남은 세력이 잔존해 있게 되는데, 이를 無漏習이라고 한다"라고 설명하였다.

프면 다리를 치료하는 것 같이 근본에 선 도가 전혀 없는데, 어떻게 치유할 수 있겠는가? 세친 이래 유식(唯識)을 주장하는 이들은 전적으로 명상(名相)을 분석하는 길로만 나아가고, 깊이 자득하는 공적을 조금도 쌓지 못하였다. 현장, 규기가 이 학설을 중국에 소개하여 한때 성행하였지만, 결국 오래가지 못하였다. 선불교가 신속히 일어나 이를 대신하게 된 것에도 이유가 있다.

앞에서 말한 것을 종합하면, 심이 바로 본성이고 본래적인 것이다. 심소는 습기이고 뒤에 일어난 것이다. 정습은 본심의 발용에 의거하여 존재하지만, 발현한 뒤에 여력이 남아 등류가 그치지 않으므로 정습이라고 부른다. 따라서 정습도 뒤에 일어난 것이다. 본래적인 것은 저절로 활동하고[任運],[231] 뒤에 일어난 것은 인위적[有爲]이다. 본래적인 것은 순수하게 깨끗하고 더러움이 없지만, 뒤에 일어난 것은 선한 것과 더러운 것이 모두 존재한다. 본래적인 것이 주인이지만[232] 뒤에 일어난 오염된 법이 이를 막으므로, 주인이 도리어 손님이 된다.[233] 뒤에 일어난 것이 손님이지만 더러운 것이 우월해서 본래적인 것을 막으면, 손님이 도리어 주인이 된다.[234] 이러한 내용은 앞에서 설명하였으므로, 여기에서는 본심을 인식하려면 수양의 학문[修學]이 중요하다는 것만 다시 말하고자 한다. 인생 본래의 성품은 반드시 뒤에 일어난 깨끗한 법에 의거해야 나타날 수 있다. 오염된 속에 있더라도 이 자성의 힘으로 깨끗한 법을

231) 自然에 맡겨서 진행된다.

232) 이 본래적인 性만이 인간의 생명이다. 따라서 뒤에 일어난 習에 대해서 주인이라고 말한다.

233) 근거가 없는 것을 손님[客]이라고 부른다. 본심이 막혀서 나타나지 않으면, 있더라도 없는 것과 같다. 그러므로 손님이라고 하였다.

234) 내 생명은 단지 이 본래적인 것이다. 그러나 내가 자성을 인식하지 못하므로, 항상 染習을 생명으로 여긴다. 모든 생각하는 것, 배우는 것, 행동하는 것들이 染習을 자라게 하지 않는 것이 없고, 이것을 자기 생명이라고 믿는다. 참된 생명은 다치고 상해서 형체가 없게 된다. 이는 어리석음의 극치이다.

부단히 일으킨다.[235] 이 깨끗한 법에 의지하는 것을 학문[學]이라고 부른다.[236] 외부를 향해서 치달려 구하고 사물에 집착하면, 오염된 법만 이루고 자성을 인식하지 못하게 된다. 이것은 학문이 아니다.[237] 따라서 학(學)의 뜻은 깨달음[覺]이다. 학문은 이치를 궁구하는 것[窮理]을 근본으로 하고, 본성을 다하는 것[盡性]을 귀결점으로 삼는다. 모든 대상을 철저히 살피는 것을 궁구한다[窮]고 하고, 모자라거나 남음이 없는 것을 다한다[盡]고 한다. 본성은 본래의 깨끗한 마음이고 이치는 자기 마음이 모두 충분히 갖추고 있는 것이므로, 외부에서 들어온 것이 아니고 밖에서 구할 겨를도 없다. 배우는 이들은 이 사실을 깊이 체득하고 분명히 분별해야 한다. 여기에서는 대략 두 가지 의미로 수양의 학문이 중요하다는 것을 밝히고자 한다. 첫째는 미미한 것에서부터 밖으로 분명히 나타나는 것에 이르는 과정이다. 형체는 본성에 장애가 되지 않으므로, 본성을 온전히 하는 방법은 본심이 미미할 때 반드시 이끌어서 발현한 뒤에 밖으로 분명히 나타내는 것이다.[238] 본성의 움직임을 살펴보면, 저절로 형체를 형성하여 도구로 삼는다. 형기(形氣)가 응집하면 사물에 동화되는 일이 많고, 자성을 지키고 물화되지 않는 경우는 극히 드물다. 예를 들어 『역』에서 변화는 구괘(姤卦)에서 박괘(剝卦)까지 겨우 상괘의 양(陽) 하나에 의존한다.[239] 이 단계의 이치는 대단히 설명하기 어렵다.[240] 심체

---

235) 일으킨다는 것은 창생한다는 의미이다. 자성의 힘에 의거하면, 깨끗한 습기를 부단히 창생할 수 있다. 즉 자성은 항상 현현하고 물화하지 않기 때문이다.

236) 깨끗한 習을 일으킨다는 것은 자기의 생명이 쉬지 않고 새롭게 창생한다는 것을 인식하는 것이다. 이렇게 스스로 인식하고 스스로 창생하는 공용을 깨달음[覺]이라고 부른다. 이 깨달음이 있어야만 진정한 학문이다.

237) 이 말은 세간의 모든 俗學을 판단한 말이다.

238) '미미하다'는 것에는 두 가지 의미가 있다. 하나는 은미하여, 볼 수도 들을 수도 없다는 것을 말한다. 둘째는 작다는 의미로서, 남아 있는 것이 드물다는 말이다. 여기에서는 두 가지 의미를 모두 가진다.

239) (역주) 姤卦(䷫)에서 剝卦(䷖)까지 변화는 陰이 차례로 올라오고 있는 것을 표시한다. 姤(䷫)·遯(䷠)·否(䷋)·觀(䷓)·剝(䷖)의 순서이다.

240) 「전변」 장·「성물」 장·「명심」 장 첫 단락을 참조할 것.

를 깊이 하고 흡벽의 이치를 궁구해야 비로소 알 수 있다. 앞에서 말한 마음은 본래적인 것이다. 본래적인 것이란 본성을 대신 표현한 말이다. 본성은 내가 생겨난 이치를 말한다. 만유를 포함해서 말하면, 항전(恒轉)이라고 가설할 수 있다. 형기는 신체를 말하는데, 여기에서는 항전의 활동으로 흡이 응집하여 이루어진 것이다. 바꾸어 말하면, 이 형기는 본래적인 성품의 발현이다. 그러나 형기가 일어나면 둔탁한 사물이 홀연히 환상으로 나타나는데, 이것은 본래의 성품과 서로 다르다. 따라서 본성은 이때 거의 완전히 물화되어 버린다. 그러나 자성을 지키고 전적으로 사물로 전환되지 않을 수 있는 것은 벽(闢), 또는 마음 덕분이다. 그러나 나 자신에게 있는 것으로 말하면, 이 벽, 또는 마음은 지극히 적은 한 점이라고 할 수 있다. 예컨대 『역』「박괘(剝卦)」에 남아 있는 양(陽) 하나와 같다.[241] 이 참된 양이 생명 자체이다. 선불교에서 말하는 본래 면목은 확실히 형기를 주재하는 것이다. 왕필(王弼)이 『역약례(易略例)』에서 "적은 것이 많은 것을 이길 수 있다"[242]고 한 것이 바로 이 의미이다. 그러나 이것은 원리상에서 그렇게 말한 것일 뿐, 어느 부분에 집착하여 판별한 것이 아니다. 이 참된 양(陽)이 나타나지 않으면 형기를 주재하지 못하고 사물에 부림을 받게 된다는 것은 어디를 가든 증명된다. 따라서 어떤 부분적인 견해를 가지고 이 원리가 잘못 세워진 것이라고 의심해서는 안 된다. 이 겨우 존재하는 참된 양은[243] 형기 내에서 두루 움직이면서 은밀히 주재가 되지만, 쉬지 않고 움직이는 것은 저절로[法爾自然] 그렇게 되는 것이지 작의가 있는 것이 아니다.[244] 형기는 생겨나면 저절로

241) (역주) 剝卦(䷖)의 上九爻를 말한다.

242) (역주) 王弼, 『周易略例』. "寡能制衆."

243) 즉 본성을 말한다.

244) 法爾는 저절로 그렇다[自然]는 말이다. 저절로 그렇다[自然]고 바로 말하지 않는 것은 法爾의 의미가 깊기 때문에다. 다음에 저절로 그렇다고 말하여, 作意가 없음을 나타내었다. 보통 自然이라고 말하는 의미와는 조금 다르다.

권능을 가진다.[245] 따라서 본성이 형기 중에서 움직이는 것은 있는 그대로 맡긴 것이고, 무위하다.[246] 형체는 본성을 부려서 자기를 따르게 할 수 있고, 완연하게 형기의 활동을 완성한다.[247] 따라서 본성이 그 주재력을 잃은 듯한 것이 본심이 오직 미미하다고 한 의미이다. 그렇다면 형체는 본성에 방해가 되는가? 이에 대한 답은 결코 그렇지 않다는 것이다. 형기가 없으면, 본성도 볼 수 없다. 또한 형체는 본성이 응집한 것이므로, 본성이 아닌 경우가 없다. 따라서 맹자는 "형색(形色)이 천성이다"[248]라고 하였다. 형체가 어찌 본성에 장애가 되겠는가? 형체가 본성을 부리는 것은 본래 그런 것이 아니라 변화된 상태일 뿐이다. 예를 들어 물이 아래로 흐르지 않고 언덕이나 산을 넘어 역류한다면, 어찌 물이 본질적으로 그런 것이겠는가?[249] 염습은 형체와 함께 시작되고 그를 따라 자라며 그와 함께 서로를 지키고, 나아가 그 본래적인 모습을 막는다.[250] 그리하여 마침내 본래 가진 본성을 이끌어 발현시키지 못하고 밖으로 드러내지 못하게 된다. 이것은 금이 광석의 상태로 있을 때 광채를 내지 않는 것과 같다. 반대로 본성이 형체를 주재하면 선한 습기(善習)의 힘이 자라나서 본성과 상응하여 무궁하게 발현되므로, 전체가 갑자기 나타난다. 예를 들면 『역』의 변화에서 「복괘(復卦)」의 양(陽) 하나가 점진적으로 순전한 「건괘(乾卦)」로 나아가는 것과 같다.[251] 이것은 광석을 연

---

245) 형기의 權能은 본래 본성을 그대로 따르는 것이지만, 본성을 따르지 않을 수도 있다.

246) 저절로 그렇게 된다[因任]는 것은 그에 의거해 맡기는 것이다.

247) 形氣는 形이라고 줄여서 말한다. '할 수 있다[可]'는 것은 未盡한 말이다. 형체가 본성을 부리는 것은 본연이 아니다. 그러므로 '할 수 있다'라고 하였다. 자기라는 것은 形氣 자신을 가정해 부르는 말이다.

248) (역주) 『孟子』「盡心(上)」. "孟子曰, 形色, 天性也." '形色'은 신체와 같은 의미이다.

249) (역주) 『孟子』「告子(上)」. "夫水, 搏而躍之, 可使過顙, 激而行之, 可使在山. 是豈水之性哉."

250) 오염된 습이 형체와 함께 서로를 지키므로, 배우는 이들은 기질을 변화시키기가 어렵다.

251) (역주) 復卦(䷗)는 쇠약한 형세에서 만회한 陽이 돌아와 점차 세력을 신장하는 괘이다. 初九의 陽이 점차 세력을 신장하여 乾卦(䷀)까지 이르게 된다. 復(䷗)·臨(䷒)·泰

마하여 금을 만들고, 다시 광석 상태가 되지 않는 경우와 같다. 그러나 본성이 주재가 되어도 형기 중에서 움직인다. 따라서 과거의 유학자들이 "형체로 체현된 것이 본성을 다한 결과이다[踐形盡性]"[252]라고 말한 학설은, 지극히 밝게 보고 지극히 총명하게 들으면 어디를 가든 전체가 밝게 드러나지 않는 경우가 없다는 의미이다. 둘째는 천과 인간의 덕이 합치한다[天人合德]는 것이다.[253] 본성과 수양이 둘이 아닌 경지[性修不二]가 학문이 완성되는 경지이다. 『역』에 "계승하는 것은 선(善)이고, 완성하는 것은 본성[性]이다"[254]라는 구절이 있다. 본성을 온전히 하여 수양을 일으키는 것을 계승한다고 하고,[255] 수양을 온전히 하여 본성과 관련시키는 것을 완성한다고 한다.[256] 본래적인 성이 깨끗한 것은 자연적

(䷊)・大壯(䷡)・快(䷪), 乾(䷀)의 순서이다.

252) (역주) '踐形'은 『孟子』「盡心(上)」. "孟子曰, 形色, 天性也. 惟聖人然後可以踐形"에서, 形色, 즉 인간의 신체, 감각, 욕망 등이 원래 인간의 본성이 선하다는 것의 외부적 표현이라고 본 데서 연유한다. 단지 성인이 된 뒤에라야 형색이라는 고유의 본성을 체현할 수 있다[踐形]. '盡性'은 『中庸』. "惟天下至誠, 爲能盡其性. 能盡其性, 則能盡人之性. 能盡人之性, 則能盡物之性"에 나오는 말이다. 鄭玄은 주에서 "盡性者, 謂順理之使不失其所也"라고 설명하였다. 리를 순순히 따르게 하여 그 올바름을 잃지 않게 하는 것이 盡性이라는 것이다. 단지 至誠의 사람만이 자기와 다른 사람의 본성을 다 발휘할 수 있고, 나아가 만물의 본성을 발휘할 수 있다는 의미이다. 그리하여 朱子는 신체의 기능을 충분히 발휘하는 것이 性(理)을 다한 결과라고 해석하였다.

253) (역주) '天人合德'은 '天人合一'에 대한 설명으로, 天人 관계에서 天道와 人道, 自然과 人爲의 합일을 강조하는 말이다. 즉 천과 인은 德의 측면에서 일치한다는 것이다. 중국에서는 戰國시대에 子思・孟子가 이러한 주장을 하였고, 漢代 董仲舒는 "천인의 관계는 합하여 하나가 된다"는 점을 강조하였다. 송대 유학자들은 누구나 이러한 점을 인정하였는데, 예컨대 주자는 "天과 人은 一物이며, 안과 밖도 一物이다. 이 둘은 서로 관통되어 애초에 조금의 간격도 없다"라고 하였다.

254) (역주) 『易』「繫辭傳(上)」. "一陰一陽之謂道, 繼之者善也, 成之者性也." 음양이 대립 변화하는 법칙[道]은 선하지 않은 것이 없고, 사람과 사물로 체현되어 性으로 완성된다는 의미이다.

255) 본성은 전체가 쉬지 않고 流行한 것이고 온갖 덕을 충분히 갖춘 것이므로, 그에 의거해서 수양을 일으키고 온갖 善을 분별하지 않을 수 없다. 이를 본성을 온전히 하여 수양을 일으킨다고 말하고, 계승한다는 의미를 가진다.

256) 수양의 전체 공덕은 본성에 의거하여 일어나고 다만 그 본성을 확충시키는 것뿐이지, 본성에 없는 것은 증익시키는 것이 아니다. 따라서 수양을 온전히 하는 것은 본성과 관

인 것이고[天], 뒤에 일어난 깨끗한 습은 인위적인 것이다[人]. 따라서 사람은 천에 의지하지 않을 수 없고,[257] 천은 사람을 완성하지 않을 수 없다고 한다.[258] 그러므로 나는 반드시 정진(精進)의 힘으로 정습을 일으켜서 내가 본래 가진 본성을 따르고, 이끌어서 발현하게 한다. 『역』에서 건은 천의 도[天道]이고, 곤은 사람의 도[人道]이다. 곤은 천을 따르고 받들기 때문에, 건의 강건한 덕을 잘 계승한다.[259] 따라서 배우는 이들이 계승하는 것은 선한 일이고, 완성하는 것은 본성이다. 『논어』에 "사람이 도를 넓히는 것이지, 도가 사람을 넓히는 것이 아니다"[260]라는 구절이 있다. 『논어』의 이 말이 내가 말하는 본성에 해당한다. 사람은 스스로 정습을 창생하여 천성을 발현할 수 있는데, 이것이 사람이 도를 넓힐 수 있다는 말이다. 사람이 본성을 다할 줄 모르면, 사물에 동화되어 본성이 존재하지 않게 된다. 따라서 도가 사람을 넓히는 것이 아니라고 하였다. 요약해서 말하면, 도를 넓히는 항목은 유학에서는 오덕(五德)[261]을 그대로 따르는 것이고, 불교에서는 육도(六度)를 부지런히 행하는 것이다.[262] 오덕은 본성이 갖추고 있는 덕인데, 활용하려면 반드시 확충한 뒤에야 완성된다. 육도는 본성을 따라서 수양하는 것으로, 그 일은 인연을 만나야 비로소 발현된다. 불교에서 말하는 육도는 일의 모습을 여러 가지로

련된다고 하였고, 완성한다는 의미를 가진다.

257) 본성은 天이다. 인간에게 만약 天然으로 충분히 갖추고 있는 본성이 없다면, 어디에 의거하여 선을 행할 수 있는가?

258) 뒤에 일어난 깨끗한 습은 사람의 힘이다. 아무리 천성이 있더라도 사람의 힘을 다하지 않으면 천성을 나타나지 못하는데, 어떻게 天을 완성할 수 있겠는가? 이상 두 가지 말은 揚子雲의 『法言』에 근본을 두었다.

259) 「坤卦」는 뒤에 일어난 사물을 표시한다. 내가 스스로 만들어낸 깨끗한 習으로 천성을 이끌어서 발현시키는 것은 곤이 천을 본받는 형상이다.

260) (역주) 『論語』「衛靈公」第十五. "子曰, 人能弘道, 非道弘人."

261) (역주) 유학에서 보는 본성의 덕인 仁義禮智信을 말한다. 일반적으로는 陰陽家의 五行의 德, 즉 水・火・木・金・土 다섯 가지 물질 덕성을 가리킨다.

262) (역주) 六度는 보시・지계・인욕・정진・선정・지혜의 피안에 이르는 여섯 가지 뛰어난 수행을 말한다. 육바라밀과 동일하다.

밝힌 것이므로, 유학에서 말하는 오덕이 본체를 가리키는 것에 비해 의미 면에서 정밀하지 못하다. 따라서 이 법계(法界)의 흐름을 따르지 않는 것이 없고, 이 법계로 돌아오지 않는 것도 없다고 한 것이다.263) 이것을 '천과 인간의 덕이 합치된다[天人合德]', '본성과 수양이 둘이 아니다[性修不二]'라고 한다. 배우는 이들이 이때 지키고 따라야 할 점을 알면, 정밀한 의미의 신묘함을 잘 활용하고 자신을 편안히 함으로써 덕을 높이는 일들이 모두 그 속에 있다. 어떤 사람은 "오염이 겹겹이 속박하는데, 어떻게 배우는가?"라고 묻는다. 여기에 대한 답은 이러하다. 오염된 것과 깨끗한 것은 서로 의지하고, 오염된 것이 깨끗한 것으로 변화하는 것도 오직 생각 하나가 달라지는 데 달려있다. 그런데 어찌 배울 수 없다고 하는가? 오염이 본래적인 것을 막더라도,264) 역시 본래의 원인을 이끌어내 발현시킬 수 있다. 오염된 것이 있으므로, 깨달음이 자유롭지 못하다. 자유롭지 못하므로 고치기를 바라서265) 결국 정습을 창생한다. 깨끗한 힘을 통하여 본래적인 것을 이끌어내 발현시키고 본성을 완성할 수 있다. 본성이 본래 있는 것이라도, 장애가 나타나지 않으면 본성도 완성되지 않는다. 따라서 사람이 스스로 깨끗한 힘을 창생하여 본성을 회복할 수 있으면, 이 본래부터 있는 본성은 너나없이 새롭게 완성된다. 옛날 덕 있는 이는 "한 생각을 전환하면, 똑같이 근본을 얻는다"266)라고 하였다. 자기 마음의 깨끗한 공용을 밝히면, 차이가 있을 수 없다. 미혹은 원래 허망하지만, 비추어보면 공(空)이다. 혼미한 어리석음에 안주하지 않는다면, 어찌 빠져 죽을 것을 걱정하는가? 따라서 배우는 이들은 무엇보

263) 法界는 본성을 다르게 부르는 말일 뿐이다.
(역주)『大方廣佛華嚴經疏』卷第一「世主妙嚴品」第一(大35, 503c). "無不從此法界流, 無不還歸此法界故."

264) 本은 본래적인 것을 말한다. 오염된 법은 본래적인 것을 막는다.

265) 자기가 자기를 개조한다.

266) (역주)『景德傳燈錄』卷第2(大51, 218c). "一念迴機, 便同本得."

다 뜻을 세우는 것을 중시하고, 인간의 능력을 완성하는 것에서 끝난다.[267] 이 모두는 지혜[智]의 활용이 위주가 된다. 지혜의 본체는 본래 깨끗해서 미혹되지 않는다. 미혹을 분별하여 끊는 것이 모두 이 지혜이다. 정습의 생성은 이 본체의 밝음이 쉬지 않고 유행하는 것이다. 이끌어내어도 마르지 않고 쓸수록 더욱 나오는 것은 저절로 밝고 강력한 힘이지, 절대 저 유약한 도에 끌려나온 것이 아니다.[268] 환한 해가 공중에 떠서 어두운 그늘을 다 없애는 것과 같이, 미혹과 오염은 단절될 수 있고 자성은 결국 완성될 수 있음을 알게 된다. 이것이 본성에 맞는 성실한 말이고, 학문의 궁극적인 목표이다. 그러므로 본심을 자각하려면 수양을 중시해야 한다고 말한 것이다.

---

267) 『易』에는 "聖人이 능력을 완성한다"라는 구절이 있다. 인간이 스스로 淨習을 창생하여 그 본성을 발현시키는 것이 능력을 완성하는 것이다.
(역주) 『易』「繫辭傳(下)」. "聖人成能."

268) 『中庸』에 "아무리 어리석어도 반드시 밝아지고, 아무리 약해도 반드시 강해진다"라는 구절이 있다. 이것은 그 역용을 말한 것이다. 『易』에 "금으로 만든 얼레[金柅] 때문에 괴롭다"라는 구절이 있는데, 이것은 유약한 도에 이끌린 것이다. 유약한 도는 바로 미혹과 오염을 가리킨다. 오염된 법들은 모두 유약하고 어두운 모습이기 때문이다. 陽의 덕은 강성하고 밝아서 유약하고 어두운 데 들어가지 않는다. 따라서 지혜로운 자는 미혹되지 않는다.
(역주) 『中庸』 第二十章. "雖愚必明, 雖柔必强.", 『易』 姤卦初六 「象傳」, "繫于金柅, 柔道牽也."

웅십력(1885~1968) 연표

1885년 (1세) 湖北省 黃岡縣에서 6남매의 셋째로 태어나다.

1899년 (15세) 아버지 친구인 何聖木(정주학을 종주로 함) 문하에서 반 년간 공부하다.

1902년 (18세) 동료들과 공모하여 혁명을 도모하다. 武昌 凱字營에 병졸로 들어가 군대에서 운동을 모색하려 하다.

1904년 (20세) 華興會를 성립하다. 武昌에 과학보습소를 세워 혁명을 도우려 하다.

1906년 (25세) 馬一浮,謝无量,馬敍倫과 함께 잡지를 창간하여 청나라에 반대하다.

1911년 (27세) 무창의 봉기가 성공하다. 武昌都督府의 참모로 부임하다.

1913년 (29세) 이차혁명이 실패하여 절에 들어가다. 선진 제자학과 서양철학 번역본 읽다.

1916년 (32세) 『船山學自記』 출간.

1918년 (34세) 혁명에 회의를 느끼고 학문의 길을 갈 것을 결심하다.

1919년 (35세) 천진 남개중학교에서 교편을 잡다.

1920년 (36세) 梁漱溟의 소개로 歐陽竟無의 南京內學院에 들어가다.

1922년 (38세) 채원배가 북경대학 교수로 초빙하다.
『唯識學槪論』을 저술하여 제1종 강의본으로 삼다.

1925년 (41세) 窺基의 『因明入正論論疏』 6권을 줄여 『因明大疏刪注』를 편집하여 강의에 사용하다.

1926년 (42세) 북경대에서 『唯識學槪論』을 재간행하여 제2종 강의본으로 삼다. 이 책이 사실상 신유식론의 근본이 되다. 출간 후 윤회설에 대한 내용 삭제.

1930년 (46세) 『唯識論稿』, 『尊聞錄』 출간하다(『尊聞錄』은 뒤에 『十力語要』 卷4

에 포함).

1932년 (48세)	10월에 『新唯識論』(文言本) 출간하다. 12월에 내학원 劉定權이 「破新唯識論」 발표하여 반대 의사를 표명하다.
1933년 (49세)	2월에 「破破新唯識論」을 써서 반박하다.
1935년 (51세)	중국본위문화선언에 접하여 새로운 철학을 만드는 것이 급선무임을 강조. 「十力論學語輯略」 출간(뒤에 『十力語要』 권1에 편입됨).
1937년 (53세)	『佛家名相通釋』 출간.
1938년 (54세)	『中國歷史講話』 출간.
1940년 (56세)	『新唯識論』(語體本) 上卷 출간.
1942년 (58세)	『新唯識論』(語體本) 上中 두 권 출판.
1944년 (60세)	『新唯識論』(語體本) 上中下 전권 출판.
1945년 (61세)	『讀經示要』 전 3권 출간.
1947년 (63세)	『十力語要』 전 4권 출간.
1948년 (64세)	黃艮庸의 집에 머무르다. 印順 「評雄十力的新唯識論」에 대한 답변의 글을 부탁하다(뒤에 『十力語要初讀』에 편입되고, 2년 뒤 『摧惑顯宗記』로 출간하다).
1949년 (65세)	『十力語要初讀』 출간. 『韓非子評論』 출간.
1950년 (66세)	『摧惑顯宗記』, 『與友人論張江陵』 출간.
1951년 (67세)	『論六經』 출간.
1952년 (68세)	『新唯識論』(語體本)을 2/3 정도로 분량을 줄여 완성하다(壬辰刪定本).
1956년 (72세)	『原儒』 상하권 재간행(55년 상권, 56년 하권 출판).
1958년 (74세)	『體用論』 출간("이 책을 완성하였으니, 신론을 없애는 것이 마땅하다").
1959년 (75세)	『明心篇』 출간.
1961년 (77세)	『乾坤衍』 출간.
1963년 (79세)	『存齋隨筆』을 시작하였으나, 중도에 그만두다.
1965년 (81세)	『先世述要』을 시작하였으나, 완성되지 못하다.
1968년 (84세)	폐렴으로 사망하다.

신유식론(상) | 찾아보기

ㅈ

ㅊ

찾아보기

ㅇ